À la mémoire de ma fille Hansi

« Si les Autrichiens savaient mieux
ce qu'est l'Autriche,
ils seraient de meilleurs Autrichiens ;
si le monde savait mieux
ce qu'est l'Autriche,
le monde serait meilleur. »

Franz Grillparzer

Prologue

LES FONDATIONS

En tournant à l'église de l'Ordre des chevaliers teutoniques, on ne mettait même pas deux minutes pour gagner la maison qui faisait l'angle de la Seilerstätte et de l'Annagasse ; elle était située au centre du premier arrondissement et le premier arrondissement était le cœur de Vienne.

Pendant près d'un siècle et jusqu'à ce jour du 9 mai 1888, la maison, outre le rez-de-chaussée et l'entresol, avait compté trois étages. Nulle demeure de la bonne bourgeoisie viennoise ne dépassait habituellement cette hauteur. Avec ses sept fenêtres sur l'étroite ruelle et les six qui donnaient sur la Seilerstätte bien plus large, son enduit mat de couleur crème et sa façade dans le plus pur style de l'époque Marie-Thérèse, elle donnait une impression de majesté cossue. N'eût été la papeterie du rez-de-chaussée qui débitait des choses *ordinaires,* on eût aisément pris le numéro 10 de la Seilerstätte (c'est là que se trouvait l'entrée principale) pour le palais de ville d'un aristocrate.

Le blason de pierre qui surmontait l'entrée ne faisait que renforcer cette impression. Il n'était pas constitué d'une couronne, d'un drapeau ou d'un gantelet à l'instar des demeures princières ou comtales du voisinage, mais d'un de ces angelots nus qu'on nommait à Vienne les putti joufflus. Il soufflait dans une trompette, laquelle était un curieux instrument. Le long tube mince, que le sculpteur avait fait d'autant plus long que le bras de l'ange était court, était brandi comme un glaive, et l'assiette étroite qui le terminait ne contribuait guère à lui conférer l'apparence d'une trompette, il avait plutôt l'air d'une arme. En revanche, l'angelot dont on voyait l'aile droite et le corps – le plus replet qui eût jamais vogué sur un nuage de pierre bien rebondi – s'avérait être un authentique putto joufflu du baroque autrichien. Il soufflait à pleines joues.

Supposer que ce blason ait eu pour but de gommer le caractère bourgeois de la maison et de copier l'allure prestigieuse des bâtiments aristocratiques avoisinants serait une allégation ridicule. Il reflétait tout bonnement le style d'une époque qui prisait les façades richement ornées, et aimait révéler aux passants le rang ou l'occupation des habitants par des sculptures ou des peintures. Le serpent d'Esculape signalait le médecin et l'apothicaire, la balance le juriste, la roue le constructeur de voitures, et un Gutenberg à longue barbe l'imprimeur. En ce qui concernait l'ange à la trompette le message était plus équivoque. À en juger par la longueur et la solennité de son instrument, on aurait pu y voir un annonciateur du Jugement dernier si cela n'avait été fort éloigné du caractère viennois qui n'aime guère qu'on lui rappelle les échéances ; y lisait-on un symbole de la musique qu'on se demandait pourquoi diable un facteur de pianos avait choisi la trompette pour emblème.

La maison était érigée depuis quatre-vingt-dix-sept ans lorsque Franz Alt, un des petits-fils de l'homme qui l'avait fait bâtir, songea au mariage, et à un quatrième étage. Une pensée audacieuse. Car les habitants du numéro 10 étaient de bons Viennois et, comme tels, ennemis du changement, or y avait-il plus grand chambardement que de coiffer une demeure ancienne d'un quatrième étage ?

Penchons-nous donc quelques instants sur la topographie de cette vieille maison et la généalogie de ses habitants, en dépit de la nature quelque peu compliquée de l'entreprise.

Au rez-de-chaussée dont la papeterie occupait la majeure partie, demeurait porte numéro 2 la demoiselle Sophie Alt, la seule enfant du bâtisseur qui fût encore en vie. On gagnait ses trois pièces par l'entrée latérale de l'Annagasse. En passant la basse porte de chêne carrée, on était cueilli par un courant d'air froid qui rafraîchissait le vestibule pavé les jours de canicule ; celui-ci était si sombre qu'été comme hiver y brûlait une lampe à gaz suspendue au haut plafond voûté. Au fond, une porte en vitrail rouge et bleu ouvrait sur la cour, tandis qu'à droite, trois marches de pierre menaient à la cage d'escalier.

On ne comptera pas les fois où Sophie avait déclaré non sans dédain aux personnes qui voulaient lui rendre visite : « Voyez-vous, on arrive chez moi par la porte de service. »

C'était aussi peu exact que l'affirmation qu'elle devait ses rhumatismes aux brusques écarts de température du vestibule et à la déplaisante humidité de ses pièces de plain-pied. Car d'entrée de service la maison n'en possédait point, et les rhumatismes de Sophie la tourmentaient déjà quand elle résidait encore chez les dames du Chapitre de Brünn ; c'étaient bien plutôt ces rhumatismes qui l'avaient conduite à quitter Brünn pour s'installer dans la maison viennoise de ses parents, lesquels, eu égard à son statut de dame chanoinesse, lui avaient laissé le choix des pièces. Elle avait élu domicile au rez-de-chaussée, d'abord parce qu'elle n'aimait pas monter les escaliers, ensuite parce que le noyer de la cour étirait ses feuilles odorantes jusqu'à la fenêtre de sa chambre à coucher. Mais c'était une chose parmi tant d'autres, que cette survivante de l'ancien temps était bien la seule à savoir. Car en ce qui concernait sa belle-sœur originaire de Böhmisch Leipa, née Kubelka, qui était encore en vie elle aussi, et comment, elle logeait au-dessus de Sophie à l'entresol, si bien qu'on l'entendait perpétuellement toussoter, et quand dormaient les gens de bonne compagnie, elle arpentait les lieux, Dieu sait pourquoi, et vous marchait allègrement sur la tête. Et « la Kubelka » (ainsi Sophie nommait-elle la veuve de son frère aîné Karl Ludwig) eût-elle été mieux instruite du passé familial, elle aurait bien été la dernière à pouvoir contredire ou détromper sa belle-sœur, car celle-ci l'avait toujours trouvée bête à manger du foin. Aussi lorsqu'on s'enquérait d'Anna, la fille de Karl Ludwig et de la Tchèque, la dame chanoinesse ne manquait de répondre : « Elle a hérité de la sottise de sa mère. S'enticher d'un éleveur de chevaux ! » Anna, en effet, s'était follement éprise à vingt et un an d'un propriétaire de haras de la bourgade hongroise de Györ, le comte Hegéssy, qui avait remporté le Prix du Roi à Budapest avec la jument Ilonka et s'était empressé sur ce de laisser choir son Anna ; elle vivait donc maintenant au-dessus, à l'entresol, ni divorcée ni mariée, abandonnée tout bêtement, parce qu'elle refusait le divorce et qu'à près de cinquante ans elle attendait encore quelque repentir miraculeux, une fieffée cruche ! Certes la sainte Église croyait aux miracles, mais cela n'avait rien à voir, estimait Sophie. Les prodiges de l'Église touchaient les personnes honorables, non les propriétaires d'écuries de courses hongrois.

Les deux femmes donc, la Kubelka et sa fille Anna, habitaient l'entresol porte numéro 3. Aux numéros 4 et 5 résidait la famille Drauffer (le père, la mère, des jumeaux, deux domestiques et un chien), dont nous découvrirons bientôt les particularités.

Le premier étage était plus spacieux ; il se composait de deux appartements de grandeur égale, de six pièces chacun. La porte numéro 7 sur la Seilerstätte menait chez l'aîné de ses neveux, que Sophie préférait à tout autre dans la maison. Au dire de la vieille demoiselle en effet, Otto Eberhard ne possédait que des qualités : il était aussi exemplaire que feu son oncle Karl Ludwig, aussi beau que son oncle Hugo (qui, avouons-le, était un vaurien et avait succombé à une maladie dont on taisait le nom dans la bonne société), aussi cultivé que feu son père Emil, et aussi intelligent qu'elle-même, Sophie se considérant comme la personne la plus sagace de son entourage. La carrière d'Otto Eberhard n'était pas moins impressionnante : à quarante-neuf ans il était déjà premier procureur – quant à son épouse : un vrai bijou. On ne pouvait mieux tenir sa maison que la fille du baron Überacker : issue d'une famille d'aristocrates fonctionnaires du Tyrol, peu de biens mais d'une excellente éducation, conservatrice, farouchement catholique, et dotée, ce que Sophie appréciait particulièrement, d'un délicieux talent de chanteuse. Que cette jolie femme chantait joliment les hymnes mariaux ! Dommage que cette union idéale n'eût produit qu'un seul fils : Peter, huit ans à ce jour, un peu potelé peut-être, mais ceci mis à part un enfant charmant ; comparé à ses cousins de l'entresol, ces jumeaux sales et braillards, aussi mal élevés que leur père, cet effronté de Drauffer, presque toujours éméché, le choix était vite fait. D'autant que ces gamins insupportables avaient un chien qui ne l'était pas moins, un doberman nommé Rex, ennemi personnel de Sophie, qui aboyait dès qu'elle paraissait, alors que le sage garçonnet du premier étage jouait avec un caniche de laine à roulettes d'une blancheur immaculée, comme il sied aux enfants de bonne maison.

Les occupants de l'appartement numéro 8 au premier étage côté Annagasse n'avaient pas davantage les faveurs de Sophie. C'est ici que vivait la cadette d'Otto Eberhard, Gretel (dont nous connaissons déjà la jeune sœur de l'entresol, Pauline, alias madame Drauffer). L'heureux élu de Gretel, le colonel des dragons Paskiewicz, un très bel homme, l'avait non seulement trompée et humiliée à loisir, mais avait aussi dissipé sa dot puis l'héritage paternel jusqu'au dernier kreuzer. Comme il était polonais, Sophie avait beau jeu d'inclure les Polonais dans le lot de préjugés bien ancrés qu'elle nourrissait sur les nationalités (et auxquels elle laissait si volontiers libre cours à l'encontre de la Tchèque Kubelka et du Hongrois Hegéssy).

Ce jour-là, le colonel était alité suite à un de ces accès que le médecin de famille, le docteur Herz – pour ne pas alarmer ses proches –, prétendait être de l'asthme quand il s'agissait d'angine de poitrine. Le colonel n'était d'ailleurs pas le seul patient de l'appartement, puisque, dans la chambre d'enfant, sa fille Christine, âgée de douze ans, qui avait hérité du beau profil de son père et de sa santé précaire, se débattait avec des catarrhes. Ici point d'animal, tout juste une domestique qui arrivait le matin et repartait le soir, la famille Paskiewicz devait surveiller ses dépenses.

Le deuxième étage (portes 9 et 10), qu'occupait en son temps Christoph Alt, le bâtisseur de la maison, restait inhabité depuis son décès et celui de sa veuve conformément à son étrange testament ; en y abattant des cloisons, on avait réduit à sept ses douze pièces initiales : le salon jaune, le grand et le petit bureau, la grande et la petite salle à manger, la véranda et le salon de musique. Vouées à être utilisées en commun par tous les membres de la famille, elles servaient à l'occasion des fêtes, bien plus rarement toutefois que son sens de la famille ne l'avait fait espérer au vieux Christoph. La cause en était simple : les immenses pièces inhabitées étaient glaciales en hiver, et les chauffer aurait supposé une nouvelle installation calorifère coûteuse à laquelle nul ne se décidait.

Franz vivait au troisième étage porte numéro 11, sur l'avant, et il était de treize ans plus jeune que son frère le procureur. Comme Sophie aimait à le souligner aux dépens du cadet, le contraste entre les deux hommes sautait aux yeux : Otto Eberhard était grand, élancé, très soigné ; sa barbe impériale n'avait pas un poil gris, à quarante-neuf ans on lui en donnait quarante. Franz, qui venait de fêter son trente-sixième anniversaire, par contre, en paraissait cinquante ; plus lourd que son frère, pas tout à fait aussi grand : « Un vrai paysan ! » disait dédaigneusement Sophie de ce cadet qui portait infiniment moins d'attention à sa tenue que l'aîné, et dont les confortables pantalons semblaient n'avoir jamais connu le pli. Il avait pris la succession de son père et de son grand-père à la tête de la fabrique de pianos, la seule qualité que lui concédât Sophie était « qu'il avait le sens des affaires ».

Ce qui revenait aux oreilles de Sophie quant aux occupants du troisième étage (Franz n'était pas le seul à y loger, ce Drauffer y avait aussi son atelier en face) la contrariait fort. Que tant de femmes se rendissent chez un peintre qui se prétendait professeur, c'était soi-disant lié à son statut – encore que nul ne comprît pourquoi cet individu ne se décidait pas à faire son métier sérieusement et à peindre des messieurs ! Son Éminence le prince cardinal-archevêque, c'était écrit dans le journal, avait bien fait exécuter son portrait par Angeli et notre honoré bourgmestre Uhl par son confrère A.F. Seligmann. Voilà ce qui s'appelait peindre, contrairement aux barbouillages frivoles que cet individu osait même exposer publiquement à la Maison des Arts ! Sophie n'avait certes vu qu'une seule de ces expositions, mais elle l'en avait dégoûtée à jamais : des créatures aguichantes et creuses, les bras nus – et même le dos –, on en avait honte pour les modèles et pour le peintre.

Quoi qu'il en fût, ce Drauffer avait du moins l'excuse de sa profession. Mais quel prétexte pouvait bien invoquer Franz lorsque des dames montaient chez lui au troisième étage, jamais les mêmes et de plus la nuit ! Sophie savait parfaitement de quoi il retournait car les visiteuses préféraient l'entrée latérale, Annagasse, à l'entrée principale de la Seilerstätte, et comme il n'y avait pas encore d'ascenseur au numéro 10 à cette époque, on passait forcément devant sa porte. Courroucée, elle épiait ces légers pas furtifs qui dénotaient clairement la culpabilité. Franz n'était plus si jeune qu'il dût encore « jeter sa gourme », selon l'expression consacrée. À son âge bien des hommes avaient déjà fondé une famille respectable et renoncé à cette sotte réputation de viveur. À plus forte raison quelqu'un comme Franz qui n'en avait nullement l'apparence, se disait Sophie.

Le neveu décrié détenait entre autres avantages une lucidité sur soi dénuée de vanité (ce en quoi il se distinguait aussi de son frère), et il savait pertinemment ce que la maison pensait de lui. Mais il n'en avait cure, et il aurait fait tranquillement comme bon lui semblait, une fois de plus, s'il ne s'était agi là d'une affaire qui regardait la maison et qu'il n'eût ardemment souhaité y faciliter l'entrée d'Henriette. En général le respect ne l'étouffait pas, et Sophie qu'il trouvait bizarre et un brin touchante ne lui en inspirait aucun. Mais il lui fallait bien s'assurer de son accord, pour que son frère Otto Eberhard (qu'il aimait bien) et sa belle-sœur Elsa (qu'il détestait) restent neutres en cette affaire. Les autres l'indifféraient. Il savait aussi naturellement combien Sophie désirait le marier, ce qui ne pouvait que la prévenir en faveur de ses projets, se disait-il.

« Bien l'bonjour, m'sieur, le salua la vieille Poldi quand il sonna au rez-de-chaussée en ce jour du 9 mai. Que m'sieur veuille bien patienter, m'dame est à sa coiffure. »

Franz attendit dans l'antichambre. Comme toujours sombre à faire peur. Comme toujours empestant les vêtements camphrés. Et derrière la porte par laquelle s'était éclipsée Poldi retentissaient, comme toujours, les éructations de Cora, le perroquet.

« M'dame prie m'sieur d'entrer », annonça la vieille femme, et Franz pénétra dans la pièce.

« Je ne te dérange pas ? demanda-t-il.

– Tu le vois bien, que tu déranges », répondit la vieille demoiselle. Elle avait tiré à la hâte la couverture de velours bleu foncé qui masquait les draps dans la journée. Non qu'il l'eût surprise au saut du lit ! Elle se levait tous les jours à sept heures précises. Elle avait déjà accompli ses dévotions sur le prie-Dieu devant son petit autel personnel. « Ne reste pas planté là. Assieds-toi, intima-t-elle à son visiteur.

– Mais c'est très bien ! Mais c'est très bien ! Merci ! glapit de nouveau le perroquet dans la salle à manger.

– La paix, Cora ! » ordonna la vieille demoiselle, qui demanda : « Veux-tu un café, Franz ? Ou un schnaps de la Vistule ? » Elle était assise en négligé devant une longue coiffeuse ridiculement étroite, encombrée de pelotes à épingles, de verre et de porcelaine. À côté d'elle sur une table de plus petite dimension se trouvaient des brosses à cheveux, le journal du jour, son réticule et une boîte de ces pastilles de menthe vertes qu'elle affectionnait (entre autres sucreries). Il faisait froid dans la pièce, l'une des deux fenêtres habillées de tentures de velours bleu était entrouverte, laissant passer l'air de ce jour d'avril sans soleil. Le noyer dans la cour n'avait pas encore commencé à fleurir.

Franz demanda un schnaps, que Poldi lui apporta. De sa place il voyait dans le miroir le visage de Sophie, qui lui tournait le dos et lissait ses cheveux avec deux brosses de corne à long manche, des cheveux splendides, souples, d'un blanc argenté somptueux, sa plus belle parure. Ses joues et sa bouche semblaient quasi inexistantes tant l'âge l'avait décharnée et asséchée. « Qu'y a-t-il ? » demanda-t-elle, sans trace de ce sourire câlin qu'elle réservait à l'aîné de ses neveux, Otto Eberhard.

Franz n'avait pas coutume de tourner autour du pot. La diplomatie (hélas aussi la fantaisie) n'était pas son fort : avec lui on allait droit au but, tout détour n'étant que « foutaises ». Pourtant il hésitait. « Tu ne chauffes plus ? demanda-t-il en frissonnant.

– C'est pour me demander ça que tu viens à cette heure ? » rétorqua-t-elle en élevant la voix à la manière des personnes dures d'oreille, et elle secoua la tête : « Passé Pâques, on ne chauffe plus. Tu connais le prix du charbon ? Un florin et onze kreuzers ! Tu chauffes encore, toi là-haut ?

– Non. C'est-à-dire... oui », dit-il, de plus en plus confus. C'est idiot, s'avoua-t-il, j'ai un peu la frousse. Il regarda dans la glace le reflet du visage flétri.

« Évidemment ! Il faut que ces dames aient bien chaud là-haut chez toi, pas vrai ? Bois ton schnaps, ça te réchauffera. »

L'inquiétude de Franz se dissipa aussi subitement qu'elle lui était venue. « C'est pour ça que je suis là. À cause des dames. »

On ne savait jamais exactement quand la vieille demoiselle entendait ou non. Parfois, elle ne voulait pas entendre. « Quoi ? fit-elle.

– Je disais que je suis venu à cause des dames, répéta-t-il.

– J'ai bien entendu cette ânerie, déclara-t-elle, mais je ne la trouve pas drôle. À ton âge...

– Il faut se marier. C'est ce que je veux faire.

– Quoi ? fit-elle de nouveau, oubliant d'enfourner la pastille de menthe qu'elle tenait à la main.

– Oui, dit Franz. Il y a longtemps que tu essaies de me convaincre, je me suis décidé. Je me suis fiancé. » Eh bien, se dit-il, ça y est, je l'ai dit, finalement c'était simple comme bonjour. Il crut voir une expression de plaisir sur les traits de la vieille dame.

Sophie avait posé les brosses, elle se retourna vivement sur son tabouret, le regarda en face et dit : « En voilà une surprise ! Quand t'es-tu donc fiancé ?

– Oh... récemment. » Inutile de lui dire que la chose remonte à deux mois, pensa-t-il.

« Ça alors ! Je la connais ?

– Bien sûr. C'est Henriette. »

Si ses traits s'étaient éclairés de plaisir tout à l'heure, ce qui les assombrissait maintenant ne faisait pas de doute ; ça ne se voyait que trop et Franz le vit. La colère se mit à bouillonner chez ce colérique, et il prit les devants : « Tu y vois une objection ? »

La vieille demoiselle s'était raidie sur son siège.

« Tu veux parler d'Henriette Stein ? demanda-t-elle d'une voix inhabituellement basse cette fois.

– Je ne connais qu'une Henriette.

– La fille du... » Elle laissa sa phrase en suspens. Les yeux baissés sur son ample négligé blanc, trop léger pour la fraîcheur de ce matin-là, elle ne regardait plus du tout son neveu.

« La fille du professeur Stein », acheva Franz. L'expression de bonté qui marquait parfois son visage s'évanouit complètement. « Un de nos juristes les plus éminents. Au cas où tu l'ignorerais, ajouta-t-il.

– Je le sais parfaitement, répliqua-t-elle.

– C'est l'une des personnes les plus distinguées que je connaisse.

– Mais c'est très bien ! Mais c'est très bien ! Merci ! éructa le perroquet dans le silence qui s'installait.

– Et qu'en dit ton frère ? demanda la vieille demoiselle, qui parlait toujours à voix basse.

– Il n'en sait encore rien.

– Il ne sait rien ? Pourquoi ?

– Parce que je voulais te le dire d'abord. » Franz était un piètre menteur.

« Il ne sait rien », répéta obstinément Sophie. Puis : « Le professeur Stein est juif, n'est-ce pas ?

– Baptisé. Pourquoi ?

– Et la mère ? questionna-t-elle au lieu de répondre.

– Née Aufreiter. Plus catholique que toi.

– Aufreiter, dit Sophie en hochant la tête avec mépris. Une actrice, n'est-ce pas ?

– Du Kärntnertortheater, répondit son neveu qui se contenait difficilement. Une remarquable chanteuse lyrique. Elle est morte quand Henriette avait sept ans. Tu ne l'auras pas connue. À cette époque tu étais encore à Brünn. »

La vieille demoiselle le regarda. « Oh si. Je l'ai connue. Ou plutôt, j'en ai entendu parler. À l'époque on en a pas mal entendu parler.

– Cela n'a rien d'étonnant pour une chanteuse.

– On a entendu bien des choses sur elle, insista la dame chanoinesse.

– Par exemple ?

– Qu'elle avait laissé son mari en plan.

– Y étais-tu, Tante Sophie ?

– Non, mais toute la ville le savait.

– Sa fille parle d'elle avec admiration. Cela devrait suffire. Moi en tout cas, cela me suffit ! » explosa Franz.

La vieille demoiselle ne l'entendait pas de cette oreille. Elle s'empara d'un peigne, traça une raie médiane dans sa somptueuse chevelure et dit d'un ton incisif : « Moi non. Un père d'origine juive. Quant à la mère ? Le mot m'écorcherait la bouche. Attends ! Tu dis que je suis la première personne à apprendre tes fiançailles ? Eh bien, je serai aussi la première à t'avertir. Tu n'as plus l'âge de te comporter en galopin. Tu vas sur tes quarante ans. » Pause. « Et les enfants que tu auras un jour devront reprendre la firme qui a fait la notoriété de ton grand-père et de ton père dans le monde entier. » Pause. « Ne l'oublie pas ! »

Rester calme, s'intimait Franz, en ouvrant et en refermant nerveusement les poings. Ce qu'elle pense d'Henriette m'est égal. Malencontreusement la moitié de la maison lui appartient. « As-tu fait de si mauvaises expériences avec les juives ? demanda-t-il. Maman avait du sang juif. L'as-tu oublié ? »

Bien qu'il ne parlât pas fort, elle comprenait chaque mot. Non, elle n'avait pas oublié, là était bien le problème. Qui avait favorisé le mariage de Gretel avec ce vaurien de Paskiewicz ?

Julie ! Et pourquoi ? Parce qu'il était bel homme. Et qui avait harcelé feu Emil jusqu'à ce qu'il donne son consentement au mariage de Pauline avec cet insupportable Drauffer ? Julie ! Pour la même raison. Si les filles, Gretel tout comme Pauline, couraient éperdûment après les hommes, c'était bien à cause du sang de leur mère, l'ex-Julie de Bergheimstein. Franz aussi avait trop de ce sang justement – quelle chance qu'Otto Eberhard tînt de son père ! « Je n'ai pas oublié, répondit la vieille demoiselle. Ce n'est pas moi qui irai ternir la mémoire de ta pauvre mère. Elle fut à sa manière une bonne épouse pour ton père.

– De toutes les manières.

– Possible. Mais elle avait une curieuse conception de l'éducation. Je ne peux pas dire que les résultats lui aient donné raison. Regarde tes sœurs.

– Mes sœurs se portent comme un charme.

– Question d'opinion.

– C'est la mienne, ma tante.

– Dis-moi un peu, Franz, n'y a-t-il dans tout Vienne d'autre épouse qu'Henriette Stein pour le propriétaire de la fabrique Alt ? Est-ce pour cela que tu as attendu si longtemps ? »

Franz répondit avec une conviction qui chassa toute humeur de ses traits un peu rudes et leur conféra une expression joyeuse : « S'il y a *une chose* dont je suis sûr, c'est bien de celle-là ! C'est Henriette que j'attendais. Et je n'en veux pas d'autre, ça non ! »

La vieille dame avait fini de se coiffer, elle rangea les brosses et les peignes les uns à côté des autres. « Qu'à cela ne tienne ! Dans ce cas, je te souhaite tout le bonheur possible », dit-elle après un instant de silence. Puis au bout d'un autre moment : « Quand me l'amènes-tu ?

– Quand le veux-tu, tante Sophie ?

– Tu sais bien que je suis toujours à la maison.

– Nous viendrons très prochainement, promit son neveu.

– Je m'en réjouirai sincèrement, répondit-elle.

– Merci », dit-il, un peu ému. En regardant par la fenêtre, il observa : « Il y a encore une petite chose. Je voudrais qu'on ajoute un quatrième étage à la maison. Les plans sont déjà faits. Ce ne sera pas très compliqué si tout le monde y met du sien. Je suppose que tu n'y vois pas d'inconvénient ?

– Quoi ? » dit-elle.

Il répéta son petit discours.

« Pourquoi as-tu besoin d'un quatrième étage ?

– Parce que nous voulons y habiter.

– Vous avez de la place au troisième, non ? À deux !

– Au troisième, ce n'est pas possible. »

Elle haussa la voix. « Ah bon, et pourquoi ?

– Tu le sais bien ! Parce que les pièces sont ou trop immenses ou trop petites ! Parce qu'on ne peut pas chauffer correctement ! Parce que le côté qui donne sur l'Annagasse n'a pas un brin de lumière de tout l'hiver !

– Donne-moi ma canne, je te prie. »

Il lui tendit sa canne à manche d'ivoire.

Elle refusa son aide pour se lever et se redressa en se tenant solidement au rebord de l'étroite coiffeuse. Maintenant qu'elle était debout, on voyait qu'elle était de très haute taille. Elle fit quelques pas le long du lit dans son fin négligé, passa devant le prie-Dieu, alla jusqu'à la fenêtre entrouverte, et rebroussa chemin. Ses pas étaient inaudibles tant elle pesait peu. Seule la canne dont elle heurtait le sol d'une main ferme émettait un bruit. « Mademoiselle Stein m'a tout l'air d'être une jeune dame gâtée », dit-elle, et elle répéta : « Une dame très gâtée ! »

Franz ne put s'empêcher de rire. « Moi, en tout cas, j'ai une envie folle de la gâter », concéda-t-il.

La vieille demoiselle s'immobilisa. « Ton frère Otto Eberhard m'a habituée à l'idée que je vous tiens lieu de père et de mère. Contrairement à toi. Mais il faut bien que quelqu'un te le dise, Franz ! Tu cours délibérément à ta perte ! » Ses paroles sévères laissaient percer un sentiment de crainte et une trace de tendresse réprimée.

« C'est gentil de te faire du souci pour moi, répondit-il. Mais totalement superflu, je t'assure, il n'y aura pas plus heureux dans tout Vienne qu'Henriette et moi !

– Espérons-le, dit la vieille demoiselle, tu n'as pas besoin de mon accord tout de suite, pour construire je veux dire, pour le reste tu t'en soucies fort peu, j'imagine.

– Mais j'aimerais l'avoir maintenant ! insista-t-il. Il faut que je dépose la demande de permis au service de l'urbanisme. Ils mettent un temps fou à expertiser les lieux et à faire toutes ces foutaises.

– Cela ne dépend pas que de moi ! Tes trois frères et sœurs ont aussi leur mot à dire. Chacun d'eux est propriétaire d'une part de votre moitié.

– Bien entendu. Mais si *toi*, tu dis oui, la majorité a dit oui ! déclara-t-il en abattant son jeu avec cette absence de diplomatie qui confinait parfois à la sottise.

– Mais je voudrais d'abord parler de cette affaire avec Otto Eberhard », conclut la vieille demoiselle.

Franz perdit le reste de sa patience, qui venait d'être mise à rude épreuve. « Tu peux lui en parler tant que ça te chante ! Libre à vous de décider ce que vous voudrez, je m'en soucie comme de ça ! » Il ponctua ses paroles d'une pichenette. «Tu viens de le dire fort justement, je vais sur mes quarante ans. C'est tout simplement absurde qu'un homme de trente-six ans ait encore à demander la permission de ce qu'il peut faire ou non ! Je ferai construire ce quatrième étage, vous pouvez me faire confiance ! Bonne journée ! »

Il traversa la salle à manger et le salon où trônait le perroquet toutes plumes hérissées sur sa barre de laiton.

« Merci ! » lui lança l'animal.

Il l'entendit. Mais de la réplique de la vieille demoiselle – « Il n'y a rien d'absurde à discuter des décisions importantes avec les quelques proches que l'on a » –, il ne perçut que le début. Et lorsqu'elle lui cria de loin en élevant la voix : « Même à l'âge adulte, on peut commettre des erreurs désastreuses ! », il était déjà en train de descendre les trois marches qui menaient au froid vestibule.

La construction du quatrième étage rencontra quelques difficultés ; curieusement, elles ne vinrent pas tant de la maison que de l'extérieur.

Avec le sens aigu des réalités et des opportunités qui le caractérisait, Otto Eberhard vit immédiatement qu'il serait mieux avisé de favoriser le mariage de son frère cadet que de s'y opposer. Il rendait certes justice aux raisons de tante Sophie. Partisan convaincu du parti chrétien social, il ne prétendait nullement être enchanté du choix de son frère. Toutefois, le père de la fiancée, le professeur Stein, était un homme éminent à qui ne manquerait pas d'échoir un jour ou l'autre un siège à la Chambre haute et on lui prêtait une influence considérable sur le ministre de la Justice, or le premier procureur dépendait du ministre de la Justice. Eu égard à ces considérations, les réticences d'Otto Eberhard restèrent donc insignifiantes, et quand Franz se fut engagé à assumer seul le coût des travaux et à ce que l'ajout de cet étage n'affecte en rien la quote-part des uns et des autres pour le numéro 10, la famille donna sa bénédiction au projet.

En revanche, le service de l'urbanisme, dont la direction avait été la cible de violentes critiques publiques après l'effondrement d'un immeuble quelques semaines auparavant, fit montre d'une minutie tatillonne qui poussa l'impatient au désespoir. Une commission eut à contrôler la solidité des fondations, une deuxième à statuer sur l'adduction en eau de l'immeuble, une troisième étudia l'influence d'un nouvel étage sur les bâtiments voisins, et chacune d'elles rendit un rapport d'expertise qui contredisait les deux autres. Nouveaux constats. Nouvelles expertises. Quand tout cela fut enfin réglé et que les techniciens se déclarèrent satisfaits, les juristes de l'urbanisme prirent le relais. Estimant la situation ambiguë au plan juridique, ils réclamèrent un acte notarial qui, d'une part, atteste clairement l'accord de tous les copropriétaires quant à la construction prévue et, de l'autre, fasse toute la lumière sur leurs droits de propriété respectifs. Sur quoi, le notaire de la monarchie austro-hongroise exigea qu'on lui présente l'intégralité des originaux ou les copies certifiées conformes des actes concernés.

Ceci contraignit Franz, qui avait horreur des papiers et des administrations, à s'installer une journée entière au Palais de justice, pour y éplucher dans le registre foncier les documents et les rapports afférant au numéro 10. Il y en avait à foison. Car la réglementation des constructions de l'impératrice Marie-Thérèse, qui sévissait encore jusqu'à une période récente, requérait des Viennois désireux de bâtir une maison ou d'en acquérir une par voie d'achat ou d'héritage qu'ils fassent « la preuve de leur respectabilité », c'est-à-dire qu'ils devaient confier l'essentiel de ce qui les concernait à un tribunal dit des Bâtiments, sorte de police des immeubles qui se mêlait de tout et exigeait moult informations qui ne la regardaient en rien.

C'est ainsi que Franz, d'abord en jurant, puis résigné, et finalement amusé, apprit de ces « documents de respectabilité » l'histoire de cette maison où il était né et qui ne lui suffisait plus.

« Je, soussigné Christoph Alt », lisait-on dans le document manuscrit, daté de Vienne le 4 février 1790, qui ouvrait le recueil des actes, « prie respectueusement l'honorable Tribunal des Bâtiments de bien vouloir m'autoriser à faire construire un immeuble dans la Seilerstätte. L'emplacement de cette maison se situerait entre le numéro 8 et le numéro 12 de cette même rue, sur l'actuel terrain non bâti des comtes de Harrach. Ci-joint les plans établis par monsieur Wipplinger junior, architecte et entrepreneur à Vienne, ainsi qu'un devis s'élevant à 9290 florins d'argent et 24 kreuzers. Ci-joint enfin un extrait de mon compte à la Erste Bürgerliche Sparkasse de Vienne, attestant que je suis en possession d'un avoir de 74366 florins,19 kreuzers, et par conséquent en mesure d'assumer de mes propres deniers sans recourir à l'emprunt le coût de la construction et celui des dépenses afférentes telles que l'impôt foncier.

« Fils cadet de l'organiste de la cour Johann Peter Alt, qui exerça trente-quatre années de sa vie dans la chapelle du palais impérial à l'entière satisfaction de Sa Majesté l'impératrice, je naquis le 11 mars 1758 à Vienne dans la religion catholique romaine. Le nom de jeune fille de ma mère était Fierlinger, du magasin de lin réputé du même nom, sis dans la Tuchlauben. Mes deux parents sont décédés. Mon frère aîné exerce les fonctions de catéchiste à l'internat du comte Löwenburg.

« Je suis l'heureux époux de Margarethe Anna Ludovika née Landl, originaire de Mürzsteg en Styrie, fille du maître forestier de l'administration impériale des chasses et nièce de l'abbé de Mariazell[1].

« À l'issue de l'école primaire et du collège, je fréquentai l'école de commerce du Hoher Markt. Désirant me former au mieux à la profession qu'il me destinait, feu mon père m'envoya à l'âge de seize ans à Paris, où je passai trois ans aux ateliers de la manufacture de pianos

1. La basilique de Mariazell : lieu de pèlerinage catholique le plus fréquenté d'Autriche situé au sud-ouest de Vienne. *(Toutes les notes sont de la traductrice.)*

Pleyel mondialement connue, dans des occupations subalternes. Je n'en accumulai pas moins nombre de savoir-faire qui me furent fort utiles et que je pus enrichir ensuite dans des places similaires à Londres et à Saint-Pétersbourg. De retour à Vienne dont je m'étais toujours vivement langui à l'étranger, après le décès de mon père, je fondai en 1780 avec ma part d'héritage la firme Christoph Alt, Facteur de pianos, au numéro 104 de la Wiedner Hauptstrasse.

« Grâce au Ciel et à quelques efforts personnels, je réussis à donner à mes productions une réputation attestée par de remarquables virtuoses tels que messieurs Lambert et Gustave Schneider senior, l'organiste de l'archidiocèse de Saint-Étienne, monsieur Probst, et l'organiste des princes Pálffy, monsieur Haydn. Je prends la liberté – que l'honorable Tribunal des Bâtiments n'y voie nul manquement à la modestie – de citer le passage suivant d'une lettre du compositeur et pianiste renommé, monsieur Wolfgang A. Mozart : « *J'ai chaque fois le sentiment que ce n'est pas l'ivoire et le bois que je touche sur votre instrument, mais quelque chose de tout autre. Comme si, au contact des doigts, la matière solide se dissolvait en une texture aérienne, nous dévoilant ainsi ce mystère des sons qu'on désire aussi ardemment percer que celui des humains.* » Peu avant sa disparition, Sa Majesté l'impératrice nous permit de lui dédier un piano Alt, dont son fils et successeur vénéré si féru d'art, Sa Majesté l'empereur Joseph en personne, ne dédaigna point de jouer.

« Les motifs qui me poussent à cette demande sont, je le souligne humblement, impératifs. En effet, ma famille s'étant agrandie, les locaux exigus de la Wiedner Hauptstrasse ne suffisent plus à abriter et notre ménage et les activités de la manufacture. Mais c'est aussi pour y établir durablement une maison familiale que je désire cette construction, dans l'espoir que la grâce de notre Seigneur continuera à favoriser mes entreprises et celles de mes successeurs, et que les liens et la cohésion entre ces derniers s'en trouveront ainsi renforcés.

« En souhaitant vivement que ma requête puisse aboutir le plus rapidement possible, je prie le très noble Tribunal de croire à l'expression de mon profond dévouement.

« C. Alt, facteur de pianos. »

L'administration avait noté en marge : « Le requérant est un homme aisé de bonne réputation. Accordé. Vienne, le 23 juillet 1790. »

Suivait le rapport officiel du responsable des constructions du premier arrondissement sur l'achèvement du bâtiment, daté du 12 septembre 1791 à Vienne.

Du même jour était datée une plainte anonyme :

« Honorable Tribunal ! Le sens de l'ordre et de la décence des honnêtes gens se trouve grossièrement blessé, quand, par une interprétation abusive du penchant naturel à la tolérance de notre auguste empereur, sont admis des abus tels que l'inauguration de la maison nouvellement bâtie au numéro 10 de la Seilerstätte. L'honorable Tribunal n'est probablement pas sans savoir que, juste en face de cette maison, au numéro 5 de l'Annagasse, se trouve le bâtiment de la loge maçonnique "Avenir". Mais il ignore sans doute que sous cette inauguration – et certainement aussi sous cette construction – se dissimule habilement l'ouverture déguisée d'une filiale maçonnique. Parmi les convives rassemblés dans une salle hexagonale de couleur jaune située au deuxième étage, plus des deux tiers appartenaient à la loge "Avenir" ; étaient également présents le grand maître de la Grande Loge de Vienne ainsi que les grands maîtres délégués par cette société sacrilège, qui ne s'incline ni devant l'empereur ni devant le pape.

«Le prétexte de cette réunion était un récital de piano donné par un membre de la loge, frère Mozart, qui joua pour la première fois un nouvel opéra de sa composition. Celui-ci s'intitule *La Flûte enchantée* et doit, dit-on, être représenté sous peu au Freihaus-Theater de Wieden. Comme l'auteur de ces lignes, présent lui aussi, en a déduit du résumé du contenu que s'empressa de donner le librettiste monsieur Schikaneder, il s'agit d'un éloge du culte maçonnique sous forme de conte. Et bien que la musique fort dissonante n'en fasse guère augurer le succès, il n'en représente pas moins une nouvelle et regrettable expansion de la propagande maçonnique.

«Savoir si monsieur Alt, le propriétaire de la nouvelle maison, est lui-même franc-maçon reste à élucider. C'était en tout cas un spectacle affligeant de le voir prêter l'oreille avec un ravissement qui ne pouvait être que feint aux pitoyables efforts du frère maçon Mozart, lequel offrait pour sa part l'image d'un lamentable désordre. Vêtu avec négligence, la figure d'une pâleur de cire, le front couvert de sueur, peu assuré dans ses mouvements, jouant épouvantablement, criant plus que chantant les airs de son opus – particulièrement les aigus de l'air d'une prétendue "reine de la nuit", destiné à sa belle-sœur, la chanteuse Josepha Weber de réputation douteuse –, il donnait l'impression d'un homme pris de boisson. Lui-même et le cercle des frères applaudissant à tout rompre se livrèrent à un tapage nocturne qui, je l'espère, a déjà dû susciter d'autres plaintes que celle-ci. Quoi qu'il en soit, il ne peut être dans l'intention de l'honorable Tribunal qu'une construction nouvelle trouble ainsi l'ordre public au premier jour de son existence, ni que le propriétaire du nouvel immeuble se laisse dicter sa conduite par son vis-à-vis du numéro 5 de l'Annagasse.

« Un partisan de l'ordre. »

L'administration avait noté sur la pièce : « Transmis pour enquête à la direction générale de la police de Vienne. »

Suivait une note de la direction générale de la police : « Au vu du rapport des services de police du Kärntner Viertel, les deux accusations sur lesquelles repose la plainte sont sans objet. Lors de la soirée considérée, monsieur le compositeur de la cour A.W. Mozart n'a troublé l'ordre public ni par un quelconque état d'ébriété ni en aucune autre façon ; comme le certifient les témoignages concordants de son épouse Constance et de son médecin de famille, il souffre depuis longtemps d'une insuffisance rénale chronique, qui prit une forme aiguë ces dernières semaines et déclencha le soir du 12 septembre les symptômes décrits par l'auteur de la plainte. L'état de monsieur Mozart a tellement empiré depuis lors que son trépas menace à toute heure. En ce qui concerne les autres invités, se trouvaient parmi eux des membres du haut clergé avec à leur tête monseigneur le grand vicaire, outre sept dignitaires de la cour et de la haute administration, ainsi qu'un lieutenant-maréchal d'Empire, deux généraux et un colonel. Aucun indice n'indique l'assemblée franc-maçonne et aucune des enquêtes diligentées ne confirme la déduction du plaignant, à savoir que le propriétaire, monsieur Alt, ait agi sur ordre de la franc-maçonnerie ou soit lui-même franc-maçon. » Le papier se concluait par l'annotation du tribunal « *Ad acta* ».

Durant les treize années suivantes, nulle pièce nouvelle ne retint l'attention de notre impatient visiteur. Seul un bref document daté du 3 décembre 1804 contenait une déclaration qui le surprit. Les « bienheureux parents » y annonçaient la naissance d'une fille en bonne santé qui avait été baptisée du nom de Sophie. C'est ainsi que Franz apprit l'âge soigneusement dissimulé de sa bonne tante Sophie : elle avait quatre-vingt-quatre ans.

Venaient ensuite deux avis de décès :

« Les soussignés ont la douleur de faire part comme il se doit à l'honorable Tribunal, annonçait la première, que notre époux bien-aimé, père, beau-père et grand-père regretté, monsieur Christoph Alt, fondateur et propriétaire de la manufacture C. Alt et de la maison située au 10 Seilerstätte, a rendu paisiblement le dernier soupir dans sa quatre-vingt-unième année à l'issue d'une vie pieuse et laborieuse, le 1er mai 1839, après avoir reçu les saints sacrements. Margarethe Alt née Landl, son épouse et légataire universelle ; Karl Ludwig Alt, Emil Alt et Hugo Alt, ses fils ; Sophie Alt, sa fille ; Betty Alt née Kubelka et Julie Alt née von Bergheimstein, ses belles-filles ; Otto Eberhard, Anna, Gretel et Pauline, ses petits-enfants. »

Le 9 mai 1843, un deuxième avis enterrait Hugo Alt, respectivement le fils bien-aimé, le frère, le beau-frère et l'oncle des endeuillés, décédé des suites d'une affection endurée avec la plus grande patience. C'était, se rappela Franz, cette affection qu'on ne nommait jamais dans la famille.

Puis il eut en main l'annonce de sa propre naissance. « Nous avons l'honneur de communiquer à l'honorable Tribunal la naissance, le 9 août 1852, d'un garçon en bonne santé, qui fut baptisé des noms de Franz Xaver Sebastian. Respectueusement, Emil Alt, propriétaire de la firme C. Alt, Facteur de pianos, et son épouse Julie. » Le mot « bienheureux », constata Franz lapidairement, était absent de cette déclaration.

Mais les mots qu'il lut ensuite : « Profondément honteux et empli d'un vif mécontentement paternel », introduisaient une communication qu'il lut avec un amusement croissant. « Hier, dimanche 5 avril 1854, je me trouvais avec mon épouse, mon fils Otto Eberhard âgé de quinze ans, ma fille Gretel de treize ans, et ma fille Pauline de cinq, parmi les Viennois qui jouirent de l'insigne privilège d'assister au mariage du noble couple impérial à l'église des Augustins. Le fonctionnaire de l'administration diocésaine qui avait établi mon billet d'entrée m'avait informé que la cérémonie commencerait à quatre heures et demie de l'après-midi. Nous fûmes sur les lieux dès trois heures afin d'obtenir des places permettant aux enfants d'observer d'assez près la mémorable cérémonie. Nous en trouvâmes dans une travée de la nef centrale. Comme toutefois la cérémonie ne débuta que vers six heures et demie, les enfants commencèrent à crier famine, ce qui, d'un certain point de vue, peut se concevoir, leur dernier repas remontant à midi – heure du déjeuner –, et la décence interdisant bien entendu à l'auteur de ces lignes de profaner les lieux sacrés d'une cathédrale en y introduisant et y absorbant de la nourriture. Lui-même et son épouse s'efforcèrent d'attirer exclusivement l'attention des enfants sur l'événement imminent et de le leur présenter sous un jour conforme à son importance. Leurs efforts furent d'abord couronnés de succès, et n'eût été ce retard si considérable, tout se serait déroulé au mieux et l'incident fâcheux aurait pu être évité. Mais l'attente se prolongeant, il s'avéra de plus en plus difficile de faire patienter les enfants. Par ailleurs, ce qui n'est peut-être pas tout à fait inexcusable non plus, ni l'auteur de ces lignes ni son épouse ne souhaitaient abandonner ces places si durement conquises ou renoncer complètement à l'événement tant attendu. Plût au Ciel cependant que nous l'eussions fait ! Car lorsque l'auguste couple fit son entrée, nous crûmes pouvoir détourner notre attention des enfants et la fixer librement sur le spectacle magnifique qui s'offrait à l'assistance. Or c'est à ce moment précis, alors que Son Éminence le prince archevêque Rauscher énonçait solennellement les noms et les titres de Sa Majesté notre empereur bien-aimé François-Joseph Ier, que se produisit le malheur.

« Sans vouloir tenter d'excuser l'inexcusable, je me permettrai toutefois d'évoquer la possibilité que, dans leur ignorance et l'état qui était le leur, les enfants aient pu croire que l'énumération allait se prolonger indéfiniment. Son Éminence ayant déjà nommé les titres d'"empereur d'Autriche, de roi apostolique de Hongrie, roi de Bohême, roi de Dalmatie, roi de Croatie, roi de Slavonie, roi de Jérusalem, duc de Lorraine, duc de Modène, duc de Parme, de Plaisance et de Guastalla, margrave de Moravie, comte de Habsbourg et Kybourg" s'apprêtait à poursuivre l'énumération, lorsque l'exclamation "Je voudrais quelque chose à manger !" retentit dans la cathédrale qui écoutait religieusement.

« Elle provenait, je l'avoue avec une honte indicible, de la bouche de ma fille Pauline, âgée de cinq ans.

« Un certain nombre de personnes particulièrement indulgentes prirent certes la chose avec bonne humeur, et je croirais presque que Son Éminence était de celles-là, car après avoir observé une pause qui marquait son étonnement, elle poursuivit en souriant. Un regard de la vénérable mariée agenouillée devant l'autel laissa également augurer un bienveillant pardon. Mais les yeux de notre empereur bien-aimé exprimèrent nettement le déplaisir que lui causait l'inadmissible perturbation de cet instant solennel. Il va de soi que nous nous levâmes sur-le-champ pour nous éclipser le plus discrètement possible.

« En signalant comme il sied à l'honorable Tribunal ce fait en tout point regrettable, je me permets d'exprimer humblement le vœu que Leurs Majestés puissent être informées du profond sentiment de contrariété, d'abattement et de honte que cet incident nous inspire à tous, la jeune fauteuse de troubles y compris, et de l'insistance avec laquelle nous implorons leur généreux pardon.

« Le soussigné, Emil Alt, facteur de pianos, 10 Seilerstätte, avec l'expression de sa très haute considération. »

Une annotation du Tribunal disait : « Soumis respectueusement à la Chancellerie du Cabinet de Sa Majesté. »

En dessous, on lisait deux lignes de la Chancellerie du Cabinet datées du 12 juillet 1854 à Ischl : « Sa Majesté Apostolique, Impériale et Royale a daigné prendre connaissance de la présente. » Suivies d'une nouvelle annotation du Tribunal : « *Ad acta.* »

Ma sœur Pauline ! se dit Franz. On en apprend de belles trente-quatre ans plus tard ! Pauline serait donc un personnage historique ?

Émanant des mêmes signataires que l'annonce du décès du bâtisseur (moins Hugo mort entretemps et plus Franz né depuis), un faire-part du 31 décembre 1854 annonçait celui de Margarethe Alt, née Landl, seule propriétaire de la maison. Conformément à la pièce testamentaire jointe, la maison revenait à quotes-parts égales à ses enfants Karl Ludwig, Emil et Sophie ; ce legs était inscrit au registre foncier, en folio 71.

L'avis de décès du conseiller au ministère des Finances impérial et royal Karl Ludwig Alt était postérieur de six mois à celui de sa mère. Le legs de sa quote-part à sa veuve Betty née Kubelka apparaissait, lui aussi, en folio 71 du registre foncier.

Cette même veuve avait en 1859 « la joie et la fierté » d'annoncer le mariage de son unique fille Anna avec le comte Elemer Hegéssy et l'installation du jeune couple dans la ville hongroise de Györ.

C'est aussi avec joie et fierté qu'Emil Alt annonçait la même année le mariage de son fils Otto Eberhard avec la très bien née Elsa von Überacker, fille du baron du même nom, et en 1863, celui de sa fille Gretel avec monsieur Nikolaus Paskiewicz, lieutenant de l'Empire.

L'annonce suivante concernait le major de l'Empire au régiment « Empereur Ferdinand numéro 4 » Nikolaus Paskiewicz. C'était la liste imprimée du ministère de la Guerre « recensant les morts de l'armée autrichienne » dans la campagne perdue contre la Prusse. Son nom y était souligné à l'encre rouge.

La feuille imprimée était restée au dossier bien qu'elle eût été corrigée le 19 juillet 1866 par un démenti : « J'ai la joie de vous informer que mon époux bien-aimé n'a pas succombé aux blessures reçues à la bataille de Sadowa, comme on l'avait d'abord supposé, mais qu'il se trouve en convalescence à l'hôpital d'officiers d'Olomouc. Gretel Paskiewicz, née Alt. »

Et le major de l'Empire Nikolaus Paskiewicz de faire part, le 13 mars 1878, de la naissance d'une fille en bonne santé, chrétiennement baptisée des noms de Christine Anna Maria.

Là se terminait le recueil des certificats d'honorabilité. Car l'empereur François-Joseph avait aboli en 1879 la réglementation des constructions de Marie-Thérèse – et par là les prérogatives tant décriées du Tribunal des Bâtiments.

Ne figuraient plus désormais que les changements ultérieurs de propriétaires, en folio 72 :

« Décédé, le 13 mars 1873, Emil Alt, propriétaire d'une moitié de la maison, léguée par voie testamentaire à sa veuve Julie Alt. »

« Décédée, le 17 août 1881, Julie Alt, propriétaire d'une moitié de la maison, léguée à quotes-parts égales à ses enfants Otto Eberhard Alt, Gretel Paskiewicz, Pauline Drauffer et Franz Alt. »

La quote-part de chaque partie était clairement établie, estima Franz, et seuls des enquiquineurs professionnels (ainsi nommait-il les fonctionnaires) pouvaient estimer l'affaire juridiquement contestable. Mais par ces documents d'une sécheresse toute administrative, il prit conscience de maints éléments d'un contexte personnel auquel il n'avait jamais réfléchi : une famille de longue tradition, les Alt ! S'étaient mariés tardivement pour la plupart. N'avaient pas tous été si bourgeoisement rangés ni si anodins. L'oncle Hugo par exemple, sa sœur Pauline, son beau-frère Paskiewicz. Avaient eu de la chance, beaucoup même ! Cela aussi, il aurait bien aimé le tenir pour incontestable. Pourtant, il n'aurait su dire pourquoi, ces papiers jaunis suscitaient en lui l'impression inverse. Entre les lignes de ces obséquieuses déclarations de mariage, de naissance, de décès et de fête perturbée couvaient tant de non-dits, entachés d'un vague malheur et, qui sait, de fatidiques présages.

Son imagination peu fertile ne l'aidait guère en la matière. Avaient-ils été vraiment heureux, ses prédécesseurs du numéro 10 ? Franz ne s'en était jamais préoccupé. À présent il aurait bien aimé le savoir.

Qu'est-ce qui m'a laissé une impression aussi funeste, dans ce tas de papiers poussiéreux ? se demandait-il encore, longtemps après avoir retrouvé la lumière du soleil. Et dans le fiacre qui le conduisait chez Henriette pour une promenade au Prater, les phrases convenues, si peu vivantes, et les calligraphies jaunies qui ornaient des mêmes fioritures la joie et la mort flottaient devant ses yeux d'une manière troublante.

Premier livre

LE QUATRIÈME ÉTAGE

1

Promenade au Prater

Le fiacre roulait sur l'allée principale du Prater. On n'entendait que les sabots des chevaux au trot. Le coupé découvert bien suspendu filait sans heurt, il suffisait au cocher de claquer de la langue ou de faire siffler son fouet au-dessus de la crinière des deux chevaux noirs pour les maintenir à vive allure.

Elle aimait aller vite – on se sentait vivre intensément en doublant les piétons et les voitures. À cette heure-ci toutefois il y avait peu de promeneurs et encore moins de voitures, on était presque seul avec les imposants marronniers qui avaient dressé leurs chandelles roses et blanches des deux côtés de la large chaussée rectiligne. Tout le long de l'allée, de l'Étoile du Prater à la Lusthaus, on traversait cette alternance scintillante.

L'air sentait le mois de mai. Les violettes sauvages des prairies proches lui donnaient une odeur sucrée, et une brise fraîche en provenance du Danube caressait les promeneurs.

Il la contemplait avec cette adoration dans les yeux qui l'agaçait.

« Ils sont beaux, les marronniers, non ? s'empressa-t-elle de dire.

– Tu es superstitieuse, Hetti ?

– Moi ? Incroyablement ! Pourquoi ?

– Tout ça est absurde, bien sûr. Mais cet après-midi, quand j'étais là-bas en train de lire… l'historique de la famille, en quelque sorte… » – il ne savait comment lui expliquer. Puis il trouva une chose qu'il pouvait au moins raconter, bien que ce ne fût pas cela qui le préoccupait en réalité. « Je ne peux pas m'empêcher de penser à Mozart, qui a joué *La Flûte enchantée* pour l'inauguration de notre maison, alors qu'il était déjà très malade. Il est mort quelques semaines plus tard.

– Ah bon ? dit-elle, l'esprit ailleurs.

– Ah, c'est ridicule », fit-il, répondant à sa propre interrogation. « Qu'est-ce que tu as fait aujourd'hui ? » Il lui avait pris la main.

Comme un soldat à sa bonne amie, pensa-t-elle. « Rien de spécial. D'abord je suis allée chez la modiste, puis j'ai accompagné papa à la Herrengasse. C'est le jour des examens d'État.

– Alors, tu peux rentrer plus tard ?

– J'ai jusqu'à neuf heures.

– Formidable ! »

Les chevaux volaient. Le cocher stoppa à la Lusthaus, un pavillon pour les amoureux, et fit descendre ses clients – cela faisait partie de la promenade au Prater. On allait jusqu'à la Lusthaus et on faisait suivre la voiture au pas en flânant jusqu'au « deuxième rondeau », une grande place ronde ombragée par les marronniers.

« Tu es toujours aussi ravissante ! » s'exclama-t-il d'un ton admiratif. En sa présence il perdait son naturel, comme si la conscience de sa propre apparence l'inhibait et qu'il s'efforçât de compenser par des marques de galanterie conventionnelles le charme qui lui faisait personnellement défaut. Mais il savait pertinemment que ses petites flatteries étaient assez plates.

Elle le regarda. Il n'était même pas habillé avec élégance ! Un simple pardessus tout froissé. Comparé à... – fâcheuse comparaison. Mais une chose parlait en sa faveur : il était transparent comme du verre, il n'y avait rien de trouble en lui. Rien de simulé non plus. Il ne vous laisserait pas tomber sans crier gare. Pas lui ! « L'essentiel, c'est que je te plaise », répondit-elle.

Il jugea la repartie assez encourageante pour l'enlacer.

« Tu es incorrigible ! C'est une question de convenances. On ne se tient pas la main en voiture découverte et on ne se promène pas dans la rue *bras dessus, bras dessous**[1] !

– Comment le sais-tu ? s'enquit-il, pragmatique.

– Je me suis renseignée, répliqua-t-elle en riant.

– Tu crois aux convenances ?

– Je les observe même !

– Ah ? En toutes circonstances ? Moi aussi, figure-toi, j'ai des renseignements. »

Il était si facile à percer ! Elle sentit tout de suite le reproche sous la remarque dite en passant. Elle hésita, avant de demander : « Des renseignements sur quoi ? »

Tout en parlant, elle rassembla la jupe de son costume de velours bleu foncé, qui ne traînait nullement par terre.

Il jouissait manifestement d'avoir le dessus ; cela ne se produisait pas si souvent. « Ah ! Ah ! Tu aimerais bien le savoir, n'est-ce pas ?

---

1. En français dans le texte. *(Tous les mots ou expressions en italique suivis d'un astérisque sont en français dans le texte.)*

– Pas le moins du monde !

– Alors, je ne dis rien.

– À ta guise.

– Bon, allez ! On m'a dit que tu avais été très amoureuse », déclara-t-il.

Le visage d'Hetti resta impassible. Il était fascinant et d'emblée attirait les hommages. Des yeux noirs profonds, étrangement observateurs sous les longs cils, une peau d'une blancheur satinée sous la souple chevelure sombre, une bouche sensuelle et pourtant chaste, riante, et sévère l'instant d'après – une physionomie tout en contraste. C'est d'abord la grâce des traits qui frappait, puis les contrastes qui charmaient.

Que sait-il exactement, réfléchissait-elle. Il ne peut rien savoir, sinon il se comporterait autrement. « C'est écrit dans l'historique de votre maison ? » réussit-elle à dire d'un ton dégagé. En riant même.

Il rit aussi – de cela ou d'autre chose. Il lui lança un regard de biais, plus sarcastique qu'adorateur, cette fois. « Alors, Hetti, tu étais amoureuse du prince héritier ? »

Sottise, maladresse insigne de humer à présent le bouquet de violettes qu'il lui avait apporté. C'est pourtant ce qu'elle fit. « Qui a bien pu te raconter pareille sornette ? » demanda-t-elle en sentant l'effroi percer sous les quelques mots.

Lui ne le perçut apparemment pas. « Pourquoi pas ? Rodolphe passe son temps à courir le jupon. Et toi, tu es un peu snob. Pardon ! »

Sa bonne humeur n'en était pas altérée. Dieu merci.

« Mais qui est-ce qui t'a dit ça ? » Il fallait absolument qu'elle sache à quoi s'en tenir.

« Quelqu'un.

– Quand ?

– Je ne sais quand. Je ne sais plus. Il y a quelques semaines.

– Et c'est aujourd'hui que tu me le demandes ?

– Oui.

– Ça ne t'intéressait pas jusqu'à maintenant ?

– Ça m'intéressait, mais je me disais que j'en parlerais le moment venu. Ça m'a traversé l'esprit à cause des convenances. Même avant, d'ailleurs, en épluchant les papiers du registre foncier. Alors, c'est oui ou c'est non ? C'est vrai ? » Il s'était arrêté.

Elle continua à marcher, son cœur battait si fort qu'elle dut reprendre son souffle.

« Bien sûr que non ! Tu crois peut-être qu'une demoiselle Stein aurait la moindre chance auprès du prince héritier !

– Il suffirait qu'il ait la moindre chance auprès d'elle. *L'a-t-il ?* » Il se fit plus pressant.

« Je veux absolument savoir quel est l'imbécile qui t'a mis cette ânerie en tête ! Ou est-ce un secret ?

– Pas du tout ! C'est Otto Eberhard. Tu le sais bien que les procureurs de Vienne ont des espions pour ce qui touche aux membres de la maison impériale.

– Tu remercieras ton frère de ma part ! Et tu peux lui dire que ses espions ne valent pas un clou ! Il n'y a pas un mot de vrai dans cette histoire ! »

Il l'avait observée tout le temps. « Tu ne vois pas que je te taquine ? » dit-il enfin.

Ça ne se voyait pas du tout. Possible qu'il ne prît pas ça très au tragique. Mais ce n'était pas une blague, elle l'aurait juré. « Tu ne penses pas que je te l'aurais dit, ne serait-ce que pour me rendre intéressante ?

– C'est une idée qui ne me serait vraiment pas venue ! » Il la regarda encore du coin de l'œil. Puis il se remit à rire. « Où allons-nous dîner ? Au Troisième Café ou au Chevreuil brun ? »

Quand ils eurent pris place à l'une des tables rondes du Troisième Café et que les becs de gaz éclairèrent le visage de son compagnon, elle posa une main sur son bras. « Bon, eh bien oui, Franz, j'ai eu le béguin pour lui un moment. »

Il avait consulté la carte. Reposant la longue feuille écrite à l'encre, il répondit : « Tu vois ! C'est exactement ce que j'ai dit à Otto Eberhard ! Possible qu'elle ait eu le béguin pour lui, comme les midinettes du poulailler pour Sonnenthal, au Burgtheater ! Poulet rôti ou escalope viennoise ?

– Moi aussi j'ai eu le béguin pour Sonnenthal. En fait, je l'ai toujours ! Poulet rôti.

– Et plus pour le prince héritier ? »

Avec une irrésistible candeur, elle secoua sa tête sur laquelle reposait un béret de velours aux plumes bleues chatoyantes.

« Aux fraises ou à l'aspérule, le punch ? Et des écrevisses bien sûr. Où l'as-tu rencontré, au fait ?

– Aspérule, s'il te plaît. À une réception chez le rédacteur en chef Szeps, à laquelle papa m'avait emmenée. »

Il s'apprêtait à dire quelque chose mais le serveur s'était approché, et Franz passa commande avec sa précision coutumière. « Le prince héritier est vraiment partout ! observa-t-il quand l'homme se fut éloigné. Vous avez discuté ensemble ?

– Beaucoup.

– C'était intéressant ?

– Très.

– Il t'a fait la cour ?

– Pas mal, oui.

– Il t'a embrassée ?

– Tu es fou ! À un dîner auquel papa assistait ! » Le ton était des plus convaincants.

« Pas forcément en dînant », dit-il en riant.

Elle respira. Aucun doute, il la croyait à présent.

Quand le punch arriva, il en remplit deux verres qu'embaumèrent les petites feuilles d'aspérule. « Prosit ! » dit-il en tendant son verre vers elle.

Elle trinqua. « Fin de la confession ? » Elle avait bu d'un trait.

Il acquiesça.

« J'ai l'absolution ?

– Un chapelet d'Ave Maria.

– Merci, mon Père.

– Et un baiser !

– Et les convenances ?

– Je m'en fiche !

– Moi pas.

– Ah ah ! Tu es pour l'étiquette espagnole[1] ! »

Elle lui offrit ses lèvres une seconde.

Dans le kiosque à musique devant l'entrée du jardin retentit le son d'une fanfare. C'était celle du 4e régiment viennois Hoch- und Deutschmeister, qui avait commencé à jouer ; les musiciens en uniforme bleu étaient assis très raides derrière leurs trompettes, leurs cymbales et leurs tambours, dirigés par un chef qui tenait sa main gauche sur sa hanche en levant l'annulaire. Les instruments bien astiqués rutilaient à la lumière des becs de gaz ; un programme en forme de lyre affiché sur la balustrade annonçait la pièce numéro un : *Marche sous l'aigle double.*

1. Allusion au cérémonial rigide de Charles Quint qui régissait encore le protocole de la cour d'Autriche sous François-Joseph.

Elle lui tendit son verre vide.

« Voilà qui me plaît ! Prost ! dit-il.

– Prost ! »

Puis on apporta les écrevisses dans une terrine toute fumante d'eau parfumée au cumin, sur le couvercle de laquelle s'étalait une écrevisse rouge de porcelaine.

« Tu ne manges pas ? »

Elle avait vidé son deuxième verre. « Mais si, je mange », affirma-t-elle en décortiquant une pince d'écrevisse dans les règles de l'art. Avec cette douce torpeur que commençait à lui procurer le punch tout devenait plus facile. Peut-être était-il possible d'oublier pourquoi elle avait accepté cet homme qui la dévorait des yeux – elle ne pouvait le confier à personne, personne au monde ! Pas même à celui auquel elle pensait jour et nuit à son corps défendant – à Lui moins que tout autre ! Derrière son front lisse les doutes se dissipaient. Ce qu'on veut vraiment, on l'obtient. Et on le retient. Lui aussi. Lui aussi elle aurait pu le retenir. Il aurait juste fallu montrer un peu plus de courage, un dérisoire petit brin de courage. Et mademoiselle Kaspar ne serait pas à sa place à présent. Celle-là n'avait pas à avoir « peur des conventions » justement ! Seigneur, pourquoi avait-elle été si lâche ? Elle tentait en vain de se défendre contre les pensées qui l'envahissaient à la faveur du punch et de la marche militaire. Elle s'était trouvée avec Lui au son de cette même musique – ils avaient fait des projets grisants ! « Tu es dans la lune ? Tu pensais à quoi ?

– À rien. J'écoutais la musique. Ils jouent bien. Ressers-m'en un verre !

– Mais tu vas être grise !

– Tant mieux ! »

L'aspérule donnait un arôme un peu âpre au vin blanc frais qui devenait de plus en plus léger au fur et à mesure qu'on le buvait. Les gens attablés applaudirent, le chef de musique s'inclina en retroussant les pointes de sa moustache. Un sergent posa la partition de la deuxième pièce sur le pupitre, un caporal changea la fiche des numéros sur la lyre, on lisait maintenant le chiffre 2 : « Pot-pourri tiré de l'opérette *La Chauve-Souris.* »

« Chez nous, c'est la coutume, *à chacun son goût** », les dîneurs attablés fredonnaient leur couplet préféré. « Gare à la sauce, attention », criaient les serveurs pressés en portant leurs plats chargés en équilibre. Des marchands ambulants proposaient leurs produits frais : « Fromage ! Salami ! Fromage ! Pain ! Tartelettes ! Engländer[1] ! » On commandait la bouche pleine, dès que les plats arrivaient on envoyait chercher les suivants. La soirée de mai finissante offrait encore un peu de clarté, les cimes des arbres en fleurs scintillaient, le ciel qu'elles découpaient était haut, sans nuages. « Chez nous, c'est la coutume, *à chacun son goût !* » martelait l'orchestre. Les dîneurs présents semblaient avoir eu une bonne journée ou – si elle avait été mauvaise – l'avoir oubliée ; une vague de bien-être planait sur le jardin plongé dans la pénombre.

Quand ils eurent dîné, Franz dit au cocher qu'ils allaient passer une petite heure au « Prater des Polichinelles » et lui donna rendez-vous à neuf heures moins le quart au Jantsch-Theater pour qu'il les reconduise à la maison.

---

1. Pâtisserie autrichienne aux amandes.

« Certainement, monsieur le baron », répondit l'homme.

Si seulement elle n'avait pas perpétuellement comparé ! Lui aussi avait dit à son cocher : « Bratfisch, suivez-nous ! » Et Bratfisch avait mis la main à son chapeau et répondu : « Certainement, Altesse Impériale. » Ensuite ils étaient allés dans les prairies. Il lui avait offert son bras, c'était le paradis sur terre !

Bras dessus bras dessous avec son fiancé, Henriette gagna les attractions et les baraques de tir. Un bruit assourdissant ! Avec Lui, elle était allée au « Prater vert », au Prater du calme et de la beauté où fleurissaient les violettes.

Devant les baraques les bonimenteurs s'époumonaient : « *On commence ! Bonsoir, Monsieur ! Bonsoir, Madame ! Six coups de fusil : deux florins ! La dame veut-elle essayer ? La dame tire sûrement très bien, allez Madame !* » Ils l'affirmaient de tout ce qui passait portant jupon, servante ou duchesse ; et bien qu'Henriette ne sût guère tirer, elle les prit au mot. Dans l'état où elle était, le mot « impossible » dont elle usait déjà peu à jeun n'avait plus de raison d'être. Tout semblait possible. Peut-être renoncerait-Il à cette Kaspar et lui reviendrait-Il. Pourquoi pas. Il n'avait pas de scrupule. Franz, lui, en avait. Peut-être se mettrait-elle à aimer Franz – les gens disaient qu'on pouvait finir par s'attacher à quelqu'un qu'on n'aimait pas.

Elle mit en joue le fusil léger et visa en choisissant sa cible, un arlequin à tambour qui avait un cœur noir au milieu de la poitrine et un cercle rouge au milieu du cœur ; c'est là qu'il fallait toucher, et elle toucha. L'arlequin lâcha une salve de coups de tambour vibrants. Franz s'écria : « C'est fantastique ! Je ne savais pas que tu tirais si bien ! » Elle ne le savait pas non plus. Ensuite elle tira sur un œuf tout gonflé qui oscillait de bas en haut en tremblant sur un fragile jet d'eau – l'œuf vola en éclats. « Le troisième coup, Madame ! » hurla le propriétaire du stand. « Trois cibles touchées – un beurrier ! Quelle cible, Madame ? » Elle choisit la porte d'un palais miniature, tira, et manqua. Elle n'eut pas le beurrier mais une médaille en fer-blanc.

Ils poursuivirent leur route au bras l'un de l'autre, la nuit tombait déjà. Une femme se tenait au bord du chemin avec un plein panier de muguet. Il lui en acheta un bouquet et elle le mit à sa ceinture avec les violettes et la médaille, puis ils avisèrent un manège nommé « Le Kalafatti » : un Chinois géant en bois servait d'axe aux chevaux noirs et blancs et aux calèches à bascule. Elle se hissa sur un cheval blanc, lui sur un noir, et en la voyant sur ce blanc cheval de manège qu'elle montait en amazone, il pensa qu'elle était encore une enfant malgré sa longue jupe de velours. C'est ce qu'il ne faudra pas oublier, jamais, se promit-il. Non qu'il pensât être trop vieux pour elle, mais il se disait que la jeunesse d'Hetti lui donnait droit à tous les amusements dont la sienne avait été privée, tous sans exception. Curieux qu'elle vous le fasse si peu sentir, ne put-il s'empêcher de songer, elle se conduit tellement en adulte ! « Tu aimes les manèges ? demanda-t-il tendrement.

– J'adore ça ! »

Ensuite il la mena au « Théâtre de puces », un réduit où une femme à lunettes siégeait derrière une table sur laquelle était posée une boîte de verre éclairée par une lampe à pétrole ; il se rappelait combien, enfant, il aurait désiré voir cela. « Ces messieurs-dames arrivent à point nommé pour la course», annonça la femme en désignant la boîte en verre d'une aiguille à tricoter, puis elle leur présenta les puces: «V'là l'Pepi, La Marie. L'Rudi. La Laura. L'Max.» Cinq minuscules points qui s'agitaient. «Allez!» ordonna la femme en faisant tinter une petite cloche argentée. Les cinq points accélérèrent le mouvement. «Z'ont bien pris le départ tous les cinq!» déclara-t-elle en leur prodiguant force encouragements: «Max, fais pas l'fainéant! Laura, accroche-toi!» L'instant d'après, elle pronostiquait en pointant son aiguille à tricoter: «C'est l'Pepi qui va l'emporter! L'Pepi va plus vite que l'vent.»

Que la puce Pepi aille plus vite que le vent fit bien rire Henriette. Elle aurait tout aussi bien pu pleurer, elle hésitait entre le rire et les larmes.

Elle riait encore dans la cabine de la Grande Roue, qui s'éloignait insensiblement du sol, montant lentement, très lentement, jusqu'à surplomber la ville. On devinait plus qu'on ne voyait les contours arrondis des contreforts de la forêt viennoise, mais on voyait nettement le Danube briller sous les ponts et entre les quartiers de la ville. Les lumières des rues tremblotaient et les étoiles fébriles s'estompaient à l'horizon dans un même vacillement scintillant.

«Je voudrais rester là toujours! Il ne faut pas que ça redescende! dit-elle.

– Ça ne redescendra pas! Les travaux commenceront dans moins d'un mois. Je te construirai une chambre tout en haut. D'accord?»

Il le lui promit comme à une enfant. Par les vitres ouvertes de la cabine leur parvenaient un air tiède et un brouhaha confus, porté par le vent. Plus ils s'élevaient au fur et à mesure que la roue tournait, plus c'était calme. « Oui », répondit-elle sans qu'il pût voir dans l'obscurité si elle riait toujours.

Neuf heures sonnaient quand ils regagnèrent la terre ferme. Ils quittèrent le Prater au trot et, par une étrange lubie du cocher, passèrent un moment plus tard devant le portail de l'Augarten. *Lieu de plaisance dédié à tous les humains par un homme qui les estime,* disait la dédicace de l'empereur Joseph qui y était gravée.

2

Visites de fiançailles

On faisait des « visites de fiançailles », c'était la coutume quand on se fiançait, simple question de bienséance. Cela faisait longtemps qu'il aurait dû la présenter à sa famille. Mais Franz savait que presque tous les occupants du numéro 10 réprouvaient cette union, et dans ses moments de pessimisme, il devait bien s'avouer qu'Henriette ne le pressait guère non plus. Tout charmant et respectable qu'il fût – Franz n'avait pas mauvaise opinion de lui-même –, il n'était pas un Adonis, ni un virtuose, ni un millionnaire ni un comte, et il épousait la très jolie fille, beaucoup plus jeune, d'un éminent personnage. Il hésitait donc à l'amener chez des gens susceptibles de l'accueillir sans enthousiasme.

Mais il ne pouvait tergiverser plus longtemps ; Elsa, la femme d'Otto Eberhard, l'avait pris au dépourvu en lui demandant : « Tes fiançailles sont donc rompues ? », et au « pourquoi ? » perplexe de Franz, avait opposé : « Je me disais… Comme tu ne nous as toujours pas présenté ta fiancée… »

Il revêtit donc la redingote noire, le petit melon de circonstance, prit même des gants à la main et alla se présenter Karolinengasse chez Henriette. Elle arborait pour l'occasion un costume printanier flambant neuf dans une moire d'un vert chatoyant qu'il trouva irrésistible au premier abord, mais à y regarder de plus près d'une coupe trop ajustée pour la famille, sans parler de l'immense capeline de paille florentine parée de fleurs artificielles et de rubans de velours qui coiffait son opulente chevelure ! J'aurais dû la préparer au numéro 10, se dit-il.

C'est par l'entrée principale de la Seilerstätte qu'ils pénétrèrent dans la maison. Henriette n'y était jamais venue, une fille de bonne famille ne pouvant décemment rendre visite à son fiancé dans son appartement. Quand s'ouvrit le lourd portail de chêne et que le concierge Patzlik ôta sa casquette, il lui souffla au visage un air dont la fraîcheur semblait venir d'outre-tombe, et elle regretta d'avoir pris un éventail.

Ils allèrent d'abord sonner au premier étage à la porte 7.

« Eh bien voilà, je vous l'amène ! » dit Franz quand on les eut introduits au salon : « Mon frère Otto Eberhard. Ma belle-sœur Elsa.

– Enchanté », répondit le premier procureur en s'inclinant devant sa future belle-sœur. Puis il attendit qu'elle lui tende la main et s'en saisit.

« Très heureuse », dit sa femme, née baronne Überacker, en allongeant trois doigts en direction de la jeune fille. Puis elle désigna le canapé de la pièce sombre, tapissée d'or brun.

Les messieurs prirent place dans des fauteuils.

Silence.

Normalement quelqu'un devrait se mettre à parler, pensa Henriette.

La femme du procureur se décida : « Vous allez habiter le quatrième ? Enfin, quand ce sera construit ! »

Elle était menue, plutôt petite, constamment en mouvement et couverte de bijoux.

Henriette acquiesça : « J'espère que vous-même et monsieur le premier procureur ne serez pas trop incommodés par les travaux, dit-elle gentiment.

– Pas le moins du monde ! Otto et compagnie seront à la campagne depuis belle lurette », affirma Franz. Il aurait bien allumé une cigarette, mais le moment lui semblait mal choisi.

« Franz a l'âme généreuse », commenta Otto Eberhard. Et il précisa avec un sourire ambigu : « Aux dépens d'autrui. »

À cette réflexion, Henriette, encore si jeune qu'elle prenait immédiatement parti pour ou contre quelqu'un, se mit à détester le frère aîné de Franz.

Le procureur poursuivit avec bonhomie : « Ce n'est pas une affaire ! Juste un peu de poussière à avaler.

– J'en serais désolée, répondit Henriette en déployant inconsciemment l'éventail qu'elle tenait à la main.

– Il n'y a pas de quoi », dit-il.

C'est donc *lui* qui m'a dénoncée ! pensa-t-elle en regardant ses yeux bleus. Elle se promit de ne laisser aborder le sujet Rodolphe à aucun prix.

Silence – prolongé, cette fois.

« Mais où est donc Peter ? finit par demander Franz. Tu as sûrement envie de le voir, Hetti ?

– Beaucoup », confirma-t-elle sans savoir de qui il s'agissait. Il y avait tant de noms inconnus dans cette maison.

Madame Elsa sonna trois fois, et un gros garçonnet se présenta, introduit par une personne corsetée qui se tenait droite comme la justice.

« *Dites bonjour, Pierre* !* » l'exhorta la dame au corset, sur quoi le garçon s'exécuta et reçut de l'oncle Franz un bonbon, manifestement apporté dans cette intention. « Tu vois, c'est ta nouvelle tante », expliqua-t-il. Le gamin enfourna le bonbon. La nouvelle tante ne l'intéressait pas. « Pierre ! » le reprit la Française, qui n'avait pas été présentée. Madame Elsa frappa le sol du bout du pied et dit en tambourinant de ses jolis doigts fins sur l'accoudoir du canapé : « Tiens-toi correctement ! »

Henriette demanda en français quel âge avait Pierre, qui répondit qu'il avait *huit ans**. Elle ne lui demanda pas s'il allait à l'école ni s'il savait déjà lire et écrire, car, enfant, elle haïssait ce genre de questions. Le bonbon avait laissé des traces sur la bouche du gamin, sa mère échangea un regard avec la gouvernante, il eut encore à dire : « *Bonjour, Mademoiselle* » à Henriette et « *Bonjour papa, bonjour maman, bonjour mon oncle** » aux autres, puis on l'emmena.

« Fous parlez bien le français », apprécia madame Elsa, qui rechutait parfois dans son parler tyrolien.

Le procureur demanda : « Comment se porte monsieur votre père, Mademoiselle ? J'ai eu le privilège de travailler avec lui autrefois. Il n'y a cependant guère de chance qu'il se souvienne de moi. »

Franz perdit alors patience : « Ah, mais vous n'allez pas continuer comme ça ! Mademoiselle ! Monsieur votre père ! Ne soyez pas si guindés, nom d'un chien, faites-vous la bise et dites-vous tu !

– Tu crois que tout le monde est aussi désinvolte que toi ! Ce ne serait peut-être pas du goût de mademoiselle Stein », riposta Otto Eberhard en se tournant vers son frère. Qu'il pût signifier par là que ce ne fût pas de son goût à lui n'effleura pas Henriette. Elle était bien trop gâtée pour envisager une seconde que ses hôtes puissent répugner à l'avoir pour belle-sœur : entre la fille d'un professeur de droit public à l'université et le petit-fils d'un facteur de piano, elle ne voyait nul écart social. Ou s'il y en avait un, il était à son avantage. Fabriquer des pianos était à la portée de tout le monde. « Pourquoi ? Au contraire ! » répondit-elle au procureur.

Mais madame Elsa orienta la conversation sur la statue de Marie-Thérèse dont l'inauguration était imminente, et la difficulté d'obtenir des places à la tribune réservée. « C'est d'un compliqué », se plaignit-elle dans son tyrolien chuintant, en faisant glisser son collier de perles sur son cou. « Même pour nous ! » On débattit du problème, puis l'on prit congé.

« Alors, s'enquit Franz sur le palier, tu les trouves comment ?

– Bien, répondit-elle, il est bel homme. » D'elle, il ne fut pas question.

« Tant mieux ! s'exclama-t-il, étonné. Maintenant, arme-toi de courage pour le numéro 8 ! »

Ce fut sa sœur aînée Gretel qui leur ouvrit, une femme fanée au visage marqué, grisonnante avant l'heure, qui se négligeait. « C'est le jour de sortie de la bonne, expliqua-t-elle. Voulez-vous patienter un instant au salon ? Je vais chercher mon mari. Franz, et vous aussi, Mademoiselle, je vous en prie, ne lui dites pas qu'il a mauvaise mine ! Il a encore eu une crise ! » Elle avait noué un fichu sur ses cheveux comme les domestiques pour faire le ménage.

Quand elle eut disparu, Henriette jeta à son fiancé un regard qui lui parut empreint d'effroi. Leur avait-il suffi d'un quart d'heure pour intimider ainsi la jeune fille ? pensa-t-il avec colère. Mais Henriette n'était nullement intimidée, son trouble avait une tout autre raison. Quand madame Paskiewicz avait ouvert la porte de la pièce voisine, il s'en était échappé une odeur atroce d'oxygène artificiel. Celle-là même qu'elle avait respirée pour la première et la dernière fois avant la mort de sa mère.

« Gretel a peur de son ombre ! » dit Franz, tentant d'excuser la conduite de sa sœur.

L'odeur atroce envahit la pièce de nouveau, un monsieur en grand uniforme de colonel des dragons parut au bras de Gretel. Il salua avec un doux accent polonais : « Ravi de faire votre connaissance ! » Il reprenait son souffle entre chaque mot et souriait d'une bouche déjà marquée par la mort. Il était d'une beauté saisissante. « Mais je vous en prie, donnez-vous la peine de vous asseoir ! » La disposition fut la même que précédemment, les deux dames sur le canapé, les deux messieurs dans les fauteuils. « Tu nous amènes un rayon de soleil, beau-frère ! dit le séduisant colonel.

– Tu ne dois pas te fatiguer à parler, Niki, l'admonesta madame Paskiewicz, comment tu le trouves, Franz ?

– En pleine forme », répondit Franz sans sourciller.

Henriette renchérit : « Monsieur le colonel a vraiment très bonne mine. »

Un éclair brilla dans les yeux du malade et ranima soudain ses traits éteints. Sa femme le remarqua. À la vue de cette expression, elle redoubla visiblement d'inquiétude. Cela devait commencer ainsi chaque fois, jadis, quand il était encore en bonne santé : par cet éclat dans le regard. Après venaient les mensonges, les nuits d'attente, les scènes, les humiliations, les pitoyables réconciliations. La femme fanée semblait revoir tout cela ; tout son être s'insurgeait manifestement contre cette resplendissante nouvelle belle-sœur.

« Ma chère, vous êtes trop charmante avec l'invalide que je suis ! Tu peux te féliciter, beau-frère. Et la famille aussi. Elle avait un urgent besoin de ce printemps radieux. Dans cette maison, ma chère, c'est l'hiver toute l'année !

– Je te remercie, Niki. Nous n'allons pas vous déranger plus longtemps », dit le fiancé, furieux. Sa sœur n'avait pas dit un seul mot gentil à Henriette.

« Il n'en est pas question ! objecta le colonel. Nous allons boire à la fraternité ! Gretel, sers-nous un sherry, veux-tu ?

– Mais tu n'as pas le droit de boire, Niki, implora fanatiquement la femme.

– As-tu entendu ? » lui intima le colonel, tandis qu'il expliquait aux autres en souriant : « Elle croit que ça me fait mal. Mais c'est une superstition. Un bon vin ne fait jamais mal ! »

À cet instant, la porte s'ouvrit lentement sans bruit, et une enfant entra, grande, mince et pâle. Son profil rappelait celui du colonel.

« On t'a appelée ? demanda madame Paskiewicz.

– Non, répondit l'enfant.

– Alors sors ! »

Mais le colonel intervint : « Viens, ma grande ! »

L'enfant s'approcha des adultes. Ses grands yeux s'arrêtèrent sur chacun d'eux.

« Tu ne pourrais pas dire bonjour au moins ? » observa madame Paskiewicz, qui ne lâchait des yeux ni Henriette ni son mari.

« Bonjour », dit la petite fille, dont l'anxiété était manifeste. Quand sa mère était venue chercher son père, elle l'avait entendue dire : « Juste une seconde,

Niki ! Promets-le-moi ! Tu sais que le docteur Herz t'a défendu de marcher ! » Papa avait promis, la seconde était passée depuis longtemps, et les voix des parents avaient un accent inquiétant. Tout, depuis que la petite fille était en âge de se souvenir, était inquiétant.

« Viens t'asseoir près de nous, Chris », lui dit Franz. Il n'avait pas prévu de bonbon pour elle.

« Merci », répondit l'enfant. Elle s'assit au bord d'un fauteuil.

Entretemps sa mère avait servi le sherry, sa main tremblait si fort qu'elle en avait versé à côté. « On voit que tu manques d'habitude ! remarqua son mari. Pas de verre pour toi ? Et enlève-moi ce chiffon de ta tête !

– Tu sais bien que je ne bois pas », répondit-elle d'une voix blanche. Le matin même, le docteur Herz lui avait déclaré que si l'asthme ne se calmait pas, le colonel devrait rester au lit sans bouger, tout mouvement risquant d'aggraver son mal. Mais ce diable d'homme avait tenu à se lever, se raser et à enfiler son uniforme de gala pour séduire cette juive parée comme un sapin de Noël !

« Tu vas te servir et trinquer avec nous », reprit-il d'un ton menaçant.

L'enfant, toute pâle, fixait sa mère, qui avait posé son fichu sur un siège et se servait.

Le colonel s'était levé. Droit comme un I, il claqua les talons de ses bottines vernies où cliquetèrent des éperons d'argent. D'un ton martial, il déclara : « Je lève (il disait "Che lève") mon verre à notre nouvelle venue, cette charmante jeune dame qui nous fait l'honneur d'entrer dans la famille ! Vive notre jeune belle-sœur ! » Il redressait le buste en brandissant son verre comme aux beaux jours du passé. Il chanta les dernières paroles.

« Merci, dit Henriette, remuée.

– Merci beaucoup, Niki, répéta Franz, qui avait chanté avec lui.

– Vous permettez ? » dit le colonel en allant vers Henriette, sans aide, très droit. Une trace de rouge colorait ses joues. Il imbriqua habilement son bras dans le sien, et ils burent de conserve. Puis il l'attira vers lui et effleura ses lèvres. « Salut à toi », dit-il. Elle entendait sa respiration difficile.

« Salut à toi, répéta-t-elle.

– Bien, et les dames entre elles ? dit-il à l'adresse de sa femme.

– Ne refaisons pas toute la cérémonie, nous allons nous dire “tu” comme ça », s'empressa de proposer Henriette.

La femme fanée chipota dans son verre en pinçant les lèvres.

« Je te salue Henriette », murmura-t-elle. Elle était à peine audible.

« Je te salue, Gretel », dit la fiancée.

L'enfant qui n'avait pas bougé sourit enfin, soulagée.

« Je t'envie ! » avoua le colonel à Franz en lui serrant la main quand ils prirent congé.

En montant au deuxième étage, Henriette ne put s'empêcher de penser que cet homme aux tempes grisonnantes dont les veines saillaient à chaque parole girait bientôt là, mort comme sa mère à elle. Sa femme se reprocherait amèrement de n'avoir pas été meilleure envers lui, exactement comme elle-même s'était reprochée d'avoir contredit sa mère jusqu'au dernier moment. « Tu es une méchante fille ! » lui avait-elle dit presque au dernier moment.

Ils étaient à présent dans le corridor du deuxième étage, et Franz cherchait la clé des pièces de réception.

« Ta belle-sœur et ta sœur n'ont pas été très aimables avec moi », dit-elle.

Il cherchait toujours la clé. « Elles sont jalouses, probablement.

– De moi ? De quoi ?

– De ta jeunesse. Ta beauté ! Que tu…

– Que je ? demanda-t-elle avec un demi-sourire en le voyant chercher aussi désespérément sa clé qu'un compliment.

– D'ailleurs elle est jalouse de nature.

– Allons ! Et madame le procureur aussi ? Monsieur le procureur ne se conduit pas en procureur dans le privé ? »

Il avait retrouvé la clé ; ils traversèrent le jardin d'hiver où palmiers et lauriers poussiéreux se dressaient dans des jardinières de bois, et il la fit entrer au salon jaune, une pièce hexagonale dotée d'un lustre vénitien, dont les murs et les meubles étaient tendus de damas jaune défraîchi. « C'est ici qu'a joué Mozart », dit-il. Et comme elle se taisait, il répondit à sa question : « Sur ce point, tous les hommes se ressemblent. En tout cas, à cet égard, le colonel en est resté au stade du lieutenant. » Il semblait s'attendre à ce qu'elle admire le salon jaune.

Au lieu de quoi, elle dit : « Ton beau-frère me fait de la peine.

– Niki ? Il n'est absolument pas à plaindre. Il en a gros sur la conscience, dix curés ne suffiraient pas à l'absoudre.

– Mais il va bientôt mourir.

– Et tous les gens qui vont mourir te font de la peine ?

– Oui », dit-elle. Le mot avait un accent de conviction profonde. Il n'aimait pas du tout ce genre de choses.

« Tu as le cœur trop bon. » Il avait failli dire : Foutaises !

Elle ne lui dit pas de quoi il retournait, car elle aurait dû lui dire qu'avoir de la peine pour autrui était une maladie comme une autre, et il ne l'aurait pas compris, il taxait tout cela de « sensiblerie ». Elle détestait le mot « sensiblerie », tout simplement parce qu'on l'utilisait à mauvais escient : ils confondaient tous sensiblerie et sensibilité, ils ne faisaient pas la différence, parce qu'ils en étaient totalement dépourvus justement, alors qu'elle en avait à revendre. Les gens pouvaient lui faire tellement de peine qu'elle commettait d'insignes absurdités, et l'absurdité aussi pouvait lui faire de la peine. Une vieille femme assise au soleil. Des gens qui revenaient de promenade, le dimanche soir, avec toute une semaine de travail devant eux. Un enfant qui demandait au parc : « Maman, moi aussi je veux un moulin à vent ! » Quelqu'un qui regardait les prix devant la vitrine d'un traiteur et continuait sa route sans rien acheter. « Mais ton beau-frère est terriblement pauvre, affirma-t-elle sans se démonter.

– Tu serais bien la première à plaindre Niki Paskiewicz ! s'exclama-t-il avec une trace d'impatience. Regarde plutôt ça ! C'est la relique de la famille ! »

Il désignait un piano bas en bois de poirier à trois pieds, dont deux étaient reliés par une barre finement sculptée. Il n'y avait pas de pédale ni de couvercle pour le clavier, dont l'ivoire brillait d'un éclat jaunâtre. *Christofori Pianoforte, Leipzig, 1762. Amélioré par Christoph Alt, Vienne, 1777*, disait une inscription incrustée dans la nacre au-dessus des touches.

« Tu sais, c'est le premier instrument que mon grand-père ait mis en vente sous son nom, lui expliqua-t-il. Tu vois ce marteau ? Grand-père a eu l'idée de la mécanique à heurtoir ou plutôt de son amélioration par la mécanique dite viennoise. Il a utilisé le marteau dans cette fourche – tu vois le marteau ? – et l'a fixé au clavier de manière à ce que le bec du marteau vienne buter dans une encoche dite le heurtoir. »

Il faisait sa démonstration en spécialiste pour qui tout cela relevait de l'évidence, n'imaginant sans doute pas qu'on puisse n'y comprendre goutte. Elle jouait du piano, assez bien même. Il la bombardait donc de termes techniques, tout à la joie de se montrer dans son élément. Il ne lui fit grâce d'aucun détail.

Pendant qu'il discourait avec feu, elle se disait : Espérons qu'il ne va pas me poser de questions. Je n'y comprends rien ! Et l'idée lui vint que cet homme en savait à peu près autant sur son compte qu'elle sur la mécanique à heurtoir.

« Tu vois ce que je veux dire ? » demanda-t-il pour conclure. Il ne prit pas garde au ton de son « oui » ; il pensait lui avoir démontré qu'il n'était pas moins capable que les autres hommes de la maison et se sentait plus sûr de lui. Les autres, bon, ils possédaient titres et médailles, mais que restait-il de ce qu'ils faisaient ? Rien ! Alors que ce qu'il faisait, lui, était mondialement connu. « Facteur de pianos » s'était intitulé son grand-père modestement. Son fils et son petit-fils se nommaient ainsi, fièrement. « La mélodie de Vienne », c'est le nom que les Viennois donnaient aux instruments de la firme. Franz désigna un portrait à l'huile du vieux Christoph, qui souriait au-dessus du pianoforte en bois de poirier. Il représentait un monsieur au regard un peu vide et aux joues couperosées, ses boucles blanches ramenées sur les tempes, une lavallière blanche autour du cou, et une main posée entre les boutons d'un habit bleu. « Belle peinture, n'est-ce pas ?

– Très belle. »

Puis ils se retrouvèrent dans la cage d'escalier froide qui sentait le renfermé. « Veux-tu que je te montre en vitesse où j'habite, avant de redescendre ? proposa-t-il.

– Bien sûr », dit-elle. Était-ce possible d'avoir aussi peu idée de ce qu'éprouvait l'autre ?

Son appartement de célibataire était en pur style Makart[1]. Tentures de velours, meubles de peluche, plumes de paon et éventails de paille, bouquets dans des vases monumentaux, petits moricauds à torches, bustes de bronze sur des poêles de faïence, albums de photographies à couverture rigide et tableaux aux cadres imposants : la place Saint-Marc, Léda et le cygne, une jeune fille tenant des cerises à longues tiges entre ses lèvres, Susanne au bain, le portrait par Adam de l'impératrice Élisabeth à cheval. Velours, peluche, tapis, fourrures, velours.

Ils entrèrent dans sa chambre à coucher. « Je ne devrais pas t'y conduire, dit-il en la suivant. Alors ? C'est joli ? »

Elle aurait pu hurler d'énervement. « Très », dit-elle. Cette fois-ci il parut remarquer quelque chose. Il alla vite à la fenêtre. « Regarde un peu la vue qu'on a », dit-il pour masquer sa gêne. Et comme elle restait muette : « Au quatrième, on aura une vue encore plus dégagée. Notre chambre à coucher sera exactement au-dessus de celle-ci. »

1. Hans Makart, peintre autrichien qui exerçait à cette époque une influence quasi hégémonique sur la peinture, la mode et la décoration.

Elle savait le moment on ne peut plus mal choisi, mais prit son courage à deux mains : « Tu n'avais pas parlé de deux chambres à coucher ? » dit-elle, sans le regarder. À côté de la peau d'ours s'étalait une peau de tigre dont elle s'efforça de compter les marques sombres.

« Deux chambres à coucher ? » l'entendit-elle répéter.

Quatorze. « Oui, répondit-elle. Ou t'ai-je mal compris, l'autre jour, à la Grande Roue ?

– Allons-y, dit-il, il se fait tard. »

C'était au tour de l'entresol, portes 4 et 5 ; une femme au visage gai et aux joues rondes, un monsieur barbu comme saint Pierre, deux jumeaux constellés de taches de rousseur et un doberman : le ménage du peintre Drauffer et de son épouse Pauline, la jeune sœur qui avait crié famine à cinq ans au mariage de l'empereur. Tous plus curieux les uns que les autres, voulant savoir un tas de choses. « Comment trouvez-vous la maison – un drôle de cirque, non ? Vous voulez avoir des garnements comme ceux-là, vous aussi ? Que dites-vous de mon frère Franz, au fait ? Est-ce vrai que monsieur votre papa va entrer à la Chambre haute ? » Questions sympathiques auxquelles on avait du mal à répondre.

La visite suivante fut pour la tante Kubelka, la veuve de l'oncle de Franz, porte 3 de l'entresol. Ça empestait le lait brûlé et on attendit un moment Anna, la fille de madame Kubelka, qui était descendue sortir le carlin. Alors qu'ils prenaient congé, les fiancés la rencontrèrent sur le pas de la porte. Tout en noir comme si elle venait d'un enterrement, elle se consacra exclusivement au chien : lui ôtant sa muselière et sa laisse en l'accablant de mots doux : « Gentil chien. Un bon chienchien. Très bien, Stroulli ! » Le carlin pataud soufflait à chaque mouvement et refusa qu'on le caresse. Mais la tante Kubelka, une octogénaire qui perdait un peu la tête, se donnait toutes les peines du monde pour retenir les visiteurs. Après avoir tenté sa chance avec le café – mais le lait avait brûlé –, puis avec sa fille Anna – qui mettait un temps fou à revenir –, elle s'efforçait maintenant de piquer leur intérêt pour le chien – qui ne se laissait pas caresser. Elle répugnait à refermer la porte et à laisser partir les visiteurs, se disant probablement : Ils vont descendre chez Sophie qui leur dira pis que pendre sur moi.

« Puis-je te présenter ma fiancée », dit Franz à sa cousine. L'ex-comtesse Hegéssy fit un signe de tête ; son visage resta de marbre. Pas moyen de deviner à quoi avait pu ressembler ce visage autrefois. Il était mort. Elle se contenta de dire : « J'espère que vous aurez de la chance. »

Passer toute sa vie dans cette maison ?

En gagnant le dernier appartement des visites, Henriette sentait sa gorge se nouer. Elle n'avait pas l'habitude de la famille – elle vivait seule avec son père depuis des années, et le professeur Stein ne possédait pas de parents ou faisait tout comme. Du moins ne se souvenait-elle pas qu'il eût été question de grands-parents ou d'oncles et de tantes de ce côté-là. Quant à sa mère, elle était née Aufreiter d'un propriétaire terrien de Görz. Henriette n'avait guère vu ce dernier ni les siens.

« Anna a eu des malheurs, expliqua Franz.

– Ça se voit. Elle a vécu ce que risque de vivre ta sœur Gretel ? »

Il haussa les épaules : « Ça fait une éternité que je n'ai vu le comte Hegéssy. Mais si tu veux mon avis, Gretel a souffert davantage. Le comte, lui, au moins, a laissé tomber Anna il y a vingt-cinq ans. Alors que Gretel a dû assister un temps fou aux saloperies de son colonel. C'est bien pire !

– Étrange », dit Henriette, en portant la main à son immense chapeau comme s'il allait tomber – alors qu'il tenait fort bien sur sa tête. « Tout ça dans la même maison ! »

Mais la vieille Poldi leur ouvrait déjà la porte numéro 2 du rez-de-chaussée.

Sophie s'était mise en frais. De la raie de ses cheveux blancs au bout de ses bottines elle offrait une apparence impeccablement soignée ; elle cultivait une ressemblance, et on ne pouvait lui faire plus vif plaisir que de le souligner.

Henriette n'y manqua pas. « Mademoiselle ressemble comme deux gouttes d'eau à la comtesse Festetics ! s'exclama-t-elle (la comtesse était la première dame d'honneur de l'impératrice).

– C'est lui qui vous a dit que ça me flatte ? demanda la vieille demoiselle en lui tendant sa main à baiser. Ça vient d'où ? De Paris ? » s'enquit-elle, dès qu'ils eurent pris place dans les fauteuils tapissés de broderie au petit point d'où l'on voyait le noyer de la cour. « Vous pouvez me le dire, moi aussi je trouve qu'on ne sait s'habiller qu'à Paris. »

Henriette avoua que sa robe était un modèle du salon Spitzer, qui venait de Paris. Si seulement ces visites étaient terminées ! Elle sentait poindre entre les yeux la légère pression qu'elle ressentait quand elle se fatiguait ; c'était parfois le prélude à la sensation de perdre connaissance.

« Ravissante », confirma Sophie, puis elle leur demanda s'ils avaient pu voir tous les occupants de la maison. « Et aussi la… » Avait-elle été sur le point de dire du mal de son ennemie jurée la Kubelka et trouvé finalement peu convenable d'initier sa nouvelle parente à des choses si délicates ? Toujours est-il qu'elle s'interrompit. En revanche elle ne recula pas devant une question qui fit bondir Franz, bouche bée d'indignation. « Savez-vous que j'étais opposée à votre mariage ? » demanda-t-elle à Henriette. Bien qu'échaudée par les précédentes expériences, la jeune fille fixa la vieille dame avec stupeur. « Non », répondit-elle. Pourvu qu'elle ne soit pas prise de vertiges, là maintenant ! Elle pressa le pouce et l'index de sa main gauche contre ses paupières fermées. Ça la soulagea.

« Quoi ? insista la vieille demoiselle, brusquement sourde.

– Tante Sophie ! explosa Franz. Nous sommes venus te rendre visite !

– Voyez comme ce garçon est sot ! dit la chanoinesse en se tournant vers Henriette. Bien sûr que vous êtes venus me rendre visite, en dernier même ! Vous êtes passés là-haut chez la… – madame Kubelka – avant de venir chez moi ! Et si vous aviez pu, vous ne seriez pas venus du tout – du moins Franz. Vous, je ne sais pas. » Les derniers mots s'adressaient à Henriette.

À ce moment, la vieille Poldi entra avec l'eau de vie et la Sachertorte. Sophie la regarda s'affairer en hochant la tête et observa quand elle eut quitté la pièce : « Mon enfant, il faudra veiller à engager de bons domestiques. Tant de choses dans la vie dépendent des Poldi et des Resi ! Combien en aurez-vous ? »

La difficulté de relier cette question à la précédente provoqua une pause de la conversation pendant laquelle le perroquet émit une suite de remerciements sans objet et la vieille demoiselle coupa la mince tarte nappée d'un glaçage au chocolat. « J'imagine que vous avez dû déjà avaler des tas de nourritures, fit-elle en leur en offrant une part. Vous n'êtes pas obligés d'en manger. » Elle-même en goûta un petit morceau. « Alors ? Combien prendrez-vous de gens ?

– Nous ne savons pas encore, répondit son neveu d'un ton abrupt.

– Médiocre, jugea-t-elle le glaçage de la tarte. Vous m'en voulez de vous avoir dit cela, mon petit ?

– Pour être franche, un petit peu », dit Henriette. Elle ne voyait pas pourquoi elle aurait dû se laisser offenser.

Sophie hocha la tête. « C'est exactement ce que je veux. La franchise. Je n'ai jamais pu sentir les faux-semblants. J'ai dit à Franz…

– Ma tante, coupa-t-il.

– Tiens-toi tranquille ! Crois-tu que cette jeune fille ne puisse supporter la vérité ? Je lui ai vivement déconseillé de vous épouser, en effet. Voulez-vous savoir pourquoi ?

– Me voilà ! Me voilà, cria le perroquet dans la pièce voisine.

– Oui, te voilà ! » lui répondit la vieille dame. Elle repoussa brusquement l'assiette peinte avec la part de gâteau. « Ou bien est-ce que cela ne vous intéresse pas ?

– Je crains que le fait de savoir ou non ce que Mademoiselle a contre moi n'y change pas grand-chose, répondit Henriette qui avait du mal à maîtriser son impatience.

– C'est la première sottise que je vous entends dire, décréta Sophie. Si vous m'aviez laissée terminer tous les deux – vous verrez, mon petit, qu'on a tout intérêt à laisser les gens finir de parler, surtout quand ils ont un peu d'expérience –, je vous aurais dit que j'ai changé d'avis à votre égard. Non à cause de votre apparence, qui parle en votre faveur. Si ce n'est votre chapeau – qui est trop grand. Vous rougissez, c'est bon signe. Et vous êtes intelligente. Pas trop, j'espère – ce n'est pas bon pour une femme. Vous ne feriez sans doute pas une mauvaise épouse pour ce grand dadais-là, si vous étiez un petit peu moins fière de vous. Dites-moi donc un peu, de quoi êtes-vous si fière ? Votre beauté, vous n'y pouvez rien, votre intelligence non plus. On ne peut être fier que des choses dont on est responsable. Par exemple de celles auxquelles on a renoncé dans sa vie. Venez par ici. Donnez-moi un baiser. »

Henriette avait écouté la vieille dame avec un désarroi mêlé de dépit, qui croissait à chaque mot. Elle obéit néanmoins et alla effleurer des lèvres la joue froide de la demoiselle.

Elle reçut un léger baiser en retour. « Voulez-vous me promettre une chose ? demanda Sophie. Vous les jeunes gens, on ne sait pas quand vous reprendra l'envie de venir voir de vieilles gens comme moi. Vous avez bien été éduquée au Sacré-Cœur ? »

Henriette confirma.

« Mettez-vous là, sous le tableau. Ne prends pas cet air idiot, Franz. D'ici que votre quatrième étage soit construit – une idée stupide d'ailleurs, au second il y avait bien assez de place –, je peux très bien avoir quitté cet appartement. À mon âge, cela va vite. C'est pourquoi je voudrais que vous me promettiez une chose. Franz, sait-elle que je représente tes parents en quelque sorte ? Il n'en a jamais fait usage, cette tête de mule a toujours agi à son idée. Mais une fois n'est pas coutume. Donc, voulez-vous me promettre une chose, ma chère ? »

Des deux côtés du tableau qui surplombait l'autel brûlaient des bougies dans de petits verres couleur rubis. Le tableau représentait saint Jude. Tout cela semblait si insupportablement absurde à Henriette qu'elle se demanda si elle n'allait pas s'enfuir. Sans rien dire. S'enfuir, tout simplement.

« Oui », dit-elle pourtant.

La vieille dame prit sa canne au manche d'ivoire, se leva et traversa la pièce. Debout ainsi devant le prie-Dieu, elle dépassait Henriette de deux têtes. Elle posa une main légère sur celle de la jeune fille.

« Je serai une bonne épouse pour Franz – répétez après moi !

– Je serai une bonne épouse pour Franz.

– Je renoncerai à ce qu'il faudra. »

Quel non-sens ! Quelle comédie que tout cela !

« Pourquoi ne le dites-vous pas ? demanda Sophie.

– Je renoncerai à ce qu'il faudra », dit Henriette.

La vieille demoiselle hocha la tête. « Je vous remercie bien, mon enfant. Me voilà beaucoup plus tranquille. Je ne vous crois pas menteuse. »

Peu après, les fiancés repassaient le portail de l'Annagasse et se retrouvaient dehors.

« Maintenant tu connais la maison », dit Franz comme pour s'excuser. Elle ne répondit pas, le regard dans le vide ; il ajouta alors : « Tu vois bien que nous avons besoin du quatrième étage ! »

Elle regardait l'ange à la trompette sans le voir. « Maintenant je connais la maison », répondit-elle machinalement.

Il faisait chaud dehors, elle frissonna.

Absurde ! Absurde ! Absurde !

Tout !

3

Audience en plein jour

« Son Altesse Impériale attend Madame ! »

Le portier lui avait ouvert le portail de fer de l'Albrechtsrampe et l'avait menée aux appartements de l'aide de camp par ce qu'on appelait l'aile des cuisines. Là, elle fut prise en charge par le valet de chambre qui la conduisit à la haute porte blanc et or à double battant. Dès l'instant où elle avait reçu son billet : *Il faut que je te parle. Accorde-moi cinq minutes. Tu ne peux pas me les refuser ! Tout en dépend !*, les choses s'étaient déroulées dans une sorte de fièvre ; une sacrée chance que papa fût encore à l'université et que Therese qui l'accompagnait d'habitude quand elle sortait fêtât son anniversaire le surlendemain. Henriette avait donc pu lui dire : « Je dois me passer de toi aujourd'hui, Therese, il faut que j'aille acheter ton cadeau. » Elle n'avait même pas eu le temps de se changer. C'était l'après-midi du « Corso fleuri », où les Viennois nantis défilaient dans des équipages et des fiacres décorés de fleurs dans l'allée principale du Prater et ceux qui n'en avaient pas les moyens les contemplaient des bords de l'allée.

« Que s'est-il passé, Bratfisch ? » avait-elle demandé dans son excitation, mais le cocher avait répondu qu'il ne savait pas, il avait mission de ramener Mademoiselle au plus vite. À la question : « Où ? *Ça* au moins vous devez bien le savoir ? », il avait répondu : « Au Palais. »

À la Hofburg, en plein jour ?

Il vit son expression. « Parions un litre de vin vieux qu'personne verra Mam'selle ! avait-il affirmé. Croyez peut-être que j'vais à l'escalier Amélie ? Mam'selle descendra au carrefour d'l'Opéra. D'là elle fera les quelques pas jusqu'au palais Albrecht et quand elle sera devant le p'tit portail de fer, on lui ouvrira. Y aura m'sieur Loschek. »

Le coupé embaumait son tabac turc. Sur la banquette s'étalait le plaid en pied-de-poule dans lequel Il l'avait enveloppée quand ils étaient revenus de Baden. Sur le siège du cocher se tenait Bratfisch, il portait le haut-de-forme à petit bord, la veste en velours brun bordé de noir et la cravate noire flottante qu'il avait du temps où il venait la chercher quotidiennement sans qu'elle sût jamais vraiment où on allait. Tout recommençait à une vitesse vertigineuse.

La Heugasse. La Schwarzenbergplatz. La Schwarzenbergstrasse. À droite on apercevait la Seilerstätte ; une maison d'angle était entourée d'un échafaudage, on y construisait un quatrième étage. Était-elle déjà à la campagne, la vieille demoiselle ? Si elle était encore là, de petites lampes à huile brûlaient à côté du portrait d'un saint devant lequel on avait prêté un serment solennel.

Je ne veux pas ! se dit Henriette. Des mots qui ne signifiaient rien. Elle aurait pu aussi bien dire : Aujourd'hui, c'est le jour du cortège de fleurs. Ç'aurait presque eu davantage de sens car Franz voulait l'y conduire, ils avaient même choisi ensemble la décoration de leur voiture : des roses thé Maréchal-Niel.

Une séance exceptionnelle à la Chambre de commerce l'en avait empêché. « Tu comprendras... » avait-il argué. Elle comprenait. Franz en était un des conseillers les plus éminents.

Elle voulut penser à lui, il lui avait témoigné de si touchantes attentions ces dernières semaines. Mais dans le petit coupé elle ne parvenait pas à imaginer Franz, le visage de l'autre s'imposait avec une effroyable netteté, trait pour trait : son expression quand Il riait, quand Il avait peur. Il riait bien plus souvent. Dire que tout était fini entre eux était une sottise insigne ! Depuis qu'elle avait tenu le billet aux quelques lignes écrites au crayon, ça la submergeait comme au premier jour. Elle tenta de prier. Ça non plus, elle n'y parvint pas.

Krugerstrasse. Qu'Il n'aille pas croire que le temps l'avait soumise. Il s'était probablement imaginé qu'en la faisait attendre assez longtemps, Il la ferait céder. Erreur ! Ce qu'elle Lui avait toujours dit, elle le Lui répéterait aujourd'hui : Je ne suis pas une demoiselle Mitzi Kaspar qu'on enlève pour la nuit. Je ne suis pas non plus la comtesse Larisch qui déteste ta femme et voudrait à tout prix te voir divorcé, parce qu'elle espère bien devenir impératrice. C'est ce qu'elles veulent toutes ! Moi, c'est *toi* que je veux ! Et puisque je ne peux pas t'avoir, tu ne peux pas m'avoir non plus ! Oui, oui, je sais, je sais – j'obéis à ce que tu appelles la « peur des conventions » et « la morale petite-bourgeoise. » Je regrette. Je suis une petite-bourgeoise.

Kärntner Strasse. Et si je n'en ai pas la force ? pensa-t-elle en s'emparant de la poire en caoutchouc qui servait à arrêter le cocher. Pourquoi me raconter des histoires ? Franz m'est égal ! Complètement ! Lui seul existe pour moi. Mille fois, depuis que c'était terminé, j'ai souhaité ardemment qu'Il donne signe de vie. Il a donné signe de vie !

Jésus Marie ! Je vais Le voir !

Elle pressa la petite poire.

« Mam'selle ? » demanda le cocher à moitié retourné, par le porte-voix.

« Je veux descendre, Bratfisch !

– Un p'tit instant, Mam'selle, nous y sommes !

– Mais je n'y vais pas ! »

L'homme sur le siège du cocher n'entendait plus. Le carrefour de l'Opéra. À gauche le café Scheidl. À droite l'hôtel Sacher. Cet effronté qui jetait un œil curieux à l'intérieur de la voiture s'appelait Armbruster. Si vous saviez où je vais, votre œil serait encore plus effronté, monsieur Armbruster !

Mais qu'est-ce qui m'arrive ? se disait-elle. En suis-je au point où l'on peut m'envoyer un cocher après des mois de silence, et m'ordonner : Tu viens à la Hofburg. Son Altesse Impériale veut faire de toi sa maîtresse à trois heures précises ! « *Je veux descendre ! Bratfisch !* » Elle avait crié.

« On y est ! » répondit le cocher en retenant ses chevaux. Il fit descendre Henriette, claquer son fouet et la salua : « Mes respects », puis fila.

De l'autre côté de l'Augustinerstrasse, quelqu'un la hélait. Kitty. Avec cette amie insupportable, comment s'appelait-elle déjà ? Elles traversèrent la chaussée pour la rejoindre. Et Bratfisch qui avait affirmé que personne ne la verrait ! « Pourquoi n'es-tu pas au cortège ? » demanda Kitty. L'amie s'appelait Rosl Blum.

« Tu n'y es pas non plus, rétorqua Henriette.

– Moi, je ne suis pas fiancée ! » dit Kitty. La petite Blum demanda : « Quand vous mariez-vous ?

– Quand le quatrième étage sera fini. Nous faisons bâtir un quatrième étage. Je vous prie de m'excuser, il faut que j'aille au Graben », dit Henriette. Elle ne pouvait pas les souffrir. Pourtant quelle chance de les avoir rencontrées ! Ces deux-là, elle leur vouerait une reconnaissance éternelle.

Elle descendit l'Augustinerstrasse, passa devant l'église des Augustins et se dirigea vers la Josephsplatz. De la reconnaissance ? Pourquoi ? Parce qu'elle faisait tout pour ne pas compromettre son mariage avec Franz ? Kitty flirtait avec le séduisant baron Stöger, l'autre était amoureuse du jeune Hochstetter, lieutenant aux uhlans. Tandis qu'elle allait épouser monsieur Alt. Conseiller à la Chambre de commerce. Un homme d'âge mûr, ennuyeux.

Elle se retourna vers les deux jeunes filles, elles avaient disparu. De toute façon, maintenant il était trop tard, personne ne lui ouvrirait. Trois heures huit. À l'horloge des Augustins.

Hésitante, elle rebroussa chemin, pas à pas. Elle vit la petite porte de fer. Elle ne frapperait ni ne sonnerait, certainement pas ! Juste s'arrêter un moment devant. Un quart de seconde, pas plus. D'abord il était trop tard, ensuite on ne voyait rien à travers une porte en fer – par conséquent personne ne lui ouvrirait. Et elle repartirait aussitôt. Mais elle pourrait au moins dire : J'ai fait ce qu'on me demandait.

Quand elle arriva devant la porte, celle-ci s'ouvrit.

« Si vous voulez bien me suivre », dit la voix de Loschek, le valet de chambre du prince, et quelques secondes après, celle du valet Püschel : « Son Altesse Impériale attend Madame. » La porte à double battant blanche et or s'était ouverte, elle était devant Lui.

Son cœur battait si fort qu'elle en perdait la parole et presque la vue. Sa voix dit: «Je te remercie mille fois d'être venue. Je t'en prie, assieds-toi. Tu as quelques minutes?»

Il avait l'air changé, ou était-ce ce léger brouillard qui flottait devant ses yeux et se dissipa quand elle fut assise? Oui, Il avait changé. Il avait de grands cernes noirs. Il était si pâle. Ses lèvres tressautaient légèrement, même quand Il ne parlait pas. Rien de ce sourire ironique qu'elle trouvait si séduisant – sa lèvre inférieure frémissait, comme lorsqu'on se retient de pleurer.

«Comment vas-tu?» demanda-t-Il. Le ton était le même. La voix était la même. Irrésistible. Le revoir!

«Bien, merci, répondit-elle, et toi?

– Merci, pas bien.»

Il était assis à son bureau, elle dans un fauteuil, en face de Lui. Plus tard elle verrait que la pièce était extraordinairement haute de plafond, tout en blanc et or, avec d'immenses fenêtres, des bois de cerfs, des animaux empaillés, des armes aux murs et dans des vitrines. Et que d'innombrables papiers jonchaient le bureau et une table blanche rechampie d'or tout au fond.

«Tu as l'air un peu fatigué, avoua-t-elle. J'espère que tu n'es pas malade?» Elle l'aimait tant qu'elle pouvait à peine parler.

Il se recula dans son siège, croisa les bras et la regarda. Il portait une veste de chasse en loden vert et la cravate styrienne qu'elle lui avait offerte. «Les dernières nouvelles que j'ai eues de toi, c'était par le *Fremdenblatt.* Donc tu t'es fiancée?»

Elle acquiesça.

«Tu es heureuse?»

Elle acquiesça.

« Excuse ma piètre mémoire. J'ai complètement oublié le nom de ton fiancé.

– Franz Alt. La fabrique de pianos.

– Ah oui. N'a-t-il pas un parent procureur ?

– C'est son frère.

– Et lui ? Jeune ? Séduisant ? Évidemment ! »

L'original du portrait de l'impératrice Élisabeth à cheval par Adam dont Franz possédait une copie regardait Henriette. Les yeux rivés sur les traits parfaitement gracieux de la cavalière qui dansaient, se brouillaient, elle dit : « Ni jeune ni séduisant.

– Mais au moins très amoureux !

– Il m'aime bien.

– Et toi ? » Il chercha quelque chose dans les papiers, ne trouva pas, lança une chose dans une corbeille à courrier à sa droite.

À bout de force, elle garda le silence.

Il bondit de son siège et se mit à arpenter la pièce sans s'approcher de son fauteuil. Il faisait les cent pas entre un ours empaillé qui portait l'inscription *Munkács, 17 septembre 1883* et une collection d'oiseaux tropicaux. « Tu as combien de temps ? »

Il maîtrisait si mal sa nervosité qu'elle n'osa pas lui rappeler qu'il lui avait demandé cinq minutes. « Un moment encore », répondit-elle. Il avait maigri. Sur le haut front, la racine de ses cheveux ramenés en arrière montrait des plages grises ! Et pourtant il avait l'air bien plus jeune. Et si séduisant.

Il cessa de marcher de long en large et s'arrêta devant l'une des deux immenses fenêtres qui donnaient sur la Franzensplatz. Le mur d'en face exhibait un vieux cadran solaire dont l'ombre marquait trois heures vingt. « J'ai une chose à te demander, dit-Il sans se retourner. C'est beaucoup ! C'est une chose incroyable ! »

Elle ne bougea pas. Elle savait ce qui allait suivre. « Ce n'est pas de l'amour ! dirait-Il comme si souvent dans le passé. Ce n'est rien du tout ! Si tu m'aimes, prouve-le-moi ! Ne me parle pas de ta peur des conventions ! L'amour, c'est le refus des conventions ! »

En regardant le cadran solaire et la statue de l'empereur François que les Viennois avaient surnommé « le bon empereur Franz », Il dit, hachant les mots, très vite, très bas : « C'est... en effet, que... je... Mais tu ne vas pas te fâcher ? Nous en avons déjà parlé une fois ? Tu te souviens peut-être ? C'est que... je vois venir le jour où j'en aurai jusque-là. Tu as dit que toi non plus tu n'y tenais pas. Ne dis rien ! Pour l'amour du Ciel, écoute-moi ! C'est que, en effet... je vais essayer de t'expliquer ; c'est peut-être de la lâcheté, admettons ! Lâcheté, pur égoïsme, irresponsabilité – ce que tu voudras. Mais j'ai peur. Pas de le faire – il n'y a guère que ma mère qui tire mieux dans la maison. Et je vis avec cette pensée depuis – je ne sais combien de temps. Mais on ne sait jamais comment ça va finir. Ferdl Pálffy restera estropié toute sa vie. Ça, je ne le veux pas ! Et puis, c'est idiot, mais je ne peux pas m'empêcher d'y penser sans cesse : qu'y a-t-il après ? Les curés vouent les suicidés au feu éternel. Ils racontent des âneries, une bande d'hypocrites. Après il n'y a rien. Absolument rien. N'empêche qu'il se pourrait qu'au moment décisif je me fasse avoir par leurs salades... Je veux dire... Je... Sais-tu, ma chérie, ces derniers temps je ne peux plus me fier à moi. Les nerfs, dit le docteur Widerhofer. Ma main pourrait trembler... c'est *de ça* que j'ai peur. Et... si on... Je veux dire... si on est deux... si on n'était pas seul... Eh bien, ce serait plus facile. Ce qu'il y a avant… et ce qu'il y a après. S'il y a quelque chose après… »

Il se retourna. Son front était moite ; Il était si épuisé qu'Il dut se tenir à l'appui de la fenêtre. « Tu es la seule qui me comprenne », ajouta-t-Il.

Tout ce qu'elle comprenait c'est qu'Il voulait mourir. Une fois, elle ne savait plus quand, possible qu'ils en eussent parlé, entre une gorgée de vin et un baiser. Mais à cet instant elle n'en avait aucun souvenir, c'était comme un coup de massue. Qu'Il réclame sa mort à elle aussi s'effaçait derrière cette chose incompréhensible : l'être qui était pour elle l'essence même de la vie voulait mourir. « Ma chérie », avait-Il dit. Comme avant.

« C'est donc non ? » demanda-t-Il, désespéré.

Il faut que je l'aide, se disait-elle. Dans son engourdissement, elle déclara : « Tu n'en as pas le droit ! »

Un regard insoutenable.

Demande-moi ce que tu veux, répondit aussitôt celui d'Henriette. Je serai même ta maîtresse. Elle était prête à rompre le serment qu'elle avait fait entre les petites lampes sacrées de la vieille demoiselle. Quelle folie d'avoir peur des conventions, quand sa vie à Lui en dépendait !

« Épargne-moi la suite », lui opposa-t-Il. « Que je ne suis pas n'importe qui, que je suis investi d'une mission… et cetera, et cetera. Ne te fatigue pas ! Cela se fera, c'est décidé, personne au monde ne peut m'aider. Sauf toi ! L'as-tu compris ? »

On entendit frapper discrètement à la porte à double battant. « Nom de Dieu, explosa-t-Il, on ne peut pas avoir dix minutes de tranquillité ! Entrez !

– L'aide de camp de Votre Altesse, monsieur le comte Bombelles, demande une seconde d'entretien. Monsieur le comte dit que c'est très urgent. »

Henriette s'était levée.

« Mais reste assise, je t'en prie ! dit-Il. Pour moi il n'y a *qu'une chose* urgente ! Ce que tu vas répondre ! » Il avait allumé une cigarette, sa main tremblait si fort qu'il lui fallut deux allumettes. Un homme en uniforme de vice-amiral était entré. « Qu'y a-t-il encore de si pressant, Bombelles ? » lui demanda-t-on.

L'intéressé hésita, regardant Henriette.

« Le comte Bombelles. » Il le lui présenta, sans que son nom à elle fût prononcé.

« Parlez *franchement**. Cette dame est au moins aussi digne de confiance que moi !

– Le premier aide de camp de Sa Majesté fait rappeler à Votre Altesse Impériale que Sa Majesté se rend ce soir à la première de l'opérette *La Promesse cachée*[1] au Burgtheater et que Votre Altesse Impériale est attendue à sept heures dans la loge impériale. »

Il jeta sa cigarette. « Et c'est tellement important ? » demanda-t-Il, véhément. « Dites au comte Paar que je regrette, ce soir, ce ne m'est pas possible !

– Que Son Altesse Impériale me permette de remarquer que Sa Majesté a émis ce vœu il y a une semaine et que Son Altesse Impériale a accepté. Son Altesse Impériale la princesse héritière sera également présente. »

Il s'était assis sur le bord étroit du bureau. Une de ses hautes bottes de chasse en frappait le bois à intervalles réguliers. « J'en ai disposé autrement. Ce soir, ce n'est pas possible. Mais je ne manquerai pas d'aller admirer sous peu mademoiselle Schratt dans son nouveau rôle.

– À vos ordres, Altesse Impériale.

---

1. *Das Versprechen hinterm Herd*, littéralement « La promesse derrière le fourneau », opérette très populaire, encore jouée aujourd'hui, d'AlexanderMoritz Baumann, auteur-compositeur autrichien.

– Ceci encore. Dites aussi au comte Paar qu'il veuille bien se donner la peine de se déplacer, lorsqu'il a quelque chose à me demander.

– À vos ordres, Altesse Impériale.

– Et inventez un prétexte à mon absence de ce soir. Dites que mes névralgies ont repris. Mille mercis, Bombelles. » La porte blanc et or s'ouvrit et se referma.

« Là il n'a rien contre ! Il trouve ça convenable ! Au Burgtheater ! Aujourd'hui ! » Il se remit à arpenter la pièce, toujours plus vite, allumant ces cigarettes les unes aux autres, les balançant n'importe où à demi-fumées, les écrasant du talon de sa botte. « Évidemment ; quand il s'agit de mademoiselle Schratt, elle est sacro-sainte ! La médiocrité, oui ! Voilà ce qu'il adore ! Surtout ne pas attirer l'attention ! Sauver les apparences ! Une amie pour causer, rien d'autre – bien entendu ! Il aime tellement l'art ! Et soigne sans aucun préjugé les relations avec les personnes de rang inférieur ! Et n'a jamais, jamais eu de maîtresse – un homme comme lui, irréprochable, si pieux ! Laissez-moi rire ! Quand je pense que le monde est encore dupe de cette comédie de décence et de popularité jouée par un homme que personne ne supporte : ni sa femme – qui le fuit –, ni ses enfants – pour qui il n'a pas l'ombre d'un sentiment –, ni ses ministres – qui le craignent –, ni ses sujets – qu'il ne voit jamais ! Un aveugle-sourd, fier d'être en retard sur son époque, et qui ferme la bouche à ceux qui voudraient lui ouvrir les yeux et les oreilles – pas avec passion, non, la passion lui est inconnue, mais avec cette morgue qui vous glace les sangs ! Un homme qui se fie au grand-oncle Albrecht complètement sclérosé, à cette nullité de Kálnoky et ne jure que par ce Taaffe encore plus incapable s'il est possible, et par Beck ! Un homme sans imagination, sur qui tout glisse comme sur une pierre ! Un homme atroce ! Un homme auprès de qui il est impossible de vivre ! »

Il s'arrêta hors d'haleine. La fureur qui explosait ainsi était si primitive qu'Henriette le fixait, stupéfaite. Était-ce bien ce même homme de qui pouvait émaner un charme aussi captivant ? Si on lui avait dit qu'il avait perdu la raison, elle l'aurait cru. Le tressautement de sa bouche était continuel. Il pouvait à peine tenir sa cigarette.

Elle était si effrayée qu'elle n'osait pas bouger. Élevée comme tous les Viennois de sa génération dans la vénération absolue de François-Joseph, chaque parole de son fils résonnait pour elle comme un sacrilège.

Se maîtrisant un peu, Il balbutia : « Excuse-moi ! Parfois, on se laisse emporter. » Il s'était écroulé dans le fauteuil de son bureau.

« Je crains que tu ne sois vraiment malade », fut tout ce qu'elle parvint à articuler.

Il eut un sourire pareil à une grimace. « Malheureusement pas assez, ma chère ! Ils ont uni leurs forces pour me rendre malade – *viribus unitis* – selon la noble devise de notre maison. La malchance veut que je sois encore assez valide pour savoir ce que cela veut dire ! Le 21 août, j'aurai trente et un ans. Crois-tu que j'aie pu parler une fois politique avec mon père, une fois dans ma vie ? Il m'a envoyé en voyage et me dictait par l'intermédiaire de Kálnoky ce que je devais dire et ne pas dire ! Crois-tu qu'il m'aurait demandé une fois : “Si tu devais prendre ma place, quels seraient tes projets ?” Jamais ! Il me demande : “Comment va ta chère épouse ? Joue-t-elle toujours aussi bien Chopin ?”, et il lui arrive de ne pas me poser de question pendant des mois. Je suis pour lui un jeune homme sans talent, qu'il faut tenir à l'œil parce qu'il aime les Slaves et les Magyars et qu'il sait que cela ne peut continuer ainsi car les jours de la monarchie sont comptés si on ne la sauve pas! Que je sois l'héritier de la couronne ne l'intéresse pas. Que je pourrais faire mieux que lui, cent fois mieux, l'idée ne l'en a jamais effleuré, ni lui ni ses Taaffe et ses Kálnoky. La pensée qu'il est en train de causer notre ruine avec la politique de sa maison lui est aussi étrangère qu'une personne qui lui dirait la vérité !

– *Je t'en prie*, ne dis plus rien !

– Tu dois partir ? » Son ton était devenu hostile. De nouveau il fouillait fiévreusement ses papiers.

« Bientôt.

– Bientôt. Dis-moi, quand est-ce que les journaux ont parlé de toi ? Il y a quatre semaines, n'est-ce pas ? » Il avait trouvé ce qu'il cherchait, un exemplaire du *Fremdenblatt* du 2 mai, où l'on annonçait les fiançailles de mademoiselle Henriette Stein. « Il y a quatre semaines, poursuivit-Il en saisissant d'autres papiers, le 2 mai, pour être précis, je me suis adressé à Rome. Tu es très pressée, je vois, mais cela va peut-être t'amuser. J'ai en effet prié le pape d'annuler mon mariage. Voici le brouillon d'une lettre que Pepi Hoyos a portée à Rome. Si tu as encore une minute, je vais te la lire ! » Tenant le papier entre ses doigts fébriles, il lut sans attendre sa réponse :

« Il serait absurde d'employer pour caractériser mon mariage le mot galvaudé de “malheureux”. À ses débuts, je mis tous mes espoirs dans l'amour et la compréhension de mon épouse. Je me trompais. Au fil de ces sept années, notre mariage s'est mué en une torture réciproque. Loin de moi l'idée d'en imputer la faute à d'autres, à mon épouse moins que quiconque, à qui je fus uni pour des considérations qu'on nomme raison d'État pour les héritiers d'une couronne – le proxénétisme n'est un délit que pour les simples citoyens», s'interrompit-Il en levant les yeux de sa feuille. Comme elle restait muette, Il poursuivit sa lecture. «S'il a pu exister des cas où les différences entre des individualités unies de force ne se sont pas avérées funestes, ce n'est certainement pas le mien. Plus rien ne nous lie, mon épouse et moi, elle avait quinze ans lorsqu'on nous a fiancés en raison de son appartenance à la foi catholique et à la maison de Belgique. La fille que nous avons m'est attachée, elle ne l'est pas à sa mère. Quelle que soit la honte que j'éprouve à l'avouer, nous nous exécrons tellement l'un l'autre que toute vie commune est indigne et absurde. Ni le temps ni les circonstances n'y pourront rien changer. Tu m'écoutes? – Oui, dit-elle, absurde. Toute vie commune est absurde.»

Il poursuivit: «Votre Sainteté, qui possède une connaissance bien plus profonde des relations entre les humains que nous autres simples mortels, ne jugera pas trop audacieuse la question suivante: qu'est-ce qui peut empêcher un être de renoncer à son droit inné et inaliénable au bonheur et à la dignité? Son devoir? Je ne crois pas à ce genre de devoir. Ni pour les citoyens, ni pour les souverains, je ne crois pas salutaires les devoirs qui n'apportent rien de salutaire. Mais ce devoir dût-il exister pour les souverains, je déclare alors solennellement à Votre Sainteté que je suis prêt à renoncer sans condition à mes droits à la succession au trône de la monarchie austro-hongroise et à me fondre dans la masse des individus privés, si je puis ainsi me frayer une voie vers une existence libre. Je remets mon sort entre vos mains. C'est celui d'un homme à qui l'on a enseigné qu'il était né avec plus de droits que d'autres et qui a dû apprendre qu'il en avait moins que d'autres. Votre Sainteté qui voit mon âme ne peut me refuser son aide, dont tout dépend. Si quelqu'un peut peser sur la volonté inflexible de mon père, c'est bien Votre Sainteté. En fils de l'Église, il se pliera docilement à Votre décision. »

Il jeta la feuille. « Le pape a décidé ! Sais-tu ce qu'il a fait ? Il a renvoyé ma lettre – l'originale, telle quelle – à mon père en lui recommandant de me rendre "la paix de l'âme". Ce fut fait aujourd'hui. À une heure, mon père m'a convoqué chez lui, en présence de mon grand-oncle Albrecht, de mon oncle Karl-Ludwig et de l'archevêque, naturellement. Tandis qu'on me rendait "la paix de l'âme", on servait le déjeuner de mon père, il était une heure, à une heure tapante il mange son bœuf. Cinq minutes plus tard, il avait expédié son bœuf et mon existence. "Tu devrais être assez adulte pour te dispenser de ces enfantillages", a-t-il dit sur ce ton qui n'appartient qu'à lui, à des lieues de là, détaché, inhumain. Ce fut tout ! » Il repoussa le siège du pied et bondit. « Tu as remarqué la date de ma lettre ? » demanda-t-il brusquement.

Oui. La lettre avait été écrite le jour où l'annonce de ses fiançailles avait paru dans le journal.

« Tu sais maintenant pourquoi je t'ai demandé de venir aujourd'hui, après cette audience ? »

Avec un dernier reste de raison, elle luttait contre le lien évident entre les deux événements. Ç'aurait été bien trop terrible d'y croire ! Bien trop merveilleux ! Ses pensées oscillaient entre l'horreur, la peur et un amour passionné et ravi qui lui semblait sans issue. Elle ne pouvait parler, toute cette démesure la paralysait.

« Tu ne dis rien ? Tu n'as toujours pas l'air de comprendre ? demanda-t-il avec amertume. Dans ce cas, permets-moi de te l'expliquer. Qu'il ne subsiste aucun doute ! »

Non ! Qu'Il ne dise rien !

« J'ai voulu divorcer à cause de toi. »

Non ! se défendit-elle en silence, tandis qu'Il continuait à parler, pas à cause de moi ! Parce que tu étais malheureux avec ta femme !

« À cause de toi j'ai voulu renoncer à tout. »

Non ! Parce que tu n'étais pas d'accord avec ton père ! Parce que tu ne voulais pas attendre jusqu'à ce qu'il te fasse place. Parce que tu es ambitieux ! Pas à cause de moi ! Je suis une petite-bourgeoise, ne me l'as-tu pas assez répété ? L'héritier de la couronne d'Autriche ne renonce pas au trône à cause d'une petite-bourgeoise ! Ce n'est pas vrai ! C'est absurde ! Elle se défendait de toutes ses forces.

« Je voulais t'épouser. »

Elle ferma les yeux. C'était une de ces félicités dont on rêve. Quand elle les rouvrirait, il n'en resterait rien. « Pourquoi ne me l'as-tu pas dit avant ? » demanda-t-elle sans trop savoir ce qu'elle disait.

« Est-ce un reproche ? »

Ce n'était pas un reproche. C'était un pont jeté vers cette pensée folle. S'Il me l'avait dit, pensa-t-elle, je ne me serais jamais fiancée ! Mais Il m'a dit adieu, parce que je ne voulais pas être une Mitzi Kaspar – voilà ! « Je ne te l'ai peut-être pas dit, mais tu le savais ! »

Elle ne le savait pas. C'était un flirt, et elle n'avait jamais été si triste que lorsqu'il s'était terminé. Mais ce n'était rien de plus, voilà ce qu'elle savait. Comment pouvait-Il affirmer cela ? « Pourquoi ne me l'as-tu jamais dit ? redemanda-t-elle.

– Parce que je ne voulais me déclarer qu'avec un certificat d'annulation de mariage ! » rétorqua-t-Il presque méprisant ; l'excitation qui l'avait quitté un instant le reprit. « Tu ne voulais pas être ma maîtresse. Je l'ai compris. Je l'ai respecté.

– Avec mademoiselle Kaspar !

– Oui ! admit-Il, criant presque.

– Si tu es tombé amoureux de cette femme tout de suite après moi, c'est que ton amour n'était pas bien grand !

– Toi aussi tu es tombée amoureuse ! Tu t'es même fiancée ! Non ? »

Là, quelque chose n'allait pas, mais quoi ? Dans les preuves accablantes qu'Il avait accumulées et qu'Il lui avait assénées, elle sentait d'instinct une contradiction. « Tu aimes donc cette demoiselle Kaspar ? » demanda-t-elle, la seule chose qui lui semblât avoir du sens.

« Tu joues le rôle de ma femme à présent ? Non, si tu veux vraiment le savoir ! Je ne l'aime pas ! Mais j'ai besoin de quelqu'un sur qui je puisse compter et qui ne s'esquive pas constamment ! Cesse cet interrogatoire insupportable ! »

Il lui prit les deux mains. « Ne te fais pas plus mauvaise que tu n'es ! Regarde-moi ! »

Mais ses yeux s'étaient dessillés maintenant, elle voyait quelque chose qui lui avait échappé auparavant. Ça faisait mal, mais c'était radical. « Dis-moi, demanda-t-elle, as-tu aussi demandé à mademoiselle Kaspar ce que tu viens de me demander ? »

Un commandement qui claquait retentit en bas, sur la Franzensplatz : « Garde à vous ! » Il était allé à la fenêtre et vit son père sortir par le portail. François-Joseph était assis dans une calèche découverte aux roues noir et or, à sa gauche se tenait le premier aide de camp, le comte Paar, coiffé d'un bicorne à plume verte, qui souriait, la bouche bizarrement de travers. Les roulements de tambour, les bruits de chevaux sur le pavé et les acclamations des passants s'estompèrent.

« Il s'en va, dit son fils. Faire une inspection. Ou inaugurer une exposition. La routine sacrée continue. Lever à cinq heures. À cinq heures et demie les signatures ou les notes "Très juste !" en marge de choses très fausses ! Ensuite, les audiences. À une heure : le bœuf ; à sept : la Schratt. Il a déjà oublié qu'à une heure, il m'a dénié le droit d'exister. » Se retournant vers elle, le visage dévasté par l'amertume, Il lui donna la réponse qu'elle attendait : « Si je le lui ai demandé à elle aussi ? Non ! C'est à toi que je l'ai demandé, parce que tu sais – ou parce que j'ai cru que tu savais –, ce qu'on ressent. Si je me suis trompé, ce ne sera pas la première erreur de ma vie. Mais sois sûre que je ferai en sorte que ce soit la dernière ! Tu dois t'en aller, maintenant ? »

L'ombre du cadran solaire marquait quatre heures moins dix. Elle se leva : « Donne-moi la main », dit-elle.

Sans bouger, Il la regarda. Puis Il hocha violemment la tête, les lèvres serrées. Puis Il dit : « Adieu. » Son regard perdit son amertume, sa haine, son ironie, sa déception. Il semblait redevenu l'homme de ces journées qui avaient fait son bonheur, mais lointain, très lointain – et immensément seul.

Il lui faisait une peine indicible, elle ne put dire ce qu'elle voulait, mais seulement : « Tu me le feras savoir, n'est-ce pas, si tu as besoin de moi ? »

Il eut un geste brusque, voulut parler, mais ne le put. « Je te remercie ! Merci mille fois ! Tu es un ange », dit-Il enfin.

La haute pièce n'était plus haute. L'or ne brillait plus.

« *Mouche** ! » l'entendit-elle murmurer.

Ça faisait longtemps qu'il ne l'avait pas appelée *Mouche*. « Au revoir », dit-elle rapidement. Puis elle partit.

Elle regagna l'Albrechtsrampe par l'« aile des cuisines » et la petite porte de fer ; entre son arrivée et son départ, il ne s'était pas écoulé une heure mais une existence. Tout avait l'air changé.

Quand elle retrouva Franz devant la Chambre de commerce où il faisait impatiemment les cent pas, il était quatre heures passées. Une séance interminable, rapporta-t-il ; la seule lueur avait été l'horloge de la salle de réunion qui montrerait enfin quatre heures à un moment donné. Pourquoi était-elle tellement silencieuse aujourd'hui ? Le temps qui les séparait de l'achèvement complet des travaux du quatrième finirait bien par passer lui aussi – trois ou quatre mois au plus. Trois ou quatre mois peuvent être très courts, quand on sait ce qui vient après, n'est-ce pas ?

Si on n'est pas seul… Eh bien, c'est plus facile… Ce qu'il y a avant… et ce qui vient après… *Si* toutefois il vient quelque chose après…

« Mais tu ne m'écoutes pas ! À quoi penses-tu ? »

4

La maison Autriche

Les quatre cousins étaient à la table des enfants. Avec sa nappe damassée, ses couverts en argent, ses verres de cristal et ses garnitures de violettes et de mimosa, la table des petits n'avait rien à envier à celle des grands, on y avait même posé devant chaque couvert de petites cartes avec leurs noms joliment calligraphiés : *Christine* et *Peter* sur l'un des côtés, *Fritz* et *Otto* à chaque bout (pour mettre au moins une longueur de table entre eux), tandis que de l'autre côté trônait mademoiselle Leblanc. Comme celle des grandes personnes, la table des enfants était dressée dans la grande salle à manger du deuxième étage qui faisait enfin à nouveau honneur à ce nom de « pièce de réception », dont les enfants n'avaient jamais compris ce qu'il pouvait bien signifier. Toutes les bonnes de la maison étaient de service, elles portaient des gants de fil blanc et de petites toques blanches aux plis amidonnés, et la vieille Poldi de la grand-tante Sophie, très émue, ne cessait de s'essuyer les yeux, bien que la tante fût morte depuis deux mois déjà. Trois authentiques serveurs en frac, en tout point identiques à ceux des restaurants, vaquaient aussi au service. Et dans la petite salle à manger jouaient quatre musiciens en frac.

Le plat qu'on venait de présenter aux enfants contenait du râble de chevreuil garni de tranches d'oranges coiffées de petits monticules d'airelles ; il était accompagné de croquettes de pommes de terre et d'une sauce rouge si épaisse que le couteau y restait planté. Mais la Française – qui aurait pu se mêler de ses affaires, elle était censée s'occuper du cousin Peter – prétendit que ça ne se mangeait pas avec le couteau. Les jumeaux s'obstinèrent quand même à manger la sauce avec leur couteau.

Quelqu'un avait fait tinter son verre à la table des grands. Mademoiselle Leblanc les admonesta : « *Soyez tranquilles** !

– Mais arrêtez de parler ! » chuchota aussi la jeune Christine à ses cousins. Elle ne manquait pas d'air avec ses petits onze ans, celle-là ! Fritz lui asséna en douce un coup de pied dans le tibia. À la grande table un monsieur s'était levé, il ressemblait à un acteur avec son menton glabre.

« *C'est un toast** ! expliqua la Française.

– Comment il s'appelle ? » s'informa un des jumeaux, qui prenait « toast » pour un nom. Peter eut le toupet de pouffer, un morveux de huit ans qui se moquait du cousin plus vieux de quatre ans ! Otto lui décocha à lui aussi un coup de pied si bien senti que l'envie de rire rentra aussi sec dans la gorge de l'autre. Christine en revanche gardait un visage de marbre.

« *Taisez-vous** ! » s'écria Mademoiselle, indignée.

L'orateur avait commencé son discours, que les jumeaux trouvèrent assommant. Il parla d'abord de la maison, qui était une maison d'angle surplombant deux rues (la belle nouvelle, vraiment !), l'une étroite et très ancienne, qui s'ouvrait sur l'extérieur avec réticence, l'autre large et récente, qui dégageait librement l'horizon. À dix pas d'ici dans l'étroite ruelle, aux Archives nationales, avait travaillé l'esprit le plus éminent de la vieille Autriche (dont le nom dur à retenir revenait malheureusement parfois aussi en cours d'allemand) : le poète Grillparzer, tandis que là-bas dans la Ringstrasse, le vaste boulevard circulaire, les architectes s'affairaient à bâtir l'Autriche nouvelle. Il y avait lieu de féliciter solennellement chaque habitant de la maison de ce double point de vue exemplaire qui respectait une tradition séculaire tout en faisant droit à l'époque moderne, laquelle requérait transformations, adjonctions et constructions nouvelles ; le nouveau quatrième étage en était la preuve éclatante.

Les jumeaux se rengorgèrent à l'idée de faire partie des congratulés, encore qu'ils n'eussent compris goutte aux allusions du monsieur au menton glabre. L'orateur saluait à présent d'un signe de tête l'oncle Otto Eberhard et l'oncle Paskiewicz. « Placée sous l'égide du ministère public et de notre glorieuse armée, irriguée du sang de plusieurs nations, cette maison n'est pas seulement une authentique maison autrichienne, elle est pour ainsi dire la maison Autriche. Et si maître Drauffer avait à la représenter, gageons qu'il la peindrait sur un fond lourd de symboles. »

À l'évocation de leur père, les jumeaux dressèrent l'oreille. Là-dessus l'orateur leva le verre posé devant lui et but à la santé de cette maison autrichienne et au bonheur de ceux qui allaient élire domicile en son nouveau quatrième étage. Les verres tintèrent. « À votre santé ! », « Prosit ! », « Un discours plein d'esprit, monsieur le professeur ! ». « *Magnifique** ! » dit la Française en leur expliquant que l'orateur était le professeur Stein.

Après lui se leva l'oncle Otto Eberhard, qui parla trop longtemps lui aussi. Il qualifia la mariée de jeune dame élevée par son père le professeur de manière très moderne, dans un esprit libéral, ce qui dans sa bouche sonnait quasiment comme un blâme. Même l'oncle Paskiewicz tint à s'exprimer, Dieu merci, il fut bref et se contenta de porter un toast à la maison impériale : « Si nous sommes réunis aussi gaiement ici, c'est grâce à la protection et à la sagesse de nos souverains vénérés. À Leurs Majestés Apostoliques, l'empereur François-Joseph Ier et l'impératrice Élisabeth ; à Leurs Altesses Impériales, le prince héritier Rodolphe et la princesse Stéphanie, longue vie à eux ! » Les quatre hommes en frac dans la petite salle à manger jouèrent l'hymne impérial, tous, même les enfants, durent se lever et chanter *Gott erhalte, Gott beschütze unsern Kaiser, unser Land*[1] *!*, et à *unser Land*, le jumeau Fritz vit la nouvelle tante vaciller comme si elle allait tomber. Il s'en ouvrit sur-le-champ à la Française, mais elle était en train de chanter *Mächtig durch des Glaubens Stütze*[2], et lui glissa : « *C'est idiot, chantez** *!* » Effectivement, la nouvelle tante ne s'écroula pas, mais Fritz aurait juré qu'elle s'était agrippée subitement à l'accoudoir de son fauteuil.

La vieille Poldi alluma le gaz des lustres à l'aide d'une chandelle fixée à un bâton, il continuait à faire nuit vers quatre heures bien qu'on fût déjà le 29 janvier et que le plus dur de l'hiver fût théoriquement passé. Engoncé dans son frac noir, un brin de myrte à la boutonnière, l'oncle Franz avait plutôt l'air du père de la nouvelle tante que du mari, une

---

1. « Que Dieu garde notre empereur, notre pays. »
2. « Puissant par l'appui de la foi. »

remarque qu'en observateur perspicace Fritz confia encore à la Française, faute de pouvoir communiquer avec son frère Otto, placé à l'autre bout de la table, et tout échange sensé avec les cousins étant exclu. « *Pas du tout*, estima celle-ci, *votre oncle est très bien** », il avait une certaine maturité, *voyons**, exactement ce qu'il fallait. Elle savait toujours tout mieux que les autres ! Heureusement, on apportait la glace, une appétissante pièce montée de fleurs et de fruits glacés dont le sommet était un minuscule piano couronné d'un ange qui soufflait dans une trompette.

On se consacra pleinement à la dégustation du dessert, sans se laisser troubler par la lecture monotone des nombreux télégrammes, que l'oncle Otto Eberhard prenait l'un après l'autre dans un plateau d'argent ; il lisait les textes et les signatures, insistant moins sur les textes que sur les expéditeurs et plus sur les expéditeurs titrés que sur les roturiers. Pendant un bon moment, noms, titres et dignités retentirent dans le brouhaha des voix et des cuillers sans qu'on leur prêtât attention. Fritz fut d'autant plus frappé de constater (cette fois, il le garda pour lui) combien la nouvelle tante semblait s'y intéresser. Quand l'oncle Otto Eberhard eut fini, elle demanda même : « Est-ce tout ? », comme si ce n'était pas fichtrement assez ! Ensuite la compagnie des grandes personnes se leva et passa au salon jaune pour le café ; on invita alors les quatre enfants à « dire gentiment au revoir » à l'oncle Franz et à la tante Henriette et à réintégrer leurs appartements respectifs.

Mais voici qu'à la grande stupéfaction des jumeaux, la cousine Christine déclara qu'elle ne voulait pas s'en aller ; elle voulait rester ! Elle l'avait dit avec tant d'insistance que la nouvelle tante se tourna vers elle. « Mais bien sûr ! Tu as si bien tenu ma traîne à l'église ! Bien sûr que tu peux rester ! » affirma-t-elle.

Et la cousine d'ajouter : « Je veux rester toujours près de toi ! »

Les jumeaux crurent mourir de honte en voyant de leurs yeux la nouvelle tante prendre leur cousine – une fille de presque onze ans – sur ses genoux ! Et comme si ça ne suffisait pas de la voir assise avec un air béat de ravi de la crèche, la scène leur avait fait rater l'occasion d'échapper enfin à tout ce tintouin rasoir ! Car leur mère annonçait déjà : « Monsieur Alfred Grünfeld va avoir la bonté de nous jouer quelques morceaux ! », ce qui les avait vissés à leurs chaises pour deux bonnes heures.

Quelqu'un s'était assis au piano. Ce qu'il jouait ne sonnait pas mal, mais Otto ne s'expliquait tout de même pas pourquoi les grandes personnes avaient l'air extasié comme devant la septième merveille du monde. Son propre frère y compris.

« *C'est la truite de Schubert** », chuchota mademoiselle, transportée, qui prononçait « Schuber » et non « Schoubertt » ! Entendaient-ils l'eau gronder, la truite bondir, demanda-t-elle en retenant son souffle. La truite bondit un bon moment, puis on applaudit. Fritz le fit avec une telle ferveur que c'est Otto qui dut lui signaler la niaiserie de Christine. Peter, lui, dégustait un petit sucre.

« Tante Hetti, chuchotait Christine, tu vas rester tout le temps chez nous maintenant ? » Quelle andouille ! La tante répondit : « Dans quelques semaines !

– Pas à partir d'aujourd'hui ? » demanda Christine.

Et la tante : « Tu sais, nous allons partir ce soir quelques semaines puis nous reviendrons et je resterai pour de bon, Chris. Tu veux bien que je t'appelle Chris ? »

La cousine dit seulement : « Pourquoi pars-tu ? »

Avec cette figure bizarre qu'elle avait eue tout à l'heure en écoutant lire les télégrammes – une figure de rage de dent, trouvait Fritz –, la tante dit : « Vois-tu, quand on se marie, on part faire un voyage après le mariage. » Pardi, tout le monde le savait ! Sauf cette demeurée ! Le monsieur au piano se remit à jouer, et papa vint les trouver : « Les garçons à la maison, filez ! » Les jumeaux Drauffer et le jeune Peter du procureur s'en allèrent. Fritz se retourna sur le seuil – visiblement à cause de la pièce que jouait le pianiste. « Mais viens donc ! » le pressa Otto. Déjà les couples dansaient. La cousine, toujours assise, fixait avec des yeux de merlan frit la nouvelle tante qui dansait maintenant avec l'oncle Franz. Fritz trouva que la nouvelle tante avait l'air drôlement sérieux. Normalement, en dansant, les grandes personnes riaient, non ?

5

La vue d'en haut

Les garçons et demoiselles d'honneur d'Henriette n'étaient pas les seuls à danser. Comme pour présenter sous son meilleur jour l'âge du marié, des danseurs plus âgés s'étaient joints à eux : son témoin, le premier procureur Otto Eberhard, et même le professeur Stein, qui mit un point d'honneur à inviter madame le procureur. En tout, cela faisait quatorze couples. Ceux qui ne dansaient pas les contemplaient de leurs fauteuils dorés : la grand-tante Kubelka, sa fille Anna en noir, docteur Herz, le médecin de famille, la colonelle Paskiewicz et sa fille, la petite Christine. Le regard rivé à son mari, Madame Paskiewicz n'avait remarqué la présence de la petite qu'au beau milieu de la danse. Il dansait ! Les yeux brillants, égayés par le champagne, il enlaçait la mariée que le marié venait de libérer, sa main droite ceignant la taille de sa robe de satin blanc et la gauche brandie bien haut la balançant magistralement avec sa lourde traîne sur le parquet ciré. Chacun de ses pas était peut-être le dernier ! Madame Paskiewicz implora du regard le docteur Herz. Mais, philosophe malgré son jeune âge, le médecin souriait. Évidemment, l'obstruction des coronaires pouvait se produire à chaque instant ; pour être franc il la redoutait depuis près d'un an chez ce patient. D'après la science, il aurait dû être mort depuis ce temps-là. Mais puisqu'il dansait, ce n'était pas la science, mais le colonel qui avait raison ! « Laissez-le donc danser ! » dit le jeune médecin en tétant son cigare d'un air rogue. « Mais s'il lui arrive malheur ! » s'exclama madame Paskiewicz, assez fort pour que la petite Christine l'entendît.

Si seulement il n'y avait pas eu cette peur !

Depuis qu'elle était en âge de se souvenir, Christine avait eu peur pour son père. Il avait d'abord fallu craindre qu'il ne rentre pas à la maison ou qu'il rentre trop tard ; la nuit, tout éveillée dans son lit, elle épiait anxieusement le bruit de la clé tournant dans la serrure et celui de ses pas furtifs, mais jamais on ne savait si les tourments du jour avaient vraiment pris fin. Parfois les pas furtifs étaient le prélude d'une dispute à mi-voix, dont l'enfant éveillée attrapait au vol quelques mots injurieux. Se bouchant les oreilles dans son lit, elle priait le bon Dieu que papa ne batte pas maman – comme la fois du jeudi saint ! Papa ne restait à la maison que depuis qu'il était très malade, et Christine s'était réjouie de sa maladie, jusqu'à ce qu'une conversation – qui n'était pas destinée à ses oreilles de petite fille – lui apprenne que sa mort pouvait survenir à tout moment. « S'il meurt, je me suicide ! » avait dit maman à tante Elsa. C'était tellement désespérant ! Puis tante Hetti était arrivée. Jamais Christine n'avait vu quelqu'un d'aussi charmant – qui transformait tout par prodige rien qu'en pénétrant dans une pièce ! Et tout de suite, c'était moins terrifiant. La petite fille avait compté les jours jusqu'au mariage, parce qu'ensuite tante Hetti ne viendrait plus pour de petites demi-heures mais serait toujours là ! Or voici qu'elle partait !

Monsieur Grünfeld jouait *Le Beau Danube bleu*, la jeune femme dansait de nouveau avec son mari. La musique coulait, irrésistible, sous les doigts habiles du virtuose, et Franz, qui était bon danseur, s'efforçait de le prouver à Henriette. Son visage si facile à déchiffrer rayonnait, il tournait à droite, très vite, toujours plus vite. Tourbillonner ainsi vous étourdissait. Ça faisait du bien.

« Tu aimes danser avec moi ? » l'entendit-elle dire.

Si seulement il n'était pas aussi direct ! Que n'aurait-elle donné pour qu'il possédât une trace infime de ce que Rodolphe appelait le « vague », cette « marge » qui permettait de « ne pas se heurter brutalement à la réalité ».

« Beaucoup », dit-elle.

Son père se dirigeait vers elle, il avait une expression d'indulgence résignée qui semblait signifier : « Et voilà, elle me laisse seul ! » C'est pour toi que j'épouse cet homme, papa, lui répondit-elle silencieusement. Je ne te le dirai jamais et je ne te le reproche pas, mais je ne veux pas que tu prennes cet air malheureux ! Ça me rend folle. Le professeur Stein dit : « Ne devrais-tu pas venir te reposer un moment avant de partir ? Tu es debout depuis six heures du matin. Venez donc prendre le thé chez moi, ton mari et toi. À quelle heure est votre train ? »

« Ton mari et toi », la phrase rendait un son ridicule ! Le train partait à huit heures quarante-cinq de la Südbahnhof. Franz n'avait rien contre cette visite, pourvu qu'il puisse auparavant lui montrer le quatrième étage presque terminé.

« Bien entendu », dit-elle.

Quand ils quittèrent la salle, on jouait *La Valse de Schönbrunn.* Quelqu'un se précipita à la porte à leur suite et demanda, horrifié :

« Tu pars déjà ? » C'était la petite fille.

« Qu'y a-t-il donc, Chris ? demanda Henriette à voix basse.

– J'ai si peur, tante Hetti ! chuchota l'enfant.

– Voyons ! Il n'y a pas de quoi avoir peur. Je serai de retour dans quelques semaines et nous jouerons à plein de jeux formidables. J'en inventerai pour toi ! Et je t'enverrai des cartes postales du voyage ? D'accord ? » Elle l'embrassa.

« Merci, tante Hetti.

– Où vas-tu aller maintenant, Chris ? »

La petite haussa les épaules, comme si ça lui était égal d'aller là ou ailleurs. Puis elle se reprit : « En bas. À l'appartement. Bon voyage, tante Hetti. Bon voyage, oncle Franz », et elle descendit l'escalier.

Les mariés, eux, le montèrent. « Quelle gamine exaltée ! » dit Franz en tirant une clé neuve de sa poche et en ouvrant la porte astiquée, sur laquelle brillait une plaque de cuivre rutilante *F. Alt.*

Une flamme nue brûlait devant la porte dans le couloir ; cela sentait le plâtre et la peinture fraîche. « Attends, dit-il, je passe devant pour allumer. Fais un vœu avant de franchir le seuil pour la première fois. Je ne suis pas superstitieux, mais toi tu l'es ! Ça y est ? Alors viens ! »

L'aménagement des pièces n'était pas tout à fait terminé, les mariés ne devant revenir de voyage de noces que dans trois semaines. La construction avait pris un temps fou, d'abord à cause d'une grève des tuiliers, puis parce que les murs ne voulaient pas sécher dans le froid hivernal. Enfin ils se dressaient là, massifs, rassurants. En parcourant avec elle les sept pièces froides déjà partiellement garnies de meubles, de tapisseries et même de tableaux, Franz observait la jeune femme, bouillant d'impatience.

« Joli ! dit-elle.

– N'est-ce pas ? As-tu vu ton miroir à trois faces ? Je l'ai fait venir exprès de Paris !

– Magnifique ! Vraiment ! » Elle avait senti que « joli » ne lui suffisait pas.

« Mais maintenant il faut que tu viennes voir les livres ! Je ne suis pas sûr d'avoir toujours deviné tes goûts. Goethe, Schiller, Lessing – attends, là, qu'est-ce que c'est ? Grillparzer. L'autre ici, le rouge, c'est Rückert, je n'ai jamais rien lu de lui, mais toi sûrement. Voici tes chers poèmes de Heine. Là ici, c'est Lenau. Et en bas, le manuel de conversation, l'édition complète, avec les trois suppléments. Tu vas avoir de quoi lire, non ?

– Oui, merci. » Il était devant la vitrine de la bibliothèque d'ébène, à deux pas d'elle. Elle se sentait si loin de lui, elle pensait complètement exclu de dire jamais « mon mari » de cet étranger. Malgré les poêles qui brûlaient jour et nuit, elle avait froid.

« Quelle est la pièce que tu préfères ? »

Impensable qu'on pût jamais dire « ma maison » de ces pièces guindées, surchargées. « Le salon, peut-être ? hasarda-t-elle.

– Viens revoir ta chambre ! »

Ils pénétrèrent derechef dans la pièce qui lui était destinée. Il se posta au pied du lit étroit. « Je n'ai pas oublié !

– C'est gentil de ta part !

– C'est tout ? » Il s'approcha d'elle, il sentait le vin.

« Tu permets que j'utilise le nouveau miroir ? » s'empressa-t-elle de demander. Elle avait ôté le long voile de mariée depuis longtemps, pourtant elle sentait toujours aux tempes cette pression lancinante qui l'avait tourmentée à l'église ; dans le miroir de Paris son propre visage lui parut horriblement étranger ; elle relâcha les tresses de sa coiffure qui pesait lourdement sur sa nuque.

Voulait-elle admirer la vue ?

Oui, bien sûr. Il la mena à la fenêtre d'angle du salon, mais dehors on ne voyait que la neige. De gros flocons. Dans la rue, les voitures avaient dû être remplacées par des traîneaux. On entendait les grelots.

« C'est drôle, je n'avais pas remarqué qu'il neigeait », dit-elle. Elle parlait peu distinctement, une épingle à cheveux dans la bouche.

« Quand on est heureux, on ne voit pas ce genre de choses », répondit-il, mais tout de suite il se corrigea : « Et quand on a plein d'autres soucis en tête. »

Je suis affreuse avec lui. Il faut que je trouve quelque chose de gentil à lui dire, songea-t-elle : « Si nous voulons aller chez papa, il faut partir maintenant à la maison… je veux dire… "chez lui".

– Je ne vois pas pourquoi tu te sens obligée d'y aller. N'oublie pas que nous soupons à sept heures et demie chez Otto Eberhard. Fais attention à l'épingle !

– Tu ne veux pas venir ? » Elle s'efforça d'ajouter « Franz », mais on ne l'entendit pas.

«J'aime mieux pas. Pour être honnête, Hetti, avec ton père, j'ai toujours l'impression de passer un examen. Et j'ai toujours échoué aux examens ! Mais tu vas te changer en bas chez Pauline avant d'aller Karolinengasse, et je t'attendrai à sept heures précises. Notre train part à huit heures quarante-cinq, il faut donc partir d'ici à huit heures quinze au plus tard ! » Il parcourut les pièces dont les portes étaient ouvertes en éteignant partout les lampes à gaz. « Au fait, pourquoi as-tu demandé si c'était tout, quand Otto Eberhard a lu les télégrammes ? Il y en avait pourtant une belle quantité !

– Tu fais vraiment attention à tout, Franz ! »

Il mit un moment à revenir près d'elle. « Je ne voudrais pas avoir à faire attention, justement. Tu comprends ?

– Tu n'auras pas à le faire.

– J'espère bien. Il fait horriblement sombre. Sois prudente ! » Ils descendirent les escaliers, d'abord les nouveaux, puis les anciens aux marches polies par les ans.

« Bien le bonsoir, M'dame !

– Poldi vient de te dire bonsoir ? Tu ne la remercies pas ?

– Excusez-moi, Poldi. C'est la première fois qu'on m'appelle Madame. » Elle s'aperçut qu'elle avait une épingle à cheveux dans la main, mais n'osa pas la jeter dans la cage d'escalier.

« Y a pas de mal, M'dame. M'dame s'habituera vite ! »

6

Les cloches

Le père et la fille étaient assis l'un en face de l'autre dans la bibliothèque à leur place habituelle. Henriette était déjà en costume de voyage. « Je me sens un peu en visite », dit-elle, les yeux baissés sur son petit manchon de chinchilla gris, orné d'un bouquet de violettes.

Les vingt-deux années de sa vie, elle les avait passées dans cet appartement, à l'exception des quelques vacances d'été. Elle faisait partie intégrante de chaque meuble, de chaque ombre du mur. C'est ici qu'elle avait appris à quoi ressemblait le matin et qu'il faisait sombre le soir. Ici qu'elle avait compris qu'il existait des mots et des gens à qui on les disait. Quand ces gens souriaient, on les aimait bien.

Papa souriait presque toujours quand il venait vers elle ; le sourire était resté indissociable du visage de son père depuis ce temps où il se penchait vers elle, content qu'elle sût déjà parler, déjà marcher, déjà lire. Mais cet air-là, celui qu'il avait maintenant, était dur à supporter – c'était le même que le jour où maman respirait si mal, là-bas sur le divan, et où papa avait voulu qu'elle lui dise adieu, maman allait « faire un petit voyage ». Elle n'était jamais revenue du petit voyage.

Maintenant, c'était Henriette qui allait faire un petit voyage. Et qui ne reviendrait plus jamais ici. C'est sans doute à ça qu'il pensait maintenant.

Ils restaient assis sans parler. Elle pensa au nombre de fois où elle s'était imaginé son mariage, ici, dans cette pièce. Sa robe de mariée, l'église, le dîner, le départ. Elle s'asseyait là-bas, sur le troisième barreau de l'échelle de la bibliothèque, là où on était le mieux pour rêver. Serait-ce l'été qu'elle se marierait ? Son fiancé ressemblerait à son professeur d'histoire de l'art. Non, à l'acteur Emmerich Robert. Non, à Göll, le joueur de tennis. Au prince héritier ! Elle s'imaginait toujours un fiancé fascinant. « C'était un beau mariage, non, papa ? » Il lui fallait bien dire quelque chose.

Le professeur Stein acquiesça avec élan. Ç'avait été un beau mariage, très digne, exceptionnel ! Le prêche du chanoine à la cathédrale, le discours à table d'Otto Eberhard. Le récital de piano d'Alfred Grünfeld. Il ne tarissait pas d'éloges.

« Papa, que vas-tu faire quand je serai partie ?

– Oh », répondit-il, et le sourire de ses lèvres s'accentua, « me distraire ! J'ai ma conférence à l'Académie, le 6 février.

– Le 5 !

– Le 5. Et le semestre se termine le 16, je ne vais pas savoir où donner de la tête avec toutes ces soutenances.

– Tu n'as qu'à les laisser passer tous !

– Ça me paraît difficile.

– Comment s'est terminée la réunion pour la chaire de droit pénal à pourvoir ?

– Julius Glaser, *primo et unico loco.*

– C'est ce que tu voulais. N'est-ce pas ?

– Naturellement. La seule solution possible. Tu ne prends pas un peu de thé ? »

Normalement il aurait dit : « Bois ton thé maintenant ! » Il me traite en invitée, pensa-t-elle.

L'horloge faisait tic tac – que de fois l'avait-elle regardée, assise dans ce même fauteuil, en l'implorant : plus vite ! D'abord, on ne voulait plus être un bébé. Puis plus aller à l'école. Puis chez bonne-maman qui parlait toujours hongrois. Puis ç'avait été : Vivement le matin, ou le soir, ou n'importe quand ! – et toujours, le balancier de cuivre était horriblement lent. Aujourd'hui il accélérait. Fébrilement.

« Vous avez opté pour l'hôtel Danieli, à Venise, finalement ?

– Oui.

– Une excellente maison. Tu m'enverras une dépêche dès ton arrivée ?

– Bien sûr.

– Et écris-moi une fois.

– Tous les jours !

– Tous les trois ou quatre jours au maximum. Écrire ne doit pas devenir une corvée.

– Mais moi, je veux t'écrire tous les jours, papa ! »

Il vit la soucoupe trembler dans sa main. « Et n'oublie pas le Palazzo Vendramin ! Tu sais qui y a logé ?

– Monsieur le candidat : Qui a logé au Palazzo Vendramin Calergi ? dit-elle, l'imitant.

– Eh bien, qui ?

– Richard Wagner, monsieur le conseiller aulique.

– Bien. Asseyez-vous. »

Le balancier oscillait follement. Dans dix minutes il faudrait partir.

« Papa ?

– Mon petit ?

– Je… Je voudrais…

– Allons, ne va pas en faire un monde ! Il y a déjà eu quelques parents et quelques enfants dans cette situation avant nous. C'est même dans la Bible ! »

Therese était entrée. « Mam'selle Hetti est drôlement chic ! S'cusez… M'dame Hetti ! J'peux débarrasser, m'sieur le professeur ?

– Tu veilleras bien sur papa, Therese ?

– J'ferai mon possible, Mam'selle… M'dame », se corrigea la vieille servante, gênée, avant d'emporter la vaisselle.

« Tu sais que je ne suis pas forte pour les discours, papa. C'est pourquoi je te dis juste merci. Pour tout. J'étais si bien avec toi ! » Elle ne put continuer, chercha nerveusement dans son manchon les gants qui étaient déjà sur ses genoux. « Hetti, je t'en prie ! On dirait qu'on t'envoie en exil, alors que tu pars pour Venise ! Allons, un peu de bon sens ! Quand revenez-vous – à peu près ?

– Dans trois semaines exactement. »

Le professeur sortit un calendrier de la poche intérieure de la veste en soie qu'il portait à la maison sur le gilet blanc de son habit, et le feuilleta. « Nous sommes le mardi 29 janvier – ce serait donc le mardi 19 février ? Mais peut-être vas-tu décider ton époux à te conduire à Rome ? » Il se leva et longea lentement les rayonnages de livres qui emplissaient la pièce jusqu'au plafond. Tout en marchant, il dit : « N'oublie pas maman. Pense bien à elle quoi que tu fasses. » Il s'attarda devant le cadre doré du portrait d'une jolie femme habillée de couleurs criardes. « Tu n'as pas eu le temps de bien la connaître. Mais sache que tes qualités, c'est d'elle que tu les tiens. Et aussi ton sang hongrois. Ce qui vient de la famille Stein, en revanche, on ne devrait l'accepter que *cum beneficio inventarii*, comme disaient les juristes romains : après avoir éliminé tout ce dont on *ne* veut *pas* hériter ! Tu sais, je pense parfois que la fascination, le talent, le génie même, sont beaucoup moins importants qu'on ne croit. Ils sont pour les heures d'exception. Mais la vie est faite de quotidien. Une camaraderie dans laquelle on se sent bien et en sûreté – c'est *de cela* qu'on a besoin au quotidien –, et aussi de cet art majeur que je ne maîtrise toujours pas : celui d'être à la hauteur de l'existence, je veux dire de la prendre de bon cœur, avec optimisme et intelligence. Un art dans lequel ta mère excellait ! »

Le temps était venu.

« Porte-toi bien, papa, dit-elle, on se revoit bientôt.

– À bientôt mon petit ! Tu emportes des vêtements chauds ? Il peut faire un froid de canard en Italie en cette saison. » Il s'absorba dans un pli de sa cravate blanche de cérémonie.

« J'ai ma veste de fourrure. »

Une étreinte, un baiser. Puis Henriette se retrouva en bas dans le traîneau, et les chevaux se mirent en route. Il neigeait toujours. Elle ne sentait ni les flocons ni le froid ; toute raide dans l'étroit véhicule à deux places, elle se répéta : « Pense bien à maman. » C'est *parce* qu'elle avait pensé à maman qu'elle s'appelait maintenant madame Alt. Ce qu'on pouvait en faire accroire à un homme de son vivant – et même après sa mort ! Papa restait tellement persuadé qu'elle avait été une femme fabuleuse ! Il lui aurait fallu toutes les preuves accablantes de monsieur Jonescu pour le convaincre qu'il s'était lourdement trompé.

Ça la soulageait presque de penser au maître-chanteur. Sans lui et n'eût-elle dû empêcher à tout prix que papa n'apprenne combien sa confiance aveugle en maman avait été ridicule, elle ne serait pas obligée d'entreprendre maintenant un voyage avec monsieur Franz Alt. Mais le sieur Jonescu existait bel et bien. Il avait même eu le front d'envoyer un télégramme de félicitations. Le beau-frère Otto Eberhard avait lu sa dépêche.

Elle secoua violemment la neige de ses cheveux. Lui n'avait pas envoyé de félicitations pour son mariage. Quand il s'agissait d'une promenade ou de mourir ensemble, Il savait lui envoyer des messages ! Un drôle d'égoïste !

Mourir ensemble ! Elle rougissait encore de honte en repensant à la comédie qu'Il lui avait jouée l'autre fois – et dont elle avait été si sottement dupe. Il n'y avait donc pas qu'aux hommes, aux femmes aussi on pouvait faire croire toutes sortes de fables – qu'on était un homme charmant, plein de tact, irrésistible, par exemple. Alors qu'on n'était en fait qu'un poseur sans cœur et ambitieux, à qui il fallait l'absence de scrupule d'une Mitzi Kaspar ou l'admiration béate de cette petite Marie Vetsera. Faux ! Il Lui fallait les deux ! Même si depuis quelques semaines Il ne s'occupait plus que de cette scandaleuse petite Grecque. Avant-hier chez l'ambassadeur d'Allemagne, elle s'était conduite de manière impossible, toute la ville en faisait des gorges chaudes !

Henriette passa devant le fleuriste où le cocher Bratfisch avait coutume de venir la prendre. Il y avait toujours eu des violettes pour elle dans la voiture. Maintenant les violettes étaient pour l'autre ! Au bal du prince de Reuss, cette Marie Vetsera en avait dans les cheveux et au décolleté, c'était dans le journal, et aussi qu'elle « s'était entretenue longtemps avec l'ami intime du prince héritier, le comte Joseph Hoyos, récemment promu au grade de conseiller privé ». Tant mieux, se dit Henriette. Il y a des choses qu'on croit impossibles, et quand elles se produisent malgré tout, elles vous aident. Qu'il ne m'ait pas envoyé de violettes, de félicitations, pas un signe, pas un mot – cela me facilite les choses. Elle s'efforçait désespérément de le croire.

La neige tombait, drue. N'était-ce pas merveilleux de s'en aller vers le soleil ? Venise était une ville fabuleuse, à ce qu'on disait. Quand elle serait revenue à Vienne, elle se ferait faire des robes chez Spitzer. Des chapeaux chez la Passecker. De vrais modèles de Paris. Elle aurait une loge à l'Opéra. Et elle enverrait des cartes lithographiées : *Madame Henriette Alt. Les mardis et les vendredis, de cinq à sept heures.* Ce mariage ferait son bonheur. Elle songea à l'homme qui faisait partie de ce bonheur et fourra ses mains glacées dans son manchon.

Quand elle pénétra dans la maison, elle dut reprendre son souffle, son cœur battait à se rompre, serré d'une peur atroce. Je suis folle, se dit-elle, toutes les filles de Vienne m'envieraient, demain matin je serai à Venise. Mais c'est tout juste si elle parvint à monter l'escalier. « Longue vie à elle ! Longue vie à elle ! Longue vie à elle ! » Elle fut accueillie par un chœur de voix dans l'antichambre d'Otto Eberhard. Sept à huit messieurs l'acclamaient en levant leur verre, et le colonel Paskiewicz commanda : « Lieutenant de réserve Alt ! Demi-tour. Droite ! » Franz se posta à côté d'elle et lui offrit son bras. « Pourquoi as-tu couru comme ça ? demanda-t-il. Tu es tout essoufflée ! » Le couple fit son entrée chez le premier procureur entre la haie d'honneur des amis de la maison. Odeur de cigare. Bruit. Les invités qui étaient restés après le repas de noces semblaient avoir mis à profit l'absence d'Henriette – le teint rouge, le verbe haut, ils se laissaient aller aux remarques frivoles et aux clins d'œil grivois.

« *Je ne sais pas lire, encore moins je sais écrire, enfant en guise de mentors, on ne m'a donné que des porcs… Ce fut toute ma vie ma seule poésie ! Ah c'est le cochon ! Cet animal si doux si bon, auquel nous devons le jambon !* », un ami entonna d'une voix de stentor le couplet désormais fameux de la nouvelle opérette *Le Baron tzigane*. Henriette l'avait-elle vue ? « Pardon ! J'avais complètement oublié que Madame n'est, disons, "apte à l'opérette" que d'aujourd'hui », s'excusa-t-il en conseillant à Henriette de s'accorder ce plaisir dès qu'elle serait revenue « des nuits vénitiennes », c'était à deux pas. Il voulait dire que l'opérette se jouait en face au Stadttheater, dans la Seilerstätte ; même le premier procureur, détendu par la bonne chère, tint à remarquer que Son Excellence le ministre de la Justice avait loué la musique et le jeu des acteurs ; il s'abstint toutefois d'évoquer l'intrigue.

« Et si nous y allions ? » suggéra Henriette. Ça lui paraissait être un bon moyen d'échapper aux sourires entendus et aux clins d'œil grivois. « Nous aurions le temps de voir le spectacle avant le départ du train ! Qu'en penses-tu, Franz ? J'aimerais beaucoup cela ! » On venait juste d'apporter le potage.

Élégante dans sa robe scintillante en lamé rose saumon, madame Elsa lança à son époux un regard qui en disait long. Otto Eberhard objecta froidement : « Vous aurez bien le temps à votre retour ! » Mais il fut mis en minorité dans sa propre maison par Pauline Drauffer, son mari, le peintre, qui avait déjà vu la pièce deux fois, et le colonel Paskiewicz, le plus bruyant des trois. Franz, depuis sa naissance sous l'emprise de son aîné, aurait préféré dire non. Mais il lui en coûtait de repousser le premier souhait qu'Henriette exprimait le jour de leur mariage. « Tu y tiens vraiment ? » demanda-t-il, hésitant. Son teint à lui aussi était rougi par la boisson.

Elle y tenait ; on se disposa donc à partir – une incorrection sans nom de déserter ainsi un souper de mariage prêt à être servi ! fulminait l'ex-baronne Überacker. Mais les messieurs de la maison, triomphants, vidèrent leur verre en vitesse, et le cigare à la bouche, le manteau jeté sur l'épaule et le haut-de-forme de guingois, se constituèrent tous trois en garde d'honneur d'Henriette. Le colonel Paskiewicz, qui arborait l'uniforme de gala de son régiment de dragons et la médaille de la couronne de fer gagnée à Sadowa, dédaigna son manteau. Les mariages lui tenaient chaud ! affirma-t-il.

« Est-ce bien sensé ? demanda Franz en aidant Henriette à traverser la chaussée enneigée.

– Faut-il toujours que tout soit sensé ? »

Plus l'heure avançait, plus la panique l'envahissait. Peut-être vais-je m'enfuir, lui échapper ? pensa-t-elle. Elle avait avalé tout à l'heure un verre de tokay en espérant que ça l'aiderait un peu. « Un tokay tout droit venu des caves de l'empereur », avait précisé fièrement Otto Eberhard. Mais les caves de l'empereur ne l'avaient pas aidée.

De leurs deux loges rouge et or plongées dans l'obscurité, ils voyaient maintenant le chef d'orchestre manier sa baguette avec passion. C'était le compositeur en personne qui dirigeait. L'ouverture était commencée, mais le rideau aux génies drapés d'étoffes et aux nymphes dénudées restait baissé. « Bravo, Strauss ! » clamèrent les Viennois jusqu'à ce qu'il se retourne en souriant et pose une main sur son cœur pour remercier, avant de refaire face à l'orchestre et de lever impétueusement les deux mains pour donner le signal d'attaquer le premier acte.

Le rideau se leva sur un paysage villageois de Hongrie ; les feux de la rampe éclairaient une de ces scènes d'opérettes proscrites aux jeunes filles, mais aussi l'homme qui était à présent son mari. Peut-être vais-je m'enfuir ? se redit-elle. Dans deux heures je serai seule avec lui ! Elle eut un petit cri étouffé qui passa pour un soupir. « Ça ne va pas ? » demanda le beau-frère Drauffer assis derrière elle.

Elle secoua la tête. « Girardi est fantastique », dit-elle.

Le comédien Girardi jouait le Hongrois qu'on nommait Zsupan sur le programme ; il imitait irrésistiblement l'accent, les gestes et les paroles de l'analphabète roué qui chanterait plus tard la chanson du cochon. « Attention », chuchota le peintre à Henriette, en partie parce qu'il était un habitué du théâtre, en partie parce qu'il devinait ce que la jeune fille ressentait. « C'est Ilka Palmay. C'est Streitmann ! » Le couple qui était en scène entamait un duo devant la baguette de monsieur Strauss. « Qui nous unit ? » demandait monsieur Streitmann, le ténor ; à quoi madame Palmay répliquait : « Dis-le ! », et monsieur Streitmann de déclarer : « L'amour a béni notre hymen ! » Madame Palmay, qui n'en attendait pas moins, dévoila alors le lieu de l'hymen avec cette évidence du *Singspiel*, qui fait réagir d'une même voix les différents partenaires dans les situations les plus imprévues : « Notre témoin, ce fut l'étoile qui luit dans les cieux. [...] Et pour l'office divin, le ciel servit d'église ! L'amour, oui l'amour a béni notre hymen / Aucun ne remplirait mieux un tel emploi, je gage ! L'étoile, l'étoile qui luit dans les cieux. »

Avant même que le livret fît allusion à leur situation, Franz avait cru remarquer que les acteurs s'étaient tournés vers la loge qu'il occupait avec Henriette – mais là plus aucun doute. Monsieur Strauss lui-même (instruit par un billet du peintre Drauffer discrètement glissé à l'orchestre) s'était retourné et levait sa baguette pour les saluer, montrant toute la considération qu'il avait pour le propriétaire de la célèbre fabrique de pianos. Au comble de la fierté, le marié chuchota : « Tu as vu ça, Hetti ? »

Elle ne retenait rien. De la scène qu'elle s'efforçait fébrilement de fixer et de la musique dont elle entendait le charme sans le savourer, ne lui restait qu'un vague brouhaha criard. Je n'ai jamais eu peur ! Je ne vais pas commencer maintenant ! tentait-elle de se persuader. Dans son fauteuil doré tendu de velours rouge, elle essayait de rire et de s'amuser comme les autres, qui tournaient vers l'acteur Girardi des visages rayonnants. « La lecture et l'écriture », venait-il de chanter. Ce fut le délire. Il avait déjà dû bisser le couplet, mais on voulait l'entendre une troisième fois. Les applaudissements pleuvaient, les fleurs volaient devant le trou du souffleur, et le compositeur flatté leva sa baguette, prêt à se plier au bon vouloir de ses chers Viennois. La gracieuse silhouette de Girardi sortit nonchalamment des coulisses, les épaules un peu effacées, les lèvres étirées en un sourire sarcastique dans son visage étroit, pareil à un masque, qui semblait dire : « Faire leur bonheur, c'est faire leurs quatre volontés ! »

De l'autre côté des coulisses avait surgi un monsieur en costume de ville, non grimé, extrêmement pâle au contraire, qui, lui aussi, se dirigeait vers le milieu de la scène, mais bien plus hâtivement. Quelques spectateurs cherchèrent son nom dans le programme, mais déjà il avait commencé à parler, d'une voix qui se brisait, et, en quelques secondes, le ravissement général se figea. Les gens le fixèrent, horrifiés. Il venait leur annoncer que Son Altesse Impériale et Royale le prince Rodolphe avait succombé à une crise cardiaque. Le théâtre fermait ses portes en signe de deuil et le public était prié de se retirer dans le calme que requérait le tragique événement. L'homme avait disparu dans les coulisses depuis longtemps que nul n'osait encore bouger.

Le lustre central et les rampes des loges s'allumèrent, le rideau aux génies et aux nymphes nues s'affaissa, les musiciens emballèrent leurs instruments, les gens se levèrent de leur siège. Certains avaient l'air aveugle. Quelqu'un cria de la galerie : « Jésus, Marie, Joseph ! » Ce fut comme un signal, de bruyants sanglots retentirent. Un autre lança : « Avant-hier soir, il dansait encore à l'ambassade d'Allemagne ! », réveillant un peu l'optimisme légendaire des Viennois. Peut-être était-ce une fausse annonce ?

Quand on arriva au vestiaire, on entendit les cloches de Saint-Étienne et de Saint-Augustin. Sourdes. Dures. Continues. Il n'y avait donc plus aucun doute.

Devant le numéro 10 de la Seilerstätte, les nouveaux époux prirent congé de leurs parents. Ceux-ci rentrèrent dans la maison. « Tu ne veux pas monter aussi un moment ? demanda Franz à Henriette qui ne faisait pas mine d'entrer. Tous tes bagages sont encore en haut. Et tu prendras peut-être un peu de café avant de partir ?

– Allons-nous seulement partir ?

– Comment ça? Tu veux dire, à cause du prince héritier ? »

Elle voulait dire, à cause de l'être qu'elle avait adoré.

« Oui, dit-elle.

– C'est bien sûr une catastrophe épouvantable, que tout Autrichien déplore. Mais finalement – cela ne nous regarde pas personnellement, dit Franz.

– Moi si !

– Pardon, pardon ! J'ai complètement oublié que tu as eu un petit béguin pour lui !

– Penses-tu que ce soit bien le moment de partir se distraire ? » Mais ne comprenait-il rien ?

Il recula d'un pas, brusquement.

« Tu veux dire que nous devrions remettre notre voyage de noces ?

– Je veux aller aux obsèques. Toi aussi, non ?

– Je te prierais de me laisser exprimer mes désirs moi-même ! Je ne suis pas chambellan et toi duchesse ! Nous n'avons absolument rien à faire aux obsèques ! »

Est-ce qu'on mourait d'aspirer la neige à pleins poumons ? Elle avait lu ça un jour.

La neige tombait sans discontinuer. « J'irai à l'enterrement ! J'irai à l'enterrement ! » Elle inspirait les flocons à pleins poumons.

« Tu n'iras *pas* à l'enterrement, tu pars à Venise avec moi dans une demi-heure ! Tu entends ? Mais qu'est-ce que tu fais ? Tu veux attraper une fluxion de poitrine ? »

Les cloches de Saint-Étienne et de Saint-Augustin sonnaient le glas. Celles de Saint-Michel s'étaient jointes à elles. Elles criaient. Accusaient. Se brisaient. Se fracassaient. Rien ne leur échappait. Tout volait en éclats.

Henriette se retourna et se mit à courir. Un vertige la prit. Ses tempes battaient violemment. Le seul être pour qui cela avait un sens de vivre et de mourir était mort. S'enfuir !

Loin ! Loin ! Loin !

Il la rattrapa à la porte de l'Annagasse. « Tu perds la tête ? »

Elle le repoussa, continua à courir, glissa sur la neige poisseuse. Il l'aida à se relever. Le visage décomposé, il se pencha sur elle. « Tu me fuis ? Moi ? *Hetti !* »

Elle entendit sa question. Son désespoir. Elle vit son visage. « Pardonne-moi ! » dit-elle. Elle commença à se justifier. « Je crois que j'ai bu trop de tokay.

– Évidemment ! dit il, délivré. Quand on n'est pas habitué – et le choc en plus ! J'aurais dû m'en douter. Excuse-moi ! Alors nous partons ? »

Elle acquiesça.

7

Promenade en gondole

La gondole glissait sans bruit. On n'entendait que le clapotis de la rame du gondolier debout devant eux. Il n'y avait pas un nuage. Se pouvait-il qu'il eût neigé la veille à Vienne ?

Dans les *giardini pubblici*, les glycines héliotropes tendaient leurs corolles vers le soleil. L'eau sentait le poisson. L'air vibrait d'un scintillement bleu.

Quand on se laissait aller contre les coussins de la gondole, on avait le visage inondé de soleil. Une nuit seulement pour passer de l'hiver à cette chaleur ? Tout était différent ; rien ne correspondait à ce qu'elle avait imaginé. Henriette n'aimait pas les odeurs de poisson, mais les couleurs et le clapotis de l'eau sur la façade des palais l'enchantaient.

« Eh ! » lança le gondolier en guise d'avertissement à une autre gondole noire, avant de tourner une deuxième fois dans le Canale Grande. « *Guardi, Signora ?* » De nouveau cette belle église, Santa Maria della Salute. Là, le campanile San Marco et le Palais des Doges qu'ils avaient visité en premier. Et là-bas, le Ponte dei Sospiri. « *Guardi ?* »

En habitué de Venise, Franz lui conta l'histoire du Pont des Soupirs. Si seulement il avait laissé parler le gondolier! Ses paroles étaient si mélodieuses, ses mimiques si expressives!

« Nous voici presque revenus au Danieli, dit Franz.

– Déjà ?

– Ça fait deux bonnes heures que nous nous promenons en gondole ! Tu n'as pas faim ? J'avoue que je me réjouis à l'idée des scampi et d'un bon risotto.

– On ne pourrait pas se promener encore quelques minutes ? » demanda-t-elle. S'évader de la réalité ! Gondoles noires, paroles mélodieuses.

« Eh bien, entendu. Encore dix minutes ! » Et au gondolier, dans l'italien épouvantable avec lequel il plastronnait devant elle :

« *Allora dieci minuti, capisco ?*

– *Va bene, Signore !* »

Le gondolier ne put s'empêcher de sourire. Il guida la barque vers la lagune.

Se rapprochant sur les coussins noirs, Franz passa son bras autour de ses épaules. Elle resta de marbre. Vexé, il prit le *Neues Wiener Tagblatt* qu'il avait acheté place Saint-Marc. « Qu'à cela ne tienne ! Je peux aussi lire mon journal », dit-il.

L'indolence anesthésiante qui l'avait envahie persistait. Tout était irréel. La nuit : un cauchemar. Rodolphe n'était pas mort. Tout cela n'était que mensonge !

« Ça alors ! s'écria Franz. N'est-ce pas incroyable ? »

L'eau clapotait le long de la quille. L'or de la coupole de San Marco brillait au soleil. En fermant les yeux, on pouvait se croire au loin, très loin, où naviguaient les voiliers. Voiles rouges à l'horizon.

« Écoute ça, Hetti ! Un suicide ! »

Elle cligna des yeux sur son siège noir sans cesser d'écouter le bruit apaisant de l'eau. Quoi ? Sans importance. Ne pas laisser les voiles rouges disparaître !

« Eh ! » s'exclama avec humeur le gondolier à l'adresse d'une gondole qui venait droit sur eux au lieu de les éviter. Quel son étrangement excitant ! C'est par le Ponte dei Sospiri qu'on faisait passer les condamnés à mort ? Elle n'était pas forte en histoire. Heureusement que papa ne lui avait infligé d'autre pensum que le Palazzo Vendramin Calergi. Elle referma les yeux, épuisée, éblouie par le soleil.

« … "qu'il ait succombé à une crise cardiaque dans son pavillon de chasse de Mayerling à Baden ne correspond pas à la réalité. Son Altesse Impériale et Royale le prince héritier s'est, nous l'apprenons d'instances haut placées, suicidée dans un moment soudain d'extrême confusion mentale"… Tu entends, Hetti ? Et tu peux me croire, ce n'est pas toute la vérité ! Il suffit de comparer les télégrammes que l'empereur a adressés à Guillaume de Prusse et au pape ! Là ! Voici sa dépêche à l'empereur Guillaume : "J'ai la terrible douleur de te faire savoir que le prince héritier est subitement décédé en chassant à Mayerling. Une défaillance cardiaque probablement." Et au pape – malheureusement je ne parle pas le français aussi bien que toi : "*C'est avec la plus profonde douleur que je viens annoncer à Votre Sainteté la mort subite de mon fils Rodolphe. Je suis sûr de la part sincère qu'Elle prendra à cette perte cruelle ; j'en fais sacrifice à Dieu, auquel je rends sans murmurer ce que j'ai reçu de Lui. J'implore pour moi et ma famille la bénédiction apostolique**." Pas un mot de la crise cardiaque ! On ne ment pas au pape ! »

Des mots à son oreille, elle les avait entendus, ils avaient autant de sens que le gargouillis de l'eau contre la quille de la gondole. Soudain leur signification s'imposa avec une telle force, qu'émergeant du monde irréel où elle était plongée, elle lui arracha le journal des mains. « S'est suicidée. [...] Les informations que nous avons données hier sur les causes du décès de son Altesse Impériale et Royale le prince héritier ne correspondent pas à la réalité. Son Altesse Impériale et Royale Le prince héritier s'est, nous l'apprenons d'instances haut placées, suicidée dans un moment soudain d'extrême confusion mentale. » Elle tourna la page avec des doigts de plomb. Les syllabes se brouillaient. Elle les fixa jusqu'à ce qu'elles fussent lisibles :

« Nous sommes en mesure de communiquer à nos lecteurs le rapport médical dans son intégralité.

> *Lors de l'autopsie de la dépouille de S.A. Impériale et Royale le prince Rodolphe, héritier de la couronne, effectuée au Palais Impérial et Royal à Vienne dans le respect des normes en vigueur par les spécialistes médicaux habilités, il a été établi, sur la base des résultats consignés dans un rapport, un certificat dont l'authenticité est attestée par la signature des médecins concernés et dont la teneur est la suivante :*
>
> *1. Son Altesse Impériale et Royale feu le prince héritier est mort d'un fracassement du crâne et des parties antérieures du cerveau.*
>
> *2. Ce fracassement a été causé par un coup de feu tiré à bout portant contre la région temporale droite antérieure.*
>
> *3. La blessure décrite plus haut a pu être produite par un revolver de moyen calibre.*
>
> *4. Le projectile n'a pas été retrouvé, car il est ressorti par un orifice constaté au-dessus de l'oreille gauche, causé par le coup de feu.*
>
> *5. Il est acquis que le coup de feu émanait de Son Altesse Impériale et Royale et que la mort est survenue instantanément.*

6. Les fusions prématurées des sutures sagittale et coronale, la profondeur frappante de la boîte crânienne et des empreintes en forme de doigts à la surface interne de l'os crânien, l'aplatissement net des circonvolutions et la dilatation de la cavité du cerveau sont autant de caractères pathologiques qui accompagnent généralement les états mentaux anormaux et permettent de conclure que l'acte a été accompli dans un état de confusion mentale.

Docteur
E. Hofmann
Conseiller aulique,
médecin légiste

Professeur
Dr Hans Kundrat
Directeur de l'Institut
d'anatomie pathologique
(ayant procédé à l'autopsie)

Professeur Dr Hermann Widerhofer
Médecin personnel de S.A. le prince héritier
Attaché à la famille de S.M. Apostolique Impériale et Royale

Elle le lut deux fois. Fou ? C'est ce faux qui était fou, et méchant ! Un malade mental ? L'esprit le plus brillant qui fût !

« Rentrons ! réclama-t-elle.

– Ne crois-tu pas plutôt qu'il a été assassiné ? Pourquoi se serait-il suicidé ? S'il y a quelqu'un au monde qui n'avait aucune raison de se suicider, c'était bien l'héritier de la couronne d'Autriche ! Tu ne trouves pas ?

– Je ne sais pas.

– Mais tu le connaissais ! Ne t'a-t-il pas donné l'impression d'un homme qui a joui de la vie comme personne ? »

Le jour de mon mariage ! se disait-elle. C'est le jour de mon mariage qu'il s'est suicidé ! « Je ne sais pas », répéta-t-elle. Les voiliers rouges avaient disparu. La mer offrait le visage lisse et perfide qui masque la trahison et la dissimulation.

« Bon, c'est vrai… on n'est pas à l'intérieur des gens », répondit-il.

Ils avaient accosté entre les piquets qui émergeaient de l'eau devant le Danieli. Le gondolier soupesa dédaigneusement le prix de la course dans la paume de sa main et demanda plus, il eut gain de cause, remercia d'un *Grazie tanto !* et aida la signora à débarquer.

Le choix de la table dans la salle à manger où elle fut bien forcée de l'accompagner en évoluant dans une sorte de brouillard prit du temps. En bon Viennois, Franz dédaigna les propositions du *chef de salle**, qui lui recommandait une table côté ombre ; il opta pour le côté soleil. Avec cette répugnance des Viennois pour les menus fixés à l'avance, il refusa d'emblée la carte et donna au serveur des consignes précises sur ce qu'il souhaitait manger et la façon dont il voulait que ce fût préparé. Son ton en ces occasions l'avait déjà irritée au cours du voyage. Son père à elle avait toujours été d'une exquise courtoisie avec les porteurs, les contrôleurs, les cochers ou les serveurs ; quant à Rodolphe, il les traitait en amis personnels.

« Ne bois donc pas avant de manger, Hetti ! »

Elle avala un petit morceau de *pane lungo.* Quand on faisait semblant de manger et qu'on buvait très vite de ce chianti frais, rien n'avait plus d'importance. Son père devait avoir reçu son télégramme à présent : VOYAGE EXCELLENT, TRÈS BIEN ARRIVÉE. Il le montrerait à Therese, qui dirait d'un ton vexé : « C'est très bien, m'sieur le conseiller ! »

Elle les voyait tous les deux devant elle, mais ne pleura pas. Si Franz était un Viennois typique, Henriette était, elle, le pur produit d'une époque où le sentiment de parfaite sécurité éveillait le désir du danger, et même de la souffrance. Cent ans plus tôt on parlait de « mal du siècle». Le nom s'en était perdu depuis longtemps, mais le romantisme à la Werther hantait toujours les têtes d'une génération protégée du moindre souffle de vent. Ces jeunes gens esclaves de leurs sentiments n'avaient nullement conscience qu'ils surestimaient les sentiments en ne vivant que pour eux.

«Signora Alt?

– Si?

– Un telegramma.»

Un chasseur en costume rouge tendit une enveloppe à Henriette.

«Ce sera la réponse de papa», dit-elle. Elle posa le télégramme à côté de son assiette.

«Tu ne l'ouvres pas?» S'emparant du papier gris étroitement plié, Franz en lut l'adresse du recto: *Sa Grâce Henriette Alt, née Stein, Hôtel Danieli, Venise.* «Ton père est drôlement cérémonieux et bien précis! observa-t-il en reposant la dépêche.

– C'est vraiment ce qui est écrit? demanda-t-elle, avant de lire l'adresse elle-même. Vraiment curieux que papa ait dicté "Sa Grâce".» Elle ouvrit le télégramme: DEMANDONS RETOUR IMMÉDIAT ET COMPARUTION AU PLUS TÔT À LA CHANCELLERIE DU CABINET DE S.M. IMPÉRIALE ET ROYALE.

«C'est de ton père?»

Elle acquiesça.

«Du nouveau?

– Il me remercie de ma dépêche.

– Tu me fais voir?

– Bien sûr. Les scampi sont délicieux. Tu ne pourrais pas m'en redemander?

– Garçon! s'écria-t-il, ravi. J'ai enfin trouvé un plat à ton goût! Garçon! Ces fichus drôles ne sont jamais là quand on a besoin d'eux! *Cameriere! Ancora una porzione scampi!*

– *Subito, signore!*»

Avec cette indifférence vis-à-vis de l'assistance qu'elle détestait en lui, il posa sa main sur la sienne; mais cette fois elle la toléra, elle répondit même à la pression de ses doigts. «Regarde ce que tu as fait! s'écria-t-elle. Maintenant, on ne peut plus rien lire!» Le papier qu'elle avait en main était froissé. Elle le déchira en petits morceaux et demanda au serveur de l'emporter.

«Ce n'est pas si grave», dit-il, se sentant coupable.

Le cerveau d'Henriette s'activait fébrilement. Il ne pouvait s'agir que de Rodolphe bien évidemment. Elle devait partir aujourd'hui même. Franz ne devait à aucun prix apprendre pourquoi. Sinon elle ne pourrait plus lui demander pour ce Jonescu et elle aurait fait tout ça pour rien!

«Dis-moi, Hetti, comment se fait-il que le télégramme de ton père soit déjà arrivé? Quand lui as-tu donc télégraphié?

– Avant que nous montions en gondole.

– Une heure pour l'envoi et une autre pour la réponse? Je dois reconnaître que la poste italienne fait des progrès! Normalement, ici, c'est une pagaille *non plus ultra*!»

Il fallait qu'elle l'amène à la laisser partir pour Vienne ce soir, sans qu'il sache pourquoi. C'était totalement impossible, mais il fallait accomplir l'impossible. Pendant tout le reste du repas, elle se cassa la tête sur ce problème. Aucune idée ne lui vint.

Quand ils eurent regagné leur chambre et qu'il s'assit à côté de la méridienne où elle s'était allongée, elle lui demanda combien de temps il voulait rester à Venise.

« Tu le sais bien, trois semaines. Pourquoi ?

– Parce qu'il faut que nous partions ce soir.

– Ne dis pas de sottises !

– Sérieusement, Franz. Nous le devons, c'est-à-dire, moi. Tu peux rester ici naturellement.

– Tu expérimentes une nouvelle manière de taquinerie ?

– Je suis vraiment désolée, mais dans le télégramme il était écrit… » Elle n'avait pas la moindre idée de ce qu'elle allait bien pouvoir dire.

« Je m'en suis douté tout de suite, il n'était pas de ton père !

– Mais si c'était de lui ! Je veux dire – à cause de lui. » Elle avançait chaque mot à tâtons, comme une somnambule.

« Mais qu'est-ce que ça signifie ?

– Il faut que je rentre à cause de papa », dit-elle, se décidant à mentir.

Jusqu'ici, l'expression de Franz avait hésité entre l'incrédulité et l'amusement. Là, il devint sérieux : « Quelque chose de désagréable ?

– Assez.

– Il est malade ?

– Non, Dieu merci.

– Alors quoi ? Mais parle ! As-tu si peu confiance en moi ?

– Tu as bien vu que je voulais te faire lire le télégramme ! Il était écrit que je dois être absolument à Vienne demain matin.

– Et comment sais-tu que c'est à cause de ton père ?

– Hier, quand j'étais chez lui, il m'a dit que je recevrais peut-être un télégramme de ce genre. » Elle s'entendait parler, ça avait l'air plausible.

« Je n'y comprends fichtrement rien ! Ce télégramme disait *quoi* exactement ? Pourquoi ne me le dis-tu pas ?

– C'est inutile de m'interroger ! Il s'agit de quelque chose qui ne regarde que papa. C'est pour cela que je ne peux pas te le dire. » Une bonne idée ! « Ce n'est pas une affaire ! Laisse-moi partir ce soir, après-demain je serai de retour auprès de toi. D'accord ? » Une fois le début trouvé, le mensonge lui venait aux lèvres avec une spontanéité qui l'étonnait elle-même.

« Qu'est-ce que tu t'imagines ? Tu crois que je vais te laisser faire deux énormes voyages comme ça toute seule ? Tu es partie hier ! Et tu veux repartir aujourd'hui pour revenir demain ?

– Bon, entendu ! Je ne reviendrai que samedi.

– Tout ce que je vois, c'est que je te suis complètement égal ! Tout t'importe davantage que moi ! »

Maintenant il fallait jouer serré : « Tu sais bien que ce n'est pas vrai ! » Elle ferma les yeux et l'embrassa.

« Je ne sais rien du tout », répondit-il, désarmé par le premier baiser qu'elle lui donnait de son plein gré. « C'était pour mieux m'amadouer ? demanda-t-il aussitôt, méfiant.

– Ne dis pas de bêtises ! » Ses yeux étaient toujours fermés.

« Je fais malheureusement partie des hommes qui se laissent amadouer ! »

Avec sa tendresse un peu empruntée il la prit dans ses bras, non sans hésiter, comme s'il craignait que le prochain battement de ses paupières ne lui révèle combien elle tenait peu à lui.

8

La tradition Metternich

À Tarvisio ils obtinrent les *Wiener Abendblätter*. Elles publiaient un encart discret intitulé *Une lettre du prince héritier*. « Dans la lettre ci-dessous, feu le prince Rodolphe a institué le comte Ladislaus von Szögény-Marich, directeur au ministère des Affaires étrangères, son exécuteur testamentaire : “Cher Szögény ! Tu trouveras ci-joint sous pli cacheté un codicille au testament que j'ai rédigé il y a deux ans. Mes papiers les plus importants sont à la Hofburg dans mon bureau, je laisse à ton appréciation ce qu'il conviendra d'en rendre public. Je dépose la petite clé sur la table du divan. Quand tu liras ces lignes, je ne serai plus en vie. Je t'en prie, prends soin de mes chiens. Black, mon chien de chasse, ira à Latour qui le traitera bien en souvenir de moi. Donne Kastor et Schlieferl à Bombelles. Le premier est un animal bon et fidèle, et le second rit si joliment. Je salue chaleureusement tous nos amis. Que Dieu bénisse notre patrie ! Rodolphe.” »

« Ça m'a plutôt l'air d'un suicide, effectivement », dit Franz qui avait lu l'article à voix haute, allongé sur la couchette supérieure du wagon-lit. « Dire qu'il n'a pas fait de l'empereur son exécuteur testamentaire !

– De quand est la lettre ?

– Ce n'est pas marqué. Pourquoi ?

– Ces cahots sont insupportables !

– Et toi qui pensais repartir demain ! Tu veux que j'éteigne la lumière ?

– Non !

– Essaie de dormir, ma chérie. Ça fait des heures que tu es couchée là tout éveillée !

– Oui ! Je te remercie encore de m'avoir accompagnée. C'était vraiment adorable de ta part. » Surtout ne pas s'endormir !

« Quelle enfant tu fais ! Tu croyais peut-être que j'allais te laisser partir toute seule ? Mais il vaut mieux que j'éteigne, non ?

– Non ! »

Depuis que le train avait passé la frontière autrichienne, il roulait deux fois plus vite. Les rideaux bleus laissaient percer les lueurs des réverbères qui surgissaient et disparaissaient aussitôt. Menaçant. Tout. Ce compartiment exigu. Rouler de nuit. Être avec quelqu'un la nuit. En fait, le mariage était une prison.

« Tu ne dors pas ? »

Elle ne dormait pas.

« Dis-moi, tu es toujours aussi triste qu'il soit mort ?

– Pardon ?

– Je veux dire… avant-hier tu voulais t'enfuir. Tu as toujours envie de me quitter ? »

Est-ce que ça allait continuer indéfiniment ? Demain, après-demain – toute la vie ! « Non, dit-elle tout bas.

– On ne peut pas dire que tu y mettes beaucoup de conviction !

– Alors ne m'interroge pas. »

Les secousses régulières du train. Quand elle était petite, pendant les voyages en chemin de fer, elle se disait un refrain qui lui semblait s'accorder merveilleusement au bruit des roues : « *Tata Taratata – Tata taratata...* »

« Hetti ?

– Quoi ?

– Rien. Bonne nuit. »

Au bruit du train se mêlait maintenant celui d'un ronflement. « Quand tu te marieras, l'élu ne devra ni ronfler ni fumer le cigare », l'avait taquinée parfois son père. Demain il lui demanderait si elle était heureuse ! Je t'en prie, prends soin de mes chiens. Demandons retour immédiat et comparution au plus tôt à la Chancellerie du Cabinet de Sa Majesté. Devait-elle y aller directement de la gare ? Mais à huit heures, la Chancellerie du Cabinet n'était sans doute pas encore ouverte ? Peut-être valait-il mieux aller d'abord chez son père, c'est ce qui paraîtrait le plus normal à Franz. Descendre Karolinengasse. Attendre dans l'entrée qu'il soit reparti. Prendre un traîneau. Avec un peu de chance personne ne la verrait. « Le premier est un animal bon et loyal, et le second rit si joliment »...

Elle eut de la chance. Quand huit heures sonnèrent, elle était dans un fiacre fermé. La neige de l'avant-veille avait disparu ; dans les rues, les drapeaux noirs flottaient sur toutes les façades.

Elle entra. Une femme armée d'un balai, d'un seau et d'une serpillière, qui faisait le ménage le matin, lui demanda : « Z'allez chez l'directeur ou l'sous-directeur ? »

Henriette ne savait pas chez qui elle allait. Elle allait à la Chancellerie du Cabinet de Sa Majesté Impériale et Royale. La Chancellerie ne s'était pas incarnée pour elle en un quelconque directeur ou sous-directeur. « Je ne sais pas, dit-elle. Je suis convoquée.

– Bah, alors c'est ben trop tôt ! L'sous-directeur arrive qu'à neuf heures. Et m'sieur l'directeur 'core plus tard ! »

Henriette dit qu'elle attendrait. Sur les deux hautes portes capitonnées de feutre vert étaient fixés de petits cartons avec des noms imprimés dans un cadre de cuivre. Elle s'était préparée à toutes les questions qu'on pourrait lui poser derrière ces portes. Elle se remémora une fois de plus les réponses qu'elle s'était dites et redites dans le wagon-lit, jusqu'à ce qu'elle les sache par cœur. « Et le second rit si joliment. » Cette phrase-là lui revint aussi à l'esprit. C'était la chose la plus triste qu'elle eût jamais entendue.

À neuf heures arriva un homme, qui suspendit son manteau et son chapeau dans un casier de la salle d'attente, coiffa un haut képi d'uniforme, étala un journal devant lui sur une table, sortit un sandwich enveloppé dans du papier gras et prit place derrière la table. « Z'êtes convoquée ? » demanda-t-il à la visiteuse, avant de se mettre à lire son journal et à mastiquer. Quand elle eut dit oui, il poursuivit sa lecture et sa mastication. Un quart d'heure après parut un monsieur en manteau d'astrakan que l'homme salua d'un « Mes respects, m'sieur l'sous-directeur ! » et qui s'éclipsa derrière les hautes portes vertes. Henriette sortit nerveusement son miroir de poche de son réticule et remit de l'ordre dans sa coiffure. Puis une demi-heure s'écoula.

« Je suis convoquée ! » rappela-t-elle à l'homme au képi rigide. Il désigna du pouce quelque chose derrière son dos et poursuivit sa lecture ; sur le mur derrière lui était affichée une pancarte : *Réception du public de 10 heures à 12 heures.*

Henriette insista : « Auriez-vous l'amabilité d'annoncer que madame Henriette Alt est là ? On m'a fait venir de Venise. » Elle posa un florin sur la table. L'homme empocha l'argent, toisa Henriette de la tête aux pieds, mais lui fit passer tout de suite une porte capitonnée sur laquelle était marquée *Dr Karl Sismar, Conseiller directorial.*

Le monsieur du même nom se leva derrière son bureau. « Je regrette infiniment que Madame doive attendre. Monsieur le directeur va arriver d'un moment à l'autre.

– Ne pouvez-vous régler cette affaire, vous-même ? » demanda Henriette en proie à une impatience extrême. Elle avait promis à Franz de venir le prendre à onze heures à son bureau et commençait à craindre qu'il ne se mît en relation avec son père si elle tardait.

« Ce n'est malheureusement pas possible, exclut le fonctionnaire. Madame a-t-elle fait bon voyage ?

– Merci, oui.

– Fait-il déjà chaud là-bas, dans le Sud ?

– Assez, oui.

– Une ville splendide, Venise !

– Splendide ! »

Dehors retentit un : « Mes respects, vot' Excellence ! » Aussitôt, Henriette fut introduite dans une autre pièce et se retrouva devant un petit monsieur qui avait l'air gelé et se chauffait le dos et les mains à un poêle de faïence blanc. Il avait gardé son manteau.

« Veuillez prendre place », dit-il en dévisageant Henriette d'un regard dénué d'ambiguïté, avant de demander :

« Vous étiez la maîtresse de feu le prince héritier ? »

Elle bondit.

« Veuillez rester assise.

– Je connaissais le prince. Je n'étais pas sa maîtresse.

– Non ? N'avez-vous pas eu des rendez-vous avec lui ? N'êtes-vous pas allée seule avec lui à Baden, à Vöslau, à Alland et à Mayerling ? Répondez, je vous prie. »

Elle acquiesça.

« Depuis quand le connaissiez-vous ?

– Depuis un an environ.

– Vous vous êtes mariée récemment ?

– Oui.

– Monsieur votre époux est-il informé de votre liaison… je veux dire de vos rapports avec feu le prince héritier ?

– Il sait que je le connaissais.

– Est-il informé des détails de vos relations ? Des promenades nocturnes en voiture ? Des rendez-vous en des lieux plus ou moins secrets ?

– Non.

– Pourquoi, si c'était tellement anodin ? Eh bien ? Répondez, je vous prie.

– Il ne me l'a pas demandé. S'il le fait, je le lui dirai. »

Jamais Henriette n'avait haï quelqu'un aussi vite.

Le petit monsieur abandonna le poêle et s'assit à son bureau. « Madame Alt, vous avez eu une entrevue avec Son Altesse Impériale feu le prince héritier à la Hofburg. Quand cela ?

– Début mai.

– Pourquoi a-t-il tenu à vous voir là et non dans l'un des endroits où avaient lieu vos rendez-vous habituels ?

– Je n'en sais rien.

– Vous n'en savez rien. Vous souvenez-vous de quoi il a été question lors de cette rencontre de mai ?

– Avec exactitude.

– Eh bien de quoi, je vous prie ? » demanda Son Excellence au bout d'un instant. Le ton d'Henriette l'avait manifestement fait hésiter.

« Il m'a dit qu'il avait demandé au pape l'annulation de son mariage.

– A-t-il fait un lien entre cette démarche et vous-même ? »

Avec cette rapidité d'esprit qu'elle avait dans les moments décisifs, elle nia.

« Ce n'est pourtant pas logique. S'il vous a vraiment fait venir pour vous dire cela, il faut bien qu'il ait eu un motif de le faire. Essayez de vous souvenir, madame ! Votre déposition peut être d'une portée considérable pour déterminer si Son Altesse le prince héritier a eu quelque raison de commettre le suicide.

– Puisqu'il s'est suicidé, il faut bien qu'il ait eu des raisons », répondit-elle d'un ton hostile. On lui avait inculqué le respect absolu des hauts fonctionnaires, mais les jours précédents avaient balayé tout ça. Le petit monsieur lança un regard en direction de la porte. « Avez-vous des suppositions à cet égard ?

– Le mariage de Son Altesse Impériale était très malheureux. En outre il existait un désaccord important entre lui et Sa Majesté. » Elle pesait chacun de ses mots.

« A-t-il mentionné cela expressément ?

– Oui, expressément.

– Également ce dernier point ? Je veux dire, le désaccord que vous évoquiez ?

– Surtout ce point-là.

– Vous rappelez-vous littéralement ses paroles ?

– Avec exactitude. »

Le petit monsieur parut avoir si froid qu'il retourna s'adosser au poêle. « Vous avez dit tout à l'heure que le prince s'était suicidé. Vous excluez toute autre éventualité ?

– Laquelle ?

– Vous connaissiez la baronne Marie Vetsera ?

– Moi ? Oui ? Vaguement. Pourquoi ?

– Quelle impression vous a-t-elle faite ?

– Je ne l'ai rencontrée que deux ou trois fois. Elle est tout à fait charmante.

– Vous ignorez que la baronne Vetsera n'est plus en vie ?

– Non ! » Elle avait crié.

« Qu'est-ce qui vous émeut ainsi ? Vous venez de dire que vous la connaissiez à peine ?

– Comment est-elle morte ? Quand ? » demanda-t-elle d'une voix blanche. Avec lui ! Elle était morte avec lui !

Le petit monsieur gelé répandait si bien le froid que toute la pièce lui paraissait glaciale, il lui répondit par une question : « Que voulez-vous dire, madame Alt ?

– Est-elle morte avec lui ? » Rivale insignifiante de son vivant, la petite Grecque avait pris le dessus dans la mort.

Son Excellence s'approcha du fauteuil où Henriette était figée, les yeux écarquillés. Il l'observa un moment avant de demander : « Qu'est-ce qui vous fait penser cela ?

– Je vous en prie, Excellence, dites-moi si Marie Vetsera est morte avec lui !

– Il semble qu'il en soit ainsi. Pour être exact – après lui. »

La petite Grecque n'avait pas été aussi lâche qu'elle !

Henriette tremblait tellement que l'autre demanda : « Vous ne vous sentez pas bien ? Désirez-vous quelque chose ? »

Elle ne désirait rien.

Puis, sans transition : « Aimeriez-vous être mêlée à une enquête criminelle, madame Alt ?

– Pardon ?

– Alors dites-moi la vérité ! Cela restera entre nous. Je vous le promets.

– J'ai dit tout ce que je savais.

– Avez-vous revu Son Altesse Impériale depuis le début mai ?

– Non.

– Son Altesse Impériale vous a-t-Elle écrit ou fait parvenir un quelconque message par une autre voie ?

– Non.

– Comment se fait-il alors que vous ayez pu connaître les rapports qu'entretenait feu Son Altesse Impériale avec la baronne Vetsera ? Ils étaient tout à fait récents.

– C'est la comtesse Larisch qui en a parlé.

– Comment connaissez-vous la comtesse Larisch ?

– Par le prince héritier.

– La comtesse Larisch a-t-elle arrangé des rencontres entre Son Altesse Impériale et vous-même ?

– Jamais.

– Madame Alt. Faites très attention à ce que vous allez dire. Veuillez maîtriser votre émotion. Chaque mot compte : que savez-vous des relations entre feu le prince héritier et le comte Károlyi ?

– Pardon ?

– Je m'exprime clairement, me semble-t-il. Le comte Stephan Károlyi, surnommé Pista Károlyi, membre du parti indépendantiste de la chambre hongroise des magnats. Après en avoir reçu la consigne de feu Son Altesse Impériale, il a tenu le 25 janvier à la chambre hongroise des magnats un discours virulent contre le projet de loi militaire du gouvernement de Sa Majesté. Que savez-vous de tout cela ?

– J'ai déjà dit que je n'ai pas revu le prince héritier depuis le mois de mai.

– Puis-je rafraîchir votre mémoire, madame Alt ? Vous avez évoqué de prétendus désaccords entre Sa Majesté et feu le prince héritier, vous savez certainement que ce dernier n'était pas bien disposé à l'égard de l'empereur Guillaume II de Prusse ?

– Non.

– Vraiment ? Mais vous savez certainement que Son Altesse le prince héritier avait dans l'idée qu'une alliance avec la Russie ou la France ou avec les deux servirait mieux les intérêts de la monarchie que celle qui existe présentement avec le Reich allemand ?

– Il ne m'a presque jamais parlé de politique.

– Presque. Donc quelquefois. Au cours de vos conversations, le nom du chef d'état-major, le baron von Beck, a-t-il été évoqué ?

– Une fois, je crois.

– Dans quel contexte ?

– Le prince héritier en a parlé comme d'un des principaux conseillers de Sa Majesté.

– Son Altesse Impériale a-t-Elle mentionné qu'Elle tenait le chef d'état-major pour un adversaire ?

– Non.

– A-t-Elle jamais évoqué la possibilité qu'Elle pourrait, en raison de projets personnels – disons, en raison de ses projets pour l'avenir de la Hongrie –, avoir à rendre des comptes à l'Autriche ?

– Jamais.

– A-t-il jamais été question de l'archiduc Johann ?

– Non.

– Vous comprenez le hongrois ?

– Un peu. Ma grand-mère était hongroise.

– Précisément. Alors vous devez savoir que la presse hongroise d'opposition a révélé le 26 janvier que le comte Pista Káraly avait reçu un courrier de feu le prince héritier avant son discours contre la politique militaire de la monarchie ? » La phrase claquait, sa sécheresse excluant tout démenti.

Le sang-froid auquel elle s'était astreinte l'abandonna. Elle éleva la voix : « Vous savez, Excellence, que le 26 janvier, mon mariage était imminent ! Et de toute manière je n'ai jamais lu les journaux hongrois !

– Et vous n'en avez jamais entendu parler non plus ? Par la comtesse Larisch peut-être ?

– Je ne lui ai pas parlé depuis des mois ! » Elle haussa encore le ton.

Le directeur du cabinet ôta ses mains des poches de son manteau, souffla dessus et commença à prendre quelques notes : « Récapitulons. Vous croyez au suicide de Son Altesse le prince héritier ? »

Elle croyait au suicide du prince héritier.

« Le motif en était selon vous – quel en était le motif selon vous, déjà ? »

Le motif, selon elle, en était son mariage et…

« Et ?

– Le désaccord avec son père. » Pourquoi prendre des gants ? En prenait-on avec elle ? Épier, espionner, déformer, vous acculer à la mort ! Pas un pour racheter l'autre !

« Vous prétendez même vous rappeler certaines déclarations.

– Oui ! Il a dit de Sa Majesté…

– Cela suffit ! Je vous prie de considérer que nous avons de sérieuses raisons de douter de son suicide. Il apparaît bien plutôt que Son Altesse Impériale aurait été victime de la baronne Vetsera. La baronne était une jeune dame extrêmement impulsive. Et d'une ambition démesurée. »

Abasourdie, elle fixa le petit homme frileux.

« C'est presque certainement un meurtre, madame Alt. Pas un suicide.

– C'est insensé ! s'écria-t-elle. Je ne pouvais pas souffrir Marie, mais c'est pure diffamation ! Elle est partie avec lui, tout simplement parce que personne d'autre n'a voulu le faire !

– Je pensais bien que vous en saviez davantage ! Allons, Madame ! Qu'en est-il, que savez-vous ? Eh bien ? Répondez, je vous prie ! »

Elle tremblait et dut se tenir à l'accoudoir du fauteuil dans lequel elle était assise. « Rien, se força-t-elle à dire.

– Calmez-vous », dit Son Excellence, dont le regard était maintenant différent de celui dont il l'avait d'abord gratifiée.

« Puis-je m'en aller maintenant ?

– J'ai encore un mot à vous dire et je vous prierais de lui accorder une attention toute particulière. Jusqu'à présent, vous avez vu les choses telles que le défunt vous les a présentées, et peut-être aussi monsieur votre père – qui nourrit pour sa part des conceptions extrêmement libérales. Il ne m'appartient pas de porter un jugement sur les qualités d'homme d'État de feu Son Altesse Impériale. Mais il est certain que ce à quoi Elle aspirait et que – sous l'influence des Slaves, des

Anglais et de cercles irresponsables tels que celui du *Neues Wiener Tagblatt* de monsieur Moritz Szeps – Elle nommait “progrès démocratique” était une utopie non seulement nuisible aux intérêts bien compris de notre pays mais aussi incompatible avec eux. Ce qui est utile à ce pays qui ne ressemble à aucun autre et doit être gouverné en conséquence, un seul être au monde en est juge : Sa Majesté l’empereur. En quarante années de règne Il a trouvé une ligne qu’il importe de garder si l’on veut que ce pays reste ce qu’il est. C’est le juste milieu entre ce qu’on nomme liberté et de salutaires limites. Lui seul et les rares personnes qu’Il a autorisées à l’accompagner dans cette voie si difficile savent combien d’efforts surhumains et d’indicibles sacrifices ceci lui a coûté en matière de bien-être personnel. Le prince défunt a pu, dans un de ces mouvements d’humeur, de surexcitation ou de débordement dont Il était parfois victime en raison de troubles d’ordre psychique, comme son cousin le roi Louis II de Bavière qui l’a précédé dans l’aliénation mentale et la mort, mal interpréter certains actes et certaines paroles de Sa Majesté. Mais sachez que chacune de ces actions, chacune de ces paroles lui fut dictée par la conscience inaltérable de son devoir et de ses responsabilités, et une intégrité, dont moi – qui suis un vieil homme de quelque expérience – je ne vois pas de précédent dans l’Histoire ! » Des taches rouges marbraient les joues du petit monsieur. « Madame Alt, poursuivit-il en baissant la voix, nous vivons actuellement des jours catastrophiques pour tout Autrichien loyal, et j’en appelle à votre loyalisme. Les rumeurs selon lesquelles ce que vous avez nommé tout à l’heure un “désaccord” entre le père et le fils aurait pu pousser le prince héritier à la mort sont parvenues aux oreilles de Sa Majesté. Et elles l'ont terriblement affecté. S'Il devait les créditer de quelque réalité, ce serait un choc que même Sa constitution de fer ne pourrait surmonter. Il nous faut empêcher cela ! À tout prix. Comprenez-vous ? »

Elle ne le haïssait plus autant : « Pas tout à fait. Votre Excellence a bien dit qu'Elle ne croyait pas à un suicide ?

– Certes. Mais l'essentiel serait que Sa Majesté n'y croie pas non plus. Et vous pouvez y contribuer largement.

– Moi ?

– Oui. Sa Majesté a exprimé le désir de vous voir. Vous lui rendrez à lui-même et à la monarchie un service infiniment précieux en vous abstenant de mentionner certaines choses.

– Et que dois-je dire ?

– Vous n'êtes pas en peine de mots. Vous saurez ce que vous devez dire. Mais pour que vous sachiez ce que vous ne devez pas dire, vous voudrez bien me signer cette déclaration. » Il avait pris une feuille dans un tiroir de son bureau et la lui tendit.

Les syllabes calligraphiées dansèrent un instant devant ses yeux avant de former des mots et que ces mots forment un sens : « Je soussignée… fais ici le serment solennel de garder en toutes circonstances un silence absolu sur tout ce que Son Altesse Impériale et Royale le prince héritier, l'archiduc Rodolphe, a pu exprimer devant moi au sujet de personnalités de la famille impériale. Je suis informée qu'une violation de ce serment constituerait un crime de haute trahison. Vienne, le 1er février 1889. »

« Je ne signerai pas cela ! » Elle reposa le papier sur le bureau.

Le petit monsieur la fixa comme s'il avait mal entendu.

« Non ! dit-elle.

– Et pourquoi pas, si je puis me permettre ? Eh bien ? J'attends votre réponse ! »

Elle regardait dans le vide. « J'ai été déjà bien assez lâche, dit-elle plus pour elle-même que pour lui.

– Écoutez, madame Alt, l'attitude héroïque dans laquelle vous vous complaisez est non seulement dénuée de sens, elle est dangereuse. Est-ce clair ?

– J'ai été déjà bien assez lâche. » Cette fois, elle le lui dit à lui, rien qu'à lui.

« En tout cas, vous ne pourrez pas dire qu'on ne vous aura pas prévenue. Mes hommages, Madame.

– Adieu, Excellence. »

9

Il n'y a pas de miracle

Bannières noires. Draperies noires. Sa photo entourée de crêpe. « Les obsèques ont lieu quand ? » demanda-t-elle à un policier place Saint-Michel. Elles avaient eu lieu la veille.

La veille elle était en gondole. Lui dans un corbillard. « Vous étiez la maîtresse du prince héritier ? – Je le connaissais, mais je n'étais pas sa maîtresse. » J'étais quoi en réalité ? se demandait-elle emportée dans un flot de pensées tumultueuses. Si je disais que j'ai perdu… le prince héritier, on me croirait folle. « Sa Majesté a exprimé le désir de vous voir. Vous lui rendriez à lui et à la monarchie un service infiniment précieux. » Pouvait-on devenir fou subitement, sans avoir été forcément malade avant ? « Selon vous quel en était le motif ? » Vous allez me prendre pour une folle, Excellence, le motif, c'était peut-être moi. Il aura peut-être voulu me faire dire : « Viens, j'ai besoin de toi. » Et n'aura pas osé, parce que je Lui avais envoyé un faire-part de mariage ? Et c'est à Marie Vetsera qu'Il l'a dit. Le jour de mon mariage ! Je Lui avais promis d'être près de Lui quand Il aurait besoin de moi ! Mais quand Il a eu besoin de moi, je fêtais mes noces !

Elle fondit en larmes au beau milieu de la Josephsplatz et entra à l'église des Augustins où elle s'était mariée l'avant-veille. *C'est le jour de mon mariage qu'Il l'a fait*, comprenez-vous ce que ça signifie, Excellence ! Elle s'était assise dans la dernière travée, secouée de sanglots ; une femme qui priait lui posa la main sur l'épaule et demanda : « Vous avez perdu quelqu'un ? »

Elle acquiesça.

« Alors faut pas pleurer, dit la femme. Ça fait mal au mort ! »

Henriette s'enfuit. Elle ne pouvait dire à personne qu'elle avait promis à celui qui était mort de mourir avec Lui ! C'est grâce à une trahison qu'elle vivait ! Que dire après cela ?

La tête lui tournait. On n'échappait pas aux lois du bon sens. Quand on ne déjeunait pas le matin, on avait des vertiges. « Il n'y a pas de miracle », affirmait papa. Elle avait cru le contraire, de toutes ses forces ! *Il y en avait !* Il suffisait de vouloir ! On pouvait aimer le prince héritier ! On pouvait devenir impératrice ! On pouvait acheter monsieur Jonescu ! Si tout cela était faux, la vie ne valait pas la peine d'être vécue !

Le nom de monsieur Jonescu fit dévier le cours de ses pensées confuses et décousues. Il fallait s'arranger avec lui au plus tôt. Si jamais Franz apprenait quelque chose ! Ça devenait soudain si difficile de penser ! Chaque pensée faisait mal.

Elle arriva avant onze heures à la fabrique de pianos, Wiedner Hauptstrasse ; Födermayer, le fondé de pouvoir, l'informa que le patron avait dû s'absenter à cause d'une affaire urgente et demandait à Madame de bien vouloir l'attendre dans son bureau. Quand Franz passa enfin la porte vitrée qui séparait les bureaux du magasin, son agitation sautait aux yeux. « Tu n'étais pas chez ton père ! Ton père ne sait même pas que tu es à Vienne ! »

Qu'elle était lasse des interrogatoires ! Lasse à mourir. Ne plus être interrogée. Ne plus avoir à réfléchir. Elle s'efforça de trouver une échappatoire – est-ce que ça allait continuer longtemps ainsi ? « J'étais occupée par l'affaire dont je t'ai parlé », répondit-elle, faute de trouver autre chose.

« Ne recommence pas à me raconter des histoires, ce serait totalement inutile, je t'avertis ! dit-il d'un ton menaçant. Sais-tu d'où je viens ? Du bureau d'Otto Eberhard. Il voulait me voir. C'est à lui que le ministre de la Justice a confié l'enquête sur la mort du prince héritier. » Allons donc ! Une menace de plus. « Ah ? » dit-elle, apathique. « Oui ! Je sais tout ! Le télégramme venait de la Chancellerie du Cabinet. Tu as donc été au Palais, chez le prince héritier ? Mais réponds-moi au moins ! »

Sans ce Jonescu, elle aurait pu répondre n'importe quoi, elle n'aurait même plus été obligée de répondre quoi que ce soit. C'est elle et non Marie Vetsera qui aurait été avec Lui maintenant là où Il était. Ce n'était donc pas de la lâcheté, c'était ce Jonescu. « Oui, admit-elle.

– Et tu me l'as caché ! »

Si ses nerfs lâchaient maintenant, l'affaire Jonescu était sans espoir. « Je ne pouvais pas te le dire. » Combien de pianos y avait-il là à côté, derrière la vitre ? Elle compta deux pianos droits, trois pianos à queue, deux pianos de concert. Sept. Le chiffre sept portait bonheur.

« Ce sont de bien drôles de choses, celles qu'on ne peut pas confier à son mari ! »

Allait-il dire maintenant : « Vous étiez la maîtresse du prince héritier ? » Elle avait des bourdonnements dans les oreilles. Elle savait qu'elle répondait : « Je n'ai rien à te cacher », mais ne s'entendit pas.

Il répondit quelque chose, qu'elle n'entendit pas non plus, puis la porte vitrée devint toute noire, et son souhait de ne pas avoir à réfléchir fut exaucé pour un quart d'heure.

10

Le dossier d'un amour

« C'est pure sentimentalité, pur romantisme ! Totalement déplacé en l'occurrence ! Je comprends parfaitement ce que tu ressens, mais tu dois d'abord penser à notre réputation !

– Tu veux dire que je dois d'abord penser à ton poste de procureur ? Et que tu ne te sens plus de fierté depuis que ta bigoterie t'a fait recommander par le curé du Palais au ministre de la Justice !

– Je veux dire que nous sommes de bons et loyaux Autrichiens ! Moi. Toi. Tous l'ont été dans cette maison depuis qu'elle existe – tous sans exception. C'est pour cela que feu notre grand-père n'y tolérait que les membres de la famille. Il est exclu que nous comptions dans la famille quelqu'un qui suscite le mécontentement en haut lieu !

– Tu parles ! Notre sœur Pauline a déjà suscité le mécontentement en haut lieu, elle avait cinq ans !

– Je ne suis pas d'humeur à plaisanter, Franz. Ton affaire n'est pas une affaire privée. Elle ne dépend pas de toi non plus. On ne fait pas cause commune avec des éléments subversifs quand ils sont avérés tels.

– Et on fait quoi ?

– On se défait d'eux dans les formes, sans hésiter.

– Dans les mêmes formes qu'avec les Vetsera ? On a enterré la petite comme un chien dans la nuit et le brouillard à l'abbaye de Heiligenkreuz ! Expulsé sa famille comme une bande de gitans !

– La raison d'État a parfois de ces duretés. Encore qu'il faille peut-être se demander si, dans ce cas précis, il ne s'agissait pas là d'une juste revanche. Pour ce qui est de ta femme en tout cas, tu ne prétendras pas qu'elle ait l'ombre d'une circonstance atténuante ! La suffisance, la coquetterie, la frivolité sont ses seuls motifs. Il ne te reste qu'à en tirer les conséquences. Sans plus attendre !

– Nous sommes mariés depuis six jours !

– Le divorce t'en sera d'autant plus facile – une fois réglé le problème de la sentimentalité.

– Ne te fatigue pas. Je ne divorcerai pas. Même si tu dois tirer un trait sur tes ambitions. Tu n'as qu'à te récuser pour partialité et laisser l'enquête à d'autres ! » Franz enfila son manteau.

Le procureur suivit son cadet jusqu'à la porte du bureau. Il lui mit la main sur l'épaule. « Tu me connais depuis trente-neuf ans, Franz, n'ai-je pas toujours voulu ton bien ? »

La question était plutôt une affirmation, et pourtant, après un instant d'hésitation, Franz y répondit : « Je sais que personne ne me veut davantage de bien. Il n'empêche que c'est à moi de décider avec qui je veux passer ma vie ! »

Otto Eberhard eut un geste de regret : « Je ne devrais pas te le montrer, dit-il en revenant à sa table de travail pour y désigner un dossier, je viole un secret d'État. Mais j'en prends la responsabilité. Viens par là. Assieds-toi et lis. »

La couverture jaunâtre du dossier portait l'inscription *Direction de la police impériale et royale de Vienne. Procédure de surveillance d'Henriette Stein.* Puis « Henriette Stein » avait été rectifié en « Henriette Alt, née Stein ». Le dossier contenait des rapports, dont chacun portait la mention *Strictement confidentiel.*

Dédaignant le fauteuil proposé, Franz s'appuya contre le petit côté de la table et lut les documents sur sa femme.

« Henriette Stein, disait le premier rapport, 21 ans, de religion catholique romaine, fille du professeur Ludwig S. Stein, titulaire de la chaire de droit civil à l'Université de Vienne, IVe arrondissement, Karolinengasse 9, a accompagné Son Altesse Impériale le prince héritier hier, le 8 avril 1888, en voiture à Baden. Le couple a quitté Vienne à 11 heures du matin, est arrivé à 1 h 45 de l'après-midi, a déjeuné à l'Auberge de la Ville de Vienne et a regagné Vienne à 3 h 30 de l'après-midi. » Un deuxième rapport pointait une autre promenade en voiture avec Son Altesse le prince héritier dans le Helenental[1] : « durée totale : 2 h 40 aller et retour. » Un troisième mentionnait un *déjeuner dînatoire (sic)** à Mayerling le 19 avril, auquel avaient pris part Son Altesse le prince héritier, la « dénommée Stein », le prince Philippe de Saxe-Cobourg et les comtes Joseph Hoyos et Léopold Traun. Le menu en était minutieusement consigné : *Consommé en tasse ; truite bleue ; viande froide assortie ; salade de laitue ; petits-fours, vin de Tokay, 1848 ; Grinzinger Auslese, 1876 ; Pommery extra dry, 1871**, ainsi que les heures d'arrivée et de départ : « 10 h 05 du matin, départ de Vienne ; 12 h 15 de l'après-midi,

1. Vallée pittoresque située entre Mayerling et Baden.

arrivée à Mayerling; 3h50 de l'après-midi, retour à Vienne.» Quelques feuilles du dossier contenaient de brèves annotations telles que: «Rendez-vous au deuxième rondeau du Prater. La Stein attendait. Mais Son Altesse Impériale n'est pas descendue, a salué de la voiture et continué sa route aussitôt, car monsieur Andor von Péchy avait surgi à ce moment précis de la direction de la Krieau.» Ou bien: «La Stein a attendu vainement de 2h30 à 4h15 de l'après-midi devant la modiste Passecker sur le Kohlmarkt.» Ou encore: «Au vernissage de l'exposition Hans Makart, Son Altesse Impériale le prince héritier a adressé si longuement la parole à la Stein que Son Altesse Impériale la princesse héritière, impatientée, a tapé du pied.»

Le rapport d'une «visite à la Hofburg» était plus long. L'heure, la date et la description exacte de l'itinéraire de la visiteuse précédaient les observations suivantes: «La rencontre d'une heure et demie de la Stein avec Son Altesse le prince héritier n'a été interrompue qu'une seule fois pendant cinq minutes par monsieur le vice-amiral, comte Bombelles. D'après la déposition de l'officier de la garde Ferdinand Kirchner, qui n'a pas quitté l'antichambre, on entendait constamment la voix du prince héritier, qui paraissait furieux, très nerveux, et semblait faire de violents reproches à la Stein. Le capitaine Kirchner se souvient d'avoir perçu nettement les mots "torture" et "quelqu'un d'aussi insensible". Dans sa déposition, le valet de chambre Püschel a déclaré qu'après le départ de la Stein, Son Altesse Impériale était restée de longues minutes immobile à Son bureau, l'air égaré.»

Le dossier jaunâtre contenait en outre une annotation de l'administration: «Henriette Stein, épouse de Franz Alt, conseiller auprès de la Chambre de commerce et propriétaire de la fabrique de pianos Alt», et se terminait par une «note strictement confidentielle» de la Chancellerie du Cabinet à la direction de la police, datée du 1er février 1889: «Madame Henriette Alt, née Stein, s'est présentée à nos bureaux aujourd'hui sur convocation télégraphique. Elle a donné l'impression d'appartenir à ces milieux qui, sous couvert de libéralisme, nourrissent des sentiments subversifs, antidynastiques et antipatriotiques. Elle s'est montrée insensible à nos remontrances à ce sujet. Ses relations avec feu Son Altesse Impériale le prince héritier lui ayant permis d'être informée de circonstances dont la révélation serait politiquement désastreuse et qui pourraient notamment présenter le tragique décès de Son Altesse Impériale et Royale sous un jour susceptible de troubler la population, il importe d'examiner l'opportunité de prendre les mesures appropriées.» Le directeur de la police avait écrit de sa main sur cette feuille: *À transmettre à monsieur le Premier Procureur Alt, afin qu'il puisse examiner au plus vite l'opportunité d'entamer la procédure prévue au § 58 St.G.*

Franz rendit le dossier à son frère. «C'est quoi, ce paragraphe 58?

– Haute trahison, dit Otto Eberhard sur ce même ton affable dont il évoquait les sentences de mort dans ses plaidoyers comme dans les salons.

– Et que comptes-tu faire, monsieur le premier procureur?

– La lecture de ces pièces lève tous les doutes, pour toi comme pour moi.

– Fort juste», dit son cadet, dont les traits marqués par les soucis des derniers jours s'éclairèrent. «Moi aussi, il me semble qu'il n'y a plus aucun doute maintenant. Tu as déjà pris des dispositions concrètes ?

– Je voulais d'abord te parler. Adresse-toi à Winiwarter. Il n'y a pas meilleur avocat pour les divorces.

– Je n'aurai pas besoin de ses services, dit Franz. Ce que j'ai du mal à comprendre, c'est que tu aies réussi à te faire une réputation comme procureur. Tout ce que révèle cette saleté de document, c'est qu'Hetti est une femme épatante ! Quelle classe ! Je te remercie de m'en avoir fourni la preuve. Ah ! Une dernière chose : si tu ne te déclares pas *immédiatement* incompétent pour cette affaire, du moins en ce qui concerne Hetti, c'est la dernière fois que tu me vois ! Tu me connais, les grandes phrases ne sont pas mon fort, mais ce que je dis, je le fais. En ce qui me concerne, tu peux bichonner ta carrière en brodant sur ce pauvre diable de Rodolphe, mais si tu mêles Hetti à ces histoires, je te jure que tout Vienne saura pourquoi le ministre de la Justice s'est adressé à toi, en passant au-dessus du procureur général ! » Il ferma la porte énergiquement derrière lui, et dans la longue allée pavée du tribunal pénal, l'expression de son visage s'éclaircit. Il se mit même à siffler : « Qui nous unit ? Dis-le ! L'amour a béni notre hymen ! »

Le premier procureur, quant à lui, entreprit la rédaction d'une « note provisoire » à la direction de la police, selon laquelle le « rapport qui lui avait été adressé ne livrait pas d'éléments suffisants pour déclencher la procédure évoquée et qu'une note interne était adressée à ce sujet au procureur général ».

11

L'erreur

Le plus surprenant chez monsieur Jonescu est qu'il ne se considérait pas comme un vulgaire – voire grossier – maître-chanteur, mais comme un écrivain d'envergure. D'aucuns, plus réalistes que lui et plus aguerries qu'Henriette, le tenaient pour le type achevé du journaliste véreux et la revue des *Wiener Signale* qu'il éditait pour un vulgaire torchon qui appâtait le lecteur en révélant des scandales et remplissait les poches de son propriétaire en omettant d'en publier d'autres.

Jonescu venait de Roumanie, de la capitale Bucarest, assurait-il. Certains le disaient pourtant originaire d'une obscure bourgade nommée Jassy et affirmaient qu'il s'appelait tout bêtement Jonas. Il n'empêche qu'il était là depuis près de vingt ans et que le Tout-Vienne lisait chaque vendredi ses *Signale,* qui s'occupaient plus de vie privée que de politique, et agrémentaient l'une et l'autre de ces commentaires ampoulés que Daniel Spitzer[1] dans ses *Promenades viennoises* appelait « le fumier d'un certain journalisme viennois ».

1. Éminent journaliste critique autrichien de la seconde moitié du XIXe siècle.

Il semblait toutefois que Jonescu eût d'excellentes informations. Il ne s'occupait pas des démentis et mettait un point d'honneur – son honneur de journaliste dont il proclamait haut et fort l'existence – à ce que les nouvelles odieuses et dévastatrices de sa feuille de chou correspondent à la stricte vérité. Elles paraissaient sous une rubrique intitulée *Le revers de la médaille*, que, chaque vendredi, de nouvelles personnes attendaient anxieusement.

Quand l'homme avait avisé Henriette une dizaine de mois auparavant qu'un article traînant dans la boue la vie et la mort de sa mère lui était parvenu anonymement, elle n'avait pas très bien saisi les motifs de sa démarche. Ils étaient pourtant fort clairs, ainsi qu'il s'avéra par la suite. Son fils qui étudiait le droit avait eu l'infortune d'échouer à sa soutenance de thèse avec le professeur Stein. Quand Jonescu cherchait, il trouvait; il avait donc trouvé de quoi briser la réputation de ce professeur peu accommodant: il s'agissait de cinq lettres démontrant que madame Stein, notoirement vénérée comme une déesse par son époux, avait été la maîtresse du directeur de l'Opéra pendant toute leur union. Au dire du sieur Jonescu, la publication de quelques extraits suffirait à anéantir l'illusion grossière de toute une vie, qui s'effondrerait alors tel un château de cartes. Cet homme à qui sa fille portait un amour dont l'épouse adulée était si tristement dépourvue serait la risée du monde et son existence ruinée !

C'est ce qu'il avait exposé à Henriette. « Voyez-vous, chère mademoiselle, disait-il dans un viennois contraint, mâtiné de ce roumain qui lui collait à la peau, je suis très gêné. Comprenez ? Mettez-vous à ma place ! Un pur hasard, que ces documents soient en ma possession. Si monsieur vot' papa n'était pas un homme public – bon, l'éponge ! Mais ce n'est pas le cas. La jeunesse étudie le droit civil avec lui, le droit matrimonial, même ! Il faut informer le public sur ces hommes-là, comprenez ? J'ai des informations tout ce qu'il y a d'authentiques. Comprenez ? Mon honneur de journaliste exige que je les utilise. »

C'est cette conversation qui poussa Henriette aux périlleuses extrémités que l'on sait et pesa dès lors sur sa vie. Persuadée comme toujours de pouvoir tout obtenir, elle lui avait répondu : « Vous ne devez pas publier cela ! » On avait discuté ; on pouvait discuter avec monsieur Jonescu : en échange d'une certaine somme, disons dix mille florins – une somme exorbitante –, il renoncerait à la publication et lui remettrait les originaux.

Tout autre l'aurait immédiatement percé à jour et se serait dit tranquillement : Ces cinq lettres ne représentent pas grand-chose, ce ne doit pas être bien compliqué de se débarrasser d'un maître-chanteur, il suffit de recourir à la police. Nul n'aurait songé une minute à acheter de dix mille florins le silence du sieur Jonescu. Mais, convaincue de pouvoir trouver des issues aux situations les plus inextricables, la candide Henriette – dont son père disait qu'elle était l'être le moins pratique de la terre – accepta le marché. Ne restait plus qu'une bagatelle : savoir qui allait payer les dix mille florins ? Elle, bien entendu, affirma-t-elle pour se débarrasser de lui. Mais si l'on pouvait discuter avec monsieur Jonescu, il était moins simple de lui en faire accroire. Quelles garanties ? Il n'y en avait pas ! Le professeur Stein n'était pas riche, et Henriette avait en tout et pour tout trois cent onze florins à la caisse d'épargne, ce que l'écrivaillon avait appris par ses obscurs canaux. Mais quelqu'un pourrait peut-être la sortir de ce mauvais pas ? suggéra-t-il. Ce n'était visiblement pas la première « proposition » de sa longue carrière d'« écrivain », car l'idée lui vint de suite aux lèvres – qu'il avait glabres et bleuâtres. Et des exemples à foison. Notre expert en chantage avait bien vite compris qu'affoler cette jeune dame naïve serait un jeu d'enfant. Une fois sûr de sa proie, il resserra l'étau. Mademoiselle n'avait-elle pas mentionné l'autre jour un certain monsieur Alt ? Le rédacteur en chef des *Signale* n'avait certes pas le privilège de connaître personnellement l'honorable conseiller à la Chambre de commerce, mais les pianos Alt étaient ce qui se faisait de mieux au monde. « La mélodie de Vienne » – c'était connu comme le loup blanc. Le mariage aurait lieu quand ?

À l'époque, les fiançailles n'avaient même pas eu lieu, la pensée en avait à peine effleuré Henriette. Acculée, elle avança une date, et l'on signa un petit document dont monsieur Jonescu affirma que ce n'était pas une lettre de change.

Périodiquement, quand d'« excellentes informations » lui en donnaient l'occasion, le journaliste s'était rappelé à elle. Il correspondait par lettres avec Henriette, qui lui répondait par la même voie que tout allait pour le mieux et qu'il lui fallait juste faire preuve d'un peu de patience. Mais celle-ci semblait avoir déserté monsieur Jonescu aujourd'hui, à en juger par les coups de sonnette vibrants dont il gratifia le quatrième étage, peu après qu'Henriette se fut résolue à engager un valet de chambre instamment recommandé par le bureau de placement.

Avec ce valet de chambre à la maison, elle se sentait encore moins sûre d'elle. Elle n'en avait jamais eu et il l'embarrassait, elle ne savait au juste comment le traiter. Mais de qui pouvait-on être sûr en ces jours et en ces nuits hostiles ? Il lui arrivait de s'éveiller en larmes et d'avoir peur dans ces pièces toutes neuves. La vie y restait contrainte et menaçante, des choses se tramaient derrière son dos. Le beau-frère Otto Eberhard la saluait à peine. Son père la traitait comme une malade. Même Franz devenait insaisissable tant il se montrait distant. « Mais pourquoi êtes-vous revenus si tôt de votre voyage de noces ? » s'enquéraient les gens. Et d'autres demandaient : « Dis-moi, tu es heureuse ? » La petite Christine Paskiewicz du premier était la seule qui ne posait pas de question et semblait tout comprendre, on pouvait rester des heures à côté d'elle à pleurer tout son saoul – sans avoir à lui cacher comme aux autres que quelqu'un était mort. Et que, depuis qu'Il était mort, cette relation – si superficielle tant qu'elle avait perduré, et bien terminée quand elle s'était rompue – était devenue extraordinairement présente et prégnante.

« Un monsieur qui demande Madame », annonça le valet de chambre.

Sur la carte de visite était écrit : *Ferdinand Michael Jonescu, Rédacteur en chef des Wiener Signale.*

« Faites-le entrer », dit Henriette. Elle s'était presque déshabituée du sentiment d'effroi.

« Compliments, respects, très chère dame », dit le visiteur.

La présence de la petite Christine parut le gêner, mais Henriette dit à l'enfant de rester et au monsieur à la raie gominée : « C'est ma petite-nièce, vous pouvez parler tranquillement devant elle. Nous n'avons pas de secret l'une pour l'autre, n'est-ce pas, Chris ?

– Non ! » répondit l'enfant qui avait subi une métamorphose frappante depuis l'entrée d'Henriette dans la maison : elle s'épanouissait.

« Madame von Alt, commença le visiteur, il a sûrement échappé à votre attention que nous sommes aujourd'hui le 4 février. Je vous le dis très franchement – comme tous les tortueux, il affectionnait cette expression –, ça ne peut continuer *ainsi*.

– Je sais, c'est vraiment épouvantable ! Mais je vais parler à mon – à monsieur Alt – aujourd'hui même », promit-elle ; elle avait toujours du mal à dire « mon mari ».

« C'est tout à fait urgent, en effet », déclara monsieur Jonescu, qui, après avoir effleuré la petite fille du regard, ajouta en se référant à l'une de ses excellentes informations : « d'autant que vous n'avez peut-être plus beaucoup de temps ? Comprenez ? »

Henriette songeait que cet individu était en fait la cause de tout ce qui lui arrivait présentement et ne saisit pas bien le sens de sa remarque. L'homme lui inspirait plus d'étonnement que de haine. Existe-t-il donc vraiment des êtres intégralement mauvais, réfléchissait-elle en le scrutant comme un phénomène. La petite Christine s'était rapprochée. « Qu'est-ce qu'il te veut, le monsieur ? » demanda-t-elle à voix basse, la haine qu'Henriette ne ressentait pas se lisait dans les yeux de braise de l'enfant.

« Rien, Chris !

– Ce que nous avons à régler n'est peut-être pas tellement fait pour les oreilles enfantines ! objecta Jonescu pour sa part.

– Pourquoi ? demanda Henriette, émergeant de ses pensées. Je préfère avoir quelqu'un qui soit *pour* moi. Deux contre un. C'est plus équilibré. »

Le rédacteur en chef des *Signale* infléchit quelque peu le style de ses propos chevaleresques : « Si par hasard vous espériez que votre éventuelle arrestation vous libère de vos obligations envers moi, je vous le dis franchement : vous êtes dans l'erreur ! »

Il la menaçait de la faire arrêter ? Si son ignorance en la matière seyait peu à la fille d'un juriste éminent, elle était bien le reflet de celle de sa mère ; la chanteuse lyrique Alt-Aufreiter avait toujours trouvé les lois d'une opacité totale. Henriette le dévisagea, perplexe. Il fallut sa remarque suivante pour l'éclairer sur cette allusion à son « éventuelle arrestation », ce qu'elle comprit encore moins. On ne pouvait tout de même pas arrêter quelqu'un parce qu'il avait refusé de signer une déclaration présentée par le directeur du cabinet !

« Ne soyez pas ridicule ! » dit-elle légèrement.

Jonescu se défendait de l'être. « Madame von Alt, la contra-t-il, il se peut que des personnes plus ou moins haut placées prennent plaisir à vous voir jouer les naïves. Vous comprenez ? Mais ça ne prend pas avec moi, je vous avertis ! Ma patience est à bout. Ça fait plus de six mois que vous me promenez sous des prétextes fallacieux ! Je vous donne jusqu'à demain ! Si vous n'avez pas réglé mon affaire d'ici demain à midi pile, je ne me laisserai pas mener en bateau plus longtemps et l'article paraîtra après-demain ! Parions que ses lecteurs attendront la suite avec impatience… Ils brûleront sûrement de savoir – Comprenez ? – ce que la fille d'une femme aussi romanesque s'est permis dans la même veine romantique !

– Bonjour chérie », dit Franz, entré à ces derniers mots – qu'il avait probablement entendus. Il avait sifflоté tout le long du chemin en revenant du tribunal pénal. Il n'y avait point de meilleures preuves que ce dossier jauni. Il en était un peu plus convaincu à chaque pas.

Henriette fit les présentations : « Mon mari, monsieur Jonescu. » L'instant qu'elle avait différé si longtemps était arrivé. Il n'aurait pu être moins favorable ! Franz n'y était aucunement préparé et il était si changé en ce moment, il la traitait si sévèrement. J'avais tellement de chance autrefois ! se dit-elle.

« Enchanté, dit Franz. Vous parliez de romantisme ? Il est tôt, je sais. Mais j'avais terriblement envie d'être à la maison ! »

Le sourire de Jonescu montrait assez que lui trouvait le moment on ne peut plus favorable. Voilà qu'entrait en scène un mari à peine sorti de sa lune de miel et de toute évidence follement amoureux. Il était à des lieues de soupçonner que cette coquette se moquait de lui, et nullement refroidi par la perspective que la police politique pourrait troubler son idylle toutes affaires cessantes. « Je me l'imagine bien, monsieur le conseiller », approuva-t-il, en se disposant à aborder l'homme comme le lui enseignait sa longue expérience de ces situations. « Un galant homme tel que vous ! allait-il lui dire. Que vous achetiez de belles perles à Madame ou lui fassiez un cadeau encore plus précieux qui lui redonnera le sommeil, quelle différence y verrez-vous ? » Il le mettrait dans sa poche mine de rien. Les hommes étaient si vaniteux !

« Monsieur Jonescu est venu… » commença Henriette en repoussant du bout des doigts ses cheveux bruns sur ses tempes d'un geste qui trahissait toujours son embarras, « me... » Elle s'interrompit. Le moment si redouté la prenait au dépourvu. « Monsieur Jonescu est, en effet... »

En pénétrant dans la pièce, Franz avait cru sentir que cet individu qui répandait un parfum entêtant de salon de coiffure était importun à Henriette. Mais ne l'ai-je pas déjà rencontré quelque part ? se demandait-il.

« Monsieur Jonescu est, en effet, le rédacteur en chef des *Wiener Signale* », dit enfin Henriette.

Maintenant, ça lui revenait. C'était cet individu qui se glissait toujours dans la loge des artistes au Musikverein[1], bien qu'il ne tînt pas la rubrique musicale dans sa sale feuille de chou, du moins autant qu'il sache. Ce qu'il savait parfaitement en tout cas, c'est qu'il s'agissait bien d'une feuille de chou. Tous les journaux libéraux étaient des feuilles de chou. Franz qui se défendait sincèrement d'antisémitisme partageait pourtant en matière de journaux l'opinion très répandue que la presse était rédigée et financée par les juifs libéraux, et que tout ce libéralisme était une « saleté ». Mais comme bien peu de ceux qui en profitaient, il convenait toutefois que c'est à ces juifs libéraux ainsi qu'à l'aristocratie et à la « bourgeoisie cultivée » qu'on devait l'atmosphère dans laquelle la « mélodie de Vienne » avait donné le meilleur d'elle-même et que c'étaient ces milieux mêmes qui en constituaient le public privilégié et en avaient fait la renommée. « Ah Ah ! dit-il, et que nous vaut le plaisir ?

1. Littéralement : Société des amis de la musique, où se trouve le siège de l'Orchestre philharmonique de Vienne, qui y donne dix-huit concerts annuels.

– Peut-être pourrais-je parler en tête à tête avec monsieur le conseiller ? » suggéra Jonescu. Henriette allait dire : « Non ! Je veux être là aussi ! », mais Franz s'était déjà levé et s'effaçait devant l'autre pour l'introduire dans la pièce adjacente, où il le suivit. Christine lui demanda : « Pourquoi tu as peur de cet homme, tante Hetti ? »

Parce que ce qui avait lieu maintenant là-dedans dépassait en horreur tout ce qu'on pouvait imaginer. Franz était en train d'apprendre l'affreux passé de sa mère, et par-dessus le marché que sa femme l'avait épousé par calcul.

Tout imprégnée de l'inexorable phraséologie de son époque, Henriette s'était bâti un petit monde d'idées reçues qu'elle n'avait jamais songé à remettre en question. La relation avec l'homme à qui sa mère devait sa carrière de chanteuse lyrique devenait donc l'« affreux passé de maman » et épouser quelqu'un « par calcul » un crime dans les romans bourgeois qui avaient formé Henriette, ou comme l'écrivait Fontane, son auteur préféré, « un acte déshonorant ». En revanche « vénérer son épouse comme une déesse » à l'instar de son père avait des accents sublimes, qui ne pouvaient être que ceux de la vérité !

Voix étouffées. C'est maintenant que tout se décidait ! À savoir qu'elle n'avait plus d'avenir.

« Ne fais pas cette tête-là ! implora Christine. Tu veux qu'on joue au mariage ? » Elle alla chercher les cartes et distribua. Six pour Henriette, six pour elle. Cherchant à lui rendre la chose attrayante, elle annonça : « Je crois que j'ai un mauvais jeu ! »

Carreau était l'atout. On n'avait toujours pas ôté les drapeaux noirs devant le palais Cobourg.

« Tu joues, tante Hetti ? »

Quel était l'atout ?

Carreau.

Roi, dame, as de pique. « Tante Hetti ! Tu as un mariage ! »

Elle attendait que les voix de la pièce à côté s'élèvent et se durcissent. Seigneur, comment avait-elle pu croire que Franz irait payer cette somme astronomique pour une chose qui, à proprement parler, ne le concernait absolument pas ! Quelle coupable légèreté de n'y avoir pas réfléchi plus tôt ? Épiant les bruits de la pièce voisine, retenant sa respiration, elle ne comprenait plus comment elle avait pu se figurer cette chimère. Absurde ! Tout simplement absurde ! Un échafaudage qui reposait sur des prémices insensées ! Elle aurait aussi bien pu ne pas se marier ! Elle aurait aussi bien pu avoir le courage de Marie Vetsera ! Avec Franz en tout cas, elle avait – définitivement – tout gâché. Et l'article paraîtrait vendredi, détruisant l'existence de son père. Tout cela avait été une spéculation complètement erronée.

« Mais, tante Hetti ! C'est atout pique ! »

Henriette avait bondi, car la porte de la pièce voisine s'était brusquement ouverte. Les deux messieurs entrèrent, Franz fumait un cigare.

« Nous avons réglé notre affaire », dit-il avec un sourire et un signe de tête à l'intention d'Henriette, qu'elle ne sut comment interpréter.

« Ah ? » dit-elle d'une voix atone. Comme avant un verdict.

« Une fois pour toutes, précisa-t-il en soufflant une bouffée de fumée. Nous n'allons pas retenir monsieur le rédacteur en chef plus longtemps. »

Il ouvrit la porte de l'antichambre : « Dis-moi Hetti, comment s'appelle l'homme que tu as engagé, au fait ?

– Johann, articula-t-elle péniblement, mais il demande à ce qu'on l'appelle par son nom de famille : Simmerl.

– Simmerl ! cria Franz d'une voix assez forte.

– Monsieur ! lui répondit-on.

– Reconduisez Monsieur ! Il est pressé ! »

Les joues glabres et bleuâtres de Jonescu prirent une teinte maladive. « Merci ! Je trouverai mon chemin tout seul. déclara-t-il.

– Simmerl ! Reconduisez Monsieur ! » répéta Franz, perdant patience.

Le nouveau valet parut sur le seuil. Le visiteur ne bronchait pas. Le domestique se plaça derrière lui : « Si monsieur le rédacteur en chef veut se donner la peine ? »

Une seconde après, la porte de l'appartement se refermait bruyamment.

« Bravo ! entendit Henriette dans l'antichambre. Vous m'avez l'air de savoir jeter les gens dehors, Simmerl !

– Je remercie bien Monsieur. On a ses techniques ! »

Franz revint au salon. Il ne s'en alla pas. Il se dirigea vers Henriette, s'arrêta devant son fauteuil et la regarda.

Va-t-il me frapper ? se demandait-elle.

Le regard de Franz tomba sur l'enfant. Voulait-il qu'elle s'en aille ?

Elle resta immobile, les yeux fixés sur la petite fille comme si elle la protégeait. Enfin, elle se décida : « Tu es fâché ?

– Moi. Pourquoi donc ? Nous voici débarrassés de cet individu ! Je lui ai donné une adresse où présenter sa requête. Sais-tu laquelle ? Celle dont je viens. Le numéro 1 de la rue du Tribunal. Tribunal de première instance. Bureau des tentatives de chantage. À propos, Hetti ! J'y ai appris une chose – en fait, celle que ce monsieur prétendait m'apprendre. Je le savais depuis longtemps, mais on se réjouit toujours de l'entendre. Madame Alt, permettez-moi d'être fier de vous ! Vous êtes une personne épatante ! Je n'aurais jamais cru qu'il existe réellement des gens capables de se sacrifier pour d'autres – ce n'est certes pas très agréable de se savoir l'instrument d'un sacrifice, mais espérons que cela passera avec le temps. Et c'est formidable d'être avec une femme qui est vraiment quelqu'un de bien – je le savais, mais mon séjour rue du Tribunal m'en a fourni la preuve incontestable ! » Il lui caressa timidement les cheveux.

Elle les regarda tour à tour, lui et l'enfant. L'enfant rayonnait. Elle le regarda de nouveau. Sa lourde main était légère. Elle n'avait jamais eu de frère. Il lui semblait en avoir un.

« Oncle Franz, tu es merveilleux ! s'écria la petite Christine, ravie.

– Les enfants et les fous ! dit-il en riant. Non, mais que se passe-t-il ? Comment s'appelle-t-il, déjà ? Simmerl ? » Il appela : « Simmerl ! On mange bientôt ?

– Tout de suite, Monsieur ! répondit la voix du valet de chambre.

– Bravo ! J'ai une faim de loup ! » Il éloigna doucement sa main de ses cheveux. Mais elle la retint.

« Alors, le sacrifice n'est plus si terrible ? demanda-t-il à voix si basse que l'enfant ne l'entendit pas.

– Non », dit-elle. Pour la première fois depuis longtemps elle n'avait rien à craindre.

12

Audience au petit jour

La jeune femme de chambre aidait Henriette à s'habiller. Le bleu foncé était la couleur qui convenait, elle en était presque sûre. Encore que le noir eût peut-être été plus adapté à la circonstance ? Fallait-il mettre un chapeau, et si oui, lequel ? Prendre des gants ? Et l'on savait que madame Schratt ne paraissait jamais à la cour sans un de ces éventails qui avaient la faveur de l'impératrice.

Hanni, la petite femme de chambre, n'avait hélas pas la moindre expérience de ces choses – si tant est qu'Henriette eût voulu lui confier où elle allait ! –, elle n'avait servi qu'auprès d'une vieille bourgeoise étriquée, et c'est sans doute pourquoi elle vouait à sa nouvelle maîtresse une admiration sans borne. Hanni ralentissait les opérations au lieu de les accélérer, car elle contemplait avec ravissement chaque pièce avant de l'apporter. Pourtant, la plus grande hâte s'imposait, le fiacre était en bas depuis longtemps – l'idée seule qu'on puisse arriver en retard chez François-Joseph était un sacrilège ! Annoncée une demi-heure auparavant par un gendarme de la Hofburg, l'audience commencerait dans douze minutes – trois quarts d'heure pour se présenter à l'endroit voulu en vêtements de cérémonie !

Franz qui était descendu près du fiacre s'agitait devant la porte de la maison. Six heures passées. L'aube de ce matin de février était aussi sombre qu'un jour de décembre, les becs de gaz brûlaient encore dans la rue. La voiture stationnait à l'entrée de l'Annagasse, Franz estimant qu'elle attirerait moins l'attention que devant l'entrée principale ; il ne cessait de sortir sa montre et de lever les yeux vers les fenêtres éclairées du quatrième étage, il comptait les secondes.

Henriette coiffait maintenant devant le miroir le petit chapeau bordé de fourrure de martre qu'elle avait finalement choisi. Elle pria Hanni de lui nouer la voilette sous son chignon, elle-même avait les doigts glacés. On me sort du lit comme une criminelle ! se dit-elle. Pas moyen de discipliner les cheveux qui frisottaient sur ses tempes. Ses lèvres étaient pâles. Elle les mordit sans parvenir à les faire rougir. Elle enfila ses gants dans l'escalier.

La maisonnée dormait encore. Les bouteilles de lait et les journaux du matin attendaient devant les portes des appartements. Presque toute la famille lisait la *Reichspost*, le journal catholique. Seuls les Drauffer recevaient la *Presse*, l'organe des Libéraux. Ah ! Voilà qu'elle avait oublié son éventail en haut.

« Dépêche-toi, lui cria Franz de la rue. Nous n'avons plus que cinq minutes ! » Il l'aida à monter dans le coupé fermé et y prit place lui aussi : il tenait à l'accompagner.

« L'empereur est matinal, c'est un fait ! » observa-t-il, se voulant rassurant, mais on voyait bien qu'il n'était pas tranquille. « Nous nous attendions à ce qu'il te fasse chercher, n'est-ce pas ? » Ce n'était même pas exact.

Henriette n'aurait jamais cru que le directeur de cabinet prenne le risque de cette audience après son refus de signer. Et Franz partageait son point de vue.

« Je suis mal coiffée ?

– Absolument pas ! Tu es parfaite ! » Dans le même souffle, il demanda nerveusement : « Tu n'as pas le trac, tout de même ? » Être convoqué chez l'empereur était pour un patriote fervent comme Franz un événement d'une portée sidérante. « Et ne parle pas avant qu'il t'interroge ! Tu sais qu'il faut juste répondre aux questions ! » Elle le savait.

Dans la Franzenshof, on éteignait les becs de gaz.

« Donc je t'attends ici », dit-il lorsqu'elle passa le portail entre les gigantesques gendarmes du château qui montaient la garde dans les guérites. Elle fut ensuite accueillie par un capitaine. Lui aussi géant.

« Madame Henriette Alt ? » Il avait copié son nom sur un papier.

« Oui. »

On la fit passer par une cage d'escalier aussi froide que celle du numéro 10. Et non moins sombre. Çà et là, des flammes au gaz vacillaient sur des candélabres fixés aux murs. Au premier étage, les deux battants d'une haute porte blanc et or s'ouvrirent à la seconde où elle et son compagnon s'en approchèrent. Elle pénétra dans une immense salle. Un général qui tenait son képi à panache vert sur la hanche gauche et traînait un sabre à sa suite faisait les cent pas avec un monsieur en frac et en cravate noire. Comme il n'y avait pas de tapis sur le parquet, on entendait résonner chaque pas. Et le cliquetis du sabre. Le général s'arrêta devant elle et demanda en s'inclinant légèrement : « Madame Henriette Alt ? »

Elle l'avait reconnu à sa bouche bizarrement de travers : le général Paar, l'aide de camp de l'empereur. Elle ne reconnut pas l'homme en civil. « Si le comte Paar a quelque chose à me demander, qu'il se donne la peine de se déplacer lui-même ! » Elle réentendait Sa voix. Ce jour-là, la porte blanc et or s'était ouverte sans un bruit, exactement comme maintenant.

« Veuillez patienter une seconde », dit le général au chapeau à panache vert, avant de se remettre à arpenter l'immense salle. Le monsieur en frac marchait à ses côtés. Tous deux se taisaient.

Une porte s'ouvrit. Il en sortit un monsieur à barbe noire, en frac et cravate noire, le haut-de-forme dans une main, ses gants blancs dans l'autre, qui se joignit aux deux premiers. Il avait l'air d'un chef tzigane, Henriette l'entendit saluer en hongrois : « *Jénapot kivánok !* » L'instant d'après, on lui fit signe d'entrer par la même porte, dans une salle encore plus froide.

De là, elle accéda au cabinet de travail de l'empereur.

François-Joseph se tenait devant un pupitre, auquel il s'appuyait du bras droit. Il portait la tunique bleue de maréchal à col doré, la toison d'or, les deux médailles d'or et les pantalons de général noirs à passepoil rouge que les Viennois lui connaissaient. Le dicton affirmant qu'il ne changeait pas et qu'hormis les quelques fils blancs de sa barbe et de sa moustache il était à cinquante-huit ans comme à quarante n'était plus exact. Les jours précédents l'avaient vieilli.

Trois lampes sphériques diffusaient une lumière mate. La longueur de la pièce était occupée par une commode chargée de photographies, le bureau poussé devant l'unique fenêtre, et le pupitre ; au-dessus du pupitre était accroché un portrait de l'impératrice. Un sabre dans un porte-épée doré, un képi d'officier et une paire de gants blancs reposaient sur une petite table.

Henriette plongea dans la révérence de cour que les jeunes Viennoises apprenaient aux leçons de danse.

« Approchez, je vous en prie ! » entendit-elle, la tête encore baissée. C'était la voix sans chaleur d'un homme affairé, elle ne rappelait en rien la douceur de l'autre. « Madame Alt, n'est-ce pas ?

– Oui, Votre Majesté. »

Il désigna l'unique fauteuil qui se trouvât dans la pièce à part celui du bureau. Comme elle hésitait, il dit : « Asseyez-vous, je vous prie. »

Lui resta debout, toujours appuyé au pupitre du bras droit. « Vous avez connu mon fils ? » demanda-t-il au bout d'un moment.

Si elle avait eu à décrire sa voix, elle aurait dit : grise. « Oui, Votre Majesté.

– Combien de temps ?

– Environ un an. »

Sa main étreignit le bord du pupitre. « Il vous a parlé de différentes choses ?

– Oui, Votre Majesté.

– De quoi ?

– Il s'intéressait à beaucoup de choses. » Elle n'osait pas lever les yeux.

« Vous a-t-il aussi parlé de politique ? »

Elle hésita : « Presque jamais.

– Vous a-t-il parlé du projet de loi militaire ?

– Non.

– De la Hongrie ?

– Non.

– Pendant la période où vous l'avez connu, vous a-t-il dit craindre quelque chose ? Ou – quelqu'un ?

– Jamais, Votre Majesté.

– Réfléchissez. Pas même en relation avec certaines affaires politiques ? Par exemple, qu'on pourrait lui demander compte de ses opinions politiques, voire d'éventuels conseils qu'il aurait prodigués ?

– Non, Votre Majesté. »

La lumière blême du matin de février perçait par la haute fenêtre cintrée qui donnait sur la Franzenshof, la statue de l'empereur François et le cadran solaire. Ce dernier n'indiquait pas l'heure, il n'y avait pas encore d'ombre.

« Madame Alt, je vous ai priée de venir pour que vous me donniez certains renseignements », dit l'empereur. Chaque mot claquait sèchement.

Il y eut un moment de silence. Henriette leva les yeux et vit les doigts de sa main droite se crisper sur le pupitre.

« Dois-je vous poser des questions ou préférez-vous me dire ce que vous savez ?

– Je prie Votre Majesté de me poser des questions. » Elle eut brusquement l'intuition qu'il trouvait malséante la voilette qui dissimulait son visage et y porta la main. Mais ses doigts refusaient de lui obéir et elle mit un moment à la rabattre sur son chapeau. Le visage de l'empereur resta de marbre. Elle avait dû se tromper.

« Vous croyez que mon fils s'est suicidé. C'est ce que vous avez déclaré à monsieur le directeur de cabinet, n'est-ce pas ?

– Oui, Votre Majesté.

– Et vous avez votre idée sur les motifs qui l'y auraient poussé ? » Il s'appuyait maintenant des deux mains au pupitre. Elle ne put soutenir le regard qui accompagnait le ton neutre de sa voix.

« Non, Votre Majesté. »

Il se tourna enfin vers elle : « Non ? » Il s'éclaircit la gorge et, comme elle n'avait pas répondu, répéta : « Non ?

– Non, votre Majesté.

– Mon fils vous aurait-il confié qu'il se sentait en désaccord avec moi ? Vous pouvez parler franchement. » Ses yeux soulignés de cernes profonds cherchèrent les siens une seconde avant de se fixer sur le tapis de Smyrne élimé.

« Son Altesse impériale a toujours parlé de Votre Majesté avec un dévouement et un respect extrêmes », mentit-elle.

François-Joseph s'éclaircit la gorge de nouveau, Il prit une inspiration et examina longuement sa visiteuse. Cela lui parut une éternité. « Est-ce bien la vérité, madame Alt ?

– Oui, Votre Majesté.

– Êtes-vous catholique ?

– Oui, Votre Majesté. »

Dans la pièce exiguë, la lumière diffuse s'accroissait. Les lampes devenaient superflues. « Il fait jour beaucoup plus tôt, maintenant », dit l'empereur. La voix grise était un brin plus chaleureuse. « Vous vous êtes mariée récemment, n'est-ce pas ?

– Oui, Votre Majesté.

– Vous êtes fort heureuse, j'espère. » Ce n'était pas une question, mais une constatation.

« Votre Majesté est trop bonne. »

Il prit un télégramme dans le tiroir du pupitre.

« Avant que vous ne partiez, je voudrais vous montrer ceci. » Il vint vers elle et lui tendit le télégramme.

Elle le prit. Ses doigts tremblaient tellement qu'on entendait le bruissement du papier. « Lisez-le », dit-il.

Le télégramme, posté de Mayerling le 28 janvier, disait : « À Sa Majesté l'empereur, Hofburg, Vienne. *Engedelmet kérek, ha nem gyüvök. Keveset beteg vagyok. Tisztelem a föhercegnét. Rodolphe.* »

« Vous savez le hongrois ? demanda-t-Il, pendant qu'elle lisait.

– Un peu, Votre Majesté.

– Eh bien, vous constaterez qu'à la veille de sa mort mon fils se sentait tellement mal qu'il a dû annuler un rendez-vous avec moi. Croyez-vous que ce soit la peur de la maladie qui ait pu lui inspirer sa décision funeste ? Vous êtes jeune. Vous savez donc sans doute que ce n'est pas toujours aux parents que les enfants se confient. » Ses yeux réclamaient une réponse affirmative. Elle la lui donna.

Il lui tendit le bout des doigts d'une main froide. « Vous m'avez donné des renseignements précieux, madame Alt. Je vous remercie. »

Elle plongea dans sa révérence de cour. Le visage tourné vers lui, elle quitta la pièce à reculons, les portes blanc et or s'ouvrirent, quelqu'un l'accompagna dans les escaliers glacés, qu'elle descendit marche après marche dans un état second. En bas Franz l'attendait.

Le soleil brillait à présent, mais le cadran solaire de la Franzenshof ne jetait encore aucune ombre. Les murs étaient trop hauts. Le froid ambiant suscita en elle un vif désir de chaleur.

« Mal passé ?

– Non. Rentrons à la maison », demanda-t-elle. C'était la première fois qu'elle donnait ce nom à leur quatrième étage.

13

Le fruit de l'ignorance

Son père avait fait un saut chez elle entre son cours et son séminaire comme chaque jeudi matin. Il était arrivé puis reparti avec une ponctualité d'horloge après avoir trempé ses lèvres dans le verre de sherry que Simmerl avait posé devant lui avec quelques tranches de jambon pour un second petit déjeuner ; il avait cet air un peu désemparé qu'il arborait toujours quand il lui rendait visite. Comme d'habitude depuis le mariage, entre le père et la fille l'essentiel restait non dit, seule une brève interrogation passait parfois sur ses traits un peu crispés, et un sourire sur ceux d'Henriette. L'interrogation signifiait : « Est-ce que tu commences à t'habituer ? » Le sourire : « Oui. » Il la traitait toujours comme un bébé, lui demandant si elle était assez couverte, si elle mangeait assez et ne se couchait pas trop tard ; depuis qu'approchait la date de sa délivrance, il s'enquérait aussi de ce qu'avait dit le docteur Herz. « Quand ta mère t'attendait... » répétait-il, comme pour lui recommander de calquer son comportement sur ce que sa mère faisait ou évitait de faire. Au demeurant, il trouvait le docteur Herz trop jeune.

Aujourd'hui il paraissait d'excellente humeur, il venait de s'étendre sur son sujet de prédilection. Depuis la mort des empereurs Guillaume et Frédéric d'Allemagne, l'année précédente, François-Joseph était non seulement le sénior, mais aussi le chef de la Triplice, « *Primus inter non pares* », disait-il. Avec cet art consommé de la rhétorique qui enthousiasmait les amphithéâtres, il lui avait exposé la mission culturelle de *l'homo austriacus*, lequel incarnait un mélange idéal d'âme, de charme et d'efficacité, quand *l'homo germanicus* possédait surtout cette dernière et *l'homo italicus* principalement le don des arts. À l'en croire, François-Joseph était « le monarque le plus sous-estimé de la modernité », et elle ne put s'empêcher de penser que l'homme le plus charmant qu'elle eût connu s'était fait sauter la cervelle à cause du « monarque le plus sous-estimé de la modernité ». Elle osa l'objection. En ces termes.

Son père la dévisagea, ébahi. « Quelle légèreté d'imaginer cela ! Et de le formuler, qui plus est ! la tança-t-il. Le suicide du prince héritier était inscrit dans le sang des Wittelsbach. Ce qui l'a déclenché est la crainte d'être convoqué par le baron Beck, le chef d'état-major, afin de répondre de l'opposition à la diète hongroise de Stephan Károlyi et consorts que Rodolphe avait prônée, au projet de loi militaire. Pour parler sans fard : afin de répondre de haute trahison ! »

Elle ne le croyait pas, elle savait mieux que lui. Il était mort parce qu'il ne pouvait pas vivre ainsi. Il avait besoin de compréhension pour vivre. D'êtres qui croient en lui et qui l'aiment. C'était aussi simple que ça ! Mais avec son père, les problèmes perdaient toute chair et devenaient pur intellect. C'est sans doute pour cela qu'il demeurait incapable de résoudre les siens propres.

« Monsieur le conseiller avait vraiment bonne mine aujourd'hui », observa Simmerl en débarrassant la table. Henriette étouffa un cri de douleur. Pendant la visite paternelle elle avait refusé de se laisser aller, son père était tellement anxieux. « Revenez finir les cuivres des portes et racontez-moi la suite ! » pria-t-elle le valet qui avait interrompu ces deux activités à cause du visiteur. Elle aimait l'écouter parler. Il connaissait des cancans savoureux. La curiosité était un défaut contre lequel elle n'essayait même pas de lutter. Qu'y trouvait-on à redire ? Les gens étaient parfois tellement passionnants !

Simmerl (entretemps il avait obtenu qu'on le nomme « monsieur Simmerl ») reprit donc là où il s'était interrompu, aux cuivres de la porte de la salle à manger et à un tournant dramatique de son récit. « Et monsieur le baron Königswater qui me dit : "Monsieur Simmerl, il me dit, si vous voyez encore le lieutenant d'en face, vous m'avertissez immédiatement !" Madame von Alt doit savoir que monsieur le baron était peu causeur et qu'il avait pour madame la baronne une vénération… – Madame n'est pas bien ?

– Je ne sais pas. Continuez, monsieur Simmerl ! »

L'homme à la longue silhouette, dont le visage oblong presque sans sourcils que prolongeait une calvitie exprimait un perpétuel étonnement, se remit donc à ses occupations, lesquelles mobilisaient pour l'heure sa mémoire, sa peau de chamois et la poudre à récurer. Mais Henriette poussa un gémissement tel qu'il s'interrompit de nouveau.

« On devrait peut-être prévenir tout de même monsieur le docteur von Herz ? » demanda-t-il, anoblissant résolument les « gens de bien » tout en usant du conditionnel pour relativiser humblement ses propres suggestions.

Le docteur Herz fut donc prévenu et accourut. Il laissa son cigare dans l'antichambre, examina Henriette, assura que tout était normal et que les choses se présentaient au mieux. Un peu plus tard, alors qu'elle était couchée, elle eut soudain la sensation qu'elle allait mourir. « Quelle absurdité ! » s'insurgea le jeune médecin, qui semblait avoir pris ses dispositions pour rester là un bon bout de temps. « Tout est absolument normal ! » Normal de ressentir d'aussi violentes douleurs ? Et de plus, l'impression qu'on allait mourir ? Pourquoi lui avait-on caché que c'était si terrible de mettre un enfant au monde !

« Fallait-il vous décourager ? Une première naissance est toujours un peu éprouvante, dit le docteur Herz avec une douceur exaspérante. Vous ne pouvez l'ignorer, madame.

– C'est insupportable, c'est au-dessus de mes forces », répondit-elle, indignée. Elle l'ignorait complètement ! Jusqu'à cette seconde, elle ignorait même *comment* ça se passait exactement !

« Voyons, Voyons. Tout le monde le supporte. La nature est ainsi faite. Voyons, chère madame. »

Des phrases ! Qu'en savait au juste un docteur comme lui ? Son père avait raison, il était trop jeune. Ces crampes n'allaient-elles pas cesser ? Son père avait tort ! On aurait dû lui dire ! Mon Dieu ! Ces douleurs !

Vers trois heures, on alla chercher Franz à la fabrique. Vers sept heures, un inconnu qu'elle entrevit à peine entra dans la chambre de la parturiente, un professeur de gynécologie appelé *pro consilio* par le docteur Herz. Le jeune généraliste ne voulait sans doute prendre aucun risque dans une maison de l'importance du numéro 10, une chance déjà qu'après la mort du médecin de famille, on l'eût laissé, lui si jeune et si modeste, soigner le colonel Paskiewicz, quand, dans la panique d'une attaque, on s'était adressé au premier venu ! Double chance : le colonel étant resté en vie, la maison avait fait du jeune docteur son médecin de famille.

Les médecins se concertèrent.

Quand le professeur alla trouver Franz dans la pièce voisine, il lui déclara que le cas n'était peut-être pas aussi normal que l'avait d'abord cru son jeune confrère. « Je ne veux nullement vous alarmer, monsieur le conseiller. Mais les contractions ont cessé.

– Cela arrive ? demanda Franz

– Ah, mais certainement ! Cela se produit parfois !

– Mais sa vie n'est pas en danger, monsieur le professeur ?

– Pour le moment non. »

À ces mots, Franz, qui était assis depuis quatre heures en serrant les poings, se leva lentement. Il fourra la petite croix d'argent qu'il tenait dans la poche de sa veste. « Elle ne doit pas mourir ! dit-il. Vous m'avez compris ? »

Le comportement de cet homme, qu'il connaissait par son club d'échecs et qui lui avait semblé être un gaillard plutôt flegmatique, fut un tel choc pour le professeur qu'il se défoula quelques jours après en rapportant à d'autres membres du club : « Eh bien, j'en avais déjà vu des vertes et des pas mûres dans mon cabinet ! Des parents de patients qui vous implorent comme le sauveur ou vous soudoient comme un brigand. Mais jamais encore personne qui s'en prenne à ma vie ! Ma parole, messieurs ! Cet homme m'aurait étranglé de ses propres mains ! »

Cela s'était passé ainsi : Franz, à qui l'on avait formellement interdit la porte de la malade à son arrivée, l'avait ouverte à toute volée au bout de quatre heures et, au dire du professeur, s'était posté sur le seuil en fixant comme un dément le lit de la parturiente jusqu'à ce qu'on l'expulse de force. On avait dû le traîner littéralement dehors.

De cela Henriette ne s'aperçut pas plus que du reste. Les douleurs avaient cessé. Son corps était de plomb. Son esprit paralysé. La vague impression d'être morte. Elle tentait de se rappeler quand cela avait pu se produire. Sans y parvenir. Elle ne savait plus non plus où elle se trouvait. Mais ce bourdonnement dans les deux oreilles, elle le connaissait, et cette odeur fétide de pourriture aussi. Elle plongeait dans un vide sidéral. Qui se dissipait puis revenait en l'espace de quelques secondes.

« Compresses, vite ! »

La lagune exhalait une odeur douçâtre.

« Comment est le pouls ?

– Bon, monsieur le professeur !

– Un pouls qui file comme ça, c'est ce que vous appelez bon ? Je le savais ! Je n'aurais jamais dû me laisser convaincre par ce fou furieux ! L'oxygène, vite, nom de Dieu ! »

Le noir. Le vide. Pouah, cette odeur !

« Comment respire-t-elle ?

– Bien, je dirais », monsieur le professeur.

Une lueur éblouissante, aveuglante.

– Compresse ! Vite ! Elle perd son sang ! »

Je perds mon sang, pensait-elle sans se représenter quoi que ce soit. Puis un grondement métallique emplit ses oreilles. Elle chuta dans le noir.

« Hetti ! Tu m'entends ? *Hetti !* »

Oui, oui, elle l'entendait. La locomotive sifflait. Wagon-lit. Il y avait un refrain, comment était-ce ? « *Taratata – taratata.* »

« Monsieur le conseiller, si vous restez là, je ne réponds plus de rien !

– Mais vous ne voyez pas qu'elle ne bouge plus ! Monsieur le professeur ! *Jésus, Marie, Joseph !* »

Un cri si déchirant qu'il parvint à la conscience paralysée d'Henriette. Elle ouvrit des paupières de plomb.

« Ce n'est pas le moment de se rendormir, ma petite dame ! Sans quoi nous n'arriverons pas à faire sortir monsieur votre époux. Restez éveillée ! Bien ! »

Une lumière crue. Mal aux yeux.

« Êtes-vous enfin persuadé que votre épouse va bien, monsieur le conseiller ? Nous vous appellerons le moment venu, n'ayez crainte ! N'est-ce pas, docteur Herz ? »

La locomotive, le roulement du train. Je suis morte, ça m'emporte. Je suis morte, ça m'emporte. Je suis morte…

« Bien meilleur le pouls, monsieur le professeur !

– Faites encore une intraveineuse de caféine, collègue !

– Je ne crois pas qu'elle en ait besoin, monsieur le professeur. Le problème, c'est qu'elle n'a pas aidé du tout !

– C'est ce qui vous trompe ! Le problème, ce sont ces mystères ineptes ! Comment pourrait-elle aider quand elle n'a pas idée des choses les plus élémentaires ! Quand on ne sait rien de la vie, on ne peut pas donner la vie ! Vous ne pensez pas ? »

Un peu plus tard dans cette même nuit du 21 octobre 1890, Henriette donnait la vie à un garçon et conservait la sienne.

Deuxième livre

LE FEU AU TOIT

14

Un enfant se tait

Hans aimait éperdument sa mère. Le premier mot qu'il prononça fut « maman », et avant que sa bouche puisse le dire, il le lui disait avec les yeux. Il riait quand elle était près de lui et apprit à pleurer en la voyant s'éloigner. Le rire semblait lui être inné ; au berceau déjà il gazouillait légèrement en souriant aux anges. C'était l'enfant le plus gai qu'on eût jamais vu dans cette maison. Même l'épouse du premier procureur, l'ex-baronne Überacker qui surveillait de très près la belle-sœur du quatrième, ne pouvait prétendre qu'Henriette fût une mauvaise mère. Deux ans après Hans naquit Franziska ; un an après, Hermann. On en convenait du bout des lèvres au premier étage, l'extravagante coquette indisciplinée du quatrième était peut-être meilleure femme qu'on n'aurait cru. En tout cas, on n'eût pu trouver homme plus heureux que Franz, encore que l'adoration aveugle qu'il portait à cette Henriette fût d'un ridicule achevé. Dieu seul savait si elle ne le dupait pas, et ce qu'elle pouvait bien leur cacher à lui et à la maison ! Madame Elsa restait sceptique.

Quand Hans fut en âge de marcher et de parler, il s'adonna sans cesse à la première de ces activités et pour ainsi dire jamais à la seconde. Il montait et descendait comme un furet les escaliers, les vieux comme les neufs, sur ses petites jambes fermes ; assis par terre dans la chambre d'enfant, il contemplait, ravi, les images d'animaux des albums cartonnés qu'il avait dressés autour de lui, tout en explorant l'intérieur de ses poupées, et il restait debout des heures devant la cage où monologuait le perroquet Cora hérité de feu tante Sophie. Dès que l'oiseau ouvrait la bouche, il hochait la tête avec enthousiasme. Mais lui ne parlait presque pas.

La nurse Agnes, qu'on surnommait Neni, trouva la chose si préoccupante qu'elle évoqua un trouble de la parole et inquiéta Henriette. Un enfant qui ne parlait pas à près de trois ans ! Neni, du haut de sa longue expérience, n'avait jamais vu ça ! Le docteur Herz, en revanche, déclara que la nurse s'alarmait à tort. Il y avait des enfants prolixes et des enfants silencieux. Hans était un silencieux.

Henriette trouvait tout de même inquiétant que Hans s'habituât à exprimer ses désirs par des signes plutôt que par des mots. On l'aurait cru parfois muet, à l'exception du mot « maman », car on l'entendait même rarement chanter ou gazouiller comme il le faisait auparavant. Et ses yeux restés presque aussi bleus qu'à sa naissance prenaient l'éclat insistant, pressant et insatiable qu'ont ceux des sourds-muets.

Le souci d'Henriette était à son apogée, lorsque ce sort étrange fut rompu. C'est Christine, la fille du colonel Paskiewicz, qui accomplit le miracle. Toujours plus longue, toujours plus svelte, elle avait maintenant quatorze ans et promettait d'être aussi belle que ce père condamné depuis longtemps par les lois de la science ; la peur qu'elle ressentait pour lui dominait toujours son existence de fillette, car entre ses accès inévitables et de plus en plus fréquents, le colonel provoquait la mort avec la même légèreté que jadis ses adversaires de duel. Grimper au quatrième étage, c'était donc pour Christine se réfugier dans un monde meilleur. En haut tout était sublime, et son adoration pour Henriette avait pris des proportions que la maison ne laissait pas de blâmer. À l'instar des jumeaux Fritz et Otto, les adultes l'appelaient « la petite hystérique ». Ce qui n'empêcha pas le colonel de déclarer à sa belle-sœur Elsa : « Elle a bien raison ! Elle a choisi la seule personne intéressante de cette triste maison ! » Madame Elsa rapporta le propos au procureur, en observant dans son parler tyrolien : « Ch'ignorais cet emploi du mot "intéressante" ! »

Comme d'habitude, Christine s'était précipitée au quatrième après l'école pour demander hors d'haleine si tante Hetti était là. Madame était allée faire une course, dit la femme de chambre. Déçue, la visiteuse, pour qui cette question restait l'événement du jour, alla frapper à la porte de la chambre d'enfant ; même en l'absence de tante Hetti, on était incomparablement mieux en haut qu'en bas ! La nurse repassait de minuscules chemises sur une longue planche, sous laquelle s'était installé Hans. Il aimait avoir un toit sur la tête – comme les chiens, lui reprochait Neni. Entouré de ses albums ouverts, il dépeçait un ours en peluche sous la planche à repasser. Juchée sur sa chaise haute près de la fenêtre, sa sœur Franziska âgée de deux ans agitait une cloche minuscule. Hermann, né depuis quelques mois, dormait profondément. Seul le tintement de la clochette troublait le silence de la pièce.

« Je me suis dit que je pourrais entrer un moment », expliqua Christine sur un ton d'excuse.

La nurse humectait une chemise. « Va pas me réveiller le bébé ! » chuchota-t-elle en montrant le berceau. Elles étaient rivales, car Hans vénérait Christine. Au dire de la nurse, elle était la personne de la maison qu'il préférait après sa mère ; les autres, son père y compris hélas, l'intéressaient peu. Les yeux brillants, il désigna le sol pour lui signifier : « Viens t'asseoir près de moi. »

Christine, rompue au langage des enfants, qu'il fût muet ou parlé, comprenait ses signes. Elle savait ce que les enfants disent ou ce qu'ils taisent. Elle savait encore mieux tout ce qu'ils taisent. Sans dire mot, elle s'assit par terre.

« T'es pas obligée de lui céder tout l'temps ! » gronda Neni à voix basse au-dessus de leurs têtes. « Le petit fait tout ce qu'il veut ! L'est gâté pourri ! On en fera jamais rien ! »

Mais Hans montrait déjà de l'index à sa grande cousine le lion qui paradait en première page de son album. Autrement dit : « Raconte-moi l'histoire du lion. »

Christine raconta. Pas comme les grands, mais comme elle avait toujours souhaité qu'on lui raconte à elle, en anticipant chaque question si bien qu'on savait toujours ce qui allait se passer. « Et ils vécurent ensuite heureux très longtemps », concluaient les contes des adultes. Ce qui, pour Christine, n'était pas une fin mais un début. Car jusqu'au moment où ils vivaient enfin heureux, ils avaient vécu dans la peur et connu d'horribles aventures, et on avait tellement envie de savoir comment on vivait, heureux !

D'une voix étouffée pour ne pas réveiller Hermann qui dormait, elle racontait, tout en épiant parfois les bruits au-dehors dans l'espoir d'entendre rentrer tante Hetti.

Hans l'écoutait, captivé. Au moment le plus palpitant, la nurse dit qu'elle avait fini le repassage et que c'était le moment d'aller au Stadtpark. Mais Hans secoua la tête. Rester ici. Entendre la suite ! Le sachant en sûreté, et deux gamins étant moins fatigants que trois, Neni enfila un mantelet rose à la petite Franziska, coucha dans le landau Hermann qui ne se réveilla même pas, et quitta le quatrième étage avec les deux petits. On l'entendit dire à Simmerl qui l'aidait à descendre les escaliers : « Ce gamin devient chaque jour plus capricieux ! Il est très mal élevé ! » Hans et Christine se retrouvèrent seuls.

Sous la planche à repasser, il apprit, enchanté, que le lion sauvage s'était totalement apprivoisé et que nul être au monde n'avait plus à le craindre, le roi et la reine pas plus que les cinq princes. Il caressa donc le lion dans l'album, passa à la page 2 où se pavanait un paon, et pointa l'index vers l'animal : « Raconte l'histoire du paon ! »

Les yeux de Christine imitèrent l'expression captivée du petit garçon. Mais elle secoua la tête. C'était l'occasion ou jamais ! Si elle réussissait là où nul n'avait réussi jusque-là, elle aurait accompli un exploit qui lui vaudrait l'affection redoublée de cette tante Hetti qu'elle adorait. L'idée lui en était venue brusquement.

« Tu veux me faire un grand, un très grand plaisir ? » demanda-t-elle au petit garçon.

Hans acquiesça avec fougue.

« Tu sais, je suis tout le temps toute seule, je n'ai personne qui me raconte des histoires. Tu pourrais peut-être m'en raconter une ? Personne ne nous entendra. Celle du paon ? »

Il eut l'air pensif.

« Tu sais, je serais enfin heureuse si tu me la racontais !

– Tu es triste ? » demanda-t-il, articulant lentement les premiers mots qu'il prononçait depuis longtemps.

Elle dit oui, le cœur battant.

Il leur lança, à elle et à l'image cartonnée, un de ses singuliers regards perçants, hésita un peu, rit, prit un air très sérieux et commença : « Il était une fois un paon. » Son histoire du paon était certes presque identique à celle du lion qu'elle venait de conter, mais personne ne s'en formalisa, lui ne voulait que la consoler, elle que l'entendre parler. Plus elle avait l'air content, plus il était fier et plus il était loquace : les mots si longtemps refoulés se pressaient sur ses lèvres. « Le paon poussa un rugissement si féroce que sa crinière jaune frémit ! » racontait-il. C'est alors qu'entra tante Hetti.

Debout sur le seuil, elle entendit l'enfant muet décrire le paon comme un lion sans se soucier d'elle, tout à son récit. Elle était l'expression même du ravissement. Si seulement elle m'aimait comme ça, moi aussi, pensa Christine, jalouse. Toutes deux écoutèrent religieusement, et une fois l'histoire finie et le paon apprivoisé, complimentèrent à l'envi le petit conteur. Mais lui voulait seulement savoir si Christine n'était plus triste. Elle dit qu'elle était heureuse. Henriette ne l'avait même pas remerciée. À compter de ce jour, Hans parla.

15

Éducation humaniste

On lui avait dit si souvent : « Quand tu seras au lycée... », comme si c'était la plus belle chose qui puisse lui arriver ; aller au lycée promouvait quasiment l'écolier au rang d'étudiant, Hans avait même vu des cartes de visite où l'on mentionnait en élégants caractères sous le nom de la personne son ex-qualité de lycéen. Son lycée à lui était le François-Joseph, Hegelgasse, à deux rues de la Seilerstätte. Jusqu'à ce jour de juillet où il parcourut le bref chemin qui l'en séparait à la main de son père pour se présenter à l'examen d'entrée, il ne connaissait pas la peur. Les dix années de sa vie n'avaient été troublées que deux fois, une première par les oreillons, et une seconde par un voyage de maman à Opatija, pendant lequel les enfants étaient restés sous la garde de Neni. Mais quand se referma sur lui la porte du bâtiment gris où il était censé acquérir une « éducation humaniste », sa vie changea brutalement du tout au tout. La porte de la salle de classe devant laquelle il attendait portait une affiche écrite à l'encre bleue : *Ici a lieu l'examen d'admission pour l'année scolaire 1900-1901.* Et il ne comprit que bien plus tard ce qu'avait voulu dire son grand-père Stein en lui déclarant après l'examen :

« Cela ne va pas être une mince affaire d'apprendre là-bas le nouveau siècle ! »

On le fit entrer : sur une estrade qui occupait un tiers d'une salle en plan incliné se trouvait une large table brune à plateau vert ; au mur chaulé, grisâtre, était accroché un crucifix ; et au-dessus du tableau noir, un portrait lithographié de François-Joseph dans son manteau de couronnement en velours rouge bordé d'hermine, sceptre en main et couronne au front. Derrière la table qui surplombait onze rangées de bancs fixes dont les pupitres jadis verts avaient pâli sous les taches d'encre et les coups de canifs de générations de lycéens, trônait monsieur Miklau, professeur principal de la classe que constitueraient aujourd'hui les lauréats de l'examen d'admission.

Employé depuis plus de trente ans dans cet établissement où il enseignait l'allemand, le grec et le latin, ce sexagénaire bilieux avait le teint jaune et le dos voûté. Ses revenus de professeur au lycée impérial lui permettaient de s'offrir tous les quatre ans une cure estivale à Karlsbad, et environ tous les trois ans alternativement un costume ou un manteau. Il parlait le dialecte du Ausseerland et abhorrait les villes et leurs habitants. Avait-il femme et enfants, où demeurait-il, à quoi occupait-il ses loisirs, nul de ses milliers d'élèves n'en avait jamais rien su et nul n'en avait cure. Ils le craignaient ou le détestaient, et eux l'indifféraient visiblement, si ce n'est comme réceptacles de son enseignement. Lequel consistait à leur inculquer un « programme » agréé par le ministère impérial et royal de l'Instruction, conformément aux directives émises par l'inspecteur d'académie de Vienne. Ledit programme soumettait les enfants à huit années d'interrogations orales et écrites quasi quotidiennes, et les directives académiques leur interdisaient pour cette même période la cigarette et l'alcool, l'adhésion aux associations et la publication d'écrits personnels. C'est sur ce dernier point qu'un professeur principal devait se montrer particulièrement vigilant – et Miklau l'était.

C'est de cet homme que Hans apprit ce qu'était la peur, il le craignit dès le premier cours – qui commença par ces mots : « Vous allez maintenant... (dès qu'on entrait dans le secondaire on était vouvoyé) réciter le Notre-Père. Faites le signe de croix ! » Après quoi l'on dit en chœur le Notre-Père, puis le professeur répéta : « Faites le signe de croix ! », et poursuivit, après avoir signifié aux candidats de s'asseoir en abaissant la paume de la main : « Je vais maintenant vous dicter sept phrases. Vous écrirez ces phrases sur la page de gauche du cahier et les analyserez sur celle de droite. Veillez à laisser une marge de trois doigts à droite et de deux à gauche. » Il parlait un allemand qui avait l'air traduit du latin. Il ne semblait pas remarquer qu'il s'adressait à de nouveaux élèves à qui tout ceci était forcément étranger, ou bien l'expérience lui avait enseigné qu'il valait mieux l'ignorer.

Il se mit donc à dicter avec son accent styrien à une vitesse que tous ne purent pas suivre. Hans se manifesta pour demander quelques mots qui lui avaient échappé – sans penser à mal.

« Quel est votre nom ? lui demanda-t-on en guise de réponse.

– Hans Alt.

– Alt Hans, lui fut-il enseigné, mettez-vous dans la tête une bonne fois pour toutes que vous devez vous taire quand vous n'êtes pas interrogé ! *Si tacuisses, philosophus mansisses !* Vous n'aviez qu'à faire attention. Vous avez vingt minutes. Ceux qui n'auront pas fini passeront l'oral. Alt Hans et consorts, pendant la durée de votre scolarité, vous êtes priés une fois pour toutes de retenir ce qu'on vous dit sans poser de question oiseuse ! »

L'examen d'entrée au lycée autrichien prévoyait de consacrer la matinée à l'écrit et l'après-midi à l'oral, ce dernier n'ayant lieu que lorsqu'on échouait au premier ; passer l'oral était donc vécu comme dégradant. Hans apprit donc – sous la menace – qu'un succès ou un échec pouvaient dépendre de quelques minutes. Jusque-là, le temps n'existait pas pour lui.

Au professeur Miklau succéda le professeur Rusetter, histoire naturelle et mathématiques, plus âgé que Miklau, affecté d'une inflammation des yeux ; on ne le voyait guère sans ses verres fumés. Il dicta lui aussi, son dialecte avait des accents tyroliens, sa diction était martiale (il avait fait la campagne de Bosnie en tant que capitaine), ses favoris blanchissants avaient dû être roux jadis. Il les écartait régulièrement de son menton avec les deux mains.

« Vous là-bas au deuxième banc, dit-il à Hans, votre tenue est incorrecte, dites à messieurs vos parents ou à la personne qui s'occupe de vous qu'on ne se présente pas ici les jambes découvertes (il évitait de prononcer le mot “nu”). » Pour la première fois de sa vie, Hans entendait des paroles qui ne sonnaient pas comme une langue. Tante Elsa parlait un peu comme ça, mais même elle souriait parfois en parlant.

Pendant que les garçonnets penchés sur leur cahier tentaient de résoudre les problèmes de calcul qui leur étaient posés, l'ancien capitaine se posta à la fenêtre pour examiner ses yeux rougis dans son miroir de poche, du moins c'est ce que Hans s'imagina. Mais ce miroir lui servait en fait à repérer les naïfs qui pensaient pouvoir copier sur leur voisin. Tel un chasseur embusqué, le mathématicien attendait l'instant où le miroir les lui révélait, pour faire brusquement volte-face et, malgré son embonpoint, sauter en quelques bonds sur le coupable. « Pris ! » s'écriait-il alors, triomphant. Il lui arrachait son cahier des mains et attendait le suivant. Le monde semblait reposer pour lui sur la distinction entre les consciencieux et les tricheurs.

Après lui se présenta le catéchiste, le professeur Haberl. Il tira à plusieurs reprises de sa soutane une blague de tabac à priser en écaille. Il avait du coton dans les oreilles et éternuait après chaque prise. Hans se réjouit de constater qu'il était capable de rire.

Après « l'écrit » on pouvait rentrer à la maison, il fallait toutefois se représenter à deux heures pour savoir qui devait passer l'oral et qui en était exempté. Maman le réconforta comme toujours, papa prit même, ce jour-là, le temps de lui poser des questions, et il y eut son menu préféré : escalopes viennoises et salade de concombre. Mais il mangea sans appétit. Il avait toujours cru que tout dépendait d'ici, de maman et de papa, de l'appartement, de cette maison. Or il s'avérait que ni les parents ni la maison n'exerçaient la moindre influence sur le lycée François-Joseph. Peut-être allait-il échouer ? Et il avait honte de ses jambes nues.

À deux heures précises, il se trouva en longues chaussettes de fil noir devant le professeur Miklau qui lisait des noms dans un petit livre rigide à couverture noire : « Les candidats dont les noms suivent n'ont pas réussi l'examen écrit : Alt Hans... »

Jusque-là Hans ne savait rien non plus de l'ambition ni de l'envie. C'est en voyant sortir du rang les bons élèves exemptés d'examen, alors que lui restait parmi les médiocres, qu'il les éprouva pour la première fois. « Alt Hans, dit le principal (dans l'ordre alphabétique, il restait le premier), vous avez rendu un devoir de mathématique assez satisfaisant et un devoir d'allemand absolument lamentable. Qu'est-ce que vous vous figurez, si tant est que vous vous figuriez quoi que ce soit ? Croyez-vous le lycée fait pour les analphabètes ? C'est sans doute ce qui vous a autorisé à écrire "patrie" sans "e" ! Vous ne savez pas distinguer le féminin du masculin ? »

Hans qui allait avoir dix ans en octobre ignorait ce qu'était un analphabète. Mais le professeur Miklau, tenu par l'administration impériale et royale de dire « vous » aux petits garçons de dix ans, pensait manifestement qu'eux étaient en retour tenus d'être adultes. Outre qu'on ne pouvait extirper assez tôt des jeunes gens cette frivole idée bien viennoise qu'on était ici-bas pour jouir de la vie !

« Alt Hans ! Écrivez au tableau : "La vie est un dur et incessant combat" point. Analysez la phrase ! » Hans déclara que c'était une phrase principale, dont le sujet était « la vie », « un combat » l'attribut du sujet, et « dur » et « incessant » les épithètes de « combat ».

« Eh bien, pensez-y désormais et tenez-vous-le pour dit ! » lui intima le professeur principal.

Moyennant quoi, et en répondant ensuite que Vienne était l'ancien camp romain Vindobona et existait depuis environ deux mille ans, Hans réussit l'examen d'entrée. Il en retira un peu de fierté et un peu de gêne. La nuit d'après, il sursautait de frayeur dans son sommeil devant l'ex-capitaine qui l'observait dans son miroir. « Je n'ai pas copié ! » marmonna-t-il, épouvanté. Neni cria machinalement de la chambre d'enfant (Hans avait emménagé dans le cabinet de travail contigu) : « Chut ! Dors ! Sois sage ! »

Son expérience de nurse aurait pu lui apprendre qu'aujourd'hui on avait volé à Hans son enfance, mais peut-être était-elle trop ensommeillée ou simplement peu attentive, comme tous ces adultes qui ont la charge des enfants.

16

La redoute Metternich

Le bruit courut dans la maison que l'oncle Paskiewicz se mourait, mais il avait couru si souvent qu'on crut à une fausse alerte. Le colonel et son mal mortel les enterreraient tous ! Or il trépassa – juste au moment où sa femme voulait aller quérir un prêtre. Depuis vingt bonnes années elle redoutait cet instant, quand il se présenta, elle s'effondra.

À son retour du jardin d'enfants sur la Stubenbastei, où elle assistait l'institutrice depuis l'automne, Chris trouva son père déjà froid et sa mère écroulée sur lui ; au premier instant elle les crut morts tous les deux. Hans qui rentrait du lycée l'entendit appeler au secours.

C'était le premier mort qu'il voyait. (Le seul souvenir qu'il gardât de la mort de sa grand-tante Kubelka était le cheval noir devant le corbillard.) Le mort était allongé sur son lit, il avait le visage de l'oncle Paskiewicz, mais un peu changé. Tante Gretel ne remuait pas non plus, mais Hans la vit respirer. La jeune fille, elle, claquait des dents, elle était incapable de parler et lui faisait une peine horrible. « Est-ce que maman le sait ? » demanda-t-il.

Chris secoua la tête.

« Tu veux que j'aille la chercher ? »

Elle acquiesça.

Il prit son cartable, courut au quatrième étage, mais sa mère n'était pas à la maison.

« En sa qualité de dame patronnesse, madame votre maman doit aider aux préparatifs du bal », lui expliqua Simmerl. Eh bien, il fallait aller la chercher tout de suite ! Aujourd'hui ? Mais que se figurait le jeune monsieur ! Il était impossible de déranger Madame maintenant. Le jeune monsieur sous-estimait-il l'immense honneur qu'il y avait à parrainer la redoute de Son Altesse la princesse Metternich ? « C'est notre premier événement mondain depuis la fin du deuil de la pauvre impératrice », argua le valet de chambre, que tout ce qui touchait Vienne concernait personnellement.

Maman reviendrait-elle au moins se changer à la maison ? s'enquit Hans. Non. Madame avait pris son costume dans la voiture.

Le garçon attendit presque une demi-heure avant de redescendre tant il avait honte de revenir sans sa mère. Bien sûr, elle ne pouvait pas deviner que l'oncle Paskiewicz allait mourir, mais pouvait-il dire à Chris que maman était en train de préparer un bal masqué ? Si au moins son père était là ! Mais son père était en voyage d'affaires depuis quelques jours.

« Maman n'est pas là pour le moment, je suis désolé », dit-il à la jeune fille qu'il chérissait plus que tout après sa mère. Tante Gretel était revenue à elle maintenant et s'était alitée dans sa chambre, le docteur Herz lui avait donné un calmant, lui apprit Chris, qui ajouta :

« Je crois qu'il vaut mieux que tu remontes, maintenant. »

Il aurait bien aimé, car il avait peur du mort. Sans compter qu'il avait une interrogation de latin le lendemain et du vocabulaire à apprendre. «Je m'en vais tout de suite», assura-t-il, mais il resta. Elle avait l'air si horriblement triste. Au bout d'un moment, il dit: «Maman va sûrement revenir tout de suite!» Le visage de Chris s'anima. Comme elle ressemblait au mort!

Hans voulut parler pour lui changer les idées. Mais elle s'affairait sur la pointe des pieds, il en conclut qu'il fallait sans doute rester silencieux. Désemparé, le petit garçon s'assit sur l'appui de la fenêtre et contempla le noyer de la cour et les fenêtres constamment fermées du rez-de-chaussée, où était morte la grand-tante Sophie qu'il n'avait pas connue. Christine circulait à pas de loup dans l'appartement avec une figure qu'il évitait de regarder, et faisait un tas de choses pour l'oncle. Elle allumait des bougies des deux côtés du lit. Elle lui fermait les yeux. Elle lui joignait les mains sur la couverture. Elle lui posait une petite croix entre les doigts. Comme pour une poupée, pensa-t-il. Il ne l'entendait pas pleurer, ça le consola.

Ensuite elle tira un fauteuil près du lit et s'y assit. Qu'en était-il de l'oncle maintenant? Quand on mourait, on allait au ciel. Ou en enfer. Mais l'oncle était encore couché là. Il avait l'air de quelqu'un qui dort à poings fermés. En le regardant attentivement, on voyait bien qu'il souriait. «Regarde-le, dit Hans, il va sûrement se réveiller.» Chris secoua la tête: «Il ne se réveillera plus», murmura-t-elle. Si elle disait vrai, les morts n'allaient donc ni au ciel ni en enfer? Parce qu'alors, il fallait bien qu'ils se réveillent?

Assis depuis près d'une heure sur l'appui de la fenêtre, Hans surveillait la respiration du mort. Hier après-midi encore, l'oncle Paskiewicz lui avait lancé dans l'escalier : « Salut, tu sais déjà conjuguer *amo* ? » Et voilà que, ce soir, il ne pouvait plus rien dire alors qu'il avait exactement la même bouche qu'hier ? Et il ne respirait même plus ?

Chris s'était mise à pleurer depuis un moment. « Maman est peut-être rentrée ? Je vais voir », dit Hans, qui n'en pouvait plus. Chris fit oui de la tête.

À la maison, rien que Neni et ses frères et sœurs. Le dîner fut servi dans la chambre des enfants. Il y avait du riz au lait. « Pourquoi t'en faire autant pour l'oncle ? demanda Neni. Pour lui, c'est une délivrance ! » Franziska, qui était en deuxième année de cours élémentaire, et Hermann, qui allait entrer en première année l'an prochain, se mirent à ricaner comme d'habitude. Idiots de mômes. Après le repas, Hans alla réviser le vocabulaire du lendemain dans sa chambre.

Il sortit de son cartable le petit carnet bleu étiqueté *Alt Hans, 6e A* et cacha de la main la page de droite où figurait la traduction. *Jucundus* – joyeux. *Pulcher* – beau. *Amoenus* – aimable. *Jucundus* – joyeux. *Pulcher*... S'il ratait la composition du lendemain, le professeur Miklau lui mettrait un blâme au conseil de classe du mois. *Aureus* – d'or. Répétant de tête, il déambulait dans la petite pièce à une seule fenêtre qui séparait la chambre à coucher de sa mère de la « grande » chambre d'enfant. De l'autre côté de la Seilerstätte s'allumèrent les lampes du Ronachertheater. Plus que quatre semaines avant le bulletin du premier semestre ! *Aetas* – âge, siècle. *Jucundus* – joyeux. Pourvu qu'elle ait cessé de pleurer ! *Bellum* – guerre. *Castra* – camp fortifié. Chris, elle, ne l'aurait jamais laissé tout seul ! Elle était toujours là quand il était triste. *Aureus* – ces idiots de mômes allaient-ils finir par aller se coucher ! C'était l'heure d'aller au lit pour les gamins du primaire !

Le carnet bleu en main, le lycéen faisait les cent pas. Il essayait de se concentrer sur le vocabulaire que le professeur Miklau demanderait peut-être demain à la composition de latin. Était-elle toujours assise au chevet de l'oncle ? Sans doute avec la tante Gretel à présent. Mais ça ne servirait à rien ! C'est bien pour ça que Chris aimait tant maman, la tante Gretel ne s'occupait que de l'oncle, jamais d'elle ! Et aujourd'hui justement maman n'était pas là ! *Castra* – camp fortifié. Est-ce que Chris pleurait toujours ?

Le visage désemparé de Chris ne lui laissait pas de répit. Quand les bruits de la chambre voisine indiquèrent que Neni couchait ses frères et sœurs, il ouvrit vite la porte de l'antichambre. Une minute après, il était à celle de Chris.

Il sonna, mais personne n'ouvrit. Il sonna une deuxième fois. Puis il frappa des doigts, du poing. Rien. Il colla son oreille à la porte. Sanglots. C'était très net ! « Chris ! appela-t-il. C'est moi ! Hans ! » Pas de réponse. Sanglots.

« Chris ! Chris ! »

Était-elle fâchée contre lui ? Il lui avait promis de ramener maman et ne l'avait pas fait, ils la laissaient toute seule, lui et maman. « Chris, s'il te plaît ! implora-t-il à travers le trou de la serrure. Maman sera là dans un instant ! S'il te plaît ! Dis quelque chose ! » Elle ne *pouvait* pas ne pas répondre ! Il attendit un moment. Les pleurs ne cessaient pas, des sanglots violents, terribles. Mais il n'obtint pas de réponse. Alors il dévala l'escalier. Devant la porte qui donnait sur la Seilerstätte, le concierge Patzlik en robe de chambre et en savates s'apprêtait à fermer. « Mais où c'est que tu vas comme ça à neuf heures, petit ? demanda-t-il. – Acheter un cahier, mentit Hans, qui était déjà dehors. – Un cahier, à c't'heure ? » cria le concierge.

Le garçon n'avait ni manteau ni casquette, mais en courant il ne sentait pas le froid. Plus vite il ramènerait maman à la maison, moins il aurait abandonné Chris. En tout cas elle verrait qu'il avait fait tout ce qu'il pouvait.

Dans sa course effrénée, ses cheveux lui battaient le front, et sous ce front, les pensées se bousculaient, courant aussi vite que lui. Le mort inquiétant. Tante Gretel figée. Le visage exsangue de Chris. Le vacillement des bougies. Le cri. Ces affreux sanglots… Seigneur ! Peut-être Chris était-elle en train d'« attenter à sa vie » ? C'est ce que faisaient les gens très malheureux – encore qu'il ne sût pas très bien ce que ça signifiait. S'il ne se pressait pas, qu'allaient-elles devenir toutes les deux ?

Schwarzenbergplatz, un policier l'arrêta : « Où est-ce que tu cours comme ça, mon petit gars ? »

Heureusement une rame du tramway approchait, il fit semblant de courir pour l'attraper. Dès que le policier eut le dos tourné, il se remit à courir, il n'avait pas d'argent pour le ticket.

Arrivé au Rennweg, il dut demander son chemin, et il s'égara dans la Ungargasse. Mais il mit à peine plus d'une demi-heure pour atteindre la Marxergasse. La file des équipages et des fiacres signalait d'emblée les salles de bal, les Sophiensäle.

Il lui suffirait de dire : « Je veux voir madame Alt ! Elle est quelque chose ici », le mot « dame patronnesse » lui étant sorti de l'esprit. Mais quand il confia son affaire au portier, celui-ci le regarda comme s'il parlait une langue étrangère. C'était un géant affublé d'un bicorne noir et or, d'un col de fourrure noire, d'un bâton pointu de nickel tressé et d'un baudrier doré ; il se dressait entre deux affiches : *17 janvier 1901. Redoute jaune et noir. Sous le patronage de Son Altesse la princesse Pauline Metternich-Sandor. Au profit de la polyclinique. Orchestres : C. M. Ziehrer, Karl Komzak, Franz Lehár.* Occupé à ouvrir les voitures des retardataires, le géant lui dit : « Mais, mon p'tit gars ! Comment je pourrais trouver ta maman dans ce millier de gens ! Tu sais quoi ? Retourne gentiment chez toi attendre qu'elle rentre. Serviteur, monsieur le comte ! Mes hommages, madame la comtesse ! À droite, Messieurs, s'il vous plaît, à droite ! Mesdames, à gauche, je vous prie, à gauche ! »

Hans ne bougea pas. À présent il sentait le froid. « Va au moins dans le vestibule, dit le portier, ça presse tant que ça ?

– Oui », dit Hans en voulant lui expliquer pourquoi, mais l'homme n'avait pas le temps et le confia à un autre en livrée noir et jaune. « La mère du petit doit être dame patronnesse. Fleischanderl, s'il vous plaît, aidez-le à la trouver ! » Le petit remercia avec un sourire, pour ne pas montrer qu'il était au bord des larmes. L'autre le prit par la main et l'entraîna au cœur des festivités.

Pendant quelques instants, Hans oublia pourquoi il était venu – c'était féerique. Des lieux fabuleux, une débauche de becs de gaz étincelants. Le fond de la salle ressemblait à un théâtre ; un mur encadré de noir et de jaune du sol au plafond formait un gigantesque décor : le palais de Schönbrunn, le vert mont Kahlenberg, le Danube bleu, et Vienne avec le clocher de Saint-Étienne et l'Hôtel de ville ; mais, aux fenêtres des maisons peintes, au sommet du clocher de Saint-Étienne et sur les ponts peints au pinceau qui enjambaient le fleuve, scintillaient de véritables, d'authentiques chandelles. Devant le mur, sur une estrade pareille à un jardin avec ses bacs de lauriers, jouaient des musiciens en frac de satin jaune. Et comme ils jouaient ! On eût dit qu'ils voulaient que les danseurs ne s'arrêtent jamais, ils les entraînaient et les cajolaient, maniant leur archer tantôt doucement tantôt furieusement. Et ces roses ! Toutes les roses jaunes de la terre semblaient réunies là, grimpant le long des murs, des colonnes et des piliers dorés ; les espaliers étaient artificiels, mais les roses bien réelles, embaumant délicieusement. Parmi elles s'épanouissaient des tulipes noires. Même le lustre avait l'air d'un énorme bouquet de roses jaunes et de tulipes noires, et les danseuses aussi étaient vêtues de jaune et de noir. Toutes avaient le visage masqué : sur les yeux des dominos noirs qui descendaient presque jusqu'à leur bouche. Les messieurs, eux, n'en portaient pas. Mais des roses jaunes fleurissaient la boutonnière de leur frac, et les officiers avaient des roses jaunes sous leurs épaulettes dorées. On dansait inlassablement. Ceux qui ne pouvaient tenir dans la grande salle évoluaient dans deux autres plus petites. Là aussi des orchestres jouaient, là aussi c'était le même décor féerique de roses, de tulipes, de lumières et de joyaux.

Hans regardait bouche bée autour de lui. Mais l'homme à ses côtés le tira de sa torpeur : « Alors, tu l'as enfin trouvée ? J'peux pas rester ici toute la vie avec toi. » Il se souvint qu'il cherchait sa maman et que ça pressait terriblement. Pouvait-on vraiment la trouver ici ? Il n'osa pas interroger le laquais et répondit qu'il ne l'avait pas encore cherchée. Eh bien, il allait le faire tout seul, lui n'avait plus le temps, dit l'homme, qui lui montra où il devait se placer et le laissa seul.

Hans se retrouva planté là. L'orchestre de la grande salle jouait *Sang viennois* ou était-ce *La Valse de Schönbrunn*? Le mieux était de se mettre tout à fait devant et d'attendre que maman passe en dansant. Le masque lui compliquerait la tâche, mais il la reconnaîtrait à sa coiffure. Ébloui et un peu las, il scrutait attentivement chaque danseuse. La plupart avaient une expression de ravissement au coin du petit morceau de bouche qui n'était pas masqué ! Et les messieurs les tenaient si fort ! Dans son zèle, il se risquait parfois au-delà de la ligne autorisée, et les danseurs l'entraînaient en quelques pas tout à fait ailleurs. La lumière éblouissante s'obscurcissait alors quelques secondes devant ses yeux.

« Mais qu'est-ce que tu fais là, mon petit bonhomme ? » entendit-il soudain. Une vieille dame se penchait vers lui d'une estrade décorée de lauriers, elle avait une tête de bouledogue laide à faire peur.

« Rien, répondit-il, effrayé, en levant les yeux vers elle.

– Un petit homme comme toi devrait être au lit depuis longtemps ! » Elle dit deux mots à un monsieur derrière elle, descendit les marches latérales couvertes d'un tapis rouge qui la séparaient de lui, attrapa la main de Hans, terrorisé par sa laideur, et se dirigea avec lui vers la sortie. « Depuis quand laissez-vous entrer les enfants ? » demanda-t-elle sévèrement aux laquais en faction, qui s'inclinèrent très bas.

« C'est le portier qui l'a envoyé, Votre Altesse ! Il cherche sa maman, s'excusa l'un d'eux.

– Ah ! dit la vieille dame. Est-ce vrai, petit ? »

Hans acquiesça.

« Et pourquoi te faut-il voir ta maman *à tout prix** ? »

Hans pensa qu'il devait la vérité à cette dame sévère qui avait un tas de grosses perles autour du cou et une décoration d'officier scintillante sur le côté gauche de sa robe décolletée de dentelle noire. « À cause de Chris, expliqua-t-il, son père est mort. Mon oncle. Et Chris attend à la maison que maman revienne !

– Ah ! Ah ! dit la dame. Ton histoire n'est pas très claire. Dis-moi, qui est ton oncle, et qui est ta maman ?

– L'oncle Paskiewicz, dit Hans.

– Paskiewicz ? N'était-il pas au 6ᵉ régiment ? » En apprenant qu'il avait été colonel des dragons, elle se souvint : « Un très bel homme ! Excellent danseur de cotillon ! Comment se nomme ta maman, dis-tu ? »

Quand Hans eut répondu, une expression étrange passa sur le visage de bouledogue : « Ah ? C'est ta maman ? Très belle aussi ! » Il le prit comme une question et approuva.

La dame rit. « Elle te plaît ! Tu n'es pas le seul ! Vois-tu ce corridor, là en face ? Vas-y et dis au monsieur près de la colonne, celui qui a une liste à la main – tu le vois ? –, que c'est la princesse Metternich qui t'envoie et qu'il doit te mener à madame Alt. Tu vas te rappeler ? »

Étourdissant, ce parfum de roses ! Hans aperçut entre la grande et la petite salle un corridor à arcades percé aux extrémités de petites portes rouges, et près de la colonne du milieu, un homme en frac qui avait un papier dans la main. Il alla vers lui, et lui débita sa commission au mot près. L'homme regarda son papier. « Numéro 9, à gauche », dit-il en désignant l'une des portes rouges. « Attends ! Attends donc ! s'écria-t-il en courant après Hans, qui était parti comme une flèche, il faut d'abord que je t'annonce ! »

On n'a pas besoin de m'annoncer à maman ! pensa Hans, et il entra.

Une pièce très étroite, tapissée de rouge. Une table dressée devant un sofa de brocart rouge. Au-dessus du sofa, un miroir à moitié dépoli dans un cadre doré ; à côté, un seau à champagne. Sur le sofa se trouvait maman, et tout près d'elle, un monsieur qui pressait son bras autour d'elle.

Au premier instant, Hans pensa que son père était rentré de voyage.

« Mon petit ! » s'écria Henriette. Le monsieur laissa retomber son bras et se retourna. Ce n'était pas son père.

« En voilà des manières d'entrer ! » s'exclama le monsieur.

Maman dit : « Mon petit garçon, comte Poldo ! Petit, qu'y a-t-il ? »

Le monsieur rit et ajusta sa cravate blanche.

« Allons donc ! On est déjà grand garçon ! Bonjour ! Et comment s'appelle-t-on ?

– Hans », dit Hans. Il détestait ce monsieur. Il expliqua précipitamment ce qui l'amenait. « C'est très urgent, maman ! » Mais elle voulait surtout savoir comment il était venu jusqu'ici. Le monsieur dit : « Ce n'est vraiment pas si urgent ! Ce bon Niki Paskiewicz a pris tout son temps pour tirer sa révérence. Ça fait presque un quart de siècle qu'il mène messieurs les docteurs en bateau ! Je nous commande un bon chocolat à la crème fouettée ? À moins qu'on ne lui donne un verre de champagne ? Pour s'habituer ? »

Maman avait l'air si bizarre, comme si elle ne pouvait pas s'arrêter de rire ! Elle était si belle avec ses cheveux séparés par une raie, et ces roses jaunes aux tempes et au décolleté de sa robe à traîne en velours d'or – comme dans ce tableau de l'impératrice Élisabeth, qu'avait papa. Et pourtant, elle avait un peu l'air d'une étrangère – à cause du masque peut-être ?

« En fait, je devrais être reconnaissant à ce petit jeune homme ! Je vais enfin savoir qui est ma charmante inconnue de ce soir ! » dit le monsieur, comme s'il récitait une leçon apprise par cœur. Puisqu'il connaissait l'oncle Paskiewicz, il devait bien connaître maman aussi ? Ses yeux à elle pétillaient terriblement. « Viens, maman ! la pressa l'enfant.

– Tout de suite, dit-elle. Ça ne te plaît pas ici ? C'est pourtant beau ! Non ? »

À côté retentirent des gloussements. Quelqu'un entonna : « Sang viennois – ne ment pas ! » Quelqu'un cria : « Ça fait une bonne demi-heure que j'attends le champagne ! » « Un p'tit instant, m'sieur le baron ! » Quelqu'un chuchotait : « Chérie ! Ôte donc ce masque idiot ! » La musique, l'air enfumé, l'odeur des fleurs, le vin et les parfums, le bruit de fond insidieux des pas de danse, tout cela avait quelque chose de troublant, d'excitant. « Mange un *petit-four** », dit maman. Hans ne voulait pas de petit-four. « S'il te plaît, viens, maman ! » Il voulait partir.

« En voilà *un* qui a de la suite dans les idées ! » dit le monsieur. Il était grand et beau et déplaisait de plus en plus à Hans.

« Je viens, je viens, dit maman. Tu ne veux pas aller un peu voir l'orchestre militaire ? Tu aimes tant la musique militaire !

– Non merci ! » répondit Hans. C'était la première fois qu'il lui résistait.

« Quand ta maman te propose quelque chose, il faut le faire ! » observa le monsieur en souriant, bien qu'il fût sûrement contrarié.

Que se mêlait-il de lui donner des ordres ! Sa fatigue et son trouble disparurent. « Maman ! demanda Hans, tu n'aimes plus Chris ? » Maman fit de la main un geste rapide d'excuse : « Vous le voyez, comte Poldo, mon fils est fort strict avec moi ! » Elle prit son manteau de velours noir à la patère, celui à la fourrure de chinchilla, et le tendit au monsieur. Puis elle enfila ses longs gants blancs. Le monsieur posa lentement le manteau sur ses épaules nues, horriblement lentement, trouva Hans, qui ne le lâchait pas des yeux.

« Va chercher ton manteau et ta casquette », dit-elle, nous partons.

Hans dit qu'il n'avait ni manteau ni casquette.

« Quoi ! s'écria maman, horrifiée. Tu es sorti sans rien ! En janvier !

– Ce jeune homme semble avoir une idée bien personnelle de l'obéissance, dit le monsieur.

– Mais je n'avais pas le temps, maman !

– Adieu, comte Poldo. Dommage que ce soit déjà fini !

– Très dommage ! Quand aurai-je des nouvelles ?

– Vous me téléphonez ?

– Demain ? »

S'il ne savait pas qui était maman, comment pouvait-il lui téléphoner ? Ou bien allait-elle lui donner le numéro de téléphone ?

Elle ne le lui donna pas et n'ôta pas non plus son masque.

« Mes hommages », dit le monsieur en s'inclinant sur la main droite de maman. Il en mettait un temps pour baiser ses gants !

De nouveau cet horrible pétillement dans les yeux de maman ! Et sa voix qui changea quand elle dit : « Bonne nuit, comte Poldo ! Faites de beaux rêves !

– Je sais de quoi je vais rêver, répondit-il, merci mille fois de cette belle soirée ! » Puis la mère et le fils quittèrent la petite pièce rouge surchauffée, la musique rugissait toujours, les couples dansaient toujours, mais les roses jaunes semblaient fanées.

Le portier géant leur procura un fiacre. « T'as trouvé Madame ta maman ? » demanda-t-il avec un sourire complice, quand elle lui eut donné un florin.

« Oui », dit Hans.

Dans la voiture il était à côté d'elle. « Si tu as froid couvre-toi de mon manteau », proposa-t-elle en l'enveloppant dans le velours moelleux et odorant, et elle attira sa tête si près qu'il entendait son cœur battre à toute vitesse. Mais elle ne lui caressa pas les cheveux, ne lui demanda rien. Il crut d'abord qu'elle gardait le silence parce qu'elle pensait à la mort de l'oncle Paskiewicz.

Puis il l'entendit fredonner. « Sang viennois – ne ment pas... » Un réverbère éclaira l'intérieur de la voiture, et il vit que ses yeux brillaient toujours du même éclat. « Maman !

– Oui ?

– Ça ne te fait pas de peine que l'oncle Paskiewicz soit mort ? »

Il ne pouvait pas savoir pourquoi elle tardait à répondre. Ça lui rappelait quelque chose. Un jour, il y avait longtemps de cela, Franz lui avait demandé exactement la même chose : « Ça ne te fait pas de peine que tante Sophie soit morte ? »

« Bien sûr que ça me fait de la peine », dit-elle, aujourd'hui comme autrefois.

Il était dix heures et demie passées quand ils sonnèrent au premier étage ; à chaque marche qu'ils gravissaient Hans sentait revenir son angoisse – dans son excitation il avait presque oublié Chris. « Pourvu qu'elle soit encore vivante ! murmura-t-il.

– Quelles misérables dispositions tu as héritées de moi ! » dit-elle au grand étonnement de Hans. Et elle le consola : « N'aie pas peur ! Crois-moi, la peur est la chose la plus inutile qui soit ! »

Visiblement elle avait raison. Car lorsqu'ils entrèrent, Chris était bel et bien vivante et semblait n'avoir jamais pleuré. Étrangement, elle lui parut soudain ressembler à la tante Hegéssy qui était assise à côté d'elle : elle portait le même regard fixe sur les gens réunis dans la chambre mortuaire, l'oncle Otto Eberhard, la tante Elsa, l'oncle et la tante Drauffer, les jumeaux et le cousin Peter. Comment se faisait-il qu'ils fussent tous là ? Hans ne se l'expliquait pas, mais leur présence l'emplit de honte. Il n'aurait donc pas eu besoin d'aller chercher maman ? Les parents eux fixaient maman. Les jumeaux, qui étudiaient le droit tous les deux à présent, dirent quelque chose à voix basse. Le cousin Peter, qui étudiait le droit aussi, rougit.

Les chandelles mortuaires brûlaient encore et on avait allumé deux lampadaires, dont les abat-jour étaient voilés de crêpe.

Chris, la tante Gretel et la tante Hegéssy étaient en noir. Le tapis près du lit était jonché de fleurs, un long bouquet attaché sur du fil de fer et du laurier, qui répandait un parfum âcre. Le mort était maintenant en uniforme, sanglé dans sa tunique bleu ciel à col mi-noir, mi-or, le couvre-lit remontait sur sa poitrine jusqu'à la médaille du *Signum Laudis*, dont Hans savait qu'elle récompensait l'assaut donné avec son escadron à la bataille de Sadowa.

Les mains jointes tenaient encore la petite croix, mais le visage ne semblait plus être le sien. C'était le visage d'un inconnu, très vieux, de cire, ou de bois. Un visage devenait donc aussi vite méconnaissable ?

Les parents parlaient à mi-voix avec tante Gretel. Tous semblaient respecter beaucoup l'oncle Paskiewicz, ce qu'ils n'avaient jamais fait de son vivant.

« Tu dansais ! » dit tante Elsa à maman d'une voix étouffée. Dans sa hâte ou Dieu sait pourquoi, maman avait oublié d'ôter son masque et ne le fit qu'à cet instant. Elle se dressait dans sa robe à traîne jaune d'or, les roses jaunes à la ceinture du corsage en pointe, sa chevelure noire retombant librement sur sa nuque. Ses épaules et ses bras étaient nus, car, dans sa confusion, elle avait ôté ses longs gants blancs. Quand elle se dirigea vers la tante Gretel, Hans vit aussi qu'elle portait des souliers de soie noire à talons très hauts qui la gênaient pour marcher. « Mes très sincères condoléances », dit-elle. Puis elle alla vers Chris et l'embrassa à deux reprises. Ensuite elle voulut s'agenouiller au chevet du défunt, mais d'un côté il y avait le bouquet, et de l'autre tante Hegéssy, oncle Otto Eberhard et le cousin Peter agenouillés. Oncle Otto Eberhard dit, si fort que tout le monde entendit : « Ne profane pas la mort avec ta mascarade ! » Chris dit : « Attends, tante Hetti ! Je vais te faire de la place ici. Je sais que papa t'aimait vraiment beaucoup !

– C'est vrai », confirma quelqu'un. C'était l'oncle Drauffer. Tante Pauline acquiesça.

Sous les regards désapprobateurs des autres, Christine enleva le bouquet du sol pour que maman puisse s'agenouiller et réciter un Notre-Père.

« Mais qu'est-ce que Hans fait ici ? demanda tante Elsa. Un gamin de dix ans ne doit pas être au lit à onze heures moins le quart ?

– C'est parce qu'il voulait m'aider ! Il a été le premier à venir ! C'était terriblement gentil de ta part, Hans ! » dit Chris.

Elle ne dit pas qu'il était allé chercher maman. Elle s'approcha de lui et lui tendit une main froide. L'avait-il vraiment aidée en fin de compte ? Sa main était si froide ! Il lui sembla qu'il n'avait fait qu'aggraver les choses en étant ici avec maman.

« Maman, viens ! » dit-il presque avec colère.

Cette fois elle ne se fit pas prier.

17

Le pré aux violettes

Cela s'était emparé subitement d'Henriette, plus rien d'autre ne comptait, une obsession soudaine après dix ans de conventions et de routine. Dire qu'on finissait par s'habituer était un mensonge. Dire qu'on pouvait se mettre à aimer quelqu'un qu'on n'avait jamais aimé également ! Elle avait dilapidé dix années de sa vie, elle le sentait.

Elle avait conçu des enfants. Elle les avait mis au monde. Un mariage heureux, disait-on. Franz affirmait même n'avoir jamais été aussi heureux. Faux ! Il lui vouait une solide affection qui réchauffait un peu mais jamais, jamais ne l'embrasait ! Il était aux petits soins. Mais elle voulait des transports, s'enflammer, gagner les sommets – au risque de tomber de haut. Tout sauf le quotidien !

Le souvenir de monsieur Jonescu se dissipait. Son père était à présent membre de la Chambre haute. Et qu'était-elle ? Une femme de la « bonne société ». Les célibataires du club d'échecs où Franz se rendait ponctuellement après dîner vous désiraient, les hommes mariés vous respectaient et leurs femmes vous calomniaient. À trente-deux ans, Henriette inclinait à une méfiance qu'elle aurait crue impensable à vingt-deux. Elle cessait de s'illusionner sur elle-même.

Quand elle rencontra le comte Traun, elle sut immédiatement que toute résistance était inutile. Elle n'essaya même pas, la ressemblance – ou ce qu'elle prit pour telle – la subjugua. C'étaient les yeux fascinants de Rodolphe. Cette allure nonchalante qui n'appartenait qu'à Lui. Il parlait avec la même verve, émaillait ses phrases des mêmes mots étrangers. Il s'habillait comme Lui. Ces costumes coupés à l'anglaise, elle ne les avait vus que sur Lui. Elle ne jugeait pas le comte Traun très intelligent ni très brillant. Rodolphe était incomparablement plus intelligent ! Elle se rendit compte trop tard qu'il copiait le prince. Quoi qu'il en fût, elle avait vu ses défauts avant de succomber à son charme. Elle y succomba totalement.

Pendant les années précédentes, qui se fondaient en une même routine faite de couches successives, d'obligations de maîtresse de maison, de réceptions au salon jaune et de séjours estivaux à Bad Ischl, elle s'était persuadée par moment que cette sécurité, cette quiétude, était bien ce qui lui convenait. Un certain temps, elle avait espéré que son entretien avec l'empereur allait l'arracher à l'odieuse uniformité. Mais François-Joseph l'avait manifestement oubliée. Quand elle fut bien forcée de l'admettre et que l'atmosphère de la maison se mit à lui peser tant qu'elle ne l'appelait plus que « la prison », elle trouva absurde de se donner toute cette peine.

À quoi bon ? Pour vivre entre des geôliers et d'autres prisonniers ? L'expression de « vie manquée » avait été mise en vogue par Arthur Schnitzler et sa nouvelle *Mourir*. Suivant une impulsion, elle lui écrivit combien la lectrice inconnue qu'elle était avait aimé ce livre, qui lui avait enseigné à poser sur la vie un regard lucide. « Je crains que vous ne surestimiez mon insignifiante contribution à la connaissance humaine. On n'enseigne jamais qu'à ceux qui savent déjà », fut la réponse désabusée de l'auteur.

Quand Franz dut partir deux semaines à Trieste et à Agram[1] pour affaire, elle rencontra le comte Traun quotidiennement. À la redoute Metternich, c'était seulement la quatrième fois, mais à cette occasion il lui avait rappelé avoir déjeuné un jour avec elle, des années auparavant, à Mayerling. Le brusque réveil de ce souvenir – inventé ou non pour la circonstance – eut raison de ses scrupules. La superstition fit le reste. Son désir violent de reconquérir à tout prix ce qui était irrémédiablement perdu, de posséder l'image dans la copie, la précipita dans cette liaison. Sa peur des conventions, qu'Il avait si souvent blâmée, céda.

Elle alla voir Traun chez lui. Dès lors elle vécut dans une sorte d'extase qui ne laissait pas d'étonner cet amant expérimenté : tant de passion mêlée à tant d'innocence ? Il n'avait jamais connu cela. Quand il le lui dit, elle se fâcha, se pensant ridiculisée. On pouvait dire d'elle qu'elle était une mauvaise femme, peut-être même une mauvaise mère – mais pas une absurdité aussi flagrante ! Quelqu'un qui connaissait la vie comme elle ! Il n'en démordit pourtant pas. Il affirmait même que c'est ce qui la rendait incomparable. *Unique au monde**, disait-il, en usant d'une des expressions favorites de Rodolphe.

Avant même la naissance de Martha Monica, des rumeurs circulèrent dans la maison. Elles vinrent aux

1. Ancien nom de Zagreb.

oreilles de Franz sans qu'il y ajoute foi, son amour-propre l'en empêchait. De plus, il était fermement convaincu qu'Henriette ne lui mentait pas. Elle avait ses bizarreries, il ne les approuvait pas toujours, mais toutes sans exception étaient à mettre au compte de sa sensibilité exacerbée et de son horreur du vulgaire, de cela il était certain. Qu'est-ce qu'un bureaucrate comme Otto Eberhard pouvait bien savoir de ces choses ? Il se fixait sur les huit années d'écart entre la naissance de Hermann et celle de Martha Monica et en concevait de méchants doutes. Et qu'une personne aigrie et fanée comme sa sœur Gretel ou qu'une femme honnête mais totalement dépourvue d'attraits comme sa belle-sœur Elsa jalousent Henriette – c'était l'évidence même ! Franz estimait au-dessous de leur dignité de faire la moindre allusion à Henriette.

Toutefois, à peine une semaine après la naissance de Martha Monica, il en vint à un duel avec le comte Traun. C'est moins ce duel en soi que la présence monstrueuse de deux lycéens de onze ans qui suscitèrent le blâme et firent scandale au numéro 10 (et dans la « bonne société »). Or, les motifs qui poussèrent Franz à cette conduite – taxée de légèreté, de sadisme ou de folie dans les thés et les dîners – étaient, de son point de vue, plus qu'évidents.

L'affaire avait commencé par un incident à l'école. Hans y avait parlé de la petite sœur que la cigogne lui avait apportée. Après quoi son voisin von Blaas lui chuchota en cours de latin qu'il n'y avait pas de cigognes. Hans le contredit violemment : si, il y en avait. Le professeur principal était en train de faire conjuguer « *laudo*, “je loue” », il avait commencé par les Z, Hans et Blaas se sentaient donc relativement tranquilles. Blaas ne céda pas et expliqua tout bas pourquoi il n'y avait pas de cigogne. « "J'ai loué", Alt ? » interrogea soudain Miklau pour confondre le bavard, qui se leva et répondit au petit bonheur « *laudo* », ce qui lui valut un zéro dans le carnet de cuir élimé du professeur. Ce n'est pourtant pas le zéro qui bouleversa Hans, mais le croquis crayonné par son voisin sur son cahier de vocabulaire : il lui brûlait les yeux, il ne pouvait les en détacher, l'enseignant s'en aperçut et confisqua le cahier en poussant un cri d'horreur.

Un interrogatoire pendant l'interclasse permit d'établir qui était l'auteur du croquis. Von Blaas eut quatre heures de colle, Hans s'en tira avec *laudo* à conjuguer vingt fois. Mais le matin suivant, von Blaas, furieux, déclarait : « Tu sais qui c'était, la cigogne à ta mère, Alt ? C'était le comte Traun ! » D'autres élèves l'entendirent aussi, leur sourire en coin et leurs gloussements n'éclairèrent pas vraiment Hans, mais il n'en frappa pas moins son voisin au visage. Il eut le dessus dans le pugilat qui suivit, mais en garda, outre les bleus, un sentiment de doute lancinant. Il ne pouvait interroger ses parents. Pas plus que Chris. Car depuis la nuit où était mort l'oncle Paskiewicz, elle avait pris ses distances avec le quatrième étage, et on disait dans la maison qu'elle forgeait d'étranges projets. Lesquels, Hans l'ignorait également. Peut-être allait-elle se marier ? La tête de monsieur Simmerl, son informateur des derniers recours, s'allongea encore lorsqu'il lui confia cette supposition, mais il se borna à dire : « Peut-être peut-on l'exprimer ainsi, mon jeune monsieur. » Tout n'était qu'énigmes insolubles !

Lorsque, peu après la dispute avec Blaas, Hans croisa le comte Traun au Stadtpark où Neni les conduisait tous les après-midi, il se tourna si ostensiblement vers lui que le comte le remarqua. Reconnaissant le fils d'Henriette, il s'écria : « Bonjour ! Tu vas bien, petit ? », et s'apprêtait à poursuivre son chemin avec le monsieur qui l'accompagnait, quand Hans lui courut après et lui demanda, à bout de souffle : « Pourquoi est-ce que vous ne laissez pas maman tranquille ? » Le monsieur qui était avec le comte émit deux brefs toussotements, et le comte s'en prit à Neni, qui, entretemps, avait rattrapé son pupille : « Vous feriez bien de surveiller ce gosse ! Il devient sottement effronté. »

Mais, son intuition lui disant que c'était cet homme et nul autre qui était responsable de toutes ces énigmes à la maison et des changements angoissants qui s'y produisaient, Hans répliqua : « Je ne suis pas effronté ! Je vous ai juste demandé pourquoi vous ne laissez pas maman tranquille ! » La nurse écarlate n'en croyait pas ses oreilles. « Tu vas t'excuser immédiatement ! » lui intima-t-elle.

Hans ne s'excusa pas.

« Je vais le dire à ton papa ! » menaça Neni.

Le garçon resta muet. Tout en lui se rebellait contre des excuses, il avait un flair assez sûr du juste et de l'injuste.

« Eh bien, c'est un petit voyou, dit le comte sans insister, avant de s'éloigner.

– Je ne suis pas un voyou ! » clama Hans – en plein jour au Stadtpark, à quelques pas du Salon des Thermes, où les gens étaient en train de goûter.

« Mais c'est un comble ! » s'écria Neni, horrifiée. Toute sa vie, elle avait mis un point d'honneur à inculquer les « bonnes manières » aux enfants qui lui étaient confiés et pour quel résultat ? Une insubordination caractérisée qui s'était déjà odieusement manifestée et qu'il importait de briser résolument !

Le soir même elle rapportait l'incident au conseiller, car il fallait ménager Madame qui relevait de couches. Le conseiller lui lança un regard impénétrable. « Faites-moi venir le gamin ! » dit-il, après avoir arpenté un moment la pièce en silence.

Hans n'imaginait pas qu'on puisse craindre son père, c'était quelqu'un d'un peu pressé, qui montrait parfois de l'humeur, n'était pas affectueux comme maman, ne jouait jamais avec lui et ne lui lisait même pas d'histoires, mais sévère ? Non !

Voilà qui changea brutalement ce soir-là.

« Alors ? Que s'est-il passé ? » demanda papa, qui, tout à coup, ressemblait terriblement au professeur Miklau. Hans s'était déjà demandé si c'était parce qu'ils étaient petits que les enfants avaient toujours tort dans les différends qui les opposaient aux adultes. Ou parce que les adultes qui les commandaient étaient si vieux ? Neni devait avoir soixante-dix ans bien sonnés, et parmi ses professeurs, le catéchiste censé être le benjamin venait de fêter ses soixante ans. Quant à papa, il allait en avoir cinquante. « Alors ? Parle ! » dit-il.

Hans raconta l'incident de l'école.

« Il a un sacré culot ce petit morveux, ce Blaas ! » dit papa. Il était très énervé.

« J'avais raison. Non, papa ? demanda-t-il, hésitant.

– Quoi ? Bien sûr que tu avais raison ! C'est-à-dire – vis-à-vis du gamin. Vis-à-vis du comte, tu as eu tort évidemment !

– Comment ça, évidemment ? »

Papa eut un mouvement d'impatience.

« Tu n'es plus au berceau pour croire sottement de telles âneries ! Maman ne connaît même pas le comte Traun ! Au fait – comment se fait-il que tu le connaisses ? »

Si ça n'avait pas été complètement impossible, Hans aurait presque cru voir de la peur dans les yeux de papa. Les adultes n'avaient pourtant pas peur des enfants ? « Par Blaas », mentit-il. Une intuition subite l'avait dissuadé de mentionner le bal masqué.

« Je n'ai jamais aimé cette famille. Une bande d'ânes bâtés imbus d'eux-mêmes qui font tout un plat de leur "von" ! » La figure de papa était redevenue normale. « Que ça ne se reproduise plus ! ajouta-t-il. Va au lit maintenant ! » Une fois couché, Hans ne trouva pas le sommeil. Si le comte Traun n'avait rien fait de mal, son père aurait dû exiger que Hans s'excuse auprès de lui. Or il s'en était abstenu. Hans réfléchissait. À côté, il entendit un bruit de voix, peu distinctes d'abord, puis plus fortes : son père parlait à sa mère. Depuis que Martha Monica était là, on éteignait chez maman à partir de neuf heures et il fallait le calme absolu. Mais là, il y avait de la lumière sous la fente de la porte et la voix énervée de papa qui disait :

« Tu ne peux pas me reprocher d'avoir jamais accordé de l'importance à ce genre de bruits. Et Dieu sait ce qu'on a pu jaser ! Mais il y a des limites. On peut parfois faire la sourde oreille, mais quand ça commence à faire le tour des cours de récréation, la bonhomie n'est plus de mise ! »

La voix de maman : « Tu crois les cancans de cours de récréation plus que moi ?

– Je ne demande qu'à te croire, c'est pour ça que je te pose la question, Hetti ! Te souviens-tu de ce que tu as promis à tante Sophie autrefois ? »

Il y eut un moment de calme. Mon Dieu, fais qu'elle dise « oui », pria Hans assis sur son séant dans son lit, sans savoir de quoi il s'agissait de l'autre côté de la porte.

« Oui, répondit la voix de maman.

– Vraiment ? » demanda papa après un silence.

Puis il y eut encore un silence, comme s'il avait voulu poser encore une question, et enfin il dit : « Si tu savais combien tous ces ragots me font horreur ! Eh bien, bonne nuit ! Désolé de t'avoir réveillée.

– Tu ne m'as pas réveillée », dit maman.

Puis ce fut l'obscurité.

Deux jours plus tard de très bon matin, papa, Hans et le petit Blaas se rendirent au Prater en fiacre. Papa lui avait dit la veille d'inviter son camarade de classe à une excursion, c'était l'époque des violettes, ils pourraient herboriser dans les prés pour la leçon d'histoire naturelle et seraient revenus sans faute au début des cours. Les deux garçons s'étaient donc retrouvés sur le siège arrière d'une voiture à quatre places, le petit Blaas bien content d'être réconcilié avec son voisin dont les bonnes grâces lui étaient nécessaires pour les devoirs de latin qu'il copiait sur lui, et Hans plutôt surpris que papa eût formellement interdit de mettre qui que ce fût au courant de l'excursion, pas plus maman que Neni ou même monsieur Simmerl. « Tu sais que maman doit dormir beaucoup », avait-il donné comme explication. Mais Hans ne l'avait pas cru.

Plus ils approchaient des prés aux violettes, plus le visage de papa devenait bizarre. Il n'avait pas soufflé mot de tout le trajet, enfin il dit : « Écoutez-moi, les gosses ! J'ai deux mots à vous dire. À chacun de vous. Toi, il y a quelque temps tu as raconté à Hans une chose dans laquelle il n'y avait pas un mot de vrai. Quand on affirme quelque chose qu'on ne peut pas prouver, on est un cancanier, un menteur ou un calomniateur ! » Papa parlait au petit Blaas, dont la mine réjouie s'était assombrie, mais on aurait dit qu'il s'adressait à quelqu'un d'autre. « Sais-tu où ont mené tes bavardages ? demanda-t-il.

– Pardon ? Non, répondit le petit Blaas d'une petite voix.

– À ce qui va se passer dans la demi-heure qui suit ! Espérons que ça vous apprendra à ne plus calomnier et à ne plus croire les calomnies – ce qui est tout aussi fâcheux ! » Hans sentit que ça lui était destiné. Il s'empressa de dire : « Je ne l'ai pas cru, papa !

– Ah oui ? Et pourquoi as-tu offensé le comte Traun aussi sottement, alors ?

– Parce qu'il m'a regardé d'une manière infecte, inventa Hans.

– Ta mère est au-dessus de tout soupçon ! Tu aurais pu le savoir ! » dit papa.

Hans ne savait pas exactement ce que signifiait « au-dessus de tout soupçon », mais il pensa à la salle de bal, et que c'était pour ça qu'il avait cru la calomnie sur le comte Traun. Mais il ne pouvait pas le dire à son père. Pendant un instant personne ne desserra les dents.

« J'ai demandé raison au comte Traun », dit papa brièvement.

Comment ça ? pensa Hans. Puisque c'était une calomnie ?

Il y eut un nouveau silence. Papa semblait avoir du mal à continuer, car il s'y reprit à deux fois avant de dire : « C'est pour cela que nous sommes ici. Quand nous serons arrivés, vous descendrez et vous irez vous fourrer à un endroit où vous pourrez voir sans être vus. Bien sûr les gens diront que je n'aurais pas dû vous faire assister à un duel. Mais je me fiche de ce que diront les gens. Ça m'est égal ! » Il répéta : « Complètement égal ! »

Si ça lui était égal, pourquoi était-il si fâché ? « Pourquoi fais-tu cette tête-là ? Tu ne sais pas ce qu'est un duel ? Deux ennemis se tirent dessus. Je suis un des ennemis. Le comte Traun est l'autre.

– Mais tu as dit qu'il ne t'avait rien fait, papa !

– Justement ! C'est bien pourquoi il s'est senti insulté que j'exige des explications et qu'il m'a demandé réparation.

– Comment ça ?

– Comment ça ? Parce que c'est un gentleman ! Des pieds à la tête !

– Vous allez le tuer, monsieur Alt ? demanda le petit Blaas, les yeux brillants.

– Moi ? Il passe pour être plutôt bon tireur », répondit papa.

Il ne criait plus.

« Meilleur que toi, papa ?

– Je n'ai pas le temps de m'exercer au tir comme ces messieurs. Je tire parfois un coq ou un chevreuil. Mais ces messieurs passent leur vie à la chasse ! Ils tirent sur tout ce qui bouge. »

Levé à l'aube pour faire face à des questions qui le dépassaient, Hans commençait à être effrayé. « Tu as peur, papa ? demanda-t-il.

– C'est exactement pour cela que je t'ai amené, parce qu'il ne faut pas avoir peur ! lui répondit-on. Et parce qu'on ne doit pas se laisser marcher sur les pieds. Par personne ! Pas plus par un duc que par un comte ! »

Hans ne savait que dire. Papa n'avait jamais parlé ainsi ! Même son visage était transformé. « Voilà, nous sommes arrivés », dit-il. La voiture s'arrêta.

Un soleil blême se levait, les pinsons chantaient déjà dans les marronniers et les platanes couverts de jeunes feuilles. Ils s'étaient arrêtés dans une clairière toute bleue de petites violettes, on aurait pu les repérer au parfum tant elles embaumaient. Deux messieurs en uniforme et un monsieur plus âgé en civil, qui faisaient les cent pas dans le pré, se tournèrent vers eux à leur arrivée. Hans reconnut ses cousins Fritz et Otto, qui faisaient leur année de volontariat au 4e régiment de dragons stationné à Enns. Il ne connaissait pas le monsieur en civil.

« Mais qu'est-ce que les gamins font là ? demanda le cousin Fritz, indigné.

– De la botanique ! répondit papa. Déguerpissez, les mômes ! »

Hans alla se cacher derrière un buisson à quelques pas de là. Il entendit Fritz demander : « Franz, tu es devenu fou ? » Papa lui répondit à voix basse, et Fritz dit : « Ah bon ! Alors dans ce cas. Mais je crains qu'elle ne le prenne assez mal ! Tu ne penses pas ?

– Ça m'est égal ! Au moins elle s'en souviendra ! »

« Blaas ? Qu'est-ce qui va se passer, tu crois ? » demanda Hans à son camarade qui ne le lâchait pas d'un pouce. Il s'efforçait de scruter l'aube naissante, mais aucun comte Traun à l'horizon. Papa, les cousins et le monsieur en civil faisaient maintenant les cent pas ensemble, on les entendait parler, mais on ne comprenait pas leurs paroles.

« J'ai peur, dit le petit Blaas.

– Arrête ! Tu n'as pas honte ! » dit Hans, qui n'en menait pas large non plus. Son seul espoir était que le comte Traun ne vienne pas.

Il faisait de plus en plus clair. Il y avait comme un nuage de vapeur dans l'air, une brise se leva dans les arbres, qui dispersa la rosée des feuilles, on aurait cru qu'il pleuvait. « Peut-être qu'il ne viendra pas », dit Hans plein d'espoir.

Sur la chaussée surgit un équipage avec un cocher en livrée et un laquais sur le siège avant ; il approcha rapidement au trot, puis s'arrêta devant les deux fiacres qui attendaient. Le laquais bondit pour ouvrir la portière. Quatre messieurs descendirent, un officier en uniforme de hussard, un autre en uniforme de la garde impériale et deux civils. L'un des hommes en civil était le comte Traun, il portait un petit melon noir rigide, une courte redingote beige, et il riait.

Hans le haït. Le deuxième monsieur en civil resta avec lui, tandis que les officiers s'approchaient du groupe sur le pré. Les cousins saluèrent au garde-à-vous, les officiers effleurèrent nonchalamment du doigt la visière de leur képi. « Bonjour », dirent-ils. N'étaient-ils donc pas ennemis ?

Papa s'approcha avec le monsieur d'un certain âge du buisson où se cachait Hans. « Vous êtes là, les gosses ? » demanda-t-il. Il avait toujours ce regard changé, presque fou.

« Oui, papa », dit Hans en tremblant. Le petit Blaas ne broncha pas. Papa hocha la tête. « Observez bien tout, vous aurez peut-être à le raconter plus tard à quelqu'un. » Puis il s'éloigna, mais se retourna aussitôt : « Portez-vous bien en tout cas, tous ! » Le monsieur en civil lui prit le bras. « Ce n'est vraiment pas le moment de vous agiter ainsi, monsieur le conseiller ! » Papa répondit : « Je ne suis pas agité du tout, docteur. Vous pouvez prendre mon pouls – même pas soixante-dix ! » Le monsieur l'entraîna.

Pendant ce temps, les jumeaux mesuraient quelque chose, ils faisaient de grands pas d'un platane à un marronnier au milieu du pré en comptant de un à dix. Ensuite, les officiers comptèrent aussi de un à dix dans la direction inverse, du platane à un chêne, en faisant les mêmes longs pas. Le hussard alla chercher un étui noir dans la calèche et l'apporta à l'officier de la garde. L'officier de la garde y prit deux pistolets. Papa et le comte Traun n'avaient pas l'air de s'être encore vus.

Le cousin Fritz posa les deux pistolets sur sa paume. Pour les peser, les comparer ? Tout de suite après, le cousin Otto fit exactement la même chose. Ils saluèrent tous les deux et rendirent les pistolets à l'officier.

Hans qui fixait la scène sans bouger avait l'impression que les cousins, surtout Otto, se comportaient aussi servilement que le laquais qui attendait les ordres près de la calèche, son haut-de-forme à la main.

« Volontaire, veuillez me dire si votre mandataire est prêt à faire des excuses publiques à monseigneur le comte Traun ? » déclara l'officier de la garde au cousin Fritz.

« Non ! » répondit Hans tout bas pour le cousin Fritz.

« À vos ordres, mon lieutenant ! Non, répondit le cousin Fritz. Mon mandataire pense que…

– C'est assez ! » le coupa l'officier de la garde. Il avait des boutons dorés, un col doré et des pantalons rouges. Il dit au comte Traun : « Quand il te plaira, Poldo ! »

Le comte Traun n'avait cessé de se promener en fumant et en parlant. Il n'avait pas accordé un regard à papa.

«Je racontais à notre bon docteur l'histoire du *Trial Stakes*», cria-t-il et il déclara au monsieur en civil: «Faites-moi penser à la terminer tout à l'heure, docteur!» Puis il rejoignit les officiers.

Les deux civils se hâtèrent vers la voiture, sur le marchepied de laquelle ils déposèrent deux petits coffrets assez longs. Avec une lenteur incompréhensible, le comte Traun retira son gant droit et le jeta au laquais, qui l'attrapa au vol, il garda le gauche. Puis il fit un geste de la main droite. Ça ressemblait à une gueule de poisson qui s'ouvre et qui se referme. Il répéta ce mouvement trois fois. Puis il prit le pistolet des mains de l'officier de la garde. Entretemps, le cousin Fritz avait aussi donné un pistolet à papa. Papa l'examina soigneusement. Pas le comte Traun, le pistolet.

«Les seconds de monseigneur le comte Léopold Traun», dit l'officier de la garde en déclinant avec arrogance son nom et ses titres: «Lieutenant, comte Khuen.

– Lieutenant, prince Schwarzenberg, dit le hussard.

– Les seconds de monsieur le conseiller commercial Franz Alt: volontaire aux dragons, Fritz Drauffer, dit le cousin Fritz.

– Volontaire aux dragons, Otto Drauffer», compléta le cousin Otto en claquant des talons. Fritz aussi claqua des talons, ses éperons cliquetèrent.

«Puisque l'offenseur, monsieur Franz Alt, refuse de faire des excuses, monseigneur le comte Traun doit obtenir réparation par les armes. Les conditions sur lesquelles se sont accordés les témoins sont: deux échanges de balles à dix pas de distance. L'offensé, monseigneur le comte Traun, a eu le choix des armes et a droit au premier coup de feu, débita l'officier de la garde avec la même évidence que s'il avait le texte sous les yeux. Je t'en prie, Poldo ! »

Le comte Traun rit. « Parfait, dit-il. Merci mille fois, *Alexandre.* »

L'endroit où il s'était placé fut contrôlé par les deux officiers. Ensuite ils reculèrent à sa gauche et à sa droite, et il se retrouva seul.

Du côté opposé, papa et les cousins avaient fait exactement la même chose. Imitaient-ils tout simplement ce que faisaient les autres ?

« C'est eux qui vont gagner ! chuchota le petit Blaas en avisant la partie adverse.

– La ferme ! » répondit Hans. La partie adverse étant tournée vers lui, papa et les cousins étaient de dos, et il ne voyait que ce qui se passait en face. Il aurait mieux aimé voir la figure de papa ! Le vent soufflait plus fort.

« Tu tires à trois, Poldo ! dit l'officier de la garde.

– Parfait », répondit le comte Traun. Il n'avait toujours pas regardé papa.

« Un ! commanda le second en uniforme de la garde.

– Deux ! »

À « deux », le comte Traun leva le pistolet avec la vivacité de l'éclair et visa en fermant l'œil gauche. Son bras droit qui tenait l'arme était tendu comme un arc et visait papa. Toute trace de rire avait disparu de sa figure, c'était maintenant celle d'un ennemi farouche.

« Seigneur ! » dit Hans, involontairement.

Il y eut un coup de vent, quelques gouttes tombèrent.

« Trois », commanda le second.

Un éclair soudain, un coup de feu, un sifflement. À part ça, rien n'avait changé. Papa était toujours debout là-bas. Son épaule droite se souleva, c'est lui qui visait maintenant.

Le comte Traun commença à siffler. *C'est une grisette...* Hans connaissait cet air.

« Un ! » commanda le cousin Fritz. À « trois », papa tira, ça claqua, ça fuma, le comte Traun fit rapidement un pas, puis un autre. Puis il tomba par terre. Le civil et les deux officiers accoururent. Papa se retourna. Son visage était à faire peur. « Il pleut », dit-il.

Hans retenait son souffle. Qu'allait-il se passer quand le comte Traun se relèverait ? Il resta étendu. Au bout d'un moment, le monsieur en civil dit deux mots que Hans ne comprit pas. Puis quelqu'un les répéta :

« *Exitus letalis.* »

Peu après ils repartaient exactement comme ils étaient venus. Papa sur le siège avant, les garçons sur le siège arrière. La seule différence c'était que le petit Blaas avait des violettes à la main et que la voiture à quatre places restait fermée à cause de la pluie.

« Et le comte Traun ? » demanda Hans à voix basse.

Papa avait encore son visage changé. « Mort », dit-il.

À part ça, on ne parla pas pendant le trajet du retour.

La ville s'éveillait quand ils arrivèrent à la Praterstrasse. Les tramways rouges qui avaient remplacé les omnibus à chevaux passaient en tintinnabulant. Les voitures des laitiers s'arrêtaient devant les maisons, les mitrons et les vendeuses de journaux couraient de porte en porte, qui avec des petits pains, qui avec des journaux. Soudain Hans ne pouvait se rassasier de tous ces signes de vie. Il n'arrivait pas à saisir que le comte Traun fût mort. Il aurait pu apprendre par l'oncle Paskiewicz ce que ça signifiait d'être mort, mais depuis, il le comprenait encore moins. Certes il avait détesté le comte Traun. Mais que papa l'ait tué ! Il évitait de le regarder. On tend bien la main et on tue quelqu'un ? Cette même main avec laquelle son père tenait maintenant un cigare ? Rien dans cette main ne montrait qu'elle avait tué une demi-heure auparavant. Elle n'était pas ensanglantée. Elle était calme. Elle était inquiétante, se dit Hans.

À sept heures et demie, ils stoppèrent à l'angle de la Hegelgasse. « Voilà ! dit papa avant de repartir. Maintenant, travaillez bien ! »

Travailler ? Hans revoyait la scène. Les officiers en train de mesurer la distance. De compter. Le geste de viser. Le coup de feu brutal. *Ah ! Ah ! Ah ! / Le printemps est là ! / L'hiver et l'automne sont passés / Le printemps a commencé / Ah ! Ah ! Ah ! / Le printemps est là !* entonnait la classe en cours de chant. *Renard, tu as volé l'oie / Rends-la ! Rends-la-moi ! / Sinon le chasseur viendra – Avec son fusil...* Dans sa classe Hans passait pour un des plus enfantins (« Ou vous êtes encore très puéril, Alt, ou vous êtes déjà très malin ! » avait déclaré Miklau pas plus tard qu'avant-hier), mais il trouva la chanson bien trop puérile. Ne pouvait-il pas chanter ? Il le pouvait, il trouvait juste ça trop bête. Et si répugnant ! C'était le printemps, mais au Prater, dans le pré aux violettes, gisait un homme que papa avait tué avec un fusil. *Sinon le chasseur viendra – Avec son fusi-ii-l !* chantait la classe.

Après le cours de chant, ils avaient allemand et lurent des récits de Wilhelm Hauff. Dans l'*Histoire de la main coupée* – ou était-ce dans une autre ? –, il y avait ces mots : « La vie est un bien précieux. C'est pourquoi, du premier au dernier instant, tout tend à préserver la vie. » Faux ! Complètement faux ! Hans venait de le voir de ses propres yeux, on peut tirer sur quelqu'un et le tuer après avoir compté « Un ! Deux ! Trois ! » – pourquoi imprimer de pareils mensonges ?

À la récréation, il s'étonna de l'appétit avec lequel le petit Blaas dévorait sa tartine. Lui ne put avaler une bouchée, alors qu'il n'avait presque pas déjeuné. Au cours de botanique, le professeur Rusetter refusa les violettes. La classe en était restée à *Pulsatilla bulgaris*, l'anémone pulsatille ou coquelourde, la violette venait bien après. « Mettez-vous cela dans la tête une fois pour toutes, Alt ! Dans la nature, tout repose sur la hiérarchisation ! l'instruisit l'ex-capitaine. Les organismes des niveaux inférieurs évoluent vers des niveaux un peu plus élevés, à partir desquels se développent à leur tour des niveaux supérieurs. On ne peut pas sauter les étapes. Il faut vous imaginer cela un peu comme dans l'armée. Vous savez sans doute, j'espère, ce qu'est un volontaire ? Un volontaire ne peut pas devenir lieutenant d'emblée, il doit passer par les grades de caporal, caporal-chef, sous-lieutenant et lieutenant. Il en est exactement de même pour les plantes. Avant d'en arriver aux violettes, il nous faut apprendre les anémones, d'abord celle du niveau inférieur, l'anémone *nemorosa*, puis du supérieur, l'*hepathica*, et ainsi de suite. La violette est en quelque sorte le lieutenant. Vous pouvez vous le représenter ? »

Hans pouvait se le représenter. Il revoyait les volontaires et les lieutenants. Il ne voyait même que ça. Il rapporta les violettes fanées à la maison, mais maman ne les regarda même pas. Elle était au lit, la nouvelle petite sœur Martha Monica à côté d'elle dans son moïse rose. « Va dans ta chambre, petit », dit maman. Depuis que Martha Monica était là, elle ne s'occupait plus de lui. Il lui sembla qu'elle avait les yeux gonflés.

La nuit, à nouveau des voix à côté, et de la lumière sous la porte. Cette fois, les voix étaient plus fortes, mais ce n'étaient pas elles qui avaient réveillé Hans. Il ne parvenait pas à dormir de toute façon. Papa avait demandé : « Tu t'es donc plainte de moi à ton père ?

– J'ai demandé à mon père comment on pouvait continuer à vivre après cela !

– Je me fiche de ce que dit ton père ! Il ne t'a jamais dit la vérité ! Il t'a élevée dans du coton, t'a fait croire que tu étais le centre du monde ! C'est *lui* qui est responsable de ce que tu es devenue ! »

Puis, aussi rapidement et encore plus amèrement : « Cette fois, il m'a dit la vérité ! Que le mariage peut être l'enfer sur terre. C'est ce qu'a été le sien, m'a-t-il dit, du début jusqu'à la fin ! Il a juste fait semblant d'être heureux en ménage pour moi et pour le monde. Et c'est ce que je dois faire moi aussi, m'a-t-il dit. J'ai des enfants.

– Tu n'as pas honte ?

– Si, justement, j'ai honte ! On n'a pas le droit d'être aussi stupide ! Dans ma vie il y avait deux êtres. Tu les as assassinés tous les deux !

– Si tu prononces ce mot encore une fois !

– Un assassin, voilà ce que tu es ! Au cas où tu ne le saurais pas ! »

La porte claqua bruyamment. Hans essaya de réfléchir. Il le pouvait à peine tant il était épuisé ; il savait juste que ç'avait été une journée épouvantable, encore et toujours quelqu'un commandait : « Un ! Deux ! Trois ! », et quelqu'un gisait mort dans les violettes. Hans compta « Un ! Deux ! Trois ! » jusqu'à ce qu'il s'endorme.

18

Les vœux

Le *Veni Creator* rendait un son d'une beauté oppressante. Dans les vapeurs d'encens que les servants de messe répandaient en agitant leur récipient d'argent parmi les religieuses en train de chanter, une novice qui prenait le voile s'agenouillait devant l'évêque au pied de l'autel du couvent des salésiennes.

Quelques ruelles seulement la séparaient de la maison où elle était née, mais ces quelques ruelles avaient mis une distance quasi infranchissable entre elle et sa maison natale.

La robe blanche faisait d'elle une mariée. Le voile blanc et l'anneau que l'évêque bénissait sur le côté droit du maître-autel devaient faire d'elle l'épouse du Sauveur.

Les petites cloches d'argent des enfants de chœur tintaient. Les religieuses s'agenouillaient en chantant après avoir reçu la Sainte Communion. La voix juvénile de la novice émergeait du chœur : *Veni, Creator Spiritus – Mentes tuorum visita. Imple superna gratia – Quae tu creasti pectora…*

L'évêque aspergea d'eau bénite et de nuages d'encens le voile et l'anneau, la mère supérieure se releva et se dirigea vers la novice : « Fais au Sauveur ton sacrifice, postulante Christine Anna Maria Paskiewicz. »

Les religieuses ajoutèrent : « Prononce tes vœux. »

La novice se leva, mince, longue et droite dans sa robe blanche et fit un pas vers l'évêque : « Je veux prononcer mes vœux à notre Sauveur bien-aimé devant tous les Siens au seuil de sa maison. »

Les chants se turent, l'orgue aussi. Il y eut un silence, pendant lequel l'encens vous coupait le souffle.

« Prononce tes vœux », dit l'évêque.

La novice fit encore un pas vers lui. D'une voix parfois défaillante, elle déclara :

« Au nom de Jésus Christ notre Sauveur et sous la protection de Sa mère la Vierge Marie, moi, en religion sœur Agathe, fais vœu de pauvreté, de chasteté et d'obéissance, de servir les pauvres d'esprit, et de rester dans ce couvent jusqu'à ma mort. » Cela sonnait comme un arrêt de mort prononcé par la condamnée en personne.

L'évêque leva haut le bras droit au-dessus de la tête de la novice. « Que Dieu accomplisse en toi ce qu'Il a commencé ! Et que le corps de Jésus Christ notre Seigneur t'accorde la vie éternelle ! »

Elle s'agenouilla devant lui pour communier. La main de l'évêque s'attarda longuement sur sa tête avant de prendre le voile blanc des mains de la supérieure.

« Viens, épouse du Seigneur, dit-il dans le froid silence de la cathédrale en fixant le voile sur sa tête. Reçois la couronne que Dieu t'a donnée pour l'éternité ! Prends le voile saint, vis dans l'éternité ! »

On attendait la réponse de la novice. Elle ne la donna pas tout de suite. Son silence dura le temps de trois respirations, mais rendit le calme absolu de la cathédrale insupportable. « Il a imprimé sa marque sur mon front pour que je n'aime nul autre que lui », dit-elle. On entendait distinctement chacune de ses paroles, presque trop fort. Elles étaient pourtant prononcées sans souffle, mais le coupaient à ceux qui les entendaient.

La supérieure tendit l'anneau consacré à l'évêque. Il le prit dans la main droite et saisit la main gauche de la novice dans la sienne. Il glissa l'anneau à son annulaire en disant : « Que Jésus Christ notre Sauveur à qui tu t'es dédiée maintenant te protège ! Reçois l'anneau de la foi, le sceau du Saint-Esprit qui te consacre épouse du Sauveur ! Au nom du Père, du Fils et du Saint-Esprit. Amen ! »

L'éclat des cierges de l'autel se reflétait en clignant sur l'anneau. La main qui le portait tremblait. « Amen ! » répéta la communauté des sœurs. Comme un verdict.

« *Veni, Creator Spiritus !* » entonnèrent les religieuses, qui se relevèrent, se groupèrent autour de la novice et la menèrent à la sacristie. L'orgue retentit. L'évêque s'agenouilla en priant du côté gauche de l'autel.

Les fidèles des deux premiers rangs de la cathédrale pensaient visiblement que l'austère cérémonie était terminée, leur attention extrême se relâcha : c'étaient les habitants du 10 Seilerstätte au grand complet. Pour la première fois, la maison faisait sienne la jeune fille à qui elle n'avait manifesté jusque-là aucune attention et encore moins de sympathie – la disant « exaltée ».

Otto Eberhard avait pris place à l'extrémité de la première rangée de la nef centrale réservée à la famille, sa femme Elsa et son fils Peter à ses côtés. Le premier procureur était maintenant conseiller aulique, ses cheveux avaient blanchi, et madame Elsa ne s'était toujours pas habituée à rester tranquillement assise et à regarder son prochain sans condescendance. Le gros Peter appartenait à présent à une corporation étudiante, un pansement sous son œil gauche révélait une balafre acquise lors d'une *mensur*[1] ; les volontaires Fritz et Otto Drauffer venus exprès d'Enns déclareraient plus tard préférer encore l'odeur de l'encens à celle du phénol que répandait leur cousin. Le peintre, leur père, ressemblait toujours à saint Pierre, si ce n'est que flottaient autour de son visage des boucles et une barbe plus abondantes qu'autrefois, ce en quoi il paraissait suivre l'exemple du compositeur Brahms et de l'écrivain Hermann Bahr dont il exposait les portraits à la Maison des Arts – sans que Sophie pût être témoin de cette « véritable » peinture. Son épouse Pauline avait gardé son regard enjoué, mais son visage perdait peu à peu sa rondeur : les femmes de la maison se fanaient vite. Sa sœur aînée, Gretel Paskiewicz, la mère de la novice, avait l'air d'une vieille. Seule la comtesse Hegéssy, fille de la défunte Kubelka, restait égale à elle-même ; de noir vêtue comme toujours, elle assistait à cet événement familial comme s'il s'était agi d'un enterrement.

Hans, Franziska, Hermann, maman et papa étaient au deuxième rang des bancs réservés. En ce jeudi ordinaire, les enfants avaient été dispensés d'école, et prouveraient demain par un mot d'« excuse » signé de papa qu'un événement familial à caractère solennel les avait malheureusement empêchés d'assister à la classe – le seul côté positif de la chose, estimait Hans. L'événement en question, en revanche, s'il expliquait

---

1. Rituel du duel auquel étaient astreints les membres des corporations étudiantes, les balafres (*Schmiss*) qu'ils en retiraient attestant leur « bravoure ».

bien les allusions de monsieur Simmerl – présent lui aussi avec la femme de chambre Hanni –, ne plaisait pas du tout à Hans ! L'odeur d'encens lui donnait mal au cœur, et il ne comprenait absolument pas pourquoi Chris devait se faire religieuse. Il détestait l'habit de religieuse, qui pour lui restait lié à la maladie ; chaque fois que quelqu'un tombait gravement malade à la maison débarquait une nonne qu'il fallait appeler « ma sœur » – pourquoi donc ? Incompréhensible que Chris ait choisi ça ! Mais l'incompréhensible prenant le dessus dans sa vie, il perdait l'habitude de demander « pourquoi ? » ; de toute façon les adultes ne vous disaient jamais la vérité. Ne verrait-il donc plus Chris ? D'après monsieur Simmerl, aussi bien informé des affaires religieuses que des profanes, l'ordre dans lequel elle entrait étant des plus stricts, il ne pouvait être question pour les novices de se mêler au monde. Dans un an peut-être pourrait-on lui rendre visite de temps à autre au couvent. Dans un an ! Autant dire l'éternité !

Henriette vers qui les regards de la famille se tournaient, même en cette occasion, avec la même curiosité critique que les douze années précédentes, tenait, elle, le temps des énigmes pour révolu. Tout ça était d'une clarté confondante ! « La seule erreur, c'est la vie ! » avait affirmé Rodolphe – comme il avait eu raison ! Henriette l'attestait, qui connaissait la vie comme nulle autre, elle la connaissait si bien qu'elle ne lui laissait plus la moindre illusion. Elle en voulait chaque jour davantage à Franz, qu'elle avait épousé par méprise : son père connaissant le passé maternel et lui ayant joué la comédie au nom d'une pitié mal placée, rien ne l'aurait forcée en fait à acheter les « révélations » du sieur Jonescu par ce mariage sacrificiel. Sa raison avait beau lui dire cent fois que le suicide de Rodolphe le jour de ses noces était purement fortuit, qu'elle n'aurait pas pu l'empêcher, bien qu'elle fût cent fois plus pugnace que cette pauvre Mary, son intuition lui chuchotait obstinément le contraire. Le comte Traun aussi, Franz l'avait tué ! Par haine. Par jalousie de ce petit moment de bonheur qui lui était enfin échu – après qu'il eut réduit à néant LE bonheur de sa vie ! « Là où la maison que tu habites ne connaît d'autre joie que le devoir et d'autre félicité que celle de la grâce », venait de dire l'évêque à Chris. Ça, Chris aurait pu l'avoir au numéro 10 ! La maison qu'ils habitaient ne connaissait pas la joie et étouffait la félicité ! Les yeux d'Henriette fixaient la religieuse qui prenait parti contre la félicité, et elle sentait instinctivement que cela avait un rapport avec elle. Les unes prenaient le voile, les autres épousaient des hommes comme Franz. Chris aussi s'était vendue et s'était sentie trahie – pourquoi ? Elle n'avait pu pardonner à Henriette le bonheur qu'elle éprouvait au moment de son malheur à elle – le jour où Hans était venu la chercher au bal masqué pour l'amener auprès du corps de son père. J'ai eu la légèreté d'être heureuse au mauvais moment, songeait Henriette amèrement. Pendant le *Veni, Creator Spiritus,* elle pensait que les gens ont une singulière façon d'aimer…

Si Chris m'avait tant aimée, elle se serait dit : « Je lui accorde ce petit moment de bonheur ! » Soudain, le sentiment de tendresse qu'elle gardait à la novice depuis « les jours Jonescu » fit place à la conviction coupable que toute cette cérémonie devant l'autel n'était qu'une marque d'hostilité à son égard. « J'ai cru en toi et tu as détruit la confiance que j'avais dans les hommes ! » lui criait en silence la jeune fille sous son voile. Oh, elle les entendait, les reproches ! Ceux qu'on disait et ceux qu'on taisait. Qu'avait-elle jamais reçu de cette famille, sinon des reproches ?

Son amertume prenait des dimensions telles qu'elle n'en percevait ni l'injustice ni l'hypocondrie, elle lui paraissait naturelle, évidente. Elle avait perdu la force et aussi l'envie d'être juste. Se sachant l'objet de la désapprobation familiale, elle redoublait d'hostilité envers la maison, sans voir d'issue. « Condamnée à vie à la Seilerstätte », avait-elle écrit brièvement à son père, peu après le duel.

« Pardi ! Voilà qu'ils l'enterrent, maintenant ! » entendit-on chuchoter. Une réflexion déplacée du papetier du rez-de-chaussée, admis à prendre place avec sa femme juste derrière la famille dans la nef centrale. La famille n'avait pas semblé noter ce traitement de faveur, mais il n'avait pas échappé à monsieur Simmerl, qui en avait eu l'explication par le concierge Patzlik : le papetier faisait pour ainsi dire partie de la famille, puisqu'il descendait de monsieur Hugo Alt (ce célibataire qui avait succombé à une maladie peu glorieuse). « Comprenez, m'sieur Simmerl ? » Monsieur Simmerl comprit. La réflexion du papetier avait été causée par un catafalque drapé de noir, qu'on installait maintenant au-dessous de l'autel. « C'est la mort symbolique », expliqua Franz. Les enfants n'y comprirent goutte. Henriette, elle, ne comprit que trop. Vous enterrer vive ! C'est ce que voulait, ce que pouvait et ce que faisait cette maison !

Un cortège de religieuses sortait de la sacristie ; conduites par la supérieure elles en sortaient rangées par deux. Les yeux baissés, les mains jointes. La novice marchait seule en leur milieu, tenant un cierge allumé ;

elle avait échangé la robe blanche et le voile blanc contre l'habit et la coiffe noire rigide des sœurs de l'ordre. Quand elle fut devant le catafalque, l'évêque s'approcha d'elle, lui aspergea le front et éteignit le cierge. « Tu as renoncé aux royaumes de ce monde et aux tentations terrestres par amour de notre Sauveur, dit-il en la bénissant.

– Pour l'éternité, amen », répondit la novice sans hésiter en descendant les marches étroites qui menaient à son cercueil. On l'y vit étendue, les lèvres pressées, les yeux fermés.

Quelqu'un cria d'une voix perçante : « Chris ! » Mais le cri se perdit dans le chœur du *Gloria Patri et Filio et Spiritui Sancto !* et dans le *Saecula Saeculorum* de l'évêque. Puis les voix se turent, la cérémonie était finie. Sœur Agathe, morte à la vie terrestre et mariée à l'Éternel, sortit du cercueil et se rangea sans un regard parmi les religieuses devant l'autel.

« Chris ! cria Hans derechef.

– Vas-tu te tenir tranquille ! » lui intima-t-on.

La novice jeta pour la première fois un regard à la place où il était assis avec sa mère. Exactement là. Dans un geste de renoncement définitif, elle leva la main, puis la laissa retomber – le geste le plus dépourvu d'espoir que Hans eût jamais vu. Puis la compagne de ses années de mutisme disparut. « Maman ! » murmura-t-il, hors de lui. Henriette fit oui de la tête.

« Tu ne peux pas l'aider ?

– Non. »

Encore quelqu'un qui courait vers la mort ?

« Mais aide-la, maman ! sanglota Hans.

– Ne sois pas stupide ! Elle est plus heureuse que nous », dit papa en coiffant son haut-de-forme à petit bord, car on était à présent dehors. Le reste de la famille était rassemblé là aussi, et l'on regagna la maison de conserve par la Salesianergasse et la Johannesgasse. « Nous allons de fête de famille en fête de famille, observa Otto Eberhard en prenant congé de son frère sous l'ange à la trompette. Ce sera une grande fête ? Je te le demande à cause d'Elsa. Elle me tarabuste pour une nouvelle robe.

– Je ne crois pas t'avoir beaucoup tarabusté, corrigea la femme du procureur. En tout cas, je trouve qu'un cinquantième anniversaire, ça se fête !

– Tu vois comme elle te défend ! Alors que tu ne le mérites pas ! » dit Otto Eberhard à ce cadet qui lui avait causé bien des nuits blanches ces derniers temps ; cela n'avait pas été facile d'étouffer l'enquête sur le duel. Sans la main toujours protectrice de l'actuel coadjuteur du cardinal qui était un camarade de lycée du procureur, si bien qu'avec l'aval du ministre de la Justice on avait pu invoquer la clause d'irresponsabilité et un subit égarement, le propriétaire de la respectable fabrique de pianos serait maintenant devant la justice.

« C'est gentil à toi, Elsa ! » dit Franz. Il s'agissait de son cinquantième anniversaire.

Quand on le fêta huit jours plus tard dans les « pièces de réception » du deuxième étage, toutes ces dames arboraient de nouvelles toilettes – sauf Henriette. Elle portait la robe de velours jaune de la redoute Metternich. Tout le monde le remarqua. D'ordinaire, elle n'avait jamais assez de toilettes neuves ! Après le repas, le petit Hermann récita à son père un poème du cru de Neni dont la première strophe était : *Dans mon petit cœur – je ressens toujours – l'amour de mon père*

– *grandir d'heure en heure.* Franz dit : « Adorable ! » Henriette s'abstint de tout commentaire. Ça aussi on le remarqua. Hans trouva le poème idiot. Il cherchait partout Chris, qui s'appelait maintenant sœur Agathe, bien qu'il sût pertinemment qu'elle ne pouvait être là. Maman était merveilleusement belle, mais il ne pouvait souffrir cette robe, c'était la robe du malheur, et il trouvait horrible qu'elle soit si distante avec son père le jour de son anniversaire. Admis « dans le monde » pour la première fois, il ignorait combien elle détestait ces pièces où s'étaient déroulées ses noces.

« Tu es obligée de montrer à tout le monde ce que tu penses de moi ? dit papa à maman, ce n'est vraiment pas le jour !

– Pardon, dit maman, tu as raison. Mais vous, avez-vous laissé passer un seul jour sans me montrer ce que vous pensez de moi ? »

La famille et les invités étaient encore au salon jaune lorsque arriva un télégramme de la Chancellerie du Cabinet. Sa Majesté Apostolique, Impériale et Royale avait eu la bonté de nommer le conseiller commercial Franz Alt fournisseur officiel de la cour.

« Félicitations ! » dit Otto Eberhard, à qui cette nomination ôtait un poids du cœur. L'affaire du duel était bel et bien enterrée et le camarade cardinal coadjuteur positivement un ange sur terre.

« Félicitations ! » dirent parents et amis. « Félicitations ! » dit à son gendre l'auguste membre de la Chambre haute, le professeur Stein. « Sa Majesté a toujours su reconnaître les bons et loyaux services. »

« Félicitations ! » dit maman. Et un instant plus tard, tout bas, comme pour elle : « Sa Majesté règle de vieilles dettes ! »

19

La révélation

Hans allait sur ses dix-sept ans, quand madame Einried commença à venir aux cours particuliers que son fils lui prodiguait en cristallographie, le cheval de bataille du « capitaine d'histoire naturelle ». La classe entière tremblait dès qu'il demandait la planche avec les modèles de papier, feuilletait son carnet de notes, appelait un nom, et commençait, tout mielleux : « Ce brave garçon va venir à l'estrade me dire.. – pause angoissante pendant laquelle le professeur choisissait un modèle avec une lenteur sadique, pour le fourrer ensuite d'un geste brusque dans la main de l'élève – ce que c'est ! », les trois derniers mots étant assénés comme un coup de trompette. Après quoi, ledit garçon avait exactement une minute pour examiner le modèle. « Ne le retournez pas ! » hurlait l'interrogateur montre en main, quand l'interrogé, d'énervement, faisait bouger la maquette entre ses doigts. S'il ne parvenait pas à identifier dans les trente secondes le dodécaèdre, l'isocaèdre ou autre polyèdre, l'ex-capitaine lui arrachait le modèle des mains, le balançait, écœuré, sur la planche au milieu des autres, portait un dramatique zéro dans son carnet de notes et ordonnait : « Rompez ! »

Cette mise en scène répétée éprouvait durement les nerfs des jeunes gens.

Einried étant premier en cristallographie, le tyran d'histoire naturelle avait donc prôné que l'élève Alt, exécrable en la matière, prît des cours particuliers avec lui. Hans se rendait par conséquent à cet effet trois après-midi par semaine chez son condisciple. Au début il ne vit pas madame Einried ; mais au bout d'un certain temps, elle prit l'habitude de venir quelques instants au cours ; elle disait : « Ne vous dérangez pas pour moi », fumait une cigarette dans un coin, s'éclipsait, revenait avec une assiette de fruits, caressait les cheveux de son fils et repartait. Elle pouvait avoir la quarantaine, Hans la pensait même beaucoup plus jeune. Il admirait ses cheveux roux, et son parfum le troublait. Ne pas se laisser distraire par sa présence devint de plus en plus difficile. Plus les cours se multipliaient, plus elle s'attardait longuement – elle s'intéressait à l'histoire naturelle, disait-elle. Quelle chance, pensa Hans, pour qui la cristallographie n'était pas une science naturelle et qui détestait cette matière comme tout ce qui allait de pair avec la précision. Il n'aimait pas non plus ce camarade brillant et doué. Pour ce qui était du père, directeur au ministère des Finances, il ne fit jamais sa connaissance.

Un certain samedi, quand il se présenta à trois heures comme d'habitude, madame Einried lui dit que son fils avait obtenu au dernier moment des billets pour la matinée du Burgtheater et qu'on n'avait pas eu le temps de le décommander. On donnait *Don Carlos* avec Kainz ! Hans n'était pas fâché, au moins ? espérait-elle. « Pas du tout », dit-il. Il lui souhaita une bonne journée et se disposa à partir. Mais madame Einried lui demanda s'il ne voulait pas un morceau de kouglof. « Merci, volontiers », dit Hans – qui n'était guère friand de kouglof.

Madame Einried lui en apporta une part et s'assit en face de lui pendant qu'il mangeait. Le téléphone sonna. « J'y vais dans un quart d'heure environ », répondit-elle. Puis elle se rassit près de lui. « Pensez-vous que les cours de mon fils vous profitent ? demanda-t-elle.

– Oh oui ! » dit-il. Il toussa, s'éclaircit la gorge, il avait avalé de travers : « Excusez-moi !

– Vous êtes sympathique, dit-elle. Le saviez-vous ?

– Pardon ? demanda-t-il, gêné.

– On ne vous l'a jamais dit ? » Elle prit une cigarette dans son étui. « Vous fumez ? Bien sûr que vous fumez ! » répondit-elle pour lui en lui donnant du feu. Il avala la fumée et se remit à tousser. Il était furieux. Elle allait croire que c'était sa première cigarette ! Il souffla la fumée par les narines, ce qui passait pour la gageure par excellence. Il y parvint à la perfection.

« Vraiment, personne ne vous l'a dit ? répéta-t-elle en riant. Tenez, un cendrier. »

Voilà qu'il avait déposé les cendres dans l'assiette à gâteau !

« Je ne crois pas, bégaya-t-il.

– Encore un morceau ?

– Merci beaucoup, chère Madame. Vraiment pas.

– Vous aimez le théâtre, vous aussi ?

– Beaucoup.

– Dommage ! Si j'avais su, j'aurais pris deux billets !

– Oh non, merci bien ! » Quel gaffeur ! Il voulait dire que c'était beaucoup mieux comme ça. Mais comment le formuler ?

Ils fumèrent.

« Vous avez une petite amie ?

– Pardon ?

– Ne prenez pas cet air hypocrite ! Vous êtes sûrement amoureux. Elle vous aime aussi ? »

Elle s'approcha de lui et lui caressa les cheveux, comme elle le faisait à son fils. Combien de fois n'avait-il souhaité être à sa place ! Elle était si proche que son parfum le grisait. Son cœur battait la chamade. Devait-il oser ce qu'il s'était imaginé ? Prendre sa main, la tenir une seconde et en baiser les doigts, un à un ? Il vira au cramoisi, craignant qu'elle ne devine ses pensées. Elle me giflera ! pensa-t-il. « Merci beaucoup pour le kouglof. Il faut que je parte, maintenant, dit-il.

– Ce n'est pas vrai, objecta-t-elle. Si mon fils était là, vous ne seriez pas parti avant une heure !

– Mais Madame, vous-même devez sortir. Vous venez de le dire au téléphone.

– Ne m'appelez donc pas toujours "Madame" ! Me trouvez-vous si vieille ? Vous me donnez quel âge ?

– Trente ans ?

– C'est bien ce que je dis ! Vous êtes gentil ! J'en ai tout de même un tout petit peu plus. Au fait, je ne sors pas encore. »

Sa main droite reposait encore sur ses cheveux. Elle passa la gauche sur sa joue, prit son visage entre ses mains, se pencha sur lui et l'embrassa sur la bouche. Son cœur battait tellement qu'il eut un éblouissement.

« Ça te plaît ? »

Il acquiesça, le souffle coupé. Levant les yeux vers elle, il osa lui prendre la main. Furtivement il l'effleura des lèvres.

« Quel gentleman ! » dit-elle en riant.

Elle se moque de moi ? se demanda-t-il, horrifié. Mais elle l'avait déjà extirpé de son fauteuil, la bouche contre la sienne.

« Embrasse-moi ! Pourquoi ne m'embrasses-tu pas ? » Elle l'avait dit. Pas d'erreur possible.

Excepté sa mère, il n'avait encore jamais embrassé une femme. Si elle l'apprend, elle se fichera de moi, se dit-il, hésitant entre le bonheur et la peur.

Mais comment embrassait-on ? Dans les livres, ils disaient : « Je t'aime ! » Il l'étreignit fougueusement, pensant que ça faisait adulte. Il pressa sa bouche sur la sienne, la honte de son inexpérience redoublant son impétuosité. Qu'elle ne devine surtout pas qu'il ignorait même comment les femmes étaient faites !

« Ici on peut nous voir », dit-elle. Elle passa dans la pièce voisine, laissant la porte ouverte.

Un brouillard dansait devant ses yeux. L'instant décisif était arrivé, il allait enfin apprendre ce qu'il brûlait de savoir depuis longtemps – une envie d'autant plus pressante, plus excitante et plus exaspérante que les adultes gardaient jalousement ce secret ! Le désir l'envahit.

« Tu viens ? » l'entendit-il dire.

Il la quitta en se demandant pourquoi les adultes mentaient si effrontément ! Pourquoi faire tant de mystères ? Pourquoi était-il si inconvenant d'être heureux ?

Aiguisés par les déceptions, les yeux d'Henriette virent en une seconde ce qui s'était passé. À ce sujet-là aussi il y avait eu moult dissensions entre elle et Franz. C'était fou de laisser ainsi le petit dans l'ignorance, affirmait-elle. Mais avec un entêtement visiblement attisé par Otto Eberhard, il avait décrété une bonne fois qu'on ne l'influencerait plus jamais sur les questions d'éducation ! Il se repentait assez de l'avoir écoutée naguère et d'avoir mis Hans au lycée François-Joseph si libéral, au lieu de le fourrer chez les pères à Kalksburg comme son cadet Hermann ; là-bas, au moins, on en faisait des catholiques fervents et des Autrichiens fidèles à l'empereur – et non des mauviettes nerveuses et blasées comme à côté dans la Hegelgasse ! On voyait à l'exemple d'Henriette où menait l'éducation dite libérale, arguait-il.

Elle avait vainement tenté de lui démontrer qu'elle n'avait malheureusement pas été élevée de façon libérale, mais bien avec tous ces préjugés et ces cachotteries grotesques qui laissaient les jeunes gens totalement ignorants jusqu'au mariage, ce qui, personnellement – fallait-il le lui rappeler –, avait failli lui coûter la vie. Mais Franz était sourd aux arguments depuis qu'il se savait « cornard », il glissait un reproche voilé tous les deux mots et lui serinait à l'envi : « Ne t'imagine pas que tu vas continuer à me ridiculiser ! » Néanmoins, il répugnait à envisager le divorce. L'esprit de la maison, elle le savait depuis longtemps, avait triomphé du sien.

« Où étais-tu passé ? » demanda-t-elle à Hans quand il rentra de son cours particulier, dans cette même chambre où elle l'avait mis au monde. Entretemps, on l'avait aménagée dans le style de la Sécession qui avait succédé au Makart, mais le vieux miroir était toujours là. Des heures durant, elle restait assise à le fixer ou à lisser ses cheveux châtains avec ses brosses en corne à long manche, comme l'avait fait des années auparavant la chanoinesse Sophie en bas au rez-de-chaussée, qui déjà copiait l'impératrice Élisabeth. Une fine mèche de ses cheveux grisonnait maintenant. Elle savait que ça lui seyait, mais son goût des tournures romantiques n'avait pas faibli, c'était, disait-elle, le « début de la fin ».

Dans le miroir elle observait ce grand garçon qui lui ressemblait ; de son père il n'avait que la lèvre supérieure renflée, sur laquelle un duvet commençait à pointer. Il eut un sourire embarrassé. « Nous avons fait encore quelques exercices d'algèbre, dit-il. Lundi, on a composition de mathématiques.

– Ne mens pas ! Pourquoi ne viens-tu pas près de moi ? »

Elle remarqua la gêne avec laquelle il fit les quelques pas qui les séparaient. Puis elle sentit le parfum étranger.

« Tu étais avec une femme ! Pff ! » Pourquoi est-ce que je dis « Pff », pensa-t-elle. Je savais bien que ça devait arriver.

Hans la regarda. Elle n'était pas plus vieille qu'Eugénie. Peut-être plus jeune ! Le sang lui monta au visage.

« Ne me regarde pas comme ça ! Qui est-ce ?

– J'étais chez Einried, maman.

– Assieds-toi ! Ça ne sert à rien de mentir. Qui était cette femme ? Une fille des rues ?

– Non ! » dit-il, se trahissant.

Étrangement, ça ne servait à rien de voir venir les choses. Quand elles se produisaient, cela faisait tout aussi mal – qu'on y fût préparé ou non. « Bon ! Eh bien ne dis rien ! se força-t-elle à concéder.

– Tu es fâchée, maman ? »

Elle secoua la tête. Si elle s'était écoutée, elle aurait dit : « Oui ! Jusqu'à présent tu étais à moi. » « On ne peut rien attendre des enfants », lui avait déclaré dernièrement telle une évidence son père, vraiment mal placé pour faire ce genre de remarques ! On ne peut rien attendre des enfants, se répétait-elle à présent. Après la femme d'aujourd'hui, une autre te volera à moi, pour une heure, pour une nuit. Et dans trois ans ou dans quatre, quelqu'un te volera pour la vie. Que serai-je alors encore pour toi ? Tu diras à la voleuse : « Attends un instant ! Il faut que j'aille vite prendre des nouvelles de ma mère ! » Tu feras ça très vite en effet, en coup de vent, cinq minutes, sans une trace de mauvaise conscience ! Elle brossa énergiquement sa chevelure.

Et c'est pour en arriver là qu'on se faisait des cheveux blancs !

« Non, je ne suis pas fâchée, dit-elle. Je veux juste que tu restes quelqu'un de bien. » Elle s'interrompit. Ça aussi, c'est inutile, pensa-t-elle. Les enfants ne font pas ce qu'on leur dit. « Fais attention à ce que papa ne s'en… je veux dire, il vaut mieux que papa ne te pose pas de question, se corrigea-t-elle. Il ne le prendrait pas à la légère comme moi. » D'un geste las, elle posa les brosses. « Laisse-moi, maintenant. »

Il se pencha sur sa main pour la baiser. « Il n'y en a pas deux comme toi », dit-il. Il aurait aimé dire quelque chose de mieux, il espéra qu'elle sentirait ce qu'il voulait dire.

« Menteur ! » répondit-elle.

20

Examen d'entrée à l'Académie

« Monsieur le conseiller ! » disait à Franz le professeur principal qui l'avait convié à un entretien. « Je crains que votre fils Hans ne soit sur une bien mauvaise pente. C'est un fait – en latin nous dirions : *non dubitandum est quin* –, il a toujours été mauvais élève, mais il est également réfractaire aux bonnes mœurs, ce qui, à l'approche de l'examen, est de fort mauvais augure. Dès le premier jour, mon collègue Rusetter a dû le reprendre sur sa tenue vestimentaire, et depuis, votre fils n'a cessé de faire montre d'indiscipline. Il réagit violemment quand on contrarie ses désirs, il est excessif, obstiné, et voici qu'il couronne maintenant sa glorieuse carrière scolaire par une conduite privée absolument déplorable. Il enfreint constamment la discipline. Il fume. Il fréquente les cafés – nous le savons de source sûre. Il lit des livres épouvantables, dont cette obscénité frivole du littérateur viennois Schnitzler intitulée *La Ronde,* qu'il lisait en cours récemment et que je lui ai confisquée. Ses autres lectures sont tout aussi inacceptables. Les drames scandaleux d'Ibsen et ceux plus grossiers encore du dénommé Strindberg ne sont pas des lectures convenables pour un lycéen. Et je n'ai pas fini ! *Quousque tandem abutere, Catilina, patientia nostra!* Le jeune homme a une maîtresse ! En voici la preuve, qui se trouvait dans le livre confisqué, où elle est bien à sa place d'ailleurs ! Seule une créature des bas-fonds ne craint pas d'user de telles expressions – et de les mal orthographier qui plus est ! »

Il tendit une lettre bleue à Franz. Elle était signée d'un E, embaumait légèrement le muguet, remerciait d'un envoi de fleurs et convenait d'un rendez-vous. Elle commençait par : « Mon petit gentleman ! » et se terminait ainsi : « Je sais quel folie c'est de t'aimer et que tu me feras souffrir un jour. Mais je t'aime de tout mon cœur ! » Il y avait une faute d'accord à « quelle », indiqua le professeur principal.

L'exaspération qui avait envahi Franz aux premiers mots du laïus professoral se reporta sur son fils. D'emblée, il avait trouvé le professeur insupportable. Lui-même élève médiocre, il n'avait jamais pu souffrir cette engeance, en outre il exécrait les donneurs de conseils. Être faible en latin et en mathématiques n'était pas dramatique, mais faire des « cochonneries », voilà qui scandalisait son âme de père. « Ce garçon va avoir affaire à moi, conclut-il. Puis-je avoir la lettre ? » On la lui remit.

Ne voulant pas qu'Henriette eût vent de l'affaire – cette femme faisait une montagne de tout, le garnement tenait cela d'elle ! –, il convoqua Hans l'après-midi même à son bureau, Wiedner Hauptstrasse.

« Tu en fais de belles ! » lança-t-il en guise d'entrée en matière. Comme jadis à propos du comte Traun, à cet instant rien ne distinguait son père du professeur Miklau, mais, dans l'intervalle, Hans avait appris à le voir avec d'autres yeux. Dans les différends entre ses parents dont il avait pu être témoin au fil des ans, il donnait la plupart du temps raison à sa mère, qui lui paraissait supérieure et plus intelligente. Et combien plus intéressante ! Sa mère accordait énormément d'importance à ses enfants. Son père aucune. Il avait expédié Franziska et Hermann dans un pensionnat d'où ils ne revenaient qu'à Noël et aux vacances d'été. Franziska restait même le plus souvent au Sacré-Cœur pendant les grandes vacances. Quant à la jeune Martha Monica à qui Hans portait un amour éperdu, elle ne semblait pas exister pour son père. Aux questions que Hans pouvait lui poser, son père répondait invariablement : « Tu ne peux pas comprendre ! » Au seul son du mot de « progrès », qui revenait si souvent et possédait pour Hans la fascination d'un programme « anti-Miklau », il se fâchait tout rouge. Jamais Hans ne l'avait vu lire un livre et il s'en était même vanté devant lui : « L'empereur et moi – nous n'avons pas le temps de lire de petits livres ! » Quand le politicien chrétien-social Bielohlawek avait traité publiquement Tolstoï de « vieil imbécile », son père lui avait donné raison ! Ce qui ne remontait pas à trois générations ne lui inspirait aucun respect. Son père n'était pas un ami, son père était un supérieur hiérarchique.

« Qu'est-ce que tu veux dire ? » demanda-t-il. Le ton aurait pu faire comprendre à Franz que le garçon qui lui faisait face n'était plus un enfant. Mais il avait sur son bureau une demande de brevet de la manufacture C. Alt à l'administration viennoise « pour une nouvelle pédale de piano de concert ». La machine à écrire avait tapé si peu nettement la barre du *t* qu'il ressemblait presque à un *l*. Au diable les machines à écrire ! Combien plus personnelle et plus noble était l'écriture manuscrite bien calligraphiée d'antan ! Et comme l'empereur avait raison, qui exigeait encore que tous les actes soient rédigés à la main.

Franz parcourut la feuille des yeux en repassant chaque *t* à la plume. Il s'agissait d'une invention personnelle, elle ne ferait peut-être pas date dans l'Histoire, mais elle n'en était pas moins tangible, importante, et dans la tradition des précédentes. Franz améliorait là l'invention de Pierre Érard, comme son grand-père en son temps celle de Christofori : faire toujours mieux – la devise de la firme.

« N'essaie pas de noyer le poisson, dit-il en jetant sa plume. J'ai des preuves ! » Il sortit la lettre bleue de son portefeuille en peau de crocodile.

Hans se serait giflé pour avoir pris la lettre au lycée ! Ce genre de choses lui arrivait dans ces instants de distraction confuse auxquels il s'abandonnait sans guère résister.

« Je t'en prie, papa, rends-moi cette lettre !

– Pas avant que tu m'aies dit de qui elle est !

– Je ne peux pas !

– Ne va pas jouer les preux chevaliers ! C'est une lettre de catin ! Je ne tolérerai pas que tu correspondes avec des catins.

– Ce n'en est pas une, répondit Hans en évitant de prononcer le mot.

– Et qui est-ce ?

– Je l'ai déjà dit, je ne peux pas révéler son nom. » Son père s'était mué en ennemi mortel.

Derrière la porte vitrée, quelqu'un faisait des gammes dans le magasin.

Franz bondit de son fauteuil, fou furieux. « Si tu continues, je vais t'en coller une ! Traîner, ne rien faire, proférer des insolences ! Tu vas me dire qui c'est immédiatement ! »

Gamme en do.

« Non ! » Hans serra les lèvres pour ne pas laisser échapper un « Je te déteste ! ».

« Non ? » Franz le frappa au visage.

Depuis que cette main avait tiré sur un homme qui était tombé mort dans le pré aux violettes, Hans ne pouvait la voir sans y penser. Il se rebiffa :

« Je ne me laisserai pas frapper !

– Tu veux défier ton père ? Espère de voyou ! » La main frappa de nouveau.

Hans leva la sienne, se domina, serra les poings, et la laissa retomber. « Tu es mon ennemi, papa ? » cria-t-il comme s'il tirait un bilan.

Le fondé de pouvoir Födermayer se montra à la porte vitrée et posa son doigt sur ses lèvres en guise d'avertissement.

« Fiche-moi le camp », dit le père à voix basse à son fils aîné. Il y avait une dame dans le magasin. Elle hésitait entre un demi-queue et un piano de concert. Le vendeur lui conseillait expressément un piano de concert : « Madame la conseillère de commerce a un tel doigté ! »

Le vendeur l'avait-il déduit de sa gamme en do ? Les gens ne cessaient de mentir honteusement. Les joues en feu à cause des gifles, Hans sortit précipitamment et parcourut à grandes enjambées la Wiedner Hauptstrasse. À chaque pas, sa haine pour son père redoublait ; réalisant combien il le haïssait, il en fut épouvanté.

Il avait pris la rue dans le mauvais sens et ne s'en aperçut qu'à la Matzleinsdorfer Kirche. Il venait rarement dans ce coin. S'imaginer devoir y venir tous les jours ! Son père voulait qu'il entre dans la firme après le baccalauréat. « Non ! dit-il. Jamais !

– Tu viens, mon beau p'tit m'sieur ? susurra une fille dans son dos.

– Merci, excusez-moi ! » répondit-il. Il rebroussa chemin à grands pas. Cette fois vers le bon quartier. C'était une catin. Son camarade Ebeseder avait déjà été accosté par une catin – mais Ebeseder faisait bien au moins dix-neuf ans. Ai-je déjà l'air aussi adulte ? se demanda-t-il. Ça le consola un peu. Puis il pensa à Eugénie et à leur rendez-vous du lendemain.

Si son père ne lui rendait pas la lettre, le mari d'Eugénie apprendrait tout ! Le directeur Einried jouait au tarot chaque après-midi de cinq à sept heures avec son père au café Matschakerhof, Eugénie le lui avait confié dernièrement en l'exhortant à la prudence. Si son mari savait, ce serait la catastrophe, avait-elle ajouté. Son mari avait déjà fait une remarque soupçonneuse à son père : Hans avait-il vraiment besoin d'autant de cours particuliers ? Et pendant si longtemps ?

Quelle heure était-il ? Aller tuer trois quarts d'heure au Panorama, puis attendre son père au moment indiqué devant le café pour lui déclarer : c'est vrai, c'est la lettre d'une catin. Ou revenir s'excuser à la firme ? Il rejeta d'emblée la dernière solution. D'abord son père ne le recevrait pas, ensuite il ne *voulait* pas s'excuser ! Qu'est-ce qui donnait à quelqu'un le droit de frapper ?

Assis sur un tabouret au Panorama, il tourna un bouton et contempla « les jeux d'eau du palais Hellbrunn à Salzbourg ». Pendant que défilaient une à une après un bref tintement les photographies évocatrices des massifs de roses, du jardin aux cerfs et du petit château, l'injustice dont il avait fait l'objet s'imposait à lui avec une évidence indéniable. C'est *son père* qui aurait dû s'excuser ! Comme s'ils avaient été des saints dans leur jeunesse ! Comme s'ils n'avaient jamais été jeunes ! Pouvait-on oublier complètement sa propre jeunesse ? Son père, ses professeurs, le grand-père Stein, Neni, les oncles de la maison – tous faisaient comme s'ils étaient venus au monde à cinquante ans ! Sauf maman ! Elle au moins, elle savait ce qu'on ressentait, ça se voyait. Chris avait eu bien raison d'en tirer les conséquences ! Avec des gens qui se liguent pour mieux vous nier, il est impossible de vivre ! La colère le prit. Il sauta sur ses pieds, avant même d'avoir épuisé son crédit de vues.

L'horaire indiqué par Eugénie s'avéra peu précis, et son père était depuis longtemps plongé dans sa partie que Hans l'attendait encore en faisant les cent pas dans la Seilergasse. C'est en jetant un coup d'œil fortuit par la vitre du café qu'il le vit assis à l'intérieur. Lequel de ses deux partenaires était le mari d'Eugénie ? Il l'ignorait.

Il resta un bon moment à l'épier et à réfléchir ; Son père ne montrerait probablement pas la lettre ; d'une part, ces messieurs jouaient trop passionnément ; de l'autre, on ne faisait pas ce genre de choses devant témoin, si tant est qu'on les fît ! Hans attendit encore cinq minutes. Le jeu semblait absorber totalement son père. Parvenu à cette conclusion, il s'apprêtait à rentrer à la maison, quand son père mit la main à la poche intérieure de sa veste et en sortit le portefeuille en peau de crocodile.

Une seconde plus tard, Hans se dressait devant les joueurs. Erreur !

Son père avait sorti un billet de cinq couronnes pour le serveur qui lui apportait des Virginie. « C'est bon », lui dit-il d'un ton un peu plus conciliant. Ce petit mufle vient s'excuser, devait-il penser. « Rentre à la maison ! » Empochant la monnaie et ordonnant soigneusement ses cartes, il dit aux autres joueurs : « Garde ! J'espère que vous avez bien servi le chien, monsieur le directeur ! » Le directeur devait être le vieux monsieur chauve. Il regarda d'abord son père, puis Hans, puis ses cartes d'un air distrait. Puis la plaque de bronze du pilier au-dessus de la table de jeu sur laquelle était gravé : *C'est à cette table que Franz Grillparzer écrivit Médée.* Enfin il répondit d'un ton bref à son père : « Je contre ! » Son père avait apparemment escompté autre chose, car après avoir consulté les six cartes étalées sur le tapis et en avoir pris trois, il se plaignit : « J'ai une de ces guignes aujourd'hui ! A-t-on jamais vu un chien pareil ! Pas *un* atout ! » Le jeu se poursuivit, les messieurs fumaient des cigares, ponctuaient leurs plis de remarques singulières comme « Baiser à la dame ! » ou « Je mets le nez à la fenêtre ». Hans lâcha : « Soir ! », et s'en alla. Il aurait dû dire : « Bonsoir papa, bonsoir Messieurs ! » On le lui avait répété cent fois.

Maman lui procura la lettre deux jours après. Mais les relations entre le père et le fils ne s'améliorèrent pas. La perspective de devoir entrer à la fabrique demeurait insupportable à Hans, il ne pensait plus qu'à l'éviter. « Tu n'aimes pas la musique ? » lui avait demandé avec étonnement Eugénie, à qui il y avait fait allusion. Oh, si ! Bien sûr qu'il aimait la musique ! Quelle joie d'attendre à la quatrième galerie en retenant son souffle que Gustav Mahler lève sa baguette à l'Opéra ou d'entendre jouer le Quatuor Rosé à la

Bösendorfersaal ! Lui-même ne jouait pas mal, c'est sa mère surtout qui lui avait enseigné le piano. Mais en fabriquer ? Pire encore, en vendre ? Qu'est-ce que ça avait à voir avec la musique ? Tout au plus avec la physique et avec les chiffres – deux choses qu'il détestait. Et combien il détesterait être sous la surveillance de son père du matin au soir ! Mais pourquoi ne pas le lui dire franchement, suggéra Eugénie. Parler franchement ? À son père ? C'était bien le problème ! Qui pouvait dire quoi que ce soit à son père ? Il n'admettait jamais qu'un point de vue, le sien !

« Il faut que tu trouves la façon de le prendre. Alors il parviendra à imaginer ce que tu ressens », pensait Eugénie.

Parvenir à imaginer quelque chose ? Son père ? « Ces jeux, plus néfastes qu'utiles, qui laissent libre cours à l'imagination… » avait déclaré récemment l'empereur dans un toast – son père leur avait lu triomphalement au dîner cette citation de la *Reichspost.* Depuis qu'il était fournisseur de la cour, il semblait copier l'empereur en tout.

Son camarade Ebeseder fut de meilleur conseil qu'Eugénie. Fils d'un tourneur qui jouait un rôle important au bureau du parti social-démocrate (on disait qu'il jouissait de la confiance de Viktor Adler, le fondateur du parti), il s'était montré méfiant pendant des années envers Hans, qu'il traitait de rejeton de capitaliste, de fils à maman, d'enfant gâté, de lâche et de naïf. Mais du jour où Hans salua vivement une réponse insolente que l'autre avait faite au capitaine d'histoire naturelle, un rapprochement s'était opéré. Ce gaillard d'Ebeseder dans ses costumes bon marché trop petits pour lui crut percevoir dans la fougue de Hans plus que le plaisir d'humilier un professeur honni, et leurs échanges ultérieurs le confortèrent dans cette impression. En classe de première, le jeune homme aux manches et aux pantalons trop étriqués se heurta si violemment au professeur principal que son renvoi du lycée devint quasi inévitable. Alors que la procédure disciplinaire était en cours, il dit à Hans : « L'université, maintenant, de toute façon, c'est cuit. Tu peux me rendre un service, Alt. Dans un mois, je passe l'examen d'entrée à l'Académie. Ton oncle fait partie du jury. Touche-lui en un mot ! »

Hans l'avait fait immédiatement, il avait même apporté à l'oncle Drauffer des dessins d'Ebeseder, qui, à vrai dire, personnellement lui déplaisaient. Il trouvait qu'ils étaient inconvenants et faussaient en partie les choses : une mère famélique avec un enfant hydrocéphale pendu à son sein, qui en traînait un autre à moitié mort de faim, ça lui semblait positivement répugnant. Mais l'oncle à la barbe pieuse et à l'esprit rebelle jugea l'auteur des dessins « extrêmement doué » et dit qu'il ferait ce qu'il pourrait. Hans le rapporta aussitôt à son ami qui déclara : « Maintenant, au moins j'ai un piston. En Autriche on n'a besoin de rien d'autre ! Pourquoi tu n'essaies pas de ton côté ? Toi aussi, tu barbouilles à droite à gauche depuis des années ! Tu n'as pas envie d'atterrir dans la boîte de ton paternel, essaie donc les Beaux-Arts ! Si tu réussis, ton père aura les mains liées, et si tu échoues, il n'aura pas besoin de le savoir ! »

À ses débuts au lycée, Hans s'était amusé à l'aquarelle, ses petits essais en dilettante lui avaient plu, tout comme à son professeur de dessin. L'idée de devenir artiste l'avait alors effleuré, mais en pensant au numéro 10 il avait renoncé à ce projet jugé trop téméraire. Maintenant, en revanche, tenaillé par son désir d'indépendance, il ne se souciait plus guère des réactions de la maison. Il s'étonnait même d'avoir eu besoin des encouragements d'Ebeseder. Artiste, bien sûr ! La seule profession possible ! Mais quand son enthousiasme se fut refroidi et eut fait place à cette raison que vous inculquait si bien la pratique du numéro 10, il se fit sceptique : « L'oncle Drauffer le dira à papa, et papa ne le permettra jamais ! »

Ebeseder trouva la réaction puérile.

« Ton oncle n'a pas besoin de savoir que tu passes l'examen ! Quand il te verra le passer, il ne va tout de même pas te tordre le cou. Le principal, c'est que tu rendes un truc à peu près correct ! Qu'est-ce qui peut t'arriver ? Tu n'arrêtes pas de répéter que tu ne veux pas entrer dans la boîte de ton père ! »

C'est ce qui décida Hans. Quelques semaines après, le 19 octobre 1907 à huit heures du matin – d'après le compte rendu manuscrit retrouvé à la mort du conseiller aulique Alfred Roller –, des jeunes gens qui se sentaient une âme d'artiste se présentèrent à l'examen d'admission à l'École des beaux-arts. Ils furent affectés à leur jury par groupes de sept suivant l'ordre alphabétique. Les candidats se nommaient : Alt Hans, Christ Alois, Ebeseder Heinrich, Gamillschegg Kurt, Goldschmied Emil, Hitler Adolf, Hutterer Heinrich. La présidence du jury était assurée par le professeur Roller, le rédacteur du compte rendu, qui était aussi le directeur de l'école et enseignait « la théorie générale classique des formes ». Des anecdotes couraient sur son franc-parler, dont on savait qu'il désespérait en son temps le directeur de l'opéra Gustav Mahler, chaque fois qu'il confiait un décor à ce barbu vénéré aux lunettes brillant d'un éclat caustique. Le deuxième barbu de la commission était l'oncle Drauffer. Elle se composait en outre de Pöll, peintre paysagiste asthmatique, du portraitiste A. F. Seligmann qui publiait des critiques d'art dans la *Neue Freie Presse*, et d'enseignants moins éminents.

« Tu es tombé sur la tête ? » fut la seule chose que dit l'oncle Drauffer à son neveu. Il ne put s'empêcher de pouffer et fit semblant de ne pas le connaître.

Les candidats avaient trois sujets au choix : la façade du Burgtheater ou de l'Opéra de mémoire, une tête de caractère d'après le modèle Zajiczek de l'Académie ou une copie de l'esquisse de *L'Expulsion du paradis terrestre* de Raphaël. Ils pouvaient aussi choisir entre l'huile, l'aquarelle ou le crayon ; ils avaient quatre heures. « On ne peut pas faire plus facile », commenta le paysagiste Pöll, une fois les sujets donnés. Hans opta pour la « tête de caractère ».

Le vieillard Zajiczek, qui avait posé pour des générations d'étudiants, siégeait dignement sur un piédestal – nez busqué, lèvres arquées, chatoyantes boucles argentées retombant sur la nuque. Figurant au Burgtheater le soir, il se reposait pensivement sur le piédestal, le regard tourné vers les candidats de façon à ne rien perdre de l'édition matinale de la *Kronenzeitung*, posée sur un trépied devant lui à une distance confortable à ses yeux. Il tournait les pages sans qu'on le remarque.

Entre les yeux d'Ebeseder se creusait une ride pessimiste ; il était le seul à avoir choisi *L'Expulsion*. Devant le modèle Zajiczek, en revanche, avaient pris place trois autres candidats, outre Hans. Les deux derniers des sept postulants s'étaient installés devant l'une des immenses fenêtres de la salle, d'où l'on ne voyait pas la façade de l'Opéra, mais la Ringstrasse.

Hans eut l'impression que ça marchait comme sur des roulettes; il n'en aurait pas pour quatre heures – il aurait réussi bien avant, avec les félicitations du jury qui plus est! C'est en artiste qu'il reviendrait à la maison, fini le lycée François-Joseph, la menace de cet épouvantable baccalauréat se volatilisait! Mieux encore – de sa vie, il n'aurait plus rien à voir avec la fabrique de pianos! Demain il dirait à Eugénie: «Quoi? Tu m'envoies chercher des cigarettes? Ce n'est pas comme ça qu'on traite les artistes!» Tout à ses pensées séduisantes, il fit un clin d'œil à l'oncle Drauffer occupé à la table verte du milieu. L'oncle ne le vit pas ou fit comme si.

Son voisin de gauche, lui, ne lâchait pas sa gomme. Quel âne! Comment pouvait-on choisir le crayon pour ce travail! Une tête de caractère, ça se faisait à l'huile! Et quelle boule de nerfs! Il ne cessait de se retourner sur son siège.

«Bon sang de bonsoir!» murmura-t-il, et, se penchant vers Hans – selon le compte rendu de Roller: «Pouvez me prêter votre gomme? La mienne est une vraie saleté. Si seulement ce vieil idiot pouvait rester deux minutes sur ses fesses sans bouger!»

Hans trouvait que le beau vieillard bougeait autant qu'une statue, mais il prêta quand même sa gomme.

«Quelle saloperie de lire le journal en posant! rouspéta l'autre en omettant de remercier.

– Taisez-vous un peu! dit Hans. Il n'y a pas moyen de travailler!

– Pardon!» dit l'autre.

Hans n'avait jamais vu des dents aussi gâtées.

Un moment on n'entendit plus que des bruits de palettes, de pinceaux et de crayons. Hans était de plus en plus content de son travail. Il lança un regard interrogateur à Ebeseder, en allait-il de même pour lui ? Haussement d'épaules et grimace.

L'agité semblait maintenant lui aussi satisfait de son esquisse au crayon. Du moins avait-il cessé de remuer comme une girouette et de gommer. Bien que ce fût interdit, Hans loucha vers sa planche à dessin.

Pas bon !

Au bout de deux heures, ces messieurs du jury se mirent l'un après l'autre à faire le tour des candidats. Ils se plaçaient derrière le chevalet ou la planche à dessin, y restaient un moment, notaient quelque chose sur une feuille de papier et passaient au suivant. Pas un seul ne fit un commentaire, même l'oncle Drauffer. Plutôt décourageant !

« Salauds ! marmonna son voisin. Empocher la taxe de l'examen, ils savent faire, mais l'ouvrir pour lâcher un compliment, jamais de la vie ! »

À ce moment-là, c'était au portraitiste Seligmann de faire sa ronde. Il demanda au bavard – ainsi le consigna le professeur Roller dans ses notes : « Vous avez besoin de quelque chose, monsieur... », il vérifia sur sa feuille : « Hitler ?

– Non, merci infiniment, monsieur le professeur, répondit le candidat. Je me suis juste permis de demander une gomme à mon voisin. Merci infiniment ! »

Le portraitiste hocha la tête, nota quelque chose et passa au suivant.

« Un type très bien ! chuchota le voisin de Hans. Brillant, quel style ! Vous lisez ses critiques ?

– Silence ! réclama depuis la table du milieu le président Roller qui consignerait ensuite dans son compte rendu : « C'était le premier mot que je prononçais et je poursuivis : Messieurs les candidats ont peut-être déjà entendu le nom de Goethe ? Sans doute pas, ils se rabattent en général sur nous quand le bât blesse ailleurs, avec les études générales. Goethe a dit : "Crée, artiste, ne parle pas !" Veuillez le noter. En particulier, ces deux messieurs là-bas ! » Son rapport précisait : « Je pensais au neveu de mon collègue et à son voisin. »

« Salopard ! » murmura le voisin de Hans.

Hans regardait désespérément de l'autre côté. Quelle guigne d'être près de cet empoisonneur ! Il ne lui accorda plus un regard.

Quand le temps fut écoulé, on annonça la remise des travaux. Ensuite les sept jeunes gens durent attendre le résultat de l'examen dans le couloir.

« Alors ? demanda Ebeseder.

– Je crois que le mien n'était pas mal réussi, dit Hans, dont l'optimisme débordant s'était toutefois dissipé. Comment est le tien ?

– Nul », dit Ebeseder.

La voix de l'appariteur résonna en bas dans le hall : « Les candidats attendent au premier. Il peut y en avoir encore pour un moment ! Si ces messieurs-dames veulent monter ? »

Deux dames et un monsieur pénétrèrent dans le couloir.

Les dames étaient apparemment les mères des candidats qui avaient choisi la façade de l'Opéra et du Burgtheater, elles leur apportaient des sandwiches au jambon, des beignets aux graines de pavot et des oranges. « Mangez ! » dirent-elles. Le monsieur se présenta à toute l'assistance : « Conseiller impérial Hutterer ! » Puis il s'enquit : « Crois-tu avoir réussi, Heini ? » Puis arriva – toujours d'après les notes de Roller – une vieille femme pressée avec un fichu, qui avait l'air d'une domestique. Quand elle eut découvert le jeune homme aux dents gâtées, elle se dirigea vers lui. Il devait l'avoir vue venir, car il s'était posté en vitesse à une fenêtre en lui tournant le dos comme s'il lui était pénible d'être vu avec la pauvre femme.

« Ça a bien marché ? » lui demanda-t-elle malgré tout. Il répondit à contrecœur. La vieille femme s'empressa de redescendre l'escalier, l'air gêné.

Une demi-heure plus tard, l'oncle Drauffer ouvrit la porte de la salle d'examen et cria : « Entrez bande de brigands ! » Assis à la table verte, le professeur Roller annonça : « Sont reçus : Christ Alois, Ebeseder Heinrich, Gamillschegg Kurt, Goldschmied Emil. Les candidats suivants ont rendu des travaux insuffisants et sont refusés pour cette année : Alt Hans, Hitler Adolf et Hutterer Heinrich. »

« La charité chrétienne commande de ne pas ébruiter l'affaire ! dit l'oncle Drauffer si bas que les autres ne purent pas entendre. Qui t'a jamais dit que tu avais du talent ? Pas moi en tout cas ! Et ce n'est pas moi non plus qui irai vendre la mèche. » Il semblait voir une consolation dans cette assurance.

Entretemps, l'un des deux autres recalés s'était glissé parmi les candidats reçus, auxquels le président tendait la main en les félicitant. « Vous désirez ? » demanda le directeur Roller qui ne manqua pas non plus de consigner cet échange :

« "Je prie qu'on m'explique pourquoi j'ai échoué ! réclama le recalé haut et fort.

– Par manque de talent.

– Qu'entendez-vous par là, monsieur le président ? se regimba le jeune homme.

– J'entends par là un manque absolu de talent, monsieur Hüttler, dis-je.

– Hitler ! me corrigea le recalé.

– Qu'à cela ne tienne !" dis-je. »

21

Un enfant parle

La petite Martha Monica était tellement jolie que les gens se retournaient sur elle quand elle se promenait au Stadtpark avec Neni. Elle tenait d'Henriette ses cheveux magnifiques juste un ton plus clair, qui bouclaient en anglaises autour de son visage harmonieux. Elle avait ces mêmes yeux brillant d'un éclat sombre sous ses longs cils, et aussi son étrange regard oblique. Et avec cela, une grâce naturelle du geste, une aisance qui ne rappelait ni la timidité d'Henriette ni l'allure de Franz. Rien n'était pesant chez cette petite fille, ses mains gantées de blanc étaient gracieuses, ses jambes longues et sveltes, ses chevilles parfaitement fines. Seule la voix un peu aiguë laissait à désirer. Ce qui, espérait-on, passerait avec les ans.

Tout le monde sans exception gâtait l'enfant. Sa mère – outrageusement –, ses frères et sœurs, la nurse Neni et même monsieur Simmerl. Et en la personne de Hanni, la femme de chambre entrée si jeune au service du quatrième étage qui comptait maintenant dix-sept ans de maison, Martha Monica avait trouvé une alliée de taille. Hanni (Kern de son nom de famille) avait toujours préféré madame à monsieur le conseiller de toute manière. Quant au reste de la maison, il s'accordait à dire que Martha Monica était ravissante, sans lui témoigner autrement de tendresse. Mais comme on en était peu prodigue au numéro 10 généralement, nul ne s'en formalisait. La petite fille pas plus que les autres, en tout cas.

Les choses se compliquèrent avec ce que l'oncle Drauffer appela l'épidémie des mariages. C'est Peter, le fils d'Otto Eberhard, qui entama la série. L'ex-membre des confréries étudiantes était maintenant rédacteur au ministère de l'Intérieur ; en principe, les membres de la bourgeoisie entraient difficilement dans les ministères, mais au fils d'Otto Eberhard on avait facilité les choses. Sa jeune épouse, née Annemarie von Stumm, venait de Potsdam ; ils s'étaient rencontrés au cours d'un séjour à Westerland sur l'île de Sylt. Cette blonde aux yeux bleus portait ses cheveux en macarons sur les oreilles, adorait Vienne, trouvait la maison du 10 Seilerstätte « charmante », ses habitants « merveilleux » – elle prononçait « merrfeilleux » – et les Viennois – elle disait « Fiennois » – assez « mous ». La demoiselle étant issue d'une famille d'officiers prussiens, cela ne surprenait personne, et la maison accueillit à bras ouverts ce nouveau membre de la famille, à qui celle-ci semblait aller comme un gant. Tante Elsa qui se réjouissait de cet apport de sang noble disait même d'elle dans son tyrolien chuintant : « Che la trouve repossante ! » – sans expliquer pourquoi.

D'après l'oncle Drauffer, qui ne raffolait pas de la Prusse, c'est ce mariage qui avait déclenché l'« épidémie ». Car peu après, son propre fils Fritz, qui avait abandonné le droit pour devenir un compositeur obscur, tint absolument à épouser Liesl Bergwieser, une danseuse du ballet de l'Opéra. La maison disait qu'elle « faisait partie du ballet » avec une touche de mépris ; ce n'était même pas une étoile, juste une danseuse parmi d'autres, qui faisait un cône dans *La Fée des poupées*, un rayon de lune dans *Soleil et Terre* et les pointes en dansant un œillet dans *Coppélia*. Pendant des années Fritz avait eu avec elle le genre de « liaison » qu'un bon fils de famille entretient avec « certaines femmes », avant de convoler avec quelque jeune fille rangée – un arrangement que la société viennoise tolérait tacitement tant que le fils de famille en question n'épousait pas sa liaison. « Une raison pressante, j'imagine ! » dit son jumeau Otto, lequel s'était introduit parmi les proches de Lueger, le tout-puissant bourgmestre de Vienne, et semblait vouloir faire carrière dans la politique ; un jeune homme, au reste, qui, contrairement à son frère Fritz, avait été enchanté de son volontariat chez les dragons. Mais sa remarque s'avéra pure méchanceté, car, une fois devenue madame Drauffer, mademoiselle Bergwieser continua à danser les rayons de lune en costume moulant.

« Après une fille de chanteuse, une danseuse, maintenant ! » C'est la veuve Paskiewicz qui lança le slogan ; sa conception de la moralité avait visiblement pris un tour encore plus implacable depuis la vocation de sa fille.

En tout cas, de toute évidence, c'était la jeune épouse de Peter qui avait la faveur du numéro 10, comme si la maison avait voulu dire : « Il faut nous prendre comme nous sommes, nous ne nous forçons pas avec certains occupants ! » Dans le même état d'esprit, la comtesse Hegéssy, pourtant peu diserte, avait dédaigneusement sanctionné l'enthousiasme de la danseuse envers la beauté de Martha Monica d'un familier: « Pas étonnant ! C'est la fille du comte Poldo ! » Son comte ne lui était resté que six mois, mais elle ne s'en considérait pas moins comme partie intégrante de l'aristocratie.

La danseuse, elle, était bien viennoise, la discrétion n'était pas son fort ; elle trouva la réflexion de la cousine Hegéssy d'autant plus intéressante qu'elle confirmait l'impression d'arrogance hypocrite que lui avaient faite ses nouveaux parents. Elle ébruita donc la remarque, qui finit par arriver aux oreilles de Franz. Ce fut lourd de conséquences.

Les efforts acharnés qu'il déployait depuis des années pour maintenir la fiction d'une union respectable – le seul point où il eût entrepris d'égaler sinon de surpasser son beau-père – s'en trouvaient anéantis. Pire encore, son attitude « chevaleresque » devenait ridicule, voire absurde. Il n'avait jamais convenu qu'Henriette l'eût trompé, même à part lui, tout en sachant qu'il se mentait à lui-même. Sa passion pour elle avait réussi à étouffer cette amère déception, et quand elle se refroidit avec l'âge et que son naturel réaliste reprit le dessus, son amour-propre fut assez fort pour se préserver, et elle avec lui, du déshonneur. Il demanda des explications à la cousine Hegéssy. Avec une brutalité qui dépassait d'un cran la franchise de Sophie, elle répliqua tout de go : « Ne dis pas de sottise ! Il suffit de regarder la petite pour voir qu'elle n'est pas de toi ! »

Ce soir-là Franz se détourna quand l'enfant vint l'embrasser comme d'habitude avant d'aller au lit.

« Mono vient te faire la bise, dit Henriette.

– Qu'elle aille embrasser la photographie qui est sur ton bureau ! » répondit Franz en présence de son fils aîné, et il quitta la pièce. Il avait toléré sur le bureau d'Henriette la photographie de l'homme qu'il avait tué. Chaque fois qu'il la voyait, cela lui portait un coup, mais il l'y avait laissée bon an mal an. Sur le bureau de l'impératrice – tout Vienne le savait – trônait la photo de la Schratt, ce qui fermait la bouche aux rumeurs. Franz avait tenté la même chose. Il avait échoué.

Dans la nuit, quelques heures plus tard, Hans, posté à la fenêtre de sa chambre, humait le vent d'automne en écoutant le bruit familier des noix mûres qui tombaient du vieil arbre de Sophie sur le pavé. Sa cime atteignait déjà presque sa fenêtre. J'ai dû me tromper ! se disait-il. Personne ne peut être aussi grossier, c'est impossible. Même papa ! La moustache qui ombrait sa lèvre supérieure le vieillissait à peine, il avait toujours l'air d'un de ces jolis garçons de bonne famille bien vêtus, bien nourris et abondamment pourvus que rien ne distinguait vraiment de ses pairs. Pourtant (du moins Henriette croyait-elle le remarquer), un changement décisif s'était accompli en lui. Là où les autres – elle y compris – ne posaient pas de question et ne voyaient pas de problème, Hans doutait ; ce qui chez elle était devenu méfiance et amertume et frisait parfois la misanthropie menait son fils bien plus jeune à rechercher ardemment la lucidité. Henriette se rappelait que tout petit, quand il était assis sans mot dire par terre au milieu de ses albums, il aimait dépiauter ses poupées pour en explorer l'intérieur. On aurait dit qu'il tentait de faire de même avec la vie, à présent. Peut-être deviendra-t-il un jour un bon médecin, se disait-elle. Il ausculte les choses et essaie de porter un diagnostic. Elle l'y encourageait. Elle pensait que ça l'avait perdue, elle, d'avoir posé trop peu de questions et accepté l'ignorance comme allant de soi.

Cette nuit-là, debout à sa fenêtre, Hans essayait du moins de définir ce que lui était son père. Un adversaire, sans aucun doute. Le premier que la vie lui eût véritablement opposé.

Miklau ou le capitaine d'histoire naturelle ? Des adversaires fortuits. Son père, en revanche, un adversaire prédestiné. Et pas seulement *le sien* ! Toutes les familles qu'il avait vu vivre jusque-là étaient exactement pareilles ! Ces fils de la bonne société craignaient leur père, et les pères les considéraient – de haut – comme des mauviettes, ou – de dépit – comme des fils indignes, un mot qui l'irritait particulièrement dans les romans, parce qu'il imputait d'emblée la faute aux fils. Alors que la faute revenait aux pères, qui exigeaient d'eux ce qu'ils ne pouvaient donner ! Bon, on aurait pu être meilleur élève. Ou dépenser moins d'argent. Ou ne pas avoir de liaison. Mais pourquoi leurs pères essayaient-ils de justifier leur réprobation en racontant des inepties ? Était-ce une fin en soi de vendre des pianos ? Son père disait : « Évidemment ! » S'il avait dit : « Évidemment, l'idée de vendre des pianos ne t'enthousiasme pas, ce n'est pas si exaltant ! Mais voilà, nous avons une fabrique de pianos et j'ai besoin de ton aide, il faut que tu le comprennes ! », ç'aurait été différent. Mais cette façon d'inverser les propositions, ce déni de la réalité – insupportable ! Ou bien son père croyait-il par hasard ce qu'il disait ? Que ce fût un plaisir d'assumer ses responsabilités ? Était-ce « les assumer » que d'être contraint de faire des choses à contre-cœur, l'esprit ailleurs ?

Quelque part dans la nuit jouait un gramophone : *Mon bon Émile ! Achèt' moi une automobile – Parce qu'une auto c'est trop beau...* Non ! Son père ne croyait pas un mot de tout ça. Il avait eu des liaisons avant de se marier – dixit la tante Pauline. Oui, il avait même voulu être peintre, avait confessé l'oncle Drauffer. Or il disait maintenant : « Se faire peintre ? Ridicule ! » Donc il mentait. Il ne voulait nullement son bien.

Hans ne réalisait pas qu'il tirait des conclusions hâtives, manifestement erronées. La légèreté est la malédiction des Viennois, disait le grand-père Stein pour édifier son petit-fils. Mais réflexion faite, il n'y avait que deux possibilités : ou son père n'avait pas la moindre idée de ce que ressentait un jeune homme, ou il le savait et il s'en souciait comme d'une guigne. Ou bien – troisième possibilité : son père était vieux. Cinquante-six ans. À Vienne la plupart des pères se mariaient tard (après avoir « jeté leur gourme », comme disait l'oncle Drauffer), ils obtenaient sur le tard des postes importants. Tout bien considéré, Vienne était dirigée par des vieillards. Quarante ans ? Bien trop jeune pour tout ! Pour être ministre, général, conseiller aulique ou exercer une quelconque influence, il fallait avoir soixante ans – au bas mot. Être jeune ? Une erreur monumentale ! Cela provenait-il de ce que l'empereur, si vieux lui-même, exigeait que ceux qui gouvernaient avec lui le fussent aussi ? Ebeseder prétendait que le prince héritier s'était suicidé parce que la vie lui était insupportable avec ce père qui ne pouvait ou ne voulait pas comprendre ce que c'était qu'être jeune. Hans était spontanément enclin à partager l'avis d'Ebeseder.

Ses pensées s'égarèrent sans qu'il creuse plus avant la troisième possibilité, parce qu'il se mit à songer à Ebeseder. Dommage qu'il ne le vît plus ! Le seul de la classe à dire des choses qui vous ouvraient les yeux. Sa mère le faisait aussi, mais en dépit de toutes ces charmantes qualités, il fallait bien avouer malheureusement qu'elle manquait de logique et de cohérence. Elle disait blanc un jour, noir le lendemain.

Émile, voyons, ça coûte pas des mille et des cents…

Eugénie aussi chantait cette chanson idiote. Très gênant quand elle s'escrimait à faire la jeune fille.

Sa mère, il ne pouvait rien lui reprocher – si ce n'est d'avoir été trop dure avec Chris. Envers son père, en revanche, il avait quantité de griefs. « Qu'elle aille embrasser la photographie qui est sur ton bureau ! » Détestable ! Un boucher ne serait pas plus grossier.

Il arpentait fiévreusement la petite pièce. À côté, dans la chambre de sa mère plongée dans l'obscurité, rien ne bougeait. Elle devait être là-bas, au chevet de Mono. Et son père ? À son club d'échecs, naturellement.

Hans aurait juré que sa mère n'avait pas eu de liaison avec le comte Traun. La scène ancienne de la salle de bal lui revint alors avec une netteté impitoyable. Ça s'appelait une *chambre séparée**, c'est là que les scènes d'*Anatole*[1] se déroulaient, et maintenant il savait ce que c'était. Mais sa mère n'était pas comme les amies d'Anatole ! Quand ils étaient allés au pré aux violettes ce jour-là, son père lui avait dit : « Ta mère est au-dessus de tout soupçon ! » Alors, pourquoi était-il odieux maintenant, pourquoi la soupçonnait-il ?

Allons Émile, un tit peu d'style ! Allons voyons, Fais pas l'grognon, c't' auto, c't' auto, y me la faut…

Et si c'était vrai, pourtant ? Si sa mère avait trompé son père autrefois ?

---

1. Cycle de pièces en un acte d'Arthur Schnitzler, présentant les aventures amoureuse d'un jeune bourgeois nommé Anatole.

Si Mono n'était pas l'enfant de son père ?

Dans ce cas, son père avait raison, et sa mère avait tort.

Chacune de ces pensées lui coupait le souffle. Il réfléchit, puis ouvrit sans ménagement la porte de la chambre voisine pour gagner la chambre d'enfant, où il pensait trouver sa mère.

« Hans ? demanda sa voix dans l'obscurité.

– Tu es là, maman ?

– Je suis déjà au lit. Attends, je vais faire de la lumière.

– Non, la pria-t-il. Non ! Est-ce que je peux rester un instant ? Tu n'es pas trop fatiguée ? »

Les rideaux de mousseline étaient tirés devant les fenêtres entrouvertes ; ils voletaient dans le courant d'air ; la lampe à arc au coin de la Seilerstätte et de l'Annagasse jetait périodiquement un mince rayon dans la pièce.

« Viens t'asseoir près de moi. »

Il s'assit sur le bord du lit où elle l'avait mis au monde.

« Je t'ai entendu marcher à côté, dit-elle. Tu n'arrives pas à dormir ?

– Ce stupide gramophone ! On ne peut pas interdire aux gens de jouer sans arrêt la même rengaine ? C'est à devenir fou !

– Je crains que non, répondit-elle. On ne peut d'ailleurs jamais rien interdire – pour ce genre de choses, je veux dire. Mais c'est une chanson charmante, tu ne trouves pas ? Je me disais justement tout à l'heure que tu devrais peut-être demander à ton père d'acheter une auto ? Cela ferait un foin terrible dans la maison, mais nous avons l'habitude. Au moins, on pourrait aller faire un tour ailleurs, le soir. À Laxenburg. Ou à Baden. Ou… Qu'en penses-tu ?

Mon bon Émile ! Achèt' moi une automobile… glapit le gramophone.

« Maman, dit Hans, tu serais très fâchée si je te demandais quelque chose ? »

J'ai l'habitude, pensa-t-elle. Ce sont toutes ces questions qui m'ont éreintée, littéralement épuisée. Moi je n'ai jamais pu poser de questions. Ne peut-on vraiment pas interdire aux gens de vous poser sans cesse des questions ? « Demande ! » dit-elle.

Si elle savait ce que je veux lui demander… se dit Hans. Il était si nerveux qu'il ne trouvait pas ses mots.

Mais de toute manière, elle connaissait la question qui allait venir.

« Ne pense pas que je veuille me mêler de ce qui ne me regarde pas », commença-t-il. Très juste ! pensa-t-elle. Ça ne te regarde pas. C'est pour ça que tu me le demandes. Vous voulez toujours savoir ce qui ne vous regarde pas.

« Mais c'est si important pour moi », poursuivit-il, hésitant.

Ça n'a aucune importance pour toi, pensa-t-elle. Qu'est-ce que je t'ai pris en m'accordant quelques heures de bonheur ? J'aurais pu être heureuse toute ma vie, pas seulement quelques heures, le sais-tu ? Tu ne serais alors pas né dans cette horrible maison et tu n'aurais pas failli me tuer en venant au monde. Voilà. « Qu'est-ce qui est si important pour toi ? » demanda-t-elle.

Il prit son courage à deux mains. « Je pense à ce que papa a dit ce soir. Ce n'est pas vrai, n'est-ce pas, maman ? » Elle ne pouvait pas voir son visage.

Allons Émile, mégote pas, tu peux gratter par ci par là ! Allons Émile, juste un peu de blé, l'est presque déjà commandée...

Du fond de l'obscurité, elle répondit : « Ce n'est pas vrai. » Dans cette chambre on a toujours menti, pensa-t-elle, dès le premier jour, quand les murs étaient à peine bâtis. Un mensonge de plus ou de moins – qu'est-ce que ça fait ? Une accusation de plus ou de moins – qu'est-ce que ça fait ? Dans cette maison, j'ai été accusée dès que j'y ai mis les pieds. Elle pensa aux petites veilleuses couleur de rubis, au rez-de-chaussée, qui encadraient le portrait d'un saint. D'abord ç'avait été la famille de Franz. Puis Franz lui-même. Maintenant c'est son fils. Ils accusent. Encore et toujours ils accusent.

« Merci ! » dit-il, délivré. Il bondit pour l'embrasser.

« Pas si fort ! se défendit-elle. Réserve ça à d'autres. »

Il l'embrassa. « Tu pleures, maman ? » demanda-t-il en sentant des larmes sous ses lèvres.

Ils sont là pour demander et pour condamner ! Même ceux qui vous aiment ! Même Hans ! « Non, mais je suis très fatiguée », répondit-elle.

Il sortit sur la pointe des pieds. Sa confiance en elle était à nouveau sans bornes.

22

La victoire décisive

À la tribune réservée du champ de courses de Freudenau, les propriétaires de loges arrivaient pour le derby. Il s'était produit une chose inouïe ce dimanche de juin, certains d'entre eux, une infime minorité, n'étaient pas venus dans leur équipage ou en fiacre sans numéro[1], mais en automobile.

Henriette n'avait toujours pas pu obtenir de Franz qu'il achète une automobile. Il avait repoussé ses exigences : « L'empereur aussi roule en calèche. » On n'était pas forcé de s'enticher de toutes ces arnaques modernes, disait-il, on pouvait fort bien se passer de cet engin diabolique qui empestait et explosait dangereusement à tout instant. La bicyclette, à la rigueur, ça vous donnait de l'exercice, Hans pourrait en avoir une s'il passait au second semestre. Mais qu'on lui épargne les gramophones, les autos et autres arnaques modernes. On produisait la musique avec ses mains ou son gosier et on se déplaçait sur ses jambes ou celles des chevaux.

---

1. Fiacres sans numéro avec cocher en livrée ou « Janschky-Wagen » qu'on pouvait réserver quelques jours à l'avance, plus chics que les fiacres de la ville numérotés.

Ce qui était assez bon pour l'empereur devait suffire à madame Henriette Alt ! Les comparaisons avec l'empereur pleuvaient. L'époque où il cherchait à lui complaire était révolue.

En longeant la Heustadlwasser[1] dans l'allée principale, ils avaient pu voir de leurs yeux la princesse Pauline Metternich et la princesse Croy, chacune dans un de ces hauts véhicules nouveaux qui filaient mystérieusement à toute allure.

« Tu vois ! » avait triomphé Henriette. Il s'était contenté de hausser les épaules.

« Tu ne peux vraiment pas prendre exemple sur ces deux-là ! Elles ont toujours été timbrées.

– Mais toi, tu peux prendre exemple sur l'empereur ? » avait-elle demandé sans obtenir de réponse.

Elle n'avait jamais réussi non plus à lui arracher une loge permanente pour la saison à la tribune réservée. Pur snobisme ! Les Alt n'étaient pas de ces oisifs. Si les courses la passionnaient réellement, elle pouvait les suivre de la « deuxième tribune » ! Là était la place des simples bourgeois, il n'y voyait pas d'inconvénient. À cet égard, il n'était pas aussi étroit d'esprit que sa cousine Hegéssy, la fille de la tante Kubelka, disait-il.

Ils l'avaient croisée dans la cage d'escalier en quittant le numéro 10, et comme la cousine portait sa robe noire du dimanche et même un chapeau flambant neuf, Franz lui avait demandé en plaisantant si elle allait au derby elle aussi. Elle avait blêmi d'indignation. Que désapprouvait la cousine à ce point, en l'occurrence ? se demanda Henriette – pour se dire aussitôt, furieuse :

1. Eaux qui bordent une partie de l'allée principale du Prater.

l'idée qu'elle, Henriette, puisse y aller ! Ces tartuffes n'y voyaient que gaspillage !

Mais elle voulait être à la tribune réservée parce qu'à côté, séparé par une simple vitre de verre, se trouvait le très aristocratique Jockey Club. Les bourgeois – plus exactement la « deuxième société » – n'avaient rien à faire là, selon Franz. Elle n'arrivait pas à démêler s'il savait qu'à cette tribune presque chaque visage lui rappelait des souvenirs et que c'était uniquement pour ça, et non pour les courses, qu'elle voulait y être.

Elle arborait pour l'occasion une nouvelle robe couleur champagne, la dernière mode venue de France, à col montant, manches de dentelle froncées aux poignets et très longue jupe, la taille libre de tout corset. Avec un grand chapeau à longues plumes d'autruche blanches qui retombaient gracieusement, fixées par des épingles à larges têtes rondes d'écaille et d'opale. Et une ombrelle champagne au manche d'ivoire pareil à un poignard blanc. Henriette était belle, l'éclat de son teint était rehaussé par la poudre de Paris qu'elle commençait à utiliser, ses lèvres étaient plus rouges que jamais : elle avait appris à se farder. C'est toujours quand ça lui semblait le plus vain que la prenait ce désir d'être vue qu'elle croyait surmonté depuis longtemps. Alors elle voulait être belle.

« Tiens, le prince Montenuovo, dit-elle familièrement.

– Ne regarde pas comme ça, dit Franz. *Moi,* je ne m'impose *pas* aux gens ! »

Il portait la jaquette réglementaire et le traditionnel haut-de-forme viennois à petit bord dont, obstinément, pour d'obscures raisons de prestige, il se séparait rarement dans la vie de tous les jours. Leur loge était au dernier rang de la tribune réservée. Cet emplacement situé tout en haut, directement sous le salon de thé du pâtissier de la cour Demel, les distinguait des détenteurs de loges permanentes, qui commençaient à prendre leur place préférée aux trois premiers étages de la tribune. C'était le premier derby depuis des années qui ne fût pas menacé par le temps et où l'on pouvait exhiber robes et chapeaux neufs sans craindre la pluie. Il y avait aussi deux favoris qui se disputaient les paris : Héraclès, un étalon de trois ans des barons Springer, et Vilja, une pouliche de trois ans de l'écurie Rothschild. Les gens affluaient vers le totalisateur pour les tout derniers paris.

L'écurie Springer appartenait à deux juifs, les gros frères Gustav et Heinrich, qui fumaient d'énormes cigares et étaient presque aussi populaires que Guylas, le jockey de leur favori. L'écurie Rothschild, elle aussi, était à des juifs, ses couleurs bleu et or devaient mener à la victoire trois autres favoris ce dimanche-là : deux dans un maiden, le troisième dans un steeple-chase.

« C'est bourré de juifs », dit Franz en lisant le programme.

Le vendredi précédent, le *Deutsches Volksblatt* avait déploré « la judaïsation du hippisme viennois », ce qui avait donné lieu, la veille, samedi, à une question au conseil municipal du neveu de Franz, Otto Drauffer, qui s'activait comme un beau diable en politique : monsieur le bourgmestre savait-il que les courses hippiques, ce fleuron de la société viennoise, menaçaient de passer sous l'influence du capital juif ?

À quoi « notre bourgmestre Lueger, barbu comme Wotan », soulignait complaisamment dans son éditorial du jour l'organe de la bourgeoisie, le *Neue Wiener Tagblatt*, « avait déjà eu l'occasion d'opposer cette réponse de bon sens, qui remettait d'un bon mot les bouffeurs de juifs sur la voie de la modération : "C'est moi qui décide qui est youpin et qui ne l'est pas !" »

Nul ne relevait la médiocrité du mot et l'indigence de la « voie » en question.

Juste en dessous le rédacteur saluait vivement aussi l'instauration de la loi martiale à Prague et à Brünn de la veille. Les « jeunes têtes brûlées tchèques » étaient, une fois de plus, allées trop loin dans leurs « abusives revendications d'égalité ». Depuis l'appel fatidique du fanatique Schönerer, *Libérons-nous de Rome*, « l'Autriche est, dixit le journal bourgeois, le théâtre de conflits tumultueux entre les nationalités dans ses contrées plurilingues. Le panslavisme avec ses clubs de sport et ses organisations de jeunesse a causé autant de dégâts que le mouvement ultramontain dans les cercles catholiques et le pangermanisme dans les milieux nationalistes allemands et anticléricaux. » Oubliant la modération qu'il prônait quelques lignes plus tôt, le journal concluait : « Les têtes brûlées des divers camps méritent un sérieux rappel à l'ordre. La loi martiale s'imposait. »

Bien qu'abonné à la *Reichspost*, Franz semblait avoir lu cet article. Ses critiques des institutions s'inspiraient toujours de la lecture des journaux.

Henriette voyait les frères Springer dans leurs fauteuils de jonc sur la pelouse devant la tribune du Jockey Club, et la toute jeune baronne Clarice Rothschild, née Montefiore, de Londres, prendre place dans une loge au premier rang, saluée avec effusion par la vieille princesse Croy et le prince Tassilo Festetics, tandis que son époux, le baron Alphonse, et ses beaux-frères, les barons Louis et Eugène, se mêlaient derrière la cloison vitrée aux membres de la haute noblesse admis à la cour. Ils avaient d'ailleurs l'air d'appartenir à la haute noblesse, estima Henriette. Dès qu'une brèche s'ouvrait dans les barrières de classes, elle le ressentait comme une victoire personnelle. Le capitaine de la garde impériale serrait la main du propriétaire d'une autre écurie juive, le chevalier Horace von Landau. Henriette se souvenait bien du capitaine de la garde impériale : « Madame Henriette Alt ? » lui avait-il demandé avec une morgue infinie, lors d'une sombre matinée.

Dommage qu'Otto Eberhard et son obtuse Tyrolienne ne voient pas ça. Ils se seraient rendu compte que les Viennois ne nourrissaient plus de préjugés et que juifs et chrétiens se mélangeaient indifféremment – il fallait être aveugle pour le nier ! Adulé, le chevalier Adolf von Sonnenthal, qui était né dans la boutique d'un tailleur juif, se tenait au milieu des comtes et des comtesses à qui il enseignait sur la scène du Hofburgtheater les manières exemplaires de la bonne société. Devant le totalisateur, avec ce battement de pied nerveux qu'il avait parfois aussi en dirigeant, le directeur de l'opéra Gustav Mahler, mondialement connu, esquivait les tentatives d'approche de la comtesse Kinsky.

« Tu n'as pas vu ? Anton Dreher vient de nous saluer ! » dit Franz en s'inclinant devant le brasseur-propriétaire d'écurie qui représentait la bonne bourgeoisie aux courses. Henriette remercia brièvement. Tout ce que faisait Franz semblait dirigé contre elle. Ils ne voyaient personne ! Sa nouvelle robe n'avait même pas retenu son attention. D'ailleurs qu'est-ce qui retenait son attention ? La maison ! La maison exclusivement ! Goûter chez Elsa. Souper chez les Drauffer. Souper pour ses amis du club d'échecs. Une loge au Theater an der Wien ou au Ronacher avec les Drauffer ou la famille d'Otto Eberhard. Voilà à quoi se bornait leur vie sociale ! Jamais l'Opéra, presque jamais le Burgtheater. De temps en temps la Philharmonie. Amèrement, elle saisit ses jumelles de théâtre en nacre. Les occupants des loges réservées étaient presque au complet. Quand la princesse Metternich leva les yeux, Henriette détourna les siens. Autrefois, après la redoute, ç'aurait été pour elle un jeu d'enfant de jouer à Vienne le même rôle que la Schratt. Mais non ! Franz ne voulait pas ! Leur monde restait confiné au 10 Seilerstätte.

Les courses préliminaires s'étaient déroulées dans l'indifférence ; le galop d'échauffement pour le derby était imminent, à la tribune du Jockey Club les messieurs s'étaient levés. L'empereur venait d'arriver, dit-on. Mais la visite prestigieuse s'avéra être celle de l'héritier du trône François-Ferdinand et de son épouse.

On les mena à des fauteuils dorés au centre de l'estrade, l'archiduc adressa la parole au premier chambellan de la cour, le prince Montenuovo, ce qui fut commenté à la tribune réservée. On savait que Montenuovo avait livré une lutte acharnée contre le mariage de François-Ferdinand avec la comtesse Chotek, une dame de la cour, et n'avait finalement autorisé qu'une union « morganatique ». Ni le visage du prince à la barbe blanche ni la figure figée de l'héritier de la couronne n'exprimaient la moindre trace de bienveillance, on oubliait à les voir que l'homme eut la faculté de sourire. La comtesse Chotek, désormais « duchesse von Hohenberg », passait tout à tour de la pâleur à la rougeur. Henriette ne lâchait pas le couple des yeux. Ils occupaient une place qui revenait à un autre.

C'était uniquement sa faute à elle si elle n'était pas assise là-bas, elle n'en doutait pas. Avec elle, le prince Montenuovo aurait sans doute été encore plus intraitable. Mais elle aurait aussi obtenu ce qu'avait obtenu cette femme assise là-bas, qui paraissait aujourd'hui pour la première fois en public, et devant laquelle s'inclinaient les têtes des courtisans – union morganatique ou pas.

Qu'elle fût, elle, Henriette, la seule personne au monde à le savoir l'émouvait à la limite de la souffrance. « Si vous saviez ! » pensait-elle ; les jumelles de nacre tremblaient entre ses mains gantées.

« Mes hommages, belle dame. Comment vous portez-vous ? Mon Dieu, cela fait combien de temps que nous ne nous sommes vus ! dit un homme qui avait gravi les marches des tribunes et s'était arrêté devant leur loge. Vous souvenez-vous encore de moi ? Hoyos ! »

« J'ai envoyé Pepi Hoyos à Rome », avait dit Rodolphe. Maintenant Pepi Hoyos était un vieil homme.

« Bien entendu ! Merci mille fois de vous être donné la peine de monter, comte Pepi », lui répondit-elle, pâle comme une débutante. Quand elle parlait avec eux, elle adoptait spontanément le ton des aristocrates. Elle fit les présentations : « Mon mari... Le comte Hoyos. » Des quatre hommes avec qui elle avait déjeuné à Mayerling, deux vivaient encore. L'un s'était tué, Franz avait tué l'autre. « Mes respects ! répondit Franz.

– J'ai reconnu Madame quand vous êtes arrivés et je me suis dit que j'allais monter dire bonjour. Madame est éblouissante ! » dit l'homme qui était allé trouver le pape à cause d'elle. Sur la tunique de son uniforme de commandant de uhlans brillait l'insigne de chambellan de l'empereur, deux petits boutons reliés par une chaîne d'argent. « Eh bien, pour qui allons-nous parier ? » dit-il en se tournant vers Franz. Il ajusta son monocle, ouvrit le programme vert et commença à cocher au crayon les numéros de start qui s'affichaient, il paraissait disposé à assister au derby dans la loge de monsieur Alt.

Mais loin de l'y inviter, Franz devança Henriette en observant : « Je crois que la course va commencer ! C'est par l'allée centrale que monsieur le comte regagnera le plus aisément l'estrade du Jockey Club. »

Henriette s'interposa : « Ne voulez-vous pas vous joindre à nous, comte Pepi, nous ne sommes qu'*à deux**. » Elle retrouvait naturellement les tournures françaises de ce monde qu'elle avait fréquenté si peu de temps.

« Mille mercis », répondit le uhlan, conseiller de Sa Majesté, en prenant place derrière elle.

Elle remarqua non sans plaisir qu'on l'avait noté dans les rangées inférieures. « Franz, peut-être pourrais-tu changer de place avec le comte Hoyos ? » suggéra-t-elle. La comtesse Wydenbruck la fixait à travers son lorgnon, les comtesses Goluchowski et Trauttmansdorff à l'œil nu, madame von Ephrussi avait même saisi ses jumelles de théâtre.

« Mille mercis, je suis très bien », dit leur hôte en rapprochant un peu son siège de celui d'Henriette, puis, se tournant vers Franz : « À Prague, ça m'a l'air de chauffer ! »

Franz s'abstint une deuxième fois de répondre.

« Sur qui avez-vous misé, comte Pepi ? » demanda Henriette, qui rayonnait depuis son arrivée. Une chance qu'elle eût au dernier moment aspergé son mouchoir de *Violette de Parme** !

« Héraclès et Vilja, gagnant et placé ! Je compte surtout sur Vilja. Elle a très bien couru à Alag ! Je viens juste de le dire à Alphonse : “Ta Vilja est une si bonne *girl*, même toi, tu devrais miser sur elle !” Vous savez, belle dame, que les Rothschild ne misent jamais sur leurs propres chevaux ?

– Naturellement », dit Henriette, qui l'ignorait. Elle aussi souhaitait que Vilja gagne. Ou Héraclès. Elle aussi était pour les écuries Rothschild et Springer. Et pour la loi martiale à Prague. Elle était pour tout, sauf pour Franz. Georgie, le fils du vieux prince Festetics, la saluait. La vie pouvait encore être belle !

La cloche sonna le départ. Le ruban fut levé. « Ils ont bien pris le départ ! » approuva le comte. Qui avait dit exactement la même chose ? Alors que les chevaux commençaient à courir, elle ne put s'empêcher d'y penser, mais ça ne lui revint pas. Franz en revanche se rappelait. Au Prater, jadis, quand elle se comportait avec lui comme une femme avec son mari, quelqu'un avait dit ça dans une baraque. Cela faisait longtemps ! Il hocha la tête avec amertume. Elle sous-estimait sa mémoire.

D'emblée, un bai svelte dont le jockey portait les couleurs noir et rouge prit la tête. « Héraclès ! » crièrent les turfistes de la pelouse. L'étalon menait de trois longueurs. Ses propriétaires, les barons Springer, mâchonnaient leur énorme cigare dans leur fauteuil de jonc devant l'estrade du club.

En arrivant à la ligne droite (il fallait faire deux tours de piste), Vilja gagna du terrain. La casaque bleu et jaune de l'écurie Rothschild brillait au soleil. « C'est ce que je disais ! » s'écria le comte Hoyos. La princesse Lubomirska, loge numéro 2 en bas à droite, qui était dure d'oreille, demanda d'une voix de stentor au comte Lanckoronski assis derrière elle aussi près que le comte Hoyos d'Henriette : « Quel est ce cheval ? » (Elle ouvrait les *a* à la manière des aristocrates). L'interrogé qui avait l'organe le plus perçant de la cour répondit dans le porte-voix qu'elle lui tendait : « Vilja ! – Comme dans l'opérette ? Comment s'appelle cette pièce, déjà ? cria la vieille princesse. – *Exactement**, comme dans *La Veuve joyeuse* », trompéta Lanckoronski. Et sans se soucier de gêner, il lança d'une voix suraiguë à la baronne Rothschild trois loges plus loin : « Vilja est en grande forme ! Elle m'impressionne ! »

La tribune réservée se déclara donc pour Vilja.

« J'espère que vous avez parié, belle dame ? demanda l'hôte de la loge de Franz.

– Malheureusement non, avoua Henriette.

– Quel dommage ! » s'exclama Hoyos. Franz n'avait pas encore ouvert la bouche, mais observait les deux autres avec la plus grande défiance. Et voilà qu'à la surprise générale, il s'écria : « Anna ! » Quand le peloton bien groupé atteignit la première ligne d'arrivée, Héraclès et Vilja perdirent du terrain. La casaque bleue tachetée de blanc de l'écurie Uechtritz remonta le peloton, et une vieille dame cria d'excitation au-dessous d'Henriette.

Vilja menait toujours. Soudain, vigoureusement cravaché par un jockey dressé sur ses étriers le buste presque couché, qui donnait des éperons, se détacha un cheval qui n'avait jamais couru et qui prit la tête en longues foulées. On entendit la princesse sourde crier : « Qu'est-ce que c'est que ça ? » La réponse se fit attendre un moment : « Numéro 9, Erzsébet ! » Dans l'intervalle, la tribune avait imité le comte Lanckoronski et cherché dans le programme le nom de l'outsider. « Numéro 9 : comte Elemér Hegéssy, pouliche de trois ans Erzsébet, de Kossuth et Komorn. Jockey : G. Janek. »

« Tu vois Anna ? » demanda Franz une deuxième fois, et saisissant Henriette par le bras, il désigna de l'autre main : « Là-bas ! » Il perdait rarement ainsi son sang-froid.

À la balustrade blanche où la pelouse côtoyait le guichet des commissaires se dressait une femme en noir. Elle avait couru depuis les places bon marché à cet endroit qui était interdit car les mottes de terre projetées par les chevaux y pleuvaient comme de la grêle. Mais elle y restait, agrippée des deux mains à la balustrade.

« Erzsébet ! » hurlait-elle passionnément, d'une voix si perçante qu'on l'entendait dans tout le champ de courses.

Aucun doute : c'était Anna ! Anna qui ne disait jamais un mot plus haut que l'autre !

« Erzsébet ! hurlait la pelouse.

– Vilja ! Vilja ! Vilja ! encourageait la tribune réservée, défiant l'adversaire.

– Erzsébet ! » hurlait la femme tout en noir au chapeau noir.

Soudain, à la stupéfaction générale, de l'estrade des messieurs du Jockey Club, où, exceptionnellement, une dame avait été admise en ce dimanche de derby, fusa un cri furieux : « Erzsébet ! » Il émanait du voisin de la dame, l'héritier du trône François-Ferdinand, qui donnait publiquement libre cours à sa colère. Ce qui pouvait avoir plusieurs raisons. L'une était peut-être qu'Erzsébet appartenait à un comte de pure noblesse – alors que Vilja était à la maison Rothschild ; une autre qu'aucun des messieurs ne parlait à la dame – qui affichait un sourire crispé –, et une troisième les nouvelles de Bohême – qu'apportait continuellement son aide de camp à l'archiduc.

Erzsébet ne battit Vilja et les chevaux des écuries Springer et Uechtritz que d'une demi-longueur. C'est pourquoi l'issue de la course resta incertaine jusqu'à l'affichage des résultats. Le 9 rapportait trente-quatre fois la mise. Le champ de courses était en ébullition. La nouvelle que les Jeunes Tchèques rebelles qui exigeaient de parler la langue tchèque dans les administrations tchèques avaient été repoussés à coups de fusils n'intéressait personne. La victoire qui comptait était celle d'Erzsébet.

Alors qu'un vieux monsieur voûté menait par la bride le cheval vainqueur à la pesée se produisit un incident que les journaux relatèrent le lendemain en petits caractères sous le titre de : « Accident au derby ». Une dame en habit de deuil s'était mise sur le chemin du comte Hegéssy, la « comtesse du turf », comme l'appelait le public de la pelouse où elle ne manquait pratiquement aucune course. Rayonnant de plaisir après sa victoire, le comte avait embrassé son admiratrice sur les deux joues avec une galanterie toute hongroise, puis poursuivi son chemin jusqu'à la balance. Mais la comtesse du turf, probablement bouleversée par la victoire de l'outsider sur lequel elle avait sans doute misé, « fut prise d'un malaise, auquel elle succomba sur-le-champ ».

« Incroyable qu'elle soit allée à toutes les courses ! » fut le seul commentaire au numéro 10. Comment pouvait-on mener une double vie ?

Henriette, elle, le comprenait, même si elle ne se donnait pas la peine de l'expliquer à Franz, qui, une fois de plus, la priva d'un peu de joie de vivre en lui gâchant ce moment. S'il ne l'avait pas forcée à s'occuper de la morte – dont il ne s'était jamais soucié de son vivant –, le comte Hoyos les aurait certainement conviés au très sélect dîner du derby à l'Imperial ! Une double vie ? Qu'en savait Franz ? Ceux qui en menaient une voulaient retrouver quelque chose qu'on leur avait volé. Les gens sont fous, voilà. Ils ne croient pas pouvoir perdre.

23

Éducation sociale

Hans rassembla les lettres de remerciements que des musiciens de renom avaient adressées à la firme C. Alt au fil des décennies. Le 150e anniversaire de la firme était imminent, et son père souhaitait publier une plaquette élégante. « *Grâce aux prodigieux pianos à queue que vous avez eu l'extrême amabilité de nous envoyer ici** … » et « *La perfection d'un Alt surpasse l'idéal de mes espérances** … », ça c'était Liszt. Les louanges de Richard Wagner : « *Mes répétitions aux fêtes de Bayreuth auxquelles les pianos sortant de votre éminente fabrique ont grandement aidé** … », et de Paderewski : « *Le piano était tout à fait merveilleux, en beaucoup de choses idéal, et c'est pour moi un grand plaisir de vous le faire savoir** … »

Dans le réduit qu'on lui avait attribué à côté des ateliers des menuisiers et des tourneurs où retentissait sans discontinuer le bruit des marteaux, des scies et des courroies, il avait tant bien que mal traduit tout ça en français. Pourquoi en français, bon sang, puisque les lettres étaient en allemand ? Pourquoi son père se refusait-il obstinément à publier la plaquette du jubilé en allemand ?

Il séchait devant la traduction du compliment de Beethoven : *Ein Juwel der Pianobaukunst.* Agacé, il tournait en rond dans son cagibi rectangulaire qui sentait la colle et où la lumière électrique brûlait toute la journée, comme partout ailleurs dans la fabrique paternelle ; presque aveugle, elle donnait sur une cour tapie dans l'ombre de l'église paroissiale de Matzleinsdorf. Hans se boucha les oreilles. Voilà que ces diables d'accordeurs s'y remettaient ! À côté de l'atelier des tourneurs se trouvait celui des accordeurs ; les diapasons contrôlaient la même corde pendant des heures, de quoi vous mettre les nerfs en pelote ! Heureusement que la fonderie et la tréfilerie, encore plus infernales, s'affairaient un étage au-dessous, c'est-à-dire à la cave. Pour leur punition, il y faisait si humide que l'eau dégoulinait littéralement des murs, les flaques qui se formaient à des endroits toujours différents constituant l'unique décoration des trois longs espaces voûtés, pareils à des casemates, éclairés par la lueur falote de becs de gaz à flamme ouverte et de petites ampoules électriques bon marché qui pendaient à des fils dénudés. Quand le pied heurtait quelque chose de mou… sûr que c'était un rat ! Voilà ce qu'on appelait « le berceau de la mélodie de Vienne » !

Pourquoi en français ? se demandait Hans, désespéré qu'une fabrique d'instruments harmonieux aussi renommés produise un bruit aussi effroyable. Il repensa à la citation de Schiller à propos de l'Autrichien qui a une patrie, qu'il aime et qu'il a « bien raison d'aimer[1] », le sujet de sa dissertation d'allemand de baccalauréat, le seul qui l'intéressât vraiment. Puisque l'Autrichien avait une patrie, pourquoi lui préférait-il toutes les autres ?

1. Schiller, *Wallenstein*, Traduction de Gilles Darras, L'Arche, 2005.

S'il « avait bien raison de l'aimer », pourquoi cette dévotion – ce culte confinant à la trahison – de tout ce qui était étranger ? Puisque l'Autrichien avait des classiques de l'envergure de Grillparzer, Nestroy, Raimund, Stifter, Lenau, Sealsfield, Saar, les Ebner-Eschenbach, Schnitzler, Hofmannsthal, Rilke, Beer-Hofmann, pourquoi se figer de respect devant ce qui venait de la Spree et de l'Elbe ? Si l'Autriche, avec Mozart, Haydn, Schubert, Beethoven, Brahms, Johann Strauss, Bruckner, Wolf, Gustav Mahler et Arnold Schönberg, était bien le temple incontesté de la musique, pourquoi toutes ces courbettes devant Pfitzner ? Et si, avec Waldmüller, Kriehuber, Daffinger, Schindler, Alt, Egger-Lienz, Klimt, Schmutzer, Kokoschka et Schiele, la peinture devait tant aux Autrichiens, pourquoi cet empressement servile à imiter les impressionnistes français ? Puisque ce n'était pas un manque de richesses propres, c'était donc forcément un défaut de confiance en soi qui faisait de l'amour de la patrie, ou plutôt de la conscience d'en avoir une, un sentiment rarissime en Autriche ! Hans savait encore presque mot pour mot ce qu'il avait écrit dans sa dissertation de baccalauréat. Et aussi la teneur de l'appréciation à l'encre rouge : « Des passages convenables, mais le parti pris de contradiction induit des erreurs de jugement et une arrogance dans l'expression étrangers à l'esprit autrichien. Faire de Schnitzler et consorts des classiques !!! Que la providence nous garde de semblables panégyristes ! *À peine satisfaisant.* »

Maintenant encore, il avait des sueurs froides en repensant au mépris auquel l'avait exposé cet examen du baccalauréat qu'on appelait la *matura*. En choisissant la version latine qu'il lui destinait (la description par Tacite de la mort d'Agrippine), le geôlier de ces longues huit années de lycée, le professeur Miklau, lui avait dit : « Alt, le passage n'est pas facile. Mais on a quelque scrupule à lâcher dans la vie les gens comme vous. Je ne peux pas empêcher qu'en faisant œuvre de journaliste ou en vous adonnant à quelque activité frivole vous fassiez un jour le lit des prétendus "modernes". Mais je peux retarder l'échéance ! » C'est donc assuré d'échouer que Hans, sanglé dans sa redingote noire et ses gants blancs, s'était retrouvé par une journée de juillet caniculaire dans la « salle des fêtes » du lycée François-Joseph. Il n'échoua pas. Moins grâce à ses connaissances en latin qu'à sa haine du professeur de latin. Quand il eut réussi à traduire le texte de Tacite, l'anxiété avait si bien détrempé sa redingote qu'elle était désormais inutilisable. D'ailleurs il n'en aurait eu l'usage que pour les examens de l'université, à laquelle il était donc déclaré « apte », mais où le droit d'entrer lui fut refusé malgré ses demandes instantes et l'appui de sa mère. « Tu as réussi de justesse ! Tu n'es pas doué pour l'étude ! Faisons donc de toi au plus vite un membre utile de la société ! » décréta son père. À la suite de quoi lui était échu à présent le réduit jouxtant l'atelier des tourneurs.

Pourtant, depuis qu'il travaillait à la fabrique, force lui était de créditer son père d'une chose : sa compétence en sa partie. Il savait son affaire. Il la menait avec efficacité, grande minutie, et un don des sonorités presque empreint de ce génie créateur qui attirait Hans où qu'il le trouvât.

Si son père avait abordé la production d'instruments de musique en musicien et non surtout en menuisier, tourneur, métallurgiste et vendeur, il y aurait eu moyen de s'entendre avec lui. Mais où que Hans jetât les yeux, le découragement l'envahissait. À la maison l'orage couvait, ses parents se parlaient du bout des lèvres ; sa liaison avec Eugénie devenait d'autant plus lassante que sa jalousie augmentait avec l'âge ; quant aux amis ? Il était bien le fils de sa mère : sauf Ebeseder, il n'en avait pas, et celui-là même le trouvait trop bourgeois ! Lorsque son père écarta au motif que Hermann avait de bien meilleurs résultats scolaires l'idée maternelle de le faire remplacer tôt ou tard à la fabrique par son frère cadet, Hans vit s'écrouler la dernière possibilité d'échapper à ces activités honnies. Pour tout arranger, la menace de l'année de volontariat (qu'il redoutait comme toute contrainte) se profilait à l'horizon. Parfois, il caressait l'idée du suicide – rien d'exceptionnel à son âge et dans son milieu.

Une aide lui vint alors du côté où il l'attendait le moins : de la maison ! Son cousin bien plus âgé, Fritz Drauffer, entama un jour par hasard la conversation en montant l'escalier. Ils parlèrent de *L'Arrière-saison* de Stifter, que Fritz considérait comme le plus beau livre de la prose allemande depuis Goethe, mais auquel Hans préférait *Le Pauvre Musicien* de Grillparzer. Ils s'accordèrent néanmoins sur le fait que dans les deux ouvrages, certes écrits en allemand, se manifestait quelque chose d'autrichien : une langue singulière – qui était autrichienne justement. D'autres échanges suivirent, et Hans fut tout étonné d'apprendre qu'au numéro 10 demeurait un homme aimable.

Il se rallia au musicien avec un enthousiasme latent qui n'attendait que d'être réveillé ; ce que, dans sa susceptibilité, il n'eût accepté d'aucun autre, il le tolérait de ce cousin qui le traitait volontiers d'« andouille », mais acceptait sans façon qu'on en usât de même avec lui. Fritz lui semblait être le premier « aîné » qui ne jouât pas de son âge contre lui, et il tomba d'autant plus facilement sous son influence.

Fritz, de son côté, ne s'était pas libéré de celle de Gustav Mahler, qu'il encensait. Il se coiffait comme lui, avait les mêmes gestes saccadés en parlant et rejetait brusquement la tête en arrière à son exemple. Pas étonnant qu'il fût devenu une sorte de porte-parole du maître, qui l'engagea comme répétiteur à l'Opéra. Quand Vienne laissa tomber sans coup férir le célèbre directeur, Fritz le ressentit comme une offense personnelle. Il refusa de servir sous les ordres du successeur de Mahler et fit acte de rébellion en se retirant chez lui pour donner des cours de piano et composer un opéra, dont un poète salzbourgeois inconnu lui écrivit le livret.

Il était donc tout disposé à sympathiser avec l'autre rebelle de la maison. « Sache une fois pour toutes que tu ne me déranges jamais, dit-il à Hans. De toute manière, ce que je compose n'est pas bon. Plus tu m'interrompras, mieux ce sera ! » Ils se retrouvèrent donc dans la salle de musique de Fritz quand Hans rentrait de la fabrique, de temps à autre d'abord, puis tous les jours ; Fritz assis au piano sur le tabouret pivotant, et Hans déambulant dans la pièce, car il ne pouvait rester assis tant il bouillonnait intérieurement – il y avait d'innombrables problèmes à régler ! En général on commençait par la maison pour aboutir dans le vague en refaisant le monde. Fritz trouvait que ça n'avait rien d'une « catastrophe » de travailler dans une fabrique de pianos renommée et que préférer « les professions libérales » à l'artisanat était le comble de la sottise et de l'« arrogance bourgeoise ». Il répugnait vivement aussi à critiquer la famille – c'était le seul domaine où il semblait résolument partial.

Quand Hans exprimait ses préventions à l'encontre d'Otto Eberhard, Fritz le regardait ironiquement derrière ses lunettes, faisait un tour en vitesse sur le tabouret de piano, s'arrêtait pile et disait : « Tu es une andouille ! Tu oublies complètement que toi et moi attendons autre chose de la vie ! Ce que nous voulons tous les deux, c'est rester seuls. Ce que veulent ton oncle et ton père, c'est rester ensemble !

– *Je ne veux pas* rester seul, avait répondu Hans. Bien au contraire, je veux...

– Je sais bien, l'avait coupé Fritz. Et c'est pour ça que nous discutons ! L'oncle Otto Eberhard, qui n'a pas que des défauts au demeurant – je ne sais si tu en as pris conscience, mais la correction absolue, ce n'est pas rien ! –, pense que rester ensemble une fois qu'on est ensemble revêt une signification majeure. On se sépare tout de suite ou jamais. D'accord, ailleurs qu'en Autriche on dirait que c'est de la folie ! Mais en Autriche, la folie procède de la méthode. L'Autriche est une communauté obligée, ça ne t'avait jamais frappé ? Une cohabitation d'éléments disparates ! Les Tchèques détestent les Allemands. Les Polonais les Tchèques. Les Italiens les Allemands. Les Slovaques les Tchèques. Les Slovènes les Slovaques. Les Ruthènes les Slovènes. Les Serbes les Italiens. Les Roumains les Ruthènes. Et les Hongrois tout ce qui n'est pas eux – *extra Hungariam non est vita et si est vita, non est ita !* Ce que tu as concocté dans ce devoir de baccalauréat dont tu es si fier est complètement absurde ! Qu'est-ce que ça veut dire finalement “l'Autrichien” ? Ça n'existe pas ! C'est une appellation inventée par les Habsbourg pour justifier leur pouvoir !

Quand l'Autrichien parle allemand comme toi et moi, il se considère comme l'Autrichien *par excellence* et s'imagine que le Tchèque, l'Italien et le Polonais ressentent la même chose et vénèrent comme lui la ville impériale, le Prater des polichinelles, la valse, les guinguettes, le célèbre "cœur d'or des Viennois" et les tra-la-la-i-ou des tyroliennes ! Idiot ! Le Polonais de Przemysl, l'Italien de Trente et le Tchèque de Budweis passent, eux, leur vie à se demander comment ils vont bien pouvoir sortir de cette fichue prison, où leur propre langue n'a pas statut de langue officielle mais d'infâme petit-nègre, et où on leur prouve du matin au soir qu'ils sont des individus de troisième catégorie, tout en exigeant néanmoins, ben voyons, qu'ils fassent trois ans de service militaire pour les Viennois de la première catégorie et paient des impôts leur vie durant ! Qu'est-ce qu'un Anglais ? Quelqu'un qui parle anglais et qui se sent anglais. Qu'est-ce qu'un Autrichien ? Quelqu'un qui parle le ruthène ou le slovaque et doit se sentir autrichien. Complètement aberrant ! Et pourquoi ? Je te le demande un peu, monsieur le bachelier ! Parce qu'un beau jour – je suis mauvais en dates – les Turcs ont menacé Vienne – et qu'alors ça faisait sens de leur opposer tous les peuples qui se trouvaient dans le coin, de langue allemande ou non. Repousser le péril turc, c'est ce qu'on nous a seriné, à toi comme à moi. C'était la mission de l'Autriche et, tant bien que mal, les Italiens et les Ruthènes l'ont faite leur. Seigneur, plutôt les Habsbourg que les Turcs ! Mais maintenant que le péril turc n'existe plus que dans les manuels d'histoire, dis-moi un peu ce qui pourrait encore les persuader qu'il vaut mieux être gouverné par François-Joseph – à savoir cohabiter avec des voisins peu aimables dans un immeuble locatif – qu'être libre dans sa propre maison ? Voilà ce que *moi* j'entends par être seul ! On peut aussi bien l'entendre du point de vue national que psychique !

Sur quoi Hans avait réfléchi, puis dit, assez affecté :

– Mais tu n'as pas envie d'être Autrichien ?

– N'as-tu donc pas d'oreille, esprit peu mélomane ? » avait répliqué Fritz, indigné, en rejetant la tête en arrière. « Je ne veux être *rien d'autre* qu'Autrichien ! Quand j'arrive à Berlin avec une ponctualité d'horloge à l'Anhalter Bahnhof, cette première manifestation du perfectionnisme allemand me fait déjà regretter notre bon vieux laisser-aller viennois. Quand je vais à l'Opéra de Paris, je bénis chacun de nos ouvreurs de Vienne ! Les *understatements* des Anglais me font froid dans le dos. Je me fiche éperdument de la civilisation américaine où l'on grimpe au ciel en ascenseur pour mieux enterrer la culture. Mais je suis un Autrichien qui sait que l'Autriche n'est une nécessité vitale qu'aux Habsbourg et aux Viennois. Et si tu veux, aux habitants de Salzbourg et de Graz ! Un peuple sans sentiment national est une absurdité. Et les Autrichiens n'en ont pas. »

À une autre occasion, Fritz lui avait dit : « Pour l'amour du ciel, ne crois pas ce que raconte ton grand-père Stein ! C'est un homme fort intelligent – mais un patriote libéral du genre de monsieur Friedjung qui passe ici pour un historien parce qu'il voudrait façonner demain sur le modèle d'avant-hier ! Il confond notre empereur avec Joseph II et tient François-Joseph pour un monarque sous-estimé. Il n'y eut jamais règne plus prospère : l'âge d'or des Autrichiens selon lui et ses pareils. Certes, si par Autrichiens ils entendent les curés, les aristocrates, les militaires, les fonctionnaires, les conseillers en tous genres ou les compositeurs d'opérettes qui passent l'été à Ischl – et peut-être aussi les peintres et les comédiens de la cour, les virtuoses de musique de chambre et les écrivains bourgeois dont le problème, vois Schnitzler, est la société à partir d'un certain niveau de revenus et dont la conception des problèmes ne vaut pas un clou –, ils ont peut-être raison. Mais pour les autres – ceux pour qui "le sommet" des arts, des sciences et du commerce entre les gens et les choses ne se résume pas aux cortèges fleuris du Prater et aux fleurs artificielles, notre empereur est une catastrophe ! Un homme qui a dit textuellement à je ne sais plus quel président américain : "Vous voyez en moi le dernier monarque de la vieille école", et qui, de plus, en est fier ! Car, qu'était cette vieille école sinon une entreprise de dressage des sujets, dont le devoir consiste à se sacrifier pour la dynastie – au lieu que ce soit le contraire ! Et ces sujets sont si braves et ces dynasties si éprises de l'idée sacrée d'empire ou de monarchie qu'elles l'ont rabâchée à leurs sujets jusqu'à ce qu'ils croient que la personne d'un empereur ou d'un roi est au-dessus de tout, intouchable – même quand c'est une nullité ! Regarde la reine Victoria, la version féminine de François-Joseph mais à moins courte vue, puisque anglaise. A-t-on jamais entendu un Anglais dire que c'en sera fini de l'Angleterre quand la vieille Victoria aura cessé de vivre ? Ici, en revanche, ces messieurs qui radotent sur l'âge d'or de l'ère François-Joseph ressassent continuellement qu'à la mort de l'empereur, l'Autriche s'écroulera ! Pourquoi donc, si elle est en plein essor ? Eh bien, je vais te le dire ! Parce que c'est un essor fictif, qui profite aux étages nobles, alors que les mansardes et les sous-sols sont habités par le désespoir. C'est donc parfaitement inepte de se bercer de l'illusion de "la sécurité de notre existence" ! Regarde cette maison qu'on peut si bien comparer à l'Autriche que c'en est effrayant. Les Hegéssy, les Paskiewicz et autres ressortissants des "nationalités fidèles à l'empereur" y sont laminées... Dans cent mille autres maisons, ils tombent encore plus bas, dans des caves où ils n'ont rien à bouffer et n'ont qu'à s'écraser. Les Drauffer, moi excepté je te prie, et les Otto Eberhard prospèrent. Tu en sais plus que moi sur le quatrième étage – mais ça n'a pas l'air d'être un havre de tranquillité. Crois-tu qu'il soit jamais venu à l'esprit de notre empereur, qui non content d'avoir l'allure d'un colonel à la retraite en a aussi la mentalité, que pourrait exister un patriotisme autrichien, qui aurait certes à voir avec l'Autriche, mais absolument rien avec le dévouement à son auguste personne ? Il est obsédé par l'idée que c'est la dynastie qui doit présider au sentiment national, pour lui, patriotisme équivaut à *sentiment national* ! Il a totalement oublié ce que Joseph II savait déjà il y a cent ans, à savoir que l'idée de dynastie ne fédère les sujets qu'aussi longtemps qu'ils ont un avenir ! Gouverner signifie donner aux gens un présent et – surtout – un avenir ! Or tout ce qu'on nous donne, c'est, au mieux, un passé galvanisé ! Ne viens pas me parler maintenant de cet "Autrichien" cher à Anton Wildgans qui survivra à tout ! S'il y a un caractère autrichien, c'est bien l'absence totale de caractère ! »

Hans commençait à voir les choses et les gens sous ce jour-là et cessait (l'expression était de Fritz) de demander aux chardons de donner des groseilles, quand se déroulèrent à la fabrique de pianos, Wiedner

Hauptstrasse, des événements que la presse libérale de Vienne enterra en quelques lignes, mais auxquels le journal social-démocrate l'*Arbeiter Zeitung* consacra sa une, tandis que le *Times* londonien expédiait un envoyé spécial à Vienne et le *New York Herald* se faisait câbler par son correspondant un reportage intitulé « Un jour historique pour le monde ». Enfin, un papier du *Figaro* sembla, chose étrange, lier les événements du 17 septembre 1910 à une manifestation qui avait attiré, le dimanche précédent, des milliers de gens dans la forêt viennoise.

Ils étaient, écrivait le journaliste français, un certain monsieur Mercier, partis gentiment excursionner avec femmes, enfants et leurs provisions comme d'habitude le dimanche, et en étaient revenus rebelles ; leur excursion célébrait le dixième anniversaire de la mort d'un certain Joseph Schöffel, qui, dans les années mille huit cent soixante-dix, avait réduit à néant le projet capitaliste de défricher la forêt viennoise pour faire du profit. Qu'une des plus belles forêts de feuillus au monde continue à rafraîchir et assainir la métropole viennoise, la seule qui fût quasiment en pleine forêt, était donc à porter au crédit de ce monsieur Schöffel, expliquait le Français d'une plume alerte. Mais l'actuelle génération de Viennois ignorait presque jusqu'à son nom. Ces innombrables hêtres, chênes et aulnes qui couvraient les vertes collines presque à leurs portes étaient pour eux l'évidence même. Pourquoi donc la soudaine décision d'honorer cet illustre inconnu, à qui on avait dressé une statue en un lieu que connaissaient tout au plus deux pour cent des Viennois ?

La question du journaliste français ne laissait pas d'être légitime. Mais son reportage n'en donnait pas la réponse, il constatait tout bonnement que, dans la nuit de ce dimanche, des milliers de lampions et de flambeaux avaient brûlé sur le Kahlenberg qui surplombait Vienne, brandis par des gens qui chantaient et criaient entre autres slogans : *Vive Schöffel ! Vive la Deuxième Internationale !* Le premier slogan était à Vienne extrêmement rare, le deuxième jamais entendu jusqu'ici, et les deux n'avaient apparemment rien à voir l'un avec l'autre. En tout cas, la police appelée trop tard n'avait pas eu à intervenir, si l'on exceptait le cas de trois jeunes gens à la voix particulièrement sonore, que le journaliste parisien sauvait de l'oubli en les nommant : Berg, Ebeseder et Oppenheim. Berg et Oppenheim étudiaient à l'université, Ebeseder était élève d'une académie de peinture.

Hasard ou pas, des désordres éclatèrent les jours qui suivirent dans quatre fabriques viennoises : la fabrique de vis Urban et Brevillier, les fabriques de ferblanterie Felten-Guilleaume, Brand et Lhuillier et la fabrique de pianos Alt.

Quand, peu après que la sirène eut émis son détestable signal, Hans se rendit Wiedner Hauptstrasse ce matin-là, il fut frappé par le calme relatif des ateliers. Toutefois la Saint-Lundi n'avait rien d'exceptionnel. Mais vers huit heures moins le quart (son père arrivait à huit heures tapantes), il s'avéra que ni les filetiers ni les fondeurs ne travaillaient. Seuls les menuisiers émettaient leurs habituels bruits de marteaux. Hans avait des choses plus importantes en tête : il voulait soumettre à son père l'idée de s'inscrire aux cours du soir de l'université, ce qu'il pouvait difficilement lui refuser puisqu'ils commençaient après ses heures à la fabrique ;

il n'interrompit donc pas avant la demie les fastidieuses statistiques de l'export qui l'occupaient, pour aller voir ce qui se passait à la cave.

Il n'était pas aimé des ouvriers, les efforts hypocrites de son père pour se faire bien voir d'eux lui répugnaient, et l'inhibition qui le prenait quand il n'était pas sûr de lui faisait le reste. Pour les ouvriers il demeurait le fils du patron, futur héritier de la firme, il le savait, et c'est pourquoi la rengaine de son père prétendant qu'il était un ouvrier comme eux sonnait très faux. Certes après son baccalauréat, il était passé en apprentissage dans tous les services de la production, mais il n'avait fait que passer. Et il disposait à présent d'un petit bureau personnel, où il n'était pas question de travail manuel mais de travaux d'écriture. Il tentait de leur cacher qu'il se sentait un intrus dans l'entreprise de ses aïeux, pour laquelle il ne nourrissait nulle ambition ; il aurait trouvé dépourvu de tact d'exiger d'autrui un travail qui lui importait si peu ! Mais il refusait aussi de briguer leurs faveurs ; sentant qu'ils ne l'estimaient guère, il les traitait avec cette même réserve qu'il avait observée naguère avec ses condisciples, pendant ses huit années de lycée.

Il croisa quatre ouvriers qui étaient en costume de ville et non en bleu de travail ; ils firent mine de passer devant lui sans saluer, pour monter les marches qui menaient au premier étage.

« Qu'est-ce qui se passe, ici, Czerny ? » demanda-t-il. Il trouvait qu'ils auraient pu dire bonjour.

« Rien, justement ! » répliqua l'autre. Ses trois compagnons se mirent à rire, d'autres sous les voûtes de la cave leur firent écho. Les rires fusèrent dans les casemates.

« M'sieur vot' papa est déjà en haut? demanda l'homme, un chef d'équipe des tourneurs.

– Je ne sais pas, répondit Hans. Vous voulez voir papa ? » L'homme confirma qu'il voulait voir le patron.

« On y va ! » dit-il en se tournant vers les trois autres, dont Hans savait qu'ils étaient les chefs d'équipe des fondeurs. Et il lança à ceux des casemates, restés inactifs dans leur bleu de travail : « Eh, les gars, attention ! Vous bougez pas le p'tit doigt avant not' retour. Et vous écoutez personne ! Y compris ce jeune m'sieur-là ! »

Puis ils montèrent l'escalier tous les quatre.

Hans hésita, troublé. Il sentait sur lui les regards des ouvriers et avait honte de rougir. Sa situation lui sembla si ridicule que, sa susceptibilité l'emportant, il se décida à parler : « Ces messieurs sont de méchante humeur apparemment ? » Le ton sonnait de manière un peu hautaine.

Personne ne lui répondit.

Il pensa que c'était le moment de s'affirmer. « Je vous ai posé une question, dit-il sèchement.

– On a rin à vous dire ! » lui parvint-il du fond de la cave, C'était un ponceur nommé Bochner. Hans fit comme si de rien n'était. Avec la présence d'esprit que sa mère montrait dans les moments décisifs, il lança dans le silence soudain : « Dommage ! Je ne sais pas ce que vous avez l'intention de faire, mais vous auriez peut-être eu intérêt à me mettre dans la confidence ! » Puis il retourna travailler dans son réduit du rez-de-chaussée, à côté duquel s'affairaient les tourneurs et les menuisiers.

Son grand-père Stein commençait ainsi ses cours de philosophie du droit : « L'histoire – la grande comme la petite – dépend toujours de ce qu'un individu donné, à un moment donné, a bien ou mal mangé ou dormi. » À cet instant précis, elle dépendait visiblement du sentiment d'être ridiculisé que ressentait l'apprenti héritier de la fabrique de pianos C. Alt. Le considérer comme la cinquième roue du carrosse, c'était aller un peu loin, se dit-il – non sans paradoxe, vu que lui-même se considérait à peu près ainsi. Il faisait le compte des pianos de concert et des demi-queues vendus en février à la Belgique, quand il entendit des éclats de voix si violents qu'il s'interrompit. Connaissant les accès de fureur de son père, il décida de monter.

Le bureau se trouvait maintenant au premier étage dans les anciens appartements de l'arrière-grand-père Christoph. Jusqu'à récemment, son père avait eu son bureau au rez-de-chaussée derrière une porte vitrée à côté du magasin, là où son arrière-grand-père et son grand-père avaient travaillé jusqu'à leur mort; mais le fondé de pouvoir Födermayer avait estimé que cela ne convenait plus au patron d'une entreprise de cette réputation; on ne devait pas pouvoir entrer comme dans un moulin dans le bureau du fournisseur officiel de la cour.

Quand Hans entra, son père était à sa table de travail, monsieur Födermayer, l'air plus morose que jamais, à côté de lui. Les quatre ouvriers se tenaient devant eux. Son père dit à Czerny: « Ceux qui ne se trouvent pas bien chez moi ne sont pas obligés de rester, je ne retiens personne ! C'est mon dernier mot. » Et à son fils : « Qu'est-ce que tu fais ici ?

– Je pensais juste... » commença Hans – il voulait demander à son père s'il pouvait lui être utile. S'il avait pu ouvrir la bouche, il aurait pris en défaut la théorie du professeur Stein, mais dans son indignation, Franz pensa que ce fils toujours prêt à le contredire allait bien sûr prendre parti contre lui et pour le camp adverse. Ne serait-ce que pour cela il fallait faire un exemple ! « Pense moins et travaille plus ! cria-t-il. Ça vaut pour vous aussi, les gars, redescendez en vitesse, tous autant que vous êtes ! »

Le chef d'équipe Czerny dit à Hans :

« Merci, mon jeune monsieur. C'est chic de vot' part ! Mais on s'en serait sortis tous seuls aussi ! » Et ils s'éloignèrent tous les quatre.

« Qu'est-ce que tu restes planté là ! » hurla son père. Ces cris dissipèrent les bonnes dispositions que les railleries des ouvriers conjuguées à l'influence de Fritz et à son sens de la famille avaient timidement éveillées chez Hans. Les hurlements de son père, qui élevait la voix quand il était à bout d'arguments, le révulsaient. Sans mot dire, il tourna les talons.

Entretemps, les tourneurs et les menuisiers avaient cessé le travail ; de son réduit où il était retourné, Hans les entendit descendre ensemble à la cave.

Fritz se trompait, qui prétendait que dans les conflits les deux parties avaient raison ! Son père avait tout faux. Il aurait pu dire deux et deux font quatre, il aurait eu faux !

La voix de Czerny retentissait en bas : « Pas ça de compréhension pour les autres !... Vraie tête de bois !... Y se cramponne à chaque syllabe du contrat, quand les prix ont augmenté d'un quart et que not' vieux contrat n'a plus ni queue ni tête !... Il est notre ami, qu'il dit ! Il est notre ennemi, j'vous dis ! Lui et tous ceux comme lui !... » Le tout émaillé de force « camarades ».

L'homme en bas disait quasi mot pour mot ce que pensait Hans. Quelqu'un qui se méfie de vous n'est pas votre ami. Quelqu'un qui ne peut ni ne veut vous comprendre n'est pas votre ami. Il descendit en vitesse dans les casemates. Czerny parlait debout sur une caisse. Quand Hans arriva, on lui fit place.

« En présence de not' futur propriétaire qu'a bien plus de sentiment social que son père, j'vous demande de voter not' motion ! » conclut l'orateur.

Gêné, Hans lâcha :

« Je voulais simplement dire que je vous comprends !

– Ben voyons ! s'écria le ponceur Bochner, sarcastique.

– Je ne veux pas que vous croyiez que je suis venu pour me donner de l'importance », tenta d'expliquer Hans, dont la répugnance à être au premier plan s'accroissait. « Je suis juste venu vous promettre de faire ce que je peux pour vous auprès de mon père ! » Il était sur le point de dire que son père avait les meilleures intentions du monde mais qu'on n'en tirait rien par la menace, quand des policiers parurent aux entrées de la cave.

« Personne ne bouge ! » Quelqu'un cria : « Bouh ! » En une seconde, le cri fut alors sur toutes les lèvres : « Bouh ! Quelle honte ! » Si certains parmi les hommes (la police en compta quatre-vingt-douze) avaient encore hésité, l'arrivée de la police les rendit tous intraitables.

Le commandant fit mine de prendre l'identité de chacun : nom, prénom, date de naissance, religion, adresse. Mais avant qu'il en eût terminé avec le premier, le chef d'équipe Czerny lui demanda : « Pourquoi la police est-elle là ? On discutait bien tranquillement d'une augmentation de cinquante hellers par tête et par semaine. C'est notre droit le plus strict !

– On nous a avertis que vous préparez une grève, répondit le lieutenant.

– Ça aussi, ce serait not' droit le plus strict ! affirma Czerny.

– Non ! dit le policier. Ce serait un délit de chantage !

– J'aimerais bien voir ça ! dit Czerny. Lors de la grève du textile en Angleterre…

– Nous ne sommes pas en Angleterre ! coupa le lieutenant. Qui d'entre vous s'appelle Anton Czerny ? »

Le chef d'équipe se désigna, les trois autres qu'on appela ensuite, aussi. Tous les quatre furent déclarés arrêtés.

« Et vous, quel est votre nom ? demanda-t-on à Hans.

– Lui là, il a rien à voir avec ça ! » répondit Czerny à la place de Hans, pour le protéger.

Hans piqua un nouveau fard. Il avait rougi une première fois de la lâcheté de son père qui avait appelé la police à l'aide. Maintenant il avait honte de la protection qu'on lui offrait et des cinquante hellers.

« Il tenait un discours quand nous sommes arrivés, le contredit le lieutenant. Pourquoi tient-il des discours s'il n'a rien à voir avec ça ? »

Jusqu'alors, Hans ignorait qu'il s'agissait en tout et pour tout d'une augmentation de salaire de cinquante hellers par semaine ; il doutait fort qu'on puisse faire ressemeler une paire de chaussures pour cinquante hellers. En revanche, le bilan de ce matin lui avait appris que les exportations des six derniers mois avaient généré un gain net de soixante-quatorze mille sept cent quatre-vingts couronnes. Il ne dit mot et partit avec ceux qu'on arrêtait. Que son père ne se montrât pas l'indigna plus que tout.

Alors qu'ils montaient dans le fourgon vert de la police qui attendait, un coup de feu toucha un policier au bras. Tout de suite après, le ponceur Bochner fut poussé dans le fourgon avec les cinq autres. Vers trois heures de l'après-midi, les métallurgistes des fabriques Urban et Brevillier, Felten-Guilleaume, Brand et Lhuillier, Floridsdorfer Lokomotiven, Vereinigte Maschinenwerke et Wiener-Neustädter Maschinen défilèrent en rangs par quatre sur le Ring. Sur la Schwarzenbergplatz se joignirent à eux plus de mille ouvriers des brasseries Dreher, Mautner von Markhof et Kuffner, venus des quartiers de Landstrasse et d'Ottakring. Ils portaient des pancartes écrites à la main : *La grève n'est pas un chantage ! Travailleurs viennois, debout ! Vive la Deuxième Internationale ! À bas la réaction !* Avant que les manifestants n'atteignent le parlement, deux escadrons de policiers leur firent face, les dispersèrent et les refoulèrent dans les arrondissements extérieurs. Cent douze manifestants tombèrent sous les sabots des chevaux, neuf d'entre eux, cinq hommes et quatre femmes, périrent.

Le soir, on annonça que le calme était rétabli.

Mais Hans n'en sut rien, pas plus que du reste, puisqu'il passa la nuit à la prison de l'Elisabethpromenade. C'était un bâtiment neuf, l'immense salle où l'on conduisit les détenus sentait la peinture et le plâtre. Hans préférait encore ces odeurs à celles des soûlards qui cuvaient leur bière en dormant sur des bancs le long des murs. La promiscuité avec les mendiants, les vagabonds, les voleurs à la tire et les putains attendant comme lui l'interrogatoire matinal effrayait moins le jeune homme gâté qu'elle ne le dégoûtait, il ne ressentait pas de peur mais un désarroi inédit. Que d'autres se trouvent en lutte avec son père ne rendait pas son conflit personnel plus facile ; rechignant à s'avouer que leur conflit à eux était d'une autre importance que le sien, il cherchait désespérément une issue.

Tassé dans un coin, les jambes repliés, le chapeau enfoncé sur le front pour se protéger de la lumière et de la puanteur, il se disait qu'il n'avait rien à voir avec ces gens-là, ni eux avec lui. Pas plus avec Czerny qu'avec les autres. Des êtres vulgaires, grossiers, puants, qui n'avaient cure de ce qui comptait pour lui. C'était idiot de croupir ici comme s'il était des leurs !

N'était-ce pas Fritz (ou Ebeseder ?) qui avait dit que l'homme est innocent d'une seule chose et coupable de tout le reste ? De sa naissance ? Plus il croupissait là en cherchant le sommeil, plus s'imposait à lui cette expression qui, auparavant, n'évoquait rien pour lui. « Nous aussi, on aimerait mieux être nés riches », avait dit Czerny à son père. Évidemment ! Le type là-bas qui puait le tord-boyaux à trois mètres n'y pouvait rien s'il n'était pas venu au monde dans la peau d'un fils de facteur de pianos. Ou d'un archiduc. Ou du jeune Rothschild. Naturellement ! Non. Ça n'avait rien de naturel que l'un ait tout à la naissance et l'autre rien. Par conséquent…

Ce « par conséquent » ouvrait des perspectives tellement imprévisibles, qu'il redoubla d'efforts pour s'endormir. Son père avait-il tout raconté à sa mère ? Incroyable qu'il eût appelé la police à son secours. Il aurait pu licencier ces gens ! Ou au moins leur donner un délai de réflexion ! Tout ça pour cinquante hellers hebdomadaires par tête. Ses pensées se brouillèrent, il s'endormit. Quelque chose le réveilla aussitôt, du moins il lui sembla que c'était aussitôt. Quoi qu'il en fût, il resta éveillé et reprit le cours des pensées qui l'avaient assailli avant son somme.

Tout ça posait la question de la faute. C'est à la question de la faute qu'il fallait répondre. Jamais personne ne l'avait interrogé à ce sujet, ni ses parents, ni ses professeurs, ni ses pairs. Eugénie non plus. Personne. Lui-même ne se l'était jamais posée. Si ces poivrots et ces gueux n'étaient pas coupables de leur naissance, les autres étaient-ils coupables ? Cette question qui ne l'avait jamais effleuré ne se posait ni au numéro 10 ni dans les maisons qu'il fréquentait. À qui la faute si des êtres naissaient mendiants ? Aux parents ? Il vit bien l'indigence de cette échappatoire et se décida à poser la question autrement : puisque des êtres venaient au monde mendiants sans qu'il y ait de leur faute, le coupable était-il ce monde qui les faisait mendier ? Ils n'y peuvent rien si leurs parents sont pauvres et je n'y peux rien si les miens sont riches, donc, se dit-il, hésitant à conclure : donc ils ont le droit de réclamer !

À qui ? À moi ?

Dans cette aube qui jetait un éclairage blême sur les pauvres hères qui l'entouraient, ce problème nouveau lui apparut avec une clarté si aveuglante qu'il referma les yeux. Pourquoi ne lui avait-on même pas suggéré jusqu'ici l'existence de ce problème ? Si on n'en parlait ni à la maison ni à l'école, pourquoi n'était-ce pas au moins dans ses livres préférés ? Les héros de Schnitzler : de riches oisifs ; chez Hofmannsthal : des Grecs classiques ou des aristocrates ; ceux de Thomas Mann : des fils de patriciens à problèmes. Pour avoir les problèmes de ses personnages préférés, il fallait avoir de l'argent ! Les gens qui n'en avaient pas ne se trouvaient ni dans les bons livres ni dans la bonne société. On ne les fréquentait pas. Sa mère appelait les pauvres « le peuple », son père disait « la plèbe ». La dédicace du somptueux portail de la galerie Liechtenstein qu'il aimait à contempler disait mot pour mot: *À l'art et aux artistes – Moi, Prince de Liechtenstein.* Moi, Prince de Liechtenstein ! Ça ne l'avait jamais frappé ? Pourquoi ?

« J'aimerais bien savoir ce que tu as à voir avec cette racaille ? » lui demanda Otto Eberhard dans son bureau, où la police avait conduit Hans après l'avoir soumis de bon matin à un interrogatoire peu productif. « C'est une honte, un scandale ! »

Il posa devant Hans l'édition matinale de la *Reichspost*, dans laquelle étaient soulignées au crayon bleu les lignes suivantes: *C'est dans une illustre fabrique d'instruments de musique du IVe arrondissement qu'ont commencé les regrettables incidents d'hier.*

« La honte et le scandale, c'est d'appeler la police au lieu d'accorder à ces pauvres diables cinquante hellers de plus par semaine ! » répliqua Hans fiévreusement.

Otto Eberhard venait de fêter ses soixante-dix ans avec tous les honneurs dus à un homme de son mérite: articles dans la presse, allocution du ministre de la Justice et la croix de l'ordre de François-Joseph gracieusement décernée. Ses favoris scrupuleusement taillés ne montraient plus une seule tache noire, l'éclat argenté de ses cheveux uniformément blancs, séparés par une raie impeccable, rappelait la défunte Sophie. Sa ressemblance avec elle s'était accentuée depuis que ses joues s'étaient creusées et que sa silhouette, toujours droite comme un i, s'était émaciée.

« Mais de quoi as-tu l'air ? » dit-il à son neveu, dont l'aspect témoignait de la nuit passée au dépôt. Après une pause pour prendre dans la poche intérieure de sa veste un mouchoir dont il se tamponna les lèvres avant de le replier et de le ranger, il se pencha vers lui. Les effluves de l'eau de Cologne dont il usait se firent plus insistants : « Autrement dit, tu avoues tes liens avec ces gens !

– C'est infect ! dit Hans.

– Qu'est-ce qui est infect ? demanda Otto Eberhard. Eh bien ?

– Papa gagne des mille et des cents à la fabrique ! S'il leur avait accordé ces cinquante hellers, il l'aurait moins senti passer que ça ! » Hans souffla sur un brin de paille resté accroché à sa manche après la nuit.

Son oncle suivit le fétu des yeux. « Tu te figures qu'il s'agit de cinquante hellers ?

– C'est pourtant clair, mon oncle ! »

Le premier procureur déclara alors d'un ton définitif qui ne laissa pas d'exercer son effet sur le jeune homme bouleversé : « C'est une erreur fondamentale. Il ne s'agit ni de cinquante hellers ni de cinq mille couronnes. Il ne s'agit absolument pas d'argent, mais de quelque chose qui n'a pas de prix et dont on ressentirait la perte bien autrement que celle de ce grain de poussière sur ton costume, on en pâtirait davantage que d'une maladie mortelle. Il s'agit d'une question de principe (il éleva la voix), celle de la *légitimité de cette revendication.* Et comme la vie est faite de revendications, il s'agit d'une question vitale.

– Mais ils avaient le droit de réclamer une augmentation de salaire, lui opposa Hans, un peu dérouté. Ils disent que le pain et la viande ont augmenté du quart. Et ils ne réclament qu'un seizième ! Ce n'est rien du tout !

– C'est là leur version des faits. Mais ils oublient une chose. Depuis que le sieur Viktor Adler prélève sur leur salaire ce qu'il lui faut pour maintenir à flot l'appareil de son parti social-démocrate, c'est la troisième augmentation qu'ils demandent – la troisième en deux ans. Ou plutôt, qu'on les force à demander ! Les grèves et les révolutions se font dans les bureaux ! Tes informateurs auraient-ils omis de te l'apprendre ? »

Hans sentit que ce vieillard impeccablement vêtu et aussi insensible au doute qu'aux poussières des vêtements était en passe de prendre l'avantage. Face à l'oncle Otto Eberhard, on n'avait jamais raison ! « Mon oncle, je sais pertinemment qu'on ne peut vivre avec ces salaires-là ! dit-il.

– Ah ! Et comment le sais-tu ? » Dans cet air raréfié de la Cour suprême où les considérations humaines se volatilisaient pour faire place aux principes, le procureur paraissait fermement décidé à bannir toute émotion. « Si les ouvriers n'avaient pas à fournir l'obole que leur impose la direction du parti – et non leurs employeurs –, ils auraient, tout comme avant, assez pour vivre. Ils n'ont peut-être – selon leur vocabulaire – "rien à bouffer", mais en tout cas comme le montrent les statistiques de la police bien assez encore pour se soûler quotidiennement.

– Cette obole est dans leur intérêt ! dit Hans.

– Possible. Nos altruistes socialistes ont été convaincus par ce monsieur juif de Trient (sic) nommé Marx et le sieur Friedrich Engels de Barmen qu'entreprendre ne relève pas de l'audace de créer, mais de l'exploitation, et que le capital n'en est pas le fruit mérité, mais une excroissance monstrueuse qu'il importe d'extirper. De prétendus Autrichiens se sont promptement saisis, entre autres maux venus du Reich allemand, de ce mensonge grossier – dont les sieurs Adler, Ebeseder,

Oppenheim et compagnie. Tu étais au lycée avec le jeune Ebeseder ? Je veux parler du fils du secrétaire du parti.

– Oui, pourquoi ?

– Pourquoi ? Il est en garde à vue pour crime de lèse-majesté et de rébellion.

– Ebeseder est un garçon très bien !

– Il va avoir l'occasion de le prouver. Mais ne nous égarons pas ! Nous parlions de la légitimité de la revendication. Elle a ses limites, tu le comprendras, notamment en ce qui concerne les moyens. Quand on assortit sa revendication de chantage, on se met en tort, même si la revendication est juste. Car toute revendication, même la moins légitime, pourrait être obtenue par le chantage de la grève. Tu en conviens ? »

Hans hésitait devant le déploiement d'une logique qui lui semblait avoir un défaut, mais lequel ? Il s'efforçait désespérément de le déceler.

« Je te vois réfléchir, dit son oncle. Je vais te donner un coup de main. Sais-tu que ce ne sont pas les travailleurs de la fabrique de ton père qui menacent de faire grève, mais les sieurs Viktor Adler, Ebeseder, Oppenheim et consorts ? Ce n'est pas le chef d'équipe Czerny, mais ces messieurs, qui pensent qu'on devrait augmenter les salaires ! Tu me suis ?

– Naturellement ! dit Hans. Ils ne sont pas aussi cultivés que toi ni si bon orateur. C'est pour ça qu'ils ont besoin qu'on les défende ! Sinon, on pourrait faire d'eux ce qu'on veut ! » Il n'y avait jamais réfléchi, mais à présent, ça lui paraissait tout simple.

« C'est beaucoup moins naturel que tu te le figures ! C'est même le contraire de ce qui est naturel. La nature instaure des hiérarchies. Un chêne est plus haut qu'un buisson. Un lion plus majestueux qu'un ver de terre. Les sieurs Adler et compagnie, qui se sont arrogés du jour au lendemain le privilège de gouverner en Autriche, sont – pour formuler ceci de manière exagérément conciliante – inférieurs à Sa Majesté l'empereur. C'est Sa Majesté qui gouverne l'Autriche. Non monsieur Adler !

– Je pensais que c'était le parlement qui gouvernait l'Autriche », dit Hans. L'incroyable morgue qui transpirait à chaque parole de son oncle l'agaçait tant qu'elle l'empêchait de réfléchir à cette imparable repartie qu'il cherchait obstinément.

« Je te félicite des résultats que donne ta fréquentation de notre Beethoven familial, je veux parler de Fritz ! observa ironiquement l'oncle Otto Eberhard. Effectivement, le parlement gouverne. Mais c'est un parlement irresponsable, qui mène le parlementarisme à l'absurde, car il se comporte comme une bande de garnements en récréation. C'est pourquoi Sa Majesté se voit sans cesse obligée de renvoyer chez eux ces galopins nommés députés et de promulguer personnellement les ordonnances que lui dicte sa sagesse. Tu ne vas pas prétendre qu'un sieur Adler devrait donner des ordres à Sa Majesté ?

– S'il en sait plus que lui ! » dit Hans. Enfin il pensait avoir trouvé la réponse : « Comment sais-tu que l'empereur en sait plus que monsieur Adler ? » Un silence de mort suivit. Otto Eberhard qui s'apprêtait à allumer un virginie dut poser un instant le long cigare brun-noir tant sa main tremblait. « Voilà qui passe l'entendement ! » finit-il par dire. À ce moment précis, un bruit de voix retentit dans la pièce voisine, et Henriette fit irruption dans le bureau du procureur où le soleil matinal commençait à jeter tous ses feux.

« Je t'en prie ! s'exclama le vieil homme, indigné. Je suis en entretien ! »

Mais Henriette s'était précipitée sur Hans qu'elle tenait maintenant étroitement embrassé.

« Henriette ! dit Otto Eberhard à sa belle-sœur, je te prie instamment de me laisser seul avec ce garçon ! Nous n'avons pas encore terminé !

– Il n'a rien fait ! rétorqua Henriette hors d'elle. Je ne m'en irai pas avant que tu m'aies promis qu'il ne lui arrivera rien ! »

Otto Eberhard hocha la tête, exaspéré. « Il sera traité selon la loi. Ni plus ni moins.

– Il vaut mieux que tu attendes dehors un moment, maman », dit Hans. Il était gêné qu'elle l'étreigne ainsi et intervienne en sa faveur. Cela faussait la situation. Ce n'était pas une affaire de famille, il n'était plus un enfant.

Mais Henriette regardait son vieil adversaire avec hostilité : « Je ne vois pas pourquoi je devrais sortir ! Je suis sa mère ! Je le connais mieux que toi ! Il n'a rien fait de mal.

– Viktor Adler, David Oppenheim et compagnie ! » reprit le vieil homme en passant sous silence le nom d'Ebeseder à consonance trop chrétienne. « Chassez le naturel… » ajouta-t-il, afin qu'aucun doute ne subsistât sur ce à quoi il faisait allusion.

« Mon oncle, juste au moment où tu m'as fait venir, le fonctionnaire de police me suggérait de dire que je voulais défendre la cause de papa dans mon discours aux ouvriers, si je déclarais ça, mon affaire serait classée et mon arrestation deviendrait une méprise ! » dit Hans. L'attitude de défi dont il s'était presque départi dans sa gêne l'enflammait de nouveau, plus impérieuse que jamais. « Chassez le naturel » ! Quelle infamie !

« Et tu veux faire cette déclaration maintenant », constata Otto Eberhard, un rictus de désapprobation au coin des lèvres.

« Je ne la ferai pas ! dit Hans.

– Ne sois pas fou ! » l'exhorta Henriette, sans relâcher la pression de son bras. Il y avait eu un moment pareillement fou dans sa vie à elle. Un vieil homme hostile lui avait réclamé une déclaration – qu'elle lui avait refusée. Elle avait alors vingt-deux ans. À présent elle en avait quarante-cinq. En vingt-trois ans on apprend ce qu'est une folie.

Otto Eberhard se leva. Il était presque plus grand que sa tante Sophie et se tenait tout aussi droit. « Ta déclaration ne m'intéresse pas », décréta-t-il, mettant entre lui et les deux autres ce monde de désapprobation qui les séparait depuis le jour où son frère était tombé dans les rets de cette aguichante créature. L'impitoyable lumière du matin accusait les lignes et les rides qui marquaient prématurément le visage de celle-ci. Les juives vieillissent vite, pensa le premier procureur, qui ajouta : « Reprends ton rejeton. Il te fait honneur ! », et à Hans, d'un ton incisif : « Épargne-*moi* tes comédies ! Si ton malheureux père s'y laisse prendre, c'est son affaire.

– Tu manques à ton devoir, mon oncle ! répondit Hans poussé à bout. Je déclare solennellement – maman, tu es témoin – avoir dit aux travailleurs qu'ils étaient dans leur droit !

– Cher collègue ! » dit Otto Eberhard dans le porte-voix fixé au mur qui le reliait à la pièce voisine et lui épargnait l'usage honni du téléphone. « Il est huit heures et demie. Je dois me rendre chez le ministre. Pouvez-vous tenir compagnie à ces messieurs-dames tant qu'ils sont ici ? » Il prit un melon noir, des gants, un porte-documents et s'en alla sans un salut soumettre au ministre de la Justice une proposition de loi intitulée *Modification du § 98 de la loi pénale*, dont la teneur était la suivante : « En vertu du § 14 de la loi constitutionnelle du 21 décembre 1867, J'ordonne, par amendement du § 98 de la loi pénale, que la grève ne relève plus de la sanction appliquée au crime de chantage. Les grèves, les interruptions de travail ou le travail au ralenti sont désormais des crimes *sui generis*. Ces crimes ou l'incitation à ces crimes sont passibles de la peine de mort et la tentative de les commettre d'une peine de travaux forcés pouvant aller jusqu'à vingt ans. » La signature « François-Joseph » sous ce document contresigné du ministre de la Justice allait – Otto Eberhard s'en ouvrit une heure plus tard à un correspondant du *Journal officiel de Vienne* – « rétablir les limites de la décence, indûment brouillées ». Malgré l'absence de la signature impériale, le contenu de cette interview repris par la presse étrangère et la rumeur non confirmée de la signature du ministre de la Justice se propagèrent à la vitesse d'un incendie, précipitant cette évolution qui avait commencé avec « la lutte des Viennois pour les droits du prolétariat ».

« Sais-tu ce qui est le plus terrible ? » lui dit Henriette quand ils furent devant cette même rue du tribunal, où des gens avaient été foulés aux pieds la veille et avaient péri sous les sabots des chevaux sans qu'il subsiste aujourd'hui une seule trace de leur martyre. « C'est que tout est exactement comme ça vous a semblé être au premier moment. C'est qu'on ne se soit pas trompé ! »

Elle pensait à Franz et à sa vie.

« Je ne sais pas, maman », répondit Hans, choqué, indigné, perdu. La tache rouge sur la colonne de réclames à côté de laquelle ils attendaient le tram aurait aussi bien pu être de sang que de peinture. En tout cas on avait eu du flair en imprimant en lettres rouges l'annonce de la deux cent cinquantième représentation de *La Veuve joyeuse* ! « Peut-être est-ce encore plus terrible que chacun, à sa manière, ait raison ? » dit-il. Il pensait à Fritz, à Otto Eberhard, au chef d'équipe Czerny, au ponceur Bochner, aux poivrots de la prison, à son camarade Ebeseder, maintenant détenu pour crime de lèse-majesté et de rébellion – tous autant qu'ils étaient, fermement convaincus qu'ils avaient raison !

S'il était un type bien, la moindre des choses était qu'il s'occupe sur l'heure d'Ebeseder ! Mais il devait aller à la fabrique voir son père, comme si de rien n'était. Et si ses tentatives de médiation échouaient ? S'il ne pouvait persuader son père, qui restait tout aussi persuadé que les autres d'avoir raison ? Si son père, une fois de plus, déployait toutes les ressources de « l'autorité » paternelle pour le forcer, lui, à céder ? Et comment supporter que tout continue comme avant, exactement pareil ? « Non ! dit Hans avec violence. Le plus terrible, c'est que tout continue comme si rien ne s'était passé ! Mais qu'est-ce qu'il faut donc faire pour empêcher que tout ça continue aussi atrocement ? » demanda-t-il dans un souffle.

Elle répondit : « Rien ! Ça continue toujours, indéfiniment. »

Elle pensait à Rodolphe et à la mort.

24

La formule originelle

Contre toute attente, Franz adopta une attitude conciliante. Peut-être était-ce la mauvaise conscience d'avoir exposé son propre fils à une arrestation abusive ; peut-être aussi, depuis le lundi de la grève, la volonté manifeste de se montrer sans parti pris et d'une équité exemplaire. En tout cas il retira ses menaces de licenciement. Après des incidents sanglants en province, le travail avait repris dans les fabriques viennoises, et il se déclara même disposé « de son propre gré » à une augmentation de salaire, accordant toutefois non pas cinquante, mais vingt-cinq hellers par tête et par semaine.

Il poussa en outre la bienveillance jusqu'à signer la demande qu'adressait Hans au commandement militaire de surseoir à ses obligations jusqu'à la fin de ses études. Cela signifiait qu'il l'autorisait à suivre les cours du soir à l'université.

Hans ignorait les motifs de ce revirement. Il ne l'effleura pas que c'était peut-être simplement sa manière à lui, Franz Alt, d'exprimer du repentir sans se l'avouer. Il était trop content de voir son année de volontariat repoussée pour se casser plus longtemps la tête sur les motifs de son père. Pour quatre pleines années de sursis il était prêt à tout, même à user derechef ses fonds de culottes sur les bancs d'un établissement d'enseignement. Et si la chance continuait à lui sourire, c'est son cadet Hermann qui prendrait sa place à la fabrique d'ici là, car, pour le plus grand bonheur de Hans, il était devenu fort subitement mauvais élève ces derniers temps. Il s'avérait que son père acceptait de transiger quand on ne se laissait pas faire !

Un peu en guise d'alibi, Hans s'inscrivit donc au cours d'histoire de la musique de Guido Adler, la matière ayant une vague proximité avec la fabrication des pianos et, pour atteindre le nombre d'heures requis, il choisit, parmi les cours offerts aux étudiants de philosophie, l'éthique (avec le professeur Jodl), la philosophie religieuse (avec Laurenz Müllner), l'histoire de l'art (avec Josef Strzygowski) et enfin, sur le conseil de son cousin Fritz, un cycle de conférences intitulé *Analyse de la vie des rêves*, que tenait Sigmund Freud à la Société psychanalytique.

Pour ôter à son père tout prétexte de se raviser, il s'acquitta si vite des formalités d'inscription qu'à peine deux semaines après la grève il se trouvait en possession d'un petit livret gris l'instituant officiellement étudiant de l'Universitas Litterarum Vindobonensis.

Or, voici que ces études, auxquelles il s'était à vrai dire décidé pour échapper à l'armée et à la fabrique paternelle, firent de lui un autre homme. Quelle heureuse différence avec le lycée ! Certes il y avait des ombres au tableau. Guido Adler était mielleux. Jodl très sec. Les étudiants des corporations insupportables. Ces balafrés affublés de leur képi ridicule et de leur ruban noir-rouge-or hurlaient comme des malades et s'en prenaient dans leur « déambulation » du samedi tout à tour aux Tchèques, aux juifs, aux libres-penseurs et aux Italiens, en brandissant des cannes grosses comme des matraques jusqu'à ce que le sang coule. Quand on ne pouvait éviter de les côtoyer dans un *kommerz*, ainsi qu'ils appelaient leurs réunions dans les brasseries, ils vous rendaient littéralement malade en vous contraignant à vider cul sec d'énormes chopes de bière jusqu'à la dernière goutte, ce qui leur semblait viril et germanique. Mais combien passionnants étaient les cours de Müllner, où les grandes gueules et les soûlards s'égaraient rarement et où l'on découvrait que le hasard n'existait pas, mais que tout ce qui était créé, tout ce qui se produisait, obéissait aux principes élémentaires de la nécessité ! Chaque fois qu'il en avait le temps, Hans assistait aussi aux cours de son grand-père Stein qui disait le droit étatique avec beaucoup d'esprit, en attribuant à l'État le rôle de servir et, dans cet État, le rôle déterminant aux hommes. En revanche, les conférences de Freud, que la faculté de médecine trouvait trop insignifiant ou trop importun pour lui attribuer une chaire, lui donnèrent du fil à retordre au début : il y voyait une perpétuelle atteinte à la pudeur. Mais dès qu'il le connut un peu, il succomba à la séduction de ce conférencier dont l'imagination et la lucidité illuminaient l'enseignement.

Pour la première fois de sa vie, l'esprit parlait à Hans. Jusque-là, il avait entendu la voix de l'expérience, de la routine, du préjugé ou de ce cynisme bien viennois qui justifiait le mot d'esprit pour le mot d'esprit. Soudain, dans cette ville débonnaire dont le compromis était le pain quotidien et où l'expression « On va tout d'même pas aller devant le juge ! » revenait à tout bout de champ, il se trouvait face aux exigences de l'esprit dont la rigueur excluait jusqu'à l'idée même de concession. Chez Fritz, c'étaient le talent et peut-être plus encore l'esprit de contestation qui l'avaient attiré et restaient un aimant puissant, mais ici, il le sentait, on passait à un degré bien supérieur, celui du génie et de la conviction. Il se pouvait que les choses fussent comme le disait Fritz, en tout cas, elles étaient nécessairement telles qu'il les entendait ici.

Un tout autre monde. Le dénigrement, la raillerie et la méconnaissance de l'activité intellectuelle auxquels ne l'avaient que trop habitué la maison, le lycée et le commerce avec la « première » et la « deuxième » société, n'étaient pas de mise ici. Pas plus que la suffisance et l'auto-complaisance de ces gens qui pensaient banalement que la culture et sa diffusion consistaient à lire ou faire lire des livres, contempler des tableaux ou fréquenter salles de concert et théâtres. Pour la première fois de sa vie, on n'exigeait pas de lui qu'il accepte des théories et des opinions soi-disant irréfutables, comme ces personnes qui n'avaient que le mot culture à la bouche, mais de contribuer à leur avènement ou leur effondrement. Depuis longtemps il soupçonnait la culture de ne pouvoir être sanctionnée par un examen, un bulletin scolaire ou des études, mais de devoir rester à l'état excitant de quelque chose d'indicible qui n'effleurait même pas les gens dits « cultivés », il pensait qu'elle servait aussi surtout à reconnaître ce qui est obsolète dans la tradition et à accéder à de nouvelles avancées. Et il faisait la pénible expérience que la plupart des gens « cultivés » érigeaient leur culture en barrière contre l'avenir.

Une jeune fille qui était deux rangs devant au cours du professeur Müllner et à côté de lui à la Société psychanalytique attira son attention, c'était une des rares étudiantes qu'il y eût à Vienne à cette époque. Il remarqua qu'elle manifestait un enthousiasme égal pour l'ex-prêtre Müllner et le sceptique professeur Freud, avant de la trouver jolie. De plus, elle avait prouvé sa pugnacité en réussissant à assister aux conférences de Freud : elles étaient réservées aux membres de la Société psychanalytique, et elle avait dû ruser, tout comme Hans, pour y avoir accès.

Quelques jours plus tard il dut convenir qu'il s'était trompé ; elle n'était pas jolie, elle était irrésistible. Quelques jours de plus, et il était si passionnément épris qu'il en ressentit de la colère. Car cela faisait irruption avec la soudaineté d'une tempête dans le plaisir tout neuf qu'il éprouvait à la spéculation intellectuelle. Commença alors pour Hans une période où il lui devint incompréhensible d'avoir jamais pu dédaigner ou maudire une seule heure de sa vie. La vie était indiciblement belle ! Vienne était sublime. La jeune fille une merveille.

Elle s'appelait Selma Rosner, elle n'avait pas dix-neuf ans, et au premier abord, son physique pouvait induire en erreur. À certains moments, ses yeux gris brillaient d'un éclat fébrile et ses joues que veloutait un léger duvet prenaient quelque chose d'anguleux. De dur. Mais dès qu'elle souriait, la transformation était radicale. Il y avait peu de visages que le sourire métamorphosait ainsi. Éclairant un front qu'elle avait étonnamment haut pour une fille, il illuminait peu à peu tout son visage, qui paraissait sortir brusquement de l'ombre. Les joues s'arrondissaient, la ride d'attention au-dessus du nez aux ailes palpitantes s'effaçait, et le front qu'elle secouait pour en chasser les mèches rebelles s'imposait. Le châtain de ses cheveux tirait sur le roux, et comme elle osait les porter courts, ils dégageaient bien sa nuque, délicate, parfaite. Sa silhouette était garçonnière – les autres étudiants raillaient ses cheveux insolemment coupés, et, plus encore, sa poitrine, quasiment inexistante.

Elle ne parlait qu'aux professeurs, à qui elle donnait des réponses précises, témoignant d'une scandaleuse indépendance d'esprit. Elle avait sans cesse l'air d'avoir à s'affirmer et à se défendre du ridicule d'être une fille parmi tous ces étudiants garçons. La première fois que Hans lui adressa la parole pour lui demander un principe de Müllner qui lui avait échappé – elle notait le cours scrupuleusement –, elle le lui dicta de mémoire ; mais il ne put prolonger leur échange car elle répondait par monosyllabes. Elle fit de même à sa deuxième tentative. Toutefois ils finirent par engager une conversation sur la théorie des principes originels.

Hans qualifiait l'enseignement de Müllner de philosophie géniale. Selma jugea la louange « outrancière ». Il méritait au mieux le nom de « système » – assez pessimiste au demeurant –, non de « philosophie ». Elle s'interrompit immédiatement : « Nous sommes en train de jouer à Schiller et à Goethe ! » Un peu perplexe, Hans lui demanda ce qu'elle entendait par là, et elle lui rappela que la première conversation entre Goethe et Schiller sur la plante originelle avait commencé à peu près ainsi.

Avec les filles qu'il connaissait, on parlait flirt, tennis ou cancans, à cet égard maman ne faisait pas exception, et Eugénie ne faisait guère que répéter : « Je suis trop vieille pour toi. » Selma l'en impressionna d'autant plus. Il répondit: « Puisse notre conversation donner lieu à une telle amitié !

– Vous voulez dire, parce qu'elle a aussi commencé par une antipathie ?

– Pas de mon côté, en tout cas !

– Merci ! Vous ne comprenez pas que j'aie pu le croire ? Pourtant on ne peut pas dire que je jouisse ici d'une sympathie excessive ! »

Était-elle sérieuse ou ironique ? « Je serais désolé que ces mufles vous aient blessée », dit-il non sans raideur. On avait quand même sa fierté.

« Ce n'est pas le cas, dit-elle. Merci encore. »

Là s'arrêta leur conversation.

Elle reprit, lorsque Selma, interrogée par le professeur Müllner sur les causes premières des réactions humaines, fit de la peur la « formule originelle », alors que le professeur mettait sur un même plan les principes élémentaires de la peur, de l'amour, du désir, de la faim, de la maladie et de la vengeance. Selma, elle, faisait dériver les cinq autres du principe archaïque de la peur. Ils continuèrent à en discuter après le cours.

« Absurde ! dit Hans. Vous faites de la peur l'origine de toute chose !

– C'est ce qu'elle est », affirma Selma, avec ce sourire qui la métamorphosait. Ils s'étaient postés à une fenêtre du corridor en marbre de l'université qui donnait sur la cour aux arcades où trônaient les bustes des savants disparus.

Le sourire et la transformation qui allait de pair troublèrent Hans. Il restait facile à désarçonner. Il aurait donné beaucoup pour que, sous ce front trop haut, on consente à prendre enfin note de son existence. Elle devait bien se rendre compte – malgré ce « complexe d'infériorité » cher à Freud, qu'elle compensait manifestement par son allure garçonnière – qu'il s'intéressait à elle ! Il la trouvait fascinante. D'une intelligence révoltante. On pouvait parler de tout, absolument de tout avec elle. Même lui demander conseil, lui, un homme, à elle, une fille ! Être aimé de quelqu'un comme cela ! Il décida de cesser de tourner autour du pot. Continuer, c'était lui donner raison : montrer que la peur était à l'origine de tout. « Et que faites-vous de l'amour ? Vous ne pouvez tout de même pas prétendre que l'amour naît de la peur ? La vengeance, soit. Mais l'amour, certainement pas. Et la faim ! ajouta-t-il très vite. Et la maladie !

– Mais évidemment, je le prétends, rétorqua-t-elle avec son assurance provocante. Le premier son qu'émet l'homme est un cri. Il crie parce que la lumière lui fait mal. En tout cas ce n'est pas un cri d'amour, de désir, de faim, de maladie ou de vengeance. Quand on est vieux d'une seconde, on n'a pas envie de se venger et on n'a sans doute pas faim non plus. On crie parce qu'on a peur. De même que le dernier son qu'on profère ou le dernier geste qu'on fait est d'effroi. Parce qu'on craint la mort. Avant, on craint le cancer, et entre les deux se trouve l'existence. En ce qui concerne l'amour, il naît d'abord de la peur de ne pas plaire. Réfléchissez ! »

Si seulement elle n'avait pas dit « Réfléchissez » avec cette exaspérante supériorité ! Elle ne savait pas combien sa théorie de la peur le touchait de près. Mais il ne pouvait pas le lui dire, elle se serait crue encore plus supérieure. Il avait eu tellement peur dans sa vie – et c'est justement parce que cette peur lui était passée qu'il ressentait maintenant cet insatiable appétit de vivre. « Merci de cette aimable autorisation », dit-il par crainte de la rendre encore plus arrogante et de gâcher ses chances auprès d'elle. « Et qu'en est-il de la faim ? Naît-elle aussi de la peur selon votre lumineuse théorie ? Ou plutôt peut-être d'une irritation des nerfs gastriques ?

– Vous ne trouvez pas que "lumineuse théorie" sonne faux ? Je parie que vous adorez Girardi.

– Pas vous ?

– Je préfère Kainz. C'est Girardi moins la bourgeoisie », affirma-t-elle du comédien du Burgtheater dont l'interprétation inédite des classiques provoquait Vienne depuis des années.

« Au diable vos formules à l'emporte-pièce ! Kainz est une voix, Girardi une nature ! » la contra-t-il, soucieux de ne pas être en reste.

« Pas mal, dit-elle. C'est de vous ?

– Avec votre permission ! Vous pensiez que j'empruntais les critiques théâtrales à la bibliothèque pour les placer dans la conversation ? »

Elle eut son sourire irrésistible.

Cesser de se disputer, l'embrasser ! Exclu ! Elle l'aurait ridiculisé.

« J'ai pensé un instant que c'était d'Alfred Polgar, d'ailleurs ce n'est pas vrai, dit-elle après avoir réfléchi un moment. Kainz aussi est une nature, si par "nature" vous entendez "personnalité". Ce en quoi je vous rejoins, l'important dans la vie, c'est la personnalité et rien d'autre ! Mais c'est une personnalité révolutionnaire, alors que Girardi est une personnalité conservatrice.

– Seigneur, mademoiselle Rosner ! Vous êtes de ces personnes qui professent l'originalité à tout prix. C'est pourquoi vous coupez vos cheveux si court.

– Je ne suis pas sûre que ma coiffure relève des principes élémentaires de Müllner. Mais pour votre information, monsieur Alt, sachez que je me fais couper les cheveux parce que c'est pratique et hygiénique.

– Et que vous savez que ça vous va bien !

– Vous trouvez ? »

Il nota, ravi, cette première trace de coquetterie. Mais elle gomma aussitôt son évidente satisfaction en constatant : « Et en ce qui concerne la faim, vous n'allez pas nier que c'est une pulsion. Je n'emprunte pas de critiques mais des livres, et dernièrement, j'en ai emprunté un de Nietzsche où il est écrit que "Toutes les pulsions sans exception sont générées par la peur, elles naissent de la peur, et elles meurent de la peur ; la maladie est la peur en soi". Je peux vous l'apporter si ça vous intéresse ? »

Il l'en pria – un moyen de renouer. Penser qu'elle s'entretenait tranquillement des pulsions avec lui, alors que les jeunes filles et les femmes de sa connaissance restaient sans voix quand on laissait échapper le mot « nu » ! Plus fou encore, cela n'en relevait pas moins de l'évidence d'embrasser les dames de la bonne société, alors qu'il était impensable d'appeler mademoiselle Rosner par son prénom ! D'ailleurs, elle n'apporterait pas le livre, c'était couru d'avance.

Elle l'apporta, et il lut l'ouvrage de la bibliothèque de prêt relié de noir dans la nuit même, pour pouvoir le lui rendre le lendemain après-midi. Il devait en parler avec elle, prétendit-il. Comme ils n'en eurent pas le temps à l'université, il la raccompagna chez elle – les choses s'enchaînèrent naturellement : elle habitait à trois quarts d'heure de là dans le quartier de Landstrasse, et par bonheur préférait marcher que prendre le tram.

Il ne lui vint pas à l'idée qu'elle voulait peut-être économiser l'argent du tram. Toutefois, la Sechskrügelgasse qu'elle habitait, située immédiatement derrière la Rochuskirche, un coin où il ne mettait pour ainsi dire jamais les pieds, lui parut sinistre, et quand il l'interrogea sur ses parents, elle répondit brièvement que seule sa mère vivait encore. Elle tenait un tabac, était en mauvaise santé, Selma aidait donc à la vente des cigares, des cigarettes et des journaux et ne pouvait aller à l'université que l'après-midi et le soir, ainsi qu'elle le lui dit plus tard sobrement, sans se plaindre.

Pour le moment c'est Nietzsche qui était à l'ordre du jour, après lui venaient – selon Selma – la revue satirique au stimulant diagnostic de Karl Kraus, *Die Fackel* (*Le Flambeau*), dont elle jugeait « la langue de haut rang, mais entachée sur le plan humain d'une suffisance et d'un sarcasme monstrueux », puis Peter Altenberg, « l'adorateur hymnique de choses non viennoises », et enfin Egon Friedell, pour qui « l'histoire universelle était l'histoire de la sottise ». Ils parlèrent aussi peinture. Elle admirait Schiele, les arts appliqués des Ateliers viennois qui « mettaient les matériaux à l'honneur », et elle vouait aux gémonies « les anges décrépits de la peinture baroque » et les « veaux contemporains qui peignent de nos jours comme au temps de Watteau ! » Quand ils eurent monté et descendu neuf fois de suite la misérable Sechskrügelgasse, elle s'exclama soudain : « J'ai complètement oublié ! Je n'aurais pas dû dire ça ! Vous avez un oncle peintre ! » Il en retint moins son mépris pour l'oncle Drauffer que le fait qu'elle se fût renseigné sur lui. Donc il l'intéressait !

« Mon oncle fait de très jolies choses », le défendit-il en savourant son triomphe, tout en se gardant bien d'avouer qu'il avait lui-même, un jour d'octobre, caressé le rêve d'être peintre et tenté de faire le portrait d'un chanteur sans voix aux cheveux d'argent. Il pensa néanmoins qu'il était temps de modérer son omniscience par une remarque : « D'ailleurs c'est une question de goût. Je crois même que le goût est la seule instance dans l'art. Ceux qui continuent à aimer Watteau affectionnent aussi les peintures de ces anges baroques que vous dites "décrépits" – ce que je ne trouve pas particulièrement drôle. Pardonnez-moi !

– Comment ça ? demanda-t-elle d'un ton neutre. On ne voyage plus en diligence et on ne s'éclaire plus à huile. L'art doit refléter ou interpréter ou anticiper son époque. Sinon c'est de la décoration ou du kitsch ! »

Simple ! N'empêche que personne ne le lui avait expliqué avant elle. Même pas Fritz. Elle lui en imposait de plus en plus.

« Ce doit être formidable d'être aussi intelligente ! » dit-il naïvement.

Elle ne croyait pas à la naïveté (ça aussi il l'apprendrait par la suite). Elle crut donc qu'il se moquait, et fit mine de nier d'un mouvement de tête obstiné le rapprochement qui s'était amorcé entre eux. Mais il l'en empêcha. « Selma, dit-il en surmontant son appréhension à l'appeler par son prénom et en lui prenant la main, pourquoi ne retenez-vous d'instinct que ce qui est mauvais en l'homme ? Et pourquoi croyez-vous tout le temps qu'il faut vous affirmer ? Vous n'en avez vraiment plus besoin ! »

Elle toléra le prénom, elle toléra sa main. « Je fais ça ? » demanda-t-elle.

Ainsi commença leur amour.

25

Les cloches

Henriette donnait son dernier goûter de famille de l'été. C'était un double jour férié, le lendemain étant celui de la Solennité des saints Pierre et Paul, et bien qu'à Vienne on ne parlât pas encore de « week-end », les Viennois qui pouvaient se le permettre étaient partis dès le vendredi soir dans le Semmering ou dans la Brühl encore plus proche. Franz passait les jours de congé à la chasse. Moins il faisait l'effort de se montrer à elle sous son meilleur jour, plus ses anciennes habitudes reprenaient le dessus, il avait renoncé à lui plaire. Cela ne signifiait nullement qu'il ne l'aimait plus, simplement qu'il s'était résigné à l'impossibilité de se faire jamais aimer d'elle. Depuis l'épisode de Mayerling, elle avait la chasse en horreur. Lui, en revanche, avait toujours chassé le dimanche et délaissé son plaisir dominical par égard pour elle – jusqu'à ce qu'il ne vît plus de raison de le faire. Dès lors, il se remit à tirer le chevreuil dans la Lobau.

Les goûters de famille du quatrième étage étaient une institution à laquelle on conviait parfois des personnes extérieures. Mais la réunion d'aujourd'hui était exclusivement consacrée aux Baier, qui revenaient de voyage de noces : Franziska, en effet, s'appelait maintenant madame le Dr Baier. Après le Sacré-Cœur, la fille aînée d'Henriette s'était éprise du jeune assistant du médecin personnel de l'empereur, l'avait épousé au bout de deux mois de fiançailles et était partie voir Venise et Rome avec lui. Son bonheur évident rendait Henriette mélancolique. Tôt ou tard elle serait grand-mère, tout semblait l'indiquer. Que la vie passait vite ! Et comme elle offrait peu désormais !

Pourtant, elle ne se sentait pas vieille, encore que quarante-neuf ans fût un âge canonique. Pourquoi l'âge ne se voyait-il que dans le miroir ou chez les autres et pas en soi ? En son for intérieur elle ne ressentait pas le moindre changement ; elle était toujours aussi prompte à éprouver envers les gens une vive sympathie ou une non moins vive antipathie – comme pour ce gendre blondasse et ennuyeux par exemple, qui aurait pu au moins prendre des couleurs en Italie au lieu d'en revenir blanc comme un cachet sous ses taches de son. Dire qu'on pouvait s'amouracher de ça ! Elle-même serait tombée amoureuse tous les jours si elle n'avait eu l'impression d'être si âgée ! En tout cas, entre aujourd'hui et le temps où elle était rentrée de Venise s'étendait toute une vie, une vie ratée, lui semblait-il. Et pourtant elle n'en était pas rassasiée, elle brûlait encore de curiosité pour le lendemain. Demain, tout pouvait peut-être encore changer ? Alors seulement, tout cela aurait un sens.

La période de résignation durant laquelle elle s'était persuadée que c'était fini et qu'elle devait se borner à être mère était passée, comme tout dans la vie, pour faire place à la phase actuelle, où elle se serait bien habillée de nouveau comme une trentenaire – du moins plus élégamment que Franziska, dont elle trouvait la robe vert tilleul horriblement fade, la fillette avait hérité du goût de Franz !

Le professeur Stein, qui n'avait pu venir le jeudi parce qu'il prononçait un discours en faveur de l'entente avec les Slaves du Sud à la Chambre haute, était de la partie. Hermann aussi, dont l'année de volontariat au 4e régiment Hoch- und Deutschmeister touchait à sa fin et qui, au goût d'Henriette, en faisait trop avec ses galons de cadet. Et pourquoi retroussait-il ainsi sa petite moustache ? Il mettait sûrement de la gomina ! Dès qu'il ouvrait la bouche, il en sortait une sottise.

Dans sa robe d'été à rayures bleues et blanches dont la jupe assez courte dévoilait les élégants bas de soie qui gainaient ses longues jambes, toujours aussi belles, elle s'étonnait d'avoir mis au monde ces deux enfants-là. Peut-être était-ce dû à leurs huit années d'internat contre lesquelles elle avait jadis tant bataillé avec Franz ? Quoi qu'il en fût, face à cette jeune godiche énamourée et à ce jeune aspirant un peu ridicule et sûrement pas très malin, elle se sentait aujourd'hui presque une étrangère. Quand elle comparait ce sentiment avec celui qu'elle éprouvait pour Hans (en retard une fois de plus, parce qu'il se promenait avec cette excitée) ou pour Martha Monica, déjà resplendissante à treize ans, elle aurait pu croire avoir deux enfants et non quatre.

En l'honneur des jeunes époux s'affairait un couple qui ne l'était pas officiellement depuis bien plus longtemps : monsieur Simmerl avait épousé la femme de chambre Hanni, laquelle avait toujours voué à Henriette une admiration inconditionnelle et, au fil des ans, un petit sentiment à monsieur Simmerl. Si bien que Franz avait dû le convoquer un jour à son bureau pour un entretien, lequel fut bientôt suivi des noces de Hanni et de Simmerl à l'église Sainte-Anna, où se marièrent les époux Baier un mois plus tard. La conscience de faire désormais définitivement partie de la famille détendait un peu le visage guindé du domestique, quand il versait du café au docteur Baier ou offrait de la chantilly à son épouse. Lui aussi avait eu son voyage de noces, certes rien qu'une semaine et juste à Mariazell, mais bien que ce lieu de pèlerinage ne puisse se mesurer avec l'Italie naturellement, leur séjour avait coïncidé avec la floraison des pommiers, période pendant laquelle, selon monsieur Simmerl, cette sainte bourgade où la vierge accomplissait des miracles à longueur d'années pouvait soutenir la comparaison avec les plus charmantes villes du globe. À l'en croire, les fleurs de pommiers étaient la septième merveille du monde, le cidre meilleur que le vin et fort recommandable pour une petite ébriété passagère. Le pourpre de ses joues suggérait d'ailleurs qu'il avait, aujourd'hui, mis en pratique sa théorie. Hanni, elle, piquait un fard chaque fois qu'elle proposait un morceau de Sachertorte – une tradition de la maison depuis l'époque de Sophie – et pour une femme de son âge et la date de son mariage, les rondeurs de sa silhouette semblaient quelque peu intempestives. Mais au lieu de l'expédier Dieu sait où jusqu'à ce qu'elle redevienne présentable (l'immorale suggestion d'Henriette), Franz toujours à cheval sur les principes de la maison avait tenu au sacrement du mariage.

Comme si souvent dans l'histoire du numéro 10, l'ombre de Sophie rôdait encore, et étrangement, aujourd'hui, c'est Henriette qui tenait son rôle. À son corps défendant et à son insu, la maison déteignait sur elle ; c'est elle qui en lieu et place de Sophie dénigrait maintenant la Sachertorte et la nouvelle mariée vieillissante qui la servait ; à l'âge de Hanni, on n'attendait plus d'enfant et on ne rougissait plus comme une jouvencelle !

« Alors, quand partez-vous donc ? » demanda le professeur Stein après avoir loué une pièce de Hans Müller qui triomphait au Burgtheater. Il ne demandait pas où, cela allait de soi. François-Joseph ayant établi sa résidence d'été dans la petite ville verdoyante d'Ischl en Haute-Autriche, celle-ci était devenue la villégiature attitrée de la bonne société viennoise. Sophie y avait passé l'été pendant des décennies, Otto Eberhard acquis une villa, Franz en louait une, et, du vivant du colonel, les Paskiewicz y demeuraient régulièrement quelques semaines, à l'hôtel de l'Impératrice Élisabeth. Seuls les Drauffer préféraient l'Adriatique. « Le 15, quand l'école de Mono sera finie », répondit Henriette.

Le salon où l'on se tenait montrait les premiers symptômes du « nettoyage de printemps », qu'inauguraient, trois semaines exactement avant qu'on prît le train à la Westbahnhof, le décrochage et le traitement au camphre des rideaux, ainsi que le nettoyage des tapis à la choucroute[1] ; il battait son plein avec le lessivage et le cirage des parquets qu'on recouvrait ensuite de papier journal, la couverture des meubles et des lustres par des housses de calicot gris et le voilage des fenêtres par du carton brun ; et il culminait enfin dans l'amas de caisses de laine de bois pour la porcelaine qui jonchaient les pièces et y rendaient le séjour fort peu commode.

1. De nos jours encore la choucroute est préconisée par certaines ménagères allemandes pour le nettoyage non chimique des tapis – à l'exception de celui des tapis d'Orient !

On n'en était aujourd'hui qu'à la phase initiale, mais l'odeur de camphre était si prégnante qu'en dépit de la chaleur estivale les trois fenêtres restaient grandes ouvertes.

« *Ach'tez ma lavande, ach'tez, deux kreuzers l'bouquet... !* » De la rue montait la charmante mélodie populaire de l'été que chantaient les femmes de la campagne en passant de maison en maison avec leurs paniers de lavande, pour offrir leurs petits bouquets parfumés.

« Pourquoi ne prends-tu pas de la lavande au lieu du camphre, au fait, maman ? » demanda Martha Monica en dégustant un morceau de tarte, sans se rendre compte de l'énormité de la question. Henriette connaissait la maison depuis assez longtemps pour voir sans surprise monsieur Simmerl suspendre son service quelques secondes à cette question impie.

« On met du camphre, répondit-elle en souriant.

– Mais ça empeste tellement ! renchérit Martha Monica.

– C'est pour ça qu'on en met ! expliqua Henriette. Tu comprendras plus tard qu'être une ménagère accomplie, c'est avoir l'art de se compliquer la vie et d'empoisonner celle des autres ! » Elle n'osait ce genre de remarques qu'en l'absence de Franz, mais sous la protection de son père et le regard consterné de son nouveau gendre, dont les yeux, constata-t-elle, lui sortaient littéralement de la tête, elle en tirait un malin plaisir. Elle se vengeait ainsi du conformisme et du perfectionnisme ambiants, contre lesquels elle s'était défendue d'emblée et si longtemps, avant d'y succomber sans se l'avouer.

« Tu n'es pas obligée de prendre au pied de la lettre toutes les plaisanteries de ta maman ! » expliqua doctement le grand-père, tout aussi porté dans la vie qu'à la Chambre aux compromis qu'il récusait dans les amphithéâtres.

« Mais moi, ça me plaît, répondit la jolie fillette. C'est si amusant quand maman dit ce genre de choses ! »

Henriette eut un sourire de fierté. Cette enfant parlait sa langue ! Et non celle du numéro 10. Elle aurait été plus à sa place là-bas en face, au palais Cobourg. Henriette savourait cette tournure d'esprit aristocratique que personne n'avait jamais enseignée à la fillette. « Petite flatteuse ! dit-elle. Tu n'as donc pas vu le palazzo Vendramin ? » poursuivit-elle en se tournant vers sa fille aînée, pour ne pas trop marquer sa préférence. « Qu'en dis-tu, papa ? »

Le professeur Stein considéra sa fille. Il aurait bientôt atteint l'âge de l'éméritat, mais cela ne se voyait pas : son visage fin et nerveux était lisse, et il mettait toujours la même distance intellectuelle entre les gens, les choses et lui-même. La fille savait encore lire dans le regard du père. Son « T'es-tu habituée ? » d'il y avait vingt-sept ans s'était mué en un : « Tu ne t'es donc pas habituée. Il le faut pourtant ! » Ni l'un ni l'autre n'avaient formulé la chose : entre eux, l'essentiel restait non dit. « C'est une omission en effet, convint le professeur. J'avais chaudement recommandé le Palazzo Vendramin à ta maman en son temps ! »

« La *Neue Freie Presse* ! Édition spéciale ! clamait-on dans la Seilerstätte. Édition spéciale ! »

« La *Neue Freie Presse* sort une édition spéciale ? s'étonna le professeur Stein. Il faut qu'il y ait quelque chose d'extraordinaire !

– Le compte rendu des courses probablement », dit l'élève officier.

Le grand journal libéral ne consacrerait pas une édition spéciale à une futilité comme les courses ! Le professeur écarta en secouant la tête l'aberrante supposition.

« Descendez chercher un journal pour monsieur le conseiller ! » ordonna Henriette. Elle trouvait exaspérant que Simmerl ne prît pas de lui-même les initiatives qui s'imposaient et attendît des instructions pour tout et n'importe quoi.

« Tout de suite, Madame ! répondit-il avant de s'éclipser.

– Et comment étaient les scampi au Danieli ? » s'enquit Henriette auprès de son gendre. Elle se décidait aussi peu à l'appeler par son prénom qu'à se glisser dans la peau d'une belle-mère.

« Les scampi ? répéta-t-il perplexe. On a mangé des scampi ? » demanda-t-il à sa jeune épouse, qui le contemplait d'un regard éperdu.

« J'espère bien », répondit Henriette à la place de sa fille. Puis à Simmerl qui entrait avec l'édition spéciale : « Vous en faites une tête de Cassandre ! » La réunion de famille commençait à l'agacer au fur et à mesure que Hans tardait davantage à rentrer. Ne serait-ce que pour les jeunes époux, il aurait pu avoir l'obligeance d'être à l'heure ! Mais surtout ne pas perdre une de ses précieuses minutes avec cette demoiselle Rosner ! Henriette se promit de lui dire son fait aujourd'hui encore. « Mais donnez-la donc, cette feuille, au lieu de faire des mystères ! » dit-elle.

Simmerl qui hésitait encore sur le seuil avec le journal le lui remit solennellement, d'un geste raide.

En très gros titres : « L'héritier de la couronne François-Ferdinand et la duchesse de Hohenberg. »

À côté, une grande croix noire. Et au-dessous : « Sarajevo, le 28 juin 1914, les héritiers de la couronne, Son Altesse Impériale et Royale le prince héritier, l'archiduc François-Ferdinand, et Son Altesse la duchesse de Hohenberg ont été aujourd'hui victimes d'un ignoble attentat. Alors que Leurs Altesses Impériales se rendaient au Konak où siège le gouvernement, pendant une tournée d'inspection dans la capitale des provinces récemment annexées de Bosnie et d'Herzégovine, un criminel dissimulé dans la foule des spectateurs en liesse a tiré à coups de revolver sur la voiture princière. Les coups de feu ont transpercé l'archiduc et son auguste épouse, qui ont succombé peu après. Le meurtrier, un étudiant serbe de vingt ans nommé Gavrilo Princip, a été arrêté. Il a avoué avoir agi pour venger l'annexion de la Bosnie-Herzégovine. »

De la coulisse de droite du Ronachertheater, le comédien Girardi sortait à pas comptés. Johann Strauss levait sa baguette. De la coulisse de gauche surgissait un inconnu, qui disait : « Son Altesse Impériale et Royale le prince héritier Rodolphe… » Henriette dut fermer les yeux. Le passé ressuscitait inexorablement.

« La *Neue Deutsche Presse* ! Édition spéciale !

– Le *Neues Wiener Tagblatt* ! Édition spéciale !

– La *Reichspost* ! Édition spéciale ! » glapissait-on en bas.

Dans le salon du quatrième étage, personne ne disait mot. La feuille passait de main en main. Les cloches de Saint-Étienne avaient commencé à sonner. Henriette savait que celles de Saint-Augustin allaient suivre. Puis de Saint-Michel.

« Madame n'est pas bien ? » demanda monsieur Simmerl. Ceci aussi, il l'avait déjà dit mot pour mot, en une heure effroyable. Tout revenait ! Tout ! « Non ! » cria-t-elle. Les cloches de Saint-Augustin se mirent à sonner.

« Je vais y aller, dit l'enseigne Hermann. Il faut que je sois rentré à six heures à la caserne.

– Oui, vas-y ! » approuva le professeur Stein. Jamais Henriette n'avait vu son père lutter ainsi pour garder contenance.

« Ces salauds de Serbes, il faut les éliminer, dit l'enseigne, sale racaille !

– C'est terrible pour Sa Majesté », dit le gendre assistant du médecin de l'empereur.

Le professeur Stein confirma : « Terrible ! » Devant ses yeux d'historien s'étalait encore la dernière édition spéciale de la *Neue Freie Presse.* En très gros titre : « L'impératrice Élisabeth », à côté, une grande croix noire, et au-dessous : « Genève, le 10 septembre 1898. Sa Majesté l'impératrice a été aujourd'hui victime d'un ignoble attentat sur le chemin qui la menait de l'hôtel Beaurivage au quai d'embarquement ; un anarchiste italien nommé Luigi Lucheni a plongé perfidement une lime pointue dans le cœur de Sa Majesté. Le criminel a été pris sur le fait et avoué son crime, mais fut incapable d'en donner la raison. » « Terrible ! » répéta le professeur Stein. Et de l'époque de ses études, il se rappelait l'annonce de l'exécution de l'archiduc Maximilien-Ferdinand, empereur du Mexique et frère de Sa Majesté. « Quatre fois en une génération !

– Pauvre femme ! » s'exclama la fillette.

Henriette acquiesça en silence comme s'il s'agissait d'elle. Elle n'écouta pas ce que disait maintenant son père. Il s'agissait de politique.

Que savaient-ils de tout ça ? C'était la preuve accablante qu'on n'oubliait jamais rien, rien, rien. Pas le moindre atome ! On pouvait bien se mentir tant qu'on voulait, c'était là, qui vous blessait, vous déchirait complètement – comme au premier jour. Les cloches ! Leur son ravivait cruellement le passé. Elle courait. Tombait dans la neige. Ils étaient dans la gondole. Qu'est-ce que tu dis, Hetti ! Un suicide !... Retour immédiat à Vienne et comparution au plus tôt à la Chancellerie du Cabinet de Sa Majesté Apostolique, Impériale et Royale... Elle se rendait à l'interrogatoire – la nuit, en wagon-lit.

« Merci mille fois ! » dirent les nouveaux époux en prenant congé. Ils occupaient le logement de fonction du jeune médecin au palais de Schönbrunn et avaient une longue route devant eux. Henriette ne les retint pas. Une chance que, non pour transgresser les règles de fer de la maison, mais à cause de l'état de santé de l'empereur, ils ne puissent élire domicile Seilerstätte ! Elle n'aurait su que faire d'eux.

À son fils Hermann aussi elle tendit la main en guise d'au revoir. « Reviens bientôt, lui dit-elle comme aux jeunes époux, sans le souhaiter.

– Pas avant dimanche prochain, précisa-t-il. Il faut que je bûche mon examen d'officier !

– C'est ce qui est le plus important, maintenant, en effet », confirma de nouveau le professeur Stein. Il trouvait toujours les examens importants, déformation professionnelle. C'est pourquoi Henriette ne prit pas garde au ton singulier sur lequel il avait dit cela. Saint-Michel, tout proche. D'autres cloches. Si bruyantes ! Si horriblement bruyantes ! Elles vous martelaient le cœur !

En s'en allant, le professeur Stein lui dit : « Adieu mon petit, face aux événements majeurs il convient de prendre de la hauteur. »

Ce qui, dans leur langage, signifiait : « Tu penses trop à toi. »

Il avait beau jeu de parler ! Noblesse. Souci du bien commun ! Quand on n'avait pas vécu ce qu'elle avait vécu, on pouvait aisément montrer de la noblesse et penser au bien général. Cette enfant-là au moins la comprenait ! Elle ne lui prodiguait pas de sages enseignements, elle n'interrogeait pas, elle l'aimait tout simplement. C'est de *cela* qu'on avait besoin, comme de pain. Et non de blâme ! De contrôle perpétuel ! Du blâme et du contrôle ne sortait rien de bon. Ils ne faisaient même pas de vous un adulte.

On avait toujours vingt et un ans – même à quarante-neuf.

Ça ne l'empêcha pas de dire à Hans quand il rentra à la maison : « Ta sœur et ton beau-frère sont partis depuis longtemps. Les autres aussi. Tu n'es guère courtois ! » Elle remarqua un pli étranger se dessiner au coin de sa bouche. « Où étais-tu ? » demanda-t-elle, elle qui détestait être surveillée et savait combien cela vous attirait peu de sympathie. Mais elle n'en avait plus cure. Tant pis si elle se rendait antipathique ! Les gens qui briguent la sympathie, sourient à tout propos et se laissent continuellement faire sont des hypocrites ou des ânes. Ceux qui vous aiment, on leur est sympathique comme on est ! « Où étais-tu ? » répéta-t-elle, comme il ne répondait pas. « Ou plutôt, où étiez-vous ? Tu étais encore avec cette femme ?

– Je t'en prie, ne dis pas “cette femme”, répondit Hans en se postant à l'une des fenêtres d'où l'on apercevait la Ringstrasse.

– Toutes mes excuses, fit-elle ironiquement. Mono, sois gentille de descendre chez tante Pauline lui demander si elle a du fil à repriser de soie brune.

– Oui maman », répondit Martha Monica. Elle se lova contre son frère aîné pour le consoler : « Ne sois pas triste, Hans ! Tout finira par s'arranger !

– Bien sûr, dit-il en lui donnant un baiser avant qu'elle ne sorte.

– Alors ? Où étiez-vous ? » insista Henriette. Elle s'était assise dans son fauteuil Biedermeier et avait commencé à repriser des bas de soie.

« En promenade, dit-il, à Dornbach.

– Aussi longtemps ? Vous avez déjeuné à La Bécasse ?

– Oui.

– Est-ce que la musique s'est arrêtée ? Je veux dire – quand la nouvelle est arrivée ? »

La musique s'était arrêtée.

« Ne fais pas cette tête-là ! dit-elle. C'est très bien d'avoir des sentiments patriotiques, mais finalement cela ne nous regarde pas. Tu as dit si souvent que François-Ferdinand t'était antipathique ! »

Il y avait des années de cela, elle avait fixé, médusée, celui qui lui avait dit, dans une circonstance analogue : « Finalement, cela ne nous regarde pas. Nous ne sommes pas des archiducs ! » Elle ne se rendait même pas compte qu'elle parlait maintenant la voix de la maison ; si on le lui avait dit, elle l'aurait nié avec la dernière véhémence.

Hans, de son côté, pensait que ça allait peut-être bien le regarder de beaucoup trop près ! De plus, les événements du jour l'avaient décidé à parler franchement de Selma à sa mère. En regardant les gens affluer dans les rues normalement désertes le dimanche soir, il revoyait la journée qui venait de s'écouler. « Eh bien, mon jeune monsieur. Cela pourrait bien tourner à la guerre ! Avec un peu de chance vous endosserez très bientôt l'uniforme et irez en découdre avec ces salauds de Serbes ! »

Le matin, il était allé chercher Selma pour prendre le train de petite ceinture et parcourir les chemins d'Heiligenstadt qu'ils aimaient tous les deux. Ça leur semblait chaque fois miraculeux que s'y dressent encore les arbres sous lesquels Beethoven avait cherché de l'ombre. Il l'avait embrassée, et elle l'avait laissé faire. Il lui avait dit combien il l'aimait et – pour la première fois – elle lui avait rendu son baiser ! Mais quand elle proposa d'aller à Nussdorf, il eut l'idée funeste de fêter son premier baiser dans un lieu « un peu plus recherché » : à La Bécasse d'Or, le restaurant à la mode de Dornbach. Il voulait simplement lui offrir autre chose que les petites gargotes où ils se cachaient habituellement. Mais elle dit : « Est-ce là où les jeunes élégants amènent leur liaison ? » Cette réflexion l'irrita. « Je ne vois pas pourquoi nous serions toujours obligés de nous cacher !

– Ce n'est pas moi qui ai commencé les jeux de cache-cache, dit-elle. Tous ces derniers temps nous n'étions jamais assez bien cachés pour toi ! »

Toujours ce reproche qui le rendait fou ! Moi la pauvresse ! Toi le riche bourgeois ! « Selma, dit-il, il faut que ça cesse ! Tu sais parfaitement combien je tiens à toi !

– Comment le saurais-je ? Parce que tu me fais des déclarations d'amour ? Combien en as-tu fait à d'autres avant moi ? Quand en feras-tu à d'autres après moi ? Sais-tu quand ? Le lendemain du jour où j'aurai fait ce que tu *attends* de moi. Ou quinze jours plus tard. Ou peut-être trois mois. Et encore, je suis généreuse !

– Tu es infecte !

– Mais réaliste. Pourquoi deux personnes comme nous devraient-elles se mentir continuellement ? Tu es un type très gentil, Hans, mais tu n'es pas différent des autres, vous êtes tous les mêmes. Pour toi, je ne suis rien d'autre qu'une aventure, ni plus ni moins! Pendant tout ce temps, tu ne m'as pas présentée à tes parents. Dès que nous approchons de la Seilerstätte, tu deviens nerveux! Tu évites systématiquement de faire ne serait-ce qu'une allusion à ton père ou à ton oncle le procureur! Tu me crois aveugle?

– Immensément injuste! Tu ne connais pas notre maison!

– Je me l'imagine fort bien! J'espère que tu ne crois pas une seconde que ta famille m'intéresse à cause de mon avenir. Tu me connais assez! Nous avons un flirt. Toi, tu souhaiterais que ce soit plus, mais pas plus qu'une aventure! Je ne nie pas que moi aussi, parfois, je le souhaite! Laissons l'éternité tranquille. Comment est-ce déjà chez Schnitzler? "Qui va penser au mois d'août quand on est en mai?" Nous sommes en juin. Pensons à aujourd'hui! »

Ce n'était pas la première fois qu'elle affichait cette résignation amère sur fond de supériorité cynique. Mais aujourd'hui il avait perdu patience. « Tu me connais! avait-il dit à son tour. Quand je suis convaincu que quelqu'un a tort, je ne cède pas. Tu as tort sur toute la ligne! Entre ton avenir et le mien il n'y a pas de différence. C'est *notre* avenir. Et tu le sais!

– Donc nous allons nous montrer à La Bécasse d'Or. Ça rehaussera le prestige de monsieur Alt junior, quand la "bonne société" saura qu'il a une aventure! »

Céder, laisser agir le charme apaisant de Heiligenstadt, de sa simplicité verdoyante, ou du calme de Nussdorf, au lieu de les échanger contre ce Dornbach bondé, un jour férié par-dessus le marché, voilà ce qu'il aurait fallu faire. Mais Hans était soupe au lait comme son père et obstiné comme sa mère. Il s'entêta. « On va à La Bécasse ! »

Ils y allèrent malgré le détour et la cohue dans le train, ce qui leur coûta du temps et éprouva leurs nerfs ; quand ils arrivèrent, il n'y avait pas de table libre. Le chef de rang les avait toisés avec condescendance, Selma était en tenue de randonnée : blouse et jupe à carreaux, chaussures poussiéreuses, petit chapeau de cuir vert ; Hans en culottes de peau et grosses godasses. Au bout d'une éternité, ils obtinrent enfin une petite table tout au fond de la terrasse supérieure à l'ombre d'un platane, mais malheureusement juste à côté de l'orchestre à cordes Hügel, qu'un chef fatigué dirigeait avec une nonchalance élégiaque. Ils furent néanmoins servis, la musique jouait *Petite, tu danses aussi bien que ma femme !*[1], quand Selma remarqua une dame qui les fixait – Eugénie. Elle déjeunait avec son mari à quelques tables de là et les fixait si ostensiblement que Hans, qui l'avait vue depuis longtemps, s'empourpra. « Ah ! Voilà ! C'est pour ça ! » dit Selma furieuse. Il ne comprit pas d'emblée. Jusqu'à ce qu'elle déclare : « N'est-ce pas cette dame dont tu m'as toujours parlé comme d'une *quantité négligeable**? Tu voulais exaspérer ses sentiments en l'édifiant *de visu*? Visiblement c'est réussi. Très élégant ! »

Si la musique ne s'était pas interrompue brusquement et si le bruit d'un événement incroyable n'avait fait rapidement le tour des tables, Hans eût été bien en peine de se comporter sous le regard des deux femmes

1. *Die geschiedene Frau* (*La Divorcée*), opérette en 3 actes de Leo Fall, un des représentants de l'« âge d'or de l'opérette ».

– d'une certaine manière, l'effroyable nouvelle lui vint en aide, car les questions, les exclamations, l'indignation des clients maintenant pressés de partir dissimulèrent son embarras. Quand il passa enfin avec Selma devant la table du directeur Einried, Eugénie le retint. « Monsieur Alt ! s'écria-t-elle. Puis-je vous présenter mon mari ? Tu sais bien, monsieur Alt était un camarade de lycée du petit ? – Enchanté », observa le monsieur chauve, dont Hans se souvenait, pour l'avoir vu à une mémorable partie de tarot au café Matschakerhof. « Eh bien, mon jeune monsieur ? Ça pourrait bien tourner à la guerre ! Avec un peu de chance, vous allez endosser très bientôt l'uniforme et en découdre avec ces salauds de Serbes ! La note ! Va-t-on nous faire attendre encore longtemps ? Garçon ! La note ! »

Pour la première fois de son existence, le mot « guerre » n'était pas un mot mort tiré d'un livre d'histoire, mais désignait quelque chose de possible, de probable même. Dans la bouche de ce fonctionnaire chauve, il avait aussi quelque chose d'obscène et de diabolique, comme une menace rétrospective de mari trompé.

« C'est une catastrophe ! » dit Eugénie à Hans, alors que le directeur réglait leurs rognons braisés garnis d'épinards. Il était clair qu'elle pensait à Selma, mais Hans fit comme si elle parlait de l'attentat : « Oui ! Épouvantable ! »

Puis ils regagnèrent la ville dans un tram bondé, Selma le regardait maintenant d'un œil où toute trace de reproche avait disparu. Presque comme si elle avait peur. Il lui vint à l'esprit qu'elle pensait peut-être aux jeunes messieurs qui, avec un peu de chance, allaient en découdre dans quelques jours avec l'ennemi.

Dans le tram, les gens disaient : « L'Autriche ne peut pas tolérer ça plus longtemps ! » Son père avait tiré sur un homme dans le pré aux violettes, comme il tirait sur les chevreuils aujourd'hui. À cette époque, Hans pensait qu'on ne pouvait pas tolérer cela. On l'avait pourtant toléré. Quelle différence y avait-il entre un comte dans un pré à violettes et un archiduc dans son équipage ? Aucune ! Son père était devenu le fournisseur attitré de la cour, bien qu'il eût abattu un comte. Pourquoi un archiduc abattu devait-il signifier la guerre ?

Selma et lui se dirent adieu au coin de la rue – assez loin pour ne pas être vus de la maison. Elle le fixait. Avec anxiété. Une telle anxiété ! Quand on avait ainsi peur pour vous, c'est qu'on vous aimait ! Il prit une résolution.

Tandis que, le dos tourné à sa mère, il voyait les gens s'agiter en bas, tout défilait devant ses yeux, toute cette journée. Brusquement il fit volte-face. « Maman – avant que Mono ne revienne. Je veux épouser Selma ! »

Les cloches sonnaient encore. « Je ne crois pas que ce soit bien le moment », dit Henriette lentement. Cela lui avait coupé le souffle.

« C'est vrai, maman. Mais ça fait beaucoup trop longtemps que je diffère ! »

Elle le savait : rien de ce qu'elle pourrait lui dire maintenant n'y changerait quoi que ce soit. Toute parole serait vaine. Elle allait le perdre. Le céder à une jeune fille qui s'appelait Selma. On ne peut pas empêcher les catastrophes de se produire. Pourtant elle objecta : « Je t'ai dit souvent que cette fréquentation ne me plaisait pas.

– Sans aucune raison ! »

Pour la meilleure raison qui fût ! Elle ne voulait pas le perdre. D'ailleurs elle avait appris un tas de choses sur cette Selma : une orgueilleuse, une égoïste, beaucoup trop intelligente. Il ne fallait pas épouser les jeunes filles orgueilleuses, égoïstes et intelligentes, elle le savait d'expérience. Elles ne rendaient pas les hommes heureux, elles faisaient de mauvaises épouses, trop légères. Son garçon à elle devait être heureux, très heureux ! Il devait avoir une meilleure épouse que son père ! Mille fois meilleure !

Elle savait qu'elle l'en priait en vain. Mais elle l'en pria : « Reparlons-en plus tard, Hans ! Ce n'est vraiment pas le moment !

– Justement ! dit-il sans la regarder. Nous n'en aurons peut-être plus beaucoup l'occasion. On dit qu'il va y avoir la guerre.

– Non ! » cria-t-elle. Puis elle se ressaisit et ajouta, à voix basse : « Tu le crois ? »

On entendit les pas de Mono.

Il secoua la tête :

« Je n'arrive pas à m'imaginer qu'on fasse la guerre en 1914 ! » Il ne la regardait toujours pas. Les cloches sonnaient à toute volée, étouffant les bruits de la rue.

« Moi non plus », dit-elle, les yeux dans le vide. On ne pouvait s'imaginer les catastrophes que lorsqu'elles étaient arrivées.

26

Courrier de guerre

Henriette lisait son courrier sur un banc du jardin de la villa d'Ischl en attendant un appel téléphonique de Vienne. Entre les rosiers, on apercevait le vert du mont Jaintzen, les eaux vertes de la Traun et un pan du crépi ocre de la villa impériale.

C'est ici qu'elle s'était trouvée l'an dernier avant que la guerre n'éclate et que Franz, malgré son âge avancé, rejoigne avec son ancien grade de lieutenant de réserve le quartier général de Teschen ; Hermann, nouvellement promu lieutenant, la Serbie ; et Hans, volontaire au 4e régiment Hoch- und Deutschmeister, la caserne sur le Rennweg pour l'instruction. Il y avait exactement un an de cela, les chants triomphaux emplissaient les jours et les nuits : *Prince Eugène, noble chevalier, pour reprendre Belgrade fortifiée, de construire un pont eut l'idée !*; *Ferme et loyale est la garde, la garde au Rhin !*; *Au pays, au pays nous nous retrouverons !* Des feuilles de chêne au képi, et chantant sous les jets de fleurs, les troupes avaient marché entre les haies d'honneur de la foule en délire – dans les wagons à bestiaux destinés à leur transport, crayonnés d'inscriptions railleuses qui proclamaient : *À bas le Françouze, sus au Ruskov, mort à l'Anglais !* « Vous nous revenez à la Noël ! » leur avait-on crié dans la liesse générale, et eux avaient crié en riant : « En septembre ! »

En septembre, avant la chute des feuilles, l'état-major publiait le communiqué suivant : « Lemberg est encore en notre possession. »

En septembre, à la rentrée des classes, Henriette regagna Vienne avec Martha Monica. Elle dut d'abord s'habituer au mot « guerre » ; pour sa génération élevée dans un sentiment de sécurité absolue, quand une même maison voyait encore souvent naître et mourir ses occupants, il avait perdu de sa réalité. Et la confiance que son père lui avait inculquée dans le pouvoir du libéralisme, de la tolérance et du progrès l'empêchait, elle encore plus que d'autres, de croire à la guerre. Mais c'était bien la guerre, et elle ne se termina pas en quelques semaines comme en 1866. La maison de la Seilerstätte se vida progressivement, les jumeaux Fritz et Otto Drauffer furent enrôlés, Peter aussi. Seuls restaient les hommes âgés : Otto Eberhard, le beau-frère Drauffer, monsieur Simmerl, le concierge Patzlik et le papetier. Hans rentrait parfois de la caserne, trop mince, l'uniforme ne l'avantageait pas. Un jour, Selma l'accompagna, ils étaient fiancés. Avant d'avoir à gagner la Serbie avec le grade de caporal volontaire, Hans voulut se marier. Son père refusa son consentement. Hans n'avait pas tout à fait vingt-quatre ans, et les appelés mineurs ne pouvaient se marier sans la permission des parents. Sa mère la lui donnait, son père non.

À vrai dire le courrier d'Henriette se limitait à une carte de la poste des armées, les deux lettres qu'elle avait en main étant arrivées depuis longtemps. Mais elle les relisait sans cesse. La carte postale disait : « Teschen, le 17 août 1915. Chère Hetti ! En ce jour anniversaire de notre séparation, reçois mes chaleureuses pensées. Je me porte parfaitement, toi de même, j'espère. Je t'ai envoyé un panier d'œufs et quatre kilogrammes de beurre. Espérons qu'ils t'arriveront bien. Je me réjouis que Martha Monica ait un bon bulletin. Merci de le lui dire. Les excellentes nouvelles du front nous aideront à surmonter la séparation. Demain, pour l'anniversaire de Sa Majesté, je boirai aussi à ta santé. Écris-moi vite. Tendresses, Franz. »

Il ne s'était pas départi du style de la correspondance commerciale. Et il continuait à calligraphier ses missives en écriture cursive en soignant les pleins et les déliés. Un jour – elle était très jeune alors et nourrissait encore l'espoir absurde de le modeler – elle avait pris son courage à deux mains et lui avait reproché la sécheresse de ses lettres privées. Là-dessus, il lui avait apporté pour sa défense la copie d'une lettre qu'il s'était procurée Dieu sait où, dans laquelle un certain comte Hohenembs vantait dans un style de comptable les roses du jardin privé de Schönbrunn à l'impératrice Élisabeth qui séjournait à Corfou. Elle se rappelait encore cette phrase : « Sitôt que lesdites fleurs sont trop ouvertes, je les coupe. » François-Joseph usait de ce pseudonyme pour correspondre avec l'impératrice et Franz avait dit : « Ce qui est assez bon pour l'impératrice devrait pouvoir te suffire ! » Elle se souvenait d'avoir répondu : « Seulement toi, tu n'es pas l'empereur ! »

Son regard se porta sur le mur ocre de la villa impériale aux volets verts, d'où pouvait venir un « oui » qui lui rendrait la tranquillité ; cette année comme les précédentes, François-Joseph avait pris ses quartiers d'été à Ischl avant son anniversaire. « Et toi pas l'impératrice ! » avait rétorqué Franz jadis. Elle reposa la carte postale en soupirant. Quelle absurdité de la part de Franz de continuer à prendre exemple sur quelqu'un qui se souciait si peu des gens ! Son gendre aux taches de son lui avait dit récemment que Sa Majesté avait eu « la noblesse » de ne pas se laisser détourner de ses obligations quotidiennes par la mort de l'héritier de la couronne François-Ferdinand. On avait dit la même chose de lui quand son frère avait été fusillé au Mexique, quand Il s'était suicidé, et quand sa femme avait été poignardée ! Pourquoi appelait-on cela de la noblesse ? C'était simplement un homme au cœur sec – sinon il n'aurait pas pu supporter tout cela ! Ce genre d'homme ne pouvait s'étonner de ne pas connaître le bonheur, eux-mêmes n'en donnaient pas.

Comme pour se le confirmer, elle s'empara d'une des deux lettres. Datée du 4 août, elle portait un tampon de l'armée sans lieu d'expédition et disait : « Chère mère ! Ces quelques lignes pour te remercier de ta gentille lettre et te dire que ma santé est épatante. Tu sais par Hans qu'il a été versé dans ma compagnie. Il m'a dit qu'il te l'a écrit. C'est assez tordant d'avoir son frère aîné sous ses ordres. Si tu restes quelque temps sans nouvelles, c'est que nous serons occupés jour et nuit à descendre ces salauds de Serbes. On ne se figure pas quelle bande de fourbes et de sales pouilleux c'est ! Mais aux côtés de nos frères d'armes allemands, nous allons faire le ménage ! Bien le bonjour à tous. Ton Hermann, Lieutenant. »

Ton Hermann, Lieutenant… La vulgarité du ton ! Si peu autrichienne ! Épatant. Tordant. Descendre. D'où sortait-il cela ?

« Mam'selle Mono fait dire à Madame que le double mixte ne commence qu'à une heure et que Madame ne l'attende pas pour déjeuner, si Madame est d'accord ? déclara monsieur Simmerl.

– Je vais lui parler, dit Henriette, Mademoiselle téléphone de Strobl ?

– Téléphonait, corrigea la longue silhouette.

– Vous me rendez folle avec vos façons de parler ! Simmerl ! Pourquoi ne m'avez-vous pas dit que Mademoiselle était au téléphone ?

– Je demande bien pardon à Madame, s'excusa le valet de chambre spolié de son "monsieur". Mam'selle a dit qu'elle téléphonait de Strobl. Dans les communications interurbaines l'attente coûte très cher. Mais la prochaine fois, je ne manquerai pas de veiller à ce que Madame puisse répondre elle-même.

– Ce sera fort aimable à vous, en effet, Simmerl ! dit Henriette. Car j'attends un appel.

– Comme Madame voudra », répondit le serviteur froissé, avant de se retirer.

Un instant elle hésita à laisser Martha Monica toute seule à Strobl pour le tournoi. Quel temps il fallait pour être mis en relation avec Vienne aujourd'hui !

Nerveuse, elle lut la deuxième lettre dont elle connaissait chaque syllabe. Elle portait le même tampon de l'armée sans date et avait été écrite des semaines auparavant. Sous l'adresse s'étalait un tampon : *Bureau de la censure du commandement des armées impériales et royales.*

« Ma chère maman ! Me voilà donc arrivé avec tout mon barda, je n'ai pas le droit de te dire où. C'est encore plus stimulant et instructif que je ne l'avais imaginé. On voit et on vit une foule de choses. Pendant la marche jusqu'ici, j'ai ainsi vu mes premiers chevaux morts. Ils poussent des cris étranges avant de mourir, comme s'ils le savaient. J'ai aussi vu des êtres pendus à des gibets, c'est impressionnant quand ils se balancent ainsi au gré du vent. C'étaient tous des criminels, serbes bien entendu, justement frappés par le destin. Le bruit des premiers coups de feu est une autre expérience à ne pas manquer. Quand on entend soudain siffler ces plombs qui vous visent et que Hermann nomme "les prunes" dans son langage imagé, on sait au moins pourquoi on est sur terre ! D'une part pour être la cible de ces rafales de prunes, de l'autre pour aller les planter soi-même on ne sait où. C'est dans de la chair humaine qu'il s'agit de les planter, ce qui constitue probablement un épisode grandiose de ce moment non moins grandiose que Hermann dans sa langue toujours aussi suggestive nomme "le baptême de l'acier". On tire sur des corps dont on ne voit presque jamais les visages, et à moins d'être d'une impardonnable nullité, on jouit de l'indicible satisfaction de voir les corps tomber comme des sacs sur un visage qu'on n'a jamais vu. La seule chose que je déplore est de n'être toujours pas assez bon tireur. Servir sous les ordres de Hermann contribue bien sûr grandement à mon bien-être. C'est d'hommes de sa trempe qu'on a besoin maintenant, non de mauviettes minables qui discourent sur l'humanité.

Vois-tu Selma ? Je t'en prie, sois bonne envers elle !

Vous me manquez, toi, elle et Mono. Si tu le peux envoie-moi des livres. Ton Hans. »

L'expression « pour être la cible de » avait été mise à la forme négative par le censeur qui avait ajouté un « ne pas » : « pour *ne pas* être la cible de… ».

Depuis l'arrivée de cette lettre, Henriette ne dormait plus. Ce désarroi, cet appel au secours détonnaient terriblement dans l'aimable tranquillité de cette verte station thermale où l'on prenait part à des tournois de tennis, où l'on allait goûter dans la nature sauvage de Rettenbach, au lac de Nussensee ou à Aigen-Voglhub, danser au salon de thé Zauner de la Pfarrgasse et jouer au tarot au café Walter sur l'esplanade. Elle se tortura l'esprit jusqu'à ce que lui vînt l'idée d'envoyer ce télégramme, dont elle attendait maintenant la réponse de Vienne.

Celle-ci arriva enfin. Monsieur Simmerl annonça qu'il y avait « quelqu'un d'Vienne » à l'appareil, et Henriette entendit la voix de vieillard du comte Hoyos, qui, jeune homme, s'était rendu à cause d'elle chez le pape Léon XIII : « Voilà, belle dame, tout est en bonne voie ! » Et comme, dans un accès de joie, elle voulait en savoir davantage : « Un peu de patience, belle dame ! Nous vivons tous un grand moment. Chacun doit mettre sa petite pierre à l'édifice. Nous ne sommes pas à quelques jours près. Je vous tiendrai au courant ! Bon séjour ! Portez-vous bien ! »

Sur ces mots, la communication s'interrompit brutalement. Son accès de joie aussi. À quelques jours près, la négation que le censeur avait ajoutée dans la lettre de Hans pouvait se révéler fausse depuis longtemps ! Comment supporter cela ? se demandait-elle une fois de plus. En regagnant son banc dans le jardin, elle considéra la modeste résidence d'été ocre aux volets verts. Là se trouvait l'homme dont ça dépendait. Une seconde, l'idée lui traversa l'esprit d'aller le trouver. Je lui ai rendu son fils. Peut-être me rendra-t-il le mien ? La pensée s'évanouit aussi vite qu'elle était venue.

L'homme dans la villa impériale n'avait pas bougé le petit doigt quand la petite Pauline avait demandé humblement pardon d'avoir troublé son mariage. La chronique de la maison le rapportait. Il n'avait pas cillé en lui posant une question vitale pour lui : Henriette s'en souvenait. Il avait gardé un maintien d'acier quand le cercueil de sa femme assassinée avait été descendu dans la crypte des Capucins : elle l'avait vu de ses yeux.

Le soleil tombait sur le banc. Henriette ouvrit l'ombrelle blanche qui gisait à côté d'elle. Il y avait maintenant des bonnes femmes qui se faisaient brûler comme les Indiennes ! Qu'est-ce qu'on ne voyait pas !

27

Un service prend fin

Dans une des quatorze cent quarante pièces du palais baroque de Schönbrunn, François-Joseph se préparait à mourir. Ses appartements se situaient dans l'aile gauche du bâtiment dans l'aile droite duquel il avait été mis au monde, quatre-vingt-six ans plus tôt.

Les médecins l'avaient quitté à quatre heures moins le quart de l'après-midi. Dans le corridor (à cause de la pénurie de charbon, l'empereur n'habitait que deux petites pièces et l'on entendait de l'une tout ce qui se disait dans l'autre), le professeur Ortner, qu'on avait appelé *pro consilio,* avait donné des consignes à son valet de chambre : maintenir autant que possible l'humidité de l'air en faisant bouillir de l'eau sur le réchaud à alcool, faire prendre toutes les deux heures le mélange en poudre de phénacétine et de caféine, lors des quintes de toux la tisane de mauve tiède, et le soir, à sept heures, la température. Au moindre changement inquiétant, alerter immédiatement le médecin de Sa Majesté le docteur Kerzl ou son assistant le docteur Baier. Et ne pas laisser le patient seul un instant.

« Entendu, monsieur le conseiller aulique », avait dit le valet de chambre. Ensuite les médecins avaient pris congé, et le valet de chambre était revenu auprès de son maître.

L'empereur était allongé, les yeux clos, sur le lit de camp de fer où il avait passé la plupart des nuits de sa vie.

« Votre Majesté doit prendre la poudre, maintenant », dit le valet de chambre.

François-Joseph secoua la tête.

« Mais monsieur le conseiller Ortner y tient absolument », se permit d'objecter l'homme qui servait l'homme sur le lit de camp depuis des décennies et connaissait la moindre de ses mimiques et le moindre de ses gestes. Son nom était Ketterl. Il savait l'autre très malade. Le mourant, lui, savait qu'il allait mourir. Il refusa de prendre la poudre. Obstinément. Un moment plus tard il dormait.

Assis au pied du lit de fer, Ketterl surveillait la respiration du dormeur. Elle était sifflante, mais cela se produisait souvent. Dans cet immense palais inchauffable aux corridors et aux escaliers glacés, il attrapait bronchite sur bronchite. Mais pas moyen de lui faire envisager un changement d'air ! Le jeune assistant n'avait-il pas proposé fort raisonnablement à Sa Majesté, pas plus tard qu'avant-hier, d'aller se reposer quelques jours dans le Semmering ? Ketterl avait dû transmettre Sa réponse mot pour mot au docteur Baier : « Dis à ce jeune homme de m'épargner ses sornettes ! » Sa Majesté menait une vie de chien ! Deux pièces minuscules, levé à quatre heures, au travail à partir de quatre heures et demie sans interruption jusqu'au dîner. Le petit déjeuner et le déjeuner à son bureau – il ne regardait même pas ce qu'il mangeait. Des dossiers. Toujours des dossiers. Et ces perpétuelles audiences ! Et parmi tous ces gens qui se présentaient constamment devant lui et voulaient tous quelque chose de lui, pas un qui lui aurait demandé : « Comment va Votre Majesté ? Votre Majesté a-t-Elle bien dormi ? » Bien sûr on n'avait pas le droit d'interroger l'empereur. Mais même son auguste famille ne s'occupait pas de lui ! L'archiduchesse Marie-Valérie venait certes de temps à autre, mais elle repartait aussitôt. Ou la princesse Windischgraetz. Elle repartait tout de suite aussi. Il n'y avait au monde homme plus délaissé ! Si madame Schratt n'avait pas été là pour s'assurer qu'on lui donne quelque chose de convenable à manger ou se promener avec lui une demi-heure en soirée, il n'aurait eu absolument personne ! À part moi, pensa le serviteur. Mais lui, on ne l'écoutait pas.

Le sommeil paraissait faire du bien à Sa Majesté. Ses joues grises comme du parchemin tout à l'heure se coloraient d'un rouge de bon augure. Une constitution extraordinaire, Dieu merci !

La nuit tombait tôt. Dans la cour du château, on allumait déjà les lampes à arc. Ketterl s'approcha des fenêtres sur la pointe des pieds, ferma les tentures de velours brun élimé et les fixa au milieu par des épingles qu'il tira du revers de sa livrée ; ainsi au moins les lampes ne projetteraient par leur lueur gênante sur le lit.

L'empereur marmonna quelque chose.

« Majesté ? » demanda le serviteur. Les lèvres du malade remuèrent. Elles répétaient parfois un mot inintelligible. Toujours le même. Son souffle s'était accéléré.

« Majesté ! » dit le serviteur, estimant souhaitable de dissiper ces rêves agités.

François-Joseph s'éveilla. Il désigna une vieille montre de gousset en or sur la table de nuit.

« Quatre heures et demie passées, Majesté, répondit Ketterl qui connaissait le geste, Votre Majesté se sent-elle mieux ?

– Quelqu'un est venu ? interrogea l'empereur en observant une pause entre chaque mot.

– Pas maintenant. Avant monsieur le conseiller Ortner, il y avait eu son Altesse le prince Montenuovo et Son Excellence le baron Bolfras. »

Un mouvement de tête interrogateur au nom du baron Bolfras.

« Venu présenter un télégramme du front, Majesté. De monsieur le général von Falkenhayn, a dit Son Excellence. »

Un mouvement de l'index.

« Mais Votre Majesté doit rester dans l'obscurité ! C'est mauvais pour les yeux !

François-Joseph dit : « Allons, marche ! »

Le serviteur alluma une bougie sur la table de nuit, car Sa Majesté n'aimait pas la lumière électrique. En lui tendant ses lunettes en même temps que le télégramme, Ketterl remarqua que la main du malade était très chaude.

« Craiova en Valachie est conquise, dit l'empereur.

– Voilà qui est bien, Majesté. N'est-ce pas ? »

Un geste demanda qu'on éteignît la bougie.

Ce fut fait. Un moment de calme, juste troublé par le souffle rauque et rapide de l'empereur. Puis Ketterl entendit son maître dire : « L'évêque Seydl. »

Cela l'effraya tant qu'il mit un moment à répondre. Le matin même, quand l'archiduchesse Marie-Valérie avait apporté une bénédiction spéciale de Sa Sainteté le pape, Sa Majesté s'était irritée qu'on alarme Sa Sainteté pour une banale bronchite. « Tout de suite », répondit Ketterl quand il recouvra l'usage de la parole.

Une demi-heure plus tard, le prélat du château était au chevet de l'empereur. Un mouvement de tête avait exilé Ketterl dans la pièce voisine, d'où l'on entendait tout, qu'on le veuille ou non.

« Je veux me confesser », dit François-Joseph au prêtre qui l'entendait en confession depuis la nuit des temps et qui, comme tous les fonctionnaires de la cour, avait vieilli avec lui.

Ketterl se demanda s'il devait aller dans le corridor. Mais il n'osa pas. Le conseiller Ortner avait expressément ordonné de ne pas laisser le malade seul un instant.

L'évêque dit quelque chose. Sa Majesté répondit : « Je n'en ai plus le temps.

– Mais Majesté ! dit l'évêque. Demain ou après-demain, Votre Majesté sera complètement rétablie !

– Je crois que Monseigneur fait erreur », dit l'empereur. Suivit un long chuchotement.

« *Et cum spiritu tuo* », dit la voix de Sa Majesté. Il semblait avoir posé une question, car Monseigneur dit : « Pas plus du point de vue de l'Église que des hommes. Il eût été incompatible avec l'auguste mission de Votre Majesté de favoriser le divorce du prince héritier.

– C'est ce que j'ai cru, dit l'empereur, mais *lui* pas ! » Nouveau chuchotement. Monseigneur l'évêque répondit : « Cela aussi démontre assez le sens des responsabilités de Votre Majesté. Sa Majesté l'impératrice n'était pas dotée du sens de l'État. Ses intérêts portaient sur des domaines d'activités auxquels Votre Majesté n'avait pas le loisir – et non la volonté – de s'adonner.

– Ni la volonté », dit Sa Majesté. Ketterl l'entendit répéter : « Ni la volonté. » Chuchotements. La voix de monseigneur l'évêque : « Que Votre Majesté me permette de me pencher un peu plus près d'Elle. Ainsi Elle n'aura pas à Se fatiguer autant. Merci, Majesté. Maintenant j'entends chaque mot. »

Ketterl n'entendit rien pendant si longtemps qu'il en fut glacé d'effroi. Enfin monseigneur l'évêque dit : « Je sais à quoi pense Votre Majesté. Et cela m'afflige profondément qu'Elle puisse douter de la grandeur des services qu'Elle a rendus à la monarchie. On ne saurait trouver trace d'égotisme dans le souci qui anima constamment Votre Majesté de conserver à la maison des Habsbourg son rang et ses possessions. Votre Majesté n'a cessé de considérer le bien-être de ses pays et de ses sujets, qui dépendait entièrement de ce que la maison des Habsbourg garde le pouvoir de les protéger contre l'ennemi intérieur et extérieur. »

On entendit Sa Majesté répondre nettement : « Je vous remercie, Monseigneur.

– Bon rétablissement, Votre Majesté.

– Je vous remercie », répondit Sa Majesté de nouveau.

Puis monseigneur l'évêque se dirigea vers la porte à tâtons, et le valet de chambre de l'empereur revint dans la chambre du malade.

« C'est toi, Ketterl ? demanda Sa Majesté.

– Pour vous servir, Majesté, répondit le serviteur.

– Je me sens mieux. Allume la bougie et donne-moi les dossiers, là, sur mon bureau. Et mes lunettes. Je voudrais rattraper le retard d'aujourd'hui.

– Majesté ? Quand Votre Majesté sera rétablie, Elle devra laisser un moment les dossiers tranquilles et S'accorder un peu de congé et de distractions », dit le serviteur, content de voir que le malade allait beaucoup mieux et fâché qu'il repensât immédiatement à ses dossiers.

« Congé ? Distractions ? dit l'homme qui était devenu empereur à dix-huit ans. Ce serait bien la première fois de ma vie ! »

Pendant que Ketterl arrangeait ses oreillers et l'aidait à se redresser, l'empereur fut pris d'un accès de toux.

« Respirer à fond, dit Ketterl comme toujours dans ces cas-là. Bien inhaler la vapeur, Majesté ! »

Tout en suffoquant, François-Joseph répondit à son habitude : « Sornettes ! » Puis, remarquant la mine froissée du serviteur, il sourit un peu et ajouta : « Merci bien, Ketterl ! »

Ketterl sourit aussi. Nous nous entendons, Sa Majesté et moi, se dit-il. Quand on le connaît, il n'est pas difficile à vivre. Et comme pour le remercier du sourire et du remerciement, il lui apporta au lit une infime fraction des dossiers réclamés. « Voici les dossiers », dit-il, et il se permit même d'exhorter l'homme qui ne voulait rien laisser en attente : « Mais ne travaillez pas trop, Majesté ! »

Pour la première fois de sa vie, Sa Majesté ne prit pas les dossiers.

C'est avec les mots de Ketterl que le jeune époux, le docteur Baier, à son retour de Schönbrunn, narra au numéro 10 la mort de l'empereur ; le valet de chambre les avait aussitôt appelés à la « permanence », le docteur Kerzl et lui-même ; Henriette, Franziska (alias madame Baier) et Martha Monica buvaient les paroles du jeune médecin, dont le service avait, lui aussi, pris fin une heure auparavant.

Les « quelques jours de plus ou de moins » qu'on avait conseillé à Henriette d'attendre plus d'un an auparavant s'étaient éternisés. Hans avait eu le typhus à l'hôpital militaire de Kragujevac, mais pas de congé ; même après sa guérison, une nouvelle promesse du comte Hoyos de lui obtenir « aussitôt » un congé n'eut pas plus de suite que la première ; Hans fut transféré de Serbie en Pologne. Son frère cadet Hermann, de retour en Serbie depuis longtemps après quinze jours de permission, avait reçu la croix du Mérite militaire aux épées, et Franz promu au grade de capitaine se trouvait au quartier général, d'où monsieur Födermayer recevait ses instructions pour la fabrique deux fois par semaine.

« Tu ne crois pas, toi aussi, que la guerre va vite se terminer maintenant ? » demanda Martha Monica à travers la porte de la chambre de Hans qu'elle occupait maintenant.

En cette nuit du 21 novembre 1916, Henriette dormait aussi peu que d'habitude. « Je ne sais pas », répondit-elle en hésitant. Que le défunt d'aujourd'hui ne puisse porter bonheur, même une fois mort, lui paraissait indubitable. « Va te coucher, dit-elle.

– J'y vais », promit la jeune fille. À quinze ans on a tant de choses à penser ! Mais les pensées désagréables, elle les évitait. Elle ne comprenait pas que sa mère se fît toujours du souci. Tandis qu'elle soufflait par la fenêtre la fumée de sa cigarette interdite, elle l'entendit crier : « Mono ! Tu n'es pas devant la fenêtre ouverte, j'espère ? L'air est glacial ! »

Elle était bien à la fenêtre et entendait les cloches en pensant à la lettre de son partenaire au tennis, arrivée aujourd'hui par la poste des armées. « Je t'aime à la folie ! » avait-il écrit. Les cloches qui sonnaient si solennellement, si bruyamment, annonçaient des temps meilleurs ! Elle le sentait.

« Ces cloches sont infernales ! » dit Henriette. Croyant l'entendre approcher, Martha Monica éteignit vite sa cigarette et sauta dans son lit. Mais sa mère ne vint pas. La belle jeune fille continua à rêver dans l'obscurité, finit sa cigarette, la jeta et s'endormit du sommeil du juste.

Une heure plus tard, Otto Eberhard en personne appelait les pompiers au numéro 10. Arpentant les pièces sans pouvoir dormir tant la mort de l'empereur le préoccupait, il avait vu de la fumée s'échapper d'en haut. Il s'en était assuré sur-le-champ : le quatrième, bien entendu ! Les troubles et les désordres venaient toujours de là ! Ce quatrième étage ne semblait bâti que pour être le foyer de comportements irresponsables ! Qu'importait à cette engeance du quatrième si elle se détruisait – et avec elle le numéro 10, siège de la décence et de la tradition !

L'incendie provoqué par la cigarette incandescente de Martha Monica causa relativement peu de dégâts. Outre un léger choc, la jeune fille (réveillée par sa mère morte de peur alors que son lit brûlait déjà) s'en tira avec quelques brûlures superficielles. C'est Henriette elle-même qui la descendit dans ses bras par l'escalier. La caisse de livres destinée à Hans prit feu ; les tentures de velours, irremplaçables en ces temps de pénurie de tissus, se consumèrent, et par la fenêtre restée ouverte, les flammes se communiquèrent à la partie de la charpente qui saillait au-dessus de l'Annagasse.

En bas, du trottoir de l'Annagasse, habitants de la maison et voisins observaient les efforts des pompiers – qui portèrent leurs fruits. « Coup sur coup ! » dit Otto Eberhard à part soi, tandis que retentissait le glas qui annonçait la mort de François-Joseph. « Ça se dégrade à une vitesse effroyable ! Le désordre commence alors que son corps n'est pas encore refroidi ! »

Quand l'incendie fut presque éteint et que le reflet rougeâtre eut disparu de l'horizon d'un noir d'encre partout ailleurs, les pensées du premier procureur revinrent à la catastrophe bien plus dramatique de cette nuit. Imaginer, sans vie sur sa couche spartiate, l'homme qui, pendant presque sept décennies, avait fait la puissance et l'honneur de l'Autriche et lui avait donné son socle et son toit ! Devant les yeux d'Otto Eberhard se dessina la silhouette familière, sur laquelle lui et nombre de ses semblables avaient calqué leur vie, leur apparence, leurs opinions et leurs principes d'airain. François-Joseph mort ! Les yeux du vieillard s'emplirent de larmes.

Martha Monica le vit. « Je suis terriblement désolée, lui dit-elle, mon oncle, je t'en prie, ne prends pas ça tellement à cœur ! Il ne s'est presque rien passé !

– Quoi ? demanda le premier procureur.

– J'ai cru que tu pleurais ?

– C'est la fumée qui m'incommode. » Otto Eberhard n'en dit pas plus.

La famille avait réintégré depuis longtemps ses murs sauvés de l'incendie que le glas sonnait encore la mort de l'empereur.

Presque rien passé ? Ni plus ni moins que tout !

Troisième livre

LA CAVE

28

Retour d'un Autrichien

Le jour où Franz rentra à la maison, le 17 novembre 1918, il avait soixante-six ans passés, et l'Autriche avait perdu la guerre.

La « victoire finale » était un des dogmes auxquels il avait cru jusqu'au dernier moment. Il avait eu honte d'être cantonné à l'arrière à cause de son âge, un sentiment que seule atténuait la présence de ses deux fils sur les champs de bataille : l'aîné, certes, n'était que simple aspirant, et de plus, prisonnier, mais son cadet Hermann était lieutenant et maintes fois décoré pour sa bravoure.

Quand le train entra en gare de la Nordbahnhof, une dame agitait la main sur le quai, et elle était toujours belle. Franz lutta contre les larmes qui lui venaient aux yeux et son amour pour elle, toujours aussi vif. Un instant, il en oublia la défaite.

En voyant approcher ce monsieur d'un certain âge en uniforme de capitaine, chaussé de rutilantes bottines vernies, rasé malgré l'heure matinale, deux lourdes valises à la main, Henriette, pour sa part, ne put se défendre d'un brusque sentiment de compassion. Cela faisait plus de quatre ans qu'ils ne vivaient plus sous le même toit.

Franz posa ses valises et lui baisa la main. Elle l'embrassa sur la joue.

« Enfin chez soi, dit-il, toujours chiche de mots.

– Je suis contente que tu sois là, dit-elle. Ton ordonnance n'est pas avec toi ?

– Non. Cette canaille a déserté. »

Ils ne parlèrent pas de la révolution.

Il n'y avait ni porteur ni taxi ni fiacre devant la gare, ils durent donc aller à l'Étoile du Prater avec les valises prendre le tram, qui était bondé. Franz casa tant bien que mal ses bagages sur la plate-forme de la baladeuse et se fraya un chemin jusqu'à Henriette dans la partie couverte ; elle était debout, coincée entre des ouvriers qui allaient travailler.

« Tu as une mine superbe », déclara-t-il en jetant un coup d'œil autour d'eux. Pratiquement que des hommes assis. Ils auraient pu laisser leur place à une dame !

« Toi aussi. » Le léger parfum de savonnette qu'elle exhalait était perceptible malgré la fumée de cigarettes. C'était une voiture non-fumeurs.

« Y a quéqu'chose qui vous gêne ? » l'apostropha un homme plus jeune qui lisait le journal à côté d'un autre encore plus jeune sur une banquette près de la vitre ; visiblement, il avait remarqué les regards outrés que Franz lançait aux gens assis.

« As-tu reçu mon exprès à temps ? » s'empressa-t-elle de demander. Franz répondit à l'homme qui lisait le journal : « Ne voyez-vous pas que Madame est debout ?

– Je suis très bien debout. Nous n'en avons que pour quelques stations », dit Henriette, conciliante.

Mais du fond du wagon quelqu'un criait déjà : « Espèce de planqué ! » – l'insulte des indignés et des déçus qui déchargeaient leur rancœur sur ceux qui semblaient s'être « défilés » et se l'être coulée douce quelque part à l'arrière. L'homme rasé de près aux boutons et aux souliers bien astiqués en avait tout l'air. Et un officier avec ça ! Ceux-là mêmes qui pendant quatre ans et demi avaient envoyé les « deuxième classe » au casse-pipe. C'est du moins ce que pensaient les « deuxième classe ».

Celui qui avait crié en était un. Il portait la tenue du 4e régiment viennois Hoch- und Deutschmeister, mais les revers maculés du sang et de la boue des tranchées avaient perdu leur couleur bleue d'antan.

« Soldat ! dit Franz. Vous vous présenterez au rapport auprès de vos supérieurs ! Je veillerai à ce que…

– À que dalle ! le coupa l'homme. T'as fini de commander ! »

Souvent témoin de ce genre d'incidents en ces cinq jours d'après la révolution, Henriette lui pressa le bras en chuchotant : « Ça ne sert à rien !

– À rien ! s'écria-t-il, hors de lui. Tant que ces gars-là portent l'uniforme de Sa Majesté, ils ont à respecter la hiérarchie ! »

Mais déjà l'homme au journal avait bondi, imité par son voisin. Les deux gaillards se glissèrent dans le dos de Franz, l'un lui prit les bras en étau, et l'autre arracha la cocarde de son képi d'officier et les trois étoiles dorées de son col.

« Voilà ! dit-il. Maintenant t'as fini de commander ! Dégonflé ! »

Henriette vit les veines enfler spectaculairement sur les tempes grisonnantes de Franz, signe de ses accès de colère qu'elle redoutait et détestait tellement, jadis. Mais là, ainsi pressée contre lui, elle compatit. Elle qui ne l'avait quasiment jamais plaint avait soudain beaucoup de peine pour lui, une peine immense. Elle savait trop bien ce qu'il ressentait. Elle l'avait vécu trente ans auparavant, quand son monde s'était effondré. C'était celui de Franz qui s'écroulait à présent. Il s'était écroulé depuis longtemps d'ailleurs. Il aurait dû le savoir. Naguère déjà, à la mort de Rodolphe.

Se débattant pour se libérer de l'étau humain qui l'entravait, Franz lâcha avec un mépris indicible : « Racaille ! »

Comme un seul homme les passagers prirent parti contre lui.

« C'est nous la racaille ? s'écria une femme qui avait sous le bras une pile de journaux du matin à distribuer. Deux fils qu'y m'ont fusillés – et à cause de quoi ? De vot' hiérarchie d'merde !

– Exact ! renchérit un autre. Rin à bouffer ! Pas de quoi s'chauffer ! Et à cause de quoi ? De ce qu'on était au garde-à-vous à claquer des talons en criant “À vos ordres !”, pendant que ces beaux messieurs en souliers vernis nous commandaient de crever. Les beaux messieurs, eux, y restaient à l'arrière à se bâfrer et à se soûler et à aller aux putes !

– Foutez-le dehors ! » suggéra le type au journal.

Quelqu'un sur la plate-forme avait balancé les valises du train en marche, on les entendit cogner contre le pavé. Le contrôleur arrêta la rame.

« Vaut mieux que monsieur s'occupe de ses bagages », dit-il à Henriette. Son aversion contre l'officier semblait moins manifeste que celle des passagers.

« Viens », implora Henriette. Un instant elle eut envie de dire aux gens : « Moi aussi j'ai deux fils au front. » Mais elle se contenta de les regarder. Ils lui firent place.

Quand elle fut dans la rue avec Franz, il eut un vertige, elle dut le soutenir. Il se ressaisit aussitôt, épousseta son uniforme maltraité et s'empara de ses valises sans accepter son aide. Il réussit à porter ses bagages jusqu'à ce qu'ils trouvent un taxi disposé à les ramener à la maison.

Pendant le trajet, il la regarda à plusieurs reprises sans mot dire. Mais lorsque apparut l'ange à la trompette, il demanda d'une voix morne : « Qu'est-ce que tu dis de ça ?

– Il ne faut pas prendre ces choses à cœur, répondit-elle. Les gens vont terriblement mal ! » Elle pensait aux gens du tram.

Lui pensait aux affiches devant lesquelles ils passaient : « Le règlement de comptes avec les criminels Habsbourg. Lisez l'*Arbeiter-Zeitung* d'aujourd'hui ! »

Devant le portail de l'ange à la trompette, monsieur Simmerl les attendait. Il salua son maître de son rituel « Mes respects, Votre Grâce ! » et feignit de ne pas voir l'uniforme déchiré et le képi où manquait l'emblème impérial.

Franz lui tendit la main. « Alors, que dites-vous de tout ça, monsieur Simmerl ? demanda-t-il.

– Pardi, c'est une catastrophe, Monsieur », répondit l'homme longiligne qui arborait toujours sa veste styrienne verte et son impeccable cravate blanche. On ne savait s'il excusait ou s'il accusait.

« Je ne vous le fais pas dire ! » confirma Franz, qui opta pour l'accusation. Puis il lui demanda : « Allez me chercher l'*Arbeiter-Zeitung* d'aujourd'hui ! »

À cet ordre, Simmerl, qui était posté devant la porte depuis deux heures, parce que Madame, plus sage que lui, ne l'avait pas autorisé à venir à la gare, perdit la belle contenance qu'il affichait. « Monsieur ? » demanda-t-il, espérant avoir mal entendu. Mais l'ordre lui fut répété.

Tandis que le couple montait les quelques degrés qui menaient du hall d'entrée au rez-de-chaussée, Henriette remarqua combien Franz respirait difficilement.

« Tu ne te sens pas bien ?

– Ça va parfaitement, merci », répondit-il, reconnaissant. En passant devant l'ancien appartement de Sophie, il ne put s'empêcher de penser : qui aurait cru que l'Autriche s'effondrerait ! Mais qu'Henriette lui ferait une mauvaise femme, ils en auraient mis leur main au feu tous autant qu'ils étaient : Sophie, Otto Eberhard, l'ex-baronne Überacker. Et lui-même devait bien reconnaître qu'il s'était rallié un temps aux adversaires d'Henriette. Une sottise. Hetti était une bonne épouse ! Des erreurs, oui, elle en avait commises – qui n'en commet pas ? N'empêche que c'était une bonne épouse, brave, une femme épatante. Le poids qui étreignait la poitrine du soldat libéré se relâcha. « Et Otto, toujours aussi sympathique ? demanda-t-il pour lui faire plaisir (ils étaient arrivés devant la porte de son frère).

– Tu ne veux pas le voir ? proposa-t-elle. Viens, entrons un instant chez lui.

– Toi aussi ?

– Pourquoi pas ?

– C'est vraiment très gentil de ta part. Merci beaucoup. Mais c'est un peu tôt, je pense. Otto n'est plus tout jeune non plus. Pardon, je parlais de moi, bien sûr. Toi, tu es restée incroyablement jeune. » C'est tout juste s'il ne lui offrit pas son bras pour monter, avec cette galanterie un peu surannée des jours anciens, définitivement révolus, qu'il se remémorait maintenant soudain. « Tu te rappelles, Hetti, quand nous avons fait les visites de fiançailles ?

– J'y pensais à l'instant, moi aussi ! »

Ils passèrent devant l'appartement où vivait naguère la famille Paskiewicz et où demeuraient maintenant Peter et Annemarie la Prussienne : indispensable au ministère de l'Instruction, Peter était dispensé de servir dans l'armée.

« Est-elle toujours aussi convaincue que nos frères d'armes allemands nous ont merveilleusement protégés ? » demanda Franz en esquissant un geste vers leur porte. « Sais-tu qui nous a mis dans le pétrin ? ajouta-t-il à voix basse. Nos frères, les Allemands ! J'ai appris à les connaître en quatre ans ! Des gens incroyablement efficaces, pour sûr. Mais nous, les Autrichiens, n'aurions pas eu le monde entier contre nous, si nous n'avions eu avec nous les alliés les plus impopulaires du monde ! » L'agitation le gagnait de nouveau, son souffle se fit court.

« Arrêtons-nous un moment, proposa-t-elle. Nous ne sommes pas pressés. »

Il s'arrêta docilement. « Tu es vraiment gentille », dit-il. Elle en eut les larmes aux yeux. Comment ai-je dû être avec lui pour que de pareilles broutilles lui fassent autant d'effet ! pensa-t-elle. Quand ils commencèrent à gravir les marches qui menaient au second étage, elle dit : « Viens, prends mon bras ! »

Avec cet ample geste du bras galamment arrondi qui l'insupportait tellement autrefois, il obtempéra. Quel drôle d'homme, pensa-t-elle en prenant le bras qu'il lui tendait comme pour la soutenir et non s'appuyer lui-même. Irrémédiablement vieux jeu. Il nie que le monde ait changé. Il ne démord pas d'un monde qui n'existe plus.

Ses larmes séchèrent instantanément, elle pensa combien elle avait souffert de cette persévérance dans l'erreur, instinctivement elle retira son bras.

« Je suis trop lourd ? demanda-t-il aussitôt.

– Pas du tout. » Elle reprit fermement son bras.

Un homme dans lequel on lisait comme dans un livre. Maintenant encore, au seuil de la vieillesse, ses traits présentaient la même absence de mystère, la même simplicité qu'en sa jeunesse. Même l'âge n'a pas pu le changer, lui qui a toujours désapprouvé le moindre changement, quoi qu'il arrive, se dit-elle.

Ils montaient très lentement. Avec ce bel optimisme qu'elle manifestait toujours dans les situations désespérées (son père la surnommait « l'optimiste intempestive »), elle s'obstinait à n'y voir que le contrecoup du choc du tram.

« Pour nous autres c'est fini, voilà ! » dit-il soudain d'une voix étonnamment forte. Qui résonna dans toute la cage d'escalier.

Avant qu'il ne le dise, elle avait pensé : S'il avait eu un peu de caractère, ça se serait passé autrement entre nous. Mais quand il s'exclama – prononçant son propre jugement en quelque sorte – que c'était fini, une chaude vague de compassion l'envahit derechef, et elle ne put s'empêcher de penser : depuis que je connais cet homme, il n'a pas commis un seul écart, pas fait un geste qui l'ait sali. Il n'a jamais rien caché. Sa ponctualité, sa fiabilité – une horloge. Il a mené ses affaires on ne peut plus correctement, toujours selon ses principes. « Tu vas t'accorder quelques jours de repos absolu, Franz ! dit-elle.

– Impossible, décida-t-il. Il faut que je sois au magasin à neuf heures au plus tard. Födermayer m'attend.

Ce doit être la pagaille de toute façon. En tout cas, merci vraiment de ta bonté. »

Elle trouva presque insupportable qu'il parle de sa « bonté ».

Le mur qui abritait les « pièces de réception » du deuxième étage inhabité était maintenant fissuré. Quand ils passèrent devant son ancien appartement de célibataire du troisième (à présent occupé par Otto Drauffer, l'un des jumeaux), Franz dit : « Pas rajeuni non plus ! » Cela pouvait viser la porte qui avait besoin d'être réparée ou son essoufflement récent. Il se tint à la rampe pour embrasser du regard ces trois étages qu'il avait coutume de monter d'un pas si vif et si léger dans sa jeunesse, seul – ou en compagnie au grand dam de Sophie. Eh oui, nous autres, nous avions vécu avant de nous marier. Ce fut comme une illumination. On a beau jeu, vraiment, d'exiger que l'autre se satisfasse de peu ! « J'ai peur de ne pas t'avoir rendu la vie facile », résuma-t-il quand ils gravirent ce quatrième étage qu'il avait fait bâtir pour eux.

Cet aveu qu'elle avait en vain attendu si longtemps la dérouta tellement qu'il lui fallut un moment de répit, avant de pouvoir répondre dans le style du numéro 10 : « Tu ne serais tout de même pas devenu sentimental ? Tu vas déjà boire un café bien chaud. Je ne peux pas te garantir qu'il aura un goût de café, mais il y aura au moins huit grains dedans ! » Il rit : « Quatre de plus que nous, les planqués, n'en avons eus depuis un an ! » Puis il s'éclaircit la voix et demanda : « Et comment va Martha Monica ? »

Sa fille qui n'était pas de lui l'attendait devant la porte ouverte de l'appartement, elle ouvrit tout grand les bras au soldat libéré. « Papa ! » s'écria-t-elle impétueusement. Il lui caressa les cheveux. « Tu es devenue très jolie », lui dit-il. Elle semblait éclairer la sombre cage d'escalier.

Hanni, alias madame Simmerl et maintenant mère d'une petite fille, fit son apparition elle aussi. Elle salua l'homme pour qui Madame lui avait toujours semblé beaucoup trop bien de son habituel : « Mes respects, Votre Grâce ! »

C'était tout ce que le quatrième étage comptait comme occupants pour le moment. Hans prisonnier, Hermann dans son régiment en attente de rapatriement du front du Piave, Neni morte, la cuisinière congédiée, la petite fille des Simmerl élevée à la campagne, et Franziska installée avec son époux, le docteur Baier, à Salzbourg où les choses étaient plus faciles pour l'ex-médecin personnel de l'empereur. Moins de « rouges ».

Franz passa le seuil entre Henriette et Martha Monica. « Enfin », dit-il. Le bien-être et la sécurité l'entouraient, c'était chauffé, dans la salle à manger la table était dressée pour le petit déjeuner : la grande cafetière d'argent avec son café à la chicorée et un petit pot de lait bleuté coupé d'eau étincelaient, bien astiqués ; le pain de maïs et de son était si bien grillé qu'on n'en distinguait plus les taches brunes, et dans son verre de cristal, une mousse de carottes et de betteraves évoquait la plus savoureuse des confitures.

« Qu'est-ce que monsieur a fait de ses… »

Avant que Hanni ait pu demander ce que monsieur avait fait des trois étoiles d'or de son col d'uniforme tout déchiré, les regards d'Henriette et de monsieur Simmerl arrivé entretemps lui intimèrent le silence. La remarque lui resta dans la gorge. Mais ses yeux continuaient à fixer, comme envoûtés, l'aspect d'effroyable désordre qu'offrait ce maître pas très apprécié. Lui qui avait toujours été si maniaque !

Monsieur Simmerl, en revanche, se maîtrisait parfaitement. Il avait bien été chercher au bureau de tabac du numéro 7 le journal qu'on lui avait réclamé ; même en ces temps de révolution, l'idée ne lui serait pas venue de refuser un ordre. Il y avait des maîtres, il y avait des domestiques, hier, aujourd'hui, toujours, quoi que puissent hurler contre eux les braillards de la rue. Même quand un ordre confinait à la folie, comme celui d'apporter l'organe de la révolution par excellence dans une bonne maison comme celle-ci où l'on s'adressait aux occupants à la troisième personne et où leurs noms sur les enveloppes étaient précédés de « Sa Grâce » ou de « Monseigneur », un ordre restait un ordre. Tout au plus pouvait-on poser ce torchon-là sur ce fauteuil où il passerait inaperçu. Et c'est ce que fit l'homme à la longue silhouette, comme pour s'épargner la honte de voir un officier impérial et royal, fournisseur de la cour, lire *l'Arbeiter-Zeitung* de messieurs Friedrich Austerlitz et consorts, qui faisaient de « notre magnifique ville impériale » la capitale d'une petite république minable !

« Excellent, le café », assura Franz. Il prit aussi un peu de margarine, en tartina le toast à la teinte suspecte et demanda : « Vous m'avez apporté le journal, au fait, Simmerl ? »

Et l'homme à la longue silhouette de répondre, bien obligé : « Mais certainement, Monsieur ! », et de lui tendre la feuille en s'inclinant.

« Merci, Simmerl », répondit Monsieur. Et il entreprit d'en user avec l'*Arbeiter-Zeitung* comme il l'avait fait avec la *Reichspost* pendant des décennies. Il le cala contre un verre et le lut en mangeant.

« Allons, ne lis pas ça ! dit Henriette. Cela ne peut que t'énerver !

– J'ai presque terminé », objecta-t-il. Que les gens puissent être aveuglés par une amertume justifiée, il le concevait. Les Prussiens, par exemple, n'étaient pas exempts de reproches. Les généraux aussi, peut-être. Certains. Mais il y a des limites, même à l'amertume la plus légitime. Et la limite, c'est la maison impériale, à qui tout Autrichien, et a fortiori tout Viennois, doit tout ce qu'il possède, ce qu'il a possédé et ce qu'il est. C'était aussi simple que ça !

Son lorgnon sur le nez, son morceau de toast à la main, Franz lisait : « Des 55 millions de personnes condamnées à constituer la puissance des Habsbourg, pas moins de 35 millions d'entre elles souhaitaient la défaite de l'Autriche-Hongrie et mettaient leurs espoirs dans la victoire de l'Entente. L'Autriche-Hongrie a eu l'arrogance criminelle de commencer la guerre pour des "raisons de prestige". Une poignée d'individus dépourvus de conscience – le ministre des Affaires étrangères, le comte Berchtold, et deux ou trois de ses acolytes comme le chef d'état-major général Conrad von Hötzendorf et le ministre-président, le comte Stürgkh, ont déclenché et perdu cette guerre, et ainsi précipité l'humanité dans la misère.

« Mais franchement, qui ne serait prêt à payer un prix aussi élevé pour être enfin débarrassé de notre chère dynastie ? Nous déplorons naturellement les pertes irremplaçables et les destructions de guerre. Nous déplorons chaque victime où qu'elle se trouve. Mais l'issue de la guerre nous satisfait. Car l'effondrement de l'Empire des Habsbourg est le seul dédommagement qui vaille de toutes nos souffrances et de toutes nos pertes. »

Franz laissa tomber son morceau de pain bis. Habituée à sa désastreuse manie de lire pendant les repas, Henriette, qui avait entretemps relaté la scène du tram à Martha Monica, ne leva les yeux qu'au bruit du toast retombant dans l'assiette.

« Quelle infamie ! C'est trop fort ! s'écria Franz en désignant le passage du journal dont ses yeux ne pouvaient se détacher. Ils exultent », poursuivit-il. Puis sa bouche remua en émettant une série de sons inarticulés. Il ne pouvait plus parler. Et ne recouvra pas la parole.

Le médecin de famille alerté, l'immuable docteur Herz immuablement hostile à la vérité sans fard, se garda bien de dire que le conseiller avait perdu l'usage de la parole en raison d'une attaque, et évoqua un trouble « vasomoteur », qui, avec un repos absolu et un traitement approprié, devait s'améliorer sinon disparaître avec le temps. Et quand, un peu plus tard, Henriette se retrouva près du lit où l'on avait forcé Franz à s'étendre et qu'elle l'observa anxieusement remuer sans cesse les lèvres, impuissant, elle songea à Hans, qui, enfant, ne pouvait pas parler non plus et qu'on avait guéri un beau jour. À cette pensée, une de ces fantastiques superstitions dont elle était coutumière lui traversa l'esprit : c'était Chris qui avait miraculeusement amené Hans à parler. Il fallait faire venir Chris !

Sans réfléchir une minute, elle chargea Martha Monica de rester auprès de son père et quitta la maison précipitamment. Arrivée à la Salesianergasse, elle réalisa soudain qu'elle n'avait ni vu ni souhaité voir depuis dix-sept années bien comptées celle vers qui elle se hâtait maintenant.

«Je suis impardonnable, dit-elle quand elle se retrouva en face d'elle. Je ne me cherche pas d'excuses, mais si tu avais connu ma vie depuis tes vœux, tu aurais compris pourquoi j'appréhendais de venir te voir.

– Je connais ta vie», dit la religieuse, qui était devenue aussi blanche que la collerette empesée de son habit en reconnaissant la visiteuse dans le parloir austère. Elle ne faisait pas ses quarante ans, elle avait gardé la grâce et la minceur de sa jeunesse.

Seule l'intériorité de son regard trahissait sa solitude et son renoncement.

« Tu connais ma vie, que veux-tu dire ?

– J'ai toujours demandé de tes nouvelles.

– Et tu as trouvé beaucoup à redire dans ce qu'on t'a appris ? » demanda Henriette à cette autre, qui l'adulait jadis et se dressait maintenant devant elle comme un juge.

« Tu as été une très bonne mère.

– Merci. » Incroyable cette inversion des rôles ! C'est celui du plus faible qui lui était dévolu à présent apparemment ! À cause de cette coiffe rigide et de cette cordelette blanche à laquelle pendait une croix ? Je ne vais tout de même pas capituler devant un costume ! pensa Henriette.

Mais quand la religieuse demanda du même ton d'adoration que par le passé : « Comment t'es-tu portée pendant tout ce temps ? », elle comprit qu'elle la méjugeait.

« Bien, merci. Et toi, Chris ? Excuse-moi, je veux dire, sœur Agathe.

– Ça ne fait rien. Tu peux m'appeler Chris. J'aime beaucoup que tu m'appelles Chris. Merci, ça s'est bien passé. »

Puis elles parlèrent un moment de Hans, Henriette ne pouvant se décider à lui confier le but de sa visite en retard de dix-sept ans.

« Tu voulais me demander quelque chose ? Je serais si heureuse de pouvoir te rendre service.

– Tu peux m'aider. Toi seule ! répondit Henriette instinctivement. Mais tu ne m'en veux vraiment plus ? »

La religieuse lui lança un regard d'une affection si absolue qu'Henriette ne put le soutenir. « Je ne t'en ai jamais voulu », dit-elle.

Il faut que je lui dise ! Tout ! Cédant comme toujours à l'impulsion du moment, Henriette entama le procès qu'on ne lui avait jamais fait, mais dont, avec le temps, la légitimité lui paraissait toujours plus indéniable. On ne pouvait réclamer quelque chose d'une personne qui vous pensait coupable de tout. « Tu es entrée ici à cause de moi ? Je veux dire au couvent ? N'est-ce pas ? demanda-t-elle.

– Oui, avoua la sœur sans hésiter. Je pensais que tu avais besoin que quelqu'un prie pour toi. »

Après le « Pour nous autres c'est fini » de Franz, voici que tombait le second verdict de la journée. « Tu me reproches encore la redoute Metternich ? » s'écria-t-elle amèrement.

La religieuse réfléchit un instant. Son fin visage se fit sérieux. Puis elle dit : « Je ne te l'ai jamais reprochée. Je voulais que tu sois heureuse. »

Henriette garda le silence. Tant de perfection la déconcertait.

Quand elle eut enfin exposé le motif de sa venue, un sourire furtif passa sur les lèvres de sœur Agathe. « C'est bien que tu croies encore aux miracles ! D'ailleurs tu n'as presque pas changé ! » Puis elle redevint sérieuse. « Je ne savais pas qu'oncle Franz était si malade.

– Il n'est pas malade, il s'est énervé, il a reçu un choc. Le docteur Herz – tu te le rappelles ? – pense que ce sont les nerfs. »

La religieuse se rappelait les diagnostics charitables du docteur Herz et les crises d'angine de poitrine de son père, le colonel Paskiewicz, qu'il nommait pudiquement crises d'asthme. L'odeur d'oxygène émergea de ses souvenirs, elle l'imprégnait toute quand elle quitta le parloir dénudé pour demander à la supérieure l'autorisation de visiter un patient à l'extérieur de l'hospice conventuel, la première sortie qu'elle sollicitait depuis qu'elle soignait les malades. L'ayant obtenue, elle se mit en route avec Henriette.

« Je me souviens encore très bien de la manière dont Hans a commencé à parler ce jour-là ! Il l'a vraiment fait de lui-même », dit-elle. Déshabituée des humains, une fois dans la rue elle fut prise d'un vertige. Ses pieds la portaient si peu qu'elle ne put marcher du même pas que sa compagne.

« Il ne l'a pas fait de lui-même ! Tu l'as aidé ! la contredit Henriette… Pourquoi marches-tu si lentement ?… Ou du moins, tu voulais l'aider ! »

Elles croisèrent deux écoliers qui venaient de la patinoire. « Faut cracher trois fois pour écarter le mauvais sort ! » se moquèrent-ils à la vue de la religieuse en évoquant une vieille superstition, ils crachèrent et continuèrent leur route : depuis six jours, dans Vienne la catholique on vilipendait tout ce qui était catholique.

« Oui, c'est ce que je voulais », confirma sœur Agathe. Elle ne dit pas que c'était sa première sortie depuis sa prise de voile ni qu'elle avait fait vœu de se retirer à jamais du monde des humains et n'y aurait renoncé pour nulle autre qu'Henriette. Ni non plus que, jadis, si elle avait voulu aider le petit garçon muet, c'était uniquement pour s'attirer l'affection de cette femme qui marchait à ses côtés et qui n'était pas venue la voir pendant dix-sept ans.

« Si tu as pu le faire autrefois, alors que tu n'étais même pas religieuse, tu devrais réussir encore mieux maintenant ! » affirma Henriette dans un de ces accès d'illogisme candide qui la prenaient parfois.

La salésienne ne répondit pas. Tout, en ce court trajet, lui semblait changé. Les mêmes maisons avaient l'air étranger. Les dimensions aussi étaient fausses. Ce qui était si vaste avant était donc en fait si limité ?

« Je t'en prie, ne lui dis pas que je suis venue te chercher, la pria Henriette quand elles passèrent la porte de l'ange. Et surtout pas pourquoi. J'ai l'impression de t'avoir dit un tas de sottises, tout est si confus depuis ce matin. Tu n'es pas fâchée ?

– Non », dit la religieuse.

Franz dormait d'un sommeil agité, qui lui mettait la sueur au front. Parfois on l'entendait bredouiller. Martha Monica était à son chevet.

« C'est ta cousine, sœur Agathe, dit Henriette à voix basse à sa fille.

– La sainte cousine ? » demanda la jeune fille en souriant. Sans craindre son habit ni l'odeur de désinfectant qui en émanait, elle embrassa sa parente.

« Oui. Je crois que c'est une sainte », dit Henriette très sérieusement.

Les joues de la religieuse se colorèrent. « Comme elle est belle ! » dit-elle. La jeune créature qui ressemblait à sa mère ressuscitait douloureusement le passé. « Ravissante ! » répéta-t-elle en la couvant du même regard admiratif qu'Henriette jadis, lorsque la maison lui reprochait de l'« encenser ».

« Tu es drôlement gentille ! » dit Martha Monica à la nouvelle cousine, laquelle passait maintenant pour une sainte au numéro 10.

Quand le malade s'éveilla, il fit un geste de la main vers Henriette.

« Tu veux être seul avec moi ? » demanda-t-elle.

Il hocha la tête et tenta de parler.

En se penchant vers lui pour mieux entendre, elle eut l'impression que sa bouche était tordue. Mais avec les rideaux fermés on n'y voyait pas bien dans la chambre.

Elle fit signe à Martha Monica de s'éclipser. Puis elle dit : « Chris est ici, Franz. Elle est venue te voir. » Sa réponse fut inintelligible.

« Bonjour, oncle Franz, le salua la religieuse avec l'assurance de ceux qui s'occupent des malades. Tu t'es surmené. Un peu de repos te fera du bien. »

Franz eut un geste de dérision, puis fit semblant d'écrire. Henriette lui apporta son bloc de papier à lettres, ouvrit les rideaux et l'installa dans ses oreillers. La bouche tordue se voyait bien maintenant, elle lança un regard terrifié à la religieuse. « Que monsieur Födermayer vienne immédiatement », avait-il écrit. Henriette promit d'aller aviser le fondé de pouvoir. Quand elle revint du téléphone, elle entendit sœur Agathe dire : « Il vaudrait mieux que tu ne parles pas, oncle Franz. »

Il leva la main et la laissa retomber, comme pour dire : « Foutaises ! »

Mais avec une autorité qui contrastait avec la douceur de sa voix, la religieuse insista : « Crois-moi, oncle Franz. Ceux qui n'ont pas appris à se taire ne le savent pas. Je n'ai pas parlé pendant dix-sept ans. »

Elle le disait au malade, mais Henriette sentit que la remarque lui était destinée. Elle entendit l'immense reproche – et le prit pour elle. « Chris ! supplia-t-elle. Chris ! »

Elle voulait dire : Fais un miracle !

Toujours avec cette autorité qui démentait presque sa délicatesse, la religieuse se leva. « Bon rétablissement, oncle Franz, dit-elle à voix basse. Je prierai pour toi. » Puis elle quitta la pièce.

Henriette la suivit dans l'antichambre. « S'il te plaît, ne t'en va pas ! implora-t-elle.

– Mais, tante Hetti, il ne faut pas avoir peur comme ça ! » répondit la religieuse en lui redonnant pour la première fois son diminutif familier, comme autrefois quand elle avait joué au mariage avec elle, pendant qu'oncle Franz luttait à côté contre un adversaire redoutable. Maintenant il luttait contre un adversaire plus redoutable encore. L'enviait-elle ?

« Mais il y a de quoi ! Le voir couché ainsi, la bouche toute de travers, qui essaie de parler et qui ne peut pas ! Pourquoi ne l'aides-tu pas ? dit Henriette hors d'elle.

– Parce que je ne peux pas, tante Hetti.

– Parce que tu ne veux pas !

– Tu crois encore qu'il suffit de vouloir ?

– Je n'ai pas besoin de leçon ! J'ai besoin de ton aide !

– Oncle Franz recevra de l'aide », dit la religieuse avec nostalgie… ou envie ? « Salue bien Martha Monica de ma part. Qu'elle vienne me voir si elle a le temps. J'ai droit aux visites chaque lundi et chaque vendredi de trois à quatre heures. Porte-toi bien, tante Hetti. »

On entendit ses pas jusqu'au premier étage ; là, ils s'arrêtèrent brièvement, sans doute devant son ancien logement, puis aussitôt après ils retentirent de nouveau, et s'éloignèrent définitivement.

Dix-sept ans durant, elle m'a attendue chaque lundi et chaque vendredi, se dit Henriette, bouleversée. Puis elle revint dans la chambre du malade. Si *elle* ne veut pas l'aider, c'est *moi* qui l'aiderai. Il suffit de vouloir. Il suffit de vouloir !

Comme si Franz voulait le lui confirmer, lorsqu'elle s'assit à son chevet, s'empara de sa main et la caressa, sa bouche déformée revêtit une expression nouvelle – qu'elle prit pour un sourire. Le temps passa. Otto Eberhard vint et fut éconduit. Des cris dans la rue : « Édition spéciale ! La fin des Habsbourg ! L'empereur Karl, l'impératrice Zita et la famille impériale condamnés par le parlement au bannissement définitif ! Édition spéciale ! La fin des Habsbourg ! »

Henriette caressait le front brûlant du malade. Oui ! Il souriait.

29

Lettre venue d'un monde meilleur

Voici la lettre que Hans reçut dans son camp de prisonniers :

Hans ! Quel bonheur inimaginable de savoir que tu vas enfin revenir. Si seulement les mots pouvaient le rendre ! Mille personnes se sont dites heureuses avant moi ! Je suis plus heureuse qu'elles, mais je n'ai pas les mots pour le dire. Ils n'existent probablement pas.

Quand tu seras revenu, tu verras sur le mur de ma chambre les calendriers où j'ai rayé les jours – car j'y ai laissé les vieux calendriers. C'est la seule chose qui prouvait que le temps passait. Le jour où tu es tombé malade, celui où tu as été blessé, celui où tu as été fait prisonnier et celui où j'ai appris que tu faisais partie des prisonniers sans papiers ont tous un astérisque – tous des dimanches. Le dimanche a toujours été mon jour de malchance. Les « jeudis des listes de disparus » ont un croissant de lune, tu te souviens que, tous les jeudis, l'imprimerie nationale du Rennweg publiait les listes des disparus ? Chaque croissant signifiait : *Pas sur la liste des disparus !* Juste pour que tu comprennes mes signes. Peut-être t'en diront-ils plus que mes mots.

C'est la première lettre que je t'écris sans avoir peur pour toi. C'est donc la première qui soit tout à fait sincère. Je veux que tu puisses tout t'imaginer.

Ces jours et ces nuits sans fin que j'ai comptés, barrés, se sont déroulés dans une sorte d'état intermédiaire qui tenait du cauchemar. Par automatisme on continue à vivre, on se lève, on nourrit des ambitions (voir plus loin), on travaille, on a même faim, et on formule des souhaits. (Dixit Freud : « la saine franchise désinhibée de mademoiselle Rosner » – tu te rappelles ?) Mais tout ça est absolument irréel. Quelque chose vous maintient constamment en marche – un moteur qui s'appelle sans doute « l'espoir » – et quelque chose vous retient constamment – un frein qui est très certainement « la peur ». Et quelque chose vous dit sans cesse : tout ça n'a aucune importance ! Tout ce qui importe, c'est que Hans soit en vie et revienne à la maison.

Mon égoïsme – ou devrais-je dire mon amour – a été aussi démesuré. Égoïsme est plus juste. Ici les gens qui sont devenus antidynastiques du jour au lendemain affirment que la catastrophe de la maison d'Autriche est le fait de l'égoïsme, les Habsbourg ne s'étant jamais souciés que des Habsbourg. Tu conviendras que je n'ai jamais été une grande admiratrice des Habsbourg dont l'avant-dernier empereur n'avait pratiquement jamais ouvert un livre et le dernier avait vu douze fois *Rêve de valse.* Mais les gens qui se plaignent maintenant de l'égoïsme m'exaspèrent encore plus ! Connais-tu quelqu'un qui ne soit pas égoïste ? Moi pas.

Je veux juste dire par là combien je me suis conduite petitement en ce prétendu grand moment. Tu ne peux malheureusement pas être fier de moi. Tout ce que je voulais de ce grand moment, c'est qu'il cesse. Plutôt perdre mille fois la guerre que te perdre toi ! Je ne suis pas non plus allée à la Croix-Rouge ou au Comité de secours de guerre dans les gares ou à je ne sais quel endroit où il fallait être et où tu aurais sans doute bien aimé me savoir bien que tu aies eu trop de tact pour le dire. La guerre, je la haïssais comme la peste ! Et avec elle les gens qui organisaient pour elle des bals, des thés et des académies. Si une femme veut participer à l'effort de guerre, qu'elle aille soigner les blessés dans les hôpitaux de campagne ! Tout le reste est inepte ! Je le savais et je ne l'ai pas fait. Tu vas tout de suite voir pourquoi. Non, tu ne peux pas être fier de moi.

C'est aussi pourquoi je me suis si peu occupée de ta famille. Théoriquement elle aurait peut-être aussi bien pu s'occuper de moi, en fin de compte je suis tout de même ta femme, maintenant (bien que par un mariage de guerre). Mais ils ont préféré ne rien avoir à faire avec moi, et ton cher oncle – qui ressemble de plus en plus à Alba dans *Don Carlos* – a même détourné ostensiblement les yeux il y a peu dans la Kärntner Strasse, pour ne pas devoir me saluer. Que ta mère ne puisse me souffrir est un fait historique, et en ce qui concerne ton père, l'expression serait un euphémisme, je suis à ses yeux l'incarnation de l'indésirable. J'ai peine à me figurer ce que ça donnera quand nous habiterons la même maison.

Bon, et maintenant tiens-toi bien ! J'en viens au fait ! L'introduction a assez duré (peut-être Freud n'avait-il raison qu'à quatre-vingt-dix-neuf pour cent avec son « désinhibée »). Mais j'adorerais qu'il ait raison à cent pour cent ! Car par lui ou grâce à lui, je fais depuis quatre semaines partie… du Burgtheater.

Ce n'est pas une blague ! La pure vérité !

Je pourrais t'envoyer la critique de la *Neue Freie Presse* dans laquelle Raoul Auernheimer a écrit : « L'éloquente Héro grecque de la délicieuse mademoiselle Rosner (*sic !*) est pleine de promesses, et même déjà de réalisations. Elle est viennoise, c'est son droit, mais en même temps universelle, comme elle le doit. » Je pourrais y joindre la critique de Felix Salten, qui commence ainsi : « Fichtre que cette petite Rosner est douée ! » Je pourrais te citer Alfred Polgar : « Mademoiselle Rosner donne toute sa couleur et un sel bien terrestre à cet emploi d'un bleu céleste. Elle joue la naïveté avec tant d'intelligence ! » En d'autres termes, je pourrais te prouver que j'ai eu du succès auprès des critiques qui comptent, mais tel que je te connais, cela ne ferait que t'irriter davantage. Tu ne veux pas être placé devant le fait accompli, or celui-ci l'est, et, je crains, le restera. Voici maintenant l'historique de l'événement.

Dans cet état intermédiaire dont je te parlais, mes résultats aux cours laissaient à désirer. Jodl et Müllner eurent une patience d'ange avec moi, ils sont professeurs en titre, et leurs honoraires fonction du nombre d'auditeurs. Freud en revanche perdit la sienne. Il me dit un jour : « Pourquoi n'essayez-vous pas la scène en fait, mademoiselle Rosner ? Vous ne deviendrez jamais analyste. Mais je crois que vous êtes déjà une remarquable comédienne. (Je m'étais excusée auprès de lui de ne pouvoir terminer avant Noël la bibliographie de sa contribution à *Imago*[1] parce qu'il fallait que j'aide ma mère à la boutique. En plus, c'était vrai !) Tu connais le ton sur lequel il énonce ce genre de remarques et ce

1. Revue de psychanalyse fondée par Sachs avec Freud et Otto Rank.

haussement d'épaules qui vous ravale au rang de parfait imbécile. J'aurais pu le tuer ! Dans ma rage, je lui demandai s'il voulait dire par là que ma présence à son cours n'était plus souhaitable. Il m'expliqua tout uniment qu'il voulait juste dire que je perdais mon temps. À ma place, il prendrait des cours de théâtre. Quand je rentrai à la maison ce jour-là, j'y trouvai la nouvelle de ta captivité. Le papelard ne disait pas où tu étais. Je ne savais pas où t'écrire. Je ne savais pas comment tu allais. J'étais dans un tel état que j'eus avec ma mère une de ces scènes qui me rendent odieuse à moi-même. Elle avait trouvé le moment propice pour me dire que c'était à ta famille de faire quelque chose pour moi si jamais, toi, tu ne le pouvais plus. Elle, en tout cas, n'en était plus capable. J'ai pris la mouche, beaucoup trop vite : je me suis enfuie et suis allée coucher à l'hôtel de la Poire d'or (celui dont tu n'as jamais voulu croire que c'était un hôtel. Ce n'en est pas un, en effet, bien que Balzac y ait logé). En un sens, ma mère avait raison, bien sûr. Une femme de mon âge ne doit plus se faire entretenir. Même si j'avais fait ma thèse, il m'aurait fallu au moins encore deux ans avant d'obtenir un poste d'enseignement rémunéré. Sur quoi, le lendemain, j'allai trouver Freud chez lui, Berggasse. Il me garda plus d'une heure dans le fameux fauteuil vert où l'on a vue sur le musée du Commerce, me parla très amicalement et me remit enfin une lettre, dont la teneur était à peu près qu'il se tenait pour un critique théâtral méconnu et priait son honorable ami Hermann Bahr – que les sociaux-démocrates venaient de nommer à la direction du Burgtheater – de tester la chose avec la porteuse de la lettre. Bahr, dont la barbe est encore plus longue que celle de ton oncle, me reçut réellement. Et il me dit :

« Vous savez quoi ? Si on veut gâcher toutes ses chances auprès de moi, il suffit de venir avec une recommandation. Mais comme celle-ci provient du plus éminent des Viennois contemporains, vous avez ma parole qu'elle ne me préviendra pas contre vous. Dites-moi un texte. »

J'aurais pu lui réciter les formules originelles du professeur Müllner, mais il voulait *La Pucelle d'Orléans* ou au moins Viola dans *La Nuit des rois.* Finalement il s'est contenté des deux scènes de *César et Cléopâtre* que j'ai jouées – tu t'en souviens sans doute – au festival Bernard Shaw de l'Université populaire et qui t'avaient (avec raison) tellement déplu que nous nous sommes violemment querellés ensuite ! Tout en disant le rôle, j'avais sous les yeux ton visage furibond et te démontrais *à toi* (et non à Bahr) que j'avais progressé depuis la soirée à l'Université populaire. Quoi qu'il en soit – incroyable mais vrai – le directeur du Burgtheater a eu l'air d'être de cet avis. Il m'a fait entrer à l'Académie, où l'on m'a affectée à la classe d'Albert Heine, et j'ai fait mes débuts il y a quatre semaines. Ne ris pas ! Ne te fâche pas non plus.

Le jour de la générale, le bruit courait que les Autrichiens prisonniers en Russie seraient échangés dans les quinze jours. J'étais folle de joie et suis arrivée avec un quart d'heure de retard parce que j'avais attendu la confirmation de la nouvelle au ministère de la Guerre. Imagine une débutante inconnue, nommée Selma Rosner et fille d'une buraliste pour tout arranger, qui arrive en retard à la générale dans l'ex-théâtre de la cour impériale et royale. Mesdames et messieurs les comédiens du Burg, qui le prenaient déjà de très haut avec moi, m'ont regardée comme si j'étais transparente. Avant que le rideau se lève, les machinistes ont annoncé la confirmation de la nouvelle sur les prisonniers de guerre. J'ai été si bonne que les vénérables momies du Burg se sont littéralement figées sur place. Les machinistes – on me tient généralement pour une « rouge » – m'ont applaudie dans les coulisses, et Bahr qui était venu me voir au changement de décor m'a chuchoté : « Pour l'amour du Ciel, ne dites à personne que je vous ai félicitée ! Vous allez avoir le succès le plus fameux qu'on puisse avoir à Vienne : vous allez faire enrager les gens. »

À la première je me sentais misérable. On avait appris que la nouvelle de la libération des prisonniers ne valait pas pour les soldats sans papiers. Mais c'est sans doute à mon trouble affreux que j'ai dû mon succès. Reimers me dit pompeusement en allongeant les *a* : « Petite, tu es adorable ! » Et Zeska voulait que j'aille boire le vin nouveau avec lui. Je n'y suis pas allée.

Hans, je suis comédienne au Burg ! Avec un contrat ! Combien de fois ne nous sommes-nous pas moqués du Burgtheater. N'empêche ! Je suis drôlement fière ! (Je sais, toi, tu ne vas pas l'être – voir plus haut – et ta famille encore moins, elle ne s'est pas manifestée une seule fois.) Mon prochain rôle est Viola. Voilà ! Ça y est, je te l'ai dit !

Quand tu reviendras, les signes de mon calendrier devront plaider ma cause. (Il n'en existe pas d'autres que je doive te cacher.) Pardonne-moi de te placer devant un fait accompli, qui va, par-dessus le marché, te causer des problèmes avec ta famille. Après une danseuse, une comédienne « rouge » ! Que veux-tu : je suis une égoïste qui t'aime. Y a-t-il meilleure manière de dire qu'on est sûr de tenir à quelqu'un comme à la prunelle de ses yeux ? Je ne le crois pas. Ta Selma.

P. S. : J'ai presque failli nous prendre un logement qui s'est libéré à Grinzing. Une adorable petite maison avec un vieux jardin juste en face des vignes. Faut-il absolument, et pour l'éternité, que ce soit le 10 Seilerstätte ? N'y a-t-il aucune clause qui ressemblerait à un cas de force majeure ? Des années de séparation sans fin, une guerre perdue et la preuve que ce sont les mauvaises personnes qui l'ont faite pour de mauvaises raisons n'en seraient-elles pas un ? Songes-y sans y voir d'emblée un crime de lèse-majesté. Dans un monde qui s'écroule, même le testament d'un arrière-grand-père pourrait perdre de sa validité !

30

Le retour d'un fils

Un laps de temps d'une longueur imprévue sépara le retour des deux frères. Hermann revint beaucoup plus tôt que Hans.

Quand Hermann se retrouva devant elle, Henriette chercha en vain quelque trait familier chez ce jeune homme qu'elle n'avait pas vu depuis si longtemps. La guerre l'avait changé. Il était plus trapu, son visage épais aux petits yeux et au front très bas qui se fronçait dès qu'il prenait l'air sérieux arborait des cheveux gominés, séparés par une raie de côté, et une élégante moustache retroussée, son poignet gauche s'ornait d'une chaînette en or. Il était en civil et tendait les avant-bras en parlant pour exhiber ses boutons de manchettes. Henriette qui renonçait peu à peu à se mentir à elle-même lui trouva l'air plutôt comique.

Il lui revint que de ses quatre enfants Hermann était le seul qui eût toujours pris le parti de Franz, jamais le sien. Ce jour-là aussi, il demanda tout de suite à voir son père.

«Juste un petit moment, répondit-elle. Et je t'en prie, ne lui dis rien qui puisse l'énerver ! » (La stratégie revue et corrigée du docteur Herz n'allait pas jusqu'à convenir d'une attaque mais parlait quand même de troubles « circulatoires », il fallait éviter toute agitation.)

« Mais certainement », déclara Hermann qui avait visiblement adopté le langage de l'administration militaire.

C'est donc un héros, tentait de se persuader Henriette en considérant le ruban qui ornait la boutonnière de sa veste. Quand ils entrèrent dans la chambre du malade, elle remarqua l'effroi qui le saisit à la vue de son père.

Franz n'était plus alité. On l'avait autorisé à se déplacer dans l'appartement mais pas beaucoup plus loin, le docteur Herz trouvant l'escalier trop raide ; l'air confiné avait ravi ses couleurs à son visage, dans lequel la bouche restait tordue. Par une prouesse passée inaperçue il avait cessé d'émettre les sons inarticulés qui accompagnaient presque chacun de ses gestes les premières semaines de sa maladie. Ce qu'il voulait dire, il l'écrivait. Régulièrement il passait le pouce et l'index sur sa lèvre supérieure pour dissimuler sa bouche.

Hermann baisa la main de son père, qui lui fit par deux fois un signe de tête. Cela voulait sans doute dire : Je suis fier de toi. Puis il écrivit : « Quels sont tes projets ? »

« À vrai dire, papa, j'aimerais bien entrer dans la fabrique », déclara Hermann.

Franz leva les yeux de son bloc d'un air réjoui. Voilà un fils qui lui disait ce que Hans n'avait jamais dit. « Tu ne t'intéresses plus à la lithographie ? » écrivit-il.

« Non, répondit Hermann. Ça m'intéressait tant que je croyais possible de fonder à Vienne une grande maison d'édition. Maintenant c'est fichu, comme beaucoup de choses. Nos auteurs autrichiens vont se tourner encore plus vers les éditeurs allemands, mon souhait de publier des auteurs allemands à Vienne n'est plus réalisable. Voilà ce que ces tristes sires nous ont concocté à Saint-Germain, quelles canailles ! » ajouta-t-il en découvrant ses boutons de manchettes.

De nouveau Franz hocha la tête. Ce fils ne faisait pas de minables concessions comme Hans. Ses paroles lui allaient droit au cœur.

Mais quel langage parle ce fils ? pensait Henriette.

« Où vas-tu loger ? » écrivit le père.

« Ici naturellement ! Je ne dérange pas ? »

Henriette n'y pouvait rien : un étranger. « Bien sûr que non, dit-elle. Veux-tu t'installer dans la petite bibliothèque ?

– Où logera Hans quand il reviendra, mère ?

– Dans l'ancien appartement de tante Sophie », dit-elle. Personne ici ne l'appelait « mère ».

« Dommage ! J'aurais rudement aimé avoir le rez-de-chaussée, dit Hermann.

– Ce n'est pas possible, malheureusement.

– Pourquoi, si je peux me permettre ?

– Parce que Hans est marié comme tu sais, et que deux personnes ont besoin de plus d'espace qu'une seule.

– Ça tient toujours ? Je pensais que c'était fini depuis longtemps. Comment s'appelle la petite juive, au fait ? » demanda le fils prodigue.

Franz blâma ce manque de tact d'un mouvement de tête. Il n'aimait pas cette belle-fille qu'un mariage de guerre lui avait imposée, mais elle était la femme de Hans désormais. C'était déjà assez inconvenant qu'on ne l'eût pas logée dans la maison et qu'on l'eût laissée chez sa mère !

Henriette se retrouva dans l'étrange situation d'avoir à défendre cette bru qui lui inspirait presque encore moins de sympathie qu'à Franz. « La petite juive s'appelle Selma Rosner et a remporté un triomphe au Burgtheater, dit-elle.

– Ah ! C'est bien Vetter qui fait la loi maintenant au Burgtheater, n'est-ce pas ? Un socialo, non ? demanda Hermann.

– Je n'en sais rien, répliqua Henriette. Le directeur du Burgtheater c'est Hermann Bahr. »

Mais Franz avait hoché violemment la tête. Vetter était surnommé « Vetter le Rouge ».

« Dans ce cas, ça ne m'étonne pas que la demoiselle soit entrée si vite au Burgtheater, dit Hermann à son père. Elle est membre du parti social-démocrate. Mais vous le saviez, de toute manière. Une camarade ! »

Non ! Dans la maison personne ne le savait ! On disait que cette Selma avait de curieuses idées politiques. Mais membre du parti ? La mine de Franz s'assombrit.

« Ce sont sûrement des ragots », avança Henriette. Il s'agissait de Hans. Elle n'avait d'autre choix que de prendre la défense de cette petite pédante bien trop maligne. Si seulement Hans pouvait enfin revenir !

« C'est positivement vrai, mère, affirma Hermann. D'ailleurs ça m'ouvre les yeux sur Hans. Je l'avais sous mes ordres comme vous savez. Un socialiste de la plus belle eau n'aurait pas été plus récalcitrant !

– Avec son typhus ! Avec sa blessure…

– Au bras droit !

– Qu'est-ce que tu veux dire ? demanda-t-elle indignée.

– Les blessures au bras droit, on les appelait "les blessures à mille florins". C'est ce qu'elle valait. Il y en avait même qui se les infligeaient de leur propre main », dit-il dans son prussien abrupt.

Franz fit de l'index un signe de dénégation énergique. Cela signifiait : « Tu vas trop loin ! »

« Je ne parlais pas de Hans bien entendu, précisa aussitôt Hermann. Je voulais simplement dire que ses opinions politiques m'avaient frappé. En fin de compte il a été fait prisonnier par les Russes !

– Qu'est-ce que tu insinues encore ? insista Henriette.

– Il y en avait qui ne se laissaient pas prendre. Surtout par les Russes. On n'est pas obligé de se faire prendre si on ne veut pas, mère.

– Tu dois avoir envie d'un bon bain ?

– J'aimerais vraiment avoir l'appartement du rez-de-chaussée, insista-t-il. Où habite notre grand compositeur Fritz ?

– Dans son ancien appartement, à l'entresol.

– En fait, ces messieurs qui composaient des opéras pendant que nous, on se faisait étriper, ils pourraient quand même nous céder la place ! Tu ne trouves pas que ça nous donne certains droits, papa ? » demanda le fils.

Curieux ! pensa Henriette, parfois on dirait une brute. Et parfois… elle scruta, déroutée, le visage de Franz, si transparent d'habitude. Mais pas là. N'empêche qu'Henriette aurait juré qu'il prenait le parti de ce jeune homme qui revendiquait « certains droits ».

« Fritz a fait cinq mois au front, dit-elle. Puis il a été réformé à cause de ses yeux calamiteux.

– Quatre, corrigea Hermann. Et son vaillant jumeau Otto a passé trois ans au bureau de presse de l'armée, là où se sont planqués les sieurs Rilke, Ginzkey,

Stefan Zweig et je ne sais quels autres héros de l'esprit. Et bien entendu, mon cousin Peter a été exempté ! Indispensable au ministère de l'Instruction publique. Sérieusement, il y a des moments où on n'en peut plus ! Vous croyez sans doute que ces quatre ans et demi là-bas étaient une partie de plaisir et que c'est vous ici qui décidiez de tout. Ce que vous avez fait d'ailleurs. Mais il faut voir comment. »

Franz secoua la tête comme pour dire : « Personne ne croit ça. »

Mais Hermann haussa les épaules. Il eut l'air résigné tout d'un coup, découragé même, et pour la première fois depuis les retrouvailles, Henriette eut de la peine pour lui.

« Personne ne le croit, dit-elle à son tour. Nous avons assez tremblé pour toi.

– Toi ? Pour moi ? »

Juste à cet instant Martha Monica fit irruption dans la pièce. « Ça alors ! Tu es là depuis un moment, et je viens juste de l'apprendre par Simmerl ! » s'écria-t-elle en se précipitant sur son frère, qu'elle étreignit fougueusement. « Fais-toi voir ! Tu sais que je ne t'avais jamais vu en civil ? Tu es drôlement chic ! N'est-ce pas, maman ? » Sa voix était demeurée un petit peu aiguë.

« Je peux te retourner le compliment, dit Hermann. Tu es devenue une beauté de première, Mono. »

Ces mots qu'il emploie, pensa Henriette. Il n'y a aucune vie dans ce qu'il dit. Et ce n'est pas de l'autrichien, il parle avec l'accent des Allemands du Reich.

« Tu trouves ? répondit Martha Monica, ravie. En fait, je ne sais presque rien de toi. Écoute, tu n'as qu'à t'installer dans la petite bibliothèque. Elle est à côté de ma chambre. On pourra papoter toute la nuit ! D'accord ? »

À la surprise d'Henriette il acquiesça sans hésiter.

Franz essaya de sourire et désigna d'un air interrogateur la robe du soir de Martha Monica.

« Je vais souper en bas chez Liesl et je dois d'abord l'aider à préparer le buffet, elle a des invités, répondit-elle, rompue au langage des signes de son père. Je te plais ? Seigneur ! Il est presque sept heures ! Bonne nuit, papa ! Dors bien, maman ! Bonsoir, Hermann ! Je suis si contente que tu sois là ! Cette nuit on va avoir le temps de papoter. Je te raconterai la soirée chez Liesl et tu me raconteras tes exploits. D'accord ? » Et elle sortit aussi vite qu'elle était entrée, toujours en coup de vent.

Franz la suivit des yeux. Il semblait avoir oublié qu'elle n'était pas sa fille.

« Viens, dit Henriette à Hermann. Je vais te montrer où sont les choses. »

Dans la bibliothèque, quand il sortit ses affaires de ses deux valises usées, il lui fit encore plus pitié. « Tu vas avoir besoin de t'habiller, ça fait longtemps que tu n'as pas porté de vêtements civils ». Elle lui prit des mains quelques effets enveloppés dans du papier journal – de hauts cols rigides, une veste croisée gris perle à la mode de 1914, des cravates aux motifs bien trop bigarrés. « As-tu assez d'argent ? »

Il avait vidé la valise où se trouvaient ses vêtements civils et commençait à vider celle qui contenait ses affaires militaires. Il déclina l'offre : « Assez pour le moment. Merci en tout cas, mère. » Les gros titres des vieux journaux qui avaient jadis servi à emballer ses affaires annonçaient de grandes victoires autrichiennes.

Si seulement il pouvait cesser de l'appeler « mère » tout le temps ! En rangeant dans la commode le peu de linge qu'il possédait, elle se tourna vers lui. Il lui paraissait plus sain d'éclaircir les choses d'emblée. « Qu'est-ce que tu as contre moi ? Tu crois que je ne vois pas combien tu préfères ton père ? Je ne t'ai jamais fait de mal, que je sache. »

Il déployait sa tunique gris-vert à deux mains. « Ni de bien », dit-il. Puis il se mit à épousseter la veste. Les décorations et les médailles fixées à l'uniforme cliquetèrent.

« Tu te rends compte de ce que tu dis ?

– Parfaitement, mère. Tu crois que je n'ai pas remarqué l'impatience avec laquelle tu attendais que je reparte pendant les quelques mois de vacances que j'ai passés ici avec vous ? » Il secoua la tunique plus énergiquement. « Tu crois que c'était drôle pour moi, les huit ans de pension et les quatre ans et demi de guerre ? J'ai eu une vie de chien ! Mais toi, tu t'en fichais. En huit ans tu es venue me voir deux fois à Kalksburg. Mais moi, évidemment, je n'étais pas Hans ! » Dans son indignation il avait oublié son accent du Reich appris chez les frères d'armes allemands.

« Tu t'imagines des choses, dit-elle à bout d'arguments.

– Possible, répondit-il. Voilà, on s'est imaginé *tout ça.* On s'est imaginé qu'on avait été élevés pour quelque chose de grand. Qu'on s'était battus pour quelque chose de grand. Des clous ! Des imaginations ! » Il en avait terminé avec sa tunique et repoussa du pied un journal tombé par terre. Un très gros titre s'y étalait : « Grande victoire autrichienne de l'armée Auffenberg ! » « Restons-en là, mère. Je vais me chercher un logement. Sois franche, tu n'as jamais eu envie que j'habite avec vous ! » Il parlait à nouveau son allemand du Reich.

Sans qu'elle puisse le retenir, il fit un paquet de ses quelques frusques et s'en alla. Il a raison, se dit-elle. Je ne lui ai pas fait de mal. Mais pas de bien non plus. C'est peut-être la pire des choses qu'on puisse vous faire ? Elle pressa ses doigts contre ses tempes. Peut-être ? Comme si elle ne le savait pas. *C'était* la pire des choses. Bien sûr !

31

La vie est belle

Martha Monica était assise avec son cousin Fritz aux places du personnel du « Burg ». Chaque membre de l'Opéra avait la possibilité d'obtenir des places au Burgtheater, et ce soir-là Liesl Bergwieser avait cédé les siennes à son époux Fritz pour qu'il aille voir la nouvelle cousine dans *Les Vagues de la mer et de l'amour*[1]. La danseuse ne faisait pas grand cas des classiques, mais elle avait promis de venir dans la loge de Selma après le spectacle, car aujourd'hui, le numéro 10 assistait officiellement à la représentation, il s'agissait de juger des capacités de la femme de Hans. On ne pouvait ignorer son succès plus longtemps.

De toute évidence, Fritz courtisait un peu sa cousine Martha Monica, si tant est que ce fût dans ses cordes, car avec ses grosses lunettes, son visage ascétique, sa tenue négligée et ses gestes brusques, il n'avait ma foi pas grand-chose d'un séducteur. D'ailleurs ce n'était pas tant la beauté de Martha Monica qui l'attirait, apparemment, que cette chaleur humaine qu'elle irradiait, cet empressement rafraîchissant à être toujours

1. Drame de Grillparzer.

de la partie, à se réjouir de tout ou à tout faciliter. Ce qu'il appelait sa « simplicité ». C'est ce qu'il appréciait chez les femmes, sa propre épouse en était la preuve. Il n'empêche que, jusqu'ici, il ne s'était absolument pas mis en frais pour la nouvelle cousine Selma. Il avait pour devise, et c'était sans appel, que : « Les femmes n'ont à être qu'une chose mais celle-là tout à fait : féminines ! C'est leur raison d'être. » En vertu de quoi il était bien résolu à se faire une opinion impartiale du jeu de Selma, confia-t-il à sa voisine. Les critiques pouvaient aller au diable, ils tombaient dans tous les panneaux.

Martha Monica, qui adorait aller au théâtre avec ce cousin musicien bien plus âgé et bien plus intelligent, était, quant à elle, fermement décidée – avant même le lever du rideau – à admirer Selma. Cette maison fastueuse l'enchantait : le reflet d'ivoire des balustrades et des statues des loges[1], le rouge profond de la soie et du velours des murs, des draperies et des sièges – tout suscitait en elle un sentiment de fête. Et ce parfum suggestif qui vous enveloppait, à la fois suave et frais, magique ! Fritz eut beau la désillusionner : c'était tout simplement le mélange de colle, de soffite, de parfum éventé et des tartelettes au chocolat qu'on proposait au buffet et à la quatrième galerie. Et elle le crut comme tout ce qu'on lui disait. Mais elle le sentait, ce parfum étrange augurait d'une féerie.

À peine le temps de jeter encore un coup d'œil dans la salle. Elle fit un signe rapide vers la loge numéro 12 du premier rang de balcon où se trouvait sa mère. Le nom de la dame avec qui elle conversait avec animation lui était sorti de l'esprit ; la dame avait l'air un peu maladif, mais

1. Les statues qui encadraient les loges du Burgtheater ont été supprimées lors de la grande réfection de la salle, tout comme la loge impériale.

maman était dans une forme éblouissante. Personne ne s'habillait aussi somptueusement ! Elle portait un chapeau couleur de lilas assorti à sa nouvelle robe, car dans les loges de l'ancien théâtre impérial les dames portaient des chapeaux. Mais qui le savait et qui le faisait encore de nos jours ? La Vienne de la révolution ne s'habillait plus au théâtre – des messieurs en costume gris à l'orchestre et des femmes en corsage dans les loges. Non que l'enthousiasme de Martha Monica en fût affecté, c'est plutôt Fritz, étrangement, qui y trouvait à redire. « Ce n'est pas avec de mauvaises manières qu'on démontre sa liberté ! » déclara-t-il, cédant à son goût de l'antithèse. Son costume à lui était on ne peut plus froissé.

Pour la jeune fille, c'était chaque fois un événement, et son cœur battit plus fort quand les musiciens accordèrent leurs instruments pour la brève ouverture qui précédait traditionnellement les représentations du Burgtheater. Le chef d'orchestre leva sa baguette, les lumières s'estompèrent, la musique commença ; le monde réel disparut. C'est quand disparaissait le monde réel que c'était le plus beau, trouvait Martha Monica, et elle ferma les yeux quelques secondes, ravie.

Lorsqu'elle les rouvrit, un temple grec typique des décors d'Alfred Roller se dressait sur l'immense scène. Il créait d'emblée cette illusion dont les Martha Monica avaient besoin pour vivre, elles qui vivaient dans un monde d'illusion. Les contours nets de ce temple de théâtre ne mentaient pas ; ils ne tentaient de feindre ni le marbre ni les colonnes corinthiennes. L'effet pourtant était saisissant. Quand le rideau se leva, l'écran et la structure de bois suggérèrent une Grèce où, comme toujours chez Grillparzer, le naturel viennois allégeait la monumentalité.

C'est ce naturel surtout que semblait incarner la jeune interprète de Héro. Où l'avait-elle appris ? Qui le lui avait montré ? Certainement pas ces acteurs impériaux dont les pas martelaient la scène à côté d'elle. Chaque mouvement de Selma défiait le cothurne des tragédies antiques. Elle disait les iambes comme on parle la langue de tous les jours ; dans sa bouche les vers ne résonnaient pas, ils vibraient tendus à l'extrême ; dans chaque mot dépouillé d'emphase, on croyait percevoir le frémissement de l'âme. Toutefois, cette révolutionnaire simplicité était ce soir-là comme entachée d'une inhibition. Peut-être parce qu'elle savait que le numéro 10 était en train de la juger ? Mais cela conférait quelque chose d'émouvant à son apparition costumée qui, sous les feux de la rampe, paraissait encore plus fragile.

Elle n'avait pas terminé la brève scène première que Fritz se penchait en avant, le bras droit sur son genou, le menton dans la main. Leurs soirées à l'Opéra avaient enseigné à Martha Monica ce que signifiait cette position : Selma lui plaisait.

D'ailleurs à qui aurait-elle pu ne pas plaire ? Martha Monica sentit sa fierté s'éveiller. Dire que nul ne savait que l'actrice là-bas sur scène était sa belle-sœur ! Elle aurait aimé le clamer au monde. Pareille à une créature céleste égarée sur la terre, Selma disait à Léandre ses premiers mots d'amour. C'est ainsi qu'on devait parler d'amour, la jeune fille le sentait. C'est ainsi que l'amour devait venir à vous. Délivrée soudain d'une époque chaque jour plus morose, littéralement transportée, elle serra la main de son cousin et chuchota : « Sublime ! »

Dans la loge 12 du balcon, Henriette se débattait avec ses sentiments. Elle n'avait pu arguer plus longtemps de la maladie de Franz pour s'abstenir d'aller au théâtre. Et, de toute manière, Franz n'était plus seul le soir depuis le retour de Hermann – à qui on avait fini par céder le rez-de-chaussée, la détention de Hans s'éternisant inexplicablement. Sur un de ses « billets de conversation », il avait écrit que sa belle-fille pouvait légitimement aspirer à être jugée par la famille en toute objectivité. En tant que comédienne également. « Ses conceptions politiques inadmissibles ne changent rien à l'affaire. Il faudra y mettre bon ordre au retour de Hans, si toutefois il devait se sentir encore lié à elle. Jusque-là, en tout cas, elle est son épouse et nous devons nous comporter en conséquence. »

Se sentir encore lié à elle ? Henriette connaissait Hans mieux que lui. Il lui semblait complètement exclu que Hans se sépare de cette femme comme Franz l'espérait visiblement. La nostalgie qu'elle avait de son fils préféré ne brouillait pas son opinion sur lui. Il hésitait à prendre une décision, mais ensuite il s'y tenait, même si c'était une erreur. Jamais il ne quitterait cette Selma. Si au moins elle avait eu un petit quelque chose… Mais hélas ! Une créature sans éclat. Qui vous défiait constamment – Henriette était bien placée pour savoir l'amère rançon que constituaient les défis dans une union. Et pour couronner le tout, une femme sans éducation. Feu son père avait dû avoir un passé bien suspect pour qu'on n'évoquât jamais son nom. Et la mère tenait un bureau de tabac quelque part dans le troisième arrondissement, depuis ce mariage de guerre, elle ne s'était pas montrée au numéro 10, bien qu'on l'y eût expressément conviée. Sans doute Selma avait-elle honte de cette mère. Pas bon signe non plus.

Or c'est précisément cette mère qui était à côté d'Henriette maintenant dans la loge. Car lorsque Selma avait appris la décision familiale de venir la voir jouer en délégation, elle avait mis une loge à la disposition d'Henriette : Martha Monica et Hermann en profiteraient avec elle. Mais Martha Monica avait accepté l'invitation de Fritz et Hermann prétendu ne pas vouloir laisser son père seul. Selma avait donc proposé que sa mère se joignît à Henriette ; elle venait à toutes ses représentations, et il n'y avait plus de places en interne. Henriette n'avait jamais eu si peu envie d'aller au théâtre. Tout cela était arrangé, naturellement. La buraliste avait sans doute tenu à se montrer dans toute sa gloire : avec la famille Alt !

Henriette trouvait très pénible qu'elle l'accable de flatteries. Mais cette femme pâle qui s'efforçait désespérément de briser sa résistance commençait à lui faire un peu pitié – ce qui n'était pas bien difficile avec Henriette, comme on sait. Cette madame Rosner tenait-elle à partager sa loge pour lui « vanter » sa Selma ?

J'aurais peut-être fait la même chose pour Hans en pareilles circonstances, ne put-elle s'empêcher de penser en observant la femme dont le visage était si tendu. Elle était malade du cœur, s'excusa la mère de Selma. Dans ce cas, les émotions n'étaient pas très indiquées, non ? Ah Madame ! Madame Rosner aimait les émotions exaltantes. Y avait-il rien de plus beau que d'être dans ce lieu sublime à attendre que le rideau se lève et que sa fille paraisse sur la scène ? Elle jouait aussi bien que la Hohenfels ! Que Madame lui pardonne, elle ne voulait pas l'influencer, bien entendu. Madame s'y connaissait sûrement mille fois mieux qu'elle.

Importune et indiscrète, pensa Henriette. Mais elle ne lui en voulut pas. « Ne me parlez pas comme ça à la troisième personne ! » la pria-t-elle.

Quand le rideau fut levé, il ne fallut pas plus longtemps à Henriette qu'à Fritz pour voir que Selma était une actrice intéressante. Elle s'en remémora d'autres dans ce rôle, plus charmantes, plus sympathiques, et pendant le premier quart d'heure, se défendit encore contre sa belle-fille. Mais elle surprit le regard anxieux que lui lançait furtivement cette autre mère et se mit à avoir honte.

Eh oui ! Elle était venue pour trouver Selma mauvaise. Elle voulait pouvoir dire à ceux de la maison, et aussi à elle-même et peut-être bien à Hans : « Plus d'ambition que de talent ! Quand on a une telle ambition qu'elle passe carrément pour du talent, on ne pense qu'à soi. Ce sera une mauvaise épouse. »

De l'ambition elle en avait. Elle lui sortait par les yeux. Mais aussi du talent. Quand madame Rosner lui jeta un second coup d'œil interrogateur, Henriette lui dit : « Votre Selma est excellente ! »

À l'entracte on alla fumer une cigarette et boire une limonade dans le grand foyer de marbre ; le buffet était peu garni, des conserves sur des plateaux d'argent.

« *Benissimo !* » s'exclamait quelqu'un à côté de Martha Monica dans un italien mélodieux. Elle regarda autour d'elle, pensant qu'on lui parlait. Mais l'officier s'adressait à un monsieur ; il portait un uniforme étranger qui tranchait sur tous ces vêtements civils – d'autant qu'il était écarlate. « *Scusi* », dit-il, s'adressant bien à elle maintenant, comme pour s'excuser d'avoir voulu prendre le verre de limonade qu'elle attendait.

« *Niente*, répondit-elle.

– Vous parlez italien, Mademoiselle ? demanda-t-il dans un allemand épouvantable.

– *Un poco*, dit-elle en riant.

– Allons-y », dit Fritz, qui avait vainement tenté de lui obtenir un de ces sandwiches au faux jambon fourrés de *corned beef*.

Mais déjà l'Italien lui offrait son assiette, où ne se trouvaient rien de moins que trois de ces pains garnis. Fritz tenta de lui suggérer par une mimique de refuser, mais elle avait déjà dit « *Tante grazie!* » et mordu dans l'un d'eux. « Du vrai jambon ! affirma-t-elle.

– Pas tout à fait », dit l'Italien en faisant une faute par mot. Il disait « tota » au lieu de « tout à ». Il s'inclina devant Fritz et se présenta : « Conte Gaetano Orbellini. Dé la missione militaire italiana.

– Enchanté », dit le musicien en rejetant nerveusement la tête en arrière.

Pouvait-il avoir l'honneur d'être présenté à mademoiselle sa fille ? s'enquit l'officier.

Un souvenir revint à Fritz. Un homme vêtu de pantalons du même rouge, mais d'une autre tunique, commandait « Un, deux, trois ! » dans un pré couvert de violettes avec une morgue inoubliable. Les pantalons rouges lui avaient toujours été suspects.

« Monsieur...

– Orbellini !

– ... désire t'être présenté », dit Fritz à sa cousine, sans mentionner leur lien de parenté.

Son verre de limonade dans une main, le sandwich dans l'autre, Martha Monica montra par geste qu'elle n'avait pas de main libre à tendre au monsieur présenté. « *Scusi* », dit-elle donc à son tour. Et comme cela lui semblait un peu maigre, elle ajouta : « Magnifique représentation ! Vous ne trouvez pas ? »

L'officier aligna rapidement les superlatifs, tandis que s'éloignait le monsieur auquel il avait dit « *Benissimo* » un instant plus tôt. Puis retentit la sonnerie stridente qui annonçait l'acte suivant, les gens regagnèrent la salle, Fritz et Martha Monica firent de même. L'Italien se perdit dans la foule.

« Quel imbécile ! dit Fritz.

– Qui ?

– Ce singe rouge.

– Mais il est très charmant !

– Un imbécile ridicule ! » répéta Fritz. Puis ils reprirent leurs places.

La grande scène d'amour entre Héro et Léandre avait à peine commencé que Martha Monica sentit des regards braqués sur elle. Elle se serait bien retournée, mais n'osa pas. Elle le sentait dans sa nuque : quelqu'un derrière elle la fixait. Une sensation étrange. Comme un attouchement.

Discrètement, pour ne pas attirer l'attention de Fritz, elle jeta un coup d'œil alentour. À côté d'elle et derrière elle, des visages radieux, captivés. Pour la plupart de ces gens, avant la révolution, une soirée au Burgtheater devait être inabordable.

J'ai dû me tromper, pensa la jeune fille en se retournant vers la scène. Ce faisant, elle effleura des yeux l'ensemble de la salle. Dans une loge du côté droit se tenait sa mère, souriante, charmante et charmée. Dans une loge du parterre, du côté gauche, elle découvrit l'uniforme écarlate. Une main gantée de blanc tenait des jumelles de théâtre. Braquées sur elle !

Telle qu'elle était assise, nul ne pouvait remarquer que la scène d'amour et les jumelles se disputaient son attention. Aucun doute, il la fixait – il ne modifia pas une fraction de seconde l'orientation de ses jumelles. Les verres chatoyaient dans l'obscurité. Ne va-t-il pas regarder ailleurs à la fin ! pensa Martha Monica. Quel sans-gêne ! Devait-elle changer ostensiblement de position pour lui dérober son visage ?

Mais il aurait su alors qu'elle avait remarqué son manège.

Quel effronté !

Je ne dois pas regarder une seconde dans sa direction. Si je ne quitte pas la scène des yeux, il finira par se lasser.

Après avoir tenu un certain temps dans cette attitude, elle voulut vérifier. L'orientation des jumelles de l'avant-scène de gauche n'avait pas dévié d'un pouce.

D'un côté, c'est très sportif, reconnut-elle. Ça fait au moins dix minutes qu'il me fixe, maintenant. Dommage qu'il perturbe en même temps le plaisir qu'on prend à la pièce.

Il allait tout de même regarder les acteurs pour la scène du prêtre ?

Il la fixa elle.

Mais que croyait-il donc ? Parce qu'il était italien ? « Les Italiens sont des jean-foutre », affirmait grand-papa Stein. Elle ne savait pas ce que ça signifiait. Rien d'élogieux en tout cas. Ils avaient rompu la Triple Alliance.

Ne sait-il pas que c'est rudement indiscret ce qu'il fait là ? Et en uniforme en plus ! Dans l'uniforme de l'ennemi d'hier, pensa-t-elle.

Joli, cet uniforme. L'uniforme, c'est autre chose que le costume civil ! Lui aussi, il est plutôt bien. Et il le sait. Il est sûrement horriblement vaniteux et doit avoir des douzaines de maîtresses.

Elle allait laisser tomber son gant et le ramasser en se décalant un peu, comme ça elle lui tournerait le dos. Heureusement, jusqu'à maintenant rien ne pouvait lui avoir montré qu'elle avait conscience de son regard.

Elle changea de position.

« Mais qu'est-ce que tu as à bouger comme ça tout le temps ! Tu t'ennuies ? chuchota Fritz.

– Quelle idée ! Je trouve ça passionnant, chuchota-t-elle en retour.

– J'espère bien ! Selma est brillantissime. »

Allons donc, incroyable ! L'individu s'était levé et la fixait maintenant debout. Ça dépasse les bornes ! Ça ne sert à rien de lui tourner ostensiblement le dos. C'est lui qu'il fixe maintenant. Et pour tout arranger, sa robe est échancrée dans le dos.

Selma était fantastique. Ce devait être phénoménal de jouer ainsi et de fasciner les gens comme ça ! *Conte* signifiait comte en italien. Mais quand Fritz s'était contenté d'un « monsieur » pour le présenter, le comte Bellini – ou Orbellini ? – n'avait pas bronché. Plutôt sympathique de sa part. Mais qu'il ait pris Fritz pour son père ! Elle ne lui ressemblait absolument pas ! Ça vous perturbe drôlement de savoir que quelqu'un ne vous lâche pas une seconde des yeux. Rudement émoustillant !

Gaetano. Gaetano Orbellini. *Conte* Gaetano Orbellini. Les Italiens ont de beaux noms. Mais au fait, comment pouvait-il se dire comte, la noblesse est pourtant supprimée. Pas en Italie, réalisa-t-elle. « Pas tota fait. » Son allemand était d'un drôle !

Personne n'était capable de jouer l'amour de cette manière à la fois si excitante et si peu théâtrale qui n'appartenait qu'à Selma. Hans avait vraiment de la chance. Si seulement il pouvait revenir ! Dieu merci, l'Italien avait cessé de la fixer. Oh ! La pièce était-elle finie ? Non, pas encore. Heureusement que Fritz ignore combien je connais mal Grillparzer.

Fritz voulait féliciter Selma à la fin de la représentation et l'avait empêchée de le suivre : « Tu montes voir ta maman ! » Martha Monica alla donc rejoindre sa mère au balcon ; ils voulaient rentrer tous ensemble à la maison. Mais elle trouva la loge vide, les deux mères, elles aussi, étaient allées voir Selma – à la prière de madame Rosner.

Au moment où elle pénétra dans la loge de Selma, Henriette fut reprise par les réticences qu'elle avait ressenties en venant au théâtre ce soir-là. Ça n'arrangeait nullement les choses que Selma fût une artiste douée. Au contraire. Son talent allait compenser pour Hans son manque d'éclat physique. Ce serait même pire. Le prestige de sa profession le dédommagerait de son absence de charme, et avec cette manie qu'avaient les Viennois d'encenser leurs comédiens, ses idées déplorables deviendraient taboues !

« Madame voulait te dire comme tu lui as plu », annonça fièrement madame Rosner.

Henriette regarda la luxueuse coiffeuse, puis la mince jeune femme qui bondissait sur ses pieds à sa venue. « Tu as été splendide, dit-elle.

– Vraiment ? demanda Selma. Je t'ai *vraiment* plu ? » Ce ne pouvait être le fard qui la rendait si pâle. « Fritz aussi, ça lui a plu. Il était là il y a cinq minutes. »

Elle doit vraiment tenir à Hans, pensa Henriette. Sinon ce lui serait bien égal ce que *moi* je pense d'elle. Avec cette impulsivité qui dictait toujours ses actes, elle prit les violettes qui ornaient sa robe, les tendit à sa belle-fille et l'embrassa.

Pendant ce temps, Martha Monica attendait sa mère et Fritz devant la sortie des artistes. Il s'y pressait aussi une horde de très jeunes gens avec des carnets d'autographes ; tout acteur passant la porte devait signer.

Celui qui tenait le rôle du prêtre parut en premier. « Vive Devrient ! Un autographe, s'il vous plaît ! cria la horde.

– Bonsoir », dit le bel homme aux cheveux blancs, qui releva le col de son manteau de fourrure, fit de sa main gantée de blanc un signe d'adieu – ou de regret de ne pouvoir donner d'autographes à cause du froid – et se fraya un chemin, très droit, à travers les fans déçus. « Vive Devrient ! » crièrent-ils de nouveau sur son passage.

Un moment s'écoula sans que sortît quelqu'un. Pourtant on avait crié « Vive ! », ou plutôt « *Viva !* ». Ce devait être l'officier italien, soudain il fut à côté de Martha Monica, avec un képi à bord doré, un long manteau gris et un sabre à la traîne. « *Viva ! Evviva, Signora Alt ! Prego, un autogramma !* » criait-il.

Bien qu'elle s'en défendît, elle ne put s'empêcher de rire. Le rire lui venait aussi facilement que les larmes à sa mère. Puis il dit, très vite, dans un allemand impossible : « S'il vous plaît, je ne suis à Vienne que jusqu'à demain matin... S'il vous plaît, venez souper avec moi ! Je sais que ça ne se fait pas. Mais je vous en prie ! J'ai toujours eu envie de connaître une vraie Viennoise. Maintenant je connais la plus belle Viennoise de Vienne ! Ne dites pas non – s'il vous plaît ! »

Il disait « Né dité ».

« Vous êtes fou ! objecta-t-elle.

– Possible. Les jolies femmes me rendent fou ! » « Possibilé », disait-il.

Elle aurait pu l'écouter indéfiniment, son allemand était si comique. « Mais je suis en compagnie, dit-elle.

– *Naturalmente !* Vous amenez monsieur votre cousin et sa charmante femme. È dommage votre mama va à la *casa* avec la signorina Rosner et une autre signora.

Jé l'ai voue quand j'ai dit Signorina Rosner, elle est grande comme la Duse[1] ! exposa-t-il dans son charabia.

– Mais tout à l'heure, vous preniez mon cousin pour mon père. Comment savez-vous qui il est, tout à coup ? demanda Martha Monica.

– Jé souis oun diplomate, dit-il avec un sourire espiègle qui le rendit irrésistiblement juvénile à ses yeux. Jé fais des richerches entretemps. »

C'est alors que reparut Fritz, avec Liesl, visiblement arrivée à temps pour les applaudissements. Le diplomate se présenta à elle, salua Fritz d'un *« Buona sera, Signor Drauffer »* et réitéra son invitation.

Si la danseuse, comme elle le confia plus tard à Martha Monica, avait eu autre chose à offrir pour le souper que des carottes réchauffées et du riz au lait, Fritz aurait sans doute réussi à les faire rentrer au bercail. Mais outre Martha Monica, Liesl s'y opposa avec une telle véhémence que l'Italien lui offrit tout bonnement son bras, et il avait déjà sauté avec elle dans un taxi et indiqué au chauffeur : « *Albergo* Sacher », que Martha Monica tentait encore de convaincre son cousin d'accorder ce petit plaisir à Liesl.

Le Sacher était resté semblable à lui-même. La révolution, la faim, la misère et la haine ne semblaient pas avoir de prise sur les oblongues salles rouges et feutrées, où tenaient à peine plus de trente tables et où les serveurs officiaient avec une dignité de chanoines. Au mur y était toujours accroché, intact, le portrait de François-Joseph par Koch qui avait souvent contemplé sévèrement les agapes des archiducs de sa maison à

1. Eleonora Duse : comédienne italienne de renom.

présent bannie. Irréductiblement dévouée à la maison impériale, madame Anna Sacher recevait toujours ses clients à sa manière de patriarche. La chevelure édifiée en tour à la mode des années mille huit cent quatre-vingt, le front orné de bouclettes frisées au fer, le cou ceint d'un haut *collier de chien**, traînant sa longue jupe, et un cigare incandescent à la main, elle saluait comme autrefois ses clients favoris. Elle qui ne se gênait pas pour dire pendant la monarchie, de sa voix masculine, « Ne dites donc pas d'âneries, Altesse Impériale ! » hésitait d'autant moins à critiquer cette république honnie devant les gens qui la saluaient.

Elle considérait manifestement que l'officier en uniforme italien devait faire l'objet d'une attention particulière. En tout cas elle fit signe à Jean, le premier garçon, de lui attribuer la table d'angle réservée par quelqu'un d'autre. « Quand le conseiller national arrivera, vous le mettrez dans le salon de chasse », dit-elle dédaigneusement. Au cours de sa carrière, elle avait traité tant de députés réactionnaires « des royaumes et pays réunis dans le Reichsrat autrichien » qu'elle ne pouvait se résoudre de bon cœur à leur succession démocratique, cette « Assemblée nationale » au nom si bref et si terne. Elle venait justement d'exposer au professeur Stein, un de ses habitués, combien cette manie qu'avaient les socialistes de changer tous les noms qui évoquaient le passé lui semblait sotte. Aussi stupide que d'arracher les enseignes de marchandes de modes pendant la guerre ou de voir en G. Bernard Shaw (qu'elle prononçait « Schaou ») un étranger ennemi de l'Autriche ! Le Burgring s'appelait maintenant « Ring du 12-Novembre » – comme si on avait besoin de cela pour se souvenir de l'horrible journée de la révolution ! Et la Metternichgasse avait été rebaptisée

Jaurèsgasse. D'après on ne sait quel bolchevique ! Ces ânes s'imaginaient que changer les noms suffisait à effacer toute une tradition. Le professeur Stein avait vainement tenté de glisser quelques mots en faveur de la démocratie et de corriger l'idée qu'elle se faisait de Jaurès. « Allons, conseiller, vous ne me ferez pas prendre des vessies pour des lanternes ! lui avait opposé madame Sacher. La démocratie n'est qu'un mauvais prétexte aux mauvaise manières ! »

Des deux dames et des deux messieurs qui obtinrent la table d'angle, seule la jeune personne que l'officier plaça à ses côtés retint son attention. Racée. Très jeune. Probablement son premier souper ici. Sûrement pas le dernier.

Les yeux exercés de madame Sacher observaient et supputaient. Sur le compte de l'Italien, elle fit à Jean quelques observations bien senties : un de ces parasites que Vienne attirait comme des mouches depuis la signature de la paix, ils débarquaient des quatre coins du monde pour pomper à la ville son reste de sang, et vivaient royalement depuis que la monnaie autrichienne s'effondrait chaque jour davantage et qu'on obtenait pour une poignée de devises étrangères des sommes astronomiques de couronnes autrichiennes. Mais cet idiot de gouvernement prétendait que ces gens représentaient l'étranger et qu'il fallait se les concilier à tout prix pour obtenir des prêts et des vivres. Elle les vouait aux gémonies. « J'espère que vous vous sentirez bien chez nous », dit-elle aux nouveaux clients.

En ce qui concernait Fritz, ce n'était indéniablement pas le cas. Liesl, en revanche, savourait l'excellente chère, et Martha Monica était aux anges. Elle s'était étonnée une seconde que grand-papa Stein fût parti presque à l'instant où ils s'étaient installés – elle n'avait même pas pu lui dire bonjour, il ne les avait sans doute pas vus, se dit-elle. Par contre, elle trouvait fort peu aimable à Fritz de ne pas honorer d'un mot tous les efforts que leur hôte déployait pour les gâter. Il leur faisait servir des mets dont on avait oublié jusqu'à l'existence. Et ils soupaient au champagne, du vrai champagne français – le premier dans la vie de Martha Monica. Quelle sottise de prétendre que ce fût une boisson forte ! Bien au contraire ! Ça se buvait très vite et on se sentait ensuite légère comme une plume.

Tout la faisait rire subitement. Même que Fritz décrétât pour la énième fois : « Il faut que nous partions, maintenant. » Une chance que ce monsieur à côté d'elle ne s'en souciât pas. Il ne voulait pas qu'elle dît « monsieur ». Il voulait qu'elle le nommât « Gaetano », mais il n'y avait pas assez longtemps qu'elle le connaissait. Lui l'appelait « *Donna Monica* ». Sur ses lèvres, ça sonnait tellement bien ! Peut-être pourrait-elle dire « *Conte Gaetano* » ?

« Je t'en prie, Fritz ! Restons encore un peu ! Ne sois pas si contrariant ! Est-ce qu'on est mieux à la maison ? Ici c'est chauffé. Bien éclairé. Amusant. À la maison il fait sombre et il fait froid ! » Elle avait cru le penser et voilà qu'elle avait parlé tout haut.

« Je ne veux pas t'empêcher de t'amuser, repartit Fritz avec raideur. Je crains seulement que nous n'ayons déjà que trop abusé de l'hospitalité du comte Orbellini. »

Pourquoi buvait-il du bout des lèvres ? Bouder le champagne rendait raide et méchant visiblement. L'Italien protesta énergiquement, mais Fritz tint à ce qu'ils partent tous – Martha Monica ne le lui pardonnerait de sa vie ! Il fit signe à Liesl de se lever, et Liesl se leva. On partait, sa décision était irrévocable. Quand ils passèrent devant elle, madame Sacher dit à Martha Monica : « Je vous reverrai bientôt, Mademoiselle. »

Pourvu qu'elle ait raison ! Mais qui pourrait bien vous amener dans le monde, le vrai, puisque le comte Gaetano repartait demain ? « C'était exquis », lui dit-elle dans le vestibule, quand il l'aida à enfiler son manteau.

« *Donna Monica*, chuchota-t-il rapidement en italien, je vous aime ! Je repars demain matin à six heures pour Rome. Nous ne nous reverrons plus jamais de toute notre vie. *Dio mio,* arrangez-vous pour que nous puissions passer encore un moment ensemble quelque part. Je vous aime ! Vous ne m'entendez donc pas ? »

Elle l'entendait. Ce n'était pas la première déclaration d'amour qu'on lui faisait, mais c'était la première qu'elle prenait tout à fait au sérieux. Elle ne venait pas d'un écolier ou d'un partenaire de tennis, mais d'un officier italien, d'un diplomate qui partait le lendemain matin pour Rome. « Ce ne sera pas possible », dit-elle à voix basse en se creusant la tête pour trouver un subterfuge.

« Vous habitez au 10 Seilerstätte, chuchota-t-il. J'attendrai au coin de l'Annagasse jusqu'à ce que vous veniez. » Devant l'hôtel, il prit congé de ses hôtes dans les formes, sans lui donner le temps de répondre.

Sur le chemin du retour ils furent accostés à chaque pas par des mendiants. Un invalide de guerre sans jambes vendait des lacets. « Pas du papier ! Pas de la paille ! Que de la bonne camelote ! » Un autre, qui tremblait de tout son corps comme sous l'effet d'un choc, vendait des feuilles avec des blagues.

« Une soirée épouvantable, dit Fritz.

– Mais le repas était excellent, dit Liesl.

– La compagnie des hyènes me coupe l'appétit », dit Fritz.

C'est alors que Martha Monica trouva un moyen. On pouvait dire ce qu'on voulait des socialistes, n'empêche qu'ils avaient supprimé les concierges et introduit l'obligation des clés pour les portails, quelle aubaine ! Certes elle n'en possédait pas encore, mais elle emprunta celle de Liesl – sous le sceau du secret – pendant que Fritz achetait un journal. « Fais attention ! l'avertit gentiment la danseuse. L'homme est dangereux.

– Il t'a plu, Liesl ? s'enquit Martha Monica.

– À moi ? Énormément ! » avoua la danseuse.

Fritz ouvrit le portail de l'ange à la trompette et ils se souhaitèrent bonne nuit. Les Drauffer disparurent dans leur appartement, tandis que Martha Monica attendait, le cœur battant, dans la cage d'escalier obscure ; un moment plus tard elle se glissait dehors et rouvrait le portail. Là ! Il était là ! Au coin de l'Annagasse.

« Promettez-moi quelque chose, dit-elle quand il la salua d'un cri d'allégresse.

– Tout ce que vous voudrez !

– Vous ne me toucherez pas. Si vous ne me le promettez pas, je rentre immédiatement à la maison ! » Elle pouvait à peine parler.

Il promit et leva même deux doigts pour jurer.

Puis ils marchèrent côte à côte. La misère qui se faufilait dans les quartiers encore un peu aisés où l'on vendait la « vie nocturne » aux étrangers avait quelque chose d'irréel : l'activité des boîtes de nuit coexistait sans ménagement avec le malheur qu'exhibait la rue ; la musique ininterrompue des établissements de plaisir couvrait les sirènes des secours qui embarquaient les gens à moitié morts de faim ou morts pour de bon, écroulés devant les portes des lieux où la musique jouait pour les étrangers et les autochtones avides de distractions qui vivaient du malheur des autres.

Martha Monica s'effraya, mais l'Italien la tranquillisa. « Né régardez pas les mauvaises gens ! Regardez-moi ploutôt », dit-il dans son drôle d'allemand.

Pourquoi parlait-il de « mauvaises gens » ?

Santa Madonna! Des gens qui monnayent leurs infirmités, lui apprit-on. Et même pas des vraies, elles étaient feintes. Parions que ce type là-bas dans son uniforme de fantassin en loques produit artificiellement le tremblement constant de ses membres ?

Avec l'empressement abject de la nature humaine à insulter la misère d'autrui pour soulager sa mauvaise conscience, le galant homme alignait preuve sur preuve. Ça avait l'air plausible. Les étrangers en savaient toujours plus que les gens du cru.

Ils se retrouvèrent au Tabarin, qui était à deux pas.

Mais le comte Gaetano regrettait tout de même de les avoir faits à pied. Dès demain (il n'avait jamais été question qu'il parte le lendemain, bien entendu), il suggérerait à un fonctionnaire de police de sa connaissance de prendre des mesures contre ces importuns sans pudeur. Comment se sentir d'humeur joyeuse quand sur le chemin des plaisirs pouvaient sévir en toute impunité des individus aux membres amputés ou en état de choc ? « Une petite loge, monsieur le comte ? » demanda obséquieusement le chef de la réception.

La première boîte de nuit de Martha Monica. Elle en avait tellement entendu parler, cela faisait si longtemps qu'elle voulait en voir une ! La réalité dépassait ses rêves. Les projecteurs multicolores sur les danseurs. La musique ininterrompue. Aucun visage soucieux. Tout le monde riait ! Tout le monde dansait ! Tout le monde chantait ! À peine étaient-ils assis qu'on apportait du champagne et que le directeur s'inclinait dévotement en demandant si monsieur le comte avait des souhaits particuliers pour l'orchestre, le chef, monsieur Haupt, se ferait un plaisir de jouer quelque chose pour monsieur le comte. Le comte Gaetano sourit, tira un billet de mille couronnes de son portefeuille et le tendit à cet homme aimable en demandant à Martha Monica ce que l'orchestre devait jouer pour elle. Elle dit aussitôt : « *Vienne, ville de mes rêves !* » Et une seconde plus tard, le chef dirigeait l'air exprès pour elle. Les musiciens chantaient en son hommage : « *Vienne, Vienne, toi seule, tu seras la ville de mes rêves !* » Tandis que résonnait la gracieuse mélodie, une vendeuse apporta une corbeille de roses thé à la table et leur en tendit quelques-unes, mais le comte Gaetano lui acheta toute la corbeille. Il la déposa littéralement aux pieds de Martha Monica, puis lui en fit prendre une brassée et la conduisit à la piste de danse. L'orchestre jouait la valse de Strauss *Sang viennois*. Jamais elle n'avait dansé avec un danseur aussi fabuleux ! Il la tenait d'une main légère et ferme, la conduisait avec une sûreté de somnambule, la faisait tourner à perdre haleine. Parfois il disait à voix basse : « *Io t'amo, Donna Monica.* » « Pourquoi faut-il que vous partiez demain ? » demanda-t-elle en dansant. Il répondit : « Le service. » Ne voulait-elle pas qu'il parte ?

Elle savait qu'elle ne devait pas dire « non ». Mais elle le dit. Après la valse vint un tango – qu'ils dansèrent –, puis ils dansèrent un one-step et la valse du *Chevalier à la rose*, ils ne faisaient pas de pause, elle était dans un rêve. Avait-elle remarqué qu'il n'avait d'yeux que pour elle au théâtre ?

Elle savait qu'elle ne devait pas dire « oui ». Mais elle le dit. Ils dansaient encore quand se produisit un petit incident.

Un homme qui s'était glissé dans la salle se retrouva soudain parmi les danseurs. Son visage était d'une maigreur effrayante. Le faisceau lumineux du projecteur multicolore éclairait ses lèvres réduites à un trait, ses joues creuses et l'uniforme de fantassin dans lequel il flottait. Les yeux exorbités, il se dressait là sans un mouvement. Les danseurs passaient devant lui en valsant, un monsieur en smoking dit à une dame blond platine : « Il y a de drôles de gens qui traînent ici. » Un autre fouilla la poche de son pantalon, y trouva de la monnaie et fit mine de la lui donner. Mais le réceptionniste avait déjà saisi l'importun au bras : pas difficile de refouler un homme qui pesait si peu. En sortant, il cria : « Et ils dansent ! »

Oui ! nous n'avons pas d'bananes, entamait l'orchestre.

Martha Monica lança un regard interrogateur à son danseur. « Incroyable qu'on laisse entrer des mendiants dans les établissements distingués ! » dit-il. Mais elle pensait au cri et à l'expression extraordinairement étrange de l'homme – comme s'il essayait désespérément de comprendre quelque chose d'incompréhensible. Elle l'oublia aussitôt, car, après la danse revint le champagne, et après le champagne une autre danse. Le comte Gaetano lui dit qu'il l'aimait passionnément, la musique devint encore plus irrésistible. S'il n'avait pas dû partir à six heures, ç'aurait été le paradis !

Quand ils s'en allèrent, il lui demanda ce qu'elle ferait s'il restait.

Il ne restait pas, donc elle répondit : « J'en serais très heureuse.

– Je reste ! dit-il. Je t'aime trop. » Il le dit sans une faute et très sérieusement.

Pareil bonheur était-il possible ? Elle rentra à la maison, lovée contre lui. Il lui promit de rester tant qu'elle voudrait.

« Toujours ! » dit-elle. Il répondit : « *Va bene !* » La plus belle réponse de sa vie.

À l'angle de l'Annagasse se dressait l'homme incroyablement maigre. En passant devant lui, ils l'entendirent qui disait : « Et ils dansent ! » Sidéré. Sans cesse.

« Tu crois qu'il est fou ?

– Ivre ! »

Ils continuèrent leur chemin, l'homme disparut.

« Redis-moi que tu m'aimes !

– Je t'aime !

– Combien de temps as-tu mis à m'aimer ?

– Une seconde !

– Es-tu menteur, Gaetano ?

– Je t'aime, *Donna Monica* ! » C'était la vérité. Elle le lisait dans ses yeux !

« Gaetano ?

– Quoi ?

– Que la vie est belle !

– *Sicuro, mio angelo !* »

32

La vie est un cauchemar

Hans n'avait pas encore passé un jour à la maison qu'il se rendait compte que ça ne pouvait pas continuer ainsi.

La pensée de « rentrer à la maison » l'avait maintenu en vie. Il faisait partie des « prisonniers sans document d'identité », dont les papiers s'étaient soi-disant égarés pendant la détention ; malgré l'armistice et la paix, ils ne furent libérés qu'après avoir présenté les originaux ou des duplicata certifiés conformes. Or, d'après la Société des Nations à laquelle on fit appel pour ces malheureux, l'absence de pièce d'identité n'était généralement qu'un prétexte pour empêcher le rapatriement « d'éléments déplaisants ou indésirables, susceptibles de compromettre la pacification de leur pays d'origine ». La Société des Nations établit bien leur nombre exact, 78 522, et le fait que la guerre durât jusqu'à huit ans pour ces 78 522 prisonniers, mais elle omit de divulguer avec la même précision qui les trouvait indésirables et qui en décidait. Hans en tout cas était l'un d'entre eux, et, comme eux, n'apprit jamais les raisons de sa détention prolongée.

À l'ivresse des retrouvailles et au soulagement de parler sa propre langue et de n'avoir plus à obéir aux ordres succéda une brutale désillusion. Pendant ses années de captivité, il s'était définitivement départi de ce que son grand-père Stein nommait le « luxe de la légèreté », il avait appris à penser les choses jusqu'au bout. Longtemps auparavant, alors qu'il était encore dans les tranchées, Selma lui avait envoyé un roman de Franz Werfel, *Le coupable, c'est la victime.* Ce livre et, surtout, une expression qu'il y trouva l'accompagnèrent pendant sa détention ; deux mots singuliers, qui en soi lui déplaisaient : « naissance sociale[1] ». Ils renvoyaient à ce jour où un être jeune cesse d'être une quantité négligeable et où il prend sa place dans la société telle qu'elle est. La guerre qui le dépouillait de sa volonté et de toute opinion avait enseigné à Hans combien cela pouvait être cruel d'être une quantité négligeable, mais il était en désaccord avec la proposition du roman de « prendre sa place dans la société existante ». Plus il bataillait avec cette phrase, plus il pensait que la naissance sociale était le premier jour de cette période de la vie où, au lieu d'intégrer la société existante, on doit se dresser contre elle.

Il ne se faisait d'opinion dans la vie que par l'expérience personnelle, il lui fallait avoir vu et éprouvé pour prendre un parti. « Monsieur Hans Alt souffre d'empirie chronique », avait dit Freud de lui en son temps. Dans la solitude, cette affection devint aiguë. Avant de pouvoir en tirer des conclusions, il avait dû vivre d'innombrables fois ces choses qu'il endurait avec ses compagnons telles que les inscriptions à la craie sur les

1. Le terme de naissance ou, littéralement, d'« accouchement social » (*Soziale Enbindung*) se trouve en réalité dans la nouvelle de Franz Werfel, *Une Écriture bleu pâle* (Stock, trad. Robert Dumont), écrite à Sanary en 1938.

wagons à bestiaux destinés aux transports des troupes, *Pour 10 chevaux ou 40 hommes*, qui abolissaient la différence entre l'homme et l'animal, et si l'on n'avait exigé de lui de viser et de tuer pour la patrie de parfaits inconnus, il aurait cru impensable que l'acte de tuer avec préméditation, communément appelé meurtre, puisse devenir subitement de l'héroïsme.

Toutefois, quand il lui parut indéniable que tout cela n'advenait pas pour, mais contre la patrie, il traversa une crise. Le respect de l'autorité qui leur avait été inculqué à la maison et à l'école, à lui et à des millions d'autres, avait été entamé une première fois le jour du pré aux violettes. Il avait néanmoins perduré tant que le père, le professeur et l'empereur incarnaient le droit. Mais leurs torts étaient à présent si éclatants que son respect de l'autorité en fut réduit au silence. Il le sentait, ils avaient été odieusement trompés, tous autant qu'ils étaient. Les fils qui revenaient invalides et qu'on méprisait. Les mères qui avaient donné leurs fils. Les pères qui avaient perdu leurs économies. La dernière trace de respect devant ce qui passait pour respectable disparut. Ce que les autorités avaient dit, enseigné et exigé se révélait être un vaste mensonge criminel.

Les Viennois n'avaient pas la révolution dans le sang. Mais dans le sien, l'aménité autrichienne et la « bonne éducation » étaient plus déterminantes qu'il n'en avait eu conscience. Pas assez radical pour tirer des conclusions immédiates de ses réflexions, dans son sinistre baraquement de prisonnier il cherchait nuit et jour un compromis. Il crut enfin l'avoir trouvé en réservant ses décisions pour le moment où il jugerait de visu, dès qu'il serait rentré chez lui ; les horreurs qu'on rapportait ne correspondaient peut-être pas à la réalité.

Il vit d'emblée qu'au pays on ne mesurait pas l'ampleur de ce qui relevait maintenant du passé, et ce fut comme un soufflet en pleine figure. Les gens allaient leur chemin, ils voulaient poursuivre leur vie d'avant. Mais il n'y avait rien à poursuivre. Vienne était une ville impériale, et à ville impériale il fallait un empire, or cet empire n'existait plus. L'Autriche incarnait l'idée de réunir des nationalités en une entité supranationale – des États-Unis avant la lettre – et cette idée était en miettes. L'Autriche « allemande », ce petit pays de sept millions d'habitants qu'on avait découpé brutalement dans l'ex-empire de cinquante-cinq millions d'âmes ne possédait ni argent ni crédit ni remparts d'ordre géographique. On avait pourtant eu le cynisme à Saint-Germain de lui imposer le poids d'une succession dont elle n'était pas responsable. Cette petite chose qui n'était pas assez forte pour vivre ni assez faible pour périr était sommée de rendre les comptes de l'empire déchu. C'était inconcevable !

Mais plus inconcevable encore était l'attitude de sa famille. On y traitait de « mendiants » les gens qui mendiaient, ne sachant pas ou ne voulant pas savoir que six Viennois sur dix étaient acculés à la mendicité et que le monde assignait à l'Autriche vaincue le rôle de mendiant international. Au numéro 10, on vaquait à ses affaires, on allait à son bureau, on touchait sa pension comme si de rien n'était.

« Si tu te mets à demander à ta famille d'avoir le sens du social ! » railla Selma.

Il ne s'agissait pas du sens du social ou pas seulement de cela, qui évoquait à ses yeux une politique de parti bornée et doctrinaire. Lui dont les yeux s'étaient dessillés pensait pouvoir exiger d'eux qu'ils ouvrent enfin les leurs. Ils dormaient debout. Son père, si malade qu'il fût, était inexcusable d'écrire « Pas d'augmentation de salaire ! » sur sa « feuille de conversation », l'oncle Otto Eberhard n'avait à la bouche que la « terreur de la rue », et même sa mère croyait visiblement que certains cercles n'étaient pas affectés par la conjoncture et que le numéro 10 en faisait partie ! Sans parler de cet âne de Hermann qui proposait à la *Neue Freie Presse* ses souvenirs de guerre sous forme de feuilleton, tandis que Martha Monica trouvait opportun de s'amouracher d'un Italien.

« Ouvrir les yeux ? demanda Selma. Tu as déjà vu quelqu'un qui y parvienne ? Qui plus est, le bonheur vous enseigne peut-être des choses, ça je l'ignore, mais ce que je crois savoir, c'est qu'on n'apprend rien des catastrophes. Ne te fâche pas si je te le demande, mais à quel titre et avec quoi veux-tu ouvrir les yeux à des gens qui ne les ont jamais ouverts de leur vie ?

– À titre de témoin ! Et avec la vérité, naturellement ! »

Dès cette première conversation, Selma prit conscience que son cas était bien plus compliqué que celui de nombre d'autres, rentrés longtemps avant lui. Ceux-là ne s'étaient débattus qu'avec des idées qui n'avaient plus cours. Et avec leur déception. Avec leur haine. Au numéro 10 en revanche, il fallait lutter contre une famille que ni la victoire ni la défaite n'ébranlaient d'un millimètre et qui – de l'avis de Selma – était incapable d'apprendre. Elle s'abstint de lui dire que ce qu'elle entendait par là, c'est qu'il fallait bien saisir que si l'Autriche-Hongrie avait été « un État des nationalités », elle était aussi un État colonial au cœur de l'Europe, car, sauf les germanophones, les nationalités en question en faisaient partie à contrecœur et

– très légitimement, à son sens – désiraient leur indépendance, ce qui était le droit de tous les pays. Tous les peuples colonisés avaient ce droit, y compris ceux d'outre-mer, pensait-elle.

Mais inutile d'aborder ce genre de sujets dans cette maison incorrigible. L'appartement du rez-de-chaussée qu'on lui avait promis pour le retour de Hans n'était pas libre, Hermann l'habitait, il n'y en avait pas d'autre, on ne pouvait tout de même pas le jeter dehors, alléga-t-on. Mais au troisième étage, l'ancien atelier de l'oncle Drauffer était vide ; depuis que personne ne faisait plus peindre son portrait, il avait abandonné la peinture et vendait des antiquités. Il fallait toutefois le rénover entièrement, et pour l'heure, on manquait d'ouvriers. Mais il y avait également au quatrième, dans l'appartement des parents, une chambre à coucher disponible, en attendant que Hans prenne une décision. Car c'était bien à Hans de décider, non ?

La perspective de la chambre à coucher dans l'appartement des beaux-parents avait tellement affolé Selma qu'elle remit en état de ses propres mains l'atelier abandonné ; elle débarquait après la représentation avec un seau et des éponges, et nuit après nuit, éliminait les traces qu'une carrière de portraitiste avait laissées sur le sol et sur les murs. En bas et en haut on se plaignit qu'elle fît trop de bruit. Mais quand Hans arriva, l'appartement était impeccable. Or il n'en fit même pas le tour. Selma voulait lui montrer les calendriers. Elle y renonça, et tenta plutôt de l'aider à comprendre. Le plus dur – elle ne s'y attendait pas – c'est qu'il semblait effroyablement loin en pensée. Elle ne pouvait s'empêcher d'en être blessée.

« Où vas-tu ? demanda-t-il en la voyant prendre son chapeau et son manteau.

– Au théâtre !

– Tu joues le soir de nos retrouvailles ?

– La programmation ne dépend pas de moi, Hans. Tu ne veux pas venir ? Je pensais que ça t'intéresserait peut-être ? » Elle sentit en le disant qu'elle n'aurait pas dû le dire. Le regard de Hans était encore plein des choses qu'il avait été forcé de voir, on les voyait presque soi-même quand on plongeait dans ses yeux absents et effrayés.

« Je n'ai pas l'esprit au théâtre pour le moment. Excuse-moi, dit-il.

– Évidemment ! Je suis idiote de te l'avoir proposé. Tu préfères manger sans moi ou m'attendre ? Je serai rentrée à dix heures moins le quart, c'est sûr. Je me dépêcherai », promit-elle. C'est un étranger qui était revenu.

« Tu crois vraiment qu'il existe en ce moment un métier qui est de faire du théâtre ?

– Je te comprends, dit-elle. Mais les gens ont rarement eu autant besoin de deux heures de bon temps ou au moins deux heures qui les fassent oublier. » Toutes ces années – tant d'années – ne pouvaient être gommées. Pas aujourd'hui. Jamais. Par rien. Comment ai-je pu ne pas me l'imaginer ? pensa-t-elle.

« Et à qui offres-tu ces deux heures de bon temps ? À ceux qui en ont besoin ou aux trafiquants qui ont l'argent pour les payer ? Les gens qui meurent de faim ne vont pas au théâtre !

– Tu m'attends ou tu veux aller te coucher tout de suite ? » demanda-t-elle. Les années ne pouvaient pas être gommées. Avait-elle cru qu'ils allaient tous les deux reprendre là où ils en étaient à l'heure de la séparation ? Quelle folie !

« J'espère que tu ne me comprends pas mal, si je ne t'accompagne pas dès ce soir, s'excusa-t-il. Bien sûr que je suis impatient de te voir sur scène – c'est juste que... Il faut que tu aies un peu de patience avec moi. On se représente toujours tout de travers.

– Évidemment ! Tu pourrais monter chez ta mère ? Je n'aime pas te savoir seul ici.

– Mais tu es sûre que tu n'es pas fâchée ? Il y a encore des moments où je perds les nerfs. Mais ça va s'améliorer.

– Si j'étais toi, je hurlerais ou je giflerais tout le monde à longueur de journée. De toute manière tu te maîtrises beaucoup trop. Tiens, tu devrais me donner une gifle ! » Elle ne put s'empêcher de penser aux étoiles et aux croissants de ses calendriers qu'elle ne lui montrait pas.

Il rit. Et ce rire était à mille lieues d'elle. Son visage avait gardé son air juvénile. Les événements ne l'avaient pas vieilli, ils l'avaient juste rendu plus diaphane. Le front haut sous les cheveux soyeux se plissait quand il réfléchissait, comme découpé par les rides, et son regard sous les sourcils plus clairs que ses cheveux était vague, comme celui des gens qui passent brusquement de l'obscurité à une lumière aveuglante ; la bouche avec cette longue lèvre supérieure héritée de son père vibrait quand il se taisait, et pour parler il l'ouvrait lentement, comme s'il s'était tu trop longtemps. Quand Hans rit, Selma lui trouva une ressemblance avec sœur Agathe, qui venait voir le malade au quatrième étage.

« Au revoir, dit-elle. Ennuie-toi, mais ne te fâche pas. Pense à la joie folle qu'on a tous de t'avoir ici à nouveau ! »

Il l'entendit descendre l'escalier. Il faillit courir après elle. Une honte, la manière dont on la traitait dans la maison ! Et c'est sa mère qui se comportait le plus mal avec elle !

Il ouvrit brutalement la fenêtre, cria son nom.

« Oui ? » répondit-elle. Elle franchissait juste le portail.

« Je voulais seulement crier un peu. Tu es formidable !

– N'empêche que tu ne veux pas me voir ! » rétorqua-t-elle en criant elle aussi.

Son visage se transforma magiquement, lui sembla-t-il. « Toi seule ! cria-t-il. Et tu as aussi fantastiquement arrangé l'appartement ! Et je suis heureux d'être à nouveau près de toi. »

Des gens s'arrêtèrent.

« Merci ! » cria-t-elle. Elle riait. Aussi longtemps qu'il put la voir, elle lui fit des signes de la main.

D'abord, je vais mettre les choses au point une bonne fois, décida-t-il, et il se précipita au quatrième étage.

La table était mise pour le dîner dans la salle à manger ; devant le verre à bière de son père se trouvait la *Reichspost* ; les fourchettes et les couteaux reposaient sur les porte-couteaux d'argent ; les serviettes pliées en triangle étaient posées sur les assiettes. Comme toujours.

Comme toujours sa mère était devant la desserte et préparait la petite entrée qu'on servait avant le plat principal. Des rondelles d'anchois sur de petits toasts aujourd'hui. Il n'y avait personne d'autre, on était à quelques minutes de la demie de sept heures.

Henriette aussi était déçue et blessée. Le retour de son fils préféré ne s'était pas mieux déroulé que celui du cadet, si ce n'est pire. Il avait passé toute la journée avec Selma ! Ces garçons qui revenaient étaient des étrangers. Des ennemis presque. Que n'avait-elle tremblé pour celui-ci ! Devait-elle lui révéler le vœu qu'elle avait fait le jour de sa mobilisation ? Ne plus aller dans le monde. Ne plus boire une goutte de vin. Ne plus lire de roman. Et qu'elle l'avait tenu jusqu'à aujourd'hui ! Elle ne le lui dirait pas. Ce fils-là, ce n'était pas la guerre ni la captivité qui le lui avaient changé de la tête aux pieds. C'était cette femme. Avec ses allures de ne pas vouloir déranger, elle vous évitait et n'en faisait qu'à sa tête ; sous prétexte qu'elle le connaissait mieux, elle l'éloignait de sa propre mère. Cela avait déjà dû se produire dans les lettres qu'elle lui écrivait, et on aurait sans doute pu le voir aux réponses de Hans. C'est toujours à Selma qu'il écrivait, presque jamais à elle. « Embrasse tout le monde de ma part », avait-il écrit.

Elle était « tout le monde » ! Et aujourd'hui ? À peine une heure en haut avec elle avant de redescendre retrouver Selma. Bon, c'est une « intellectuelle », elle a lu plus de livres. Elle a du talent. Elle est peut-être plus intelligente. Elle est capable de débattre. Moi je ne peux pas parler de Karl Marx ou de Freud, pensa Henriette. Et je n'entends rien à la politique. Mais je m'y connais en sentiment. Mille fois mieux qu'elle ! Quand il s'agit de savoir ce qui réjouit quelqu'un, ce qu'il désire ou ce qui le blesse – je suis une experte. Ridiculement faux, ce que ces bonnes femmes intellectuelles veulent soudain nous faire avaler et qu'elles appellent la Nouvelle Objectivité. Du baratin. Que ce soit sous le règne de l'empereur ou celui des ouvriers, tout est une question de sentiments et de rien d'autre. Qu'est-ce qui avait fait le charme de cette vie viennoise ? De ne pas avoir à se rendre des comptes à soi-même à chaque pas. De se laisser porter, de se laisser envahir par l'émotion du moment. Que ce fût un arbre en fleur, un morceau de musique ou un instant de tendresse. Vous pouvez partir en guerre contre les sentiments, vous y perdrez toute vie. Quel orgueil stérile de ne pas montrer ce qu'on ressent ! Qui ne veut pas montrer ses sentiments *n'en a pas* ! Et qui n'en a pas les dénigre et parle de sentimentalité. Oh, cette Selma est une intrigante ! Si je ne connaissais pas si bien l'humanité, même moi, parfois, je me serais fait avoir ; elle se donne un tel *air** de correction ! Correct, tout le monde peut l'être. Pour cela nul besoin de cœur. Ni de charme. En réalité elle va bien avec cette maison dont elle veut m'écarter. Doux Jésus ! Être écartée de cette maison ! C'est tout ce que je souhaitais… Mais voilà, maintenant, c'est trop tard. Ça fait quarante ans que j'en suis prisonnière. Mes geôliers ont pris de l'âge, Otto Eberhard est un vieillard et ce pauvre Franz l'ombre de lui-même. En face d'eux je n'étais pas de taille. Mais contre cette femme qui arrive dans cette maison d'une tout autre manière – elle en a forcé l'entrée alors que j'y ai été introduite de force –, je veux être de taille et je le serai ! Toute la journée elle se tourmentait en ressassant de telles pensées.

« Comment te sens-tu en bas ? demanda-t-elle. Où est Selma ?

– Au théâtre, répondit-il brièvement.

– Ça tombe mal, le premier soir, dit-elle. Qu'est-ce qu'elle joue ? La nouvelle comédie ?

– Je crois. Je ne sais pas.

– Tu n'y vas pas ?

– Pas aujourd'hui.

– Mais tu l'as déjà vue sur scène ?

– Une fois, dans une représentation d'amateurs. Je m'en souviens à peine.

– Elle est très douée. En tout cas, dans le rôle de Héro, elle était excellente. Dans celui de Viola aussi. Je ne l'ai pas encore vue dans la comédie. »

Hans se rapprocha d'elle. « Ne te fatigue pas, maman. C'est pour ça que je suis monté. Rien au monde ne me séparera de Selma. Pas même toi. »

C'était la première fois qu'il lui parlait sur ce ton. « Je pensais que tu montais m'embrasser, articula-t-elle péniblement. Ça fait si longtemps que nous ne nous sommes vus.

– C'est à cause de *ça* que je suis venu, maman. Pendant mon absence vous vous êtes comportés en ennemis avec Selma. Toi aussi. Il faut que ça cesse.

– Elle s'est plainte ! dit Henriette avec mépris.

– Pas un mot. Elle est bien au-dessus de tout ça.

– Mais comment tu me parles, Hans ? Tu as tout oublié ?

– Pas du tout, maman. C'est toi qui oublies que tout a énormément changé ! Nous allons avoir besoin de toutes nos forces pour faire face. Il faut nous alléger, maman. Pas nous charger inutilement ! »

Elle était tellement blessée qu'elle se tut.

« Je ne sais pas à quoi tu fais allusion, dit-elle enfin avec peine. Je n'ai rien contre Selma. C'est elle sans doute qui a quelque chose contre moi.

– Je veux dire que tout ce à quoi nous croyions et ce à quoi vous nous avez fait croire comme parole d'Évangile – toi aussi – n'était pas vrai. Et il faut aussi que tu comprennes une chose : ça ne suffit pas de ne rien avoir contre quelqu'un ! Tu dois essayer d'aimer Selma.

– Parce qu'elle t'aime tant… » Elle sourit amèrement. « Et parce que moi je l'aime tant. Excuse-moi de te le dire, je sais que vous ne pensiez pas à mal. Mais la seule personne qui a fait preuve d'assez d'imagination pour se représenter comment c'était là-bas, c'est elle. La seule qui m'ait aidé par ses lettres et ses livres…

– Parce qu'elle t'aime tant…

– Tu l'as déjà dit, du même ton acerbe. »

Henriette perdit son sang-froid. « Et je le redirai cent fois ! Tu crois que tu peux apprendre à une mère ce qu'est l'amour ? Selma ? Elle n'aime qu'elle-même ! Et son métier ! Tu finiras bien par t'en rendre compte ! »

On entendit Simmerl annoncer dans l'entrée : « Madame est servie. » Instantanément Franz et Hermann entrèrent.

Franz fit un signe de la main à Hans et gagna lentement sa place. Son visage ravagé. Un moribond. Henriette et Hermann s'assirent également. Simmerl avança le siège de Franz.

« Tu ne veux pas dîner avec nous ? » demanda Henriette, comme Hans restait debout.

Son père désigna un des deux fauteuils inoccupés. Hans obéit. Il obéissait encore à cet homme.

Quand ils furent assis, Simmerl apporta l'entrée. Comme toujours, il portait pour servir la veste styrienne grise à revers sapin, la cravate blanche, de longs pantalons gris aux larges rayures vertes et des gants de fil blanc. La seule nouveauté était sa calvitie.

« Mademoiselle Mono n'est pas là ? demanda Henriette dont les mains tremblèrent en prenant un pain grillé.

– Pas jusqu'à maintenant », déclara le valet solennellement.

Un instant plus tard, la porte d'entrée s'ouvrait, claquait, et la jeune fille qu'on attendait se précipitait dans la pièce en lançant : « Toutes mes excuses, il y a eu un problème de circulation du côté de l'Opéra ! » Elle baisa la main de Franz et celle de sa mère, salua ses deux frères d'un signe de tête et s'assit à côté de Hans. « Je suis si contente que tu sois là ! » dit-elle avec sa chaleur habituelle. Elle embaumait le jasmin.

Hans ne put s'empêcher de penser à l'odeur de lysol dans les tranchées des Carpates, d'où la moitié de sa compagnie mise en pièce par les grenades n'avait pu être évacuée.

« Monsieur Hans ne prend pas d'entrée ? »

Monsieur Hans ne prenait pas d'entrée.

« Tu souperas plus tard avec Selma ? s'enquit Martha Monica.

– Oui », dit-il. Le mot « souper » l'irritait. Si raffiné…

Ils sont là comme il y a vingt ans et se font servir par un valet. Ils ne savent rien. Ne comprennent rien. N'oublient rien de ce qu'on leur a appris. N'apprennent rien de neuf. Ne veulent rien céder de leurs privilèges. Mais leurs privilèges n'existent plus. Il faudrait leur hurler : « Ça ne va pas ! Tout a changé ! Changez ! »

Hermann dit : « Parle-nous de ta captivité en Russie. »

Martha Monica renchérit : « Oui, s'il te plaît, Hans ! C'est tellement intéressant ! »

Franz mangeait avec effort. Avec sa bouche paralysée, il avait d'énormes difficultés à mâcher et à avaler. Mais il mâchait, il avalait. Apparemment il ne s'associait pas au souhait de Hermann et Martha Monica. Les mains d'Henriette tremblaient toujours.

« Ce n'était pas intéressant, c'était épouvantable, dit Hans.

– C'est tout? dit Hermann. J'aurais cru que ça te plairait. Je veux dire – que ça t'intéresserait. Les idées politiques *et cetera.* »

Hans le regarda. Le visage à la raie bien droite et à la petite moustache coquettement frisée restait inexpressif.

« Épouvantable », répéta-t-il. Il revit intérieurement la soue où il avait végété d'interminables années avec seize autres soldats.

« Mon pauvre ! » dit Martha Monica en se rapprochant de lui avec son parfum qui sentait soudain le produit contre les poux.

« Il y a quelqu'un au téléphone pour Mademoiselle », annonça Simmerl.

Martha Monica rougit et expliqua, gênée : « C'est sûrement Liesl », puis elle courut dans l'antichambre. On l'entendit dire : « Oui. Non. Je ne crois pas, plutôt au cinéma Kruger. »

Hans bondit de son siège.

« Mais je croyais que tu n'allais pas au théâtre aujourd'hui ! » s'exclama Henriette.

Il s'en alla.

Moi aussi, il faut que je fasse attention, se dit-il dans l'escalier en se morigénant. Pour moi aussi, il faut que ça cesse ! Il remonta vite l'Annagasse. Devant l'hôtel de passe L'Empereur Romain, des prostituées déambulaient. De l'église Sainte-Anna lui parvint le son de l'orgue. À côté de l'église, le cabaret Max et Moritz où l'on jouait des farces juives affichait complet. Le Tabarin distillait du jazz en continu. Au cinéma Kruger à l'angle, des gens faisaient la queue pour un film d'Asta Nielsen, et devant le boulanger Krischler, trois pas plus loin, pour du pain rassis. Le café du Type à sa Fenêtre à l'angle de la Kärntner Strasse était transformé en banque. Le cours des devises en vitrine : *1 dollar = 90 000 couronnes ; 1 livre sterling = 350 000 couronnes.*

En vitrine de la boutique de mode Old Bond Street était collée une annonce imprimée : *Nous échangeons contre des aliments.* Une putain lui dit : « Mon beau petit monsieur, je monte avec toi pour cinquante mille ! » À l'épicerie fine Köberl & Pientok, les prix étaient écrits à la craie sur une ardoise. *Œufs : 5 000 couronnes la pièce. Lait concentré : 15 000 couronnes la boîte. Corned beef : 20 000 couronnes.* Quand Hans passa, une main effaça le prix des œufs et transforma le *5 000 couronnes* en *6 000.*

Mais où suis-je ? pensa le soldat de retour chez lui. C'est dans cette même Kärntner Strasse que nous flânions, persuadés d'être un peuple de culture ! Quand ? Il constatait qu'il suffisait d'une période d'une brièveté vertigineuse pour régresser jusqu'à l'origine des temps. Les hommes des cavernes faisaient du troc, il y a des millénaires de cela. Les Viennois aussi faisaient du troc maintenant, ils l'affichaient même. Si quelqu'un avait dit encore tout récemment qu'un œuf coûterait un jour non quatre hellers mais une couronne, on l'aurait enfermé. Maintenant ils écrivaient les prix en milliers de couronnes et les augmentaient à chaque heure. Qu'advient-il du cerveau humain ? se demandait Hans. Est-ce qu'il s'habitue à l'inconcevable ? Comment se fait-il que les gens passent sans réagir devant ces affiches et ces ardoises au lieu de crier « C'est de la folie ! » jusqu'à ce que le monde entier l'entende. Au paroxysme de l'énervement, il se retint de crier « C'est de la folie ! » au beau milieu de la Kärntner Strasse. Il lui fallait rassembler toutes ses forces pour se dominer. Les deux poings pressés contre la bouche, il resta là, pétrifié, un temps infini. Quand il laissa retomber ses poings, les paumes de ses mains étaient ensanglantées.

En le voyant à l'entrée des artistes, Selma espéra un instant ardemment qu'il avait changé d'avis et l'avait vue jouer. Mais il venait juste la chercher.

« C'était insupportable à la maison ? » demanda-t-elle.

Il secoua la tête.

Deux collègues célèbres sortirent, Selma voulut le présenter. Il refusa.

Les jeunes gens qui faisaient le pied de grue pour des autographes l'irritèrent aussi. « N'ont-ils pas d'autres préoccupations ? » demanda-t-il. Elle dut l'empêcher de le crier au visage d'un jeune gars qui lui demandait une signature. « Ce sont nos plus fidèles partisans ! Nous ne pouvons tout de même pas les brusquer, dit-elle.

– Nous, qui ça nous ?

– Nous les acteurs.

– Ah bon. Je pensais que tu parlais de toi et de moi. Ou de nous les Autrichiens. Excuse mon erreur. »

Dur de ne pas répondre ce qu'elle avait sur le bout des lèvres. L'excitation du jeu vibrait encore en elle. Après leur échange libérateur à la fenêtre, elle avait été convaincue qu'il viendrait la voir jouer. Elle n'avait joué que pour lui. Jamais plus elle ne serait aussi bonne ! La scène de l'adieu du troisième acte réussie pour la première fois. Comme elle aurait aimé en parler… Et du rôle que lui avait proposé un autre théâtre une demi-heure auparavant. Sainte Jeanne ! Elle aurait passionnément aimé le jouer. Devait-elle accepter ? Le Burgtheater allait-il l'y autoriser ? Tant de choses à discuter… Mais ça ne l'intéressait pas.

Un moment ils marchèrent côte à côte.

« Tu veux prendre le tram ? » demanda-t-elle.

Il voulait marcher, bien qu'il fût en route depuis deux heures. Mais pas rentrer à la Seilerstätte, dans cette maison de cauchemar. « On va encore un peu au Volksgarten ? proposa-t-il. À moins que tu n'aies très faim ? »

Affamée, elle s'assit avec lui sur un banc près de la statue de Grillparzer. « Raconte ! Comment ça s'est passé à la maison ? » demanda-t-elle en lui prenant la main.

Il essaya de l'exprimer.

« Je ne te comprends pas. Tu en veux aux gens de vouloir continuer à vivre ? S'ils le veulent, ils sont obligés de se livrer à de prodigieuses acrobaties ! dit-elle.

– Les gens ne sont pas des clowns.

– Et comment ! Si on voit les choses de manière réaliste, ou on se suicide ou on déploie une foule d'artifices pour se mentir à soi-même. Nous nous mentons. C'est très autrichien. »

Il la contredit violemment : « Ça ne l'est *pas*, justement ! Ce qui le serait, c'est un peu d'humanité. Ou de décence. Ou de pudeur – qu'importe comment on l'appelle ; mais pas cet égoïsme criant, odieux, qui fait semblant d'être aveugle !

– Je ne sais pas, dit-elle. Tu surestimes peut-être les Autrichiens. » Elle n'eut pas le cœur de lui dire : Est-ce que tu m'aimes vraiment si peu que notre première journée va se résumer à cela ? T'ai-je surestimé ?

Ils rentrèrent par la Heldenplatz et la Ringstrasse, où cette trépidante vie nocturne ne se remarquait quasiment pas. Dans l'escalier la lumière était éteinte, il faisait sombre, dix heures passées.

Quand ce premier jour fit place à la nuit, il la supplia à voix basse : « Aide-moi ! J'ai tellement besoin de toi ! » Elle l'embrassa.

« Mais est-ce que tu m'aimes ? Qu'est-ce qu'on peut bien aimer chez un type comme moi ?

– Je t'apporte les calendriers si tu continues ! »

Il la retint. « Si tu m'aimes, je saurai où est ma place, dit-il d'une voix presque inaudible. Je ne le sais plus… »

La tristesse du ton était si poignante qu'elle eut du mal à retenir ses larmes. « Mais qu'est-ce qu'ils t'ont fait ! dit-elle.

– À nous tous. Est-ce que tu m'aimes ?

– Oui !

– Tu es sûre ? Il vaut mieux que j'aie toutes les déceptions en même temps. Ne me ménage pas. Est-ce que tu m'aimes ?

– Oui ! »

Il se tut longuement. « Pourrais-tu être amie avec maman ? demanda-t-il ensuite sans qu'elle puisse voir le rapport. Je crois que tu la sous-estimes. Même toi, tu ne seras pas meilleure mère. Pourquoi ne dis-tu rien ? »

Pas de réponse.

« Qu'est-ce qu'il y a, Selma ?

– Je ne serai pas mère », dit-elle. Toute la journée elle avait redouté ce moment.

« Quoi ? »

Elle pesait chaque mot, hésitante. « Ce n'est pas le moment. Je veux dire – pas le moment de mettre des enfants au monde. Ce n'est pas un monde pour ça. Tu le dis toi-même. »

Il s'était redressé sur le banc. « Tu ne veux pas d'enfant de moi ?

– Sais-tu comment élever les enfants de nos jours ? Moi non. Dans quel but on les élève ? Moi non. Tout ce que je sais, c'est qu'il faut leur épargner ça. Des enfants pour qui on n'a pas assez à manger. Des enfants pour qui on n'a pas assez d'enfance. »

Silence. Du Tabarin leur parvenait par moments du jazz.

« Tu ne veux pas d'enfant ?

– Regarde les enfants de ton cousin Peter, dit-elle. Le petit Kurt est mort à trois mois. Joachim a une mine épouvantable. Quant à Adelheid et Otto Adolf, je ne les ai pas encore vus rire.

– Ah bon ! Tu penses que ça pourrait faire obstacle à ta carrière », dit Hans avec une lenteur effroyable.

Ça aussi, elle s'y était attendue. Elle n'était pas assez courageuse pour l'avouer, ni assez lâche pour le nier. « Hans, l'implora-t-elle, toi aussi il faut que tu aies de la patience avec moi ! »

Qu'est-ce qu'avait dit sa mère : « Tu finiras bien par t'en rendre compte. »

« De la patience, j'en aurai, dit-il. C'est juste que… j'en ai déjà eu tant. Pour quoi faire ? Juste pour avoir de la patience ?

– Pour vivre.

– Pour moi ce n'est pas une vie.

– Mais pour moi si. Puisque tu es là. »

33

Res publica

Martha Monica ne s'était pas trompée, la vie était paradisiaque du saut du lit au coucher, elle en était étonnée, ravie, et pleine d'une tendre gratitude. Gaetano était resté là pour elle – il le lui avait dit expressément – et elle croyait sur parole son Gaetano, qu'elle n'appelait plus *conte Gaetano* mais par son seul prénom, qui sonnait comme une musique. Non content de lui dire toutes ces choses merveilleuses, il lui parlait d'affaires importantes, lui montrait noir sur blanc des documents confidentiels, carrément des secrets d'État, car il faisait totalement confiance à sa Monica. Ainsi lui avait-il montré une lettre de quelqu'un qui était soi-disant « le plus grand homme vivant » avec l'adresse *Carissimo amico* et une signature illisible, qui exprimait, outre une estime infinie pour le destinataire, une admiration et un amour débordants pour l'Autriche. Cette lettre, disait Gaetano, sauvait l'Autriche ; il lui nomma le nom illisible et s'étonna qu'elle ne le connût point.

Quand elle réfléchissait – ce bonheur grisant lui laissait même parfois le loisir de réfléchir –, Martha Monica s'estimait la plus enviable des Viennoises. Elle était courtisée par un homme divin, qui lui faisait connaître les puissants de ce monde. Et quel souci touchant il avait de sa réputation ! Dans son appartement de la Fasanengasse, près du palais Modena où siégeait la mission militaire italienne, il lui avait aménagé trois pièces complètement indépendantes avec une entrée séparée – personne ne pouvait y trouver à redire. Et superbement meublées. Elle n'y habitait pas tant qu'ils n'étaient pas mariés bien sûr, mais s'y rendait très souvent, parfois aussi la nuit. Vraiment dommage que son père, et même, bizarrement, Hans, y eussent trouvé à redire – leurs objections étaient totalement infondées ! Mais maman, elle, était positivement enthousiasmée par l'appartement. Quant à Hermann, que Martha Monica avait largement sous-estimé et dont elle découvrait les évidentes qualités, il y était chez lui, car Gaetano le trouvait amusant et très intelligent. C'est en sa présence qu'il avait déclaré vouloir épouser Martha Monica sur l'heure, dès que sa demande de rester en poste à Vienne aurait été acceptée par le ministère italien des Affaires étrangères. Si, contre toute attente, il devait être muté ailleurs, ils se marieraient aussi, bien évidemment, mais sur les lieux de sa nouvelle résidence. La procédure usuelle pour les diplomates. C'est ce que papa et Hans se refusaient à croire. *Dio mio*, tout avait changé ; les temps où une jeune fille viennoise ne sortait pas dans la rue sans chaperon étaient révolus, Dieu merci ! On ne porte plus de jupes longues mais des jupes résolument courtes, on skie et on se fait couper les cheveux comme les garçons. Et quand on va nager, on se montre telle que Dieu vous a faite. *Ecco !*

Que ce pauvre papa soit dépassé, Martha Monica – qui était l'indulgence même – le comprenait. Mais que Hans, son frère préféré, prenne tout à coup ses distances, la laissait perplexe. Lui qui avait toujours été le plus progressiste d'eux tous ! À l'exception de Fritz peut-être, au demeurant pas vraiment un adepte de Gaetano, lui non plus ; mais là en l'occurrence, il y avait peut-être une part de jalousie.

Rayonnante, elle trônait dans la loge des diplomates du parlement, à côté du chargé d'affaires espagnol. Tout divin qu'il fût, jusqu'ici Gaetano ne l'avait pas emmenée lors de ses apparitions officielles. Et voici qu'à présent il l'avait fait sans qu'elle l'en priât – quelle prévenance –, il n'y aurait eu pour elle occasion plus flatteuse de se montrer en public !

À la tribune de l'orateur se tenait le prélat catholique Seipel, qui avait succédé au social-démocrate Renner au poste de chancelier et revenait d'un voyage à l'étranger ; d'après les gens bien informés, l'issue de ce voyage montrerait si l'Autriche allait continuer ou non à exister. « Avant ce voyage », rapportait le prêtre surnommé « l'éminence grise », d'un ton dépassionné, déterminé et relativement monotone, « l'Autriche était condamnée au déclin. Une défaite imméritée a fait de notre malheureux pays un invalide mortellement atteint, incapable de se redresser sans appui et pourtant dépouillé de ses dernières forces et de sa dignité par des parasites sans scrupules. »

« *Benissimo* », approuva à voix basse Gaetano, qui était à la gauche de Martha Monica.

« Messieurs les députés ! poursuivit l'orateur, c'est une tâche qui rabat votre fierté que de devoir mendier. J'ai accepté de l'assumer et suis allé trouver nos voisins de Berlin, de Prague et de Vérone, pour les convaincre que l'Autriche devait obtenir des crédits. J'ai la satisfaction de pouvoir communiquer à l'honorable Chambre que mes arguments ont été entendus. Je reviens avec un crédit de cinq cent millions de couronnes d'or. »

La salle pleine jusqu'au pignon avait retenu son souffle. Sur les bancs des chrétiens-sociaux et des nationaux-allemands, un tonnerre d'applaudissements éclata. « Vive Seipel ! » criait-on.

Le côté gauche de la salle où siégeaient les sociaux-démocrates resta muet.

Impassible, l'homme en soutane attendit. Sous les lunettes à fine monture, ses yeux étaient rivés à son manuscrit. Quand le bruit lui parut avoir duré assez longtemps, il demanda d'un geste de la main qu'on le laissât poursuivre.

« Il a l'air rudement intéressant ! chuchota Martha Monica.

– *Si* », confirma Gaetano, qui cherchait quelqu'un des yeux. Enfin il parut l'avoir trouvé et fit vivement signe en direction de la galerie.

« Qui est-ce ? » s'enquit-elle. Rudement intéressant tout ça ici !

« Une connaissance », répondit-il brièvement. Le prélat conclut son discours en demandant à la Chambre d'approuver le prêt. Un député de la gauche s'était levé pour riposter (« *un porco rosso* »), les sociaux-démocrates qui avaient formé le gouvernement en 1918 s'étaient depuis lors avérés parfaitement incapables, affirma Gaetano à voix basse en jetant des regards furtifs à la galerie ; ils écumaient de rage et d'envie qu'un prêtre catholique eût réussi là où eux avaient lamentablement échoué !

Gaetano semblait éprouver une antipathie violente envers l'homme qui avait pris la parole, Otto Bauer, un intellectuel, le chef des socialistes, qui avaient élu ce « reptile malfaisant » à la mort de Viktor Adler, expliqua-t-il à Martha Monica.

« Nous ne débattrons pas d'un acte de haute trahison ! » s'écria l'homme.

L'ovation passionnée de son parti, l'exaspération sur les bancs du gouvernement étaient un spectacle excitant. Pour Martha Monica, c'était mille fois plus palpitant que la plus captivante des pièces de théâtre. Mais le tumulte se calma quand l'homme en soutane se leva à nouveau de son siège.

« En réponse à la remarque de mon honoré prédécesseur à la tribune, dit-il d'une voix égale sans faire un geste, je rappellerai à l'honorable Chambre que la politique est le souci de la *res publica*, ainsi que les Latins nommaient l'État. »

« *Benissimo !* » clama Gaetano au mot « Latins », tentant cependant de déguiser par un toussotement ce cri déplacé pour un diplomate.

« Le souci de la *res publica*, répéta l'orateur, et non une *res privata*, l'affaire d'une clique. »

Cri des bancs de la gauche : « Vive la République, mon père !

– La question n'est pas tant d'acclamer la République, monsieur le député Leuthner, que de faire quelque chose pour elle, répliqua le prêtre. En ces jours qui déploient devant nos yeux le spectacle apocalyptique de la ruine, nous voulons en quelque sorte parler *sub specie aeternitatis*, du point de vue de l'éternité. Messieurs les députés de l'opposition m'accusent d'avoir vendu la liberté autrichienne à l'étranger.

– C'est ce que vous avez fait ! cria-t-on.

– Je ne l'ai pas fait, monsieur le député Ebeseder ! C'est ceux qui veulent dissoudre l'Autriche dans un autre État qui sacrifieraient la liberté et l'indépendance autrichiennes. »

Un cri de rancœur s'éleva : « Vous, monsieur le chancelier, voulez vendre à nos ennemis le droit de l'Autriche à disposer d'elle-même pour quelques misérables millions ! C'est de la haute trahison ! Les sociaux-démocrates n'excuseront pas ce crime ! »

« Chacal ! Avec ceux-là vous doivez finir ! » souffla Gaetano en saisissant convulsivement la main de Martha Monica dans son indignation. Mais elle n'était entièrement requise par le débat que pour savourer le plaisir d'avoir été saluée en premier par la femme du ministre du Commerce, et parce que le beau prince Dietrichstein (à qui l'on ne pouvait donner son titre qu'en tête à tête depuis l'abolition de la noblesse) montrait par une mimique expressive combien il la trouvait séduisante. Quelle ascension depuis le moment où Gaetano l'avait fixée, fasciné, ce jour-là, au Burgtheater ! Aujourd'hui il y avait plus d'une paire d'yeux rivée sur elle et attirer les regards lui causait depuis longtemps plus de plaisir que de frayeur. Elle avait envié assez souvent sa belle-sœur Selma de polariser l'attention. C'était à son tour maintenant. Elle adressa à Gaetano un sourire reconnaissant.

« Tu le connais ? » demanda-t-il.

Il parlait d'un député – qu'elle connaissait bien entendu –, c'était le bourgmestre Seitz, dont la popularité ne le cédait en rien au bien-aimé Lueger. « Il est si sympathique », dit-elle de lui, comme de la plupart des gens, et elle pensa au couplet qu'avaient composé les Viennois : « Le Bauer, le Seitz et le Renner / Z'ont intérêt à faire voir / qu'ils sont pas que des beaux parleurs… »

Gaetano lâcha un juron, si fort cette fois, que le diplomate espagnol à la droite de Martha Monica toussota en signe d'avertissement et demanda vite si elle allait ce soir à la première du Raimundtheater. On y donnait une pièce incroyable qu'on nommait « expressionniste », une bonne amie à lui qui jouait dedans lui avait confié qu'au second acte les actrices… – il lui glissa la suite à l'oreille. Elle se demanda un instant si elle devait être choquée. Puis elle rit gaiement. Pourquoi ne pas employer de mots osés ? Un autre de ces préjugés que l'époque balayait – quelle époque magnifique ! Les hommes vous parlaient comme à l'un des leurs, enfin on n'était plus le « sexe faible ». « J'aurais adoré y aller, déclara-t-elle à son voisin. Mais, voyez-vous, nous faisons le Grand Tour aujourd'hui ! » L'Espagnol savait visiblement qu'on entendait par là écrémer autant de boîtes de nuit que possible entre onze heures du soir et six heures du matin. Il espérait bien croiser Martha Monica dans le Grand Tour et en accomplir personnellement une partie avec elle. « Épatant ! » dit-elle.

« Un abîme s'ouvre sous nos pieds et nous faisons comme si le sol était sûr, disait quelqu'un. Si nous voulons exister, il nous faudra non seulement le voir mais encore le franchir. Si nous voulons périr, nous nous banderons les yeux et tomberons dedans à pieds joints. » Encore le prélat ? Il était un peu ennuyeux à la longue, trouvait Martha Monica, à qui ce sévère sermon rappelait les prêches dominicaux. Que voulait-il encore, puisqu'il rapportait tant d'argent, assez pour tout le monde ? Elle cessa d'écouter, l'attrait de la nouveauté se dissipait et elle avait pris rendez-vous chez le coiffeur pour une heure. Elle parcourut la salle du regard et remarqua une dame brune qui la regardait de la galerie. Toute disposée à honorer aussi d'un sourire ce regard-là, Martha Monica en esquissa un, mais au même moment la dame détourna les yeux.

Tout de suite après, à sa grande surprise elle découvrit son frère Hans. Elle s'efforça d'attirer ses regards, mais en vain. La tête dans les deux mains, il était assis sur une marche de la galerie. Il avait l'air d'un petit garçon à qui l'on raconte son histoire préférée. « Mais c'est Hans ! dit-elle à Gaetano.

– Où ? » demanda-t-il avec une irritation inhabituelle.

Elle le lui montra.

« Une personne peu agréable, dit Gaetano.

– Allons donc ! Vous vous connaissez bien trop peu. Hans est adorable ! »

Un peu plus tard dans le hall, elle s'arrangea pour l'attendre. Trop ridicule que Hans et Gaetano s'évitent – il fallait enfin y remédier. Et divin comme il était, Gaetano ne vit pas le moindre inconvénient à attendre dans les couloirs bondés, au contraire ça l'amusait. Que de monde il connaissait ! Tous des gens charmants ! Il échangea quelques mots avec ses collègues de Sofia et d'Ankara, et, brièvement, avec la dame de la galerie. Une Italienne, répondit-il, un peu agacé, quand Martha Monica lui demanda comment elle s'appelait. Pourvu qu'elle ne l'ait pas froissé par sa question idiote... Il pouvait être d'une susceptibilité incroyable. Bizarrement elle avait l'impression qu'il avait parlé espagnol et non italien avec la dame. Mais elle ne comprenait pas un mot d'espagnol. C'est alors qu'arriva Hans.

Il les avait vus de loin et s'apprêtait à passer devant eux sans s'arrêter. Il pensait – Martha Monica le lui avait entendu dire assez souvent – qu'il fallait se méfier de Gaetano . Et ses « airs de joli cœur » l'horripilaient.

Tout comme sa manière de faire des fautes délibérées en parlant allemand. Il le qualifiait de « fasciste », un terme qu'elle ignorait, mais qu'il n'expliquait pas ou alors c'est elle qui n'avait pas compris. D'ailleurs elle n'avait aucune envie de le comprendre, quelque chose de fâcheux probablement, or en Gaetano il n'y avait rien de fâcheux.

Elle ne laissa pas passer son frère, elle le retint même par la main. L'Italien dit : « Comment vous allez-vous ? », ce qui la faisait toujours terriblement rire.

Il allait bien, répondit-il, mais il était pressé. Il devait aller prendre Selma à sa répétition au Burgtheater. « Tu veux venir ? » proposa-t-il à sa sœur.

L'Italien fit signe que non.

« Quel dommage, j'ai rendez-vous chez le coiffeur, répondit-elle. Mais si je décommandais ? On pourrait peut-être venir tous les deux, je veux dire le comte Orbellini et moi ? J'aurais tellement aimé qu'il fasse la connaissance de Selma. Il serait charmé !

– Mais elle pas », dit Hans. Ça lui avait échappé. « Je veux dire… après les répétitions elle est toujours un peu épuisée, s'excusa-t-il aussitôt.

– Votre frère a de curieuses manières », dit l'Italien dans un allemand parfaitement correct en se tournant vers Martha Monica. Il rit en exhibant des dents d'un blanc éclatant.

« Je regrette de vous donner cette impression, dit Hans. Je ne voulais pas vous offenser.

– Mais bien sûr que non ! s'écria Martha Monica. Tu vois bien qu'il plaisante !

– Ces gens ne peuvent pas m'offenser ! dit l'Italien d'une voix soudainement forte, brutale même. Pas plus monsieur Otto Bauer que monsieur Seitz ou monsieur

Alt ! » Sans une seule de ses fautes de langue qui distrayaient tant Martha Monica.

Mais elle ne le remarqua pas, ce qui la frappa c'est la compagnie douteuse à laquelle il associait son frère ; elle expliqua : « Tu sais, il ne peut pas sentir les socialistes.

– À bientôt, Mono, dit Hans. Il faut que j'y aille. »

Dans son dos, de façon à être entendu, l'Italien lança : « Évidemment que sa femme ne serait pas charmée ! Quand on est charmée par monsieur Otto Bauer ! »

Comme la réaction se faisait attendre, le comte Orbellini cria à l'homme qui s'éloignait : « J'ai l'habitude d'être salué, espèce de bolchevique ! » La voix mélodieuse qui s'était faite incisive résonna dans les couloirs.

Hans se retourna brusquement. En deux pas il fut devant l'Italien. Quelqu'un derrière lui observa : « Ce monsieur a une conception très floue de l'immunité. Au parlement elle vaut pour les députés, non pour les diplomates. Il faudrait l'en instruire, Alt ! Il a démontré tout à l'heure par ses interruptions qu'il n'a pas la moindre idée de l'endroit où il se trouve. »

En dépit de la colère qui lui faisait monter le sang au visage, Hans reconnut celui qui parlait et qu'il n'avait pas vu depuis longtemps : Ebeseder, son camarade de lycée, désormais député.

Méprisant, l'Italien répondit : « Je n'ai pas de leçon à recevoir des bolcheviques ou des gens dont les femmes… »

La main de Hans qui s'était levée prestement fut stoppée non moins vite par le poing d'Ebeseder. « Nous n'allons pas donner à ce monsieur le plaisir de faire sensation dans l'arène politique ! En revanche je me ferai une joie d'interpeller le ministre des Affaires étrangères sur la fonction des attachés militaires dans ce pays. Sommes-nous déjà si bien vendus à l'étranger que des gens voués à se tenir cois ont maintenant le droit d'ouvrir leur bec ? » Il approchait de l'escalier principal avec Hans quand il prononça ces derniers mots.

« Révoltant ! dit Hans.

– Aucune importance, déclara Ebeseder. On sera bientôt débarrassé de lui et de ses semblables. Comment vas-tu ? J'ai entendu parler de toi par des tiers.

– Mais pour qui se prend-il ? dit Hans.

– Tu viens donc nous écouter ?

– On disait que la séance d'aujourd'hui allait sauver l'Autriche.

– Hum… Tu en as l'impression ? Seipel croit sûrement qu'il a sauvé l'Autriche. Et toi, Alt ?

– Ce n'est pas l'argent qui peut sauver un peuple !

– Exact, répondit Ebeseder à la porte du club social-démocrate. On pourrait se revoir ? Tu m'as tout l'air d'être resté un gars bien. Salut ! »

Quand Hans fut sorti, la pendule de l'Hôtel de ville sonnait moins le quart. Seipel n'avait pas sauvé l'Autriche. Ou si ? Selma était charmée par Otto Bauer ? Un, deux, trois, Hans aurait bien pu se retrouver dans un pré aux violettes et viser quelqu'un au pistolet. Pendant des décennies il l'avait reproché à son père. Mais ça ne dépendait pas de vous.

En apercevant la place où se dressait le Burgtheater et où Selma se dirigeait vers lui à grands pas en agitant la main, Hans revint sur cette pensée. On ne tirait pas sur les gens. *Ça dépendait de vous.*

« N'est-ce pas, ça dépend de soi ? » lui demanda-t-il quand elle l'eut rejoint.

Accoutumée à sa manière de sauter les prémices, elle répondit : « Bien sûr ! De qui d'autre sinon ?

– *Des autres.* Et de l'État, et de Dieu ?

– En ce qui concerne Dieu et l'État, je ne suis pas compétente. Mais des autres ? Non.

– Mais s'ils – disons – s'ils mènent votre pays à sa perte ? Ou – aussi – s'ils perdent l'amour qu'ils vous portaient ? »

Elle eut ce sourire qui métamorphosait son visage.

« Le pays perdu, on le retrouve un jour ou l'autre. Et l'amour ne se perd pas.

– Jamais, Selma ?

– Jamais ! »

34

Les recalés

Un jour, Selma fut soudain incapable de remuer le bras droit. Cela devait venir du courant d'air auquel l'exposait l'immense scène du Burgtheater, au début elle jugea inutile de consulter un médecin. Le vieux docteur Herz ne pratiquait plus depuis quelque temps, et au numéro 10, son successeur avait la réputation de « faire des histoires ». Quand son beau-frère, le docteur Baier, vint les voir de Salzbourg, elle lui demanda conseil, cette gêne pénible durait alors déjà depuis des semaines. Elle la handicapait particulièrement quand elle jouait sainte Jeanne, car elle devait porter la lourde bannière de Dunois dans le bras gauche et avait besoin de la droite pour l'épée.

Des névralgies, diagnostiqua le beau-frère Baier, qui, depuis la mort de François-Joseph, soignait la noblesse et le clergé de la ville de Salzbourg. Il lui prescrivit de la diathermie, mais plus Selma suivait son traitement, plus le mal incommode, bien qu'indolore, se faisait tenace ; il ne se limitait plus au bras, entretemps sa main droite lui obéissait à peine.

Personne ne devait l'apprendre bien entendu, sinon son triomphe dans le rôle de Jeanne aurait été vain : elle aurait dû se déclarer malade et céder le rôle conquis de haute lutte à une célèbre collègue de Berlin qui n'attendait que cela, le Burgtheater prêtait très rarement ses comédiens aux autres scènes viennoises.

Selma dissimula même cette indisposition à Hans, que les maladies effrayaient. Avoir peu à peu regagné sa confiance après la nuit du retour était son deuxième triomphe, concomitant du premier. Quand elle était rentrée à la maison après la première, il lui avait dit : « J'avoue qu'être une femme de génie importe plus qu'être mère ! » Leur pénible conversation nocturne était ainsi définitivement oubliée.

C'est dans la vie commune de tous les jours qu'elle le reconnaissait entièrement maintenant. Quasiment pas un geste, pas une réaction qu'elle n'aimât pas chez lui. Cette croyance enfantine qu'il avait conservée que tout pouvait être « amélioré » : une fabrique de pianos, un État, les gens. Sa réserve, son tact. Son enthousiasme prompt à s'enflammer. Cette oscillation typiquement autrichienne entre optimisme et pessimisme, et sa fiabilité, si peu autrichienne et réellement touchante. Jamais une échappatoire. S'il n'avait été aussi colérique et, hélas, aussi impatient, Selma avec tout son sens critique l'aurait jugé exempt de défaut. Et ce qu'elle préférait, c'était son parti pris d'authenticité et son refus de toute arrogance.

« Apporte-moi les coupes du service à thé », demanda sa belle-mère. On dressait somptueusement la table pour fêter les quatre-vingts ans du professeur Stein. Simmerl et sa femme effectuant leur pèlerinage annuel à Mariazell où leur fille servait au prieuré, et Martha Monica mettant comme toujours un temps fou à s'habiller, Selma avait été priée de monter l'aider.

« Tu n'as pas besoin de me faire sentir à chaque coupe combien tu es au-dessus de ces activités prosaïques, dit Henriette. Ce serait formidable, mais malheureusement tout le monde ne peut pas être un génie ! »

C'était la première fois que Selma ressentait des douleurs au bras, et même si elle ne les attribuait qu'à sa nervosité, chaque geste lui coûtait. « C'est beaucoup plus simple que cela, maman, dit-elle, je suis une déplorable femme d'intérieur ! » Et elle tendit à sa belle-mère la belle porcelaine viennoise ancienne au dessin de ruche.

« Foutaises ! » rétorqua Henriette, recourant à l'expression favorite de Franz dans sa jeunesse. En présence de Selma elle prenait inconsciemment le parti de la maison contre l'intruse – qu'elle avait été si longtemps elle-même. Elle s'était donné du mal. Pour l'amour de Hans elle avait tenté maintes et maintes fois de prendre sa belle-fille en affection. Elle n'y parvenait pas. La belle-fille lui volait son fils.

Elle ressentait comme une victoire personnelle le fait que la maison tout entière fêtât aujourd'hui l'anniversaire de son père. « Sois gentille d'aller me chercher la crème fouettée », demanda-t-elle plus aimablement, estimant qu'elle s'était laissée aller.

La crème fouettée était à la cuisine, toute prête. Selma n'avait qu'à tendre la main droite, c'était enfantin. On levait la main, on s'emparait du léger pot d'argent et on le portait à la salle à manger. Et voilà que ce geste simple devenait un problème insoluble. Quand Selma voulut tendre la main droite, la main refusa tout service.

« Dépêche-toi ! lui cria Henriette de la salle à manger. Ils vont arriver d'un moment à l'autre. Tu sais comme ils sont ponctuels ! »

Selma réessaya de saisir le petit pot. Sa faiblesse disparut aussi subitement qu'elle était venue. Infiniment soulagée, la jeune femme prit le récipient et se dépêcha de gagner l'autre pièce. « On ne peut pas dire que tu sois rapide, constata Henriette. Hans ne t'a pas appris à faire vite ? Il vient, lui aussi ? »

Hans vint. Mais les invités réputés ponctuels se présentèrent avant lui, d'abord Otto Eberhard et son épouse Elsa, Franz, tout de suite après, puis le conseiller aulique Stein, Peter, le fils d'Otto Eberhard, et Annemarie, la femme de Peter. Suivirent les Drauffer et les jumeaux (la femme de Fritz, la danseuse, devait s'occuper de leur fils de deux ans Raimund, du moins c'est ainsi que Fritz excusa son absence à la fête de famille). Puis ce fut la veuve Paskiewicz, et, en même temps qu'elle, Martha Monica. Les enfants de Peter viendraient réciter des poèmes après le thé. Avec Hermann qui arriva très en retard, les adultes de la maison étaient au complet.

« Je n'ai pas encore eu le temps de voir *Sainte Jeanne* », déclara Otto Eberhard, assis à la gauche de la maîtresse de maison, quand Selma lui versa son thé. Il comptait cinq années de plus que le héros du jour et créditait les octogénaires de peu d'expérience, tout comme tante Sophie en son temps tenait sa vieille domestique Poldi pour une débutante. Il ne croisait presque jamais la comédienne. Depuis qu'on rencontrait presque partout des gens sans éducation, des ministres qui avaient été marchands de chaussures à Graz, des directeurs de ministères qui portaient leur couteau à la bouche en mangeant, Otto Eberhard n'allait plus dans le monde. Assis le buste bien droit, il arborait sa redingote impeccablement brossée devenue un peu trop ample, des favoris taillés de frais et la rosette de commandeur de l'ordre de François-Joseph à sa boutonnière.

« Vous en aurez sûrement l'occasion un jour », dit Selma. Elle ne pouvait se décider à dire « oncle Otto Eberhard » ni à tutoyer le sévère vieillard.

« Tu as manqué une fameuse prouesse », observa le roi de la fête assis à la place d'honneur, à droite de sa fille, en dépliant sa serviette damassée, dans la pointe de laquelle était placée une rose. Il fixa la rose à la boutonnière de sa veste de coupe moderne et se servit du thé. « Tu as été exceptionnelle dans ce rôle, complimenta-t-il l'épouse de son petit-fils. Tu peux être sûre que j'irai revoir la pièce. »

Chaque compliment qu'on adressait à Selma, qui devait aujourd'hui affronter pour la première fois la famille en bloc, réjouissait Hans. Quelle sottise en fait d'accorder malgré tout tant d'importance à ce que la maison approuvait ou blâmait ! ne put-il s'empêcher de penser. Il était assis à côté de Fritz.

« J'ai lu la pièce, précisa Otto Eberhard. Elle ne me plaît pas. Comparée à *La Pucelle d'Orléans* de Schiller qui est…

… tout de même, anticipa Fritz.

– … tout de même bien meilleure, poursuivit le premier procureur à la retraite.

– Si je puis me permettre, papa, je crois que là, tu fais erreur », intervint son fils Peter. L'homme replet laissait percer à chaque remarque tout le poids de la position qu'il occupait au ministère de l'Instruction publique. Il y avait survécu aux « rouges », et sa détermination montrait qu'il survivrait à tous ceux à qui faisait défaut l'art subtil de gouverner. Sans lui et ses semblables, les ex-marchands de chaussures, ex-traiteurs et autres amateurs douteux qu'on faisait ministres à présent eussent été bien en peine de se mouvoir sur le parquet glissant de l'administration, où l'on trébuchait à chaque pas sur des questions de paragraphes ou de relations. « Je la tiens pour une pièce remarquable », ajouta-t-il, fort de sa compétence de chargé des Affaires culturelles du pays. Comme la pièce ne se jouait pas au Burgtheater subventionné mais dans un théâtre privé, il se bornait à dire « remarquable ». Pour le Burgtheater il aurait usé d'un superlatif.

« Peter, comment peux-tu… »

… dire cela, anticipa Fritz.

Annemarie ne le déçut point. Elle reprocha à son époux de défendre la pièce anglaise. En dépit de ses efforts, elle n'y avait trouvé que cynisme. Et la représentation ne l'avait pas satisfaite non plus.

Le regard de Hans se fit acéré.

« Tais-toi, lui intima son cousin et ancien mentor. Annemarie est une des femmes les plus stupides des cinq continents.

– Mais ils le disent pour vexer Selma, allégua Hans.

– Et alors ? demanda Fritz avec phlegme. Elle n'en mourra pas. Pour sa carrière, ce que nous pensons d'elle, toi et moi, est autrement déterminant. Et nous pensons qu'elle est géniale. Non ?

– Qui est-ce qui est génial ? » demanda Hermann au beau milieu de sa conversation avec son cousin Otto, qui portait maintenant une barbe à la Lueger.

« Selma, déclara Fritz agressivement.

– Tout à fait mon avis, répondit Hermann. Ça faisait longtemps, je dois dire, qu'une pièce de théâtre ne m'avait pas autant plu que sa *Jeanne*. Un exploit de première !

– Ça me fait plaisir », dit Selma à son beau-frère.

Hans fut tellement surpris lui aussi des louanges de son frère qu'il résolut de lui taire combien il avait trouvé indigent son programme radiophonique de la veille ; Hermann ne travaillait plus à la fabrique, il était depuis quelque temps assistant à la programmation de la radio viennoise, où il animait des « Heures autrichiennes » qui s'insurgeaient contre tout ce qui pouvait hypothéquer l'indépendance de l'Autriche, et il trouvait même le moyen de s'adonner à un soudain penchant pour l'écriture. Dans un récent article paru dans la *Neue Freie Presse*, dont il briguait les faveurs, il avait décerné à Saphir et Daniel Spitzer[1] les titres de « pères du feuilleton littéraire viennois » et, partant, de « rédacteurs les plus spirituels du pays ». Tandis que Theodor Herzl[2] devenait sous sa plume le « maître du style viennois ».

« Pourquoi n'as-tu pas invité Selma hier soir, puisque tu l'admires à ce point ? demanda ce trouble-fête de Fritz. Ç'aurait été une oasis dans votre désert de médiocrité. Faut-il vraiment être totalement dépourvu d'esprit et de caractère pour participer à ton "Heure autrichienne" ? Ou suffit-il d'être l'un des deux ? »

Hermann eut un hochement de tête résigné. « Tu connais mon patron. Surtout pas d'invité de bonne famille. Ça sent trop le piston !

– Ça alors ! D'abord je doute fort que Selma en aurait eu besoin, répliqua le musicien, d'autre part, on ne peut pas dire que tu aies péché par omission en matière de piston familial – pas pour ta personne en tout cas. Qu'en

1. Daniel Spitzer et Moses Saphir : auteurs et journalistes juifs renommés pour leur ton satirique.

2. Le futur fondateur du mouvement sioniste était un écrivain et un journaliste à la plume alerte et fut directeur littéraire du prestigieux quotidien viennois *Die Neue Freie Presse.*

dis-tu, Peter ? Je ne crois pas que tu aies nui à Hermann quand il a postulé à son poste à la Ravag[1].

– Dis-moi, est-ce si amusant de jouer perpétuellement l'*enfant terrible** ? demanda le gros cousin. Il faudrait peut-être renoncer un jour à ce rôle de trublion en culotte courte ! »

À cet instant, Franz émit un son aigu en heurtant son verre. Assis à côté de sa belle-sœur Elsa, il désigna le professeur Stein. Là était le héros du jour. Qu'on se souvienne enfin de lui ! Le visage à la bouche paralysée n'avait pratiquement plus que la peau sur les os. Le professeur déclina l'honneur qu'on lui faisait : « Laisse les jeunes gens discuter, Franz. » Pour lui ils restaient des jeunes gens, et toute sa vie, il avait encouragé les échanges entre jeunes gens.

Henriette commençait à ressentir quelque nervosité. Tous ces chichis pour cette Selma ! « Tu n'as pas proposé de pâtisseries à oncle Otto Eberhard ? » remarqua-t-elle à l'intention de sa bru.

Hans supportait de moins en moins l'aversion qui transpirait à chacune de ses paroles. Elle ne trouvait rien à redire à l'attitude de Martha Monica tranquillement assise comme une invitée et qui aurait pu aider à servir. Alors que Selma pouvait toujours se décarcasser, jamais elle ne vaincrait l'antipathie de sa mère. Chaque fois qu'il était témoin de cette attitude, il sentait son amour filial se figer. Mais se pouvait-il qu'une remarque sur les pâtisseries affecte aussi dramatiquement l'expression du visage de Selma ? Hans allait se précipiter sur sa femme pâle comme un linge, mais déjà

1. Die RAVAG (Radio Verkehrs AG) fut le premier office de radiodiffusion autrichien. Il fut créé en 1924.

elle s'était remise à faire le tour des invités. Au reste Martha Monica s'était enfin décidée à l'aider.

« Ça ne va pas ? demanda-t-il à voix basse quand elle s'arrêta près de lui.

– Pourquoi ? » répondit-elle en déposant des *petits-fours** dans son assiette. Et elle passa à son voisin Fritz.

« Martha Monica ! dit sévèrement l'oncle Otto Eberhard.

– Oui mon oncle ? » demanda la jeune fille, qui suivait Selma en versant du malaga dans des verres à liqueur pointus.

« Tu as de magnifiques perles.

– Magnifiques », renchérit Elsa avec admiration dans son parler tyrolien.

Et la veuve Paskiewicz d'observer : « Je me le disais depuis un moment – on dirait presque le collier de l'impératrice !

– C'est le sien ! » avoua la jeune fille rayonnante en caressant le bijou, qui irradiait un doux éclat rosé.

« Quoi ? » s'étrangla le premier procureur à la retraite, qui se raidit brusquement.

Henriette lança un regard d'avertissement à sa fille.

« Tu ne veux tout de même pas dire, énonça le vieux monsieur dont la fourchette à gâteaux s'était mise à trembler, que tu portes les perles de Sa Majesté ? » Il attendit sa réponse avant de continuer à manger.

« Mais non ! Ce sont des fausses, bien entendu, dit la jeune fille sous le regard de sa mère.

– Elles ne sont pas vraies ? insista la veuve Paskiewicz.

– Bien sûr que non ! répondit Martha Monica. On fait des imitations sublimes maintenant à Paris ! » et elle continua à servir le malaga.

« Espérons-le, conclut le vieux monsieur au bout d'un moment. Il y a maintenant des gens qui se permettent de porter et de faire des choses, vraies ou fausses, qui ne leur reviennent pas.

– Je partage totalement ton avis, confirma Otto Drauffer qui jusque-là rivalisait de silence avec la veuve Paskiewicz. Ça grouille chez nous de trafiquants qui rachètent les bijoux de la couronne pour une bouchée de pain. Je sais même de source sûre que certains diplomates ne sont ici que pour ça !

– Mais pas un dénommé *conte* Orbellini, tout de même ? » s'enquit son jumeau Fritz. Depuis que l'Italien sévissait à Vienne, Martha Monica ne s'était absolument plus occupée de Fritz.

« *Conte* Orbellini est attaché militaire », objecta ingénument la jeune fille, bien que la question s'adressât à Otto. Elle s'abstint de mentionner que les perles étaient un présent de Gaetano.

« Ah ? dit Otto à la longue barbe blonde façon Lueger. Je le pensais attaché ailleurs ! »

Les yeux toujours en émoi de Franz dardèrent sur Martha Monica un regard qu'elle évita. Mais sa mère dit avec bienveillance : « Je trouve le comte Orbellini charmant. »

Que Mono portât les perles qui lui auraient presque été destinées à elle l'avait emplie d'une immense satisfaction. Le destin commençait enfin à montrer quelque repentir, il donnait à la fille ce qu'il avait refusé à la mère.

« J'ai entendu dire que vous allez vous marier ? » s'enquit la veuve Paskiewicz, qui tenait pour frivoles les unions profanes depuis que sa fille Agathe était promise au Sauveur.

Le professeur fit enfin usage de son privilège d'invité d'honneur et observa à l'intention de sa petite-fille : « Les diplomates sont des oiseaux de passage. Quand on leur coupe les ailes, ils perdent leur élan. » Il s'exprimait sur le mode allusif des grands feuilletonistes de la *Neue Freie Presse,* et c'est probablement pour cela que Hermann saluait sa remarque d'un hochement de tête si approbateur. Mais le professeur Stein aurait tout aussi bien pu dire : « Si tu m'en crois, n'épouse pas cet homme ! » C'est en tout cas ce que son ton suggérait.

Le souper au Sacher revint à l'esprit de Martha Monica. Ce jour-là, grand-papa Stein s'était levé à l'instant même où elle était entrée avec Gaetano. « Oui, grand-papa », répondit-elle avec embarras.

Mais Otto Eberhard n'entendait pas laisser un monsieur Stein donner l'impression qu'il eût ici son mot à dire ou pût – où irait-on ? – jouer les premiers rôles. Même le jour de ses quatre-vingts ans. « Cela m'intéresserait de faire la connaissance de ce comte Orbellini, décréta-t-il. Tu pourrais peut-être nous l'amener ? » L'homme en question était tout de même officier et comte !

« Oui, mon oncle », obtempéra une fois de plus Martha Monica, restaurant ainsi l'ordre établi : ici régnait Otto Eberhard, son jugement prévaudrait dans l'affaire Orbellini, les intrus n'avaient pas droit de regard dans les affaires de famille.

Franz approuva, satisfait. Notant l'acquiescement de son cadet, l'aîné adressa au paralysé un hochement de tête et une ébauche de sourire. J'en fais mon affaire, semblait dire ce sourire. C'est encore entre mes mains que la descendance de notre grand-père se trouve le plus en sûreté. L'index d'une de ses mains décharnées où ressortait le bleu des veines frappa son verre de malaga. Le silence se fit aussitôt.

Le premier procureur à la retraite se leva. « Mesdames et messieurs ! Nous fêtons aujourd'hui l'anniversaire d'un homme dont les mérites sont multiples. En tant que savant, ancien membre de la Chambre haute, patriote et, enfin, père de notre hôtesse, il a fait d'estimables dons à la monarchie et à cette maison. Nous lui en savons gré et souhaitons au conseiller aulique Stein une bonne continuation ! » Sur quoi il se rassit. Des vœux d'anniversaire. Et malgré tout, un réquisitoire.

Le professeur, dont l'ouïe n'avait pas faibli malgré ses quatre-vingts ans, redressa son fin visage et leva les yeux. Tandis qu'il saluait, son verre à la main, ceux qui se levaient pour lui, il pensa au toast qu'il avait porté ici lors du mariage de sa fille, il y avait de cela bien longtemps, en l'honneur des maisons d'Autriche et du 10 Seilerstätte. La maison d'Autriche n'existait plus. Celle du 10 Seilerstätte existait péniblement. Ce vieux renard a raison, se disait-il, philosophe comme toujours, les toasts ne valent pas tripette. Et sur le ton qu'il avait adopté sa vie durant à l'égard d'étudiants incorrigibles, le professeur émérite déclara :

« Mon honorable prédécesseur a évoqué mes modestes mérites. Le temps dira si j'en ai eu en matière de vie publique. Mais je prétends en avoir eu un dans le domaine privé. Il est à mes côtés. Avoir donné le fruit de ma vie à cette vraie maison autrichienne, à qui il a dispensé sans compter grâce, talent, esprit et vie m'emplit de fierté. Je bois à la santé de ma fille Henriette ! »

Lui aussi avait rétabli l'ordre.

Henriette rougit comme jadis. Les paroles de son père lui faisaient un bien infini. Elle seule savait ce qu'il en coûtait de temps et d'efforts pour que de telles paroles pussent être prononcées ici. « Merci, papa ! » dit-elle à l'homme qui lui avait inculqué de laisser l'essentiel non dit, qu'on soit heureux ou malheureux, qu'on veuille mourir ou qu'on veuille vivre. Et en cet instant-là aussi ils s'en tinrent tous deux à cette habitude.

Au moment où tous les regards se fixaient sur Henriette, et où Franz, levant en son honneur le verre de vin qu'il ne devait pas boire, lui adressait un regard qui disait l'amour intact d'une vie brisée, on entendit quelque chose voler en éclats. Une assiette avait glissé des mains de Selma. Elle-même ne tenait plus sur ses jambes. Hans la reçut dans ses bras. Elle tremblait de tout son corps, comme secouée de frissons.

Avant qu'on ait pu joindre le médecin, Selma parut s'être remise. Ses traits convulsés se détendirent, et elle s'excusa : « J'avais déjà de violents maux de tête ce matin. Je vous en prie, ne vous dérangez pas. Ce n'est rien du tout ! » Pour le prouver, elle but d'un trait un des petits verres de malaga.

La mine d'Otto Eberhard, transformé en statue de sel depuis les paroles du professeur, se renfrogna encore. Comédienne ! Qui fait son intéressante dès que les projecteurs ne sont pas braqués sur elle. Un exemple du genre de « talent » suspect qui s'était glissé dans la maison et qu'on félicitait au lieu de blâmer !

« Viens ! la pressa Hans.

– Pourquoi ? dit Henriette. Il ne faut pas s'écouter comme ça !

– Selma joue Viola ce soir, lui répondit Hans.

– La vaisselle cassée porte bonheur », les consola Martha Monica en se baissant pour ramasser les débris.

Les enfants de Peter firent leur entrée, la petite Adelheid en robe blanche à nœuds bleus, Joachim et Otto Adolph en costumes de marin. Ils s'alignèrent pour entamer à trois voix un poème d'anniversaire. Involontairement, les regards des jumeaux qui avaient si peu en commun depuis des années se croisèrent; ils se souvenaient. D'autres générations récitaient les poèmes d'anniversaires aujourd'hui, mais c'étaient les mêmes mots empesés. Quand ils dirent: «Et en cette heure/Te souhaitons de grands bonheurs», Hans réussit à s'éclipser avec Selma. Elle ne s'en défendit pas. Il put même la convaincre de se reposer un moment. Et elle lui jeta un regard reconnaissant quand il dit: «Il faut que tu joues ce soir.» Comme si cela lui importait aussi à lui maintenant.

Ensuite, il l'accompagna au théâtre et la mena jusqu'à sa loge. «Je t'en prie, ne tombe pas malade, l'implora-t-il. Je n'ai que toi, ne l'oublie pas.»

Elle commençait à se farder. «Depuis quand?

– Depuis la lettre que tu m'as écrite pendant ma captivité. Celle avec les calendriers.» Elle ne les lui avait jamais montrés, et il n'en avait jamais parlé.

C'était si beau qu'elle réussit presque à remuer le bras gauche.

«N'en veux pas à ma mère», lui demanda-t-il encore. Puis il s'en alla hâtivement, ne voulant pas en dire plus.

Sur le chemin du retour l'assaillirent des pensées auxquelles il voulait tout aussi peu céder. Il fut donc soulagé de voir non loin de la porte extérieure du Palais son camarade d'école Ebeseder marcher devant lui, ou plutôt courir, à son habitude.

Hans appela jusqu'à ce que l'autre entende.

«Tu me fais une petite visite dans la rue aujourd'hui, Alt? Je croyais que tu viendrais me voir un jour dans le faux temple grec, lui dit-il gentiment en désignant du pouce le parlement derrière lui. Bon, mieux vaut dans la rue que pas du tout ! Tu manges avec moi ? Je vais au Klomser. » Hans l'accompagna.

« Alors, que penses-tu de "l'assainissement des âmes" ? » demanda Ebeseder, faisant allusion au slogan que le prélat Seidel avait diffusé récemment.

« Ça sent un peu trop l'encens à mon goût, répondit Hans.

– Exact, dit Ebeseder. L'article en répand des tonnes. Au fait, il faut que je te félicite : ta femme est fantastique dans le rôle de Jeanne !

– Merci », dit Hans avec fierté.

Avant d'entrer dans le restaurant, ils virent des tracts pleuvoir sur le pavé. Bien imprimés, en lettres gothiques : *Viennois allemands ! Rejoignez Hitler. Seul Hitler peut vous sauver des rouges et des noirs !* Au-dessous du texte, un signe pareil à une araignée, que Hans n'avait encore jamais vu.

« Tu te souviens du blanc-bec aux dents gâtées qui a passé l'examen d'entrée à l'Académie avec nous ?

– C'est lui ? demanda Hans en relisant le nom sur la feuille.

– Exact », répondit le député Ebeseder. Et en consultant la carte, il raconta incidemment que l'ancien candidat avait laissé tomber la peinture et fondé à Munich un parti politique dont le symbole était ce dessin en forme d'araignée.

« Selma aussi a failli être recalée, dit Hans repensant à elle avec inquiétude. Les recalés font leur chemin ! » Non sans résignation, il ajouta : « J'aurais peut-être mes chances, moi aussi... »

35

« Je vais vous délivrer de la peur... »

Presque toujours quand Selma jouait sainte Jeanne, Hans restait au théâtre de la première à la dernière minute. Cette pièce où les miracles devenaient si humains, si réels, si raisonnables l'émouvait ; quel réconfort de croire qu'il y avait des miracles et que les vaincus pouvaient être les vainqueurs. Mais l'interprète de Jeanne, elle, le touchait jusqu'à la moelle. Un étonnement nouveau le saisissait chaque fois à la seconde même où elle entrait en scène, quand il voyait jaillir avec une force inouïe cette chose inconnue, insoupçonnée, d'une femme qu'il croyait connaître totalement. Il la savait intelligente et douée. Il voyait maintenant qu'elle avait du génie. La jeune fille que les professeurs Müllner et Jodl avaient jugée incapable occupait la scène et la dominait, avec des gestes qui n'étaient qu'à elle et une voix fragile qui rendait les mots transparents comme du verre. Et de cette transparence naissaient des visions. Cette même jeune fille complexée, qui souffrait tant de n'être pas assez bien pour le numéro 10 ! Cette jeune fille qui devenait belle dès que le sourire affleurait sur son visage garçonnier.

Il se plaçait dans la coulisse et la regardait. Au Burgtheater, c'était formellement interdit aux personnes « non autorisées », ici en revanche on le tolérait. Un fou de théâtre. Doublé d'un amoureux qui voulait admirer sa femme de très près et non d'une loge. Ainsi s'était-on habitué à voir monsieur Alt arriver sur la pointe des pieds et se poster dans la coulisse de gauche à côté du pompier de service, quand sa femme entrait en scène. Un bel homme d'ailleurs, qui serait le patron de la firme C. Alt le jour où le vieux monsieur très malade rendrait l'âme ; la firme C. Alt passait pour une sorte de bien patrimonial viennois, elle faisait partie de la tradition et justifiait les exceptions. « Toujours fidèle au poste, monsieur von Alt ? » demanda avec indulgence l'acteur qui jouait l'archevêque. Hans acquiesça. L'air du théâtre le charmait. Fascinant d'avoir autour de soi ces messieurs en costumes regorgeant d'or qui répandaient un léger parfum de mastic et d'eau de Cologne. « Votre femme est particulièrement bonne, ce soir », chuchota avec une bienveillance de commande la dame mûre qui, entre nombre d'autres, s'était portée candidate au rôle de Jeanne et avait remué ciel et terre pour l'obtenir. Elle était passée par hasard, elle habitait tout près. Elle passait par hasard à chaque représentation.

Hans trouvait aussi qu'aujourd'hui Selma était encore plus poignante que d'habitude. La magistrale simplicité avec laquelle elle disait maintenant : « Sais-tu que je t'apporte une aide meilleure qu'aucun général ou aucune ville ait jamais reçue[1] ? »

---

1. Les citations de la pièce sont tirées de *Sainte Jeanne*, B. Shaw, texte français d'Anika Scherrer, L'Arche, Paris, 1992.

« La tienne ? » demandait Dunois, Bâtard d'Orléans, son partenaire.

« Non, répondait-elle. L'aide et le conseil du Roi du Ciel. »

Ainsi devait être l'art ! Si évident ! Si convaincant ! pensait Hans, ravi.

Elle se dressait toute svelte dans sa fine armure souple d'écailles argentées, l'étendard bleu, pointu, brodé de trois lys d'or, dans la main gauche, l'épée dans la droite. Comme un jeune garçon.

Son regard le chercha comme toujours, avant de dire : « Je vais te délivrer de la peur… » Ce n'était pas à Dunois mais à lui et à lui seul qu'elle le disait, car la peur était à ses yeux le mal dont il devait se déprendre. En même temps, elle leva le fanion comme pour le saluer. Il hocha la tête, conquis.

« Parle un peu trop doucement, madame votre épouse, aujourd'hui », dit le chef de plateau, un doigt de la main gauche dans le livre, et préparant de la droite la machine à vent qu'il devait enclencher trois pages plus loin.

« Pas un ne te suivra », la contredisait Dunois sur la scène, assis les bras croisés devant sa tente.

« Je ne regarderai pas en arrière pour voir si quelqu'un me suit ou non », répondit Jeanne. Hans aussi avait maintenant l'impression qu'elle parlait trop bas.

C'est pourquoi, pendant le silence expressif que Dunois observait à cet endroit du texte, il lui fit signe de la coulisse : « Plus fort ! »

Dunois s'était levé. Il se dirigea vers la jeune fille à l'armure d'argent, se campa devant elle les poings sur les hanches, la jaugea, la gratifia d'une solide accolade à l'épaule et dit: « Bon ! Tu as en toi tout ce qu'il faut pour devenir un vaillant soldat ! »

Le fanion bleu triangulaire tomba de la main de Jeanne. « Tu es amoureuse de la guerre », poursuivit Dunois, perplexe, en regardant l'étendard, qu'il ramassa et lui tendit. Elle ne le prit pas.

Un silence se fit, pendant lequel on entendit la souffleuse chuchoter le texte de Jeanne : « Oh, l'archevêque, lui, disait que je suis amoureuse de la religion. »

Sainte Jeanne ne parut pas l'entendre. Elle ne saisit pas l'étendard. Voici que l'épée aussi lui échappait. Les yeux de Dunois fixèrent tour à tour l'étendard qu'il tenait toujours, puis l'épée à ses pieds.

« Oh, l'archevêque, lui, disait que je suis amoureuse de la religion », répéta la souffleuse, bien plus fort.

« Qu'est-ce qui se passe ? » demanda le chef de plateau, le doigt posé sur la phrase que devait dire Selma mais qu'elle ne prononçait pas. Il courut de l'autre côté pour souffler de plus près à son tour. Ces débutants ! Dès qu'ils oublient leur texte, ils sont complètement perdus !

Mais déjà Dunois disait celui de Jeanne : « Tu veux dire que tu es amoureuse de la religion », s'aidant lui aussi du même coup, car son texte reprenait la réplique de Selma : « Et que Dieu me pardonne, je suis un peu amoureux de la guerre – cette affreuse diablesse ! Je suis comme un homme qui a deux femmes. Veux-tu être comme une femme qui a deux époux ? »

En disant cela avec cette virilité qui faisait l'admiration du poulailler, il cala l'étendard qui commençait à l'embarrasser contre la tente, ramassa l'épée par terre et joua avec elle comme si c'était dans le rôle.

« Je ne prendrai jamais de mari », énoncèrent les lèvres de Selma, et Hans, dont le souffle s'était arrêté, poussa un soupir de soulagement. Mais la réplique venait de très très loin. « Je suis un serviteur de Dieu, poursuivit la voix effroyablement lointaine. Mon épée est sacrée. » À ces mots, elle faisait habituellement un geste que Hans aimait particulièrement : elle regardait l'épée, la berçait doucement dans son bras comme un enfant et l'approchait de sa poitrine d'un geste protecteur. Elle avait donc besoin de l'épée, Dunois la lui tendit. « Prends l'épée », improvisa-t-il pour l'aider.

Elle tendit la main, qui retomba avec raideur. Ses lèvres dirent : « Mon cœur est plein de courage, pas de colère. » Puis elle s'interrompit.

« Je conduirai tes hommes », chuchota la femme dans le trou du souffleur. Au mot « conduirai » elle devait aller au milieu de la scène jusqu'à l'entrée de la tente de Dunois. Elle fit le premier pas, le deuxième. Tomba.

« Et ils me suivront. C'est tout ce que je peux faire », chuchota la souffleuse, sans lever la tête de son livre.

La jeune fille en armure d'argent gisait sur le plancher de la scène. Ses lèvres s'ouvrirent pour parler. Ses yeux rivés sur Hans étaient empreints d'une angoisse telle qu'il n'en avait jamais vue dans des yeux humains, même à la guerre.

« Selma ! » s'écria-t-il.

Le chef de plateau donna en plein milieu de la scène le signe de baisser le rideau. Depuis que ce théâtre existait c'était la première fois que pareille chose se produisait.

« Qu'est-ce qu'elle a, madame votre épouse ? » demanda l'acteur qui jouait l'archevêque en relevant sa robe de brocart sur ses hanches pour qu'elle ne l'entrave pas en marchant. « Pourquoi n'envoie-t-on pas chercher un médecin ? » cria-t-il dans la coulisse. Et dans le même souffle, à voix basse, à la dame mûre qui aurait tellement aimé jouer Jeanne : « Vous connaissez le rôle ? À votre place j'irai m'habiller ! On voit ce que ça donne de confier des premiers rôles à de purs débutants ! Ça leur monte à la tête, et ils la perdent ! » Pendant ce temps, on étendait Selma sur un sofa derrière la scène.

Elle était sans connaissance. Après l'avoir brièvement examinée, le médecin du théâtre, qui semblait s'être fait son opinion, demanda à Hans si madame Alt s'était déjà plainte de malaises de cette sorte. Évanouissements ? Nausées le matin ? Hans, hagard, le renseigna. Il s'était produit une fois quelque chose de semblable, encore que bien moins violent, dit-il au médecin. Quand ? Cinq ou six semaines auparavant ? Lors de la fête d'anniversaire de son grand-père. Ça s'était manifesté comment ? Qu'il soit plus précis, madame Alt devait remonter sur scène dans une demi-heure au plus tard. Hans devait comprendre que toute information nouvelle était essentielle. Si la patiente n'avait pas eu l'air si fiévreuse, le médecin du théâtre aurait expliqué l'incident de la manière la plus simple et la plus réjouissante qui soit : elle attendait un enfant.

Les gens tournaient en rond. « Silence sur la scène », demanda le chef de plateau. Encore heureux que Jeanne ne parût pas dans la scène quatre qui suivait. Ensuite venait l'entracte. Et jusqu'à la scène du tribunal, elle devait absolument être capable de rejouer, non ?

« Possible », dit le médecin du théâtre en extirpant de la bouche de la malade le thermomètre qu'il y avait glissé et qu'il secoua vivement avant que Hans ait pu le lire derrière son épaule. Un peu de température. « Qu'est-ce qui se passe ? demanda le régisseur de service qu'on était allé chercher au café d'en face. Encore heureux que le public n'ait rien remarqué ! »

L'acteur qui jouait Dunois surgit pendant qu'on changeait de décor pour la scène quatre. « Elle est rétablie ? » demanda-t-il en pressant à deux doigts sur sa lèvre supérieure sa moustache qui s'était un peu décollée.

Hans secoua la tête, désespéré.

« Courage ! Ce sont des choses qui arrivent », dit en passant devant lui le héros un peu agacé, un acteur de Berlin. On l'entendit tout de suite après relater l'incident dans le groupe d'acteurs : « Je vois le fanion qui lui tombe des mains. Bon, je me dis, un hasard. Puis c'est l'épée qui lui tombe des mains. En plein devant mes jambes. Bon, elle va la ramasser, non ? Je sue sang et eau. Nom d'un chien ! je me dis, qui est-ce qui m'a fichu une cruche pareille ! Elle ne la ramasse pas. Ne fait pas un mouvement. Ne dit pas un mot de sa phrase. La vieille Krischke en bas – elle s'appelle bien comme ça ? – la lui hurle comme une démente, une, deux, trois fois. La fille est paumée. Quelle empotée, je me dis, bon, je me charge de sa phrase ! Et la voilà qui s'affale par terre – juste avant la scène du vent ! Bon sang de bonsoir, je me dis, elle me fiche en l'air la scène du vent ! »

Sur le sofa où Selma était allongée, les joues beaucoup trop rouges et le souffle bien trop rapide, nombre de comédiens avaient joué la maladie et la mort. Était-ce pour cela qu'excepté Hans personne n'accordait d'importance au malaise ? La seule chose qui comptait était de savoir si madame Alt-Rosner pouvait continuer à jouer ou si on devait la remplacer.

« Il n'est pas question qu'elle joue, cria Hans en direction du groupe d'acteurs.

– Monsieur von Alt », observa l'archevêque, qui s'approcha du sofa en porte-parole des autres. « Je comprends votre émoi. Je le partage. Mais il s'agit du sort d'une représentation ! La prise en compte des intérêts – d'ordre privé –, dirais-je, passe au second plan. Notre bon docteur va faire à Madame une injection qui la remettra sur pied. J'ai joué une fois Karl Heinrich avec quarante de fièvre et trois injections. *Le Prince étudiant* – vous vous souvenez ! C'étaient de ces pièces en ce temps-là !

– Elle ne jouera pas », décida Hans. Étonnamment, le médecin du théâtre se rangea à son avis. Il conseilla de ramener immédiatement la patiente à la maison.

Au numéro 10, tout comme il avait descendu dans ses bras la jeune femme inanimée dans les escaliers du théâtre, Hans la monta à l'appartement. La mince silhouette en armure d'argent ne pesait pas lourd.

Au premier étage, Otto Eberhard qui revenait de sa promenade du soir croisa le couple. « Qu'est-ce que ça signifie ? demanda-t-il en apercevant son neveu avec une créature costumée et fardée dans les bras.

– Elle est malade », répondit Hans bouleversé, en escaladant les marches deux par deux.

Une vie déréglée. Des excès. Ces mascarades n'étaient rien moins que des maladies ! « Tu n'aurais pas pu la couvrir d'un manteau au moins ? » demanda Otto Eberhard, scandalisé.

Mais Hans était déjà au troisième étage avec sa charge de plume. Un quart d'heure plus tard il ouvrait la porte au docteur Herz.

« Encore une alerte ? » le salua le médecin, avec ce sourire bourru qui semblait dire aujourd'hui comme hier : ne vous fiez pas à nous autres médecins ! Cela faisait longtemps qu'il avait renoncé à se mêler des affaires du bon Dieu, il n'exerçait plus. Mais ce garçon tout tremblant qui lui avait donné tant de fil à retordre à sa naissance, il ne pouvait pas le laisser tomber. Avec précaution il déposa son cigare dans un cendrier de l'entrée, suspendit son manteau et son chapeau, extirpa son stéthoscope de bois brun de la poche supérieure de sa veste et dit : « Eh bien, allons l'examiner ! » On avait beau n'avoir fait que collectionner les timbres depuis six ans, les gestes du métier vous collaient à la peau.

« Elle est toujours évanouie ! dit Hans quand ils furent auprès de la malade.

– Je vois », remarqua le vieux médecin, jouant une fois de plus de son artifice apaisant : ne jamais paraître étonné. Toutefois, après un examen relativement long, il ne put s'empêcher d'avoir l'air irrité.

« C'est grave ? » La question de Hans était à peine audible.

On ne va pas faire dans la nouveauté, disons-lui que ce n'est pas grave, décida le vieux praticien. Et il le dit, comme il l'avait dit d'innombrables fois dans cette maison, dans les cas bénins comme dans les graves. Il exigea cependant qu'on procédât immédiatement à un lavage d'estomac. Lui-même était trop vieux, c'est un collègue qui le ferait. Il téléphona au collègue.

Suspendu à la respiration de la malade et à la conversation téléphonique, Hans surprit un mot étranger qu'il ne connaissait pas. Il en demanda le sens. Le docteur Herz dit : « Des bêtises ! »

Quand son collègue arriva, les deux messieurs tinrent conseil, ils passèrent une demi-heure seuls auprès de la malade et s'en allèrent de conserve ; le docteur Herz promit de donner les résultats de « l'analyse chimique » par téléphone. Mais au lieu de téléphoner il se présenta personnellement : peu avant minuit il sonna une seconde fois. Selma, qui n'était plus évanouie quand les médecins l'avaient quittée, n'avait pourtant pas repris tous ses esprits. Quand elle rouvrit les yeux, elle ne vit ni ne reconnut rien, elle les referma.

Le cigare à la bouche, le sourire aux lèvres, le vieux consolateur déclara : « Je viens juste du laboratoire. Tout est normal. Je voulais vous tranquilliser avant d'aller au lit. Dites-moi, à propos : votre femme prend régulièrement des somnifères, n'est-ce pas ?

– Jamais, répondit Hans.

– Comment pouvez-vous être aussi catégorique ?

– Parce que je le sais. De nous deux c'est moi l'insomniaque. Selma a un excellent sommeil. Pourquoi me demandez-vous ça ?

– Prenez-vous des somnifères, vous, Hans ?

– Non. Pourquoi ? »

Le docteur Herz hésita. « Parce que je ne peux m'expliquer autrement que l'estomac contienne du véronal.

– Du véronal ? Nous n'en possédons même pas !

– Ne m'avez-vous pas dit que votre femme souffrait de fréquents maux de tête ? Qu'est-ce qu'elle prenait contre cela ?

– Du pyramidon, je crois. » Hans s'efforçait d'être aussi précis que possible bien que son angoisse virât à la panique.

Selma remua comme si elle avait mal.

Le docteur Herz demanda à voir où l'on conservait les médicaments. « Y a-t-il quelqu'un qui prenne de la strychnine dans la maison ? demanda-t-il en approchant les uns après les autres les flacons et les cachets de ses yeux de myope.

– Papa, je crois. N'est-ce pas vous qui la lui avez prescrite ?

– C'est pour ça que je demande, dit le vieil homme en continuant à chercher. Je lui ai prescrit de la strychnine-quinine, quand je sévissais encore dans cette maison. Les pilules Wenckebach. Il les prend donc toujours ?

– Je crois, dit Hans déconcerté.

– Et qui a l'ordonnance ? s'enquit le médecin en mordillant son cigare.

– Maman probablement.

– Votre femme voit souvent votre père, bien sûr ? Est-ce qu'elle s'occupe de lui ?

– Non, maman le soigne toute seule. Elle n'aime pas qu'on l'aide.

– Mais votre femme aurait pu se procurer l'ordonnance ? Vous ne croyez pas ?

– Je ne sais pas. Mais qu'est-ce que ça veut dire, tout ça ? Docteur Herz ! »

En refermant la porte de la petite armoire à pharmacie, le médecin retraité lança : « Ne vous mettez pas martel en tête. Mais dites-moi, Hans. Y aurait-il eu une dispute entre vous, peut-être ? Je veux dire, votre femme a-t-elle eu une déception, à cause de vous ou d'une chose, disons d'ordre professionnel ? » Dans le même temps il déambulait dans la chambre et examinait ce qu'il y avait sur la table et sur le bureau.

« Il n'y a pas de mariage plus heureux que le nôtre ! Et professionnellement, Selma a connu tout récemment son plus grand succès !

– Évidemment », concéda le docteur Herz, bourru, en fumant. « Ma mémoire est une vraie passoire. C'était *quoi* déjà ? *La Pucelle d'Orléans* ? N'est-ce pas ? »

Hans lui barra le chemin : « Docteur Herz ! Qu'est-ce que vous me cachez ? » Les déambulations et les regards inquisiteurs du vieil homme le rendaient fou.

« Je ne vous cache rien, mon enfant. C'est la nature qui me cache quelque chose, j'ai l'impression... de temps en temps elle s'amuse de nous autres médecins. Si je savais que votre femme avait eu un motif... Seigneur, ne prenez pas cet air désespéré ! Je ne nie pas qu'il y ait des symptômes d'empoisonnement – mais vous avez surpris tout à l'heure le mot de poliomyélite. Ç'aurait été mille fois plus grave, car c'est la paralysie infantile, et mon premier soupçon, je l'avoue, allait de ce côté-là. L'analyse du contenu de l'estomac l'exclut fort heureusement... parce qu'elle... parce qu'elle autorise une explication beaucoup plus logique ! » Le vieil homme se jeta dans un fauteuil. Qui l'avait observé suffisamment longtemps dans cette maison aurait pu deviner ce qu'il pensait. Il soufflait des nuages de fumée de plus en plus denses, comme s'il s'irritait d'avoir parlé d'« explication plus logique ». Logique ! Où était la logique ? Véronal plus strychnine. Ça expliquait les symptômes. En tout cas la dyspnée et peut-être bien aussi la paralysie. Mais à ces doses pourquoi n'y avait-il pas eu mort immédiate ? Et comment pouvait-elle avoir eu un accès semblable des semaines auparavant, comme l'affirmait ce garçon ?

Le docteur Herz se leva brusquement, gagna le lit de Selma avec une célérité étonnante pour son âge, s'agenouilla devant elle et s'efforça de se convaincre de quelque chose que Hans ne put découvrir. Il ouvrit les paupières de la jeune femme sans connaissance et enflamma des allumettes devant ses yeux. Il s'appliqua à observer ses gencives. Il vérifia de nouveau ses réflexes. Enfin il dit : « Eh bien, bonne nuit. Je reviendrai tôt demain matin. Pour la nuit je vous envoie une infirmière.

– C'est si grave ? » balbutia Hans.

Répugnant aux vieux subterfuges, le vieux médecin répondit : « C'est un épisode aigu, il faut surmonter la crise. Vous n'allez pas pleurer tout de même, un guerrier comme vous ! Demain nous verrons plus clair.

– Est-ce que je peux demander à ma cousine de venir ? dit Hans en rassemblant ses forces. Si Selma voit une infirmière, elle va penser qu'elle est très mal. Ma cousine vient parfois voir mon père. Ce serait plus facile à expliquer. » Il ne dit pas qu'il croyait toujours que Chris pouvait aider quand tout le monde déclarait forfait.

« Mais bien sûr. Vous parlez de la petite Paskiewicz ? » Le docteur Herz oubliait que la petite Paskiewicz devait bien avoir la quarantaine à présent, mais il se souvenait que son père, le colonel, s'était joué de son diagnostic de mort des années durant. Ce souvenir le requinqua visiblement. Dans cette maison tout était possible ! Ceux-là, on leur donnait quelques jours ou quelques heures – et ils vivaient encore vingt ans. « Voici, je vous note ce que devra faire la petite Paskiewicz », dit-il, de meilleure humeur. Il rédigea une ordonnance et s'en alla sur ces paroles dont il usait dans les cas graves : « Autant de sommeil que possible et le moins de questions possible ! »

Sœur Agathe vint vers une heure. L'atmosphère se fit moins angoissante. Elle lut l'ordonnance, déchiffrant sans difficulté l'écriture brouillonne du docteur Herz qu'elle connaissait depuis l'enfance. Entre ses mains, la malade sembla respirer plus paisiblement.

« Chris ! » dit Hans. Elle était la seule à qui il osait montrer son désespoir ; elle le comprenait déjà à l'époque où il s'était refusé à parler. Son habit de religieuse abolissait un peu leur vieille familiarité, mais dans ses yeux se lisait toujours la même disponibilité fervente. « Chris, le docteur Herz pense que c'est sans espoir, n'est-ce pas ?

– Le docteur Herz a simplement donné des instructions, répondit-elle. Ne t'effraie pas comme ça, Hans. » Elle le connaissait encore si bien qu'elle n'ajouta pas : « Dieu lui viendra en aide. »

On sonna à la porte de l'appartement. Henriette était descendue du quatrième. « Selma est malade ? demanda-t-elle dans l'entrée. Simmerl m'a dit que le docteur Herz est venu la voir deux fois ? » Puis elle aperçut Christine. « Tu es là aussi ? Et on ne m'avertit pas ?

– Tu as toi-même tant de soins à donner. Hans ne voulait pas t'inquiéter. Je t'en prie, entre », dit la religieuse.

Sur le seuil de la chambre à coucher Henriette s'immobilisa. Son regard tomba sur la malade, puis sur le costume en écailles d'argent qui reposait sur un fauteuil. La religieuse suivit son regard brusquement troublé, elle croyait savoir à quoi elle pensait : une nuit, dans cette même maison, Henriette était entrée costumée dans une pièce où rôdait la mort. Elle portait un masque alors, et Chris avait vu ce qui était derrière ce masque.

« Une mascarade ! » lui avait-on reproché cette nuit-là, il y avait des décennies. Henriette l'entendait comme si c'était aujourd'hui, elle en eut froid dans le dos. Au quatrième là-haut, Franz était au lit sans pouvoir dormir, comme la plupart des nuits cette année. Assise à son chevet comme la plupart des nuits, elle lui lisait des passages de *L'Arrière-saison* de Stifter ou des livres d'Ebner-Eschenbach[1]. Parfois il la regardait d'un air de reproche indicible. Mais ici, cette religieuse était un reproche vivant. Et ce, pourquoi ? À cause d'un petit instant de bonheur expié depuis longtemps. C'est à devenir fou, cette maison ! se dit Henriette.

Hans avait lui aussi remarqué le trouble frappant qui avait envahi sa mère.

« Qu'est-ce qu'elle a ? lui demanda-t-elle.

– Herz dit qu'elle a pris des somnifères.

– Tu vois ! Combien de fois ne lui ai-je pas dit de ne pas s'habituer à cette poudre ! dit Henriette en prenant le costume sur le fauteuil pour aller le suspendre.

– Quelle poudre ? demanda Hans.

– Contre les maux de tête. Elle venait m'en demander quand elle n'en avait plus.

– À toi ?

– Elle disait que l'algocratine que je prends est ce qu'il y a de plus efficace.

– Ça contient du véronal ?

– Non.

– Elle s'est réveillée », dit la religieuse.

Les yeux de Selma s'ouvrirent lentement. Ils tombèrent sur Henriette, qui tenait encore l'armure

---

1. Romancière autrichienne dont l'œuvre s'apparente à celle de Charles Dickens.

d'écailles entre ses mains. « Non ! murmura-t-elle avec effroi.

– Va-t'en, je t'en prie, demanda Hans à sa mère. Tu lui fais peur.

– Je lui fais peur », répéta Henriette. Elle posa le costume et quitta l'appartement, sans un mot, sans jeter un regard autour d'elle.

Selma avait refermé les yeux. « Hans ! appela-t-elle distinctement.

– Je suis là, répondit-il aussi distinctement bien qu'il eût la gorge sèche. Tu es rétablie ! »

Elle secoua rapidement la tête. « Pas rétablie », murmura-t-elle. Son visage trahissait l'effort. « Écoute, exigea-t-elle.

– Oui, dit-il. Je t'entends parfaitement. »

Elle répéta : « Écoute !

– J'écoute, dit-il, implorant du regard l'aide de Chris.

– C'est la fièvre, le consola la religieuse.

– Écoute-moi, Bâtard d'Orléans ! » chuchota la malade. Puis elle se tut. Et de nouveau, un moment après, comme si elle avait enfin trouvé ce qu'elle cherchait pendant tout ce temps, elle poursuivit, un peu plus fort : « Je vais… vous délivrer… de la peur. Je… ne prendrai jamais de mari… Je suis un soldat… Je ne me soucie pas de ce qui les intéresse… Elles… »

Elle s'arrêta. Son visage témoignait d'un effort désespéré. Manifestement elle se croyait sur scène et ne trouvait pas son texte.

«Elles ne rêvent que d'amants et… » l'aida Hans qui pouvait à peine parler lui-même. Il savait le texte par cœur.

« Rêvent d'amants », répéta Selma avec gratitude, une trace de son ancien sourire apparut et commença à transformer son visage brûlant de fièvre tandis qu'elle poursuivait : « Je suis un serviteur de Dieu. Mon épée est sacrée… » Elle chercha son épée et eut l'air de la trouver.

« Mon cœur est plein de courage », l'aida Hans, que Chris soutenait d'un signe de tête.

Mais Selma ne répétait plus. Elle souriait, de plus en plus délivrée.

Hans scruta son visage transformé. « Elle va mieux. N'est-ce pas, Chris ? implora-t-il. N'est-ce pas, Chris ?

– Oui, répondit-elle après un silence. Elle va bien. »
Au bout d'un moment, la compagne secourable de son enfance dit très doucement en se plaçant derrière lui : « Hans ! Dieu éprouve ceux qu'il aime par la souffrance. Et ceux qu'il aime le plus, il les rappelle à lui. »

Il restait debout, pétrifié, le regard fixé sur la morte. « Ce n'est pas vrai ! » disait-il. Sans cesse : « Ce n'est pas vrai ! » Quand il commença à crier, Chris dit, comme jadis, quand il était enfant :

« Il ne faut pas la déranger maintenant. Elle est partie rejoindre le bon Dieu. »

36

Frère et sœur

L'institut médico-légal procéda à l'autopsie du corps de Selma. D'ordinaire si enclin à laisser les choses suivre leur cours, le docteur Herz l'avait exigée avec une insistance inédite, et Hans était trop anéanti pour résister. Avec cette mort foudroyante, son ciel s'était obscurci – seule la vie de Selma l'avait éclairé.

L'autopsie révéla un empoisonnement au véronal et à la strychnine. Comme on ne voyait pas de motif de suicide, le mot « assassinat » fut évoqué. D'abord, non sans hésitation, dans les *Wiener Signale,* qui s'appelaient *Vérités viennoises* depuis que monsieur Jonescu les avait légués à son fils (lequel avait maintenant tout bonnement abrégé son nom en « Esk »), puis la rumeur passa de la feuille à scandale à la presse quotidienne. Quand un article intitulé « L'assassinat d'une femme de génie » affirma tout de go que Selma Alt-Rosner avait été assassinée, la nouvelle fit sensation, et le successeur d'Otto Eberhard au ministère public jugea opportun d'en discuter avec son prédécesseur.

Le successeur faisait partie de ces parvenus qu'Otto Eberhard abhorrait. Qui plus est, le vieux monsieur trouvait cette agitation publique autour du suicide d'une actrice on ne peut plus indécente. Quand trépassait un conseiller aulique dont l'existence toute d'efforts et de renoncements avait incomparablement plus apporté à la société que ce genre de jeune créature indisciplinée, on le portait en terre sans tambour ni trompette. Les Viennois considéraient depuis toujours les acteurs comme des êtres d'un ordre supérieur, au lieu de reconnaître en eux l'incarnation du désordre. Même sans sa longue expérience l'ex-premier procureur aurait pu dire que les personnes sans discipline étaient des suicidaires-nés. Pas de motif? Les gens comme cette Selma s'encensaient eux-mêmes et ne respectaient rien; ils étaient constamment exaltés, un courant d'air leur faisait pousser les hauts cris et les portait aux dernières extrémités. Chercher là des motifs était peine perdue. Otto Eberhard éconduisit donc poliment son successeur. Il regrettait de ne pouvoir lui donner ni conseil ni renseignement d'ordre professionnel ou privé; il n'avait connu la défunte que très sommairement; autant qu'il ait pu en juger c'était le type même de la comédienne.

Le successeur remercia tout aussi poliment, et une fois de retour dans le bureau où Otto Eberhard avait passé la moitié de sa vie, donna l'ordre d'ouvrir une instruction pour meurtre sur la personne de la comédienne Alt-Rosner.

Tous les occupants du numéro 10 sans exception furent interrogés. Hans y compris, quand il eut enfin la force de se présenter devant le juge chargé de l'enquête.

« Vous souffrez de ce décès, dit le juge. Vous ne devriez pas être aussi apathique. Bien au contraire, vous devriez avoir le souhait le plus vif de trouver la personne qui a détruit votre bonheur ! »

Hans haussa les épaules. Il n'avait plus qu'un seul souhait. En fin de compte, deux dépositions laissèrent le successeur d'Otto Eberhard songeur. L'une émanait de Johann Simmerl, domestique au quatrième étage du 10 Seilerstätte, qui déclara avoir vu mademoiselle Martha Monica copier une des ordonnances qui se trouvaient toujours sur la table aux médicaments de son père malade, monsieur Franz Alt. Toutefois le témoin ne put identifier l'ordonnance avec certitude. Et Martha Monica également entendue ne put même pas se rappeler l'avoir copiée. La deuxième déposition singulière était celle du papetier du rez-de-chaussée. Il avait vu, une nuit, la défunte rentrer en compagnie d'un monsieur qui devait la soutenir. De l'avis du papetier elle n'était pas à jeun. Tout ce qu'il put dire de son compagnon est qu'il ne pensait pas que ce fût monsieur Alt, mais quelqu'un de plus petite taille ; il n'avait pu voir son visage ; la défunte et son compagnon seraient entrés par le portail de l'ange, qu'ils auraient refermé derrière eux ; le papetier ne se souvenait pas avoir vu le monsieur repartir dans la nuit, il déclara sous la foi du serment avoir attendu pour voir. Interrogé sur ce qui l'y avait poussé, il répondit : « La curiosité. »

Les dépositions des collègues de Selma coïncidèrent presque mot pour mot avec l'avis du comédien qui jouait le rôle de l'archevêque : suicide. La jeune ambitieuse portée prématurément aux nues était assez lucide pour savoir qu'elle ne pourrait satisfaire à terme les espoirs exagérés qu'on avait mis en elle. Une dilettante, voilà tout !

Rumeurs, conclusions et soupçons occupèrent un temps l'opinion, puis l'absence de résultats la découragea et l'affaire à sensation fut classée.

Lorsque la presse se calma enfin, le numéro 10 respira. On traitait Hans avec le plus de ménagements possible, cette fois la maison se montrait sous son meilleur jour : elle faisait corps pour parer le coup porté à l'un de ses membres. Fritz venait presque tous les soirs débattre avec son cousin des deux mêmes questions : Pourquoi ? À quoi bon ? Pourquoi Selma s'était-elle suicidée ? À quoi bon continuer à vivre puisqu'elle était morte ? Son père, toujours patron en titre de la firme C. Alt, écrivait régulièrement sur ses billets de conversation que Hans avait fait telle ou telle chose « à la perfection ». Son frère Hermann fit montre d'une compréhension encore plus désintéressée : sans tenir rigueur à son aîné de l'avoir naguère éloigné de la firme, il l'aida dans ses heures de loisir à en faire la correspondance. Quant à Henriette, elle entourait maintenant son fils préféré de toute la tendresse dont elle s'était abstenue tant que Selma habitait la maison. Même Otto Eberhard esquissait un signe de tête conciliant quand il croisait ce neveu, égaré certes, mais visiblement très affecté.

Le plus dur pour Hans restait les nuits sans sommeil. Il ne se couchait plus que rarement, arpentant les pièces où les traces de Selma palpitaient encore. Dans les armoires étaient suspendus ses vêtements. Ses photos étaient sur le mur, il les observait pendant des heures. Les livres qu'elle avait lus étaient toujours là – dans le dernier, qu'elle aimait particulièrement, de petits traits verticaux au crayon en marge marquaient les pages qui lui plaisaient le plus : c'était *L'Homme sans qualités*, de l'Autrichien Robert Musil. Sur son bureau, un cahier dans lequel étaient collées ses critiques. Souvent il la croyait dans la pièce à côté et criait son nom. L'idée qu'elle était morte lui était totalement inconcevable. Tout témoignait de sa vie.

Il faisait partie de ces êtres qui ne s'agrègent pas aux autres. Selma, la première, lui avait donné le sentiment d'être reconnu. Du mot désespérément vague de « bonheur » dont l'existence lui semblait douteuse, elle avait fait une réalité tangible. Elle avait été la première qui ne le déçût pas, la seule qui le connût, lui, « l'homme sans qualités », la seule à avoir pris la mesure de ses inhibitions et de son enracinement dans l'Autriche. Elle avait compris que son « patriotisme » ardent n'était nullement une question de fierté blessée, ni la honte de vivre dans un pays défait, quasiment détruit et mortellement humilié, mais une question intellectuellement existentielle. Le concept de l'« être autrichien » qu'employait cet autre Autrichien Anton Wildgans pour caractériser les « hommes sans qualités » allait à Hans comme un gant. Pour lui qui répugnait à la mécanisation et au matérialisme, l'Autriche était plus qu'un beau pays, c'était l'idée de la coexistence d'individus aux idées différentes, une idée universelle et salvatrice. Comme elle savait tout cela, nul besoin de s'expliquer ou de s'affirmer devant elle. Son manque d'assurance n'avait plus lieu d'être, pour la première fois de sa vie.

Il ressentait monstrueusement sa perte, moins parce qu'il ne la supportait pas que parce que Selma était morte avant d'avoir pu s'accomplir. Comme dans tout, il s'obstinait à chercher un sens… et n'en trouvait aucun. Il renonça à chercher. Il renonça à nier Dieu ou à l'accuser.

« Monogamie spirituelle », lui dit son ancien maître Freud en lui présentant ses condoléances, et il le mit en garde contre les conséquences d'un culte « tourné vers le passé». Effectivement, l'état de Hans confinait au pathologique.

Chaque soir, il parlait à la photographie amateur qu'il avait faite d'elle, une semaine avant sa mort. Il lui confiait sa journée et ses pensées. Il s'excusait de beaucoup de choses, et sans cesse de cette soirée après son retour où il n'avait pas voulu la voir sur scène. La conscience effroyable de ne plus pouvoir réparer les blessures infligées le tourmentait, il se souvenait de chaque mot un peu rude. Mais ce n'était pourtant pas à cause de cela qu'elle s'était suicidée? Parfois il se débattait avec l'idée épouvantable que la déclaration du papetier cachait un homme qu'elle aimait et qu'elle avait fui dans la mort par égard pour lui.

Il lisait pour la millième fois sa dernière lettre écrite pendant sa captivité, quand il reçut la visite de Martha Monica, qui s'était écartée de lui depuis la mort de Selma. Sachant que sa sœur n'avait que son amant en tête, ça ne l'avait pas autrement affecté. Il n'attendait plus rien du destin ni des humains.

«Je te dérange? Mais tu ne dors pas de toute manière? Moi non plus je n'arrive pas à dormir. Je me suis dit que j'allais venir voir ce que tu deviens», annonça-t-elle, hésitante.

Qu'elle avait l'air misérable! Elle attendait peut-être qu'il lui demande ce qui l'empêchait de dormir. Il n'en fit rien. Son propre malheur l'émoussait.

Il lui offrit une cigarette, qu'elle jeta à moitié fumée, d'une main nerveuse. «Je ne sais pas comment te le dire, Hans!» Elle le dévisagea.

Dis-le, pensait-il. Tu attends un enfant. Ou il t'a trompée. Ou tu en aimes un autre. Dis: c'est insupportable! Je te répondrai: tu es à envier! Qu'est-ce que je t'envie ! La seule chose insupportable c'est le définitif. Tant que vivent ceux qui te font du bien ou qui te font du mal, tout est merveilleusement provisoire. C'est seulement quand ils sont morts qu'alors c'est définitif. Définitivement irréparable.

« Il s'agit de maman, dit Martha Monica.

– Elle est malade ?

– Non.

– Tu veux dire qu'il s'agit de maman et de papa ? »

Elle avait manifestement du mal à trouver ses mots. « Juste de maman et… de toi », dit-elle enfin.

L'attention de Hans s'éveilla. Martha Monica prenait tout à la légère, d'habitude.

« Donne-moi encore une cigarette », le pria-t-elle. Elle tira quelques bouffées. Puis elle dit d'un ton monocorde, par à-coups, en rallumant la cigarette déjà incandescente avec des allumettes qui s'éteignaient constamment : « D'abord j'ai pensé qu'il valait mieux ne pas te le dire du tout. Mais ensuite… tu ne peux pas savoir le nombre de fois où j'étais décidée à te l'avouer. Mais, après, je me disais : à quoi bon ? C'est déjà si horrible pour lui. Mais je n'ai pas pu tenir. J'ai voulu demander conseil à quelqu'un. » Elle évitait de le regarder. « Hier je l'ai dit à Hermann. Et il pense que je dois absolument te parler car tout dépend de toi. »

Elle ouvrait et refermait convulsivement la main dont elle avait laissé tomber la cigarette.

« Qu'est-ce qui dépend de moi ?

– C'est que j'ai un soupçon horrible… Je… » Elle s'interrompit.

Il la fixa. Lui aussi avait eu ce soupçon et l'avait réprimé, dépassé. Dément, ce soupçon !

« Tu vois ce que je veux dire ? »

La montre-bracelet de Selma que Hans remontait chaque nuit était sur le bureau. Le silence était si pesant qu'on entendait son tic-tac.

« Qu'est-ce que tu sais exactement ? » demanda-t-il à sa sœur.

Elle avait entendu une conversation, une fois. Selma avait reproché à leur mère de ne pas comprendre Hans. Hans, il fallait le traiter comme un patient, parce que…

« Continue !

– Parce que pour toi c'est mille fois plus dur que pour nous. Tu es un idéaliste, a-t-elle dit, et ils te démolissent ici à la maison, parce qu'ils exigent de toi que tu continues à vivre comme s'il n'y avait pas eu la guerre et la révolution. Et parce qu'ils te forcent à travailler à la fabrique et non là où tu pourrais faire ce que tu aimes. Elle disait que la maison, c'était ton malheur et qu'elle voulait demander à papa de vous laisser déménager.

– Et maman ?

– Maman a répondu qu'elle te comprenait mieux que quiconque et qu'elle ne permettrait pas que Selma inquiète papa qui ne doit pas s'agiter en lui parlant de votre déménagement. Qu'elle-même avait horriblement souffert dans cette maison mais qu'elle avait tenu le coup et que Selma ferait pareil. » Martha Monica reprit son souffle. « Alors Selma a dit que si maman vous interdisait de prendre un appartement ailleurs, elle ne resterait pas à Vienne avec toi. Elle accepterait un contrat de film en Amérique.

– C'était quand ?

– Après la première de *Sainte Jeanne*.

– Qu'est-ce que maman a dit exactement ? Mot pour mot ?

– Qu'elle ne te laisserait jamais partir en Amérique. Et quand Selma a rétorqué que ça ne dépendait pas d'elle, maman a dit : “Ce n'est pas toi qui te mettras en travers de mon chemin ! Certainement pas ! Je t'en empêcherai !” »

Paralysé, comme pris dans un étau où il percevait le tic-tac de la montre avec une acuité décuplée, lancinante, Hans demanda : « Qu'est-ce que tu sais encore ? »

Martha Monica avait les larmes aux yeux. « Ne me regarde pas comme ça ! C'est pour ça que je ne voulais pas t'en parler pendant tout ce temps, je me disais que tu allais m'en vouloir. Je n'y peux rien !

– Exact, dit-il comme Ebeseder l'autre fois. Et qu'est-ce que... » Il hésita. Puis il finit sa phrase : « Qu'est-ce que maman y peut ? »

Martha Monica lui dit ce qu'elle avait caché au juge chargé de l'enquête. Elle avait vu sa mère ouvrir les capsules rondes et blanches de la boîte qui contenait la poudre de leur père, en verser le contenu dans un verre et le dissoudre dans de l'eau. Ce verre était resté inutilisé et couvert d'un papier quelques jours sur la table aux médicaments dans la chambre de leur père, et avait disparu un beau jour. Leur père n'en avait rien bu. Car le jour où le verre avait disparu, leur mère l'avait priée de copier l'ordonnance du vieux docteur Herz et de faire préparer la poudre à la pharmacie Sainte-Anna ; à quoi bon importuner le vieux monsieur, avait-elle dit. Martha Monica lui avait demandé ce qu'était devenu le verre sur la table de leur père, celui dans lequel elle avait dissout les poudres. Sa mère avait eu une frayeur monstre et ça lui avait d'abord coupé la parole, puis elle avait déclaré qu'elle avait dû jeter la solution parce qu'elle s'était altérée.

La montre faisait tic tac, Hans la rangea dans un tiroir du bureau. Malgré cela le tic-tac obsédant hantait la pièce. « C'est tout ? demanda-t-il.

– Oui.

– Et à qui d'autre as-tu raconté ces sottises ? » Il se posta à la fenêtre. Le noyer séchait, dépouillé, bien qu'on ne fût qu'en juillet. Les murs que cachait son feuillage, d'ordinaire, étaient nus. Des murs gris, éprouvés par les intempéries, dont le crépi s'effritait.

« Ça ne prouve rien, dit-il avant qu'elle puisse répondre.

– Tu crois ? dit-elle, très vite. Tu crois vraiment que ça ne prouve rien ? Excuse-moi de te l'avoir raconté ! C'est peut-être complètement insignifiant ? Ce serait formidable ! » Elle semblait incroyablement soulagée.

« Je te remercie, ça partait d'un bon sentiment comme toujours, dit-il. Bonne nuit ! » Il ne se retourna pas quand elle partit.

Sa fragile contenance s'effondra. Ça ne prouvait rien ? Quelle preuve lui fallait-il donc ? Le jour de la mort de Selma où maman s'était approchée de son lit avec une haine non déguisée, il avait eu la preuve sous les yeux et n'avait pas voulu la voir ! Elle l'avait toujours haïe, pas seulement ce soir-là. Depuis qu'il lui avait annoncé leurs fiançailles. Le dimanche où François-Ferdinand avait été assassiné. Il se remémora tout. Sa jalousie. Son envie. Son aversion. Jamais un regard gentil. Jamais un mot aimable. Toujours la volonté de l'humilier ou de la diminuer. Le jour de son retour. Et quand elle avait brisé la coupe, après *Sainte Jeanne*. De la haine. Une haine mortelle ! La montre faisait tic tac.

L'acte d'accusation que dressait le fils contre sa mère était plus implacable que ceux que le procureur

Otto Eberhard avait jamais formulés. Au fur et à mesure qu'il l'étoffait, il lui semblait que s'effondrait progressivement le dernier morceau du sol qui le portait. Il l'entendait tomber dans l'abîme. Les souvenirs du temps où rien n'existait sinon sa mère volaient en éclats. Mais ces souvenirs-là non plus ne se laissaient pas refouler. Tout ce qui avait enchanté sa jeunesse, c'est sa mère qui le lui avait donné. Toute la douceur, toute la chaleur de son enfance protégée. Hans dut fermer les yeux devant la vérité.

Il se tenait le front pressé contre la fenêtre où se dressait le squelette noir du noyer mort depuis longtemps, qu'on n'avait pas abattu. En lui se produisait quelque chose contre quoi il restait impuissant. Il s'en défendait, mais il avait le dessous. Pourquoi est-ce que je ne la hais pas ? se demandait-il. Il *voulait* la haïr. Il essayait désespérément. Il convoquait les dernières heures de Selma, son sourire impuissant avant de mourir. Il voyait sa mère près de son lit de mort. Ses yeux étaient ceux d'une ennemie mortelle. Elle l'avait cruellement dupée. Par jalousie. Il s'agenouilla près du lit où la jeune femme assassinée avait esquissé un dernier sourire. Il toucha des lèvres l'oreiller sur lequel elle était morte. Il l'aimait plus tendrement que jamais. Mais il ne pouvait pas haïr celle qui l'avait assassinée.

Ne pouvait-on revenir sur l'amour éprouvé ? Aimerait-il moins Selma s'il savait qu'elle avait tué, tentait-il de s'interroger, cramponné à cette idée. Il l'aimerait tout autant, se répondait-il.

« Vous souffrez de cette mort ! Vous devriez souhaiter découvrir la personne qui a détruit votre bonheur ! » lui avait dit sèchement le juge d'instruction.

Il l'avait découverte. Sa mère.

Devant sa fenêtre remuaient les branches désormais stériles qui avaient donné des noix pendant des générations. Sa première noix, c'est sa mère qui l'avait ouverte. Toutes ses « premières fois » avaient été avec elle. Quel goût avaient les choses, ce qu'elles signifiaient, comment étaient les gens, comment être avec eux, c'est elle qui le lui avait appris. Sa mère était la meurtrière de Selma. Il n'aurait pas eu besoin de Martha Monica pour le savoir. Inconsciemment il l'avait toujours su, il l'avait enfoui au plus profond de lui-même en espérant ardemment que cela ne referait plus surface, mille fois il en avait douté, mille fois il l'avait cru. De sa vie il n'avait jamais tant lutté contre quelque chose. Sa mère était la meurtrière de Selma ! Se voiler les yeux ne servait à rien, se boucher les oreilles ne servait à rien, toutes ces défenses qu'il avait fiévreusement érigées pendant ses nuits blanches ne servaient à rien. Car il ne s'agissait pas d'une chose entre sa mère et lui, mais d'une chose entre lui et Selma. Il devait à Selma de haïr sa meurtrière.

Il le reconnaissait.

Il devait à Selma de demander des comptes à sa meurtrière. Mais si Dieu était clément, cet intolérable soupçon disparaîtrait !

Dieu n'avait jamais été clément avec lui.

Et à sa mère, que devait-il ?

Il s'était tenu le front pressé contre les vitres chaque fois que dans sa vie il n'avait su que faire. Il resta encore très longtemps ainsi, ce soir-là.

Puis il se retourna et fit un signe de tête à la morte. « J'y vais maintenant », dit-il à la photo, comme toujours avant de s'en aller.

Il gravit les marches qui menaient du troisième au quatrième étage. Vingt-trois marches. Enfant, on l'y montait dans son landau, petit garçon il les sautait deux par deux, homme fait il ne les remarquait plus. Aujourd'hui chacune d'elles était un calvaire insurmontable. Quand il fut en haut, il hésita devant la porte qui ouvrait l'appartement du passé. Il sentait qu'il venait la fermer pour toujours.

C'est Simmerl qui lui ouvrit.

« Si tard ? » demanda le grand échalas dont le dos s'était courbé. Il portait sa robe de chambre grise gansée de rouge et le bonnet pointu sans lequel il ne passait pas une nuit.

« Je voudrais parler à maman.

– Je crois que Madame vient seulement d'aller se coucher, dit le valet de chambre. Monsieur a eu une nuit très agitée aujourd'hui, et elle est restée tout le temps à son chevet. » Simmerl attendit un instant, au cas où cette incitation à respecter le repos d'autrui déciderait le jeune monsieur à se retirer. Ce ne fut pas le cas et il acquiesça, comme toujours quand on lui imposait un ordre. « Je vais prévenir Madame », dit-il.

37

Mère et fils

Henriette entra. Pendant toutes ces nuits qui lui paraissaient tellement absurdes, avec leurs cortèges de vaines consolations et de médicaments inutiles, elle s'était dit que ce serait une délivrance pour tous les deux. Franz ne menait plus que l'ombre d'une existence, rien de ce qui l'entourait n'approchait de la réalité. On devenait soi-même irréelle dans cette atmosphère où régnaient les faux-semblants et la volonté insensée de préserver un monde qui n'existait plus. Pourtant elle se défendait violemment contre sa mort. Il lui appartenait comme elle lui appartenait, elle le savait maintenant. « Si tard ? demanda-t-elle, elle aussi.

– Papa ne va pas bien ? » Les mots sortaient péniblement de sa gorge, ses yeux avaient peine à voir cette femme épuisée à qui il fallait dire une chose dont nul ne pouvait savoir comment la dire.

« Pas très bien, répondit-elle. C'est gentil de monter encore. Tu aurais besoin de sommeil, toi aussi.

– Maman », dit Hans. Puis il se tut.

« Tu sais, Hans, dit-elle en remarquant son mouvement, parfois je me dis que ce serait une délivrance pour ton pauvre papa. Je sais qu'il ne faut pas dire ça. À toi moins qu'à tout autre. »

Elle lui facilitait les choses. « Pour Selma ce n'était pas une délivrance. Elle voulait vivre !

– Sait-on ce qui vous est épargné ? Trouves-tu que ce soit si bien en ce monde ? »

Je la regarderai attentivement, très attentivement, se disait-il. Elle a dit si souvent que tout le monde ne peut pas être comédien. « Qu'as-tu voulu lui épargner, maman ?

– Malheureusement je n'ai rien pu lui épargner, la pauvre ! Je m'en fais souvent le reproche maintenant.

– Tu te fais des reproches ?

– Cela me soulage que nous en parlions une fois pour toutes. Je n'ai pas été bonne envers Selma. J'étais jalouse d'elle.

– C'est pour cela que tu l'as assassinée », dit-il. Il la regarda bien en face. Attentivement. Très attentivement.

Coupable !

Son visage avait terriblement changé. À cet instant, il aurait donné la vie de Selma pour ne pas lire cette expression de culpabilité sur le visage de sa mère.

« Qu'est-ce que tu dis ? » demanda-t-elle d'une voix blanche.

Il le lui redit une fois encore, les yeux dans ses yeux qui trahissaient terriblement la faute.

Elle s'était levée lentement. Elle le dévisagea de sa place. Puis elle cria : « Hans ! » Elle cria sans s'arrêter. Simmerl accourut, affolé, croyant que c'était à cause de monsieur. Mais Madame tendait la main vers monsieur Hans. Bien qu'elle fût tout près de lui, elle le désignait comme s'il était à des lieues. « Madame, supplia Simmerl, Madame ! Monsieur va vous entendre ! »

Elle ne criait plus. Elle était secouée de sanglots. Au bout d'un moment, ses forces parurent l'abandonner et elle s'effondra dans le fauteuil. « Allez voir comment est monsieur », balbutia-t-elle. Quand Simmerl fut sorti, elle dit : « Je le jure sur la tête de ton père ! »

Elle jurait sur la tête d'un mourant qu'elle n'avait jamais aimé.

« Ça ne te suffit pas ? » demanda-t-elle, livide jusqu'aux lèvres. Avant que Hans puisse nier, Simmerl était revenu. « Monsieur ! » criait-il.

Elle acquiesça et se leva.

« Attends-moi, dit-elle durement. Nous avons à parler. » Puis elle se rendit auprès du malade.

« Peut-être monsieur Hans pourrait-il appeler un prêtre ? suggéra Simmerl. Monsieur est encore habillé.

– Papa est si mal ? » demanda le fils pour qui la vie du père n'avait jamais rien signifié.

Les yeux du vieux domestique s'emplirent de larmes.

« J'y vais », dit Hans en se hâtant.

Entretemps Henriette était au chevet de Franz qui agonisait. Pour elle il n'avait pas besoin d'écrire sur des feuilles comme pour les autres, il suffisait qu'il trace les mots dans l'air avec son index, elle avait appris à le déchiffrer. « Pourquoi ? » écrivait-il maintenant.

Il demandait : « Pourquoi as-tu crié ? »

Elle n'avait jamais dit la vérité à cet homme. Elle l'avait épousé par erreur. À la fin seulement, cette erreur s'était muée en une sorte de vérité, encore que ce ne fût qu'une semi-vérité. « Quelque chose m'a effrayée », dit-elle en recourant à un mensonge, comme toujours lorsqu'il la poussait dans ses retranchements. « J'ai cru qu'il y avait quelqu'un dans la pièce. »

Et comme pendant toute son existence, il la crut aussi. Ce regard qui l'avait si souvent cherchée et qu'elle avait si souvent été incapable de supporter était rivé sur elle. C'est à elle seule qu'appartenait l'infime trace de vie qui y vacillait encore.

« Dire, écrivit son index dans l'air.

– *Moi*, je dois te dire quelque chose, Franz ? »

Il désigna sa propre poitrine.

« *Toi*, tu veux me dire quelque chose ? »

Acquiescement. Son doigt écrivit : « Pardonne-moi !

– Je n'ai rien à te pardonner », s'efforça-t-elle de lui dire très distinctement.

Alors, cet homme qui avait toujours été contre les « simagrées », pour l'ordre et la sobriété, secoua la tête comme s'il reconnaissait qu'il lui fallait maintenant tout tirer au clair. Il prit une inspiration, rassembla une dernière fois ses forces et écrivit en l'air : « de t'avoir épousée ».

Il l'écrivit mot après mot, sans omettre une seule syllabe ni les fioritures dont il avait coutume d'orner certaines lettres.

Elle le lut. Bouleversée, parvenue à cette limite au-delà de laquelle il n'y a plus rien, elle répondit, dans un même effort de clarté : « J'ai toujours eu de l'affection pour toi. Tu as été très bon envers moi et moi mauvaise avec toi. Je n'avais pas compris. Je comprends maintenant. Un amour comme le tien, je veux dire, un amour qui fait confiance même quand il soupçonne, c'est la meilleure chose qui puisse exister. Un amour qui pardonne même s'il accuse, c'est merveilleux. Pardonne-moi ! »

C'était comme une dernière confession qui n'émanerait pas de la bonne bouche. Mais c'était la première vérité sans restriction qu'elle lui eût dite de sa vie.

Les lèvres paralysées de Franz esquissèrent une sorte de sourire. Dans ses yeux brillait cette fierté qui les avait toujours animés dès qu'ils se posaient sur cette femme. Pour lui le temps n'avait pas de prise sur son visage. Il ne voyait pas les marques de l'âge. Ni les cicatrices qu'y avaient laissées la souffrance et même le désespoir. Pour lui, elle était l'essence même de la beauté, comme au premier jour.

Son doigt désigna sa bouche.

Henriette la toucha de la sienne. Les lèvres du mourant firent un énorme effort. Elles réussirent à former un baiser. Il retomba épuisé. Tout de suite après, comme s'il savait qu'il devait encore accomplir une chose qu'il ne pouvait différer, cet homme qui, à l'instar de son empereur, ne tolérait pas de laisser les choses inachevées, écrivit en grosses lettres dans l'air : « Merci ! »

Ensuite il tomba dans une torpeur qui l'effraya, car il s'agitait de tous côtés en marmonnant. Elle voulut appeler Simmerl. Mais le vieux valet attendait depuis longtemps devant la porte.

« Le père sera là dans un instant », annonça-t-il.

Henriette crut encore voir un sourire sur la bouche de Franz. Elle ordonna à Simmerl : « Appelez monsieur le conseiller aulique. »

Mais après l'instant de répit qui précède la fin, le mourant, entièrement conscient, ouvrit les yeux et fit un signe très net de dénégation. Et comme elle demandait en haussant la voix s'il souhaitait voir ses enfants, il le réitéra en la désignant elle :

« Tu es la seule que je souhaite voir. »

Les larmes brouillaient la vue d'Henriette. L'erreur de sa vie se profilait lentement devant elle. Ça n'avait pas été d'épouser cet homme. C'est d'y avoir vu une erreur !

Une fois encore au cours de cette nuit dans laquelle Henriette vieillit de plusieurs années se produisit quelque chose d'incompréhensible. Quand le curé de Sainte-Anna se présenta et invita Franz Alt à soulager son âme dans la sainte confession, Franz Alt refusa. Il se désigna d'abord du doigt, puis désigna sa femme.

« Je lui ai déjà tout confessé », voulait-il dire. Mais en bon chrétien il pointa le doigt vers les saints sacrements et les reçut.

Le curé parti, Franz vécut encore presque une heure. Pendant cette heure, il tint la main d'Henriette.

Une dernière fois, ses doigts tentèrent d'écrire « Merci » mais n'y parvinrent pas. Cet homme qui détestait l'exaltation et possédait si peu d'imagination avait abondamment manifesté l'une et l'autre en mourant.

38

Les obsèques d'un Autrichien

Porté par ses fils et ses neveux, le cercueil du défunt quitta l'appartement de ce quatrième étage que celui-ci avait fait bâtir pour son mariage, et passa en descendant devant les portes où il avait vécu en célibataire et où il était né. Son neveu Fritz qui supportait l'arrière du cercueil avec son frère Otto, tandis que Hans et Hermann équilibraient l'avant de la charge métallique, se dit qu'à ce mort, comme à beaucoup de sa génération nés et décédés dans la maison où ils avaient vécu, deux portes avaient suffi.

Sur le cercueil reposaient les couronnes de la veuve, des enfants et du frère, et quantité d'autres s'empilaient sur la voiture prévue à cet effet. Henriette marchait au bras d'Otto Eberhard, un long voile de crêpe noir retombait sur son visage, lui obscurcissant la vue. En dépit du mois de juillet, le frère du mort, de treize ans son aîné, portait la redingote noire, la cravate noire, les gants noirs de circonstance, et tenait son haut-de-forme ceint de crêpe dans la main gauche. Son visage figé ne trahissait pas ses pensées.

Venaient ensuite les filles du défunt, Franziska et Martha Monica. Il n'y avait pas de petits-enfants. Puis leur succédaient les sœurs du défunt, la plus âgée, Gretel Paskiewicz, avec sa fille, la religieuse, et la plus jeune, Pauline, au bras du peintre Drauffer ; après eux marchait l'épouse d'Otto Eberhard, Elsa, avec son fils Peter. Madame Annemarie, la femme de Peter, surveillait ses trois enfants, Joachim, Adelheid et Otto Adolf, qui avançaient côte à côte. Raimund, le fils tardif de Fritz, tenait sa mère Liesl par la main, c'était le dernier-né de la famille.

À quelque distance d'eux, comme il convenait, suivaient les domestiques, que conduisait Simmerl, accompagné de son épouse Hanni et de leur fille, rappelée de Mariazell. En longue redingote noire, cravate noire, gants noirs et haut-de-forme noir ceint de crêpe comme tous les hommes de l'assistance, il était la fidèle réplique du doyen de la maison ; les domestiques femmes, elles, imitaient leurs patronnes. Même le papetier du rez-de-chaussée était en grand deuil.

C'est Otto Eberhard qui avait décidé de la place et de la tenue de chacun. Peut-être était-ce pour lui une répétition générale des prochaines obsèques au numéro 10, se dit Fritz avec l'absence de pathos qui le caractérisait, peut-être voulait-il voir de ses yeux comment on le porterait, lui, sous peu, à sa dernière demeure.

Le corbillard attendait devant l'entrée de l'ange ; un casque noir de chevalier, visière baissée, dépassait de son toit ; quatre chevaux tireraient le cadavre, des chevaux noirs que montaient des cavaliers en pourpoints noirs à rayures de velours et hautes bottes à revers.

Les porteurs firent glisser le cercueil dans le corbillard, puis prirent place dans le cortège des endeuillés derrière la voiture aux couronnes. Le convoi se mit en marche.

Derrière la famille et les domestiques suivait une délégation de la fabrique de pianos C. Alt, avec, à sa tête, monsieur Födermayer, le contremaître Czerny et le ponceur Bochner.

Les cloches de Sainte-Anna et de Saint-Augustin retentissaient sourdement. Comme l'avait souhaité Otto Eberhard, l'ancien fournisseur de la cour avait droit à la bénédiction en l'église Saint-Augustin, car l'empereur, à qui il devait ce titre et ses ancêtres leur prospérité, avait coutume en son temps d'y assister aux obsèques des bourgeois considérés. Les bonnes familles, même si elles ne comptaient pas parmi les plus haut placées qu'on inhumait dans la crypte des capucins, recevaient ici la dernière bénédiction depuis que les Habsbourg régnaient et établissaient dans la vie et dans la mort des différences bien précises entre leurs sujets. Que ces différences eussent été abolies par une révolution, le conseiller aulique et ex-premier procureur n'en avait cure, les révolutions n'abolissaient pas les convenances.

Henriette marchait à ses côtés dans le fracas des cloches. Si elle avait pu demander une faveur, ç'aurait été que les cloches ne sonnent pas. Encore et toujours ce vacarme sourd du glas qui accompagnait les catastrophes de sa vie. Avec une inexorable cruauté il lui en martelait maintenant les souvenirs. Elle n'avait pas marché derrière le cercueil quand cette volée de cloches l'avait accusée et qu'elle avait été veuve une première fois. Elle avait fui alors, car c'était sa nuit de noces. Elle n'avait pas marché non plus derrière le cercueil de l'homme à qui elle avait dû un si bref bonheur. Là, elle avait fui parce que ce bonheur était sa honte. À présent, elle marchait la tête haute au bras d'un adversaire de longue date derrière le cercueil de l'homme à qui elle n'avait dû nul bonheur, et envers qui elle avait pourtant beaucoup à se reprocher. Si seulement les cloches avaient pu se taire !

Deux pas derrière elle marchait le seul de tous ses proches envers qui elle ne se reprochait rien Et c'était lui qui, de tous, lui avait fait le reproche le plus inhumain. Et le lui faisait encore. Elle sentait ses regards, et elle savait aussi ce que pensait l'ennemi au bras duquel elle marchait. Une mauvaise épouse, égoïste et infidèle, disaient les regards du beau-frère. Une meurtrière, criaient les regards du fils. Les cloches sonnaient le glas. Marquant un bref temps d'arrêt, Henriette pressa sa main libre contre ses tempes.

« Tiens-toi un peu. On ne se donne pas en spectacle », dit son compagnon.

Ils continuèrent à avancer sous le martèlement plaintif des cloches qui l'accusaient impitoyablement. Dans la chaleur de juillet, la voiture qui portait les couronnes exhalait un parfum entêtant. Sur la gauche du cortège funèbre apparurent l'Albrechtsrampe et le Palais.

Quand ils approchèrent de l'église Saint-Augustin, une lueur rouge se dessina à l'horizon et les trompettes des pompiers hurlèrent avec les cloches. Ils avaient atteint l'église où Henriette s'était mariée.

Une fraîcheur bienfaisante à l'intérieur. Mais une entêtante odeur d'encens. Les quatre porteurs chargèrent le cercueil sur leurs épaules pour le poser sur le catafalque sous le maître-autel. Au fur et à mesure qu'on approchait de l'autel, l'odeur d'encens se faisait plus oppressante, âpre à vous couper le souffle. Henriette s'agenouilla au premier rang. À sa droite se tenait Otto Eberhard. À sa gauche, le cercueil, qu'elle pouvait toucher en tendant le bras, et à la tête et au pied duquel de hauts cierges blancs brûlaient dans des candélabres. L'un des deux rubans de soie violets qui pendaient de la couronne de roses et de violettes posée sur le milieu du cercueil portait le nom d'Henriette. Sur le deuxième était écrit *Je te remercie.* Otto Eberhard toisa l'inscription d'un œil désapprobateur. Au diable ces nouvelles modes ! Sur les couronnes mortuaires on écrivait *Repose en paix* ou *Au revoir* !

L'archevêque commença la messe mortuaire, son visage revêtit une expression de circonstance. Un patricien était mort dont les productions faisaient partie du patrimoine de la ville, il n'avait pas été une figure clé de la cité impériale, mais un homme loyal et un bon catholique. Sur sa femme avaient toutefois couru naguère des bruits fâcheux. Le frère en revanche, qui avait lui-même un pied dans la tombe, avait joui dans l'éminente position qu'il occupait jadis de la confiance des plus hautes instances. C'est ce qu'on lui avait rapporté quand lui était parvenue la requête de prononcer personnellement la messe mortuaire, et en raison du frère irréprochable, il avait accepté d'honorer publiquement le cadet moins méritant.

« *Introibo ad altarem Dei* », entonnait-il maintenant, entouré de ses assistants. Les yeux d'Henriette erraient. Là où se trouvait le diacre de l'archevêque qui tenait l'ourlet de sa soutane elle avait répondu « oui ! » quand on lui avait demandé à elle, Henriette Stein, si elle serait pour Franz Alt une épouse fidèle. Là où était assis Simmerl elle avait répondu « oui » après son voyage de noces à une femme qui lui demandait si elle avait perdu quelqu'un. Elle se rappelait encore la réponse de la femme : « Alors faut pas pleurer, ça fait mal au mort ! »

« T'ai-je fait souffrir ? » demanda-t-elle au mort. Elle ne doutait pas un instant qu'il l'entendît. À la toute dernière minute, avant qu'ils ne le descendent du quatrième étage, elle avait regardé par la petite fenêtre de verre du cercueil – il la voyait encore, elle le savait. « Franz », lui dit-elle maintenant en se penchant vers la petite fenêtre de verre, pendant que le cardinal s'approchait du tabernacle : « Quand j'ai dit "oui !" là-haut à l'autel, je mentais. Demande-le-moi maintenant, et je te répondrai ! » Retenant son souffle, elle dressa l'oreille et l'entendit demander, mot pour mot.

Distinctement, elle répondit, en présence du cardinal agenouillé devant le tabernacle : « Oui ! »

Maintenant qu'elle se savait mariée avec lui pour de bon, sa tension nerveuse se dissipa. Elle pouvait pleurer.

Chaque fois qu'il entrait dans la pièce, il lui faisait un signe de tête, puis il disait : « Bonjour ! » D'abord le signe de tête, puis le bonjour. Jamais autrement. Elle n'avait jamais pu lui pardonner l'absence d'imagination de ce rituel immuable et n'avait jamais répondu à son signe de tête. Mais voilà qu'elle comprenait maintenant que ce signe de tête était le summum de ce que pouvait se permettre un homme, à qui le numéro 10 avait inculqué de ne jamais se donner en spectacle. Se rattraper tant qu'il était encore temps ! Elle fit un signe de tête au mort. À plusieurs reprises. Et en même temps l'appela : « Franz ! » Du diminutif affectueux, dont elle l'avait frustré une vie durant. Quand retentit le *Saecula Saeculorum*, les porteurs se présentèrent et hissèrent le cercueil sur leurs épaules, leur charge vacilla une brève seconde puis se stabilisa, Henriette fit un dernier signe de tête et dit tout haut: « Adieu, Franz ! »

Otto Eberhard murmura: « Cesse ton manège et réponds aux condoléances. »

À sa droite et à sa gauche, des mains se tendaient, des voix disaient: « Mes condoléances. Mes sincères condoléances. »

Tandis qu'ils attendaient dans l'Augustinerstrasse les voitures qui devaient les conduire au cimetière, se produisit une chose que nul ne s'expliqua. Car le vacarme incessant des cloches pendant la bénédiction avait couvert celui de l'émeute de la Schmerlingplatz, où des gens se vengeaient en incendiant le Palais de justice d'un verdict partial dans le procès dit de Schattendorf. Le convoi mortuaire ne put s'ébranler à cause de la masse de gens qui affluaient, de plus en plus nombreux, masquant les flammes de l'incendie. On n'entendait même pas les coups de feu tirés sur les incendiaires.

Une partie des manifestants refoulés par la police avait atteint l'étroite Augustinerstrasse juste à temps pour voir Son Éminence quitter la cathédrale avec sa noble assistance.

« Allez plutôt auprès des innocents qui se font tirer dessus ! » cria quelqu'un dans la foule.

Accoutumé à ce que la plèbe tombe instantanément à genoux aux processions de la Fête-Dieu, le prince de l'Église leva la main pour bénir. Cette fois nul ne s'agenouilla. « C'est la police qu'il faut mettre à genoux, pas nous ! » lui cria-t-on.

Un homme se tourna alors vers celui qui avait crié. Il l'avait découvert dans la foule et se fraya un chemin jusqu'à lui, c'était un très vieux monsieur en redingote noire, coiffé d'un haut-de-forme voilé de crêpe, ganté de noir et arborant la rosette de commandeur de l'ordre de François-Joseph à la boutonnière. Sans se soucier de l'attitude menaçante des gens, il fendit la foule, droit comme un I. Il s'arrêta devant celui qui avait crié, un tout jeune gars, et lui intima avec morgue : « À genoux ! ».

Le jeune homme le dévisagea. Puis il éclata d'un rire tonitruant. « L'est marteau ! s'écria-t-il en se frappant le front.

– À genoux ! » répéta impérieusement le vieillard en grand deuil.

« Laissez-le, monsieur le conseiller aulique, intervint Son Éminence, apaisante. Il ne sait pas ce qu'il fait. » Et comme la foule menaçait de se jeter sur Otto Eberhard qui la jaugeait avec mépris, le cardinal raccompagna personnellement le vieux monsieur jusqu'à sa voiture. Une religieuse en habit de salésienne l'escortait de l'autre côté, lui faisant un rempart de son corps.

« Y a plus d'conseillers auliques ! hurlait-on. À bas les conseillers auliques ! »

Un officier en uniforme italien fit mine d'appeler la police. Hans s'interposa, tranchant : « Nous n'avons pas besoin de votre protection ni de celle de la police ! »

Avant de monter dans la voiture qui devait le mener à la tombe de son frère cadet, l'ex-premier procureur cria, juché sur le marchepied : « Un peuple qui ne sait plus se mettre à genoux est condamné ! »

Les voitures se mirent rapidement en route. Quelques spectateurs soulevèrent leur casquette au passage du corbillard. D'autres rirent. D'autres crachèrent. Le ciel se teinta du rouge de l'incendie.

39

Réhabilitation d'un Autrichien

Hans n'avait consenti à recevoir le comte Orbellini qu'à la demande répétée de Martha Monica. Elle disait qu'il était revenu d'un voyage fermement déterminé à parler à son frère aîné. Elle l'assurait que le comte regrettait vivement d'avoir échangé avec Hans « des paroles inamicales » et souhaitait sincèrement instaurer avec lui les rapports les plus cordiaux.

Hans eut donc l'impression que l'Italien allait lui demander la main de sa sœur et que lui était dévolu en l'occurrence un rôle de chef de famille auquel il se sentait totalement inapte, étant requis nuit et jour par bien d'autres soucis que de marier Martha Monica – de plus avec un individu dont il se défiait instinctivement, sans pouvoir prouver le bien-fondé de sa méfiance.

C'est justement ça qui ne lui laissait aucun repos et l'occupait jour et nuit : il ne pouvait rien prouver. Non pas le bien-fondé de sa suspicion envers le Signor Orbellini. Le reste. Ce reste dont dépendait qu'il puisse ou non faire encore confiance à quiconque.

C'est de cela qu'il s'était finalement entretenu avec son frère cadet. Hermann considérait la culpabilité de sa mère comme avérée, lui avait dit Martha Monica. Un jour il l'avait même interpellé à ce sujet, mais Hans s'était récusé. Il lui paraissait monstrueux que deux fils pussent discuter de la culpabilité ou de l'innocence de leur mère. Hermann ayant insisté, les deux frères allèrent pourtant se promener ensemble pour en parler, la première promenade commune dont Hans eût le souvenir.

Tout comme il avait accumulé les preuves à charge après la mort de Selma, il avait ensuite désespérément tenté de les disperser. Il avait observé sa mère sans qu'elle le remarquât, conféré des nuits entières avec le docteur Herz. Finalement il était parvenu à échafauder une explication.

En marchant avec lui le long de la Wien dans le Stadtpark, il la donna tant bien que mal à son frère. Mais Hermann réagit avec un accablement qui témoignait de sa conviction : « Je n'aurais pas imaginé une seconde que tu avais encore des doutes et que c'était pour ça que tu restais inactif. Sans quoi, je me serais senti obligé bien plus tôt de te dire ce que j'ai vu de mes propres yeux ! Mère a donné à ta pauvre femme qui était venue lui demander un remède contre ses maux de tête unc solution qu'elle avait dissoute dans ce verre dont Mono t'a parlé – je suis désolé Hans. Je suis colossalement désolé. Mais ce jeu de cache-cache ne peut plus durer. Écoute-moi au moins ! C'est inadmissible qu'un type qui a des yeux impeccables prétende qu'il ne voit rien. L'épisode du verre, je le connaissais depuis longtemps quand Mono est venue me demander conseil. C'est pour ça que j'ai tenu à ce qu'elle t'en parle. Si j'étais venu te le raconter, parions que tu ne m'aurais même pas laissé finir. Nous n'avons jamais été amis, Hans – je regrette, ce n'est pas le moment d'en parler. Je veux juste t'expliquer pourquoi je m'étais tu jusqu'à maintenant.

– Et qu'est-ce que tu ferais à ma place ? demanda Hans après un très long silence.

– Je ne me pose même pas la question ! » répondit Hermann avec impatience en se baissant pour ramasser une de ces feuilles imprimées qui inondaient les rues de Vienne depuis des mois, et en déchirant avec humeur le papier en mille morceaux. *Rejoignez Hitler !* y était-il écrit.

« Tu n'as jamais aimé maman !

– Je n'ai jamais eu énormément d'indulgence pour elle, concéda Hermann. Ni elle pour moi. C'est pour ça que je trouvais plus correct de ne pas t'en parler sans que tu le demandes. Je me savais prévenu contre elle. Il était donc logique que je tienne ma langue.

– Et qu'est-ce qui te pousse à faire le contraire, maintenant ?

– Comment peux-tu le demander ? Le sentiment de justice le plus élémentaire !

– En d'autres termes, tu irais dénoncer officiellement ta mère ?

– J'en parlerais à l'oncle Otto Eberhard », conseilla le cadet, ignorant le ton de l'aîné. « Pour éviter toute démarche – disons – extrême. Tu ne peux pas trouver plus compétent que l'oncle. D'une part il est procureur, de l'autre, on peut dire de lui ce que l'on veut, mais il a toujours placé la réputation de la famille audessus de tout.

– Et ça servirait à qui ? demanda Hans amèrement. Pas à Selma, elle est morte. Ni à maman, elle n'y survivrait pas. Ni à la famille, dont ça ruinerait la fabuleuse réputation. Je préfère ne pas aller colporter ce genre de choses.

– Je n'en reviens pas, dit Hermann. On te prétend idéaliste. Mais tu parles comme un avocat ! La culpabilité n'est pas une question d'opportunité. Tu crois peut-être que mère a mené une vie exemplaire ? Mono serait une preuve suffisante s'il en est. À moins que tu ne croies aux contes de fées ? Mère t'a toujours menti ! Comme à tout le monde !

– Rentrons », dit Hans. Mais il se fixa néanmoins un délai d'une semaine. Le délai expirait ce soir-là. Il avait pris rendez-vous à neuf heures avec son oncle pour un entretien.

L'après-midi à quatre heures, l'Italien se présenta, et Hans pensa : à quatre heures je donne la main de ma sœur à un homme que je tiens pour un vaurien, et à neuf je dénonce ma mère pour meurtre au procureur. « Je sais ce qui vous amène », dit-il au visiteur.

Ils étaient dans le bureau directorial de la fabrique de pianos, où un troisième portrait était venu s'ajouter aux deux premiers. À côté de ceux du grand-père et de l'arrière-grand-père Alt se trouvait maintenant dans un cadre doré le portrait de son père peint par l'oncle Drauffer, d'une ressemblance effrayante. Quand l'actuel patron de la firme le regardait, il repensait au mot dédaigneux de Selma sur les « anges baroques ». Si elle avait vu ce portrait d'une ressemblance trompeuse, cette fanatique de la vérité aurait modifié son jugement sur l'oncle Drauffer, tout comme Hans avait, au fil du temps, modifié le sien sur son père. Dans ce regard dépourvu d'emphase se lisait l'honnêteté, dans ce sourire réservé au coin de cette bouche pas encore déformée la fiabilité, dans la discrétion de ses vêtements et de sa contenance la ferme volonté de se restreindre soi-même. Un « homme sans qualités ». Mais sur le tableau, la somme de tous ces traits anodins était rien moins qu'anodine. « *Lei non mi serba rancore, vero?* » demanda le visiteur italien, et il fit comme si lui et Hans n'avaient jamais échangé la moindre « parole inamicale ». Dans le même souffle il précisa qu'il ne s'agissait pas de Martha Monica – car en ce qui concernait la signorina Alt et lui-même, ce n'était plus qu'une question de jours. Peut-être Hans savait-il qu'il s'efforçait inlassablement depuis fort longtemps d'obtenir de la congrégation des rites à Rome l'annulation de son premier mariage catholique – il était marié, en effet, comme on savait, supposait-il. Et, Dieu merci, à sa dernière visite à Rome on lui avait enfin laissé entrevoir la perspective d'une annulation ! Mais c'est justement cette visite qui l'amenait aujourd'hui ; l'honneur insigne d'une audience auprès du Duce lui avait été accordé. Il s'assura d'un coup d'œil circulaire de l'absence d'éventuels espions dans le bureau. Par la porte à présent tendue de feutre vert – l'unique changement qu'eût apporté Hans – leur parvenaient les sons étouffés des accordeurs.

« On ne peut pas nous entendre ? » s'assura malgré tout l'Italien.

Hans dit que non. Il pensait à l'entretien qui l'attendait à neuf heures.

Va bene, il s'agissait de l'inquiétude avec laquelle le Duce suivait l'évolution de la situation en Autriche. Il n'était, comme on savait, de tenant plus fervent de l'Autriche et de sa totale indépendance. Le comte Orbellini lut un passage de ses notes : « *Può cioè esistere un secondo Stato tedesco in Europa, tedesco, ma padrone del proprio destino.*» Cette indépendance, malheureusement, était terriblement menacée, à droite comme à gauche. D'un côté, il y avait ces sociaux-démocrates doctrinaires dirigés par monsieur Otto Bauer ! De l'autre, le spectre des nationaux-socialistes, dont la propagande insinuante venue d'Allemagne prenait des dimensions d'autant plus dangereuses que leur chef, d'après le Duce – l'Italien se pencha sur une seconde feuille –, était un menteur compulsif, doublé d'un mégalomane. *Benissimo,* les sociaux-démocrates ne gouvernaient plus en Autriche depuis qu'ils l'avaient complètement ruinée et se trouvaient maintenant dans l'opposition. C'est la coalition des chrétiens-sociaux et du Landbund, constituée des paysans et des nationaux-allemands, lesdits Grossdeutschen, qui était aux affaires ; mais, qu'on se figure un peu, ce gouvernement disposait d'une unique voix de majorité au parlement et pouvait donc être renversé à tout instant ! Une situation effroyable ! Et depuis que monsignore Seipel s'était retiré, il n'y avait plus de véritable homme d'État à la tête du pays. Il n'y avait donc plus, selon le Duce, qu'une solution : se protéger en s'armant ! Les rouges avaient leur milice du Republikanischer Schutzbund et, c'était connu, mobilisaient ou plutôt terrorisaient la rue pour renverser le gouvernement de coalition et se rallier à une Allemagne démocratique qui démontrait chaque jour son impuissance flagrante. La démocratie ! L'excuse de tous les faibles incapables de faire régner l'ordre dans leur propre maison. Et les nazis, eux, qui n'avaient que peu de partisans en Autriche et n'en distribuaient que plus généreusement armes et uniformes flambant neufs, voulaient rattacher l'Autriche à une Allemagne nationale-socialiste qui, d'après le Duce, remplacerait un jour cette république de Weimar impotente, car elle avait l'avantage de défendre au moins le seul mode d'existence qui vaille : périlleux, impitoyable aux faibles. En d'autres termes : il n'y avait qu'un seul salut.

Après avoir jeté de nouveaux coups d'œil alentour, Orbellini extirpa un document d'assez grand format de son portefeuille et lut à voix haute, confit en un respect qui frisait l'obséquiosité, les paroles du Duce en personne, qu'il avait été autorisé à coucher immédiatement sur le papier au Palazzo Venezia : « *Io racommanderei, e racommanderei persino vivamente, l'organizzazione immediata attraverso l'Austria di una milizia armata sull'esempio fascista, per proteggere la popolazione contro il terrore communista e l'ancora più grave minaccia del nazismo. Al momento propizio e quando la milizia sarà organizzata, le armi e l'appoggio necessario verranno provvisti.* » Au cas où monsieur Alt ne comprendrait pas assez l'italien, ceci signifiait : « Je recommande instamment la formation en Autriche d'une milice armée sur le modèle fasciste. Cette milice aurait à protéger la population contre la terreur communiste et la menace presque plus dangereuse encore des nazis. De l'aide et des armes seront mises à disposition en temps utile, dès que la milice sera organisée. »

L'émissaire de Rome traduisit dans un allemand irréprochable, sans rechuter le moins du monde dans ses drôles de fautes d'antan. « Que dites-vous de cette générosité ? » s'enquit-il.

Depuis que l'homme avait commencé à débiter des faits connus comme le loup blanc en Autriche, les pensées de Hans s'étaient évadées vers l'entretien qui l'attendait le soir même. « Vous pensez à la milice ? demanda-t-il, pour dire quelque chose.

– C'est le Duce qui le pense, corrigea l'Italien. C'est pour cela qu'il m'a fait venir à Rome. Vous allez peut-être me trouver négligent de vous demander seulement maintenant la discrétion absolue. Mais je sais que j'ai affaire à un gentleman !

– Je ne saisis pas bien ce que j'aurais à voir avec une milice, dit Hans sèchement. Je suis fabricant de pianos.

– Mais un grand Autrichien, Signor Alt ! le contredit l'autre. Un membre éminent de ces milieux culturels essentiels pour le patriotisme autrichien. C'est ce patriotisme qu'il faut réveiller, pense le Duce. Ce sont des personnes sans passé politique, mais qui malgré cela ou même à cause de cela incarnent l'être autrichien en toute fiabilité, qui doivent se mettre à sa tête ! C'est à eux de mettre la milice sur pied avec leur savoir-faire militaire, leur talent d'organisateurs et leur capital ! »

Quels rapides progrès en allemand avait fait l'homme aux drôles de fautes !

« Pardonnez-moi, répondit Hans, pour qui le patriotisme autrichien sonnait désagréablement faux dans cette bouche-là, pourquoi ne pas vous adresser aux gens qui possèdent ces talents-là ? Moi en tout cas ne les ai pas. Je suis un piètre soldat, un organisateur minable et certainement pas un capitaliste !

– Quelle modestie ! » protesta l'Italien, découvrant des dents éblouissantes en éclatant de ce rire optimiste qui ravissait Martha Monica. « Entre nous soit dit, je me suis mis en relation avec ces hommes. Lors de mon voyage de retour, j'ai discuté avec monsieur Steidle à Innsbruck, avant-hier à Linz avec le prince Starhemberg et hier à Graz avec le professeur Rintelen. Ces messieurs sont enthousiastes et totalement acquis à l'idée que les milices locales soient organisées d'après le modèle fasciste et transformées en une Heimwehr[1] qui englobe tout le territoire autrichien.

– Fasciste avez-vous dit ? »

L'Italien confirma cette évidence d'un geste.

« Alors, je suis d'autant moins votre homme, dit Hans. Je n'ai – pardonnez-moi – guère de sympathie pour un parti qui a choisi pour emblème le faisceau des licteurs !

– Tout le monde ne peut pas avoir un ange à trompette comme emblème », répondit l'Italien. Et perdant un instant sa souplesse : « Signor Alt, vous voulez continuer à fabriquer des pianos et à en tirer du profit. Pour cela, vous allez avoir besoin de protection. Cette protection requiert de l'argent. Et cet argent doit être réuni. » Chaque phrase, une menace.

« Avez-vous une légitimation officielle de votre gouvernement pour réunir cet argent ? » demanda Hans, quelque peu étonné.

L'autre produisit de bonne grâce un nouveau document : une liste d'industriels autrichiens. Elle commençait par Ammer de la Alpinen Montangesellschaft et se terminait par Zwirzina, le propriétaire d'une filature. Hans Alt venait en deuxième position après Ammer, la somme de sa contribution manquait. La contribution à sept chiffres d'Ammer, elle, y figurait.

« Et c'est le gouvernement italien qui collecte cet argent ? redemanda Hans, sous le portrait de son père qui aurait posé la même question. À propos, vous parlez maintenant un allemand étonnamment parfait. Vous

1. Groupes d'autodéfense qui se constituèrent en Autriche en 1918 sous l'inspiration des chrétiens-sociaux pour lutter contre toute tentative révolutionnaire marxiste. Hitler les dissoudra en 1938.

l'avez appris en un temps record ou vous ne vouliez pas l'utiliser auparavant ? »

L'Italien eut un sourire ambigu et préféra répondre à la première question. « Le gouvernement autrichien qui procède en parfait accord avec le gouvernement italien a choisi la voie que je vous ai nommée pour éviter toute apparence d'ingérence dans les rapports de propriété privée. Et le gouvernement italien a offert ses loyaux services, à titre fiduciaire en quelque sorte. *Capisce, signor Alt ?*

– Je ne vois toujours pas très bien. Vous permettez que je m'informe avant de vous donner ma réponse ?

– *Va bene*, concéda l'autre. D'ailleurs, ne serait-ce pas une bonne idée d'intéresser monsieur votre frère à notre affaire ? Il a de brillants états de service.

– Certes, dit Hans. Comparé à moi, c'est un Napoléon.

– Un Radetzky ferait aussi l'affaire », dit l'Italien, poussant l'abnégation – ou celle du gouvernement italien – à honorer un maréchal qui avait vaincu l'Italie à plate couture. « J'espère que nous nous sommes un peu rapprochés ? Je m'en réjouirais à plus d'un titre ! Et, j'en suis certain, Donna Monica également ! »

Sur quoi, il prit congé, ajoutant encore à la confusion ambiante.

À neuf heures tapantes, Hans était dans le cabinet de travail de son oncle. Rien n'avait changé dans la vaste pièce à trois fenêtres qui avait conservé sa tapisserie brune enfumée, ses meubles cossus dans le style Marie-Thérèse et ses tableaux de famille. Des lampes au globe d'un blanc mat luisaient sur le bureau et des deux côtés de la bibliothèque emplie jusqu'au plafond de livres de droit et de décisions de la Cour suprême.

Hans pensa au dernier débat sur la culpabilité et l'innocence dans cette pièce avant la guerre, à l'issue de cette nuit au poste de police où la question de la justice l'avait empêché de dormir. À l'époque déjà, Otto Eberhard lui était apparu comme un vieil homme à mille lieues de la vie. Aujourd'hui c'est tout juste s'il lui semblait encore appartenir au genre humain. On avait du mal à croire que battait un cœur sous cette veste boutonnée jusqu'au cou. Hans eut envie de s'excuser du dérangement et de tourner les talons.

Mais le vieux monsieur demandait déjà : « Qu'est-ce qui me vaut le plaisir ? »

Maudite maison. Vienne, affirmait-on, était une ville insouciante et légère. Or pouvait-il y avoir au monde atmosphère plus glaçante, plus déprimante et plus sombre ? Quel sort démoniaque le condamnait à faire partie de cette maison dont l'incarnation pétrifiée était présentement assise en face de lui ? Ses quatre-vingt-dix ans n'avaient donc pas enseigné à cet homme que la froideur ne sauvait personne ? Qu'un humain n'a d'autre besoin ni d'autre désir que la chaleur ?

« Je viens à cause de ma mère, dit Hans pour se couper toute possibilité de retraite.

– Assieds-toi, proposa l'oncle, tu fumes, je crois ? »

Hans s'assit. Les globes blancs éclairaient chaque ride, chaque fil d'argent de la physionomie parcheminée du vieillard. « Je ne sais pas très bien comment t'expliquer, mon oncle, commença-t-il.

– Prends ton temps, dit le vieillard. Tu as l'air d'avoir maigri, la fabrique te donne des soucis ?

– Ce n'est pas la fabrique. »

Le vieillard hocha la tête : « Tu as d'autres soucis ? »

Au son de cette voix glacée, Hans comprit combien Hermann avait eu tort. L'homme qui siégeait ici n'était pas le plus compétent, mais le moins approprié, le plus prévenu contre sa mère ! L'oncle Eberhard avait toujours condamné sa mère. « Oui, répondit Hans.

– Dis-moi de quoi il s'agit !

– De la mort de Selma, déclara Hans. Ce n'est qu'un soupçon. Mais même ça, c'est horrible !

– Un soupçon envers ta mère ?

– Oui ! Pourquoi demandes-tu cela ?

– Tu as dit que tu venais à cause de ta mère. Depuis quand as-tu ce soupçon ?

– Depuis longtemps. Mais je…

– Un instant ! Pourquoi n'es-tu pas venu plus tôt ? Tu comptais attendre que je sois mort ? »

À nouveau, comme toujours devant cet homme de pierre, Hans se sentait en état d'infériorité. « Cela n'a rien à voir avec toi, mon oncle, déclara-t-il.

– Puisqu'il s'agit de personnes de la maison, ça a bel et bien à voir avec moi. Parle ! Ne me dis pas ce que tu penses ou ce que tu ressens, mais des faits. Les sentiments et les pensées ne sont pas des témoignages. » Il croisa les bras sur sa poitrine, comme s'il portait encore la robe rouge garnie d'hermine.

Dans le quart d'heure qui suivit il ne changea pas d'attitude. Plus Hans parlait, plus les preuves qu'il amoncelait contre sa mère lui semblaient irréfutables et plus le taraudait le sentiment d'être à la mauvaise adresse. Cet homme qui croise les bras sur sa poitrine la condamne quoi qu'elle fasse ! Et à l'instar des parents d'un malade mortellement atteint qui demandent sans espérer au médecin après l'examen : « Que croyez-vous, docteur ? », le neveu demanda à l'expert en matière d'assassinats: « Qu'est ce que tu crois, mon oncle ? »

Otto Eberhard modifia son attitude: il décroisa les bras. Devant ses yeux qui n'avaient pas besoin de verres défilaient les épisodes du temps où cette Henriette était arrivée dans la maison. Sa première visite de fiancée – très tardive – là, dans la pièce voisine. Elle portait un chapeau exagérément grand. Sa hâte à délaisser pour une opérette un souper prêt à servir, le jour de son mariage. Ses amours avec une personne très haut placée. Son audience auprès d'une personne encore plus haut placée. La mise au monde de ce jeune homme qui avait failli lui coûter la vie. Son retour désordonné à la vie. Son aventure frivole avec un aristocrate. Sa dureté envers la petite Christine. Son dévouement pour ses enfants, surtout pour l'aîné et pour la cadette qui n'était pas la fille de Franz. Ses ultimes tentatives de réparer avec Franz ce qui n'était plus réparable. Sa lourde hérédité du côté maternel et, celle, encore plus lourde, qui lui venait de son père, le libéral beau parleur. Sa coquetterie, sa prétention à la sagacité quand elle était rien moins que sagace. Sa compassion vite éveillée et aussi vite dissipée.

Devant les yeux du vieil accusateur se déployait un imaginaire dossier gris intitulé: *Procès-verbaux de l'instruction engagée contre Henriette Alt.* En page 1, la mise en accusation qu'il avait écrite de sa main des centaines de fois: *le ministère public impérial et royal de Vienne accuse... avec l'intention de tuer, agit de sorte que mort s'ensuive... s'est ainsi rendue coupable du crime d'assassinat conformément au § 134 du code pénal.* Et à son neveu qui attendait anxieusement, Otto Eberhard déclara: « Ta mère est innocente. »

C'était si inattendu que Hans bondit en poussant un cri.

« Reste assis », lui intima le vieillard, qui, tout bien considéré et avec cette acuité qui ne l'avait jamais trompé dans sa longue carrière aux affaires criminelles, avait vu soudain que les lignes laissées en pointillés dans l'acte d'accusation n'étaient pas à remplir du nom de sa belle-sœur Henriette, mais d'un tout autre nom, qui le touchait bien plus intimement et lui faisait presque perdre contenance. « Tes soupçons étaient fondés. J'ai changé d'avis, ce n'est pas un suicide. C'était un meurtre. Mais ta mère n'est pas l'assassin. Je le vois sur ton visage, tu t'imagines que je veux la ménager pour préserver la réputation de notre maison. Une fois déjà, il y a longtemps, tu t'es autorisé à penser ce genre de choses et tu as jugé bon de me rappeler mon devoir. Jeune homme, je n'ai jamais failli sciemment à mon devoir. Que cela parle en ma faveur quand, aujourd'hui ou demain, j'irai rejoindre ton défunt père là où il me tarde d'aller. Tu n'es pas juriste. Les indices t'égarent. Mais tu aurais dû te dire ceci : ta mère est d'origine juive. Les juifs – je ne me réfère pas à la définition qu'en donne ce nouveau parti grotesque en Allemagne, je considère comme juifs ceux qui ont hérité de leurs ancêtres de caractéristiques typiquement juives –, les juifs ne font pas de faux serment sur la tête de personnes qui leur sont chères. Les juifs assassinent rarement et presque jamais des parents. Tu as négligé ces points.

– Merci ! dit Hans du fond du cœur.

– Viens par là, lui demanda le vieillard. Je sais ce que tu pensais de moi. C'est ce que vous pensez tous. Mais la vie est fondée sur le respect, et qui n'en a pas, comme vous, et ne l'exige pas comme moi, n'est pas libre comme vous le pensez, mais moins libre que tous, car il est dominé par des jugements arbitraires ou faux. L'absence de respect ne rend pas libre ! Donne-moi la main. Moi non plus, je ne t'ai pas toujours jugé à ta juste valeur. Tu es un honnête homme. Reste-le. C'est la seule chose qui importe.

– Oui, mon oncle ! » promit Hans, ébranlé, en se penchant sur la main froide qui s'offrait et en l'effleurant des lèvres.

« Va maintenant », dit Otto Eberhard, dont un tressautement agitait le visage de pierre. « J'ai un dernier cas à régler avant de me retirer définitivement.

– Tu as un soupçon ?

– Un procureur a toujours des soupçons », répondit le vieillard, et sa voix, qui avait pris quelques secondes un ton humain, se figea de nouveau dans les glaces du principe.

« Qu'est-ce que je dois faire ?

– Aller trouver ta mère et lui demander humblement pardon. » Le vieux monsieur hocha la tête : « Elle n'a pas mérité ça. Elle a pu commettre des erreurs considérables comme épouse. Mais pas avec toi dans son rôle de mère. Le reste, c'est mon affaire. Personne ne dira de moi que j'ai ménagé quelqu'un qui ne l'aurait pas mérité. » Il ajouta, plus pour lui que pour son neveu : « Sauf ton père, jadis. Mais il avait au moins préservé la tradition. Sa progéniture en revanche… » Il s'interrompit. « Bonne nuit ! »

40

Procédure sommaire

Hans allait à la fabrique à pied, comme son père l'avait fait pendant des décennies. À huit heures pile il quittait la maison par le portail de l'ange pour se rendre à son lieu de travail par l'Annagasse, la Kärntner Strasse prolongée, puis la Wiedner Hauptstrasse. Hans faisait de même. Cela ne signifiait rien pour lui, mais il le faisait.

La conversation avec sa mère était maintenant du passé. Il lui avait demandé pardon, elle le lui avait accordé avec force larmes et paroles de tendresse. Elle savait mieux que personne ce qu'était l'amour. L'amour était tout, mais l'amour était injuste, toujours égoïste. Sauf l'amour maternel, avait-elle dit.

C'était un matin pluvieux de février. Un lundi. Personne n'allait donc travailler aujourd'hui ? Il fut étonné en arrivant au Naschmarkt. Habituellement ça grouillait de monde.

Si l'amour est tout, pourquoi laisse-t-il moins de traces que ce bout de papier boueux que le vent a poussé dans le caniveau ? Ce bout de papier, lui, au moins on le voit. Il est sale mais on sait qu'il a été blanc. Mais qui peut bien voir qu'il y a eu de l'amour ? Ceux qu'on a aimés ? On les a assassinés ou soupçonnés de meurtre. Ceux qui aimaient ? À quoi peuvent-ils le voir ? Si l'amour est tout, pourquoi ne peut-il rien ? Pourquoi est-il si horriblement impuissant ?

Les journaux du kiosque de la Paulanerkirche exhibaient de très gros titres : « Menace de grève générale ! » « Provocation de la gauche ! »

« Ces crapules ! dit un jeune homme en uniforme de la Heimwehr. Ça suffit vraiment maintenant ! »

Ça suffisait depuis longtemps.

« Faut les pendre, ces criminels ! dit le jeune homme. Faut mettre de l'ordre, enfin ! Tant que le sang coulera pas, y resteront pas tranquilles ! Le petit Dollfuss a pas de cran ! Mais je comprends pas ce qu'attend Starhemberg[1] ! »

Hans se demanda brièvement si le jeune homme devait le coq de bruyère de la Heimwehr qui ornait son képi à la contribution d'Ammer de l'Alpinen Montangesellschaft ou à celle des filatures Zwirzina.

« Z'êtes pas d'accord ? » demanda le type de la milice, irrité par son silence.

Hans s'acheta un journal et continua son chemin sans répondre. Il avait quelque chose contre et comment ! Qui dit « Tant que le sang coulera pas » ne peut avoir raison.

Dans le journal il lut que des ouvriers avaient troublé l'ordre public à Linz et qu'on avait tiré. « Comment comprendre que des travailleurs oublient leur devoir au point de s'opposer par les armes à l'autorité de l'État et lui tirent dans le dos comme des bandits, à un

1. Dirigeant de la Heimwehr qui sera nommé vice-chancelier ministre chargé de la sécurité de l'État par le gouvernement Schuschnigg après l'assassinat de Dollfuss.

moment où il est décisif de renforcer son autorité ? » s'interrogeait la feuille conservatrice.

Qu'y a-t-il de si difficile à comprendre ? pensa le successeur de Franz Alt, qui nourrissait déjà de telles pensées à l'époque où son prédécesseur avait fait « rétablir l'ordre » par un lieutenant de police. Que signifie l'autorité de l'État quand elle mine la seule autorité qui légitime son existence, qui est de garantir la liberté des personnes ? Travailleur ou pas, pourquoi ne pas se défendre ardemment quand tout ce qui vous importe est en jeu ? L'un ne peut pas vivre sans telle ou telle personne ; l'autre sans telle ou telle conception de la dignité humaine. Faux. C'est la même chose ! On ne peut pas vivre quand on vous prive de l'air que vous respirez, de l'être ou de la liberté qui font partie intégrante de vous-même ! L'autorité de l'État ? Elle perd tous ses droits quand elle vous contraint à une situation indigne !

Étrange comme tout se répétait. Quand Hans arriva à la fabrique, il manquait le bruit des menuisiers et des accordeurs. Au rez-de-chaussée et dans les caves, on travaillait. Vers neuf heures le travail cessa là aussi ; le chef d'équipe Czerny vint avec le ponceur Bochner annoncer au bureau de la direction : « Je regrette, patron, grève générale ! »

Monsieur Födermayer avait une repartie cinglante à la bouche – que les défunts patrons qui assistaient à la scène de leurs cadres auraient sans doute eue aussi. Mais Hans se contenta d'enregistrer d'un hochement de tête l'annonce de la grève générale.

Un moment après avoir augmenté la contrariété du fondé de pouvoir en négligeant de s'indigner, Hans vit toute activité cesser à la fabrique de la Wiedner

Hauptstrasse. Henriette appela pour demander ce qui se passait. Hans répondit qu'il ne se passait rien, on ne fabriquerait pas de pianos, aujourd'hui, ni peut-être demain. Mais si la lumière, l'eau, le gaz étaient coupés comme l'annonçait la radio ? demanda-t-elle épouvantée. Eh bien, on resterait un ou deux jours sans lumière, sans eau et sans gaz, répondit-il. Ce n'était pas si grave.

Elle le comprit mal. « Encore plus grave ? demanda-t-elle. Comment ça ? »

Il y avait mille fois plus grave ! L'experte en amour l'ignorait-elle ? Voir mourir Selma. Prendre sa mère pour un assassin. Hans dit : « Ne t'inquiète pas, maman. À moins que ça ne tourne à la folie furieuse, tout reprendra son cours comme avant. » En les prononçant, ces mots lui parurent dérisoires. Rien ne reprendrait son cours, rien n'était comme avant !

« Otto m'a fait dire il y a un quart d'heure qu'on allait tirer ! » dit-elle.

Otto, le cousin jumeau, avait coupé sa barbe à la Lueger et passait pour un des principaux dirigeants de la Heimwehr.

« Otto est idiot ! dit Hans. Tirer sur qui ? » La communication fut coupée. Une heure plus tard on tirait. Hans refusait de le croire. Une aberration de ses sens, son état nerveux était tellement précaire. Des canons ? Absurde ! Se boucher les oreilles ! Jusqu'à ce que cesse ce grondement à l'intérieur ; il vient du sang qui lui monte à la tête.

Des canons ! Plus aucun doute !

« Sur qui est-ce qu'ils tirent ? Dieu du Ciel, sur qui est-ce qu'ils tirent au canon ? hurla Hans, qui s'était précipité dans la rue sans chapeau ni pardessus.

– Sur le foyer des ouvriers ! Vous n'entendez pas ? Ça vient d'Ottakring ! Et ça là, ça doit venir de Döbling ! Ils tirent sur le Karl-Marx-Hof[1] !

– Taisez-vous ! » hurla Hans. Il avait saisi aux épaules l'homme, un petit rondouillard, qui le renseignait et le secouait comme un prunier.

« Police ! Au secours ! » hurla l'homme.

Des canons. Calibre 75. À Rawa Ruska c'était le même son. Et sur le Piave. Et dans les tranchées où ça puait le cadavre.

« Excusez-moi ! dit Hans en lâchant l'autre.

– Ça vous vient un peu tard ! Vingt dieux, en voilà une brute ! cracha le gros, à bout de souffle. Des gens pareils, faut les zigouiller ! »

Des haut-parleurs annonçaient la proclamation de la loi martiale et l'instauration de tribunaux d'exception dont les jugements seraient exécutoires aussitôt dans le cadre de « procédures sommaires ». Peu après, les rues se vidaient et la radio annonçait les premières condamnations à mort.

Hans qui descendait en courant la Wiedner Hauptstrasse sans pardessus ni chapeau, les pouces pressés contre les oreilles, fut arrêté par deux hommes de la Heimwehr. Où courait-il comme ça ? Il ne répondit pas. Qui était-il ? Il se tut.

On l'escorta au poste de police le plus proche. Il s'opposa en vain à la fouille. Était-il un parent de monsieur le major Alt, demanda le premier homme de la Heimwehr après avoir consulté sa carte d'identité.

1. Cité de 1 300 logements sociaux du quartier de Döbling donnant sur de larges cours arborées qui fut l'aboutissement architectural de la politique urbanistique des sociaux-démocrates et un bastion de la gauche.

Hans refusa de répondre. Lorsque l'autre milicien vit l'adresse du 10 Seilerstätte, il fit un signe de tête au collègue à la plume de coq de bruyère, haussa les épaules, s'excusa et relâcha le détenu, dont on ne pouvait rien prouver, sinon sa parenté avec le major Alt.

La radio interrompit son émission *Critique théâtrale parlée* pour communiquer les noms de deux rebelles condamnés à mort et exécutés « sommairement » : Freund, secrétaire d'un syndicat, et Ebeseder, artiste peintre et député.

41

Deux procès-verbaux

Le procès-verbal d'interrogatoire de l'inspecteur de police Johann Greifeneder était rédigé en ces termes :

Préfecture de police de Vienne. Date : 31 juillet 1934. Étaient présents : le préfet de police, procédant à l'interrogatoire. L'inspecteur de police Johann Greifeneder en tant que témoin. Le directeur Kunz en tant que secrétaire de séance.

Le préfet : Je vous invite à dire tout ce que vous savez sur l'assassinat de monsieur le chancelier fédéral et à ne rien taire. Vous déposez sous la foi du serment et en tant que fonctionnaire d'État. Toute fausse déclaration serait un crime d'entrave à la justice. En êtes-vous conscient ?

Greifeneder : Oui, monsieur le préfet.

Le préfet : Étant donné que vous êtes l'un des rares témoins des faits, votre déposition sera déterminante. C'est sur elle essentiellement que s'appuiera le jugement que le tribunal doit prononcer. Je vous invite donc à peser vos mots.

Greifeneder : Oui, monsieur le préfet.

Le préfet : Vous vous appelez Johann Greifeneder, êtes âgé de trente-quatre ans, né à Tulln en Basse-Autriche, catholique, marié, inspecteur divisionnaire, avez deux enfants et demeurez dans le sixième arrondissement, Sonnenuhrgasse 6. Est-ce exact ?

Greifeneder : Oui, monsieur le préfet.

Le préfet : Qu'avez-vous vu le 25 juillet dernier ?

Greifeneder : J'étais en faction Ballhausplatz, à la Chancellerie. J'étais au quatrième étage, près de la direction des comptes. J'étais de service de dix heures à une heure. Un peu avant une heure environ, j'ai entendu un bruit dans l'escalier, je suis sorti et j'ai ouvert la porte qui donnait sur la cage de l'escalier. Je me suis trouvé face à cinq hommes armés en uniforme.

Le préfet : Dans quel uniforme ?

Greifeneder : Dans l'uniforme de l'armée fédérale autrichienne. Ils ont crié : « Levez les mains ! », et m'ont cerné. J'étais seul contre cinq, je ne pouvais pas résister. Ils m'ont conduit au troisième étage et m'ont fait attendre près de la rampe de l'escalier. Il y avait là huit ou neuf autres individus en uniforme, avec des revolvers.

Le préfet : Leur avez-vous demandé ce qu'ils voulaient ?

Greifeneder : Oui. Ils ont répondu que je n'allais pas tarder à le savoir. Pendant ce temps-là, d'autres individus en uniforme ont fait descendre tous les fonctionnaires du quatrième étage en hurlant : « Levez les mains ! », et ils ont attendu qu'ils soient tous en bas. Je leur ai dit que c'était absurde d'y rassembler autant de gens, c'était bien trop lourd pour l'escalier. L'un d'eux m'a crié : « Fermez-la ! C'est moi qui commande ! »

Le préfet : Qui était-ce ?

Greifeneder: Il portait un uniforme de commandant d'infanterie. Il s'appelait Hermann Alt.

Le préfet : Comment connaissiez-vous son nom ?

Greifeneder : Parce qu'il me l'a dit lui-même. Il a hurlé : « Écoutez, inspecteur ! Je suis le commandant Hermann Alt, nous venons vous libérer, vous les Autrichiens, du nabot criminel qui a sali l'honneur de notre pays et trompé notre Führer. Si vous êtes un Autrichien allemand loyal, vous avez le foutu devoir de nous y aider et pas de nous en empêcher ! »

Le préfet : Que s'est-il passé ensuite ?

Greifeneder: Un sous-officier est arrivé et nous a menés dans la cour. Là, ils ont séparé de nous les fonctionnaires du ministère. Nous de la police, nous sommes restés dans la première cour, près de la porte principale.

Le préfet : Combien de temps y êtes-vous restés ?

Greifeneder: Tout ça a pu durer dix à douze minutes. Entre une heure et demie et deux heures est arrivé le commandant…

Le préfet : Ne l'appelez pas commandant. Il avait volé l'uniforme de commandant qu'il portait.

Greifeneder: À vos ordres, monsieur le préfet. L'homme, donc, est venu nous trouver dans la cour et a demandé à mon collègue, l'inspecteur d'arrondissement Jellinek, si nous savions que le chancelier fédéral Dollfuss était blessé. Mon collègue a dit que non. Alt a demandé si nous voulions voir le chancelier Dolfuss. Nous avons dit que oui. Mais il n'a laissé monter que moi.

Le préfet : Pourquoi pas aussi l'inspecteur du quartier ?

Greifeneder : Je ne sais pas. Il a sans doute cru que j'étais un nazi moi aussi, parce que je n'avais pas répondu quand il m'a crié dessus.

Le préfet : Poursuivez.

Greifeneder : Alt et moi sommes montés et avons trouvé monsieur le chancelier dans ce qu'on appelle le salon d'angle, près de la fenêtre, à côté de la salle du congrès.

Le préfet : Vous rappelez-vous dans quelle position il était ?

Greifeneder : Il était étendu sur un divan et il gémissait.

Le préfet : Qu'avez-vous fait ?

Greifeneder : J'ai demandé au commandant... je veux dire... à Alt, si monsieur le chancelier était grièvement blessé et qui l'avait blessé. Il a répondu que ça ne me regardait pas. Puis j'ai vu du sang couler de la bouche de monsieur le chancelier et j'ai demandé si on avait appelé un médecin. Alt a dit que non. Puis il a dit : « Vous pouvez vous occuper de lui vous-même, si vous voulez ! » J'ai dit que je le voulais. Il a ouvert la fenêtre et a crié : « Qu'on monte avec des pansements ! », puis il m'a demandé : « Vous savez faire les pansements ? » J'ai dit que oui. Mais ça a pris un moment avant qu'un des putschistes monte avec les pansements.

Le préfet : Que faisait Alt pendant ce temps ?

Greifeneder : Il s'était assis au bureau et fumait des cigarettes.

Le préfet : A-t-il dit quelque chose ?

Greifeneder: À ce moment-là non.

Le préfet : Monsieur le chancelier était-il conscient ou sans connaissance ?

Greifeneder : Sans connaissance.

Le préfet : Poursuivez.

Greifeneder : Le putschiste qui était venu avec les pansements a entaillé le costume de monsieur le chancelier avec un couteau de poche, et aussi sa chemise. Tout était plein de sang. J'ai dit à l'homme de tenir la tête de monsieur le chancelier pendant que j'essaierais de faire le pansement. Mais l'homme a dit : « Celui-là, je l'aiderai pas. Cet homme a assassiné de sang-froid une quantité de camarades. Cet homme a fait une incroyable saloperie le 12 février 1934. Il a fait tirer sur les ouvriers autrichiens. Il se vantait à tout le monde d'être un bon catholique. Il doit savoir ce que ça veut dire "dent pour dent" ! »

Le préfet : Avez-vous pu faire le pansement ?

Greifeneder : Oui, mais l'hémorragie ne s'arrêtait pas. Il n'y avait personne pour m'aider. Quand j'ai eu fini, j'ai nettoyé le front de monsieur le chancelier avec l'eau d'une bouteille sur la table. Alors il est revenu à lui.

Le préfet : A-t-il parlé ?

Greifeneder : Oui, il a demandé si les ministres avec lesquels il était en réunion étaient indemnes. Je lui ai dit : « Autant que je sache, oui. » Un instant, il a semblé croire qu'il était libre, parce qu'il a dit : « Dieu soit loué, vous êtes arrivés à temps ! Les avez-vous tous pris ? » Puis son regard est tombé sur Alt qui riait. Monsieur le chancelier m'a dit : « Ce commandant-là, un capitaine et quelques soldats ont tiré sur moi à bout portant. »

Le préfet : A-t-il mentionné le nom du commandant ou du capitaine ou des soldats ? Ou vous a-t-il donné des informations qui pourraient servir à les identifier ?

Greifeneder : Non.

Le préfet: Alt a-t-il dit quelque chose ?

Greifeneder : Il a dit à monsieur le chancelier : « Vous avez tiré sur des milliers d'ouvriers innocents. Vous avez trompé notre Führer. Nous avons tiré sur vous. »

Le préfet : Monsieur le chancelier a-t-il répondu ?

Greifeneder : Pas tout de suite. Puis il a demandé à voir monsieur Schuschnigg, le ministre de l'Instruction. Alt a répondu : « Schuschnigg n'est pas ici. » Puis monsieur le chancelier a voulu voir monsieur Karwinsky, le secrétaire d'État, mais Alt n'a pas bougé. Enfin le chancelier a demandé un prêtre. Alt n'a toujours pas bougé. Je l'ai prié d'en faire venir un. Il s'est remis à rire et il a quitté la pièce.

Le préfet : Est-ce à dire que vous êtes resté seul avec monsieur le chancelier ?

Greifeneder : Oui.

Le préfet : Qu'avez-vous fait ?

Greifeneder : J'ai essayé de le rassurer. Je lui ai dit que la blessure n'avait touché que les chairs. Mais il m'a demandé de lever ses bras et ses jambes. Je l'ai fait, et il a dit : « Je ne sens rien dans les membres, je suis paralysé. » J'ai dit : « Mais non, monsieur le chancelier sera remis très bientôt. » Il m'a regardé et il a dit : « Vous êtes si bon avec moi. Pourquoi les autres ne l'étaient-ils pas, que Dieu leur pardonne ! » Un moment plus tard, il a dit qu'il souhaitait que le docteur Schuschnigg forme un gouvernement. Mais que, si le docteur Schuschnigg n'était plus en vie, ce soit monsieur le président Schober. Alt a entendu la remarque, car il était entré de nouveau, un peu plus tôt. Il a dit : « Monsieur le Chancelier, venez-en au fait ! Nous nous fichons complètement de tout ça. Personne ne formera de gouvernement à part les gens que nous avons choisis, nous. Donnez immédiatement l'ordre que ni la police ni l'armée fédérale n'entreprennent quoi que ce soit contre la Chancellerie avant que le ministre Rintelen ait pris la tête du gouvernement. Téléphonez immédiatement au préfet. » Il a apporté le téléphone du bureau jusqu'au divan sur lequel était étendu le chancelier. Le chancelier a murmuré : « Oui, surtout ne pas verser de sang. » Du sang sortait de sa bouche, il a tenté de l'essuyer. Puis il a eu un râle. Il m'a dit d'une voix presque inaudible : « Dites à Mussolini qu'il s'occupe de ma femme et de mes enfants. » Puis il a eu un nouveau râle, et il est mort. Il était à peu près quatre heures et quart de l'après-midi.

Kunz	Johann Greifeneder
Directeur de service	
à la préfecture	Inspecteur de police

Complété le 4 août. L'inspecteur Greifeneder précise :

En complément de ma déposition du 31 juillet, je déclare n'avoir pas quitté la pièce où est mort le chancelier Dollfuss et donc avoir entendu tout ce qu'il a dit après avoir repris connaissance. Monsieur le chancelier parlait bas mais distinctement, et je ne me suis éloigné du divan qu'une seule fois, pour aller à la table chercher de l'eau dans la bouteille qui y était posée. La distance entre le divan et la table devait être de deux mètres. Monsieur le chancelier n'a pas reçu les derniers sacrements, parce que les putschistes ont refusé de faire venir un prêtre.

La teneur du procès-verbal de l'interrogatoire du détenu Hermann Alt était la suivante :

Tribunal des affaires criminelles de Vienne. VrXXIII/34. Juge d'instruction : Alois Mokry. Secrétaire : Dr Eugen Schick.

Nom de l'accusé : Hermann Christoph Alt
Date de naissance : 3 novembre 1893
Lieu de naissance : Vienne

Religion : catholique romaine
Situation de famille : célibataire
Profession : assistant du directeur des programmes de la Ravag
Adresse : Ier arrondissement, 10 Seilerstätte

Après avoir été informé que le parquet de Vienne avait requis une instruction à son encontre pour crimes d'assassinat, de haute trahison et d'incitation à l'émeute en vertu des § 134, 58 b), 5 et 68 du code pénal et que, en vertu du § 38 du code de procédure pénale, il était entendu en tant qu'inculpé, l'accusé qu'on avait extrait de son lieu de détention a déclaré :

« Je me reconnais coupable selon le code pénal autrichien obsolète, je suis innocent dans le cadre de la seule juridiction populaire valable, celle de notre Führer. »

Sommé par le juge d'instruction d'avoir à se dispenser de ce type de remarque sous peine de sanction disciplinaire, l'accusé répondit :

« Ne soyez pas ridicule. Croyez-vous que je ne sache pas que je suis perdu, même sans votre simulacre de justice ? »

En l'émaillant d'intolérables invectives dûment censurées par le juge d'instruction à l'encontre des membres du gouvernement, du haut clergé et des fonctionnaires de l'administration centrale, l'accusé fit cette déclaration d'un seul tenant :

« Je savais depuis le jour où mon oncle Otto Eberhard Alt a ordonné une perquisition dans notre maison que j'étais perdu. Car il avait découvert alors l'escalier intérieur que j'avais fait installer de mon appartement du rez-de-chaussée à la cave de notre maison, ainsi que l'imprimerie qui s'y trouvait et où étaient imprimés les tracts du parti des travailleurs nationaux-socialistes allemands en Autriche. Mon oncle me soupçonnait alors d'un autre soi-disant crime, que je suis, comme tous ceux dont on m'accuse à présent, plus fier que jamais d'avoir commis ! Jusqu'à l'instruction dont je fais l'objet, votre justice s'était révélée incapable d'établir que le soupçon de mon oncle était fondé et que c'est moi qui ai liquidé la juive Selma Rosner. À ce propos, je souhaite que tout ce qui suit soit rapporté textuellement. Ce que je déclare ici doit être conservé pour le jour où ce système de gouvernement criminel qui tire sur les ouvriers et les Allemands sera balayé par la colère des masses, et où ma mémoire sera réhabilitée par les véritables Allemands et honorée comme celle d'un Horst Wessel[1] autrichien. »

Sommé d'aller aux faits, l'accusé déclara :

« Ce sont les faits ! La Maison brune de Munich n'avait nul besoin de m'avertir que je ne pouvais servir le parti tant que des individus qui étaient juifs appartenaient à ma famille et vivaient sous mon toit. C'est l'unique reproche que j'adresserai à mes camarades du parti. C'était mal me connaître et me sous-estimer que me convoquer à Munich et refuser que je m'engage activement pour le NSDAP tant que certains membres de ma famille contrevenaient aux lois de Nuremberg. Depuis l'instant où j'avais eu le privilège de regarder le Führer dans les yeux, il m'était intolérable de respirer le même air et d'habiter la même maison que ces gens, dont chaque parole m'était incompréhensible,

1. Militant national-socialiste allemand abattu chez lui par un communiste et dont les nazis firent un martyr de la cause nationale-socialiste.

insupportable et répugnante. Ma mère a du sang juif, ma prétendue belle-sœur était intégralement juive. J'avais depuis longtemps l'intention de les éliminer toutes les deux à la fois, et y suis parvenu en grande partie. La seule chose que je regrette est que ma mère ait pu échapper – grâce à l'indécision de mon frère qui a toujours été une lavette minable – au juste sort que je lui avais réservé, mon plan sinon était parfait. Mais je déclare aussi comprendre ceux qui condamnent un fils de prendre parti contre sa mère. Une mère est pour moi aussi ce qu'il y a de plus sacré sur terre. Mais encore faut-il qu'elle soit une mère. Ma mère, elle, était ce qu'Alfred Rosenberg, le philosophe de notre époque, dit des mères juives: "l'hydre maternelle hystérique". Jamais je ne l'ai considérée comme ma mère, jamais je n'ai suivi un seul de ses conseils, jamais je n'ai eu pour elle d'autre sentiment que l'éloignement, la répulsion et la honte d'être né d'elle. Dès que j'ai accédé à la conscience, le sang de mes ancêtres aryens s'est rebellé en moi contre elle et dès mon retour de cette guerre perdue par les crimes de la juiverie mondiale, j'ai su ce que j'avais à faire.

« La mort subite de mon oncle Otto Eberhard a été une chance pour moi et le NSDAP en Autriche. Bien que, par sens mal compris du devoir, il ait enclenché contre moi à cause de l'élimination de ma prétendue belle-sœur une procédure qui me força à me réfugier dans le Reich, je ne peux refuser le respect à cet Allemand de la meilleure eau. Je n'aurais pu continuer à servir notre Führer sous ses yeux. Mais il est mort le jour où il a découvert notre imprimante à la cave, et j'ai donc pu, avec l'aide des camarades du parti, étouffer tous les soupçons à mon retour.

« Cet interrogatoire étant pour moi l'occasion de rendre des comptes – non à ce tribunal que je ne reconnais pas, mais à mon Führer et à mes compagnons –, je tiens à exprimer une fois de plus mon admiration pour la clairvoyance et l'énergie radicale avec lesquelles notre parti a su agir "illégalement", à une époque où notre Führer triomphait certes dans le Reich, mais pas encore dans son pays d'origine frappé de cécité. Ce sont les juifs d'Autriche et eux seuls, les juifs socialistes, les juifs communistes, les juifs intellectuels, les prétendus artistes, littérateurs, acteurs et journalistes, marchands et les profiteurs juifs, les avocaillons et les médecins juifs qui ont rendu l'Autriche aveugle et sourde. Pour leur shabbat et pour sauver leur peau, aucune injure ne leur fut assez infamante, aucune calomnie assez basse. Le parti le plus pur, le plus héroïque que l'Histoire ait jamais connu, ils l'ont traîné dans la boue, envoyé ses membres en camp de rétention et fait croire aux Autrichiens que les sires Renner, Otto Bauer, Seitz, Seipel, Dollfuss, Schuschnigg et consorts pouvaient arriver à la cheville de notre Führer !

« Quand je suis revenu de la guerre, j'ai immédiatement reconnu la malfaisance et la dangerosité de ces parasites. C'est la raison pour laquelle j'ai rejoint le NSDAP en Autriche en souhaitant expressément m'y engager activement. Je suis un des plus anciens parmi les camarades illégaux. Mon numéro de membre du parti est le 6188. »

À la question de savoir pourquoi l'accusé avait adhéré à un parti déclaré illégal, il répondit :

« Par dégoût de la corruption à droite, à gauche et au centre. Par horreur du cléricalisme, du bolchevisme et du judaïsme. Nul en Autriche n'avait le droit de déclarer illégale une organisation qui est le principe même de justice ! »

Sommé de s'abstenir de ces perpétuels discours de propagande et de se borner aux faits, l'inculpé poursuivit :

« Ne m'interrompez pas ! Je me reconnais coupable d'avoir éliminé la juive Selma Rosner et d'avoir tenté d'éliminer une autre juive. Je me reconnais coupable d'avoir participé activement à l'assassinat du valet des juifs Dollfuss. »

Interrogé sur son éventuelle implication dans l'organisation de l'assassinat du chancelier fédéral, l'accusé refusa de répondre.

Interrogé sur le motif de sa participation à l'assassinat de feu le chancelier fédéral, l'accusé déclara :

« Après tout ce que je viens de dire, je m'étonne de cette question. Aucun véritable Allemand ne la poserait. Le protecteur et valet des juifs Engelbert Dollfuss, ce nabot, a osé se dresser contre le Führer, gigantesque figure de l'histoire mondiale, et l'a empêché de sauver l'Autriche d'une déchéance certaine. Au lieu de se rallier au Führer avec enthousiasme le jour où il a été proclamé chancelier du Reich, ce nain a tenté de maintenir l'indépendance de son état nain, à seule fin de se maintenir, lui, au pouvoir ! »

Sommé de révéler les noms de tous ses complices du putsch de la Chancellerie, de dire qui avait tiré le premier coup de feu, et les suivants, sur le défunt chancelier, et quel rôle avait joué le ministre Rintelen, l'accusé refusa de fournir ces informations.

À la question de savoir si le plan d'éliminer le chancelier fédéral et de placer le ministre Rintelen au pouvoir avait été favorisé par le parti national-socialiste d'Allemagne ou s'il en était informé, l'accusé répondit par la négative.

Invité à nommer l'intermédiaire qui avait assuré en son nom la liaison entre la milice autrichienne et le parti national-socialiste illégal d'Autriche, celui-ci donna le nom de l'attaché militaire de l'ambassade d'Italie à Vienne.

L'accusé souhaita apporter la précision suivante :

« Mon second motif de liquider le chancelier Dollfuss était sa tentative de briser par la force des armes l'opposition des ouvriers autrichiens. »

Interrogé sur ce qui le légitimait à parler au nom des ouvriers autrichiens, l'accusé répondit :

« Tous les travailleurs autrichiens auraient adhéré au national-socialisme s'ils n'avaient pas été constamment trompés par les mandarins juifs de leur parti. »

Interrogé sur le moyen utilisé pour assassiner la comédienne Alt-Rosner, l'accusé répondit :

« Voyez le compte rendu d'autopsie. »

Interrogé sur la date depuis laquelle avait fonctionné l'imprimerie clandestine dans la cave de l'immeuble du 10 Seilerstätte, l'accusé répondit :

« Depuis septembre 1932. »

Interrogé sur ceux qui avaient fourni les moyens de faire fonctionner l'imprimerie, l'accusé refusa de répondre.

Interrogé sur ceux qui avaient assumé l'impression, l'accusé répondit :

« Moi-même. »

À la question de savoir comment le bruit de l'imprimerie ne l'avait pas fait découvrir plus tôt, l'accusé répondit :

« Les nationaux-socialistes ne commettent pas d'erreur. »

lu, approuvé, signé :
Alois MOKRY Hermann ALT Dr SCHICK

Quatre jours après la signature du procès-verbal, Hermann Alt était condamné à mort par un tribunal militaire, le lendemain il était exécuté.

Les coups de feu qui l'abattirent, lui et ses complices du putsch de juillet, furent tirés par un peloton du 4e régiment viennois Hoch- und Deutschmeister. On entendit la salve dans une partie de la vieille ville. On l'entendit au quatrième étage de la maison du 10 Seilerstätte, où une famille attendait en épiant la radio.

C'était maintenant une famille réduite, elle se composait d'Henriette, de Hans et de Martha Monica. Dans leur compte rendu du procès des putschistes, les journaux et la radio avaient annoncé le jour de l'exécution sans en révéler l'heure ni le lieu. Quand la salve retentit, chacun des trois sut que c'était un des leurs qu'on exécutait. Ils connaissaient les déclarations que le fusillé avait faites au tribunal, car ils avaient été cités comme témoins pour les confirmer ou les infirmer. C'est là qu'ils l'avaient vu pour la dernière fois, il leur avait tourné le dos sans leur dire un mot. Avant d'être reconduit dans sa cellule, il avait crié : « *Heil Hitler !* »

La radio interrompit son « concert des auditeurs » pour annoncer : « Les assassins du chancelier fédéral docteur Engelbert Dollfuss ont été exécutés. » Elle énuméra ensuite les noms des assassins par ordre alphabétique, celui de Hermann en premier.

Martha Monica pressa en tremblant la main de sa mère.

Henriette hocha la tête, les yeux grands ouverts. « Sais-tu ce que c'était chez lui ? Le sentiment d'injustice ! dit-elle. Le sentiment d'injustice, c'est un poison. »

Hans ne dit rien. C'était la deuxième fois en six mois qu'il apprenait par la radio une exécution qui s'en prenait sommairement à son passé.

Il attendit que sa mère et sa sœur aient cessé de pleurer. Puis il descendit chez lui parler à la photo de Selma. « Ce n'était pas de se sentir injustement traité, lui dit-il. Pas seulement ça ! C'était un être de haine ! Il avait le don de la haine. Te souviens-tu des formules élémentaires ? La haine ou la peur, c'est une catastrophe. Selma ? Es-tu sûre que ce ne puisse être l'amour, malgré tout ? J'ai quarante-trois ans, j'ai connu si peu d'amour et tant de haine ! Et j'ai une soif d'amour si indicible, si inextinguible, chaque jour plus grande ! Serait-ce parce que nous recevons si peu d'amour que nous en donnons si peu ? » Puis il lui souhaita une bonne nuit, comme d'habitude.

Cette nuit-là, il décida de laver Selma des calomnies dont son frère l'avait souillée au tribunal : cela prendrait la forme d'une plaque commémorative de marbre blanc sous l'ange à la trompette, portant l'inscription :

Dans cette maison est morte la comédienne Selma Alt-Rosner. Elle a vécu pour la vérité.

Quatrième livre

LE SALON JAUNE

42

Requiem

Les lumières s'éteignirent, et Arturo Toscanini leva sa baguette pour le *Requiem* de Verdi. Mille personnes vêtues de noir dans la salle de l'Opéra de Vienne se figèrent. Sur la scène, vêtu de noir lui aussi, se tenait le chœur. Au rideau noir derrière lui était accroché le masque mortuaire de Dollfuss assassiné.

D'un geste familier aux Viennois réclamant le silence complet, le chef écarta le pouce de la main gauche, frappa deux fois brièvement de la droite le pupitre de sa mince baguette, et la musique s'éleva. Les ors, les rouges et les ivoires qui égayaient la salle semblaient avoir disparu. Un calme religieux proche du recueillement s'empara d'elle. Quand retentit le *Kyrie eleison*, des sanglots se firent entendre. Ils s'amplifièrent pendant le *Dies irae* et se turent brusquement devant la violence du *Libera me*, qui serrait la gorge.

Trois femmes dissimulées dans une loge du second balcon laissèrent également libre cours à leurs larmes. Pour Henriette, l'obligation de masquer ses pensées et ses sentiments pendant des décennies afin de ne pas « se donner en spectacle » était une des causes de cette tragédie dont elle se sentait coupable. C'était sa première sortie depuis qu'avait éclaté l'épouvantable salve. Elle n'avait pas quitté le numéro 10, persuadée que, où qu'elle aille, les gens la montreraient du doigt : voici la mère de l'assassin ! Elle redoutait le facteur, craignant de s'entendre dire l'horreur qu'inspirait à l'Autriche la mère de l'assassin. Comme rien de tel ne se produisait – elle ne rencontrait que compassion, et grâce aux efforts de Peter pour restaurer la réputation d'intégrité de la vieille famille, lui parvinrent même des marques extérieures de sympathie –, sa peur de paraître en public se dissipa peu à peu. Mais elle ne sortait toujours pas. C'est seulement lorsque Peter, qui avait diablement tremblé pour sa carrière, lui prouva, écrit noir sur blanc, que le nouveau chancelier souhaitait la voir assister aux funérailles de son prédécesseur, et tirer ainsi publiquement un trait définitif entre son fils et sa patrie, qu'elle se résolut à céder.

Toute vêtue de noir, elle se cachait avec Franziska et Martha Monica au fond d'une loge dont Hans et le vieux peintre Drauffer occupaient les côtés. Liesl et Fritz avaient pris place dans la loge des artistes ; Peter, son épouse et Pauline Drauffer à l'orchestre ; Otto dans la loge du club des chrétiens-sociaux. Les adultes du numéro 10 étaient presque au complet, prêts à parer de conserve le coup porté à la réputation de la maison. Seules s'étaient abstenues les veuves d'Otto Eberhard et du colonel Paskiewicz (madame Elsa à cause d'une indisposition, la veuve Paskiewicz parce qu'elle fuyait les lieux profanes). Il manquait aussi un fidèle du numéro 10 qui aurait sans nul doute assisté aux obsèques, s'il n'avait été enterré deux ans auparavant, dans un caveau sur lequel s'étalaient en lettres d'or son titre, ses décorations et ses mérites : le conseiller aulique, professeur d'université Karl S. Stein, membre de la Chambre haute.

Mon fils était l'un des assassins, se disait Henriette, qui, de toute sa vie, avait si peu pensé à ce fils et depuis l'épouvantable salve ne pensait plus qu'à lui. L'âpre rudesse du *Libera me* l'assaillait, elle ployait sous sa formidable puissance. « *Pater in coelis !* » chantait le chœur. Dieu du Ciel, se disait-elle, le souffle coupé, de quels malheurs ne suis-je coupable ! Elle s'abandonna à l'émotion qui la dévastait, cette musique bouleversante de sévérité lui lançait implacablement à la face les fautes de sa vie, démultipliées. La « peur des conventions », ça oui, elle l'avait eue ! Mais pas le minimum de courage qu'il aurait fallu pour faire le bonheur d'un homme ! Sinon Rodolphe aurait vécu et sauvé l'Autriche. Il n'y aurait pas eu de guerre. Elle n'aurait pas enfanté ce fils. Et ni la veuve de la victime, assise là-bas avec ces deux enfants blêmes, ni Hans, veuf lui aussi, ne fixeraient désespérément le vide.

De la sombre maison de la Seilerstätte avaient disparu les hommes qui lui faisaient des reproches. Dans l'obscurité de celle-ci, c'est elle qui s'en adressait maintenant, et de bien plus graves. Son sentiment de culpabilité était tellement lourd qu'elle baissa la tête dans un geste d'impuissance, secouée de sanglots.

Quelqu'un lui posa doucement la main sur l'épaule. C'était son beau-frère Drauffer, une fois déjà il s'était trouvé derrière elle dans une loge où elle perdait son sang-froid. Sur la figure amicale et malicieuse du vieux barbu se lisaient l'empathie et la compréhension. N'est-ce pas étrange, paraissait penser le vieux peintre en se souvenant de ce jour de noces : cette femme ne peut pas vieillir. Aujourd'hui comme jadis : impulsive, sentimentale, romanesque. Le numéro 10 ne l'a pas changée d'un pouce. Dieu merci, la nature ne change pas ! « Hetti, lui souffle-t-il, sois raisonnable ! »

Mais justement elle pensait l'être devenue et savoir enfin ce qui importait dans la vie.

Tandis que les voix du chœur s'élevaient, grandioses, elle énumérait les destinées à qui elle était restée redevable du bonheur. Rodolphe. Franz. Christine. Hermann. Sa tête se baissa encore plus. Non pas *être* heureux, mais *rendre* heureux ! Voilà ce qui importait.

« Hetti ! la semonça son beau-frère. Maîtrise-toi un peu ! »

Dans l'ancienne loge impériale au centre du balcon, les membres du gouvernement se tenaient des deux côtés du nouveau chancelier. Lui aussi baissait sa tête prématurément grise ; il essuya plusieurs fois ses lunettes brouillées par les larmes. Le regard d'Henriette se posa sur lui. Et sur la veuve de la victime. Il revenait toujours à cette veuve au regard désespérément vide. Elle non plus ne se maîtrisait pas.

C'est justement parce qu'on se maîtrise toujours, pensa la veuve du facteur de pianos Alt. Parce qu'on dissimule, qu'on minimise, qu'on nie, qu'on renonce ! On ne peut pas être heureux en dissimulant ses sentiments. Ni rendre heureux.

Plus le requiem approchait de la catharsis finale, plus les pensées d'Henriette gagnaient en clarté. À son âge on ne pouvait guère faire le bonheur d'un être. Mais réparer peut-être. Elle ferma les yeux et remua les lèvres avec ferveur, prononçant des mots qu'elle seule comprenait. Doucement elle prit la main de sa fille aînée Franziska qui était arrivée de Salzbourg depuis quelques jours pour se reposer : elle avait eu le malheur de mettre au monde un enfant mort-né. Madame Baier sursauta, croyant visiblement qu'on la rappelait à l'ordre. S'apercevant qu'il s'agissait d'un geste de tendresse, elle mit un instant à se ressaisir. Puis elle eut un sourire embarrassé, étonné, qui remua sa mère de plus belle. J'ai soixante-neuf ans, pensa Henriette. Il a fallu tout ce temps pour m'ouvrir les yeux ! Elle les sécha avec son mouchoir de dentelle, se poudra hâtivement le visage et se leva. Le requiem pour l'homme dont son fils cadet avait payé la mort de sa vie était terminé. C'est avec l'aîné qu'elle parcourut le bref chemin jusqu'à l'Annagasse.

« J'ai quelque chose à te dire, l'entreprit Hans en marchant.

– Tu veux dire… quelque chose de désagréable ? » demanda-t-elle – pour se morigéner aussitôt : je me suis juré de changer et ma première parole est un reproche !

« Non, répondit Hans. Tu sais que Fritz part à New York pour le festival de Salzbourg. Je vais l'accompagner.

– Ah bon ? dit Henriette en prenant une profonde inspiration. Je ne savais pas. Pour Fritz, je veux dire.

– Il me l'a proposé et je crois qu'il n'a pas tort. Un changement d'air ne me fera pas de mal. Ici, il y a trop de souvenirs, expliqua Hans.

– Oui, dit Henriette.

– Ça ne t'ennuie pas, maman ? » Depuis qu'il lui avait demandé pardon, il y avait comme une gêne entre eux, une sorte de distance.

« Je crois que Fritz a raison », dit-elle. La pensée de savoir Hans au loin lui avait toujours semblé effroyable. Pendant cette guerre interminable, et après, quand Selma menaçait de partir pour l'Amérique avec lui. Mais voilà qu'à présent ça lui paraissait presque pire.

Hans était son unique raison de vivre. Franzi avait son mari. Mono s'était vite consolée du rappel soudain de son Italien et se distrayait maintenant avec d'autres, tout à fait la légèreté du pauvre Poldo Traun – dont la mort était aussi de sa faute ! Ses filles n'avaient pas besoin d'elle. Mais Hans si, même s'il ne le savait pas, ne se l'avouait pas. Les quelques semaines atroces qu'il lui avait infligées étaient oubliées.

« Ce n'est que pour deux mois », dit-il, presque aussi peu sûr de lui que dans son enfance.

« Ce n'est vraiment pas long », confirma-t-elle. Peut-être ne reviendra-t-il pas du tout ? Elle porta la main à son cœur, qui lui donnait parfois du fil à retordre : « Deux mois vous suffiront-ils ?

– Largement, affirma-t-il. Le ministère de l'Instruction, alias notre influent cousin Peter naturellement, envoie Fritz négocier outre-Atlantique avec Koussevitzky et Stokowski. Des noms qui ne te disent peut-être rien. Ce sont de grands chefs américains.

– Toscanini et Bruno Walter ne sont donc plus assez bons pour Salzbourg ? » demanda Henriette, se blâmant aussitôt de rechuter dans ce ton qu'elle avait abjuré.

« Dans la mesure du possible, on veut donner à Salzbourg une assise internationale. Je trouve ça judicieux. L'Autriche est honteusement méconnue, dit Hans.

– Ah bon, dit Henriette.

– Qui plus est, à New York je pourrai parler de la filiale avec Steinway. Tu sais que c'était un projet cher à papa. »

Elle acquiesça. « Et quand pars-tu ? » demanda-t-elle incidemment.

Il s'éclaircit la gorge : « Ce soir.

– Ah ! Tu as déjà fait tes bagages ?

– Je n'ai pas besoin de grand-chose, pour si peu de temps. »

Comme il insiste sur ce peu de temps, pensa-t-elle. « Je peux t'aider, peut-être ? Je me souviens que tu n'aimes pas faire les valises.

– Je voulais te demander de me prêter Simmerl.

– Il vaut mieux que ce soit moi. Simmerl est de plus en plus brouillon. J'ai toujours aimé faire les bagages. Peut-être parce que j'ai si peu voyagé. »

Ils entrèrent dans la maison et attaquèrent les escaliers. Henriette montait lentement.

« À propos, les travaux de l'ascenseur commencent demain », dit-il.

De surprise elle s'arrêta net.

« Tu n'auras plus besoin de monter tous ces escaliers.

– Un cadeau d'adieu ? » Toutes ces nouvelles, aujourd'hui, lui coupaient le souffle.

« Ne parle pas tant en montant ! »

Me croit-il si malade ? Je n'ai jamais été malade de ma vie, sauf quand je l'ai mis au monde, se dit-elle. Quand ils passèrent devant la porte d'Otto Eberhard, elle ne put s'empêcher de penser : un ascenseur ! Au numéro 10 ! « Je n'ai pas besoin d'ascenseur ! déclara-t-elle.

– Il est grand temps que nous en ayons un. Et monsieur Födermayer te rendra compte de tout ce qui se passe à la fabrique. On peut se fier totalement à lui.

– C'est ce que faisait ton père, lui aussi », répondit-elle, pensivement. La lente ascension des escaliers avec Franz à son retour de l'armée lui revint à l'esprit. Maintenant elle les montait aussi lentement que lui naguère. « Crois-tu que ton père aurait permis l'ascenseur ?

– Pas pour avoir un ascenseur. Mais pour ton confort à toi.

– Oui ! Prévenant comme il était. » La phrase était presque inaudible.

Elle entra directement avec lui dans son appartement, elle ne voulait pas perdre de temps. Elle ne se renseigna pas non plus sur l'heure de son train, ainsi pouvait-on s'imaginer qu'il partait tard le soir ou même de nuit, on avait un peu plus de temps devant soi. Elle n'avait pas l'habitude des trains. Elle avait été une journée à Venise et à part cela à Ischl, sur le Semmering et à Opatija.

Elle ôta le chapeau de crêpe noir au long voile, retira ses gants et jeta un coup d'œil circulaire en se demandant par quoi elle allait commencer. Comme il sortait son frac de sa boîte, elle en déduisit :

« Tu vas avoir besoin du frac ?

– Fritz prend le sien aussi. On le porte déjà sur le bateau.

– Ah bon ? » Ce musicien survolté vous farcissait toujours la tête d'un tas de sottises !

Lui prenant le frac des mains, elle en déploya soigneusement les manches sur le lit, puis le plia en s'enquérant : « Comment s'appelle le bateau avec lequel tu pars ?

– *L'Isle de France.* Je ne voulais pas prendre un bateau allemand.

– Pourquoi pas ?

– Maman ! Tu n'es pas politique pour deux sous ! Tu n'as pas entendu dire que c'est l'homme avec qui j'ai passé l'examen d'entrée à l'Académie qui gouverne maintenant en Allemagne ?

– Je sais que tu as passé l'examen avec lui et que tu as échoué. Tu me l'as assez raconté. Quelques années après… répondit-elle avec une pointe de son humour d'antan. Au reste ton grand-père Stein me considérait comme une grande politique. J'avais même prédit que tu n'irais pas bien loin dans l'armée. Et que ton frère par contre… » Elle s'interrompit.

Il l'embrassa.

« C'est donc déjà l'heure de ton train ? » se défendit-elle. Quand on n'a pas eu le droit de se donner en spectacle pendant toute une vie, on ne peut pas changer en deux temps trois mouvements, même quand on s'y est fermement résolue dans l'heure qui précède.

« Il me faut du papier de soie. Je parie que tu n'en as pas, dit-elle.

– Là-bas dans le tiroir, je crois que c'est Selma qui l'y avait rangé. »

Après l'évocation de son nom, ils gardèrent le silence.

Il trouva dans le tiroir le papier de soie que Selma avait acheté. Ses livres y étaient encore, et les textes de ses rôles. Et aussi l'armure en écailles d'argent.

« Elle était incroyablement ordonnée », dit Henriette au bout d'un moment. Et comme elle trouvait le compliment pitoyable : « Je veux dire, chez les actrices, c'est plutôt rare. »

Il garda le silence et l'observa prendre ses effets, les lisser et les déposer de manière à ce qu'ils occupent le moins de place possible dans la malle qu'il avait héritée de son père. Une couche de vêtements, une couche de papier de soie, exactement comme Therese le lui avait inculqué quand elle était jeune fille. Therese croyait qu'elle voyagerait beaucoup avec monsieur le conseiller Alt – le professeur Stein était un grand voyageur, Mademoiselle voyagerait certainement au moins autant. La mèche qu'Henriette avait laissée si longtemps grise était très blanche à présent, ses beaux cheveux bruns grisonnaient.

« Maman ? » dit-il.

Elle leva les yeux de la valise.

« Rien, dit-il, c'est seulement que je t'adore ! »

Quand ses yeux profonds lançaient ce regard de biais, elle pouvait avoir l'air incroyablement jeune. « Tu sais quoi ? Même si ce n'est pas vrai, c'est agréable à entendre. » Elle avait commencé à ranger ses chemises.

« Tu sais quoi ? » demanda-t-il à son tour, une idée lui venant tout à coup. « Je te propose quelque chose ! Fritz et moi prenons *L'Isle de France* au Havre et nous arrêtons quelques jours à Paris. Maman, si ça te fait plaisir, viens avec nous à Paris ! D'accord ? »

Elle posa la chemise qu'elle avait en main. « Paris... » dit-elle. Toute l'admiration, tout le culte que sa génération vouait à la ville de la mode était contenu dans ce mot.

« Ça te changerait un peu de tout ce que tu viens de vivre. En partie à cause de moi, malheureusement. »

Ses yeux brillèrent. Combien de fois n'avait-elle pas demandé à Franz de l'amener à Paris. Comme elle avait dévoré les livres qui en venaient. À une époque – mais elle ne l'avait révélé à personne – elle se trouvait une certaine ressemblance avec madame Bovary. Et en voyait une, plus grande encore, entre Franz et le docteur Bovary. « Ce serait formidable ! dit-elle.

– Affaire conclue ! s'écria-t-il enchanté. Laisse-moi terminer mes bagages tout seul et monte vite faire les tiens ! Pendant ce temps je téléphone à la Compagnie des wagons-lits pour te réserver une place. Tu n'as pas besoin de prendre grand-chose. Tu t'achèteras ce dont tu as besoin à Paris. »

Elle se voyait déjà faire ses emplettes à Paris. La vendeuse de Spitzer n'aurait plus besoin de dire : « Madame von Alt, c'est un vrai modèle de Paris ! » Elle choisirait elle-même à Paris le vrai modèle de Paris, dans un de ces fabuleux salons de couture dont parlaient les livres de Maupassant et de Zola. Poiret. Paquin. Worth. Lanvin.

« Vite, maman ! Sois chic ! »

Elle remontait les Champs-Élysées. Le Rond-Point. L'Arc de triomphe. Elle allait au Bois. Elle visitait Versailles. C'est rue Saint-Honoré que descendaient les jeunes gens élégants dans les romans. Ou bien rue de Rivoli ? À l'Opéra, les dames portaient des diadèmes dans les cheveux.

« À quoi réfléchis-tu si longtemps, maman ? »

Deux heures sonnèrent à Saint-Augustin.

« C'est rudement gentil de ta part », dit-elle, et le rose de ses joues pâlit. « Je te remercie mille fois.

– Réjouis-toi du voyage, maintenant ! Laisse cette idiote de chemise. Dépêche-toi ! »

La manchette gauche d'une des chemises du frac faisait un pli, elle le corrigea. « Malheureusement, ce n'est pas possible, dit-elle le nez dans la valise. Mono a besoin de moi. Et de toute manière… »

Elle savait qu'il ne la croirait pas, mais c'est tout ce qui lui vint à l'esprit. Elle ne pouvait tout de même pas lui dire qu'elle avait fait un vœu pendant le requiem. Pas un vœu stupide comme autrefois, lorsqu'il était parti à la guerre. Un vrai ! Il y avait des gens qui faisaient leurs vrais vœux bien plus tôt et prenaient le voile par la même occasion, d'autres les faisaient tard et s'achetaient quand même des modèles de Paris. Henriette soupira et se redressa. Elle continuerait à s'acheter ses modèles de Paris à Vienne.

« Tu es terriblement vieux jeu, dit-il déçu. Je n'aurais vraiment pas cru ça de toi ! »

Moi non plus, se dit-elle. Je me suis toujours crue si moderne. Ce sera encore une de mes nombreuses erreurs.

Elle termina rapidement sa malle et lui fit ses adieux. Elle ne souhaitait pas savoir quand partait son train, quelle horreur d'attendre sur le quai en disant : « Écris-moi bientôt. As-tu pris une couverture chaude ? » Elle était peut-être vieux jeu. Mais quand quelqu'un partait, il ne vous restait qu'un petit bout de mouchoir blanc volant au vent, un peu de fumée et un cœur très lourd – elle voulait s'épargner cela. « Que Dieu te protège », lui dit-elle avant de l'embrasser. Elle le serra fort comme jadis, quand il était parti à la guerre. Jadis elle avait cru que c'était pour toujours. Elle le croyait aussi maintenant et elle dit comme alors : « Et reviens en bonne santé !

– Oui, maman, promit-il. Fais attention à toi. »

C'est exactement ce qu'il lui avait dit quand il était parti en traînant son havresac lourdement chargé. Ce jour-là, Selma était derrière lui.

« Bonne chance ! » lui souhaita-t-elle. Sur le seuil, elle se retourna encore une fois : « Et je te remercie de ce voyage si confortable. Aujourd'hui j'ai été deux minutes à Paris ! »

43

La Statue de la Liberté

Fritz s'était dit que ce serait l'occasion d'arracher Hans à des dispositions d'esprit qui semblaient inquiétantes. Le culte qu'il vouait à la morte frisait l'intolérable : chaque jour tôt le matin une visite au cimetière très éloigné, chaque jour de nouvelles fleurs devant sa photo, et presque constamment seul.

Le musicien éprouvait toujours la même sympathie pour son cousin, il lui trouvait même de nouvelles raisons. Plus il le « regardait vivre » – comme il disait –, plus sa considération pour lui augmentait. Chapeau, pensait-il. C'est une des rares personnes de mon entourage qui sache ce qu'est l'humanité et qui cultive cette valeur sans concession. Le traiter d'idéaliste comme on le faisait non sans un certain mépris au numéro 10 lui semblait ressortir de la pure paresse intellectuelle. Qu'est-ce qui distinguait, en effet, un homme réputé idéaliste de quelqu'un qu'on ne pouvait prendre au sérieux ? Or, Hans était à prendre très au sérieux. Si l'expression « idéalisme réaliste » avait existé, elle aurait sans doute convenu à cet idéaliste pragmatique. Hans n'était pas un génial facteur de pianos, il rendait la partie facile à ces messieurs Bösendorfer, Ehrbar,

Blüthner et autres concurrents. Mais s'il avait produit des livres et non des pianos, ou disons, s'il avait eu une chaire d'histoire autrichienne ou même de prédicateur, il aurait été à sa place, songeait Fritz. Le musicien attendait en tout cas de ce voyage à l'autre bout du monde qu'à défaut du reste, il arrache au moins son cousin à son provincialisme. À maints égards il trouvait Hans provincial, surtout dans « cet attachement excessif qu'il portait au pays ».

Paris, que Hans ne connaissait pas, le déçut. Fritz ne protesta pas, bien qu'il fût un fervent partisan des Français et de tout ce qui était parisien (tant qu'on ne parlait pas musique). Il était assez tolérant pour reconnaître que ce qui déplaisait à son cousin en Paris était justement ce qui les gênait tous les deux à Vienne : une insincérité paresseuse et myope, faite à la fois d'autodérision et d'autocélébration. Les deux villes présentaient une ressemblance presque effrayante : aussi séduisantes, sensuelles et décadentes l'une que l'autre. Mais la grâce de Vienne était plus naturelle, le charme de Paris plus artificiel. « Sais-tu de quoi tu souffres ? » demanda Fritz à Hans qui s'adonnait une fois de plus à ce genre de comparaisons. « D'un complexe autrichien. Tu es un cas typique d'amoureux dépité. Seulement, l'objet de ton dépit amoureux est un pays.

– Je pensais que ce dont je souffrais, c'était de la mort de Selma », répondit Hans. C'était le huitième anniversaire de sa mort, ils revenaient de l'église de la Madeleine.

À New York, le tout premier soir, Hans alla assister à une représentation de *Sainte Jeanne*. Fritz trouvait totalement dément de rouvrir si brutalement une cicatrice mal refermée, mais il comprit qu'il n'y avait rien à faire.

Parfois quand il y réfléchissait, il lui arrivait de douter que Hans eût aimé la morte avec une telle passion si elle avait vécu. Mais c'est probablement de cela qu'il s'agissait: d'un amour qui se rattrapait.

Quoi qu'il en fût, Hans ne consentit jamais à en parler. Mais quand l'actrice de Broadway qui tenait le rôle de Jeanne annonça: « *I will deliver you from fear...* », Fritz vit une souffrance si incoercible se peindre sur le visage de son cousin qu'il lui en coûta de se gausser ensuite de ce triste théâtre mal éclairé qui « ressemblait à un distributeur de sandwiches », de Broadway qui était « une vaste foire », et du public qui ne s'entretenait pas de la pièce mais de ses petites affaires privées. Il s'échauffait artificiellement, dans le seul but d'amener Hans à d'autres idées ou de provoquer son esprit de contradiction. « C'est mon deuxième voyage aux États-Unis, dit-il. Eh bien, crois-moi, le sens du théâtre leur est, à ce jour, complètement étranger. Ils vont voir des pièces comme ils vont à la cafétéria. Te souviens-tu de ce que le théâtre signifiait pour nous quand nous étions jeunes? Et même plus tard? De *Nora* nous est venue l'émancipation des femmes. Des *Tisserands* la protection des travailleurs à domicile. Des *Revenants* une part de l'hygiène sociale. Le splendide Girardi nous a appris ce qui est beau en Vienne, le sublime Kainz ce qu'il fallait y combattre. Ici, en revanche, le théâtre est affaire de routine ou de commerce. *"Are you in the show business?"* vous demande-t-on pour savoir si vous travaillez dans le théâtre. Ils ont détruit ce qui en faisait un événement. Les pièces sont sophistiquées, trop construites, au mieux elles effraient le bourgeois. Leurs productions sont entre les mains des marchands d'oranges et compagnie. Les acteurs – mon Dieu –, ils sont lisses, ils sont rapides, ils sont naturels, d'un naturel si ravageur qu'une heure après on ne sait même plus qui jouait quoi. Chez nous, ils sont plus lents et pas si naturels, mais ce sont des personnalités. »

Hans resta immobile sans répondre. Il pensait aux personnalités du théâtre viennois qui n'existaient plus.

De New York ils allèrent à Philadelphie, Washington, Boston, Cincinnati et Los Angeles. Les rendez-vous d'affaires qu'avait eus Hans restaient pour le moment sans suite. Il se contenta donc de corriger les erreurs du manuscrit de son cousin, dont l'anglais était moins correct que le sien, quand celui-ci donnait des conférences sur le festival de Salzbourg. Au fur et à mesure du voyage il devenait de plus en plus taciturne. De Vienne arrivaient des lettres auxquelles il répondait lapidairement : « Je vais bien. » Fritz commençait à penser avoir commis une sottise monumentale en traînant cet incorrigible Autrichien dans ce pays-ci, qui, visiblement, lui déplaisait. Pas un seul jour le souvenir qui l'habitait ne sembla pâlir. Partout où ils s'installaient trônait la photo de Selma sur une table à part, entre des bougies et des fleurs fraîches.

Une fois bouclés les contrats de chefs d'orchestre et les conférences qui étaient l'objet du voyage de Fritz, ils réembarquèrent. La Statue de la Liberté se profila à l'horizon, et devant eux s'ouvrit la mer qui les ramenait au pays après deux mois et demi d'absence.

« Eh bien, dit Fritz, te voilà au bout de tes peines ! »

Hans leva les yeux vers le monument brandissant le flambeau, dont ils étaient en train de s'éloigner.

« Il n'y a pas sur terre de monument plus hideux, dit le musicien.

– Je le trouve beau, déclara Hans.

– Tu n'as pas besoin de te mettre en frais pour moi, objecta Fritz en riant.

– Je le pense vraiment, rétorqua Hans. Évidemment ce n'est pas une belle statue. Mais c'est formidable qu'elle crie bien fort : l'entrée de ce continent est interdite à tous les Miklau du monde. » Il la fixa jusqu'à ce que la grossière silhouette s'estompe à l'horizon.

« Donc il y a tout de même quelque chose qui t'a plu », constata Fritz, qui, en vieil habitué des paquebots, commençait à s'installer confortablement sur un transat du pont.

« Tu te trompes, dit Hans. Beaucoup de choses m'ont plu. Plu, ce n'est pas le mot. Beaucoup de choses m'ont impressionné. » Depuis Paris c'était la première fois qu'il se laissait entraîner dans une discussion.

De perplexité, Fritz ôta son cigare de sa bouche.

« Je ne comprends pas qu'un homme de ta finesse et de ton intelligence ne les voie pas aussi, ajouta Hans.

– Voir quoi ? demanda Fritz. La beauté d'un pays qu'il faut parcourir des jours et des jours avant d'apercevoir un arbre ? Je veux voir des arbres ! Pas des déserts de pierres. »

Hans secoua la tête. « Nous avons eu la forêt viennoise pour bâtir Vienne. Eux avaient le désert ou les côtes rocheuses. Mais c'est mieux chez eux que chez nous.

– Écoute », dit Fritz, et comme toujours quand un échange commençait à l'irriter, il rejeta brutalement en arrière sa tête aux verres toujours plus épais : « Pas de généralités, si je puis me permettre ! Qu'est-ce que ça veut dire : leur vie est meilleure ? En quoi peut être meilleure une vie dans un vacarme permanent... Nom d'une pipe, je suis musicien ! Une vie dans les puanteurs d'essence, tu n'as donc pas d'odorat? Une vie où une maison sur dix est un garage et une sur vingt une station-service. Une vie où, à la radio, on tente de me refiler des cachets contre les maux de tête avant d'être autorisé à me dire qui a été élu président. Une vie où la conversation se résume en tout et pour tout à: "*Isn't it a fine day*? – *It certainly is.*" Une vie où les journaux m'assaillent de gros titres que, premièrement, je ne comprends pas, et qui, deuxièmement, sont faux. Une vie où l'on vante à l'église les mérites des *strawberry-suppers* et des *chicken-dinners.* Une vie où la valeur d'un homme se mesure à ce qu'il gagne par semaine: à celui qui gagne plus les serveurs et la société donnent la meilleure place. Une vie sans imagination, sans passion, sans mystère. À New York comme à Philadelphie, à Philadelphie comme à Cincinnati, à Cincinnati comme – Dieu m'en garde – à Hollywood. Le matin, *coffee and cornflakes* ou *coffee and wheaties,* départ au bureau en *subway* ou en *street car* ou dans sa propre auto; trente minutes de pause pour déjeuner d'un sandwich géant au *drugstore* ou le même temps pour un sandwich géant dans un restaurant chic, retour au bureau au pas de course, puis à la maison en *subway* ou *street car* ou dans sa propre auto aux heures de grosse circulation; dîner à la cafétéria ou dans un restaurant chic ou *at home*: *tomato juice, steak, french fried potatoes, apple pie.* Décamper à la dernière bouchée. Une vie où tout le monde mange la même chose, lit la même chose, pose les mêmes questions et reçoit les mêmes réponses. Dieu nous garde d'une vie d'une monotonie aussi infernale!» Son cigare s'était éteint, il le jeta furieusement par-dessus bord.

«Étrange qu'un homme intelligent puisse avoir une vision des choses aussi fausse, dit Hans. Tout ce que tu dis est vrai. Mais tout est faux, parce que cela n'a aucune importance. N'as-tu pas remarqué que les Américains ont découvert l'essentiel : le quotidien ?

– Je t'en prie ! Ne fais pas d'esprit !

– Je constate juste un fait. Je vois maintenant combien papa avait raison de réclamer des faits. Du premier au dernier jour, j'ai été travaillé par l'idée que les Américains ont un quotidien qui leur plaît. Notre quotidien nous plaît-il ? Non ! Pourquoi sommes-nous venus ici ? Pour le festival. Nous vivons pour cela : les jours de fête et l'exception. Eux, en revanche, ont découvert que la vie c'est le quotidien, qu'on doit donc vivre pour le quotidien. Ils se précipitent dans le *subway* ou au *drugstore*, c'est vrai. Mais ils savourent leur dîner. Les as-tu regardés manger ? Chaque bouchée est une détente. Et après le dîner, ils s'offrent un petit plaisir. Partout. Tous les jours !

– Celui du cinéma ! s'exclama Fritz, indigné. Se repaître d'une idiotie à vous faire dresser les cheveux sur le crâne en tenant la main de sa petite amie. Je ne les ai pas beaucoup regardés manger, certes, mais je les ai observés au cinéma. Quand par exception ça devient sérieux, ils rient ! Toi qui as remarqué tant de choses, tu n'as pas remarqué qu'ils rient quand quelqu'un meurt à l'écran ? Ils ne voient pas la mort ou ils la voient comme quelque chose de pénible et d'assommant dont il faut se débarrasser. Ils n'ont pas de cœur.

– Ils n'ont pas peur ! dit Hans en regardant forcir les vagues. On les a élevés à croire dur comme fer que les choses finissent bien. "*It will turn out allright.*"

– Mais les choses ne finissent pas bien, c'est connu », répliqua Fritz, irrité de cette opposition pour le moins inattendue.

« Cette remarque, dit Hans qui s'échauffait à son tour en parlant, ils la trouveraient "continentale". Ils savent parfaitement, eux aussi, que maintes choses ne finissent pas bien, Fritz ! Mais ils ne le disent pas. Au lieu de quoi – et un homme élevé au numéro 10 devrait l'estimer à sa juste valeur – ils répondent en toutes circonstances à la question "Comment allez-vous ?" : *"Fine."* Ils ont aboli l'habitude de se plaindre, comme pas mal d'autres choses : la clé insultante qui enferme et vous ferme à la confiance, par exemple. Quand on demande à un Européen comment il va, dans cinq cas sur dix il répond : "Moins bien que vous !" Le malheur, la maladie et la mort, ils les supportent comme des choses qui font partie de la vie. Ils ne se révoltent pas contre elles, Fritz. Comprends-tu pourquoi ça me bouleverse ?

– Allons ! Ne mets pas de la profondeur et du mystère là où il n'y a absolument rien de mystérieux ! Ils font cela parce qu'ils n'ont aucune fantaisie ! Ils sont incapables de s'imaginer quoi que ce soit, les pays étrangers, les sentiments étrangers, les idées étrangères. C'est pourquoi ils sont si crédules. Tu ne vas tout de même pas me faire croire que s'ils ne se plaignent pas, c'est par philosophie ? Ils disent mécaniquement "*I am fine*" – comme ils font tout : mécaniquement. Ils ont juste pour ça une formule *ready-made* – comme pour tout.

– Mais souviens-toi, Fritz ! L'oncle Otto Eberhard faisait exactement la même réponse quand on lui demandait comment il allait : "Merci, très bien." Ils ont l'attitude qu'il exigeait de nous et dont nous l'avons toujours privé – non parce que nous avions trop d'imagination, tout simplement parce que nous n'avons pas été élevés pour la vie. La première chose que nous ayons appris, c'est la peur! Notre refuge ultime, c'est l'ironie!

– Je dois dire que tu es d'un contradictoire! Tu balayes d'un trait tous les Miklau – à savoir les Otto Eberhard – pour les citer en exemple l'instant suivant!

– Non, dit Hans en réfléchissant. Otto Eberhard, je le laisserais peut-être passer.» Puis il se tut, apparemment préoccupé par une chose qu'il avait du mal à exprimer. Il fit plusieurs fois le tour du pont, puis s'arrêta devant Fritz. «Je crois que je sais ce que c'est, dit-il. Ils sont exempts de méfiance.

– D'où l'engeance du gangster!

– Ne fais pas semblant de ne pas comprendre! Ce qu'on nous a dit – ou du moins ce qu'on m'a dit – de ce pays est faux de A jusqu'à Z. Qu'ils sont incultes, qu'on ne peut pas sortir la nuit sans se faire attaquer par des gangsters, que les gens n'ont pas d'éducation, qu'ils vous tapent constamment sur l'épaule. Le dernier qui m'ait tapé sur l'épaule, c'est ton frère Otto de la Heimwehr. Une atmosphère plus propice à la culture et qui la serve aussi bien que leurs *public libraries*, je n'en connais pas. Nulle part au monde je n'ai vu de manières plus courtoises.

– Évidemment! Monsieur et madame le pharmacien de Krems reçoivent monsieur et madame le quincaillier de Villach! L'Amérique tout entière est une immense province.

– Je n'ai absolument rien contre la province quand on y mène une vie propre. C'est ce qu'ils font. Ils tiennent leur parole. Et par là préservent leur honneur.

– Tu nous sers un festival de banalités! Nous affirmeras-tu tant que tu y es qu'on est heureux en mariage quand on change de conjoint aussi souvent que de logement, ce qu'ils font pratiquement chaque année en novembre ? Il se trouve que notre Reno à nous s'appelle Rome et que le Vatican n'est pas tout à fait aussi coulant pour les divorces que les juges du Nevada.

– J'estime plus honnête de divorcer que de continuer à traîner un mariage malheureux uniquement pour sauver les apparences. Du moins c'est ce que je pensais tant que je vivais au quatrième étage du numéro 10. Ne sens-tu pas que les Américains sont plus sincères que nous ?

– Parce qu'ils sont ridiculement naïfs !

– Parce qu'ils sont merveilleusement naïfs ! Parce qu'ils ont gardé un reste d'enfance qui me fascine. Parce que leurs grands hommes et leurs femmes célèbres, d'Abe Lincoln à Franklin Roosevelt, conçoivent des pensées qui ne sont pas grandes par la défiance et la complication mais par la simplicité et la confiance. Ils appellent ça la démocratie – mais je ne crois même pas que cela ait à voir avec un système de gouvernement ou une attitude politique. C'est une attitude humaine, digne, ou comme ils disent, *a way of life.* Les Américains veulent avoir des voisins qu'ils respectent et *sont* eux-mêmes de bons voisins.

– Qui produisent constamment de nouveaux Al Capone, et chaque jour des *ladies and gentlemen* et *governors,* ivres de leur vacuité intérieure chronique, qui font assassiner les Sacco et Vanzetti. Sans parler de la honteuse discrimination des nègres. Ignorerais-tu que *restricted* est un de leurs mots de prédilection ? Loin de moi les juifs, les nègres et autres importuns !

– Comparée à ce qui se passe actuellement en Allemagne, l'inhumanité du *restricted* a encore des traits à moitié humains, aussi bestial soit-il. Mais depuis quand juge-t-on un peuple sur ses erreurs ? Comment disent-ils déjà ? *Give them a chance !* Fritz, que faisons-nous, nous *ladies and gentlemen* qui ne sommes pas en proie à la "vacuité intérieure", lorsqu'on nous raconte quelque chose ? Nous en doutons. Nous le critiquons. Eux en revanche ont tendance à le croire et à le considérer positivement. Que faisons-nous quand nous sommes en société ? Nous disons du mal des *ladies and gentlemen* absents. Pendant tout notre séjour là-bas, j'ai entendu peu de remarques sarcastiques, ironiques ou blessantes. Et pas une seule sur des absents. Un de leurs mots de prédilection que j'ai retenu, moi, c'est "*fair*".

– Dis-moi, pourquoi n'y es-tu pas resté, tout simplement ? demanda Fritz à bout de patience.

– C'est drôle que tu dises ça ! Un jour j'y étais presque décidé. Quand tu as fait ta conférence sur l'Autriche à la High School de Philadelphie, tu te rappelles ?

– Tu veux dire là où les dames d'un certain âge tricotaient pendant la conférence et où les plus jeunes m'ont demandé ensuite si Salzbourg était en Bavière ? Que Dieu les punisse !

– As-tu toujours su où était Cincinnati ? Je revois encore la tante Hegéssy nous raconter que Boston est en Angleterre. Quoi qu'il en soit, cette école de Philadelphie m'a laissé une impression inoubliable. Garçons et filles mélangés. Sans fausse peur de la sexualité. Sans peur des professeurs ! Fritz ! Tu sais ce que ça veut dire ? Sans peur – dans un lycée ! Huit ans durant, nous sommes allés contraints et forcés perdre notre jeunesse et notre optimisme dans les sinistres geôles des sires Miklau et Rusetter. Là-bas, ces garçons et ces filles m'ont assuré qu'ils aimaient leur école. Émigrer, me suis-je dit. Fuir ces lieux où les élèves ont peur des professeurs, les subordonnés des supérieurs, et où tout le monde a peur de la vie.

– Et pourtant te voilà ici sur ce bateau ! Où est la logique ? »

Hans eut un sourire infiniment triste : « Là-bas il y a une tombe, dit-il.

– Pardon », dit Fritz. La nuit était tombée, les cousins étaient toujours sur le pont.

« Et, compléta Hans comme si un long silence ne s'était pas écoulé depuis ses dernières paroles, de plus, les Américains se trompent sur un point décisif.

– Sais-tu ce qu'Ibsen a répondu quand on lui a demandé si Rome lui plaisait : "Je ne sais pas, je n'y suis que depuis trois ans." Et toi, tu connais tout de l'Amérique au bout de deux mois et demi ?

– Ah Fritz ! Trêve d'ironie ! Je ne connais pas tout, mais ce qui est décisif, on le voit très vite ou *jamais*. Les Américains se trompent en croyant que l'Europe est un continent qui n'a plus de rôle à jouer ou que le seul qu'elle puisse jouer pour eux est celui d'un champ de bataille meurtrier.

– Au risque de t'entendre me taxer d'ironie, c'est bien la seule chose sur laquelle je sois d'accord avec eux ! Je ne parle pas du champ de bataille, encore qu'il y ait là quelque chose de vrai. Nous sommes vieux. Ils sont jeunes. Nous n'avons plus à prouver que les choses ne se seraient pas faites sans nous. Eux ont encore cette tâche devant eux. Il leur faut montrer qu'ils ont une musique à eux, une littérature nationale, une philosophie américaine. Une érotique américaine même. Pour nous, c'est chose faite depuis cinq cents ans. Ceci mis à part, l'Europe est dans un état lamentable. D'où le champ de bataille. Les guerres sont une géographie de la misère.

– Je crois fermement à l'avenir de l'Europe, dit Hans sans y voir pour autant une réponse. Jamais l'Amérique ne pourra renoncer à l'Europe.

– Tu te contredis en permanence, constata le musicien en haussant les épaules.

– Où vois-tu une contradiction ? Je sais maintenant ce dont l'Europe a besoin ! »

La mer devenait houleuse, et le séjour sur le pont inconfortable.

« Je me souviens du livre d'un Viennois, dit Fritz. *Fatigué de l'Amérique*, de Ferdinand Kürnberger. Tu pourrais peut-être en écrire le pendant ?

– Je le connais, dit Hans. Il commet l'erreur que font tous les Autrichiens. Ils mesurent le monde à l'échelle de l'Autriche.

– Et que te proposes-tu de faire ? » Fritz s'efforçait d'ouvrir la porte de fer qui donnait accès aux cabines.

« Mesurer l'Autriche à l'échelle du monde. Ce serait une tâche ambitieuse ! »

La porte résistait. « J'ai l'impression que je t'ai surestimé, dit Fritz après avoir enfin réussi à l'ouvrir. Ce qu'on disait de toi au numéro 10 était vrai. Tu es un idéaliste ! Mais comme malheureusement tu te prends pour un réaliste, tu es un utopiste. Ne me regarde pas comme ça ! Les idéalistes ne savent pas vivre, mais ils savent comment on devrait vivre. Les réalistes ne savent rien d'autre que vivre. Les utopistes ni l'un ni l'autre. »

44

Dernières volontés

Comme tous les mardis lorsque le directeur de la section artistique du ministère conviait les occupants du numéro 10 et ses amis à ses soirées de musique de chambre, le buffet était abondamment garni. Lui jouait de l'alto, son épouse Annemarie du violon, Fritz du piano et monsieur Födermayer du violoncelle. Fritz qui répugnait à l'amateurisme assumait bon gré mal gré la programmation et la direction des répétitions mais taxait le tout de « grossière sottise ». Annemarie née von Stumm constituait d'ailleurs une cible de choix pour ses remarques sur les gens de ces contrées barbares où l'on confondait musique et injonctions martiales. Toutefois Peter étant un altiste habile et monsieur Födermayer, le fondé de pouvoir de la fabrique de pianos C. Alt, frisant l'excellence au violoncelle, le parent critique endurait vaillamment le pensum familial. Au demeurant, sa *Deuxième Symphonie* avait remporté un succès extraordinaire au dernier concert de la Philharmonie.

Voyant que sa mère ne se montrait pas, Hans s'enquit d'elle auprès de Martha Monica. Sa sœur, qui, depuis son voyage en Amérique, était tombée amoureuse d'un être « adorable », expliqua le retard maternel par le soin bien naturel que maman apportait à sa toilette. Quant à sa nouvelle passion, qui l'avait contemplée béatement pendant le concert, elle se dédommageait maintenant au buffet des efforts dispensés pendant la sonate : il s'agissait du baron Langstetten, aide de camp du vice-chancelier prince Starhemberg, très jeune, très amoureux et, aux yeux de Martha Monica, irrésistible dans l'uniforme de la Heimwehr.

Par son entrain communicatif, la jeune fille s'attirait spontanément les faveurs de l'assistance – au grand dam de la maîtresse de maison. On s'échinait à répéter, à jouer et à donner un souper, pour voir ensuite triompher la jeune fille du quatrième ! Et pas moyen d'en vouloir à cette sirène qui venait se pendre à son cou en clamant : « Tu as joué brillamment, Annemarie, tout simplement brillamment ! J'ai adoré ton jeu !

– De deux choses l'une : simplement ou brillamment », observa son cousin Fritz.

Bien qu'auprès de Martha Monica tout souci semblât déplacé, Hans s'inquiétait de l'absence prolongée de sa mère. Il finit par monter au quatrième voir ce qu'elle faisait.

Madame était là, lui annonça Hanni, avec le docteur Einried.

« Avec qui ? » demanda Hans, craignant que ce fût un médecin. La santé de sa mère laissait à désirer ces derniers temps.

Du salon, Henriette lança : « Laissez entrer monsieur Hans, Hanni ! »

Devant le secrétaire de style Marie-Thérèse où Henriette rédigeait sa correspondance était assis un monsieur. Sa mère, elle, était en grande toilette dans un fauteuil à côté de lui.

« Vous vous connaissez », dit-elle.

Dans ce monsieur grisonnant, Hans reconnut son ancien condisciple, le fils d'Eugénie.

« Enchanté de refaire ta connaissance, dit Einried, gêné. J'ai appris que tu as été en Amérique. Intéressant ?

– Très. Comment vont tes parents ?

– Papa est mort depuis longtemps. Maman fête ses soixante-dix ans la semaine prochaine. Ne veux-tu pas passer un de ces jours ? Cela ferait sûrement très plaisir à maman.

– Volontiers, si c'est possible, dit Hans, tout aussi gêné. Excuse-moi de vous avoir dérangés. Je venais juste voir pourquoi tu tardais tant, maman.

– Vous voyez, cher monsieur, dit Henriette avec animation. Ne vous ai-je pas dit quel fils j'avais ! Même l'Amérique n'a pas pu le retenir loin de moi ! » Coulant un regard affectueux à son aîné, elle ajouta : « Cela tombe peut-être bien que tu sois là. Figure-toi que je suis en train de faire mon testament, et je voulais te demander certaines choses, de toute façon. Tu savais que le docteur Einried était mon avoué ? »

Hans l'ignorait.

C'était au tour d'Henriette d'avoir l'air gêné. « Vois-tu, pendant ton absence, j'ai fait un testament… avec notre vieux docteur Schütz. Mais ce bon Schütz a dû se conformer toute sa vie aux innombrables consignes de feu ton père et de feu ton oncle, et je me faisais l'effet d'être sous tutelle. C'est tout de même ennuyeux pour ce genre de choses – n'est-ce pas, cher monsieur ? demanda-t-elle avec tout le charme qu'elle pouvait encore avoir quand elle le voulait.

– Effectivement, répondit l'ancien bon élève du lycée François-Joseph.

– J'ai donc fait acte d'émancipation et je me suis adresssée au docteur Einried, déclara Henriette. Pour lui, le numéro 10 est une dimension inconnue, Dieu soit loué. Du reste, à ce moment-là, je croyais que tu ne reviendrais pas d'Amérique.

– Comment ça ? demanda Hans de plus en plus dérouté.

– Mais tu es là ! poursuivit-elle avec un signe de tête reconnaissant. Alors, voici. Le seul point qui reste à régler, c'est la maison. Comme tu sais, je suis légataire universelle après le décès de ton père, qui en possédait un tiers. Le deuxième tiers était celui d'Otto Eberhard, et à sa mort, c'est Elsa qui en a hérité. Le troisième est à parts égales la propriété de tes tantes Drauffer et Paskiewicz. Le jour où je ne serai plus, la maison n'aura plus quatre propriétaires comme à présent, mais six – je crois d'ailleurs qu'il en a déjà été ainsi, n'est-ce pas, cher monsieur ? Ou non ? Les registres de propriété sont pour moi un véritable casse-tête.

– Il en fut ainsi du vivant de mademoiselle Sophie Alt et de madame Betty Alt, née Kubelka », confirma Einried. Il faisait encore des réponses de premier de la classe.

En bas chez le cousin Peter, quelqu'un avait dû se mettre au piano, on entendit jouer et, peu après, chanter :

Dans le parc de Schönbrunn / Dans le parc de Schönbrunn / Il est un vieux monsieur, très soucieux / Cher bon vieux monsieur / Ne prends donc pas la vie tant au sérieux / Dans le parc de Schönbrunn…

« Très juste, confirma Henriette. Ce sera donc exactement pareil. Mon tiers reviendrait à mes trois enfants, le deuxième resterait aux vieilles dames et le troisième à Elsa, et à sa mort, il irait à Peter. C'est bien cela ?

– Absolument, chère madame. » L'avoué ôta son lorgnon, découvrant un regard vague de myope.

« Maman, tu te fais du souci sans aucune raison, dit Hans. Ils t'attendent en bas avec le punch, et tu as une si jolie robe ! Einried, je ne comprends vraiment pas que tu confortes maman dans des pensées aussi sombres. »

Le docteur Einried tripota son lorgnon. Quand de riches clients font appel à vous, est-on censé n'en point tirer profit ?

« Mais elles ne sont pas sombres du tout, corrigea Henriette. Au contraire ! Laisse ce bon docteur Einried tranquille. Le pauvre homme est si occupé qu'on ne peut lui parler qu'en dehors des horaires de son étude. Je trouve charmant de sa part de se déplacer pour s'occuper des lubies d'une vieille dame qui a toujours été intimidée par les cabinets d'hommes de loi. Les jeunes gens qui se déplacent pour aller voir les vieilles dames, on peut toujours les chercher !

– Dieu merci, tu te portes si bien que ce genre d'entretien est absolument superflu », affirma Hans, à qui le successeur du docteur Herz – loin de prendre exemple sur ce dernier – avait dépeint pas plus tard qu'hier la santé maternelle sous des couleurs beaucoup moins roses.

« Tu ne comprends pas ! C'est justement parce que je me porte comme un charme que j'ai décidé de ne plus avoir de soucis, dit Henriette en caressant ses perles qui n'étaient pas aussi belles que celles de Martha Monica. Depuis que tu es rentré, je me sens en vacances. Pour dire la vérité, cher monsieur, dans cette maison, nous n'avons pas eu beaucoup de vacances – d'insouciance, veux-je dire.

– J'entends bien », dit l'avoué, qui souhaitait visiblement abréger la conversation.

Mais Henriette n'en avait cure. « Je me sens pour ainsi dire comme ces fonctionnaires pensionnés qui vont s'installer à Graz pour profiter de leur retraite, dit-elle en riant. Je ne vais certes pas m'installer à Graz, ce serait bien trop ennuyeux, mais j'ai décidé de laisser une fois pour toutes les soucis derrière moi. Je veux devenir très vieille. Ne riez pas ! Encore plus vieille, veux-je dire. Au moins aussi vieille que Sophie, qui, d'ailleurs, n'était pas si mal pour ses quatre-vingts ans. Dans cette maison, cher monsieur, on devient vieux comme Hérode ! Je n'ai jamais été assurée contre quoi que ce soit, bien que mon défunt mari ait toujours souhaité me voir souscrire une assurance-vie. Je n'ai jamais eu envie de payer des mensualités. Mais, une fois n'est pas coutume, je veux m'assurer – contre les soucis. Quand j'en aurai terminé avec ce testament et que Hans et Mono seront près de moi, je n'aurai plus un seul souci. Je serai comme un coq en pâte ! » Elle fredonna un bout du couplet sur le cher bon vieux monsieur du parc de Schönbrunn qu'on chantait en bas. « Bon. Eh bien, je crois que je vais m'accorder une coupe de champagne, maintenant. Au lieu du punch. D'ailleurs c'est bon pour le cœur. »

Sa mère parlait-elle sérieusement ? Hans ne savait pas pourquoi, ses paroles lui semblaient avoir quelque chose de forcé.

Elle avait tout de même l'air de parler sérieusement. Elle tint à lui faire entendre la lecture du paragraphe 3 de son testament, sur lequel elle voulait son avis.

Einried lut : « Paragraphe 3. Je lègue mon tiers de la maison, à Vienne, Ier arrondissement, 10 Seilerstätte, à parts égales à mes enfants Hans Alt, Franziska Baier et Martha Monica Alt. Je souhaite qu'à ma mort, mes enfants vendent leur part de la maison aux copropriétaires encore vivants et aillent s'établir ailleurs. Car l'intention de celui qui a bâti cette maison ne peut avoir été de faire obstacle au bien-être de sa descendance. Et qu'on me pardonne cette remarque, mais je ne considère pas la maison du 10 Seilerstätte comme une maison où règne le bien-être.»

Hans pensa à un post-scriptum qui lui avait paru révolutionnaire quand il l'avait lu pour la première fois en captivité. Depuis lors, sur ce point-là aussi il avait changé d'avis.

«Qu'en dis-tu?» demanda Henriette. Ne se heurtant pas à la résistance attendue, elle rayonnait. «Voilà *comment* je me représente les choses. Franzi habite à Salzbourg de toute façon et, Dieu merci, s'y trouve bien. Mono se mariera. Et toi aussi peut-être.» Voyant son visage se rembrunir, elle se hâta d'ajouter: «Je veux dire que tu n'auras pas de peine à te débarrasser de ta part de la maison…

– Sous réserve que les copropriétaires restants y consentent à l'unanimité. Selon le testament de son défunt époux, Madame ne peut disposer de sa part que dans les limites du testament de son fondateur, monsieur Christoph Alt. Qui stipule la condition que je viens de mentionner», précisa l'avoué.

Hans était surpris que cette clause qu'il connaissait depuis l'enfance semblât nouvelle à sa mère.

«Le testament du vieux Christoph est une pure folie, il ne peut pas valoir éternellement! Les temps ont rendu caducs bien d'autres testaments!» s'écria Henriette.

C'est exactement ce que lui avait écrit Selma en post-scriptum pendant sa captivité.

« Tout à fait exact, approuva l'avoué. Mais Madame fait ici allusion à des dispositions de droit public que les circonstances ont modifiées. En ce qui concerne le droit privé, en revanche – et il s'agit là d'une affaire qui relève exclusivement du droit privé –, il nous faut nous référer au Code civil, que la révolution elle-même n'a pas pu annuler. Je serais tenté de dire : Dieu soit loué ! »

Henriette eut un mouvement d'humeur. Les hommes de loi étaient voués à la contourner, celui-ci était prié de ne pas faire exception à la règle. C'est tout de même pour cela qu'elle l'avait fait mander.

« Vous trouverez bien un moyen, dit-elle. Mille mercis pour le temps que vous m'avez consacré en dehors des horaires de l'étude. » Et elle mit fin à l'entretien avec cette élégance dont le passé lui avait fourni quelques exemples.

L'avoué baisa la main de sa cliente, les anciens condisciples se serrèrent la main.

Henriette laissa Einried les précéder. Puis elle le suivit lentement avec Hans. La remarque inattendue du premier de la classe contrariait ses plans ; elle ne tenait pas tant à ce testament pour que ses enfants quittent cette maison de malheur à sa mort que parce qu'elle-même voulait la quitter. Pas une nuit de plus dans la maison des fantômes ! Mais impossible de dire à Hans ce qui s'était produit ici nuit après nuit.

Étendue dans son lit le soir de son départ, elle avait cherché vainement le sommeil, comme dans bien des nuits précédentes. Soudain, entre deux fenêtres, lui était apparue la morte, debout dans son pourpoint d'écailles argentées – c'est de là que devait venir un reflet qui brillait dans l'obscurité. Henriette avait été mortellement effrayée, paralysée de terreur. Elle avait tenté de se persuader : je rêve, il n'y a rien. Mais Selma était bien là, qui la fixait, les yeux grands ouverts. Henriette s'était figée un bon moment dans une tension intolérable. Elle avait entendu la pendulette de sa commode sonner deux fois le quart d'heure. La morte était restée là au moins aussi longtemps. À plusieurs reprises, Henriette avait voulu lui parler, mais aucun son n'était sorti de sa bouche. Quand elle avait enfin réussi à se redresser, Selma avait disparu.

Depuis lors, l'apparition se montrait chaque nuit. Debout dans son armure d'argent, elle se tenait entre les fenêtres. La nuit précédente encore. Fuir ! Fuir cette maison !

Henriette ne pouvait pas le lui dire bien entendu, ni que le successeur du docteur Herz, à qui elle y avait vaguement fait allusion, avait diagnostiqué un « rêve traumatique », cet âne ! D'abord elle ne dormait pas, ensuite on ne pouvait pas faire perpétuellement le même rêve ! Quoi qu'il en fût, elle ne pouvait pas dire à Hans que sa jeune femme assassinée ne trouvait pas le repos. Il en aurait perdu la raison ; elle le voyait bien, il ne pensait qu'à cette Selma. Les avoués et les médecins, tous des ânes ! Rodolphe aussi croyait à la « dame blanche » du Palais qui apparaissait à l'impératrice chaque fois qu'elle voulait mettre en garde la pauvre femme. Contre quoi Selma voulait-elle la mettre en garde ? Henriette appréhendait de s'endormir. Et le sommeil venu, elle était réveillée par son propre cri.

« Tu sais, confia-t-elle à Hans, quand l'avoué fut hors de leur vue, je me suis même dit parfois qu'on n'était pas obligés d'attendre si longtemps. Bien sûr, c'est terriblement ingrat de ma part, tu viens juste de faire installer l'ascenseur exprès pour moi – mais ce serait tellement bien, si nous pouvions nous en aller d'ici, toi, Mono et moi.

– Pourquoi pas ? » dit-il.

Elle qui avait été à l'école d'Otto Eberhard n'escomptait pas une victoire aussi rapide. Elle avait désormais, chevillée au corps, la conviction qu'on ne pouvait faire les choses légalement qu'en érigeant des échafaudages compliqués de paragraphes, de ruses, de courriers d'avocats et après avoir attendu indéfiniment. Soulagée, elle s'écria : « Vraiment ?

– Pourquoi pas, si tu le désires, dit Hans. Je ne suis vraiment pas attaché à la maison. Mono non plus. Et puis, nous serions ravis de te faire plaisir ! » Encore sous le coup des informations que lui avait données l'actuel médecin de famille, c'est tout juste s'il ne dit pas : « te faire un dernier plaisir ».

« C'est merveilleux ! dit-elle, ravie. Maintenant il faut juste que les autres donnent leur consentement. Je veux dire, les autres propriétaires.

– Ce ne sera pas difficile. Nous ne nous aimons pas beaucoup dans la maison », dit Hans.

Devant la porte de Peter, l'ancienne porte d'Otto Eberhard, elle demanda : « Tu t'en chargeras ? Dès que possible, d'accord ?

– Je vais en parler tout de suite à Peter », promit-il. Puis ils se joignirent aux invités.

Le maître de maison était d'excellente humeur. La femme de son ministre venait de lui déclarer que les soirées de musique de chambre chez les Alt étaient un délice. Et monsieur le professeur Kager et son épouse, membres éminents de la société allemande pragoise, n'avaient pas assez de mots pour louer la *Deuxième Symphonie* de Fritz, ils complimentaient vivement leur hôte sur ses parents. Ils appelaient Fritz « notre Mahler » (comme d'ailleurs le directeur des programmes de la Ravag, également présent) et trouvaient Vienne la rouge méconnaissable. Presque redevenue la ville irrésistible qu'elle était du temps de l'empereur. Et l'Opéra sous la direction de Bruno Walter ! Le théâtre de la Josefstadt avec le génial Max Reinhardt ! L'Orchestre philharmonique ! « Vous avez accompli des prodiges », dit l'épouse du professeur Kager, désireuse de souligner les mérites du maître de maison. « On ne voit pratiquement plus trace de cette racaille rouge. Et encore moins de la brune !

– Madame est trop aimable, se défendit l'homme replet qui avait rapidement gravi les échelons de la section artistique. Le mérite ne m'en revient que pour une très faible part. Je ne nierai certes pas l'importance que j'accorde à la mission culturelle de notre petit État, mais tout ceci est à porter au crédit de – il s'inclina devant l'épouse de son chef – Son Excellence monsieur le ministre, et en premier lieu, bien entendu, de notre très honoré chancelier fédéral.

– Parfaitement exact ! » dit le secrétaire d'État aux Affaires extérieures, le docteur Schmidt.

« Bien entendu », renchérit le professeur Kager, qui enseignait à Prague l'économie nationale. Il avait eu l'honneur insigne d'être reçu la veille par le chancelier. De toute sa carrière, il n'avait pour ainsi dire jamais rencontré d'homme d'État de cette envergure ni d'esprit plus fin.

« Parfaitement exact ! » répéta le secrétaire d'État aux Affaires extérieures.

L'aide de camp du vice-chancelier estima qu'il était grand temps de faire l'éloge de son chef à lui. Le prince Starhemberg avait eu pour sa part le courage personnel de pourchasser ces vauriens de rouges et de bruns, proclama-t-il d'une voix passablement forte.

« Dites-moi, baron Kari, Ernstl n'était-il pas un peu lié avec Hitler ? » demanda la comtesse Hohenstein, toujours bien informée.

Le jeune homme en uniforme de la Heimwehr la contredit, froissé. « Maisy ! Comment pouvez-vous dire cela ? Ernstl ne veut pas entendre parler du barbouilleur !

– Il est vrai qu'il a une allure abominable, convint la comtesse.

– Épouvantable ! » renchérit le secrétaire d'État aux Affaires extérieures.

La comtesse Hohenstein avait pu, d'une place de choix, observer de très près le chancelier allemand aux récents Jeux olympiques de Berlin. L'homme se curait le nez ! confia-t-elle à l'aide de camp du vice-chancelier. D'ailleurs elle reconnaissait volontiers que « Ernstl » (ce diminutif affectueux désignait le prince Starhemberg) avait, au fil des ans, acquis une véritable stature d'homme d'État.

Martha Monica jugea la louange trop chiche. Elle ne s'occupait guère de politique que par le truchement de ses chevaliers servants successifs, mais l'actuel étant aide de camp du vice-chancelier, elle mettait le vice-chancelier au tout premier rang des grands hommes de l'Histoire. « Il a une prestance fabuleuse ! » déclara-t-elle. Le chancelier, lui, avait plutôt l'air d'un savant, trouvait-elle.

« Ce ne serait pas une si mauvaise chose, glissa Hans. Il y a peu de savants qui aient fait tirer sur les ouvriers.

– S'il vous plaît, cessez de parler de politique ! » implora Henriette. Depuis qu'elle était entrée, elle occupait le devant de la scène. Les multiples rumeurs sur son passé avaient fini par se fondre en une sorte de saga. Aux yeux d'une génération qui ne la connaissait que par ouï-dire et en jugeait par la beauté de la fille, la mère apparaissait comme la grande séductrice de cette époque désormais légendaire. Le statut qu'on lui conférait n'était pas sans rappeler celui de madame Schratt en son temps, elle jouissait d'une sorte d'extraterritorialité.

« Elle est toujours aussi éblouissante », confia au directeur de la Ravag Karl Franz Findeis, auteur des nouvelles *Églantines* et du roman *Le Poing cuirassé* et président de la section viennoise de l'Association des écrivains allemands. « Elle me séduit presque encore plus que sa fille. Cette femme a quelque chose d'absolument fascinant ! »

Ce soir-là, c'était incontestable. Comme si la perspective d'être bientôt libérée du contrôle sévère dont elle avait fait l'objet plusieurs décennies l'avait rendue à elle-même, Henriette s'épanouissait dans cette atmosphère qui lui allait comme un gant. De la musique, de l'éclat, de l'admiration, des gens bien nés, bien vêtus, bienveillants – elle était dans son élément. Qui la connaissait bien voyait ses yeux pétiller.

Elle prit le punch à l'aspérule que lui offrait Annemarie, vida son verre et en souhaita un second. « Vous n'avez pas de champagne ? demanda-t-elle.

– Non ! clama l'ex-demoiselle von Stumm.

– Pourquoi être si catégorique ? s'enquit Henriette. On a parfois besoin de champagne. Il n'empêche, ton punch est excellent. » Si seulement cette pauvre femme s'habillait un peu mieux…

Hans se demanda s'il devait mettre sa mère en garde contre le punch, puis y renonça. Il était ému de la voir savourer ces petits plaisirs. Il comprenait trop bien ce qu'on ressentait quand on voulait se rattraper.

Tout à l'heure, un acteur du Burgtheater l'avait abordé pour lui dire : « Quel dommage pour votre épouse ! Avec le temps elle aurait peut-être réussi... » Une petite vengeance pour la plaque commémorative, dont le Burgtheater avait délibérément ignoré l'inauguration. Où allait-on si les familles se mêlaient de décerner les plaques commémoratives ? Ces choses relevaient des prérogatives de l'Administration fédérale des théâtres, et elles n'étaient aucunement destinées aux anciens membres du théâtre national qui jouaient sur les scènes privées et ne pouvaient faire état d'au moins vingt-cinq années de service.

Sa mère dansait.

Le jeune Langstetten lui avait demandé une valse, ce que voyant, Fritz avait relayé le pianiste qui jouait des lieder viennois. La souplesse de jeu qu'il avait héritée de son maître Alfred Grünfeld donnait à sa *Valse de Schönbrunn* un charme presque aussi captivant qu'à celles du virtuose de la valse en son temps, et la vieille dame tournoyait au bras de l'officier de la Heimwehr avec une joie de vivre trop longtemps réprimée. L'année de deuil était terminée, les reproches qu'elle s'adressait à elle-même s'espaçaient. Une fois quittée la maison des fantômes pour aller s'installer dans un endroit aimable, libre et gai, on échapperait aussi aux souvenirs. Aimable ! Libre ! Gaie ! C'est ainsi qu'elle voulait sa vie. Elle pouvait encore le devenir.

« Madame, vous dansez divinement ! dit le jeune homme.

– Vous trouvez ? » répondit-elle. On ne pouvait pas dire qu'elle eût beaucoup dansé au numéro 10, mais elle s'en sortait encore passablement. Sans cet essoufflement, peut-être n'aurait-on pas vu la différence avec autrefois. Les jeunes filles d'aujourd'hui ? Elles ne savaient rien de la valse. Cette horrible musique de jazz les gâtait complètement.

« Mieux que quiconque de mes connaissances. Mieux que Mono même », affirma son danseur.

Fritz adressa un grand sourire à sa tante lorsqu'elle passa devant lui en tournoyant. « Merci, lui dit-elle en le lui rendant. Tu joues d'une façon charmante ! »

« S'il vous plaît, pourrais-je vous demander quelque chose ? » dit l'officier de la Heimwehr, tandis que les couples s'écartaient pour regarder danser Henriette, admiratifs.

Il ne va pas me faire une déclaration, tout de même ! pensa-t-elle, les deux verres de punch commençant à faire leur effet.

« J'aimerais vous demander la main de Mono », dit-il doucement.

Elle s'arrêta. La tête lui tournait à cause du punch. Et de la joie. S'appuyant un peu plus sur le bras de son cavalier, elle fit signe à Fritz d'entamer une autre valse. Fritz attaqua *Sang viennois.* Devant la comtesse Hohenstein qu'elle entendit dire : « Ils sont époustouflants ! Le couple de danseurs le plus charmant que j'aie jamais vu ! » Devant le secrétaire d'État qui posait une main sur son cœur en signe d'hommage, et devant tous ces yeux amicaux et admiratifs, Henriette dansait sa valse préférée, la valse de sa vie. Je me donne en spectacle, pensa-t-elle, soudain gênée.

« Êtes-vous fâchée, Madame ? » s'enquit le baron Langstetten, comme elle ne lui répondait pas.

Il vous tenait rudement bien, ce jeune homme. Et il était beau garçon.

« Pourquoi devrais-je l'être, mon gendre ? dit-elle. Au fait comment te prénommes-tu ?

– Kari, répondit-il, très ému.

– Kari », répéta-t-elle. Ils auraient de beaux enfants. Elle n'avait pas encore de petits-enfants. « Je m'en réjouis, Kari, dit-elle. Tu la rendras heureuse ? »

– Je… » commença-t-il précipitamment, mais elle lui coupa la parole :

« Ne promets rien. Ce qu'on promet dans ces moments-là, on ne le tient pas. Mais rends-la heureuse. Ce qui compte c'est de *rendre* heureux. Pas d'*être* heureux.

– Naturellement, dit son cavalier, ravi.

– Ce n'est pas aussi naturel que cela, c'est même assez difficile », dit-elle. La tête lui tournait de nouveau.

« Voulez-vous que nous nous arrêtions, Madame ?

– Naturellement, dit-elle à son tour. Mais c'est gentil à toi, Kari, de faire semblant de ne pas voir que je suis une vieille dame ! »

45

Règlement de comptes

La réunion qui devait statuer sur le souhait d'Henriette de quitter le numéro 10 de la Seilerstätte prit la forme d'un conseil de famille en règle. C'est Peter qui le convoqua et en assura la présidence. Il mena dans son appartement du premier étage la négociation avec la même aimable compétence qu'au ministère, Minoritenplatz, sans omettre de glisser ses spirituelles petites remarques, accueillies d'ordinaire de si bonne grâce par les conseillers ministériels.

Il avait pris place à une extrémité de la longue table de la salle à manger, devant les copies certifiées des testaments de Christoph et de Franz Alt et l'extrait du registre de propriété que Franz avait dû fournir jadis, afin, comme le souhaitait sa veuve aujourd'hui, d'obtenir du numéro 10 un oui à l'unanimité. À la droite du président, lequel représentait aussi sa mère, souffrante, se trouvait Henriette. La danse, le plaisir et le punch de la veille ne lui avaient visiblement pas nui, bien au contraire. Elle portait une robe beige à ceinture et à boutons plats en cuir brun – qui faisait bien trop jeune pour elle, jugèrent ces dames ; son visage était reposé, les rides autour de la bouche et des yeux habilement dissimulées. L'éclat de ses lèvres pleines et rouges ressortait sur la clarté poudrée du teint, ses cheveux qui blanchissaient avaient gardé leur opulence difficile à discipliner, et le parfum du N°5 de Chanel qu'elle répandait flattait le nez d'esthète du directeur de la section artistique.

À sa gauche (le placement obéissait aux principes de la bureaucratie) se tenait la doyenne de la maison, madame la colonelle veuve Paskiewicz. En dépit de ses quatre-vingt-quatorze ans, elle voyait sans lunettes et entendait fort bien. Étrangement rétrécie, presque minuscule alors qu'elle passait pour grande du vivant du colonel, elle avait à présent une tête pointue d'oiseau de proie dépourvue d'expression, qui atteignait à peine l'appui-tête du fauteuil. À côté d'elle siégeait sa sœur cadette, Pauline Drauffer, qui avait fêté récemment ses quatre-vingt-six ans, celle-là même que la faim avait assaillie au mariage de François-Joseph. Son visage avait certes perdu ses rondeurs, mais il respirait toujours la bonté. Elle aussi s'était habillée pour l'occasion : en vert bouteille, avec une dentelle véritable montée en jabot que son mari lui avait rapportée un jour de Bruxelles pour effacer quelque mauvaise conscience. Elle le regardait, son vieux peintre de mari à qui elle ne faisait toujours pas confiance en matière de femmes, et lui souriait avec cette indulgence qui lui passait tout. Pour rien au monde elle n'eût échangé une seule minute de sa vie, grâce à cet homme à la physionomie de saint Pierre barbu, qui était à ses yeux le plus gai luron de la terre. Chaque mot qu'il prononçait l'intéressait et la vie à son côté était un plaisir ininterrompu, à condition naturellement de ne pas exiger d'un gai luron l'impossible : à savoir la fidélité. Un homme qui avait passé sa vie à peindre des femmes à moitié nues !

La présence de celui-ci, qui n'était pas propriétaire mais juste l'époux d'une propriétaire d'un sixième de maison, était exceptionnellement admise, pour la simple raison que tante Pauline entendait mal. Ainsi le vieux Drauffer siégeait-il à l'autre bout de la table, en face de son neveu Peter. Dédaignant à son habitude de serrer son col ouvert dans une cravate, il employait les feuilles à en-tête du ministère posées devant lui à caricaturer si bien le président de séance que son épouse, louchant sur sa feuille, dut pour masquer son fou rire afficher un air si contraint qu'il attirait tous les regards.

« Je déclare la séance ouverte et salue les personnes présentes », dit Peter comme au ministère, puis levant les yeux sur les participants, il annonça, satisfait, que les propriétaires du numéro 10 étaient tous présents ou représentés par une personne légitimée, ou, dans le cas de tante Pauline, légitimement assistés.

« Permets-moi de me présenter, je suis la légitime assistance ! » lança le vieux peintre. Pauline rit de bon cœur, et Henriette dit avec un signe de tête au couple : « Il ne pouvait y en avoir de meilleure ! »

Elle avait décidé de se montrer sous son jour le plus irrésistible. Toujours portée aux jugements hâtifs, elle évaluait ses chances : les Drauffer ne feraient pas de difficultés, Peter peut-être, mais elle le mettrait dans sa poche, et la vieille Paskiewicz sénile comptait pour du beurre.

« L'objet de cette rencontre est, comme vous le savez, le désir ou disons le propos de tante Henriette qui serait a) de vendre son tiers de la maison aux autres copropriétaires, b) de demander au conseil de famille l'autorisation de quitter la maison et de s'installer à Vienne – c'est bien Vienne ? s'interrompit le président.

– Oui, Vienne, répondit Henriette, tout sourire.

– … ailleurs à Vienne, poursuivit Peter. Ai-je bien résumé ta pensée, ma tante ?

– Absolument. Tu es un maître de la concision.

– Tu es trop bonne. Y a-t-il des questions ? »

Tel n'était pas le cas, la bonne humeur d'Henriette augmenta. « Nous pourrions peut-être aborder tout de suite l'aspect financier ? » proposa-t-elle en suivant le conseil que lui avait donné Einried pour la réunion, à laquelle il n'était pas autorisé à assister. « Je suis disposée à vendre mon tiers ou bien à parts égales à chacun d'entre vous ou, si vous préférez, à *l'un* d'entre vous. Et je vous serais reconnaissante de me dire quel serait votre prix. » Elle se félicita d'être venue à bout d'une affaire de chiffres et de droit avec son petit speech appris par cœur. « … me dire quel serait votre prix », répéta le président, qui rédigeait aussi le compte rendu. « Quelqu'un désire-t-il la parole ? »

Le vieux peintre se manifesta. « J'ai beau n'être que la légitime assistance, autrement dit la cinquième roue du carrosse, dit-il en hachurant sa caricature, je trouve parfaitement superflu de venir nous regarder ici en chiens de faïence pour la seule et unique raison que quelqu'un veut quitter la maison. Il faut le voir pour le croire ! J'ai bien entendu parler pour les têtes couronnées de statuts familiaux qui furent confirmés ou modifiés en bonne et due forme lors de conseils de famille. J'ai même entendu parler de la Pragmatique Sanction, qui, je crois, devait préserver la maison Habsbourg du délitement. Mais dans notre cas, quel ridicule ! Que le défunt Christoph, qui, dirions-nous aujourd'hui, faisait un complexe de la famille et avait sûrement eu vent comme moi de la Pragmatique Sanction, me pardonne – d'ailleurs je le lui dirai moi-même quand je le croiserai là-haut: il n'y a pas un individu sensé au monde qui puisse empêcher de nos jours un autre individu civilisé d'habiter là où ça lui chante. Si Henriette a envie de s'installer à Döbling, elle s'installera à Döbling, si elle préfère Grinzing, elle ira habiter Grinzing. C'est clair comme de l'eau de roche ! Je propose la clôture des débats.

– Je te demande pardon, mon oncle, dit courtoisement Peter. Ta motion n'est pas recevable. Il va sans dire que les héritiers qui ont accepté un héritage et qui en jouissent sont non seulement habilités à exécuter littéralement la volonté du testateur, mais y sont également contraints, dans la mesure où cette volonté – pour citer notre Code civil – ne contrevient ni aux bonnes mœurs ni à la loi. Je me permets de souligner que ces deux clauses ne s'appliquent pas aux dernières volontés de feu notre aïeul, le fondateur de la famille, qui, pour de bonnes raisons…

– Lesquelles, s'il te plaît? le coupa le peintre.

– C'est moi qui ai la parole, mon oncle, je te prie de m'excuser, l'admonesta le directeur.

– Épargne-nous ces simagrées, je te prie ! » s'irrita le peintre à la longue barbe, et son épouse Pauline, sans avoir tout bien entendu, dit à toutes fins utiles, comme toujours dans ces cas-là: « Drauffer, tiens-toi correctement ! » Sur quoi, le vieux peintre esquissa un geste de résignation et continua à dessiner d'un air bougon.

« Ses raisons – pour répondre à la question de mon oncle – sont les plus pertinentes qui soient », énonça le fils d'Otto Eberhard, défendant la lettre du testament.

« Elles ont pour but de forger entre les membres et les descendants d'une même famille une cohésion qui garantisse la permanence des principes pour lesquels a vécu et pour lesquels est mort son fondateur – à savoir ceux de la bonne bourgeoisie autrichienne qui défend l'État, l'Église et les arts.

– Quelle ânerie ! s'exclama le peintre – encore qu'à voix plus basse que précédemment. Premièrement, les principes sont stupides en soi ; deuxièmement, le meilleur moyen de les saper à force de s'y accrocher c'est bien la famille ! Se livrer à une interprétation métaphysique de ce testament puéril qui est une pure et simple restriction de la liberté individuelle est totalement absurde. C'est – pour être poli – une pâle imitation de la Pragmatique Sanction mal comprise. Le facteur de pianos Christoph Alt édicte une loi familiale autrichienne ! Sans commentaire. »

De la pointe de son crayon finement taillé, le directeur de la section artistique donnait de petits coups sur la table. « C'est assez singulier de te voir souligner de nos jours l'évidence de la liberté absolue, mon oncle, dit-il (sur le ton où il aurait dit en souriant au ministère : "Monsieur le conseiller est malheureusement mal informé"). T'aurait-il échappé qu'actuellement il n'y a personne, dans toute l'Allemagne, qui soit autorisé à changer de résidence ou même de logement sans l'accord des autorités du parti ?

– Ah ah ! répliqua le peintre en dessinant à son neveu une ridicule petite moustache. Tu crédites maintenant le vieux Christoph de talents prophétiques ? ! Il aurait vu venir mon grandiose collègue de Braunau sur l'Inn[1] ?

1. Ville natale de Hitler.

– Nous nous égarons, décida le neveu. Revenons à notre affaire. Quelqu'un veut-il s'exprimer au sujet du prix de vente ? »

La veuve du colonel Paskiewicz dit : « Je ne savais pas qu'Henriette voulait quitter la maison.

– Ce n'est pas le propos, ma tante, déclara Peter.

– Tu as dit que nous le savions », le contredit la minuscule petite vieille, pratiquement aussi rabougrie que la tante née Kubelka en son temps. « Moi en tout cas je ne le savais pas.

– Bon, eh bien, maintenant tu le sais, Gretel, dit Henriette avec quelque impatience.

– Pourquoi veux-tu quitter la maison ? s'enquit la vieille.

– Parce qu'elle ne s'y plaît plus ! explosa le peintre. Elle a l'extravagance de ne pas se plaire dans une maison constamment humide, constamment glacée, constamment sombre et qui sent constamment le moisi !

– Oui, confirma la veuve du colonel. Tu as raison, beau-frère. Elle est extravagante. Elle l'a toujours été.

– Je ne vois pas en quoi cela t'aura jamais gênée ! » rétorqua Henriette, qui commençait à perdre son sang-froid. Que voulait donc cette momie dont on avait quasiment oublié l'existence ?

« Si, tu m'as gênée ! Et pas que moi dans cette maison. Sans toi, ma Chris aurait pu être une femme heureuse et j'aurais eu des petits-enfants. C'est *toi* qui l'en as empêchée. Par ton extravagance ! Ton impiété ! Les gens, tu les as pressés comme des citrons, tu les prenais et tu les jetais quand ils ne pouvaient plus rien te donner ! Tu crois que nous étions aveugles ? Tu n'allais jamais à la messe. Tu as trompé ton mari. Et pas qu'une fois, mais…

– Ma tante, je t'en prie ! » interrompit le directeur.

Mais la veuve du colonel ne se laissa pas réduire au silence.

« ... mais souvent, compléta-t-elle. Nous avions honte de toi. Et pas que moi ! Toute la maison. Tu peux leur demander ! S'ils ont un rien d'honnêteté, ils te le diront en face ! »

Henriette pressa le bout de ses doigts contre ses tempes. Son cœur se remit à cogner violemment. « Dans ce cas, vous devriez être bien contents d'être débarrassés d'un tel voisinage », répliqua-t-elle, livide sous sa poudre.

La minuscule vieille hocha la tête, les lèvres pincées. Les yeux rivés à la table, elle dit dans sa barbe : « C'est ce que tu voudrais, hein ? Maintenant tu t'imagines que tu n'as plus de comptes à rendre à personne et que tu vas pouvoir mener une vie de patachon ! Et ça réclame du champagne ! »

Visiblement, le directeur n'était pas disposé à tolérer plus longtemps les entorses à l'ordre du jour. « Pour la dernière fois, je prie toutes les personnes présentes de modérer leurs propos. Je les en prie instamment », dit-il avec le même rictus de contrariété que son père autrefois. Même sa voix glaciale rappelait celle de son père. « Nous devons voir en tante Henriette la veuve de l'oncle Franz, ne l'oublions pas.

– Et la mère de Martha Monica, siffla la petite vieille.

– Si la discussion doit se poursuivre sur ces bases, j'ai le regret de ne plus pouvoir y prendre part. » Peter posa son crayon.

« Tu n'en as pas besoin », répliqua la veuve Paskiewicz en se levant. Debout, elle arrivait à peine à l'épaule de son neveu assis. « Les décisions du conseil de famille doivent être prises à l'unanimité, je me le rappelle de l'époque où j'ai eu besoin de son accord pour la consécration de Chris. Je ne donne pas le mien ! » Elle s'apprêta à partir.

« Pour l'amour du ciel, Gretel, dit le peintre qui se reprochait d'avoir nui à Henriette, sois raisonnable, réfléchis un peu ! Il n'y a pas une once de logique dans ce que tu dis ! Si tu es tellement contre Henriette, logiquement, tu es pour qu'elle quitte la maison ! »

La nonagénaire, qu'il semblait presque grotesque de continuer à nommer « Gretel », son diminutif de jeune fille, déclara en fixant la porte : « C'est bien parce que je suis logique ! Ceux qui ont été malheureux dans cette maison, ils ont tenu le coup. Pourquoi est-ce qu'elle ne tiendrait pas le coup, elle qui s'y est donné du bon temps ? Et si elle trouve ça insupportable, eh bien, ce sera sa punition. Que mon regretté frère Franz m'entende. Elle le mérite ! » Sur ce, elle sortit, sans qu'on puisse la retenir.

Un silence embarrassé suivit.

« Elle est – sauf votre respect – elle n'est plus normale ! s'écria le peintre. Tu vas être obligée de passer outre son veto, Henriette, nous autres, nous ferons ce que tu veux.

– Bien entendu », confirma Pauline, qui intervenait pour la première fois.

« Je crains que ce ne soit pas possible. Il s'agit là d'autre chose que de la construction d'un ascenseur, énonça le directeur.

– Dans ce cas, Henriette n'aura qu'à faire constater l'état mental de cette vieille corneille. Parions que la brave femme est atteinte de délire mystique, malgré ses affabulations sur le prétendu malheur de Chris.

Elle est fière comme Artaban de sa sainte fille ! Elle passe ses journées à genoux à l'église Sainte-Anna ou au confessionnal !

– Ce serait du plus fâcheux effet, dit Peter en terminant son compte rendu en quelques lignes hâtivement rédigées. Car je suis pour ma part, à mon vif regret, je dois dire, également opposé à la proposition de tante Henriette. Si elle décidait de son propre chef de quitter la maison en contrevenant à la volonté du fondateur de la famille, je me verrais malheureusement contraint de l'en dissuader par une action en constatation de droit et une ordonnance de référé. Cela n'est absolument pas, je le répète au nom de ma mère que je représente ici, dirigé contre tante Henriette. Mais ma position personnelle est dictée par notre commun désir bien évident de ne pas voir un testament sacré réduit à un chiffon sans importance. Je suppose que tu n'as pas l'intention de faire contrôler mon état mental, mon oncle ?

– Va au diable ! » l'apostropha le vieil homme. Il laissa sa caricature sur la table, bondit de son siège et dit : « Viens Pauline ! Nous n'avons rien à faire dans ce cabinet de figures de cire ! » Et à sa belle-sœur qu'il avait toujours tenue en affection : « Je te donne ma parole d'honneur, Hetti – personne ici ne déposera de plainte contre toi ! Ne t'occupe pas de ce comique qui s'ignore et fais comme il te plaît ! »

Henriette sentait son cœur battre à grands coups. « Ça, je crains de l'avoir désappris, ici », répondit-elle. Puis elle quitta la pièce et monta lentement au quatrième étage, comme une élève qui rapporte un mauvais bulletin à la maison. Ce n'est qu'au deuxième qu'elle se souvint du nouvel ascenseur. Mais elle ne le prit pas. Vaincue par la force de l'habitude.

46

Frère Mozart

« Il n'est probablement pas inexact de dire que l'histoire mondiale se confond avec l'histoire de la ville. Cela ne signifie pas seulement que l'histoire du monde se fait dans les villes, mais que la ville a progressivement pris le pas sur la campagne, autrement dit, l'intellect sur la nature. Ceux qui écrivent fièrement l'apologie des villes affirment qu'elles sont des centres de progrès. C'est dans les villes, disent-ils, que se font les découvertes grâce auxquelles l'humanité avance et s'élève constamment.

« À ceux-là, je dis : non, il y a des progrès qui ne font pas avancer, mais au contraire brutalement régresser jusqu'au début de l'évolution, jusqu'au néant ; c'est à cette étape de la civilisation qu'est maintenant parvenue notre époque. Rien sinon ma conviction ne m'autorise à tenir ce discours. Mais invité par vous, frère maître, à faire part de mes impressions d'Amérique, je sens que je parle ici à des hommes qui valideront une légitimation aussi précaire et me pardonneront d'exposer, en lieu et place de multiples faits sur un voyage passé, quelques propos hasardeux sur l'avenir.

« Je suis revenu d'Amérique avec une admiration indéniable pour les Américains. J'admire maintes de leurs réalisations et nombre de leurs institutions, ainsi que leur attitude personnelle et leur manière d'être. Moins toutefois leur manie de redécouvrir continuellement la roue, ou leur désir forcené d'effectuer de nouvelles découvertes – non pour faire progresser la civilisation, mais par ambition sportive : il s'agit d'être les premiers ! C'est parce que je crois à l'avenir de l'Amérique que je suis intimement persuadé qu'elle a besoin de l'Europe. Les nouveaux arrivants du *Mayflower* et ceux qui ont suivi, à savoir toute la population blanche des États-Unis, veulent faire oublier leurs origines européennes. Or l'Amérique du Nord, cette grande puissance édifiée par des colonisateurs peu soucieux de leurs origines, méconnaît ainsi la force colossale qu'elle tirerait d'une nouvelle relation forte avec son continent initial. Les États-Unis d'Amérique seraient bien l'irrésistible puissance mondiale à laquelle ils aspirent s'ils s'alliaient avec l'Europe pour le meilleur et pour le pire, s'ils aidaient l'Europe à faire ses propres conquêtes et se réappropriaient ce trait spécifiquement européen qu'ils ont perdu : la considération vouée à l'immatériel. Les États-Unis d'Amérique seraient alors les États-Unis d'un monde meilleur.

« Considérez mes propos comme une *oratio pro domo Europae*. L'opinion qui domine outre-Atlantique et qui participe de la tendance générale de l'Amérique à l'isolationnisme est que l'Europe n'a plus de rôle à jouer ; l'Europe est, disent-ils là-bas, *gone* ; cette insistance à souligner leur émancipation m'a provoqué, et blessé. Plus j'y réfléchis, plus elle me semble fondamentalement erronée. Je vais trop vite, mademoiselle Hübner ? »

Tout en arpentant le bureau directorial de la Wiedner Hauptstrasse et en dictant la conférence qu'il tiendrait ce soir-là à la loge maçonnique « Avenir », Hans jeta un coup d'œil à la secrétaire ; monsieur Födermayer l'avait embauchée récemment pour la correspondance française et anglaise, les commandes étrangères augmentant.

« Peut-être un petit peu, répondit la jeune fille. Mais ça ne fait rien, monsieur Alt. C'est si intéressant ce que vous dictez !

– Vraiment ! Je le pensais plutôt indigeste », dit-il. Comme elle ne répondait pas, mais s'affairait de nouveau à son sténogramme, il poursuivit :

« L'Amérique a pour ainsi dire rayé l'Europe de ses actifs et porté son solde dans la colonne des débits. La justice nous oblige à constater qu'elle s'était préalablement saturée de tout ce qui est européen et en avait absorbé ce qui lui était profitable. Toutefois, nul Européen ne saurait contester qu'*à ce jour* notre continent n'est effectivement plus un actif, mais une masse scandaleusement gérée, proche de la faillite. Elle basculera dans la faillite avec les *desperados* qui l'administrent et les dupes qui les croient, au moment même où la fiction des gains se brisera et où les pertes éclateront au grand jour. Après eux et bien malgré eux, l'Europe, quel que soit l'état matériel dans lequel ils l'auront laissée, recouvrera son esprit, obscurci durant un bref instant de l'histoire mondiale. De nouveau, elle possédera alors ce dont l'Amérique ne veut plus entendre parler actuellement et dont elle aura, un jour, un besoin aussi impérieux que l'athée de la prière.

« Entre autres destructions, notre époque produit deux effets particulièrement dévastateurs, qui n'ont qu'indirectement à voir avec la politique et les systèmes de pouvoir : elle a déshabitué les gens de l'émerveillement et rayé le mot "impossible" de leur lexique. Tout est possible, rien n'est merveilleux. La faute en revient essentiellement au progrès, qui remplace l'homme par la machine et anéantit en l'homme qui l'utilise (car depuis longtemps la machine n'est plus au service de l'homme, mais l'homme est esclave de la machine) le peu de foi dans le surnaturel qui subsistait dans la ville.

« C'est pour la machine que la vie humaine importe à présent et non le contraire, et par une amère ironie du sort, la machine, qui est une découverte de la bourgeoisie, se venge cruellement de ses inventeurs en aggravant dramatiquement la question sociale. Les maîtres sorciers se sont empoisonnés avec leurs propres potions.

« Les mots "miracles" et "s'émerveiller" n'ont plus cours. Le monde ne croit plus au surnaturel ; l'ère de la machine est celle du "tout terrestre" ; le monde urbain pétrifié envoie des avions se mêler des affaires du ciel – lequel se venge par les victimes de l'aviation. Le monde est désenchanté. Il croit au surhomme, mais pas à ce qui est au-dessus de l'homme. Des créatures comme Hitler, qui exigent des choses inimaginables d'une humanité désormais incapable de s'émerveiller et peuvent les imposer à la faveur du désenchantement général, en sont le produit logique.

« Mais d'où peut venir le remède ? De nul autre que du continent des dictateurs, de cette Europe exsangue qui survit déchirée. C'est de là qu'intarissablement jaillissent les sources. Tout comme le Nouveau Continent a tiré jadis ses forces vives de l'Ancien, pour échapper à l'inexorable pétrification intérieure il devra se régénérer par lui. Ici en Europe, pour ne pas dire à Vienne – car Vienne est le cœur de l'Europe –, se trouvent les ressources dont on aura un besoin impérieux à Chicago et à New York, à San Francisco et à Pittsburgh, quand dans le monde pétrifié des villes auront été accomplies toutes les réalisations dont l'Amérique tire cette supériorité qui rend l'Europe superflue à ses yeux : ses machines seront meilleures que les nôtres, tout comme ses produits chimiques, ses sérums, ses armes, ses instruments de précision, ses hôpitaux, ses laboratoires, son système éducatif, une partie de sa presse et de ses films. Pourtant elle n'aura jamais de Mozart. Ni de Schubert. Ni personne qui puisse écrire : *Über allen Gipfeln ist Ruh*[1]. Ni la douce harmonie de cette ligne que dessinent les maisons de Salzbourg groupées au pied des montagnes. Ni la grâce de la forêt viennoise qui préserve Vienne de la pétrification. Ce n'est pas un hasard si la musique de l'âme vient d'Autriche. Ce n'est pas un hasard si Mozart est né à Salzbourg et Schubert à Vienne, c'est l'expression organique de ces villes qui ne se sont pas pétrifiées mais sont restées des paysages autrichiens. On peut bien vivre sans Mozart et Schubert ? Non ! On a besoin du symbole qu'ils incarnent, et qui toujours se réincarnera en d'autres noms, d'autres génies – pour vivre et pour mourir.

« L'Europe est ce symbole. Elle reste le monde de la beauté, laquelle n'est pas un produit de la volonté mais s'y est formée puis développée organiquement. Non de cette beauté relative dont il faut connaître les fins et les conditions pour la trouver belle, mais de la beauté absolue qui convainc au premier coup d'œil, et c'est pourquoi elle sera un critère, un filtre séparant le

1. « Sur toutes les cimes,/Plus rien ne bouge », première strophe du célèbre poème de Goethe *Wandrers Nachtlied.*

vrai de l'imitation. Les économistes d'entre vous préféreront peut-être l'expression *clearinghouse*, mais cela me gênerait d'exprimer ainsi ma pensée. Car je songe à la beauté créée par Dieu, à laquelle les hommes n'ont absolument aucune part si ce n'est pour la célébrer. La beauté qui survit aux dictatures des fous de pouvoir, des machines, de l'argent et du nivellement. Si le monde mécanisé se condamne à la stérilité de l'utilité absolue, seul pourra l'en délivrer le monde de notre frère Mozart. C'est là que réside la mission éternelle de l'Europe, même si l'Amérique ne voit en elle maintenant – non sans raison – qu'un cimetière pour ses fils. Car l'esprit de l'Europe se nomme Platon, Érasme et Mozart, et non Napoléon et Hitler. Et parce que la force ne cède qu'à la force, c'est la force de Mozart qui arrachera définitivement son inhumanité à la puissance des machines et à la logique de pouvoir. »

Hans s'arrêta. « Voilà. C'est tout.

– Dommage ! » dit mademoiselle Hübner, qui, sentant qu'elle avait dépassé les limites assignées à sa fonction de sténodactylo, ajouta précipitamment : « Avec un ou deux doubles, monsieur Alt ?

– Aucun. Un exemplaire suffira. Je n'aurai besoin que ce soir de ce produit de mon éloquence ! »

Mademoiselle Hübner aurait bien répété « Dommage ! », mais elle se contenta de s'éloigner avec son bloc de sténo.

« Merci ! » lui cria-t-il à travers la porte vitrée. Peu après, le cliquetis de sa machine à écrire couvrait les sons répétitifs des accordeurs.

Lorsque, quelques heures plus tard, Hans monta, au numéro 20 de l'Annagasse, l'escalier qui conduisait à la loge « Avenir » pour tenir son discours d'apprenti, il ne put s'empêcher d'être saisi par l'insolite atmosphère de mystère qui y régnait. Voilà qui aurait collé avec son sujet, songea-t-il. L'absence de mystère de l'époque, conséquence de l'esprit des villes dont l'intellectualité stérile désenchantait le mystère de la création aux yeux de tous et lui dérobait toute aura. Puis ses pensées se tournèrent vers la puissance mystérieuse dont il faisait partie depuis peu. Comment s'exerçait celle-ci, qui, depuis des siècles, donnait aux profanes tellement matière à extravaguer ? Par l'histoire familiale, il savait qu'on avait soupçonné le bâtisseur du numéro 10 d'être un franc-maçon, un de ces dangereux révolutionnaires qui menaçaient le pape et les rois.

À la porte du deuxième étage, il frappa en suivant les instructions du « maître préparateur » deux coups brefs et un long, et on lui ouvrit pour lui permettre de s'acquitter de son premier « travail » régulier. Non sans quelque sentiment d'étrangeté, il vit les frères de la loge se costumer à cet effet. Ils se nouaient sur le ventre de petits tabliers de cuir, blancs pour les apprentis, à liseré bleu pour les compagnons et décorés de rosettes bleues pour les maîtres. Ils portaient également des médailles, qui pendouillaient à leur cou au bout de cordons de soie bleue. Pour le néophyte, le spectacle de ces messieurs plus ou moins replets qui nouaient le plus naturellement du monde de petits tabliers autour de leur ventre frisait le comique, et il eut du mal à garder son sérieux en les voyant pénétrer deux par deux dans le soi-disant « temple », la main en équerre sous la gorge, esquissant deux petits pas sautillants et un très long. Leur entrée se fit au son de l'orgue.

Dans la pièce rectangulaire surmontée d'un podium, les maçons avaient pris place sur les deux longueurs, les maîtres dans les rangées du fond, les compagnons sur des chaises devant eux, les apprentis tout à fait devant. Il reconnut des visages qui lui avaient apparemment échappé lors de la cérémonie d'admission. Le maître près du pupitre de conférencier était le propriétaire d'une parfumerie sur l'Opernring, à côté de lui se trouvait un opticien de la ville, et voici que le papetier du numéro 10, avec qui Hans parlait, enfant, cahiers et plumes, et plus tard, du froid polaire de la maison en hiver, se trouvait également parmi les maîtres. Quant à ce géant là-bas, c'était un ténor de l'Opéra. Son « parrain » Fritz, grâce auquel il se retrouvait là après quelques réticences instinctives, lui fit un signe de la main et lui montra sa place. « Par les temps qui courent, un homme comme toi se doit de rejoindre la franc-maçonnerie, persistait-il à affirmer depuis leur retour. Bien des choses t'y porteront sur les nerfs comme à moi. N'empêche que nous avons besoin de toi et toi de nous. » Jusque-là, Hans ne savait même pas que Fritz appartenait à une loge maçonnique.

Pendant le défilé de l'entrée au temple, il ne put s'empêcher de penser à ce qu'aurait dit Selma avec son franc-parler. Il fallait faire preuve d'un certain flegme pour garder son sérieux en voyant parfumeurs, opticiens et papetiers entrer costumés dans le « temple » sur une figure de danse. Mais Fritz qui gardait à l'œil le nouvel apprenti l'exhorta du regard à réserver son jugement. Au demeurant, il était tout près de la table chronologique des frères de la loge : y figurait Frère numéro 7, alias « Wolfgang Amadeus Mozart de Salzbourg, chef d'orchestre et compositeur impérial et royal ». En revanche, personne du nom de Alt n'apparaissait de 1759 à nos jours sur le grand tableau conservé sous verre – exceptés Fritz et lui-même. L'arrière-grand-père avait donc été soupçonné à tort. Le portrait du compositeur impérial et royal était accroché en face de Hans : coiffé d'un catogan blanc, en longue redingote marron et culotte de satin noire, le tablier de maçon noué sur le devant, il regardait par une fenêtre ouverte la forteresse de Hohensalzburg. Le milieu du mur, lui, était orné d'un portrait de l'empereur Joseph II.

Un monsieur d'un certain âge à l'air las, qui se tenait sur le podium, frappa un maillet noir sur une enclume noire : deux coups brefs et un long. Puis il se leva en disant : « Mettez-vous à l'ordre, mes frères ! » Chacun se leva de son siège et posa la main droite à l'équerre sous sa gorge.

« Librement élu par mes frères, me tenant à l'Orient, j'ouvre ce travail d'apprenti selon la vieille coutume des francs-maçons », dit le maître de la loge en se tournant vers un homme debout devant un pupitre situé à gauche de l'entrée centrale : « Frère premier surveillant ! Quand les francs-maçons commencent-ils leur travail ?

– À midi !

– Quelle heure est-il à présent ?

– Selon le temps des francs-maçons plein midi ! »

Le vénérable se tourna vers un homme debout devant un pupitre situé à droite de l'entrée centrale : « Frère second surveillant ! Travaillons-nous en sécurité ? »

Le second surveillant fit un signe à quelqu'un à la porte qui tenait une longue baguette. L'homme à la baguette ouvrit, regarda dehors, rentra, referma la porte et acquiesça en silence.

« Nous travaillons en sécurité », répondit au vénérable le second surveillant.

« Puisque l'heure est venue et que nous sommes dûment couverts dehors et dedans, je vous prie, mes frères surveillants, d'illuminer la loge avec moi ! » Le vénérable descendit du podium, se dirigea vers un chandelier à trois bras qui se dressait dans l'allée centrale et alluma une bougie. « Que la liberté conduise le chantier ! » dit-il ce faisant.

Les deux surveillants parvenus avec lui au chandelier dirent en allumant chacun une bougie :

« Que la sagesse guide son exécution !

– Que la beauté l'orne !

– Restons conscients de ces buts. » Le maître revint sur le podium et invita l'apprenti Alt à tenir sa conférence.

Troublé, Hans s'approcha du pupitre. Saluant le maître vénérable du signe requis, un ample geste du bras droit en équerre, il ressentit la gêne où le plongeait toute exposition aux regards, d'où sans doute ses difficultés passées à comprendre la décision de Selma de devenir actrice. D'une voix à peine audible il prononça l'adresse prescrite : « Maître vénérable ! Mes frères bien-aimés ! », le mot « bien-aimé » lui venant quelque peu difficilement aux lèvres. Mais son sujet finit par l'entraîner. Quand il leva les yeux, il vit le regard encourageant de Fritz, et lorsqu'il eut fini, son acquiescement enthousiaste.

« Je te remercie, frère bien-aimé », dit le vénérable. Hans regagna sa place.

« Très instructif », chuchota le frère à côté de lui, qu'il ne connaissait pas.

Puis l'on se consacra à d'autres sujets. Il fallait deux cent soixante-dix schillings pour un foyer d'aveugles.

Les frères Bunzl, Groag et Anton Singer qui ne s'étaient pas acquittés de leur cotisation mensuelle furent priés de s'adresser au frère trésorier. Le samedi suivant aurait lieu une « soirée des sœurs » ; les frères artistes furent priés de se mettre en rapport avec le maître préparateur pour le programme musical. Après le 15 de ce mois, les réunions du mercredi ne se tiendraient plus au café Promenade mais au café Silier. Le 17, sœur Schwarz, épouse du bien-aimé frère Schwarz de la loge Lessing, se produirait à l'Opéra populaire : nul frère bien-aimé ne devait manquer la représentation de sœur Schwarz, billets à prix réduits auprès du frère second surveillant.

Quand la réunion se fut conclue au son de l'orgue par une collecte pour le « tronc de la veuve », les frères ôtèrent leurs insignes et se rassemblèrent au premier étage à la « table blanche », où ils dégustèrent un goulasch arrosé de bière, puis une Linzertorte. On apprit que frère Bittner et sœur Michalek avaient été vus ensemble récemment. Frère Slezac avait fait une excellente blague, laquelle fut contée et suscita la gaieté. On déconseillait les actions de l'acier ; le cas échéant, en prendre dans les centrales hydrauliques.

Après les agapes, on discuta de la conférence du bien-aimé frère Alt.

Un membre de la loge à qui revenait le titre de « frère orateur » estima que c'était une première conférence fort honorable. Toutefois le frère conférencier avait exposé trop de réflexions et pas assez de faits. Comment se présentaient les statistiques sur la population des villes américaines ? Le taux de natalité ? Qu'en était-il de ces deux données en comparaison des européennes ? Il aurait été intéressant aussi d'avoir des informations sur une industrie, qu'à juste titre on pouvait dire purement américaine, celle du film. Qu'en pensait le frère conférencier ? Le cinéma américain était-il à son avis précurseur ou poursuivait-il des buts trop exclusivement commerciaux et triviaux ?

Ensuite un frère qui rédigeait des critiques de livres dans les suppléments du dimanche déclara que les propos de frère Alt l'avaient déçu. Pour dire la vérité – ce à quoi l'on était tenu entre frères –, l'exposé lui avait semblé manquer de cohérence et témoigner d'une confusion d'idées qu'il attribuait à une lecture trop superficielle de Marx, H. S. Chamberlain, Taine et surtout Spengler. Il y voyait aussi une méconnaissance des problèmes actuels. L'Amérique n'était pas un problème pour l'Europe. Le problème pour l'Europe, c'était l'Europe. Déclin ou renouveau de l'Occident ?

Fritz se leva vivement. « On dit de nous que nous sommes une puissance, déclara-t-il, irrité. À nous écouter, on croirait plutôt entendre un club de joueurs de quilles ! Nom d'un chien, pourquoi n'usons-nous pas enfin de notre prétendue puissance ? À cinq heures de chemin de fer de Vienne, il n'y a plus de loges depuis belle lurette et la libre parole mène tout droit en camp de concentration. Et nous ici *travaillons* à des soirées données par des sœurs ou accueillons les idées avec la largeur d'esprit d'un maître d'école ! » Seuls des adeptes tels que le nouveau venu, pour qui les idées étaient tout et le profit rien, permettraient à la franc-maçonnerie de recouvrer le sens qu'elle possédait jadis et dont elle avait plus besoin que jamais à présent, poursuivit Fritz avec feu. « Qui nous aidera, mes frères ? s'écria-t-il. Le parlement n'existe plus. Le gouvernement de messieurs Schuschnigg, Starhemberg, Fey et compagnie est incapable ou impuissant. Qui nous aidera, nous les Autrichiens, si nous ne nous aidons pas nous-mêmes ?

– Votre frère de la Heimwehr, le commandant ! » lança quelqu'un. Des rires fusèrent.

« Mon frère de la Heimwehr est un âne aveuglé ! Mais ses déficits sont compensés par l'apport de mon cousin Hans ! Et puisque je suis moi aussi de ce monde, le solde familial est positif, répliqua Fritz non sans mordant.

– Bravo ! » proclamèrent quatre ou cinq voix. La plupart des autres ne semblaient pas avoir écouté.

Hans fut invité à prononcer la conclusion. Il déclara qu'il n'avait rien à dire, et visiblement, il fit bien. Préférait-il le bridge ou le tarot ? Comme il regrettait de ne savoir jouer ni à l'un ni à l'autre, les joueurs de bridge et de tarot ne se laissèrent pas distraire plus longtemps de leurs occupations. Cinq minutes plus tard, on n'entendait pratiquement plus que les annonces des joueurs et les critiques des spectateurs.

Hans se dit la conclusion à part soi en désertant cette compagnie : c'était une erreur.

Il sortait de la maison et s'apprêtait à traverser la rue pour gagner le numéro 10, lorsqu'il fut arrêté par quelqu'un. Dans l'obscurité, il vit seulement que c'était une femme, rien d'exceptionnel dans la rue de l'hôtel de passe L'Empereur Romain. On ne pouvait trouver rue plus singulière que l'Annagasse où était située une entrée de la maison : elle commençait par une loge maçonnique, se poursuivait par un hôtel de passe en face duquel se trouvait la Cour suprême des Comptes, et se terminait par une église qui voisinait avec une boîte de nuit. Hans pressa le pas.

« Bonsoir, monsieur Alt, entendit-il.

– Mais que faites-vous ici, mademoiselle Hübner ? » s'exclama-t-il en la reconnaissant.

La jeune fille répondit précipitamment, un peu gênée. Une lettre expresse... elle avait pensé que c'était peut-être important. Elle lui tendit la lettre. À la lueur du réverbère d'angle il vit que la lettre était parfaitement anodine. Mais la nouvelle secrétaire ne pouvait pas le savoir, évidemment.

« Merci de vous être donné cette peine si tard, dit-il.

– Il n'y a pas de quoi, dit-elle.

– Mais comment saviez-vous où j'étais ?

– Vous avez parlé d'un discours que vous tiendrez en face de chez vous. Votre conférence a plu ?

– Je crains bien que non. Cela fait combien de temps que vous attendez ?

– Pas longtemps du tout.

– Eh bien ! Bonne nuit, mademoiselle Hübner.

– Je peux vous dire quelque chose, monsieur Alt ?

– Bien entendu !

– Je sais que je n'ai aucun droit de vous dire ça. Mais je vous vois tous les jours depuis que vous êtes rentré d'Amérique, monsieur Alt – et je ne crois pas vous avoir vu content une seule fois !

– J'ai peur que l'époque ne donne guère matière à contentement », dit-il, peu désireux de s'engager dans un échange, la discussion précédente lui ayant amplement suffi.

« C'était bête de dire content, je sais. Je voulais dire autre chose, lança-t-elle très vite. Excusez-moi, je vous retiens.

– Mais encore ? Que vouliez-vous dire ? »

Elle hésita un instant : « ... que... excusez-moi... que vous êtes malheureux. »

C'était si inattendu qu'il hésita lui aussi. « Et moi qui me suis donné tant de mal pour faire bonne figure en vous dictant ! Vous voyez quel piètre comédien je fais. Et le rhéteur ne vaut guère mieux.

– Tout ce que vous faites est bien », dit la jeune fille d'un ton de conviction absolue.

À la lueur du réverbère, il la regarda. Quand elle entrait dans son bureau avec le courrier, il ne lui avait accordé jusque-là qu'un regard distrait. Elle était jeune, très jeune. « Merci, dit-il, confus. J'ai bien peur que là encore, vous ne vous trompiez.

– Non, dit-elle. Vous me faites tant de peine !

– Il n'y a pas de quoi. » Il était de plus en plus gêné. « Bonne nuit ! » Elle sortit brusquement du halo du réverbère et s'en alla.

« Merci, mademoiselle Hübner ! » lui cria-t-il, pour la deuxième fois de la journée.

47

Sans but sous les étoiles

« Combien de temps m'auriez-vous attendu hier soir, en fait ?

– Vous avez réfléchi à ça, monsieur Alt ?

– Pour dire la vérité, oui. En tout cas, cela m'était plus agréable que de réfléchir à autre chose.

– Alors finalement, je suis contente d'y être allée. Parce que moi aussi, j'ai réfléchi. Vous avez dû vous faire votre petite idée sur moi bien sûr maintenant, ça va vite, n'est-ce pas ?

– Pour dire encore la vérité, non. Parlez-moi un peu de vous. »

Elle se tenait devant son bureau sur lequel elle avait posé le courrier du matin. « Monsieur Födermayer n'aimerait pas ça. Il a horreur des conversations privées.

– Mais c'est *moi* le patron, non ?

– Oh ! Excusez-moi, j'avais oublié ! »

Elle le dit avec une telle spontanéité qu'il ne put s'empêcher de rire. « Vous considérez donc monsieur Födermayer comme votre patron ? » Sans lui laisser le temps de répondre, il poursuivit : « Vous avez probablement raison. Je n'ai jamais été vraiment le patron ici et je ne le serai jamais.

– Vous voyez, monsieur Alt, c'est quelque chose que je ne comprends pas chez vous», dit la jeune fille. Puis elle jugea manifestement qu'elle était allée trop loin et elle se tut.

« Puisque de toute façon vous ne me considérez pas comme votre patron, vous n'êtes pas obligée de me parler comme à un patron. Qu'est-ce que vous ne comprenez pas chez moi ?

– Que vous ne preniez pas de plaisir au travail ici ! C'est tellement beau ce qui sort d'ici – je veux dire ça donne du plaisir à tant de gens !

– Vous ne voudriez pas vous asseoir mademoiselle Hübner ? J'ai à vous dicter.

– Merci. » Elle s'assit à la petite table où elle prenait des notes habituellement.

Avait-elle déjà vingt ans ? Un visage typique de Viennoise : doux, gracieux, sourcils non épilés, blondeur non oxygénée, lèvres à peine fardées. Il émanait déjà d'elle cette féminité qui se manifestait si tôt chez les jeunes filles de Vienne. « Je l'avoue, répondit-il, mais j'ai mes raisons. Elles remontent à très loin – c'est un homme d'un certain âge qui vous le dit : ce qui vous marque dans la jeunesse vous reste à vie. »

Elle ne put s'empêcher de rire. Des fossettes se creusèrent dans ses joues. « C'est parce que vous avez parlé d'un "homme d'un certain âge". Excusez-moi !

– Vous me donnez quel âge, mademoiselle Hübner ?

– Sûrement pas un "certain âge" !

– Espérons qu'habituellement vous voyez plus juste ! »

Il ne lui dit pourtant pas son âge, mais commença à lui dicter un courrier pour la fabrique Pleyel de Paris : « Cher confrère… », s'appliquant à imiter de son mieux la prononciation de mademoiselle Duval : français les mardis et les jeudis de quatre à cinq, avant miss Smith : anglais de cinq à six. Il se revoyait assis à côté d'elles dans son cabinet d'études, il respirait le parfum de muguet de mademoiselle Duval, contemplait la blouse à carreaux de miss Smith, et s'efforçait de ne pas confondre les sons *en* et *in*, son erreur de toujours, il savait bien que c'était une faute, mais impossible de l'éviter ! De temps en temps il regardait la jeune sténodactylo. Elle restait penchée sur son bloc sans lever les yeux. Beaux cheveux.

Absurde ! pensa-t-il. Je ne vais tout de même pas me laisser troubler par les amabilités d'une fillette qui veut se faire bien voir du patron. Mais il retira tout de suite le « se faire bien voir du patron ». Ce n'était pas exact en l'occurrence.

Il fut pourtant bien obligé de s'avouer qu'elle le troublait. Cela ne lui était pas arrivé depuis bien longtemps : il commençait à s'intéresser à une jeune fille.

« Et cetera, et cetera – *Veuillez agréer, Monsieur, l'expression de mes compliments les plus sincères** – comme d'habitude !

– Il y a autre chose, Monsieur ?

– Non. Merci. »

Elle se prépara à sortir.

« Vous avez quelque chose de prévu, ce soir, mademoiselle Hübner ?

– Pardon ?

– Je veux dire après les heures de bureau ? Sinon nous pourrions peut-être aller dîner ensemble quelque part ? On peut déjà manger dehors. »

Cramoisie, elle dit : « Merci beaucoup. Avec grand plaisir. » À la porte elle demanda : « Est-ce que je pourrais faire un saut chez moi après le bureau – pour me changer ?

– Mais naturellement ! Faites-vous belle ! »

Sa bonne humeur – on ne lui en avait pas vue depuis si longtemps – frappa tellement monsieur Födermayer qu'il lui demanda : « Une bonne nouvelle, Hans ? » Il continuait à veiller sur lui comme s'il était encore son apprenti.

« J'en ai presque l'impression. Monsieur Födermayer, dites-moi, quand peut-on dire de quelqu'un que c'est un homme d'un certain âge ?

– À soixante-cinq ans ? » proposa monsieur Födermayer, qui en avait soixante-dix. « Nous ne faisons pas l'exposition au Mozarteum, n'est-ce pas ?

– Bien sûr que si ! dit Hans. Et ce serait une bonne idée de donner un concert avec un pianiste connu l'après-midi pendant l'exposition. Vous ne trouvez pas ?

– Ça coûterait une fortune et ne nous rapporterait même pas l'équivalent d'un pianino », refusa son vieux mentor. « Foutaises ! » aurait dit le père de ce jeune homme, un vrai patron, lui.

« Vladimir Horowitz est à Salzbourg avec son beau-père Toscanini pendant le festival, de toute façon. Fritz y reste tout le mois d'août, car on y jouera sa symphonie. Artur Schnabel et Rudolf Serkin nous feront certainement ce plaisir. Et je vais de ce pas écrire à Brailowsky. Envoyez-moi mademoiselle Hübner ! » Sans un mot, le vieil homme quitta le bureau directorial sous les regards impérieux que jetaient de leur mur les « vrais » directeurs. La jeune fille se présenta immédiatement.

« Donc, ça ne marche pas pour ce soir ? supposa-t-elle, déçue.

– Au contraire ! Écrivez s'il vous plaît : *Dear Mr Brailowsky. At this summer's Salzburg Festival there will be an exhibition of ours pianos at the Mozarteum. I should like to ask you…* Mais pourquoi est-ce que je vous dicte ça en anglais finalement ? » s'interrompit-il, se souvenant qu'ici même il avait traduit en français, des années auparavant, les remerciements d'hommes éminents à la firme C. Alt et s'était demandé : pourquoi en français, finalement ? Parce que, se répondait-il aujourd'hui à lui-même, l'autrichien n'existait pas en tant que langue – et c'est à peine si le pays existait encore. Être Autrichien avait encore moins de valeur que naguère. « Demandez-lui en bon allemand d'Autriche s'il pourrait jouer Chopin pour nous ! décida-t-il.

– Excusez-moi. Qu'est-ce que vous appelez l'allemand d'Autriche ? Ça n'existe pas, non ?

– Et ça ne doit pas exister ! Mais l'autrichien, ça existe. Prière de le noter !

– Dixit un homme d'un certain âge ?

– Un homme. Je me suis renseigné entretemps.

– J'en prends bonne note ! »

Incroyable mais vrai : monsieur Födermayer entendit le patron siffler dans son bureau pendant l'après-midi. Du Schubert certes, mais la musique de ballet de *Rosamunde* !

Un peu plus tard, Hans l'attendit à la Karlskirche. De l'endroit où il était, il voyait le dôme patiné de la cathédrale, le toit de cuivre vert de l'Université technique, et, juste devant, le rose du cerisier du Japon, les cytises, les lilas et les acacias du Resselpark ; l'air charriait le parfum sucré de tilleul du printemps viennois. Quand il vit soudain arriver la jeune fille, son cœur battit aussi vite qu'autrefois lors de pareils rendez-vous. « Vous vous êtes faite toute belle ! dit-il.

– Je n'ai pas eu vraiment le temps... Vous avez une nouvelle cravate ? »

Elle l'avait remarqué ! « Alors où va-t-on ? Au Prater ? Au Kobenzl ? À Grinzing ? »

Elle opta pour Grinzing. « N'aurait pu y aller en tram' ! » dit-elle quand il prit un taxi, retombant toute dans ce viennois qu'apparemment elle essayait de réprimer dans ses fonctions de secrétaire. Ils passèrent devant l'Opéra, descendirent le Ring. Le soleil couchant répandait une profusion d'or sur les vieux arbres du boulevard, les jardins publics à droite, les façades des immeubles baroques et les monuments d'acier. À l'horizon, les contours du Palais, des musées, du Parlement, de l'Hôtel de ville et de l'Université dessinaient une ligne d'une grâce infinie. Au-dessus s'élevèrent les silhouettes vert tendre du Kahlenberg et du Kobenzl quand ils atteignirent la Währinger Strasse.

« Y a-t-il rien de plus beau ? demanda-t-il.

– Je ne suis jamais sortie d'Vienne. C'est pas plus beau ailleurs ? » Il ne répondit pas.

« Mais vous, vous êtes allé à Berlin. Et à Paris. Et en Amérique ?

– C'est bien pourquoi je dis ça ! »

Elle réfléchit. « Ça vous ennuie si je pose beaucoup de questions ? Je suis tellement ignorante...

– Dommage », dit-il pour plaisanter.

Elle sursauta. Il faut faire attention, pensa-t-il. « Mais vous avez quatre années de collège – c'est dans votre dossier de candidature. Et qu'avez-vous fait ensuite ? Moi aussi j'aime bien poser des questions.

– Ça vous intéresse vraiment ? J'ai tellement peu de choses à raconter ! » Mais elle raconta tout de même quand ils se retrouvèrent dans le jardin d'une guinguette de Grinzing où l'on buvait du vin nouveau ; ce n'était qu'une cour plantée de trois tilleuls, avec des tables non dressées et quelques bancs. Sur les tables brûlaient de petits photophores. Des couples occupaient les bancs. Sur une modeste estrade de bois, à une table éclairée de photophores, jouaient un violon et un harmonica. Au-dessus de la cour, on apercevait les maisons du quartier haut qui était autrefois le village de Grinzing, lequel n'avait été intégré à Vienne que beaucoup plus tard, avec d'autres villages voisins. Des maisons basses de couleur ocre en bordure du vignoble qui conduisait aux hauteurs boisées du Kobenzl, avec, au milieu d'elles, une petite église et, en face, des collines couvertes de vignes.

Elle parla de sa jeunesse. Le père, employé de banque après une blessure de guerre, puis licencié, maintenant au chômage. La mère, elle, faisait des écritures dans un service des impôts. Trois frères et sœurs. Elle était l'aînée. Il lui donnait quel âge ?

« Vingt ans ? »

Elle en avoua fièrement dix-neuf.

« Amoureuse combien de fois ?

– Deux fois. Vous avez dit l'autre jour que ça ne sert à rien de mentir, s'excusa-t-elle.

– J'ai dit ça ? C'était bien ? »

Elle acquiesça. « Mais ça n'a rien donné.

– Pourquoi ? »

Haussement d'épaules. « Probablement, ils ne m'aimaient pas assez. » On apporta un poulet rôti avec une salade de concombre, elle trouva ça délicieux.

Comme le vin qu'on posa devant elle dans une bouteille pansue et dont elle dit après l'avoir goûté : « C'est du vieux !

– Mais vous êtes connaisseuse !

– Je m'y connais en vin nouveau. Et un peu en correspondance française et anglaise. En rien d'autre.

– Si, en gentillesse. »

Elle lui toucha timidement la main. « Prost, monsieur Alt !

– Prost, mademoiselle Hübner ! »

Après une pause, les musiciens se mirent à jouer : *J'aimerais revenir à Grinzing...*

« ... *boire le p'tit vin, le p'tit vin, le p'tit vin nouveau*, entonna-t-elle en fermant les yeux. On est bien ici ! Vous ne trouvez pas, monsieur Alt ? »

Il acquiesça.

« Je vous ai raconté plein de choses maintenant. À votre tour de me parler un peu de vous. Vous voulez bien ?

– Il n'y a rien à raconter, mademoiselle Hübner.

– Si, plein de choses ! Pourquoi êtes-vous si malheureux ? »

Le vin rendait les questions plus faciles et les réponses moins difficiles.

« Je n'ai pas eu beaucoup de chance dans la vie, dit-il. Je n'ai jamais accompli grand-chose non plus. »

Not' Seigneur l'Bon Dieu a bien fait... jouaient et chantaient les musiciens.

« Vous savez ce que je voudrais ? » demanda la jeune fille en se rapprochant de lui, presque comme les autres jeunes filles de leurs amoureux sur les bancs. « Je voudrais que vous soyez heureux ! Je suis un peu grise maintenant, ça me donne du courage. Mais si vous croyez que je ne dois pas le dire, alors je ne le dis pas.

– Je vous en prie, dites-le !

– Tout de suite, je vous ai trouvé sympathique. Je crois même que je vous ai compris. Je ne suis pas du tout cultivée, mais je comprends les gens. »

Il lui prit la main.

« Vous, je vous comprends », dit-elle. Puis elle garda le silence. Au bout d'un moment elle demanda en levant les yeux vers lui : « Il y a des choses que vous ne pouvez pas souffrir, n'est-ce pas ?

– Par exemple ?

– L'injustice ?

– Qui vous a dit ça ?

– Vous ne saviez pas que vous aviez un bon ami parmi nos ouvriers ?

– Czerny ?

– Bochner. Je ne sais même pas si vous le connaissez. »

Il se souvint du ponceur Bochner. L'homme qui avait tiré sur un lieutenant de police. « Ça fait vingt-cinq ans que je le connais. Ou même plus.

– Et depuis, vous n'avez pas changé. Je parie que vous aviez déjà cet air soigné quand vous étiez petit !

– C'est bien que vous soyez là, mademoiselle Hübner !

– Redites-le ! *S'il vous plaît !* »

Il le répéta. Elle voulut l'entendre une troisième fois.

Ils restèrent assis bras dessus bras dessous. Les musiciens à la table aux photophores jouaient d'autres ritournelles. Les chansons résonnaient partout, des jardins, des cours des guinguettes, le long des collines. Elles parlaient du « bonheur » qui régnait à « c't'heure » et de la « félicité » qui rimait tant bien que mal avec l'« été ». Les vieux tilleuls des cours abritaient les couples des regards, du présent et du retour à la réalité.

Quand ils quittèrent la guinguette, elle voulut encore monter un peu sur la colline avant de repartir. C'est tellement merveilleux de marcher sans but sous les étoiles au son des chansons, dit-elle.

Plus ils avançaient, plus il resserrait son étreinte. Soudain, il se détacha d'elle, changea de direction.

« On s'est trompés de chemin ?

– Non ! » Sa voix était changée. Quand elle put le voir, son visage aussi était changé.

Dans l'obscurité ils atteignirent un portail. Elle ne savait pas où ils étaient.

« S'il vous plaît, attendez-moi un instant ici », dit-il de sa voix changée. Il passa le portail. À la lueur des étoiles il distinguait les noms et les fleurs des morts ; le cimetière de Grinzing était blotti dans les vignes.

Devant une plaque de marbre il s'arrêta, un nom brillait dessus. Au-dessous du nom, dans l'angle : *Tu vivras jusqu'à ce que je meure.* Les étoiles avaient allumé les lettres dorées. Il resta debout, honteux.

Sur la place de l'église ils prirent un taxi.

« Faut m'excuser ! dit-elle quand la voiture roula.

– Vous vous faites une idée fausse de moi, mademoiselle Hübner. Je suis comme les autres. Tout aussi injuste – tout aussi égoïste. Le chagrin, c'est de l'égoïsme.

– Vous ne pouvez pas surmonter qu'elle soit morte ? »

À voix basse, comme pour demander pardon à la vivante et à la morte, il dit : « La mort ne met fin à rien. »

48

Jedermann

D'où venait l'appel ? Il était proche et terrestre : « Jedermann ! » Puis plus lointain, mais encore terrestre : « Jedermann ! » Puis lointain, et comme s'il n'émanait plus de voix humaines mais tout de même d'ici-bas : au-dessus de la place de la cathédrale de Salzbourg. Provenait-il de la cathédrale ou de la forteresse de Hohensalzburg dont les créneaux découpaient le ciel rougeoyant ? Tout à coup, alors que sur la scène sommaire dressée sur le parvis de la cathédrale le personnage principal de la pièce, le citoyen de la terre Jedermann, tombait à genoux en implorant désespérément l'aide de Dieu, l'appel fusa de partout. Des abords de la cathédrale, de l'église des Franciscains, de la forteresse, proche, lointain, tout en haut, un avertissement terrible : « Jedermann[1] ! » Tel l'appel du Jugement dernier. Les cloches lui répondirent. Celles de la cathédrale, de Saint-François, de Saint-Pierre.

---

1. *Jedermann ou le Mystère de la mort de l'homme riche* : pièce de Hofmannsthal sous forme de mystère dont le personnage principal, Jedermann (« tout un chacun »), est confronté à la mort et au Créateur au terme d'une vie impie.

Henriette, qui voyait la pièce pour la première fois, sursauta. Cet impitoyable son de cloches allait-il la poursuivre partout? Échappant à la maison des fantômes, elle passait l'été chez sa fille Franziska. Hans avait tenu à ce qu'elle assiste au festival de Salzbourg auquel participaient trois membres de la famille: Fritz, dont on donnait la *Deuxième Symphonie*, lui-même, qui montrait une exposition de pianos Alt, et Peter, en tant que responsable officiel des arts.

«Jedermann! Jee… der… maaann!» Une plainte, une accusation. Et les cloches qui éveillaient les souvenirs, le repentir et l'angoisse, comme toujours.

Les appels effrayants continuaient à retentir et une soudaine inquiétude parcourut la foule des spectateurs sur le parvis. L'ecclésiastique à calotte rouge assis au premier rang jeta un regard souriant autour de lui et chuchota avec son voisin, un monsieur en costume traditionnel de Salzbourg gris foncé. Le prince-archevêque de Salzbourg manquait rarement une représentation de *Jedermann*. En dépit de véhémentes protestations et d'accusations de sacrilège, il avait permis que la cathédrale serve de décor à cette pièce profane. Ce n'est qu'un cri profane, semblait dire son sourire d'expert.

Mais lorsque l'apparition de la foi surgit du portail de la cathédrale et s'approcha de Jedermann désespéré, glissant sur une passerelle invisible d'en bas, la dimension céleste du spectacle s'accentua. Cette progression aérienne, ce regard pénétré, lointain, et cette silhouette fuyant le monde qui serrait autour d'elle son voile bleu ciel n'avaient rien de terrestre. En dépit ou à cause de cela, l'apparition avait quelque chose d'éminemment protecteur.

Les appels se turent, le soleil disparut, les colombes qui logeaient le jour dans les niches de la cathédrale survolèrent la scène telles des messagères du ciel parties prenantes de la mise en scène, et Jedermann, conscient de ses péchés, tomba à genoux pour dire un Notre-Père qu'il avait désappris.

Un cri strident retentit au loin.

D'abord à peine perceptible, il venait de la Residenzplatz qu'on apercevait par une arche du passage. On ne voyait pas celui qui criait.

Sur la scène, Jedermann récitait sa prière. Quand il dit : « Que ton nom soit sanctifié », le cri perçant se fit très net : « *Hitler !* »

« Que ton règne arrive !

– *Hitler !*

– Que ta volonté soit faite !

– *Hitler !* »

À la fin de la prière, au : « Mais délivre-nous du mal ! », les cris claquèrent comme des coups de feu : « *Hitler ! Hitler ! Heil Hitler !* »

L'ecclésiastique du premier rang s'était levé, indigné. Mais le spectacle se poursuivit avec les anges sortant de la cathédrale et se conclut au son puissant de l'orgue.

« Qu'a-t-on crié ? » s'enquit une dame d'un certain âge auprès d'une autre, plus âgée encore. Ces cris ne figuraient pas dans le livret de la pièce qu'elle avait consulté attentivement pendant le spectacle. La dame interrogée répondit en français que c'était vraisemblablement une des trouvailles de la mise en scène de monsieur Reinhardt – qu'elle prononça « renard ». Le nom qu'on avait crié lui était inconnu.

Hans attendit sa mère sur la Residenzplatz après la représentation.

« Dire que c'est permis ! s'exclama Henriette.

– Ce ne le sera plus longtemps, Madame ! déclara le monsieur en costume salzbourgeois qui s'apprêtait à monter dans son automobile.

– Il serait grand temps ! » répliqua Henriette – avant de s'apercevoir qu'elle parlait au chancelier fédéral, le successeur de l'homme dont son fils était l'un des assassins. Elle en fut si troublée qu'elle ne dit mot durant le chemin du retour.

Le soir, pour se changer les idées, elle but un cocktail dans le hall de l'Hôtel de l'Europe. On profitait de l'été pour installer au numéro 10 de la Seilerstätte le chauffage qui y avait toujours fait cruellement défaut – la contrepartie qu'Henriette avait exigée de ses parents, esclaves d'un testament absurde pris au pied de la lettre. La rénovation ne chasserait toutefois pas l'esprit ou – elle n'osait y songer – « les esprits » de la maison.

Calée dans un profond fauteuil couvert d'un chintz dont elle demanderait un échantillon avant son départ pour faire coudre des rideaux neufs au quatrième étage, elle savourait la boisson stimulante. Elle avait bien besoin de son gendre salzbourgeois piqué de taches de son, le docteur Baier ! Pas de café, pas d'alcool, pas de cigarettes. Dès qu'elle le pouvait, elle venait ici à l'hôtel se soustraire à ses interdits. Une tasse de café le matin vous revigorait et rendait curieuse de la journée qui commençait ; un petit cocktail avant le dîner dissipait la fatigue et réveillait la soirée ; quant aux cigarettes, elles étaient bienvenues à toute heure. Les médecins étaient des ânes.

« Tu ne reprendrais pas un cocktail ? suggéra Martha Monica.

– Bonne idée », répondit Henriette, mais elle n'en commanda pas. « Je suis très rouge ?

– Tu ressembles à l'impératrice ! » répondit Martha Monica, maintenant baronne Langstetten et venue voir *Jedermann* de Sankt Gilgen tout proche. Une remarque tout à fait superflue et à voix bien trop haute, songea Henriette. « Comment vas-tu ? » demanda-t-elle en se rencognant dans le fauteuil aux couleurs pimpantes.

Elle apprit que Mono se portait comme un charme. Si sa perspicacité ne la trompait pas, il y avait un bébé en route. « Tu es heureuse ? » demanda-t-elle à sa fille rayonnante de beauté.

« Divinement ! » déclara Martha Monica. Le carillon de la Residenzplatz s'égrena, gracieux comme un menuet. Pour une fois, un son de cloche qu'on avait plaisir à entendre.

Henriette aurait bien aimé que Hans eût le tempérament de Mono. C'était fort méritoire qu'il s'intéressât aux choses sérieuses soi-disant importantes, et qu'avec le temps il devînt une sorte d'homme politique – presque comme papa, se dit-elle avec une pensée émue pour le professeur Stein. Le chancelier en tout cas semblait l'estimer. Mais c'était, lui aussi, un homme incapable de vivre sa vie, qui ne se remettait pas du deuil de sa femme, exactement comme Hans. Anormal, ce deuil chez Hans. Elle aussi regrettait ses morts, Dieu – et Lui seul – savait combien. Que lui avait dit la femme, jadis, à l'église Saint-Augustin ? « Pleurer, ça fait mal aux morts ! » Quelle erreur de vivre la vie des morts dans leur ombre et non la sienne : la vie est bien trop courte, même si on vit cent ans, ce qu'on ne se souhaite pas du tout parfois – et qu'on se souhaite parfois beaucoup.

Elle se fit expliquer par Martha Monica les gens qui entraient et qui sortaient, emplissant le hall des langues du monde. Connaissait-elle cette vieille dame en noir ?

Bien sûr qu'elle connaissait Lady Mendel. En voilà une qui s'habillait rudement jeune ! Et ce monsieur à la cape doublée de soie ? Sacha Guitry. Encore un poseur. Les Américains se promenaient-ils toujours en groupe et étaient-ils toujours aussi bruyants ?

« Ils sont gais, c'est tout », dit Martha Monica.

En ce cas ils avaient absolument raison, se dit Henriette, qui avait la remarque sur le bout de la langue, mais ne la fit pas. Car la vue du motif à fleurs qui lui plaisait lui rappela brusquement ce qui l'avait rendue songeuse tout à l'heure pendant la pièce : la question des bonnes actions de Jedermann. Si on lui avait demandé quelles étaient les siennes, elle n'aurait pu en produire beaucoup plus que Jedermann. Comment osait-elle conseiller à Hans de vivre sa vie s'il estimait qu'elle consistait à s'occuper des autres ? Elle, c'est tout juste si elle s'occupait de quatre ou cinq personnes ! D'aussi loin que remontaient ses souvenirs, elle s'était toujours assise dans ce genre de fauteuil confortable, y avait certes rarement pu apprécier un spectacle aussi animé qu'ici – ni d'aussi jolis motifs –, mais les fauteuils avaient toujours été moelleux. Et plus on s'y attardait, plus on s'accordait d'importance à soi-même. Et à cinq ou six autres. Peut-être fallait-il être assis moins confortablement pour se soucier de plus de gens ?

Elle reconnut à temps le chancelier fédéral qui passait. « Je vous dois des excuses, Excellence, je ne vous avais pas remis cet après-midi, dit-elle avec toute son aisance de femme du monde.

– Mais il n'y a pas de quoi, chère Madame. Moi en tout cas, je savais qui *vous* étiez, par votre fils.

– Croyez-vous qu'il fasse bien de s'occuper tant de politique ? » demanda-t-elle avec une trace de reproche, parce qu'elle en tenait pour responsable cet homme déjà grisonnant.

« Ce n'est pas à moi qu'il faut le demander, répondit-il en se raidissant un peu. Je souhaiterais pour ma part qu'il y eût plus d'Autrichiens comme votre fils ! »

Il salua les deux dames et quitta le hall de l'hôtel. Deux hommes lui emboîtèrent le pas. On entendit l'un d'eux crier au chauffeur : « À la résidence. »

« Il ne s'embête pas, monsieur le chancelier ! » observa quelqu'un d'un ton de blâme derrière Henriette. Elle se retourna et dit tout fort à Martha Monica : « Il me fait l'effet d'un homme très bien et de quelqu'un qui sait vivre. Tu ne trouves pas ?

– Absolument ! » approuva Martha Monica qui se rangeait toujours à l'avis d'autrui.

Des fenêtres de la salle de la résidence épiscopale où l'homme en question entra quelques instants plus tard, on voyait une cour que des flambeaux teintaient d'une lueur rouge. On y donnait une sérénade, les musiciens de la Philharmonie jouaient, les festivaliers écoutaient. Autour d'une longue table ovale attendaient les hauts fonctionnaires convoqués après l'incident du parvis de la cathédrale : le responsable du Land, le directeur de la police et d'autres personnalités chargées du rayonnement du festival à l'étranger, dont le directeur Peter Alt, et Hans.

Les avis sur les troubles étaient partagés, l'assistance tendait à en minimiser l'importance. « Je ne comprends pas qu'on puisse prendre un tant soi peu au sérieux le prétendu “mouvement” d'un individu aussi ridicule, s'écria Peter.

– Croyez-vous ? demanda le chancelier.

– Si je puis me permettre de dire librement ce que j'ai sur le cœur depuis longtemps, monsieur le chancelier... Je trouve absolument vain de gaspiller nos forces ne serait-ce qu'à prendre note de ce genre de manifestation. On ne peut tout de même pas prendre cet Hitler au sérieux !

– Croyez-vous ? » répéta le chancelier, réticent.

Peter se préparait visiblement à tenir un discours. Certains messieurs regardèrent leur montre. Deux ou trois d'entre eux se calèrent dans leur siège en savourant d'avance une distraction bienvenue. De la cour leur parvenait la musique de la sérénade Haffner.

« Je ne nie pas que Hitler soit notre ennemi mortel, déclara Peter. Mais c'est un ennemi ridicule, et nous devrions en tirer profit. Si on dépouille l'homme de la mystique qui l'entoure, que reste-t-il ? Un individu grotesque. Son apparence est ridicule : son regard étudié pour fasciner est factice, sa façon pompeuse de s'exprimer l'est aussi, tout comme son allure martiale. Il s'affuble d'une moustache ridicule, sûrement sans savoir que c'est celle d'un comique de cinéma juif. Il appréhende les mots étrangers et, quand il en dit, les écorche ainsi : "status ko" ! Il n'est toujours pas fichu de prononcer correctement le nom du parti qu'il a créé. Il nage dans ses costumes comme s'ils venaient de chez le fripier. Quand il reçoit des diplomates, il attend de voir ce qu'ils font pour les imiter. Quand il déjeune en société, il attend de voir manger les autres pour copier leurs manières de table. En uniforme il a l'air d'un chef de gare. Tout cela est ridicule. En tout cas minable. »

Le directeur des Arts pouvait être content de son introduction. On l'écoutait.

« De plus, c'est le type même de la personne qui connaît ses ridicules, et il est le premier surpris que le monde le prenne au sérieux. L'homme a commencé sa carrière sans reculer devant la plus grande lâcheté qui soit : lors de son putsch à Munich, quand la police a tiré, il tenait, on le sait, des enfants devant sa poitrine pour se protéger. Qu'on s'imagine : des enfants. À la guerre il a fini caporal, au bout de quatre ans !

« Cet homme grotesque et lâche ne doit son importance qu'au fait d'avoir été pris au sérieux, ce qui a encouragé son délire martial. C'est parce que c'est un schizophrène hystérique doublé d'un aventurier que tout cela fut possible. C'est pour cela qu'il prend des risques et vit dans les extrêmes. Il a le niveau intellectuel d'un politicien de comptoir, et sa conception du monde ne relève pas de la connaissance mais de la vengeance personnelle. Un juif l'a traité sans égard lors de son examen d'entrée à l'Académie de peinture, il hait donc les juifs. Trotski a dit de lui : "Pas un bolchévique ne lui cirerait les bottes", il est donc contre le bolchévisme. Un homme primaire, vous en conviendrez, Messieurs.

« Cet homme primaire a eu l'idée primaire qu'après quatre ans de guerre, on répugnerait à en refaire une. Il a tout misé sur cette idée et il a eu la chance de bluffer le monde, qui a pris ses menaces au sérieux. Mais le plus fantastique c'est que, sachant que lui ou le sire Röhm ou un autre comparse a mis le feu au Reichstag de Berlin, le monde, au lieu de s'écrier d'une seule voix : "C'est Hitler qui a mis le feu !", parle très sérieusement du "procès de l'incendie du Reichstag" et qu'on l'imprime ! Faute d'avoir dénoncé le plébiscite sur la Sarre comme une arnaque montée par un certain monsieur Bürckel et un pur chantage, on l'a accepté au même titre qu'une élection, et il s'est produit du jamais-vu dans l'Histoire : une nullité qui sait parfaitement qu'il est un Jedermann, un sous-Jedermann même – pour faire référence à notre festival –, s'est senti pousser des ailes au fur et à mesure qu'on le prenait davantage au sérieux et se prend maintenant pour un aigle.

« Messieurs ! J'ai entendu parler cet homme à Munich. Personnellement il me fait l'effet d'un clown. Mais au lieu de lui fournir la seule réponse qu'il mérite, réduire d'un immense éclat de rire sa suffisance à zéro, nous le grandissons systématiquement et déployons les chancelleries d'État et la police contre lui ! Je propose d'ignorer complètement l'incident d'aujourd'hui.

– Très intéressant ce que vous dites là », observa le chancelier, qui de sa place pouvait apercevoir les Alpes de Berchtesgaden. « Je regrette seulement de ne pas pouvoir partager votre point de vue. Même quand c'est un clown qui met le feu au monde, le monde brûle. Au demeurant, en rire serait *dans tous les cas* une erreur. En ce qui concerne Hitler, il met certes le feu au monde – ou du moins il essaie – mais il est moins clown que vous ou moi ! L'erreur, à mon sens, est justement de le prendre *trop peu* au sérieux. Les Autrichiens que nous sommes respectent la foi, l'éducation et la culture. Il n'empêche que leur absence ne rend pas ridicule, mais pitoyable. Metternich nous a enseigné qu'un homme qui se prend pour Napoléon peut être mille fois plus dangereux que Napoléon ! La folie des grandeurs, d'où qu'elle vienne, est à traiter par la camisole de force et l'asile. Mais tant que les fous courent en liberté, il faut se protéger d'eux ! »

Peter se rendit sans hésiter : « Si c'est l'avis de monsieur le chancelier… »

On décida de renforcer considérablement les mesures de sécurité pour les représentations de *Jedermann* et de prendre des dispositions pour empêcher tout type de manifestation.

En quittant la résidence, le chancelier et Hans descendirent l'escalier de conserve.

« J'ai été très heureux de faire la connaissance de votre mère, dit cet homme grisonnant, d'ordinaire assez réservé. Elle m'a fait l'impression d'avoir une vraie personnalité !

– Elle a été sous-estimée toute sa vie », dit son fils.

L'autre hocha la tête. « C'est très autrichien. Votre cousin Peter a peut-être raison sur un point. Nous faisons tout le contraire des nazis. Nous nous sous-estimons systématiquement. Mais peut-on faire autrement quand on est d'un pays où l'on a constamment sous les yeux ce qu'est la vraie grandeur. » Il contemplait les hauteurs du Untersberg, dont le bloc d'argent se détachait majestueusement au clair de lune sur le vert sombre de la plaine nocturne.

Hans émit des doutes quant à l'efficacité des interdictions. Il parla de « méthodes fascistes ».

« Je ne m'attendais pas à ce reproche de votre part, répondit son compagnon. Vous savez que nous n'agissons – et n'avons jamais agi – que sous la menace.

– Je crains que la menace ne diminue guère, si la défense est inadéquate », objecta Hans.

Puis ils se turent.

Le long des rives de la Salzach, le chancelier s'arrêta et demanda : « Vous êtes veuf, vous aussi ? » Les deux hommes qui le suivaient s'étaient arrêtés également.

Hans répondit par l'affirmative.

« Je crois que, malgré tout, nous nous comprenons, dit l'autre en se remettant en marche. J'aimerais bien vous parler un jour en privé – sans les ombres qui s'attachent à mes pas, ajouta-t-il en se retournant vers les deux hommes. Vous êtes un bon Autrichien, monsieur Alt.

– C'est peut-être la seule chose que je sois, monsieur le chancelier. » Hans ne ressentait presque plus sa violente aversion envers cet ancien ministre d'un gouvernement qui avait fait tirer au canon sur son ami Ebeseder.

« Ce n'est pas rien. Mais je sais combien c'est peu gratifiant. Au revoir ! » L'homme qui s'éloignait ne semblait pas non plus nourrir d'aversion envers le frère de celui qui avait tiré sur son ami Dollfuss.

Quelques heures plus tard, dans la chambre de sa pension, Hans fut réveillé par un couple qui s'amusait sans se préoccuper du sommeil d'autrui. Ils avaient apparemment assisté à la pièce aujourd'hui, car ils tentaient d'imiter les cris des perturbateurs ; ils se trouvaient très drôles et riaient beaucoup en cherchant à reconstituer la scène, sans pouvoir se mettre d'accord : avait-on crié « Hitler » après « Que ton règne arrive » ou seulement après « Que ta volonté soit faite » ?

Faute de pouvoir dormir, Hans fit ce qu'il faisait souvent quand le sens des choses lui échappait. Il se posta devant la fenêtre ouverte et laissa l'air de la nuit baigner son front. Du quatrième étage du 10 Seilerstätte, il avait vue sur des murs qui obscurcissaient toutes les pièces. Là, elle s'étendait au-delà du pont de la Salzach jusqu'à la maison natale de Mozart, que signalaient de scintillantes lettres dorées.

« Merci de votre aimable lettre », écrivit-il cette même nuit sur une carte postale de la maison natale de Mozart. « Notre exposition remporte un franc succès, les pianistes que nous avons – ou plutôt que vous avez – priés de jouer sont tous venus. Salzbourg est, cette année, pleine d'étrangers ravis, venus de tous les coins du monde. Quelle attirance l'Autriche peut exercer quand elle se souvient de Mozart ! Bien à vous. Hans Alt. » En écrivant l'adresse, il réalisa qu'il ne connaissait pas le prénom de mademoiselle Hübner. Il lui fallut le vérifier dans sa lettre. Mizzi.

Ensuite il lut jusqu'au lever du jour les lettres de Reinhardt à Hofmannsthal. Un passage l'émut tant qu'il le lut deux fois. « Tout un chacun, disait-on, se reconnaît en Jedermann. Les étrangers qui viennent à Salzbourg voir notre vieille pièce rénovée, les Anglais, les Français, les Américains, les Allemands. Ils ne croient peut-être pas leur dernière heure arrivée, mais ils sentent bien qu'elle viendra un jour et se regardent dans la glace. Seuls nous, les Autrichiens, ne nous voyons pas. Je me demande d'où cela peut bien venir. Sommes-nous si pieux que nous n'ayons à nous repentir de rien ? Ou sommes-nous comme le chanteur des rues pendant la peste, ce cher Augustin, le plus autrichien de tous les personnages, symbole d'une divine insouciance, qui tomba ivre dans la fosse commune des pestiférés, y cuva son vin, se réveilla le matin suivant en bonne santé et continua à jouer sur sa cornemuse la ritournelle entamée la veille ? À moins que nous ne ressemblions à ce pauvre casseur de cailloux de Hans dans la pièce de Hanzensgruber, à qui “rien ne peut arriver”, lui aussi un caractère autrichien par excellence ? Heureux peuple auquel les signes ne parlent pas… »

49

Les masques tombent

Hans et sa mère s'étaient donné rendez-vous au restaurant Aux Trois Hussards de la Weihburggasse. Elle savourait le plaisir d'être enfin libérée des soucis ménagers. Mais il était en retard ce jour-là, comme presque tous les soirs depuis qu'il les passait à courir Dieu sait où.

Henriette avait d'abord mis ses absences sur le compte d'une femme. Ce garçon, ainsi qu'elle persistait à nommer son fils de quarante-sept printemps, lui donnait du souci ; l'ombre funeste qu'il avait dressée entre eux s'était dissipée depuis longtemps. Seule une femme pouvait l'aider, bien évidemment. Elle-même en était incapable. Qu'avait-elle à lui offrir hormis sa tendresse et les quelques amères expériences de sa vie ? À y regarder de plus près, il ne semblait pourtant pas que ses sorties nocturnes fussent liées à une femme. Quand il sortait, il enfilait ses plus vieux costumes, et il téléphonait à des gens à qui il donnait des instructions ou des renseignements d'ordre politique. Apparemment, à en croire leurs noms, personne de « nos milieux ». Il paraissait vouloir les décider à quelque chose ou les dissuader de quelque chose. La politique, encore et toujours !

Devant l'imminence du plébiscite fixé au dimanche suivant, il ne parlait plus que de cela. Dire que les hommes pouvaient se passionner pour la politique comme pour une femme !

Chez son père déjà, elle ne l'avait pas compris, mais du vivant du professeur Stein, au moins l'Autriche était-elle une grande puissance – alors que maintenant... Quelle pitié !

Elle attendait son fils à l'une des tables situées sur l'estrade de ce restaurant qui avait maintenant les faveurs de la bonne société viennoise et le disputait même à l'hôtel Sacher ; le retard de Hans atteignant près de une heure, elle commença à s'inquiéter.

À la table voisine se trouvaient les Kager de Prague. N'avaient-ils pas vu Henriette ? Tant mieux. Ils vous accablaient toujours de démonstrations d'amabilité. À la table d'en face, l'ambassadeur d'Italie dînait avec sa charmante fille. Henriette adressa un signe de tête à la jeune fille. Elle portait un chapeau inouï ! Une pensée géante de velours bleu placée de biais sur la tempe droite en tout et pour tout ! La mode de ce printemps à Paris ?

La jeune Italienne la salua. Elle allait sûrement lancer maintenant à la cantonade : « *Buonasera, mamma !* », ce qu'Henriette n'appréciait guère. Plus elle vieillissait, moins elle aimait attirer le regard. Était-il besoin, en outre, de souligner ainsi le « *mamma* », même en s'adressant à une femme de son âge ?

Guido Schmidt et son épouse venaient d'entrer. L'ancien secrétaire d'État était à présent ministre des Affaires extérieures, et son épouse assez élégante et plutôt simple pour une femme dans sa position ! Le directeur des programmes de la Ravag était entré lui aussi. Après la soirée de musique de chambre chez Peter, il lui avait offert le disque de Selma des archives de la Ravag : *Je vais vous délivrer de la peur.* Que fixait-il aussi obstinément ? Voulait-il l'ignorer ? Il était froissé bien sûr, il avait voulu lui faire plaisir, il ne pouvait pas connaître ses sentiments. Le petit billet qu'il avait joint à son envoi était en tout cas un des plus adorables qu'elle eût jamais reçus : *À la meilleure danseuse de valses viennoises, à la plus exquise des jeunes Viennoises !* Ce n'était pas un vain mot, les Viennois avaient du charme. Le bon directeur devait être un peu vexé qu'elle ne l'ait pas dûment remercié de son présent.

Soucieuse de réparer son omission, Henriette interpella cet homme délicieux : « Bonsoir, cher directeur », mais il parlait à quelqu'un et ne l'entendit pas.

« Incroyablement coriace, votre filet », dit-elle au serveur le plus gentiment possible. L'homme si respectueux d'ordinaire jeta un bref coup d'œil au plat. « Le filet est très bien », répondit-il, avant de s'éclipser. Possible. C'est peut-être elle qui n'était pas bien. Que faisait donc Hans ? Qui lui saurait gré de se dépenser ainsi jour et nuit et de prendre sur son temps de sommeil ? Certainement pas le chancelier, dont on disait récemment qu'il s'intéressait pour l'heure à une jolie femme. Dès que les hommes importants sont absorbés par une femme, tous les autres et tout le reste passent à l'arrière-plan – elle était bien placée pour le savoir.

Elle ne connaissait pas les gens assis à la table de derrière, ils parlaient sans cesse du plébiscite. Son père s'irritait souvent qu'elle ne comprît pas certaines expressions savantes. Plébiscite signifiait vote populaire. Mais sur quoi fallait-il voter ? Hans lui aussi tenait pour acquis qu'elle lisait ces articles de journaux si ennuyeux, il était choqué lorsqu'elle s'en abstenait. Elle écouta d'une oreille distraite. Elle comprit que tous les Autrichiens avaient à se prononcer le dimanche suivant sur l'indépendance de l'Autriche ou le rattachement à l'Allemagne. Fallait-il aller voter pour une chose aussi évidente ? Voulaient-ils peut-être se retrouver dans l'atroce situation de l'Allemagne, où il fallait quasiment demander l'autorisation de respirer ?

« Que pensez-vous du plébiscite ? » s'enquit-elle auprès du président de l'Association des écrivains allemands, section de Vienne, qui dînait aussi à une table proche. On disait qu'il écrivait des livres intéressants. Malheureusement elle n'aurait plus le temps de le constater. Elle s'était remise à lire ses préférés : *Madame Bovary*, *Therese*, de Schnitzler, *La Guerre et la Paix*. On ne pouvait pas avouer cela à un écrivain moderne naturellement. On prétendait les femmes vaniteuses. Or il n'y avait pas plus vaniteux qu'un écrivain ! Le président répondit plutôt brièvement : « Attendons les résultats. Avez-vous lu *L'Ode au Führer* d'aujourd'hui ? Remarquable ! » Non, malheureusement. Elle lisait trop peu.

Les Rothschild arrivaient. Tous les snobs allaient se dévisser le cou et rivaliser de saluts pour étaler leur intimité avec les Rothschild ! Alphonse Rothschild la salua, Henriette le remercia aimablement. Elle repensa à ce dimanche à la Freudenau, où Franz s'était comporté de manière si peu amène avec Pepi Hoyos. Il avait toujours été jaloux, Franz !

Qu'avaient donc ces Kager à faire continuellement des messes basses ? D'ordinaire, c'est à peine s'ils se parlaient, le ménage ne s'entendait pas. « Comment allez-vous, monsieur von Kager ? » lança Henriette. Le retard de Hans la rendait si nerveuse qu'elle n'avait plus d'appétit.

« Bien, merci, répondit lapidairement l'économiste pragois.

– Que pensez-vous du scrutin de dimanche ? demanda Henriette pour dire quelque chose.

– Je pense qu'il faut attendre que le Führer se soit prononcé, déclara l'intéressé. De toute manière, cela ne nous concerne pas, nous les Allemands des Sudètes. »

Henriette regretta de lui avoir posé la question. Évidemment les Tchèques ne votait pas, elle dévoilait toujours son ignorance !

« Comme l'affirme ce bon Edi, renchérit l'épouse de l'économiste assez fort pour être entendue des autres tables, tout dépend de Berlin. Je ne suis pas sûre que ce plébiscite ait été un trait de génie de Schuschnigg ! » Si les souvenirs d'Henriette étaient exacts, ces deux-là étaient pourtant de fervents partisans de Schuschnigg il n'y avait pas si longtemps !

« Tout à fait d'accord, chère Madame ! » lança l'écrivain-président au-dessus de la tête d'Henriette, vous avez parfaitement raison ! »

En quoi a-t-elle raison ? se demandait Henriette, de plus en plus troublée. C'est vraiment une honte d'être une telle béotienne en matière de politique ! Ils ont tous l'air du même avis, j'ai du mal comprendre cette histoire d'élections. Elle décida de demander à Hans, même s'il devait se fâcher qu'elle ne le sût pas.

Les Rothschild avaient apparemment rendez-vous avec la princesse Lobkowitz. Elle venait d'entrer et s'asseyait à leur table quand on entendit crier : « Dehors les juifs ! » Cela venait de la place Saint-Étienne ou de la Kärntner Strasse, on l'entendit très nettement.

« Et les juives ! » lança le président des écrivains. On rit. Quelqu'un s'esclaffa : « Excellent ! »

Henriette était de plus en plus troublée. La remarque du président visait les Rothschild bien entendu – quelle insigne sottise ! Il n'y avait au monde juifs moins juifs que les Rothschild.

« *Sieg ! Heil ! Sieg !* Mort aux juifs ! »

À la table derrière elle, on appelait ça un « chœur parlé ». Que de nouvelles inventions ! Aussi ineptes les unes que les autres. Voilà que je me fais presque l'effet d'être comme Franz, se dit-elle. J'ai toujours été pour la nouveauté, lui jamais. Je dois vieillir.

Ledit chœur parlé se rapprochait. Brusquement, Hans fit irruption dans la salle en chapeau, le manteau boutonné de travers, se précipita sur elle sans voir ni saluer quiconque et dit : « Maman, viens ! »

« Il y a péril en la demeure », observa ironiquement le directeur des programmes ; l'aimable ambassadeur d'Italie appela le serveur : « *Cameriere*, la note ! » Hans ne lui laissa pas le temps d'enfiler sa fourrure. Elle n'avait même pas touché à sa Sachertorte ni au café. Pourquoi se donner ainsi en spectacle ? À cause d'une poignée de braillards ?

Il ne voulut pas attendre une seconde. Elle tenta de le retenir : « Dis au moins bonsoir aux Kager. » La populace, il y en a toujours eu, il y en aura toujours. On ne s'en occupe pas, c'est tout ce qu'elle mérite.

Ce fut peine perdue, Hans exigea qu'Henriette sorte dans la rue en émeute et monte dans un taxi commandé qui attendait dans une rue adjacente. « Je veux que tu restes à la maison jusqu'à dimanche, dit-il pendant le trajet.

– C'est absurde !

– Il faut attendre la fin du scrutin, maman ! »

Elle connaissait cette expression sur son visage et la craignait. « En quel honneur ?

– Maman, ce n'est pas le moment de poser des questions ! Tout ce que je sais, c'est que les nazis remuent ciel et terre pour que le plébiscite n'ait pas lieu !

– Allons ! Ça fait des années qu'ils braillent en distribuant les feuilles qu'imprimait Hermann. Et ça leur a servi à quoi ? Souvent je me dis qu'ils auraient au moins dû prendre Hermann au sérieux, il aurait causé moins de malheur – et il en aurait eu moins !

– Hermann ! » dit Hans d'un ton aussi implacable qu'à cette horrible époque dont elle évitait de se souvenir.

L'étroite Annagasse grouillait de monde. Le chauffeur fit descendre ses passagers en haut de la rue, à l'église. « Il doit y avoir du grabuge en bas, au numéro 20, supposa-t-il. Maudits nazis ! »

« C'est la première parole sensée que j'entends de la soirée, approuva Henriette en se frayant un chemin parmi la foule qui hurlait : "*Sieg ! Heil !*"

– Je t'en conjure, ne fais pas de remarque ! l'implora Hans.

– Ne sois pas ridicule ! On m'a empêchée assez longtemps de dire ce que je voulais, je ne vais pas me priver de ce plaisir maintenant ! » rétorqua-t-elle quand ils furent à la hauteur du Mailberger Hof.

La foule fit place de mauvaise grâce à cette dame non chapeautée aux cheveux blancs et à l'allure impérieuse, qui arborait des perles de reine. « Qu'est-ce que vous venez faire ici ? l'apostropha sans ambages la femme qui menait l'émeute.

– Je rentre chez moi. J'habite ici, dit Henriette avec morgue. Depuis soixante-dix ans de plus que vous !

– Attention ! Voilà l'impératrice de l'Annagasse ! » s'écrièrent quelques Viennois mi-figue mi-raisin. Mais ils la laissèrent passer.

Les manifestants s'en étaient visiblement pris à la loge maçonnique du numéro 20 : toutes les fenêtres de la façade étaient brisées. Ça n'empêchait pas la foule de continuer à jeter des pierres.

Avant que mère et fils eussent pu gagner leur maison, on entendit un cri : « Regardez ! Encore une juiverie ! » Une pluie de pierres s'abattit sur la plaque commémorative de Selma, qui se brisa en mille morceaux. Elles atteignirent l'ange à la trompette.

Il tomba par terre ; seul le bras qui tenait l'instrument était indemne, la trompette saillait au-dessus du portail comme elle l'avait toujours fait. Mais sans l'aimable putto joufflu qui la tenait, elle avait l'air de sonner le Jugement dernier.

50

La « patrie » allemande

Le vendredi soir, deux jours avant le plébiscite, une voix désespérée annonçait à la radio : « Autrichiens ! Le chancelier du Reich Hitler menace de faire occuper notre pays par les troupes allemandes si je ne renonce pas au plébiscite dans l'heure qui suit et ne me démets pas de mes fonctions. Pour éviter toute effusion de sang, je cède à la force. Je prends congé de vous. Que Dieu protège l'Autriche ! »

Hans reconnut la voix, entendit le sanglot qui l'accompagnait. Il se refusa pourtant à croire qu'elle disait vrai, jusqu'à ce qu'une autre lui succède par cette déclaration coupée de longs silences embarrassés : « Chers camarades du peuple allemand ! Moi, docteur Arthur Seyss-Inquart, ai pris la succession du chancelier fédéral docteur Schuschnigg, démissionnaire, et suis heureux de vous annoncer qu'à ma demande instante les troupes allemandes ont franchi la frontière pour assurer la protection de notre pays menacé. »

Il n'y avait plus de doute.

Nuit et jour les bombardiers grondaient continûment au-dessus de Vienne. Le vrombissement des moteurs ne faiblissait jamais ; il vous assourdissait, vous déchirait les nerfs, qui finissaient par craquer. Tout sauf ce grondement fracassant, lancinant, strident! Partout des haut-parleurs. Ils hurlaient un discours de Hitler, arrivé à Linz. Nuit et jour les troupes allemandes descendaient la Mariahilfer Strasse. Leurs uniformes verdâtres étaient inconnus des Viennois, leurs casques, leur pas de l'oie. Ils campaient sur les places publiques, leurs cantines fumaient devant la Hofburg, leurs canons se dressaient devant la statue de Mozart, ils astiquaient leur tas de fusils devant le monument de Beethoven. Sur la Ringstrasse les arbres disparaissaient sous les drapeaux rouges géants au milieu desquels rampait l'araignée noire des croix gammées. Les colonnes de spectacles exhibaient la figure surdimensionnée de Hitler. Au-dessous s'étalait en grosses lettres : *Un peuple ! Un Reich ! Un Führer !*

En l'espace d'une nuit et d'un jour Vienne était devenue méconnaissable. Un avant-printemps sans lumière. Un calme sans un bruit de voix. Une douceur sans un souffle d'air.

Quand le vrombissement des bombardiers, le hurlement des haut-parleurs et le martellement des pas de l'oie furent couverts par un ouragan de « *Heil !* » frénétiques, on sut que Hitler était là. Debout dans une voiture découverte qui roulait au pas, il descendait le Ring.

Hans vit ce que ses yeux refusaient de voir. Les larmes qu'il réprimait lui voilaient le spectacle mais ne l'effacèrent pas. Il implorait désespérément qu'un miracle se produisît. Allait-on vraiment permettre à cet homme grossier, dont l'apparition ne visait qu'à impressionner avec son allure faussement martiale et ce regard hypnotique que le sourire ne parvenait pas à adoucir, de défiler triomphalement devant l'école qui l'avait refusé pour absence radicale de talent ? Hans aperçut un éclair haineux dans les yeux du recalé, il lui sembla qu'il se tournait vers le bâtiment de son échec passé ; il tendait la main de ce côté-là, et un rictus sarcastique accusait encore son expression hideuse. Il cria : « Je salue mes Viennois ! » Les bonimenteurs du Prater criaient ainsi.

Personne ne voyait donc la vulgarité de cet homme ?

Ce n'est pas possible que je sois le seul à la voir, se dit Hans. Il y en a sûrement des milliers comme moi dans cette foule de dizaines de milliers de gens. Les Viennois ont vécu de la beauté depuis des siècles ! Cet homme ne leur répugne donc pas ? Il épiait anxieusement un mot de la foule qui dirait cette évidence.

Mais la foule ne le dit pas, elle ne le cria pas. Les yeux extasiés restaient rivés sur le triomphateur repoussant, les bras se tendaient fanatiquement vers lui en un salut étranger. Le miracle attendu n'advint pas. Pas une de ces dizaines de milliers de personnes qui avant-hier encore hurlaient « *Heil Schuschnigg !* » qui ne criât « *Heil Hitler !* ». Et nul ne tira.

Je n'ai pas tiré non plus, se dit Hans, tentant de défendre les Viennois. Mais il y renonça bien vite : eux ne se demandaient pas si un homme avait le droit de tirer sur un autre. Celui dont ils avaient acclamé le nom avant-hier encore et qu'ils avaient oublié aujourd'hui ne voulait pas faire tirer lui non plus. Mais sur les ouvriers, il faisait tirer, lui ou ceux qui l'avaient persuadé ! Était-ce pour cela qu'il était maintenant prisonnier et que l'autre entrait en César dans la ville ? Durant quelques secondes cela parut clair à Hans, puis tout se brouilla confusément de nouveau.

Le cortège triomphal atteignit l'Opéra, les clameurs de la foule se déchaînèrent. Peu après, la voix hideuse aboya de nouveau dans les haut-parleurs : « Viennois ! Ce jour est le plus glorieux de ma vie ! Car c'est moi, un Autrichien, que la providence a élu pour exaucer votre désir séculaire et vous ramener dans votre patrie, le Reich allemand ! »

Notre patrie à l'étranger ! se dit Hans hors de lui. Qu'ils crient « *Heil Hitler !* » ou non, qu'ils braquent ou non leurs yeux hallucinés et leurs bras vers lui, jamais un seul d'entre eux n'avait pensé devenir un « Allemand du Reich ». Ils n'aimaient pas ce qui était « allemand du Reich », s'en détournaient instinctivement ou l'admiraient avec réticence, avec prévention. Mille fois pendant la guerre et constamment depuis, Hans l'avait vérifié. Quoi qu'il ait pu advenir pour qu'ils exultent là maintenant comme des malades, pas une seconde de leur vie passée ils n'avaient considéré l'Allemagne comme leur patrie. Leur patrie était ici depuis mille ans, dans cette Vienne autrichienne, obligée à présent de cacher ses arbres printaniers sous les drapeaux couleur de sang, et dont les rues enduraient ces pas de l'oie qui brisaient le cœur.

Le miracle ne se produisit pas, ce qui était l'évidence même n'advint pas. Hans était bien là sur l'Opernring, non loin du monument de Goethe qui disparaissait sous les croix gammées. Derrière Hans, leur fils, neveu, petit-fils et arrière-petit-fils, se tenaient Christoph Alt, son arrière-grand-père qui devait son existence à l'impératrice Marie-Thérèse ; son grand-père Emil Alt à qui les instruments de la firme Christoph Alt devaient leur surnom de « mélodie de Vienne » ; son père Franz Alt que François-Joseph avait fait fournisseur de la cour, et son oncle Otto Eberhard qui avait servi François-Joseph. Les Autrichiens morts de la maison du 10 Seilerstätte se tenaient derrière le vivant qui devait survivre à l'horreur que Vienne ait cessé d'être autrichienne. Lui et ces illuminés qui exultaient tout d'un coup – un coup pour lui mortel –, étrangers dans leur propre pays ! La seule chose à laquelle il tenait encore passionnément était perdue. Se l'avouant, enterrant ainsi son dernier espoir à la vue de ces hallucinés, il fut submergé d'une détresse si absolue qu'il en oublia de le cacher. Il se mit à pleurer publiquement.

« Vous avez perdu quelqu'un ? » demanda un passant avec la curiosité des Viennois – ou cette dérision grossière qu'ils montraient parfois.

« Oui ! » répondit-il.

Puis il s'en alla, sans savoir où. Il avait perdu quelqu'un. Après le seul être avec qui il voulait vivre, le seul pays dans lequel il le pouvait.

51

Le cri vers le ciel

« Venez me rechercher vers dix heures », avait dit Henriette à Simmerl.

L'âge était une excellente excuse. On pouvait prétendre qu'on entendait mal quand on ne voulait pas être importunée par cette sempiternelle radio, qui de toute façon ne diffusait que des inepties ; on pouvait déclarer qu'on ne voyait pas bien pour ne pas aller au cinéma, dont les voix métalliques et les silhouettes grises vous ennuyaient ; et on pouvait prétexter la lassitude dès qu'on ne supportait plus ces interminables discussions sur la politique.

Simmerl à qui il fallait parler très fort ces derniers temps – l'âge, en ce qui le concernait, n'était pas une bonne excuse – avait répondu : « Bien, Madame. » Puis Henriette était descendue chez son neveu Peter où avait lieu la réception des mardis. On n'y faisait pas de musique de chambre ce jour-là, mais Henriette qui ne souhaitait pourtant guère aller dans le monde en ce moment se dit qu'elle devait y aller. Seuls les gens comme Hans refusaient d'en convenir. On mangeait même aux enterrements et on se remettait à rire à un moment ou à un autre. La vie est la chose la plus inconséquente qui soit. Elle continue.

Henriette portait sa vieille robe couleur champagne. À quoi bon en commander de nouvelles ? Pour qui ? Les bonnes femmes du Troisième Reich qui déferlent sur Vienne à présent sont fagotées comme l'as de pique. Sa vieille robe couleur champagne est encore bien trop chic pour elles.

Elle passa un moment avec Liesl et Fritz Drauffer qu'elle commençait à prendre en affection, parce qu'ils ne se gênaient pas pour dire leur façon de penser ; puis avec Pauline qui entendait presque encore plus mal que Simmerl. Quelle croix ces vieilles gens ! Mais la conversation ne manquait pas de sel : la tombe de Gretel Paskiewicz. Qu'on se figure un peu : dans son testament, la veuve du colonel, décédée le mois dernier, demandait à être enterrée non dans le vieux caveau familial mais avec son Paskiewicz, auprès de qui elle reposait maintenant. Une fois de plus, on voyait ce qu'il en était des principes. Dans la mort, cette bonne Gretel avait saboté le testament familial qu'elle voulait respecter dans la vie, et pourquoi ? Parce qu'en l'occurrence, il s'agissait de son bien-être à elle !

Ce Joachim, l'aîné de Peter, quel drôle de garçon ! Il vous tournait constamment autour. Henriette ne s'était jamais beaucoup préoccupée des rejetons de Peter, elle ne voyait pas bien de quel bois ils étaient faits. Adelheid – jolie, bien qu'elle fût le portrait crachée de sa robuste mère. Le benjamin ? Semblait tenir du père. En tout cas aussi enrobé que lui. À sa vue, Henriette ne pouvait s'empêcher de penser au gros bambin qui, naguère, lors de leur visite de fiançailles, était entré dans ce même salon à la main d'une Française corsetée et à qui Franz avait donné un bonbon. Cela remontait à quand ? Mieux valait ne pas compter, voilà qui ne vous rajeunissait pas. Mais qu'ils aient baptisé le gros garçonnet Otto Adolf ! Otto Eberhard sonnait déjà bien assez guindé, et Dieu sait s'il l'était. Une nouvelle mode aussi d'admettre les enfants aux réceptions !

« Alors Joachim, comme vas-tu ? » se décida-t-elle à dire au garçon qui ne la quittait pas d'une semelle.

Pas de réponse.

Je parle trop bas maintenant, parce que j'ai dû hurler avec Pauline, se dit Henriette. Elle répéta un peu plus fort sa question au jeune garçon vêtu d'un de ces uniformes qui poussaient à présent partout comme des champignons et dont elle n'avait jamais su ce qu'ils signifiaient.

Joachim ne donnait toujours pas de réponse, se contentant de fixer sa grand-tante dans les yeux.

« Dis-moi », insista Henriette, pensant qu'il ne savait pas se tenir dans le monde – que pouvait-on attendre d'une mère qui portait des chemisiers dans les soirées –, « tu as perdu ta langue ? »

Et le garçon en uniforme noir d'en retrouver l'usage pour dire :

« Je ne parle pas aux juives ! »

Un instant, l'intéressée douta que cela s'adressât à elle. Puis elle douta de la raison du gamin.

Pauline n'avait manifestement pas entendu. Fritz dit : « Tais-toi, petit vaurien ! Nous ne voulons pas entendre ce genre de choses ici ! Ni aujourd'hui, ni jamais !

– Quoi ? demanda Henriette au musicien. Il pensait vraiment ce qu'il disait ?

– Qu'est-ce qu'il en sait ! répondit Fritz, nerveusement. Il répète comme un perroquet ce qu'on lui serine ! Tu n'as pas encore pris de thé, tante Hetti ? Je vais t'en chercher une tasse ?

– Attends une seconde, le retint Henriette. D'abord je ne bois pas de thé. Ensuite j'aimerais bien savoir ce que veut dire ce garçon. Il est un peu âgé pour proférer de pareilles sottises ! » Elle avait élevé un peu la voix.

« Ce que je veux dire, c'est : Dehors, les juifs et les juives ! » répondit le petit jeune homme d'un ton incisif.

Incrédule, Henriette douta encore un bref instant. Lorsque ses doutes se dissipèrent, elle se leva et gratifia le jeune garçon d'une gifle.

Il recula, sa mère se précipita sur Henriette. « Madame Stein ! dit-elle, la théière à la main, les agissements de votre race n'ont plus leur place ici ! »

Et voici que le maître de maison, quittant quelques membres de son ministère, vint prêter main-forte à son épouse : « Je pensais que tu aurais de toi-même le tact de te tenir à l'écart de notre société ! Quand je t'ai vue arriver, j'ai tout de même eu l'espoir que tu sentirais les limites qui te sont désormais fixées dans une société allemande. Ton âge m'incite à excuser ce regrettable incident et à fermer les yeux sur les suites que je devrais donner. Mais je te prierai de quitter sur-le-champ cette société aryenne ! »

Ce n'est pas possible, pensa Henriette. À qui parle-t-il ? Il lui parlait à elle, les invités la dévisageaient, mi-gênés, mi-approbateurs, et Fritz, rejetant violemment sa tête désormais grise, dit : « Viens, tante Hetti. Je n'ai sans doute pas l'honneur d'appartenir à ta race, mais j'en ai tellement assez de la mienne que je prends définitivement congé de cette compagnie qui n'a plus rien d'humain ! » Il offrit sa main à la vieille dame, tandis que la danseuse Liesl, depuis longtemps trop potelée pour danser les rayons de lune, se joignait à eux.

« L'Exode d'Égypte ! » lança le souffleté.

Mais Henriette avait vu entrer Simmerl. On pouvait dire ce qu'on voulait du vieil homme, il était d'une ponctualité d'horloge. « Merci Fritz, dit-elle au musicien, merci Liesl ! »

Comme toujours en venant la chercher, Simmerl annonça en s'inclinant : « Il est dix heures, Madame. »

Henriette acquiesça. Elle fit un signe de tête à Pauline effarée, qui ne savait pas trop à quoi s'en tenir ; elle fit un signe de tête à son ami, le vieux Drauffer, fourré on ne sait où jusque-là et entré à l'instant, dont une grimace lui montra ce qu'il pensait de toute cette affaire. Puis elle se fit ouvrir la porte par Simmerl et s'en alla. Cette fois encore elle oublia l'ascenseur.

La rénovation n'avait pas servi à grand-chose. Certes, la lumière électrique avait remplacé les candélabres à présent dans l'escalier, mais les taches d'humidité des murs ressortaient presque encore plus nettement sous la peinture blanche brillante que sous la patine du vieux gris. Il ne fallait pas parler en montant les escaliers, heureusement. On n'aurait pu que répéter constamment : inconcevable !

Au quatrième étage, Henriette s'efforça de comprendre ce qui venait de se passer. Une chance que Hans n'ait pas été présent. Ça n'aurait fait que l'énerver davantage. Lui qui s'énerve sans cesse sur tout à présent, le pauvre !

La vieille dame ne tenait pas assise. L'incident l'avait tout de même passablement contrariée, et voilà que se manifestaient ces fâcheux battements de cœur. Elle prit dix gouttes de valériane sur un morceau de sucre.

Mono doit approcher du terme, essaya-t-elle de se dire pour penser à autre chose. Je crois que ce sera une fille. Espérons qu'elle ne l'appellera pas Henriette comme elle me l'a écrit. Elle est gentille, elle veut me faire plaisir, mais Henriette est un nom tellement démodé. Franzi, en fait, je l'ai sous-estimée. Vraiment bien de sa part d'inviter Mono à demeurer chez elle jusqu'à ses couches. À Salzbourg, on est mieux qu'ici. Là-bas, Mono n'aura pas autant de difficultés avec son mari de la Heimwehr. Puis Henriette pensa à l'enfant à naître qui serait le premier de ses petits-enfants, et elle s'aperçut que Simmerl était encore dans la pièce.

« Merci, je n'ai plus besoin de rien, lui dit-elle.

– Bonne nuit, Madame, lui souhaita-t-il comme d'habitude.

– Bonne nuit, monsieur Simmerl », répondit-elle, après quoi il se retira avec sa courbette un peu raide de tous les soirs. Va-t-il devenir insolent, lui aussi ? Pourquoi pas ? Puisqu'il a pu arriver ce qui s'est produit en bas, tout peut arriver !

Contre les battements de cœur, le meilleur remède était encore de marcher. C'est ce qu'elle fit en allant allumer les lampes. Avec la lumière tout devenait plus supportable. Passant de pièce en pièce, la vieille dame tenta de s'expliquer la scène. Ça, là en bas, c'était une société aryenne. Elle aurait dû le savoir apparemment. Sa place à elle n'était pas dans une société aryenne.

Pourquoi sa place n'était-elle pas dans une société où elle avait toujours été et qui l'avait même contrainte à y rester ? Ça ne peut pas être cette histoire de juive. Quand on a été assez bonne pour le prince héritier, on l'est aussi pour une Annemarie de Potsdam !

Elle s'arrêta devant la photographie sur la commode. Elle avait été prise à Agram, Franz la lui avait envoyée d'un voyage d'affaires, elle l'avait fait encadrer, posée là et jamais déplacée depuis. *En souvenir de ton Franz*, disait la brève dédicace. À cette époque, c'était une autre photo qu'elle avait constamment sous les yeux ; lui avait-il envoyé la photographie à cause de cela ? Elle interrogea ce visage qui avait toujours été si facile à déchiffrer. Sa bouche était encore droite, ses yeux avaient ce regard fiable qui ne changeait pas et que rien ne pouvait changer. C'était à cause de ça ? demanda-t-elle à la photo. Tu sais bien que ça ne m'a jamais paru être un péché, longtemps même j'ai cru que c'était mon bon droit. Maintenant je sais, et de longue date, que c'était un péché.

C'est ici à la fenêtre qu'ils s'étaient tenus, la musique résonnait en bas comme maintenant – Alfred Grünfeld jouait une valse. Elle s'entendit demander : « Te rappelles-tu ce que tu m'as promis sur la Grande Roue ? Deux chambres à coucher ? » Ça l'avait froissé.

Ne pouvant tenir en place, elle arpenta les pièces. Pour qu'il lui arrive, à son âge, une chose aussi abominable, c'est qu'elle devait être une bien mauvaise personne, se dit-elle avec effroi.

Sur-le-champ elle tenta de faire le compte de ses fautes. Elle était catholique de naissance. Elle n'avait guère été à confesse. Elle n'avait pas été pieuse. Elle avait trompé. Elle avait été égoïste. Son Franz, elle ne l'avait pas aimé, juste supporté. Les enfants, elle ne s'en était pas assez occupée – et pas du tout de Hermann, le pauvre diable. C'est pour cela qu'il avait mal tourné. Elle arpentait les pièces les unes après les autres. Le compte des fautes était plein.

Quand elle essaya de faire celui des bonnes actions, elle ne vit rien. Le compte était vide.

Est-ce vrai ? se demanda-t-elle avec désespoir en revenant à la photographie. Elle la regarda si longtemps que le visage s'anima. Non, lit-elle sur le visage. Il y a pas mal de fautes dans la colonne des fautes. Et pas mal de bonnes actions dans l'autre. Cela se tient à peu près.

Mais était-ce assez ? Elle était envahie de cette même inquiétude panique qu'elle ressentait le soir avant que surgisse la silhouette redoutée, qui, Dieu merci, n'était plus apparue depuis des mois. Était-ce assez pour toute une vie ?

La musique avait cessé en bas. Des voix dans l'escalier, les invités se dispersaient probablement. Tout de suite après, des coups à la porte de l'antichambre du quatrième étage. « Ouvrez ! » criait-on.

Cet effronté de Joachim se permettrait de monter en plein milieu de la nuit ? Tout à l'heure elle était trop décontenancée. Mais maintenant elle allait lui dire son fait ! Elle s'y préparait, lorsqu'on toqua doucement à la porte de sa chambre à coucher. C'était Simmerl, en robe de chambre, qui se trouvait derrière et annonçait : « Il y a trois messieurs, Madame. Je veux dire trois hommes. Ils disent qu'ils sont de la police. J'ai essayé de leur expliquer en bon allemand que Madame s'était déjà retirée. Mais ils disent que c'est urgent. Si Madame voulait les recevoir ? »

Dans l'antichambre se trouvaient trois hommes dans un uniforme qu'elle ne connaissait pas. « Police secrète d'État ! » dit l'un d'eux.

« Vous devez faire erreur, dit Henriette.

– Ce n'est pas une erreur.

– Je ne vois pas ce que j'aurais à faire avec la police !

– Où est votre fils ?

– Pas à la maison.

– Il n'habite pas ici ?
– Si.
– À minuit moins le quart, il n'est pas chez lui ?
– Il rentre parfois bien plus tard. Que lui voulez-vous ?
– Où se rend-il comme ça, la nuit ?
– Il se promène.
– Pourquoi la nuit ?
– Il aime bien Vienne. » Elle aurait pu dire : Parce que la nuit, la différence se voit moins ! Elle ne le dit pas.
– Vous voulez dire, le système viennois. C'était un grand ami de monsieur Schuschnigg ? N'est-ce pas ?
– Je suis un peu fatiguée, Messieurs. Je désire aller me coucher.
– Vous là, madame Alt ! C'est comme ça que vous nous parlez ? Vous ne savez pas qui nous sommes ?
– Vous venez de me le dire.
– Et vous vous permettez de le prendre de haut avec nous ? Vous savez ce que vous êtes ?
– Je l'ai su pendant soixante-treize ans, je n'ai aucune raison de l'oublier.
– Une juive ! Voilà ce que vous êtes ! Que vous le sachiez une bonne fois. Une sale juive ! »

Henriette acquiesça. « J'ai déjà entendu cela aujourd'hui. Je ne me suis jamais sentie juive, bien que feu mon père l'ait été. Mais la différence entre mon père et vos semblables est tellement énorme que cela me rend immensément fière de penser à lui à cette heure ! »

Les trois types se regardèrent ébahis. Ils virent alors le vieux serviteur, qui mettait pour mieux entendre sa main en cornet contre son oreille, et opinait du chef pour ainsi dire à chaque mot de sa maîtresse. Puis ils regardèrent cette vieille femme insolente, impeccablement coiffée, qui se dressait de toute sa hauteur devant eux dans sa robe couleur champagne.

« Remettez-nous la clé du bureau de votre fils », dit le chef, un jeune homme à l'accent saxon.

Le parler saxon avait toujours paru un peu comique aux Viennois, le grand comique Girardi leur avait montré ses ridicules. Henriette se souvint du comique Girardi.

« Je n'ai pas la clé, c'est mon fils qui l'a.

– Et où sont les clés de votre bureau personnel ? »

Là seulement, elle fut prise d'une frayeur mortelle. Dans ce secrétaire il y avait trois lettres de Rodolphe. Deux de Poldo Traun. D'innombrables de Franz. Henriette faisait partie de ces femmes qui conservent les lettres des hommes de leur vie. Elle regarda Simmerl, qui fit signe que non.

Bon, se dit Henriette, voilà qui est clair. Même ce vieux plaisantin de Simmerl qui a douze ans de plus que moi ne leur donnerait pas les clés !

« La clé ! ordonna le chef en s'approchant d'elle. Nous avons à perquisitionner ici ! Compris ? » Il hurla le dernier mot.

Va-t-il me frapper ? se demanda Henriette en interrogeant de nouveau Simmerl du regard. Le vieillard secoua énergiquement la tête.

« Non ! dit Henriette. Je ne donne pas les clés. » C'est étonnant le courage de ce vieil homme !

« Vous connaissez les conséquences de ce non ? » demanda le chef.

Bien sûr qu'elle les connaissait. Ils allaient l'arrêter. Peut-être la frapper à mort ? Un instant elle en eut froid dans le dos.

« Dans mon bureau il n'y a rien qui puisse vous intéresser, s'obligea-t-elle à dire.

– Forcez-le ! » ordonna le chef aux deux autres. Mais Simmerl était déjà dans la chambre à coucher où se trouvait le petit secrétaire Biedermeier d'Henriette. Il se dressa devant, protégeant la serrure de ses deux mains tendues derrière lui. Une seconde plus tard, il gisait poignardé sur le sol. « Pour Madame il vaudrait mieux… » dit-il, mais Henriette ne saurait jamais ce qui aurait mieux valu pour elle.

Se penchant sur lui et caressant ses joues qui pâlissaient, elle dit : « Je vous remercie, monsieur Simmerl ! » Peut-être l'entendit-il encore.

Puis elle se releva. « Pour toucher à ce bureau, vous devrez faire la même chose avec moi », dit-elle, et elle fit le geste dont le vieil homme lui avait donné l'exemple. Ses deux mains plaquées sur la surface du bureau, elle se dressa devant son passé.

« Qu'il en crève un de plus ou de moins, on s'en fout ! » répondit le jeune Saxon.

Henriette hocha la tête. « Je suis juive. Je ne le savais pas jusqu'à aujourd'hui. Et vous êtes de pauvres gens lamentables – vous ne savez même pas ce qu'est la pitié. Qu'il y ait des gens comme vous, je ne le savais pas non plus. »

Sur un signe du Saxon, les deux autres s'étaient jetés à la gorge d'Henriette et la serraient. Elle cria, cria.

Elle entendit encore quelque chose, confusément. Vit quelque chose, très vaguement – qui avait la voix et l'habit de Chris et appelait : « Tante Hetti ! »

Tante Hetti n'est plus là, pensa-t-elle. Quel bonheur de ne plus être là.

Lorsque Hans rentra de ses errances nocturnes, la religieuse l'attendait. Au milieu de la nuit, elle avait été réveillée par les cris perçants de tante Hetti. Elle s'était mise aussitôt en route et était arrivée à temps, dit-elle en lui serrant fort la main, pour fermer les yeux à sa mère. Une mort douce, sans lutte. Il verrait lui-même, elle allait le conduire à elle.

Et celle qui l'avait toujours accompagné quand se produisait l'irréversible le mena à la chambre à coucher de sa mère. Sur le lit où elle l'avait mis au monde, reposait Henriette dans sa robe couleur champagne, avec ses perles brillantes qui cachaient les traces de strangulation sur son cou. Elle avait l'air de sourire et elle était belle.

52

Une jeune Viennoise toute simple

À l'issue des enterrements, Hans se rendit à la fabrique. Quelques minutes après sa mère, non loin du caveau de famille des Alt, avait été enterré Simmerl ; c'est sa veuve qui avait revêtu sa maîtresse de sa dernière robe et l'avait préparée pour le repos éternel. Les mots qu'elle prononça sur sa tombe furent ceux qui touchèrent le plus Hans : « C'tait une dame qui voulait être heureuse. Comme elle pouvait pas l'être, elle a voulu rendre les aut' heureux. » Y était-elle parvenue ? Hanni ne le dit pas. Mais elle dit de monsieur Simmerl, son époux : « C'était un brave homme, pas si intelligent qu'not' pauvre dame. Mais l'était franc comme l'or. » Les deux enterrements passèrent pratiquement inaperçus, les parents n'y avaient même pas tous assisté.

Le soir, Hans projetait d'aller chez le docteur Einried pour exécuter les dernières volontés de sa mère. Henriette avait pris des dispositions très précises, manifestant une ultime fois dans le choix des héritiers et les legs qu'elle leur faisait pour qui elle avait ou non de l'inclination. Dans un codicille à son testament initial, elle léguait ses perles à Franziska ; elle laissait toute sa garde-robe à Hanni ; à sœur Agathe revenaient les lettres de son secrétaire, « afin qu'elle comprenne pourquoi l'on pèche et parce que, de tous ceux que j'ai connus, c'est elle qui sait le mieux se taire ». La disposition selon laquelle ses enfants devaient quitter la maison de la Seilerstätte à sa mort subsistait ; Martha Monica résidant à Salzbourg dans l'espoir que son mari lourdement compromis y échapperait aux camps de concentration, elle ne valait que pour Hans – qui semblait décidé à s'y conformer. Depuis qu'il savait ce que Chris lui avait tu, la maison lui était encore plus odieuse.

Monsieur Födermayer entra avec mademoiselle Hübner, le chef d'équipe Czerny et le ponceur Bochner, porte-parole des autres, tous habillés de noir ; ils avaient pris part aux obsèques et venaient présenter leurs condoléances au patron.

« M'sieur Alt, dit le ponceur Bochner, nous savons ce que vous ressentez. Vous êtes avec nous depuis tout jeune. M'sieur Alt, on voulait vous dire qu'ici tout le monde vous aime beaucoup. Chacun de nous. Si y a quelqu'un capable d'effacer les préjugés et les différences de classes, c'est bien vous ! »

Le ponceur Bochner avait dû préparer un plus long discours, mais il ne voulut ou ne put en dire davantage, il s'éclaircit la gorge, s'avança et serra la main de Hans. Puis les autres la lui serrèrent à leur tour. La délégation était encore dans le bureau directorial, quand des hommes de la S.A. y firent irruption.

Le ponceur Bochner cria :

« Attention ! »

Sept hommes commandés par un chef, qui se présenta comme le Sturmbannführer Esk : « Je crois que vous avez connu mon grand-père. Ou c'est votre mère qui l'a connu. Le nom de plume de mon grand-père était Jonescu.

– Ma mère a été enterrée il y a une heure, répondit Hans.

– C'est bien ce qui nous amène, déclara le Sturmbannführer.

– Vous ne vous attendez tout de même pas à ce que j'accepte les condoléances de ses assassins.

– Il ne s'agit pas de condoléances. Je viens au nom de monsieur le gauleiter Bürckel prendre possession de votre firme dans le cadre de l'aryanisation des milieux d'affaires viennois.

– *Quoi ?*» s'écria le fondé de pouvoir Födermayer, d'ordinaire si réservé.

Le chef d'équipe Czerny qui avait vieilli au service de la firme tourna les talons comme pour quitter la pièce.

« On ne bouge pas ! » ordonna Esk. Trois S.A. se postèrent devant la porte vitrée.

Le ponceur Bochner, qui avait tiré sur un policier quelques décennies plus tôt, ne fit pas un geste. Ses regards allaient du Sturmbannführer à Hans. Ses mains étaient enfouies dans les poches de son pantalon.

« Notre entretien peut durer un certain temps, annonça le petit-fils de l'ex-éditeur des *Wiener Signale* en s'avançant un siège au milieu de la pièce.

– Il n'y a rien dont on puisse s'entretenir, dit Hans. La firme Christoph Alt est une firme aryenne depuis sa fondation. Elle est installée ici depuis cent soixante-dix-huit ans.

– Je regrette. La firme a cessé d'être aryenne quand votre père en a pris la direction. Votre grand-mère paternelle, souvenez-vous, était née Bergheimstein. Votre grand-père maternel était le trop célèbre professeur

Karl Samuel Stein. Vous avez donc vous-même deux ascendants juifs. Vous n'êtes pas conforme aux lois de Nuremberg », dit Esk. En face de lui sur le mur, les portraits de Christoph et d'Emil Alt, l'arrière-grand-père et le grand-père, le regardaient.

Hans aussi avait devant les yeux le portrait de ces deux Viennois, qui non seulement avaient fondé une firme viennoise, mais semblaient incarner l'essence même de la tradition viennoise. Jamais ils n'avaient signifié pour lui autre chose qu'un passé mort. Mais à cet instant, le passé commençait à prendre vie. « Mes collaborateurs attesteront que je ne me suis jamais posé ici en patron. Je suis entré dans cette firme comme le souhaitait mon père, qui lui-même l'avait reprise comme le souhaitait mon grand-père. Mon grand-père a fait de même en son temps, comme le souhaitait mon arrière-grand-père. La firme Alt, monsieur Esk – vous venez de Roumanie, je crois, et ne le savez donc pas –, la firme Alt n'est pas seulement une firme chrétienne depuis sa création, mais ce qui me paraît encore plus décisif, une authentique firme viennoise. Il ne m'appartient pas de souligner les mérites de cette firme à la réputation de laquelle j'ai moi-même si peu contribué. Mais tout Viennois – je veux dire tout authentique Viennois – estimera probablement que les pianos sur lesquels ont joué Mozart, Beethoven et Brahms signifient plus pour Vienne que le gauleiter Bürckel ne le pourra jamais ! Je vous prie de me laisser seul maintenant. Je vous l'ai déjà dit, je viens d'un enterrement. »

Le Sturmbannführer semblait avoir hérité de la sensibilité de son grand-père. « Veuillez me remettre ce qui est nécessaire à la réorientation et à la direction de la firme, dit-il. Les clés, les livres de comptes, la correspondance, le bilan des actifs et des passifs. Vous n'êtes plus le patron de la firme. C'est moi qui en prends la direction. Compris ? » Sa voix était coupante.

Involontairement le regard de l'expulsé se porta sur le ponceur Bochner. D'un bond il fut auprès de lui et attrapa sa main qui tenait un revolver. La lui serrant, il dit : « Adieu, Bochner. Nous continuerons à nous aider comme par le passé. Et nous n'allons pas nous compliquer les choses, n'est-ce pas ?

– Oui, patron », répondit l'homme, qui pouvait à peine parler, en fourrant sa main dans sa poche.

« Adieu, monsieur Födermayer, dit Hans au fondé de pouvoir. Je crois que vous ne perdez pas grand-chose en perdant un patron qui n'a jamais fait que ce que vous lui avez appris. Mais j'espère pour le bien de la firme que vous en userez de même avec mon successeur purement aryen. »

Il voulut ensuite serrer la main de Czerny, mais le vieil homme l'embrassa sur les deux joues. «Je vous ai jamais appelé Hans, dit-il. Ça ne se fait pas entre ouvrier et patron. Mais maintenant je peux le faire. Adieu, Hans ! Bonne chance ! Et à bientôt ! »

Il ne restait plus que mademoiselle Hübner. Elle était si pâle que même Hans s'en aperçut. « Je viens avec vous, dit-elle, quand il voulut lui tendre la main. Je ne vais pas vous laisser seul maintenant !

– Bravo ! Veillez un peu sur lui, mam'selle Mizzi ! dit le ponceur Bochner. Qu'il aille pas nous faire des bêtises ! Ça peut arriver parfois !

– Je ferai attention, répondit la jeune fille.

– Quand vous en aurez fini avec les épanchements, j'attends votre avocat, le cas échéant, pour fixer en toute légalité le prix de cession de la firme », déclara le nouveau patron.

Hans posa les clés sur le bureau et s'en alla. Le bruit des menuisiers, des ponceurs et des accordeurs s'estompa. Puis il se tut.

« Je sais que je vous intéresse pas et que vous avez pas besoin de moi. Mais on a quand même besoin d'une présence. Vous pouvez pas me renvoyer », dit la jeune fille qui le suivait.

Les mots manquaient à Hans.

« C'est pas ce que vous croyez ! » ajouta-t-elle en désespoir de cause. Et ne trouvant rien de plus convaincant, elle répéta : « C'est pas ça ! » Elle ne s'expliqua pas davantage. Voulait-elle dire qu'elle l'aimait avec une force qui lui semblait plus puissante que son malheur ? Elle ne semblait ni vraiment se rendre compte de ce qu'elle faisait ni avoir quelque plan en tête. S'il lui avait dit : « Jetons-nous dans le Danube ! », elle l'aurait vraisemblablement suivi.

« Puisque Czerny a eu le droit de vous appeler Hans, je peux vous appeler Hans moi aussi ? »

Il ne put s'empêcher de sourire. Elle l'avait déjà appelé par son prénom. L'autre fois à Grinzing.

Elle avait rayé cette soirée de sa vie, la plus belle de sa vie, dit-elle. Et la plus triste. Mais il ne l'avait pas remarqué. D'une manière générale, il ne l'avait jamais beaucoup remarquée, elle non plus. Même ce soir-là. Évidemment, qu'est-ce qu'elle était, comparée à lui !

Sa répugnance à l'exagération s'éveilla. « Que racontez-vous là, mademoiselle Hübner ! Je ne connais personne qui ait échoué autant que moi, faillite sur toute la ligne !

– Ça vous serait pas possible de m'appeler Mizzi ? Ça fait – j'aime mieux pas dire depuis quand – si longtemps que je suis amoureuse de vous. Chaque fois que vous m'appelez mademoiselle Hübner, ça me donne un coup !

– Oui, Mizzi », dit-il.

Elle s'arrêta au milieu de la Wiedner Hauptstrasse comme s'il lui avait fait un cadeau. « Je suis si inculte, si bête. Et je sais bien que vous avez eu une femme géniale – pardon de parler d'elle. Je trouve formidable que vous ne l'oubliiez pas. Mais entre pas oublier quelqu'un et pas voir du tout les autres – vous faites pas de différence ? »

De nouveau un sourire effleura les lèvres de Hans. « Mais que voulez-vous faire d'un patron congédié ?

– Si j'osais ! Mais j'ose pas », dit-elle.

Il ne voulait plus revenir maintenant dans la maison des morts. Pas plus que voir les visages des gens qui avaient crié « *Heil Hitler !* ». Chaque visage croisé dans la rue l'insultait comme une trahison.

Elle hésita à le lui proposer : elle avait un petit logement, là-bas dans la Mommsengasse. « Je suis partie de chez mes parents », expliqua-t-elle.

C'est non loin de la Mommsengasse, dans la Karolinengasse, qu'avait habité sa mère, quand elle était jeune fille.

« Terriblement petit. Juste une pièce et une cuisine, dit-elle. Quand je l'ai pris, je me suis dit : "Va savoir s'il y viendra un jour." Il est bien arrangé.

– Quand était-ce ? » demanda-t-il par pure politesse.

Le jour de Grinzing. Est-ce qu'il se rappelait que ce jour-là elle lui avait demandé si elle pouvait aller se changer chez elle avant leur rendez-vous ? Il n'avait même pas vu qu'elle ne s'était pas changée ! C'est à ce moment qu'elle avait vite loué le logement.

Il n'avait pas l'air fâché qu'elle continuât à parler. Au moins il n'avait plus ce regard pétrifié. C'était l'appartement d'une amie qui voulait déménager, elle avait déjà quelqu'un en vue pour le reprendre. Mais elle lui avait dit que, quand on était amoureuse d'un grand monsieur, il fallait avoir un petit appartement. Donc elle avait pris l'appartement de la Mommsengasse, ce jour-là. Maintenant, bien sûr, il allait penser du mal d'elle ?

Pour ce qui était de penser, ça n'allait pas fort. Les pensées de Hans se volatilisaient les unes après les autres. Mais elles faisaient quand même mal.

« Si vous voulez jeter un coup d'œil à mon appartement… » proposa-t-elle timidement.

Quand il eut dit oui, elle ajouta : « Ce serait un grand honneur pour moi ! »

53

« Je vais vous délivrer de la peur… »

Congédié, devenu en quelque sorte un homme libre, Hans disposait de plus de temps qu'il n'en fallait pour se faire une idée de l'état dans lequel se trouvait Vienne.

Un printemps précoce avait brutalement fait irruption, comme pour enterrer les croix gammées sous les fleurs. Les marronniers du Prater en arboraient une profusion telle qu'on n'en avait pas vue depuis longtemps, les violettes des prairies répandaient un parfum étourdissant, les lilas près des statues équestres du prince Eugène et du grand duc Charles fleurissaient magnifiquement, était-il possible qu'ils aient orné la marche triomphale de Hitler ? Plus Hans parcourait la ville pour laquelle le mois de mai se prodiguait ainsi, plus il lui apparaissait que ce triomphe ne pouvait avoir été qu'une illusion.

Depuis l'entrée de Hitler, la ville était dirigée en son nom par un certain Bürckel natif de la Sarre, pour qui Vienne avait à peu près l'importance d'une colonie d'outre-mer. Le nom d'« Autriche » avait été effacé par l'Autrichien qui prétendait l'avoir « libérée » : le pays millénaire s'appelait maintenant la « Marche de l'Est ».

Ce n'était pas un délire dû à la fièvre. Mais un fait dont le monde avait pris bonne note.

Pourtant Hans avait voulu voir la vérité toute nue. Et il l'avait vue. Il avait voulu parler aux gens. Et il leur avait parlé. « Peut-être as-tu raison de dire que ce n'est pas ça ? » déclara-t-il à Mizzi, qui continuait d'aller travailler à la fabrique de la Wiedner Hauptstrasse ; quand il arrivait chez elle le soir, sa joie élémentaire réchauffait son engourdissement. Petit à petit, elle l'aidait à revenir à la vie.

Pas un des Viennois avec qui il prenait à présent contact n'était de ceux qui exultaient, conférant ainsi à l'entrée du sauveur dans Vienne un caractère définitif pour lui et les autres. Du moins ceux-là s'en défendaient et déploraient que d'autres s'y soient laissé entraîner. Ça aussi l'aida à reprendre pied dans la vie.

« Je ne sais pas s'il est bien indiqué que tu te montres autant, lui dit Peter. Il me revient aux oreilles qu'on te voit dans des quartiers où tu n'as rien à faire. Tu parles à des gens que tu ne connais pas. Tu poses des questions assez… aberrantes, pour ne pas dire plus. Mets cet avertissement au compte de ma vieille sympathie. Les gens comme toi ont intérêt à être particulièrement prudents. Tu entretiens des relations avec les milieux de gauche ! Ça ne m'étonnerait pas qu'on décide un beau jour de s'assurer de ta personne. Tu sais ce que c'est qu'un camp de concentration ? »

La conversation avait lieu devant l'entrée à l'ange. La statuette de pierre mise en pièce aurait pu être réparée depuis longtemps, mais il n'y avait visiblement pas d'ouvrier pour une telle vétille.

Hans demanda sur ce ton de sarcasme désabusé qui était de plus en plus marqué chez lui : « Dis-moi, Peter, qu'en est-il de la mémoire humaine ? »

Le directeur, qui s'apprêtait à aller au ministère, sa serviette dans ses mains gantées, esquissa un geste d'interrogation.

« Les hommes ont-ils naturellement une si piètre mémoire ? Ou comptent-ils seulement sur la faiblesse de celle des autres ? La mienne est assez bonne en revanche, elle me rappelle un discours que tu as tenu sur un homme ridicule qu'on prenait trop au sérieux. T'en souviens-tu ? »

Peter eut un sourire dans la tradition de Metternich. « Ni plus ni moins que d'autres bagatelles. Ce qu'on n'a jamais pensé sérieusement ne vous reste pas à l'esprit.

– Ce n'est pas ce qu'aurait dit ton père !

– Mon père était un grand homme. Mais le réalisme, ou disons, la faculté de s'adapter à la réalité, lui faisait malheureusement défaut.

– Ton père était aussi grand ou aussi petit que l'honnêteté », dit Hans. Il tenait en main ce pour quoi il était monté une dernière fois au quatrième étage : le disque qu'un admirateur avait offert à sa mère, où l'on avait gravé l'enregistrement de la *Sainte Jeanne* de Selma pour les archives de la Ravag.

« Nous ne te verrons donc plus dans la maison ? s'enquit Peter.

– Si », déclara Hans au grand désappointement de l'autre, visiblement. « Je ne suis certes plus fabricant de pianos – ce détail a dû t'échapper dans la foulée de tes affaires. La firme C. Alt porte désormais le nom bien allemand de J. Sedlaczek and Co. J pour Jaroslav. Mais nous avons tout de même l'intention d'en jouer un peu. »

La déclaration avait des accents énigmatiques, le directeur voulut savoir qui était ce « nous ». Fritz et Hans, lui apprit-on.

« Fritz ? demanda-t-il, glacial.

– Nous allons donner une petite fête musicale dans les pièces de réception. Elles sont vides de toute manière. Tu n'y vois pas d'inconvénient ?

– Quel genre de fête ? voulut savoir le haut fonctionnaire.

– Le petit de Fritz, Raimund, va avoir douze ans. Il a une jolie voix. Nous avons pensé que pour sa confirmation, ce serait charmant de monter avec les enfants une petite représentation de *Bastien et Bastienne,* expliqua Hans de bonne grâce. Ton Adelheid pourrait être de la partie ? »

Peter réfléchit. « Ce serait quand ?

– Le temps de répéter. Dans deux ou trois semaines. »

Le directeur se décida : « Je suppose que c'est ta prédilection pour Mozart et ton aversion… d'autre chose qui jouent un rôle majeur dans ce spectacle, mais c'est vraiment une idée charmante. Pourrait-on inviter quelques personnes ?

– Bien entendu », dit Hans.

Cette conversation était le résultat de promenades dans ces quartiers où Hans « n'avait rien à faire » ; le plan avait été conçu avec Fritz.

Les enfants répétèrent donc les semaines suivantes le Singspiel de Mozart au salon jaune. C'était cette même triste pièce hexagonale dans laquelle avait eu lieu jadis l'inauguration de la maison nouvellement bâtie et où Mozart, gravement malade, avait joué *La Flûte enchantée.* Le même piano en bois de poirier s'y trouvait encore, ses touches d'ivoire ayant entretemps pris la couleur jaunâtre du bois. Il y avait même encore les rideaux de damas jaune qu'on avait tirés lors du mariage d'Henriette et de Franz, quand le virtuose de la musique de chambre Grünfeld s'était mis au piano en bois de poirier pour faire valser les jeunes époux. À présent, c'étaient Fritz et Hans qui y étaient assis et tentaient de l'accorder eux-mêmes, répugnant à confier l'instrument historique à des mains étrangères. Mais ils n'y parvinrent pas, cela faisait des lunes que personne n'avait joué sur la première fabrication de Christoph Alt ; outre la négligence, cent soixante-dix années de froid et d'humidité avaient altéré sa belle sonorité. Hans dut donc recourir aux spécialistes de la fabrique : quelques accordeurs, le chef d'équipe Czerny et le ponceur Bochner. Même ces professionnels mirent des jours et des jours à venir à bout de cette tâche délicate. Bon gré mal gré le numéro 10 dut le supporter. Il s'agissait tout de même de l'instrument sur lequel avait joué Mozart.

La représentation projetée n'eut pourtant pas lieu. Car, au bout de quelques répétitions, le fils de Fritz, le confirmand Raimund, attrapa la rougeole, du moins c'est ce qu'on avança, et tante Annemarie interdit à ses enfants tout contact avec lui. Il était bien compréhensible que Fritz renonçât à la fête, puisque son fils en l'honneur de qui elle devait avoir lieu ne pouvait y participer.

En ce qui concernait le directeur, qui en avait référé à Annemarie entretemps, la rougeole du petit

Raimund arrivait à point nommé. L'autre jour, devant l'entrée à l'ange, il avait donné son accord trop hâtivement, pour couper court aux questions gênantes de Hans. Annemarie du vieux Reich, à qui il devait d'avoir conservé sa position, fut on ne peut plus claire là-dessus, et de toute manière, avec Hans et Fritz comme organisateurs, on n'aurait pu inviter qui que ce soit d'influent. Le petit Raimund quant à lui se remit étonnamment vite. Lorsqu'il put se montrer de nouveau, il avait fort bonne mine et on ne l'aurait jamais cru convalescent.

Le seul résultat de ces préparatifs avortés fut que Hans avait pris l'habitude de venir de temps à autre au deuxième étage totalement désert pour jouer dans le salon jaune, malheureusement toujours le soir tard, mais jamais très longuement et seulement de jolis morceaux très agréables à l'oreille, qui importunaient en tout cas bien moins que les compositions de Fritz, lequel devenait de plus en plus invivable. Comme Hans n'habitait plus la maison et que, Dieu sait pourquoi, il ne voulait pas de piano dans son nouvel appartement, il était difficile d'objecter quoi que ce soit; tant que la succession d'Henriette n'était pas réglée, il restait copropriétaire de la maison.

Le numéro 10 savait que le nouvel appartement de Hans était situé dans le quatrième arrondissement, mais il n'y avait invité personne, seuls lui rendaient visite, apparemment, Fritz et cette petite secrétaire avec qui il n'habitait pas – on le savait de source sûre –, bien qu'il se montrât publiquement avec elle. Elle était de race pure, mais Hans n'avait jamais montré beaucoup de goût en matière de femmes. Le sang de sa mère, jugeait le ménage du directeur.

Pendant la demi-heure qu'il passait à jouer du piano au salon jaune, Hans diffusait les informations que Fritz rassemblait et que lui-même rédigeait. Le microphone inséré dans la caisse du piano, que les hommes de Bochner et un employé de la radio avaient relié tant bien que mal à l'émetteur situé une rue plus loin, ne serait pas découvert de sitôt, espérait-on. La perquisition due à l'imprimerie illégale de Hermann était encore toute fraîche dans la mémoire des autorités et rendait peu plausible que la propagande illicite vienne justement se nicher à cet endroit passé récemment au crible.

De nombreux postes de radio viennois, surtout ceux du premier, du quatrième et du dix-neuvième arrondissement, diffusaient ainsi les mardis, jeudis et samedis, peu avant minuit, l'émission d'une station souvent brouillée mais néanmoins audible qui s'intitulait *Radio Autriche libre.* L'émission s'annonçait par une petite musique légère qui en accompagnait le déroulement. Une voix masculine révélait ensuite les noms des patriotes nouvellement jetés en camp de concentration, et démontait, preuves et documents à l'appui, l'idée que l'annexion de l'Autriche par Hitler fût saluée par quiconque ici hormis des personnes soudoyées ou aveuglées par la pompe des parades, des *desperados*, des « anciens combattants » et d'ex-nazis illégaux, dont la majorité, déçus par une annexion qui n'avait engendré que terreur et ingratitude, pouvaient être considérés maintenant comme des adversaires de Hitler. On exhortait les auditeurs à la prise de conscience et à la lucidité, et par conséquent à la résistance passive et active.

L'homme parlait toujours et toujours de l'Autriche. Qui devait être libre. Il ne dénigrait nullement la grandeur de ce qui était allemand. Mais, disait-il, les grandes qualités des Allemands n'avaient jamais été celles des Autrichiens. Jamais ne disparaîtrait la différence innée et bien enracinée entre deux peuples qui ne possédaient la même langue que pour mieux saisir combien ils étaient différents ; à l'Autriche la modération, à l'Allemagne les extrêmes. À l'Autriche l'implicite et le compromis, à l'Allemagne la fiabilité et la minutie ainsi que l'exigence et l'agitation. L'Autriche, terre d'une légende simple, l'Allemagne d'un mythe hystérique. Car, disait l'homme, l'Autriche était plus qu'un pays. Elle incarnait cette idée du supranational qui avait fait cohabiter jadis sous un même toit douze nations différentes ; les États-Unis d'Europe, unis non par la langue, la géographie ou le régime, seulement par la vie. Et aussi par la vie des contraires : de la haine, de l'amour – toutefois par la vie, donc par la nature. Lui-même, disait l'homme, n'avait jamais fait de politique, jamais appartenu à un parti. Pourtant son existence à lui démontrait que l'idée autrichienne rapprochait les classes, exaltait les races et respectait les esprits.

Là où la différence de classes cédait devant la conscience d'avoir à créer des conditions de vie comparables à celles des exemplaires cités communales viennoises, là était l'Autriche. La haine des juifs ? Qu'on se souvienne plutôt de ce que les juifs avaient accompli pour l'Autriche, disait l'homme, et on en concevrait une honte profonde ! Si l'Autriche avait été jadis un État de droit exemplaire, c'était bien grâce à ces hommes qui avaient contribué à élaborer son droit civil, pénal, étatique et commercial : les juifs Unger, Glaser, Stein, Kelsen, Grünhut. Si la médecine autrichienne jouissait d'une renommée mondiale, elle le devait aussi à Rothberger,

Kaposi, Freud, Tandler, Adler, Heinrich von Neumann, Schilder, Gerstmann, Barányi, Foges et Loewi. La physique devait un tribut durable à Wolfgang Pauli et Lise Meitner; les mathématiques à Hans Hahn, la sociologie à Wilhelm Jerusalem. Les philosophes Gomperz, Popper-Lynkeus et Martin Buber, les architectes Josef Franck et Oskar Strnad, tous avaient accru la réputation de la pensée et de l'architecture autrichiennes. Sans Goldmark, Mahler, Schönberg, la musique autrichienne aurait été moins riche, tout comme la peinture sans Isidor Kaufmann. Si Hofmannsthal, Schnitzler, Beer-Hofmann, Altenberg, Broch, Werfel, Zweig, Kafka et Kraus n'avaient pas écrit leurs œuvres, d'essentiels précurseurs auraient manqué à la littérature autrichienne. L'art théâtral était inséparable du talent de Sonnenthal, Pallenberg et Reinhardt. L'Orchestre philharmonique de celui de Rosé. On vantait le public viennois dont la réceptivité avait permis à la culture de s'épanouir, or c'étaient les bourgeois et les intellectuels juifs, spectateurs ou mécènes, qui avaient généré cette atmosphère propice, quand avaient disparu la cour et la noblesse. On ne pouvait nier ce fait, seulement le déformer. Mais le nier ou le déformer, c'était fustiger ce qui était autrichien. L'Allemand, le Slave, l'Italien, le prince héritier, la comédienne, la fille du professeur d'université, le procureur, la sténodactylo, l'ouvrier, le juif, le chrétien – tous différents. Tous pour un et un pour tous, c'était *cela* l'idée autrichienne.

Cette idée, il l'avait vécue lui-même, disait l'homme, et à qui le traiterait de fantaisiste ou d'utopiste il répondrait : « Peut-être en suis-je un ! » De nos jours, les gens de son espèce finissaient en camp de concentration ou bien, une fois le cauchemar dissipé – et il se dissiperait, non après un règne millénaire, mais demain, ou seulement après-demain, parce qu'il fallait du temps pour reconnaître l'impuissance sous les hurlements et la barbarie sous la folie du pouvoir –, les gens comme lui finissaient parfois en triomphant modestement d'avoir dit l'évidence en un temps où elle semblait utopique.

Des nombreux monuments qu'il avait vus, poursuivait-il, la vilaine Statue de la Liberté américaine était celui qui lui avait paru le plus beau. Depuis des siècles déjà, elle aurait pu être le symbole de l'Autriche, car l'idée autrichienne, sans employer ou comprendre le mot « démocratie », en avait anticipé instinctivement les éléments fondamentaux. Car au fond, l'idée autrichienne était la conscience que la seule minorité nationale pour laquelle il importait de lutter de toutes ses forces était celle des personnes humaines.

« Il suffit qu'elle le veuille – l'Autriche a toujours été le pays du profond respect de l'homme. Elle le veut. Elle le veut ! » avait écrit et composé l'Allemand Beethoven. Ce n'était pas un hasard mais un signe, que ces mots et ces notes aient été trouvés dans les archives autrichiennes presque au moment même de l'apparition de l'Autrichien Hitler qui avait voulu devenir allemand et détruire le respect de l'homme.

Après avoir prononcé ce genre de paroles en introduction, sa voix changeait. Sa ferveur faisait place à une détermination inébranlable. On aurait pu croire que c'était un autre qui énonçait si sobrement les dates et les rendez-vous, révélait des faits de résistance, réclamait le maximum de courage et de sacrifice. Seule la musique légère qui accompagnait presque ironiquement et masquait si nécessaire cette partie du programme donnait quelque unité à l'émission.

Elle se concluait chaque fois par une voix de femme. De longs moments après, très longtemps parfois, la grande majorité des auditeurs, saisis par la conviction prégnante qui l'animait, ne doutaient plus que l'impasse actuelle dût un jour prendre fin et qu'il y eût un avenir après. La voix de femme disait : « Je vais vous délivrer de la peur… »

Épilogue

LES FONDATIONS

Qu'il soit maintenant permis à l'auteur de prendre la parole.

Cette cavalcade viennoise a paru en 1944 à New York en langue anglaise ; quand elle eut été diffusée en Amérique, des personnes bien intentionnées se manifestèrent, demandant publiquement quelle était la part de vérité sur laquelle reposait ce récit.

La réponse fut la suivante : « Excepté les noms, les dates, les documents et les événements qui appartiennent à l'Histoire, tout est le fruit de l'imagination, librement inventé et mis en forme : la maison d'angle du 10 Seilerstätte avec ses habitants, les intrigues qui y naissent et s'y concluent (bien trop nombreuses pour une seule maison) et les coups du destin (bien trop fatidiques pour une seule famille). Tout cela est trop prédestiné pour être le fait d'un hasard fabuleux, quoique, tous ces fils ayant été noués de façon si ostensible, le roman devienne, effectivement, le reflet du destin d'un pays, dont le tragique défie la vraisemblance.

« La seule chose qui soit vraie dans ce livre, c'est l'Autriche. L'amour indéfectible de l'Autriche. La foi inébranlable en son passé et en son avenir. »

Ce fut imprimé et on ne l'a pas cru. Un faux fuyant, a-t-on dit. Pourquoi ne pas avouer que mon livre était une sorte de compte rendu de la vie autrichienne des dernières cent cinquante années? Ou, si je préférais, un éloge funèbre de cette vie?

Parce que ça ne l'est pas! J'ai écrit ce livre pour des gens qui ne connaissaient pas du tout l'Autriche ou qui la connaissaient par les clichés. Ils avaient considéré trop souvent Vienne avec des yeux myopes, déformés par les stéréotypes et les bandes-annonces. Vues sous cet angle, les façades baroques des maisons viennoises trompaient. Le coup d'archet de Johann Strauss jouant perpétuellement ses valses viennoises rendait un son faux.

Après la déclaration des Alliés proclamant une Autriche nouvelle et libre, le temps me parut venu de présenter à tous ceux qui ne la connaissaient pas ou pas assez un éventail d'images de l'Autriche qui s'efforçait d'aller voir derrière la façade et d'en montrer aussi les ombres.

Ainsi observée, l'Autriche paraît plus ambiguë, plus sévère et aussi plus grande qu'on ne souhaitait la voir. C'est derrière cette façade qu'habitaient les Hans Alt avec qui je suis allé au lycée et qui, comme moi, avaient une peur panique des Miklau et des Rusetter, les geôliers de notre enfance. Là demeuraient les femmes comme Henriette qui croyaient que la vie est une garantie de plaisirs; les Franz Alt qui censuraient les plaisirs; les Otto Eberhard qui satisfaisaient aux exigences d'une loyauté sans faille, mais manquaient cruellement de chaleur humaine et de fantaisie; les Ebeseder qui périrent parce qu'ils protégeaient ceux qui étaient sans protection. Là résidaient les minutieux et indestructibles comptables de la tradition autrichienne qui devinrent empereurs, et les scribes immortels de la rébellion autrichienne qui atteignirent le rang d'un Grillparzer.

Ils habitaient, ils habitent, dans une maison contradictoire, ambiguë, tortueuse, sensuelle jusqu'à l'absurdité, magnifiquement belle, dangereuse, centrale, une maison aux fondations profondes et démoniaques, qui est la maison Autriche. Elle repose sur les fondements éternels de la nature humaine, où elle reste à la fois proche de la terre et du ciel. C'est pourquoi elle renaîtra magnifiquement de ses cendres.

New York,
le 7 décembre 1945

rébellion autrichienne qui atteignirent le rang d'un Grillparzer.

Ils habitaient et ils habitent dans une maison contradictoire, ambiguë, tortueuse, sensuelle jusqu'à l'absurdité, magnifiquement belle, dangereuse, cérébrale, une maison aux fondations profondes et démoniaques, qui est la maison Autriche. Elle repose sur les fondements éternels de la nature humaine, où elle reste à la fois proche de la terre et du ciel. C'est pourquoi elle renaîtra magnifiquement de ses cendres.

New York,
le 7 décembre 1943

Le hasard a voulu que je revoie Hans Alt ou plutôt celui qui m'a inspiré son personnage – après cinq ans et demi d'horreurs subies à Dachau et à Buchenwald – non broyé, plus autrichien que jamais. Mais ce que j'ai vécu depuis lors jette une ombre funeste sur ce bienheureux hasard.

Il y a de cela vingt ans à peine, il fallait rappeler à l'Amérique et à l'Angleterre ce qu'est l'Autriche ; aujourd'hui c'est à l'Autriche qu'il faut le rappeler. A-t-elle oublié ou veut-elle oublier qui l'a précipitée dans l'abîme ? Les Hans Alt sont-ils minoritaires ? Une légende héroïque est-elle en train de se forger autour des Hermann Alt et de leurs inspirateurs ? On le dirait presque. Le temps est donc peut-être venu de présenter aujourd'hui aux Autrichiens ce tableau initialement destiné aux étrangers, qui montre les fondements de l'éternel autrichien. Ils ont de toute éternité pour noms : Joseph II ou la religion de la tolérance, Mozart ou l'élévation de l'âme. La forêt viennoise ou les bienfaits de la beauté.

Vienne, 1962
Ernst Lothar

Table des matières

Ernst Lothar (1890-1974) est né à Brünn (Brno) en Moravie. Sa famille s'installe à Vienne en 1897 où, après des études de droit, il devient procureur. Il se consacre totalement à l'écriture dès 1925 et fréquente le cercle dont font partie Stefan Zweig, Joseph Roth, Robert Musil, ou encore Arthur Schnitzler. Metteur en scène de théâtre, il succède à Max Reinhardt à la tête du Theater in der Josefstadt.

En 1938, après l'Anschluss, il quitte l'Autriche en raison de ses origines juives. Réfugié à New York, il fonde l'Austrian Theater. C'est là que paraît en 1944 *Mélodie de Vienne*, qui ne sera publié en Autriche qu'en 1946 et adapté au cinéma en 1948. De retour à Vienne en 1946, conseiller du gouvernement américain en charge de la dénazification culturelle, Ernst Lothar reprend ses collaborations théâtrales et dirige le Burgtheater. C'est à cette période qu'il termine l'écriture de *Revenir à Vienne*, roman très inspiré de sa propre expérience.

Cinquième réimpression
Achevé d'imprimer sur Roto-Page en avril 2022
par l'Imprimerie Floch à Mayenne
N° d'impression : 100332
Dépôt légal : novembre 2017

Imprimé en France